全球创新竞争研究丛书
浙江省人民政府课题研究成果

浙江工业龙头企业创新发展与转型升级案例

（第一卷）

程惠芳　编著

浙江省高校人文社会科学重点研究基地成果
浙江省重点学科国际贸易学科研究成果
浙江省哲学社会科学重点研究基地成果
浙江工业大学浙商开放创新发展研究成果

科学出版社
北京

内 容 简 介

本书以浙江省工业行业龙头骨干企业为研究对象，探讨企业创新发展和转型升级的路径和规律。本书具有三个方面的特色：一是以地域历史文化为引言，追溯企业发源地的文化背景和企业产生的经济社会环境；二是以企业的创新发展和企业转型升级为主线，揭示企业转型升级的路线图；三是对企业家在企业发展转型中的作用和政府对企业发展转型的支持进行初步论述，为进一步研究企业创新发展和转型升级的驱动力量提供思考。本书是国内第一本以企业创新发展和转型升级为主线研究企业发展案例的书，本书中有关浙江企业和浙江企业家创新发展的成功经验，将为转型升级政策研究制定提供参考，为引领中小企业创新、创业和发展转型提供示范效应。

图书在版编目(CIP)数据

浙江工业龙头企业创新发展与转型升级案例(第一卷)/程惠芳编著. —北京：科学出版社，2011.2
(全球创新竞争研究丛书)

ISBN 978-7-03-030282-3

Ⅰ.①企… Ⅱ.①程… Ⅲ.①工业经济-经济发展-研究-浙江省
Ⅳ.①F427.55

中国版本图书馆 CIP 数据核字 (2011) 第 022564 号

责任编辑：王伟娟 / 责任校对：刘小梅
责任印制：张克忠 / 封面设计：耕者设计工作室

科学出版社 出版
北京东黄城根北街 16 号
邮政编码：100717
http://www.sciencep.com
双青印刷厂 印刷
科学出版社发行 各地新华书店经销
*
2011 年 2 月 第 一 版 开本：787×1092 1/16
2011 年 2 月第一次印刷 印张：20 1/2
印数：1—3 000 字数：485 000

定价：58.00 元

(如有印装质量问题，我社负责调换)

作 者 简 介

程惠芳，浙江东阳人，浙江大学经济学硕士、复旦大学国际金融博士，浙江工业大学国际贸易学博士生导师，教授，国家级教学名师，享受国务院政府特殊津贴，第十一届全国人大代表，浙江省政府咨询委员会委员。1994～2009年任浙江工业大学经贸管理学院常务副院长、院长；现任浙江工业大学浙商开放创新发展研究院院长，浙江工业大学经贸管理学院党委委员，省级人文社会科学重点研究基地主任，国际贸易博士点负责人，国际贸易省级重点学科带头人，国际贸易国家级特色专业建设点负责人，国际贸易实务国家精品课程负责人。曾作为国家留学基金公派高级访问学者先后赴美国纽约城市大学研究生院、美国哥伦比亚大学进行合作研究。还担任浙江省金融工程学会理事长、浙江省民营企业国际合作促进会理事长、浙江省企业家协会副会长，浙江省人大财经委经济监督专家库成员，中国世界经济学会常务理事、中国金融工程专业委员会副主任。荣获浙江省“新世纪151人才工程”第一层次和重点资助人员、浙江省有突出贡献的中青年科技人员、浙江省“三八”红旗手、浙江省十大杰出女性、全国优秀教师等荣誉称号。近10年来，主持完成有关中国民营企业对外直接投资发展战略、外商对华投资区位集聚与区域经济非均衡发展、技术创新与企业国际竞争力、技术创新、国际直接投资与收入分配不均等方面的国家自然科学基金项目4项，主持完成国家社会科学基金项目2项，主持完成科技部课题1项，主持完成浙江省自然科学基金项目、浙江省哲学社会科学规划领导小组重大课题等20余项省部级项目的研究工作，主持完成浙江省人民政府课题——浙江省146家工业龙头企业转型升级监测评价。在《经济研究》、《世界经济》等国内外著名学术期刊发表论文100余篇，撰写专著10多部。获省部级优秀成果奖一等奖两项，获浙江省科技进步奖等省级科研成果奖二等奖9项。

作者简介

序　　言

以科学发展为主题，加快推进工业经济转型升级

浙江省副省长　金德水

（2010 年 11 月 30 日）

深入贯彻落实科学发展观，以科学发展为主题，以加快转变经济发展方式为主线，促进经济长期平稳较快发展和社会和谐稳定，为全面建成小康社会打下具有决定性意义的基础，是党和国家的重大战略决策，也是浙江省委、省政府的重要战略任务。当前浙江经济正在进入转型升级的关键时期，浙江各级政府和浙江企业正在坚持以科学发展观为指导，紧紧围绕省委、省政府提出的“创业富民、创新强省”总战略和加快“大平台、大产业、大项目、大企业”建设的要求，深入研究发展规划和发展战略，在科学决策的基础上加大创新投入，通过技术创新、节能减排等举措，调存量、优增量，加快实现工业企业转型升级和产业结构调整。

2008 年，针对在金融危机时期浙江工业发展面临的严峻挑战，浙江省委果断决策，作出《关于深入学习实践科学发展观，加快转变经济发展方式、推进经济转型升级的决定》。为认真贯彻落实浙江省委决定，加快省工业经济转型升级，省政府出台了《省政府关于加快工业转型升级的实施意见》，省政府提出“标本兼治、保稳促调”的总体思路，坚持走新型工业化道路，大力推动工业化和信息化融合，以创业创新为动力，以科技进步为支撑，以结构调整为主线，以节能减排为导向，发展培育主导产业，改造提升传统产业，限制淘汰落后产能，加快工业结构优化升级和发展方式转变，努力建设先进制造业基地。

为了进一步落实省委、省政府关于加快转变经济发展方式、推进经济转型升级的决定和实施意见，2009 年 6 月，浙江省人民政府办公厅印发了《关于加快块状经济向现代产业集群转型升级的指导意见》，浙江省政府决定推动传统块状经济向现代产业集群提升，选择一批块状经济比较发达的县（市、区）作为全省培育现代产业集群示范点。首批选择了杭州装备制造业、宁波服装、绍兴纺织等 21 个块状经济向现代产业集群转型升级示范区，积极探索不同行业、阶段和类型的块状经济转型升级路径，使其在全省块状经济转型升级中发挥示范引领作用。块状经济是浙江工业发展的特色和优势，也是产业发展的规律体现。进一步明确产业集群的标准、内涵和目标，促进块状经济向产业集群转型升级是工业经济转型升级的重要内容。在 2009 年第一批块状经济

向现代产业集群转型升级示范区的基础上，2010年，省政府又确定了第二批共21个块状经济向现代产业集群转型升级示范区试点名单，要求试点单位所在县（市、区）政府要着力引进一批符合产业导向、市场前景好的重大项目，着力培育一批主业突出、创新能力强、关联度大、带动性强的重点优势企业，加大政策扶持力度，优化配置土地、人才、资金等要素资源，进一步形成省市县三级联动、分级负责、合力推进块状经济向现代产业集群转型升级的局面。

在加快块状经济向现代产业集群转型升级的同时，2009年6月，浙江省人民政府办公厅又印发了《关于公布浙江省工业行业龙头骨干企业名单的通知》，确定146家工业行业龙头骨干企业名单，提出促进工业行业龙头骨干企业进一步做强做大，是学习实践科学发展观，深入实施“创业富民、创新强省”总战略，认真落实“标本兼治、保稳促调”工作部署的重要举措；是切实改变工业“低、小、散”状况，优化浙江省企业组织结构的重要内容；是加快产业结构调整和发展方式转变，提高工业综合实力、国际竞争力和可持续发展能力的重要任务；是更好地发挥工业行业龙头骨干企业的引领示范作用，促进工业转型升级的必然要求。要求工业龙头企业进一步理清发展思路、确立发展战略、明确发展目标，在全省企业中率先转型升级，更好地发挥在行业中的引领带动作用，要立足主业，做精做深，不断增强企业的核心竞争力、市场控制力和行业主导权；要按照现代企业制度的要求，建立适应本企业实际和发展需要的法人治理结构、企业组织形式和科学管理模式；要加大研发投入，密切产学研联合，提高自主创新能力，努力掌握具有自主知识产权的核心技术；要深入推进品牌战略，提升企业和产品的形象，努力创建全国乃至国际知名品牌；要积极履行社会责任，做好诚信经营、依法纳税、节约资源、保护生态、确保产品质量、保障员工权益等工作。

加快块状经济向现代产业集群转型升级和培育发展行业龙头骨干企业，成为浙江省委、省政府推进工业结构调整和发展方式转变的两大抓手。要紧密结合实际，立足长远，精心谋划，整合资源，发挥优势，加快自主创新与产业结构调整，积极推进转型升级，转变经济发展方式，走新型集约化发展之路。

关于加快块状经济向现代产业集群转型升级，对省政府确定的42个块状经济向现代产业集群转型升级示范区，要把握好块状经济转型升级的共性要素和个性特色，积极探索不同行业、阶段和类型的块状经济转型升级路径，使其在全省块状经济转型升级中发挥示范引领作用。省级有关部门要在技术进步、质量品牌、要素保障、资源整合、现代物流、平台建设、信息指导、产业链分工等多方面合力支持块状经济转型升级。示范区所在地政府要完善工作机制，制订工作方案，加大政策支持，积极予以推进。同时，省里还要建立首席专家制度，逐个成立专家组，针对42个示范区的行业、区域特点，为示范区的转型升级工作提供具体指导。各级政府和部门要切实增强传统块状经济向现代产业集群转型升级的重要性和紧迫性认识，科学制订转型升级实施方案，优化产业发展空间，推进技术创新体系建设，发挥行业协会作用，培育骨干龙头企业，加快产品创新步伐，加大重点项目推进力度，强化科技和人才支撑，落实各项扶持政策，加强转型升级组织领导，确保传统块状经济向现代产业集群转型升级取得实质成效。努力形成龙头企业带动作用明显的集聚优势、配套协作紧密的产业链优势、持续创新的技术领先优势、公共服务平台的支撑优势、资源共享的市场网络优势、节能减排的生态优势、产业集群的综合实力和国际竞争力显著增强等七大产业集群竞争优势。

加快工业经济转型升级步伐，要以政府为主导，企业为主体。对省政府确定的146家工业行业龙头骨干企业，要进一步增强自主创新投入与产出能力，增强市场开拓能力，切实提升国际竞争力，加快实现企业转型升级。各级政府要加大扶持力度，集聚创新资源，构建产学研相结合的平台，努力突破制约浙江省工业经济发展的关键性问题，为企业创业创新创造良好环境。要切实抓好财政扶持、税收减免、要素保障、项目推动等方面政策的落实，引导企业加大自主创新投入力度，推动工业企业在转型升级中实现稳定发展。

浙江省政府为促进工业行业龙头骨干企业做强、做大、做优，更好地发挥引领示范作用，要把培育和发展龙头骨干企业作为省“十二五”国民经济和社会发展规划、重点行业转型升级规划及战略性新兴产业规划年度实施计划的重要内容。浙江省鼓励以龙头骨干企业为核心、市场为导向，联合高校、科研院所，带动中小企业，建立利益共享、风险共担的产业技术创新联盟，并争取培育若干国家级产业技术创新联盟。对于龙头骨干企业进入生物、新能源、高端装备制造、节能环保、海洋、新能源汽车、物联网、新材料及核电关联等战略性新兴产业领域，浙江省也将给予支持。浙江省政府对企业投资战略性新兴产业的重大项目将予以重点支持。

企业是人、财、物、信息和技术等生产要素结合的重要场所，企业家是企业的“灵魂”和“统帅”，是先进生产力的组织者、管理者和实践者，也是市场主体实现增长方式转变、结构调整和优化的责任者、实施者和统领者。企业家应当为省经济转型升级的宏伟事业作出新的成就。

一是要积极迎难而上，实现稳中求进。当前，国际金融危机影响仍在持续，国际经济复苏的前景仍存在许多不确定性。我国经济虽然在全球率先回升，但回升的基础不稳固、不平衡、不协调。浙江省经济长期积累的体制性、结构性、素质性也进一步暴露。总的来看，国内外经济环境有所好转，全省上下要共同努力，坚定信心，主动适应，积极应对，发扬创业时那种敢闯敢试、敢想敢干的精神，扬长避短、趋利避害、乘势而上，以新的理念、新的思路、新的举措，化挑战为机遇，化被动为主动，化压力为动力，在困境中稳中求进。

二是要推进结构调整，加快产业升级。每个企业家都应以战略性和前瞻性的眼光，思考本企业生产的产品、本企业从事的产业“现在合不合理，将来适不适应”的问题，大力推进产品和产业升级，以不断适应市场需求和市场竞争。要高度关注并积极发展高科技含量、高附加值、高资本密集、耗能少、环境友好的先进制造业，大力发展装备制造业、高新技术产业，加快发展现代服务业，努力提升传统产业竞争力，尽快改变浙江省产业发展以低档次产品、低层次技术、低价格竞争为主，位于产业链的低端和价值链的低位的格局。

三是要转变发展方式，实现集约发展。要以增强自主创新能力为战略基点，切实提高核心竞争力，尤其是要加快技术创新。核心技术是买不来的，只能靠自己去研发。同时，还要加强理念创新、制度创新、品牌创新、管理创新、发展模式创新，实现全方位的创新，为加快转型升级提供不竭的动力。同时，要积极开展节水、节地、节电、节材等资源节约活动，发展工业“三废”的综合治理和循环利用。这不仅是企业提高资源利用效率和市场竞争力的需要，也是企业应尽的社会责任。

四是要切实加强管理，提高经济效益。经过30年的发展和原始积累，现在许多浙江企业已经进入二次创业时期。二次创业就要求我们立足主业，不断做精做深做强，真正成为行业的龙头企业和骨干企业。二次创业还要求我们进行企业再造，不断优化管理架构和管理流程，提高现代管理水平。面对当前生产经营压力加大的情况，广大企业还要通过加强内部管理，充分挖掘发展潜力。要针对当前资金紧张的局面，强化企业营销、成本、财务和资金管理。要引导企业狠抓基层班组、基础管理和员工基本功“三基”建设，不断夯实管理基础。要大力弘扬艰苦奋斗、勤俭节约的创业精神，努力增产节约、增收节支，防止奢侈浪费。

五是要加大投入力度，增强发展后劲。当前，国内外经济环境不确定因素多，市场竞争十分激烈，加之上新项目受到用地、拆迁、资金等方面的制约，不少企业家对上新项目十分谨慎。在当前形势下，我们需要保持清醒冷静。但每一次经济调整时期，都是实施技改、提升产业层次的大好时机。我们应该看到，没有一定的投入，就难以推动转型升级，就不会有发展的后劲。古人说“狭路相逢勇者胜”。当别的企业瞻前顾后不敢投入、不敢上项目的时候，往往就是那些看准项目、敢于投入的企业抢得先机、占得头筹的难得机会。

浙商是我们浙江的宝贵财富，从改革开放初期走遍千山万水、吃尽千辛万苦、说尽千言万语、想尽千方百计的老浙商，到今天致力于传统产业转型升级和战略性新兴产业发展的科技新浙商，一代代的浙商为浙江省乃至全国的经济社会发展作出了历史性贡献。

即将迎来的“十二五”时期，是全球大调整、大变革的时期，也是我国加快转变经济发展方式的攻坚时期，也是我们浙江经济社会转型升级的关键时期，经济社会发展对科技创新的需求没有这样强烈，全社会对科技创新的重视和关注程度从来没有这样热切。广大企业要以此为契机，加大科技投入，加快产业结构优化升级，提升自主创新能力，增强核心竞争力。各级政府及有关部门要进一步加强服务，重视和支持企业做大做强，创新发展，为浙江经济的转型升级乃至为全国经济发展方式转变作出我们浙商人新的更大的贡献！

为了及时了解工业龙头企业转型升级发展的趋势，我委托浙江工业大学程惠芳教授组织课题组对146家工业行业龙头骨干企业转型升级进行监测评价研究，课题组经过一年多时间的调查研究，在对工业行业龙头骨干企业转型升级进行评价过程中撰写了《浙江工业企业创新发展与转型升级案例》，这些案例是浙江146家工业行业龙头骨干企业创新发展与转型升级成功经验的总结，在该书即将出版之际，请我写序，我把对浙江工业经济发展转型和企业转型升级的战略、政策和想法作为序，以共勉励之。祝愿浙江企业创新发展与转型升级能够持续走在全国前列，不断创造竞争新优势，为我国创新型国家建设和经济发展方式转变作出积极贡献。

2010年11月30日

前　言

改革开放以来，浙江已经从资源小省发展成为经济大省，经济社会发展水平走在全国前列，已成为中国经济增长最快和经济发展最具活力的地区之一。在中国改革开放和经济全球化发展进程中，浙江企业和政府不断创新发展模式，不断寻找新的突破口，不断拓展发展新空间，不断完善管理体制和运行机制，不断实现经济发展转型，不断统筹对内对外协调发展，不断增强企业和区域经济的创新能力和国际竞争力。“十二五”时期，全国进入了全面建设小康社会的关键时期，进入了深化改革开放、加快转变经济发展方式的攻坚时期。当前，浙江各级政府和企业正在深入贯彻党的十七届五中全会提出的以科学发展为主题，以转变经济发展方式为主线，促进经济长期平稳较快发展和社会和谐稳定的重要战略，深入落实“创业富民、创新强省”总战略和“标本兼治、保稳促调”方针，加快经济发展方式转变，加快企业创新发展和转型升级。本书以浙江省工业行业龙头骨干企业为研究对象，探讨企业创新发展和转型升级的路径、规律，为企业的转型升级提供借鉴和参考。

2004年以来，笔者接受浙江省企业家联合会、浙江省企业家协会的委托，对浙江100强企业的排序进行点评，每年的点评使笔者积累了大量浙江大型企业发展的数据和资料。2009年，笔者接受浙江省政府金德水副省长的委托，对146家工业行业龙头骨干企业转型升级进行监测评价研究，用一年多时间对工业行业龙头骨干企业的调查研究，建立工业行业龙头骨干企业数据库和企业转型升级的评价指标体系，建设龙头骨干企业网站，对146家工业行业龙头骨干企业一系列发展数据进行统计分析。分析结果表明，浙江在实践科学发展观和经济转型升级方面取得了显著的成效，特别是浙江146家工业行业龙头骨干企业创新发展和转型升级成效突出，对浙江工业经济转型升级发挥了重要的引领和示范作用。在对146家工业行业龙头骨干企业进行转型升级调查研究过程中，发现企业的创新发展与转型升级是动态变化的系统工程，企业转型升级存在着一些客观规律。浙江的工业行业龙头骨干企业在创新与转型升级方面有许多宝贵的成功经验，对企业创新发展的成功经验进行认真总结，有利于进一步揭示企业转型升级的客观规律，有利于进一步对企业创新发展理论进行研究，也有利于为浙江乃至全国其他省（自治区、直辖市）企业的转型升级提供借鉴和参考。因此，在进行对146家工业龙头企业转型升级评价课题研究的同时，我们开始了本书的写作。

本书写作是在企业调查和理论思考的互动中逐步完成的。本书写作要解决的关键问题是体现企业创新发展和转型升级的主线。本书写作试图体现出三方面的特点：一是以地域历史文化为引言，追溯企业发源地的文化背景和企业产生的经济社会环境，以进一步了解企业创新发展是否与地域文化环境和经济发展历史环境具有内在联系；二是力求勾画出企业的创新发展历程和企业转型升级的路线图，揭示企业转型升级发展路径的规律性，为进一步对企业发展转型理论进行研究提供依据；三是案例中对企业家在企业发展转型中的作用和政府对企业发展转型的支持等进行初步论述，为进一步研究企业创新发展和转型升级的驱动力量提供思考，也为政府转型升级政策研究制定提供参考，为完善企业转型升级能力评价指标体系提供一定的依据。由于撰写时间紧，涉及企业数量多，联系企业、调查分析和资料收集整理的工作量大，本书案例中对浙江工业行业龙头骨干企业创新发展和转型升级调查分析还只是初步成果，还需要进一步深入企业调查分析，还需要持续跟踪研究，还需要不断进行理论思考，才有可能把浙江工业行业龙头骨干企业的创新发展经验和企业转型升级理论提炼出来，本书只起到抛砖引玉的作用。

在对146家工业行业龙头骨干企业进行调查研究、案例写作、转型升级评价的全过程中，我们得到了金德水副省长的高度重视和大力支持，金德水副省长亲自听取研究工作进展汇报，并给予非常重要的指导意见。在企业调查研究工作中，得到浙江省政府办公厅、浙江省工业和信息化委员会领导及有关部门的大力支持，得到146家工业行业龙头骨干企业对问卷调查、实地调查、资料提供和案例修改工作的大力支持。本书由浙江工业大学浙商开放创新发展研究院的研究人员撰写初稿，大多数案例初稿完成后经过工业行业龙头骨干企业的确认。因此，这次企业创新发展与转型升级的案例研究是政府、学校和企业共同合作完成的成果，是所有参加案例调查和写作的研究人员的辛勤劳动和集体智慧的成果。

我们生活在中华民族伟大复兴的时代，我们面临着全球创新竞争的机遇和挑战。浙江企业在改革开放和创新发展中创造了成功的实践经验，为中国经济发展和繁荣强盛作出了重要贡献。我们这一代人生在新中国，长在红旗下，受到党和国家对我们良好的培养教育，亲身经历了改革开放，见证了中国经济发展转型，体验了中国人民从贫穷落后到繁荣富强的转变，我们作为经济管理研究学者，有责任有义务把这一时期中国经济社会发展转型的伟大变化，特别是浙江企业创新发展与转型升级的伟大实践进行认真总结，对企业和政府对科学发展的实践和探索进行认真的理论研究。笔者在对浙江100强企业排序进行点评和146家工业行业龙头骨干企业调查研究过程中已经积累大量的资料，将继续组织研究力量对浙江企业创新发展与转型升级的成功经验进行深入调查和理论研究，把风云浙商创新发展和转型升级的传奇故事整理出来留给后人作为研究资料，并把浙江企业和企业家的创新实践和创新精神的财富总结出版，鼓励新一代年轻学生发扬浙江精神，向创新型企业家学习，勇于参加创新和创业的实践活动。这是笔者作为经济学者应尽的责任和义务。

笔者要衷心感谢中共浙江省委书记赵洪祝、省长吕祖善所给予的在企业发展转型研究工作中的鼓励和支持；衷心感谢金德水副省长所给予的信任和研究经费的支持；要感谢浙江省人民政府办公厅孟刚副秘书长，工业处杜华红处长、詹佳祥处长、季晓文秘书、邵向荣秘书；感谢浙江省经济和信息化委员会谢力群主任、吴家曦副主任、凌云副主任、高鹰忠副主任、郑一方副主任，产业处张跃处长、李永伟副处长、黄洪弟同志，工业经济研究所蓝建平所长等在146家工业行业龙头骨干企业调查研究中给予的大力支持和帮助。笔者还要感谢浙江省政府研究室的李学忠主任、盛世豪副主任，浙江省委政策研究室的沈建明副主任，浙江省哲学社会科学联合会党委书记陈荣，浙江省发展和改革委员会谢晓波副巡视员等对我们转型升级指标体系的评价指导。笔者还要衷心感谢146家工业行业龙头骨干企业董事长、总经理和企业管理部门在调查研究和案例修改中给予的支持和帮助，由于要感谢的人太多，请原谅不能在此一一提名感谢。要感谢科学出版社领导和工作人员，特别是王伟娟编辑，在时间紧、编辑任务重的情况下仍然给予大力支持，承担辛苦的编辑出版任务；要感谢浙江工业大学党委书记汪晓村及其他学校领导对研究工作的大力支持。最后笔者要感谢我们研究团队的老师、博士研究生和硕士研究生，是你们冒风雪、顶酷暑到企业调查，放弃了寒假和暑假的休息时间，多次修改，几易其稿。笔者从心底感谢研究团队所有成员的支持和努力。参加企业案例调查研究团队的成员是：姚利明、丁小义、张祎、潘申彪、胡军、潘信路、岑丽君、成蓉、文武、王虞薇、陈旺胜、冯煜、尤哲明、卢康、张懿、袁懿、王旖敏、沈娇、梁越、斯科、许凌燕、阮婷婷、朱倩、柴灏、陆嘉俊、陈珍波、王涛、赵佳燕、方建、叶文锦、应丽丽、乐纯、魏慧、柴慧萍等。唐辉亮、陈超等博士研究生，程海波、杨阳、潘望等也参加了企业案例评价资料检索和部分讨论会。

本书是浙江省政府研究课题的研究成果，是国家自然科学基金研究项目的阶段性成果，也是浙江省科学技术厅有关研究项目的成果。我们的研究团队成员主要来自于浙江省重点学科（国际贸易学科）、浙江省高校人文社会科学重点研究基地（国际贸易研究基地）、浙江省哲学社会科学重点研究基地（企业创新与国际化发展研究基地）。本书是上述学科和研究基地的成果。参加本书案例调查研究的博士研究生、硕士研究生和部分本科学生是国家级精品课程、国家级特色专业（国际经济与贸易）、研究生创新实践基地的实践项目的人员。在此感谢教育部，浙江省人民政府，浙江省教育厅、科学技术厅、财政厅，浙江省哲学社会科学联合会等部门对研究团队经费的支持。本研究成果也是浙江工业大学浙商开放创新发展研究院成立后的第一项研究成果，今后将不断努力，争取出更多更好的研究成果。

由于本人水平有限，加之时间紧，且是第一次尝试从企业创新与转型升级的角度来写企业案例，可供参考的理论文献资料比较少，所以书中疏漏和缺陷之处在所难免，殷切希望读者和企业批评指正，谨致真诚感谢。

程惠芳

于浙江工业大学浙商开放创新发展研究院

2010年11月30日

目　录

序言
前言
导论 …… 1

第一篇　装备制造业企业创新与转型升级案例

第一章　西子联合创新与转型升级案例 …… 31
第二章　杭汽轮创新与转型升级案例 …… 40
第三章　正泰创新与转型升级案例 …… 52
第四章　盾安创新与多元化发展转型案例 …… 63
第五章　杭氧自主创新与发展转型案例 …… 74
第六章　德力西创新与发展转型案例 …… 81
第七章　诺力创新与国际化发展案例 …… 87
第八章　卧龙创新与转型升级案例 …… 95
第九章　晋亿实业创新与发展转型案例 …… 104
第十章　华仪转型升级模式分析 …… 111
第十一章　中控集团技术创新与技术标准发展案例 …… 122

第二篇　电子信息行业龙头企业创新与转型升级案例

第十二章　海康威视数字技术自主创新与转型升级案例 …… 131
第十三章　横店集团创新与转型升级案例 …… 139
第十四章　浙大网新科技创新与转型升级案例 …… 150

第三篇　钢铁和有色金属企业创新与转型升级案例

第十五章　杭钢创新与转型升级案例 …… 157
第十六章　海亮创新与转型升级案例 …… 165
第十七章　兴业铜业发展转型案例 …… 180
第十八章　久立创新发展与转型升级案例 …… 190

第四篇 纺织服装企业创新与转型升级案例

第十九章 雅戈尔服装创新产业链发展与转型升级案例 …… 201
第二十章 恒逸集团创新与化纤产业链发展案例 …… 210
第二十一章 桐昆集团创新转型——涤纶长丝行业“沃尔玛”案例 …… 223
第二十二章 华峰创新与安纶业发展转型案例 …… 234
第二十三章 杉杉创新与服装业多元化转型升级案例 …… 240
第二十四章 报喜鸟创新与服装品牌发展案例 …… 250
第二十五章 宁波维科集团 …… 259
第二十六章 古纤道新材料发展转型案例 …… 270
第二十七章 申洲针织服装企业转型升级案例 …… 277
第二十八章 弘生集团转型升级路径案例 …… 289

第五篇 船舶制造行业龙头企业创新与转型升级

第二十九章 杭齿创新与转型升级案例 …… 297
第三十章 浙江造船创新与转型升级案例 …… 305

导论　浙江龙头企业创新与转型升级的趋势与特点分析

“十二五”时期，中国经济社会发展进入了以科学发展为主题，以加快转变经济发展方式为主线，促进经济长期平稳较快发展和社会和谐稳定、全面建成小康社会的关键时期。工业行业龙头企业的创新发展与转型升级对加快经济发展方式转变，提高企业创新能力、国际竞争力和可持续发展能力具有非常重要的作用。为了对浙江 146 家工业行业龙头企业转型升级进行评价判断，对浙江 146 省家工业行业龙头骨干企业及浙江综合 100 强企业、制造业 100 强企业、服务业 100 强企业的创新发展进行为期一年多时间的调查研究，对 146 家工业行业龙头骨干企业中转型升级成效比较显著的 60 家企业的创新发展案例进行了重点调查分析。本书的重点是探讨浙江工业行业龙头骨干企业创新发展与转型升级路径。为了让读者能够更好地了解目前浙江龙头企业创新发展的总体情况，在此先对浙江大型龙头企业创新发展和转型升级总体趋势和特点进行分析。

一、浙江大型龙头企业发展趋势分析

1. 浙江大型龙头企业发展速度加快

以往人们一般认为，浙江以中小民营企业为主，具有小狗经济、草根经济、狼群经济的特点。但是近年来，浙江企业开始进入从量变到质变的重要转型时期，不少企业从草根企业向木本企业转变，开始从狼变为虎。“十一五”时期以来，浙江的大型企业成长速度加快，浙江进入中国 500 强企业的数量已经处在全国第四位。2009 年，浙江综合 100 强企业营业收入规模分布集中在 50 亿～200 亿元的企业（占百强企业总数 77%），其中 50 亿～100 亿元占 48%，100 亿～200 亿元占 29%，200 亿～300 亿元占 11%，300 亿～400 亿元规模占 4%，500 亿～900 亿元占 5%，1000 亿元以上占 1%。2002～2009 年，浙江 100 强企业的入围的营业规模变化最明显的是 50 亿元以下的企业从 2002 年的 81%下降到 2008 年的 1%，如图 0.1 所示。

“十二五”时期将是浙江大型龙头企业做强做大的黄金时期。按照正常的发展水平，企业营业收入三到五年翻一番进行初步估算，到“十二五”时期末，营业收入超过 100 亿元以上的企业有 150 家左右。其中 1000 亿元以上企业将有 5～6 家，500 亿～900 亿元企业 10～12 家，300 亿～500 亿元企业 14～16 家，100 亿～200 亿元企业 60～70 家。浙江制造业 100 强企业营业收入达到 1000 亿元以上的有 3～4 家，500 亿～900 亿元企业6～7家，300 亿～500 亿元企业 13～15 家，100 亿～200 亿元企业 40～50 家。

浙江将有望出现企业营业收入达到2000亿元以上的企业。随着企业规模的不断扩大，“十二五”时期浙江民营企业有望进入世界500强的企业行列。

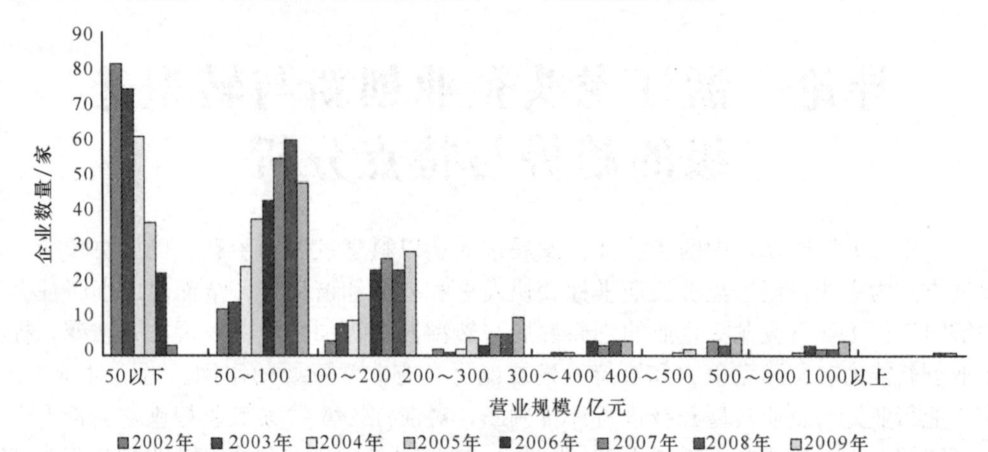

图0.1　浙江综合100强企业营业规模变化（2002～2009年）

资料来源：根据龙头企业网数据库综合100强企业数据统计得出

在146家工业行业龙头骨干企业中，改革开放以后成立的企业为101家，占工业行业龙头骨干企业总数的70%左右，其中有26家企业在10年内成长为行业龙头骨干企业，有16家龙头企业生命周期已经达到60年之久。2000年以来，浙江已经进入大型工业行业龙头骨干企业快速成长的阶段（图0.2）。

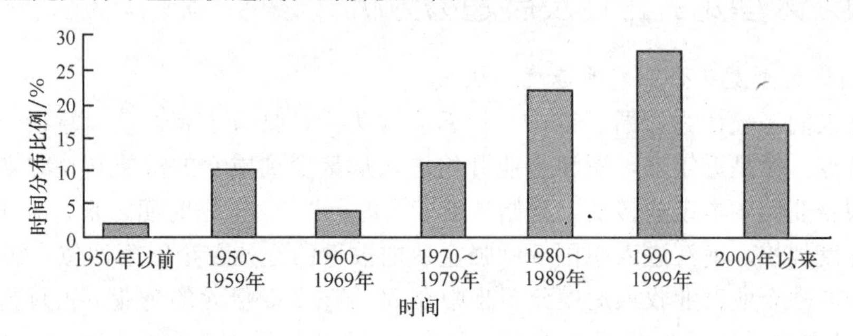

图0.2　龙头企业成立时间分布

2009年，浙江企业中有38家进入中国500强，浙江企业在中国500强中的排名处在第四位，排在北京、山东和江苏之后，浙江大型龙头企业发展数量和水平处在全国前列。把中国500强企业数量按省（自治区、直辖市）区域分布进行排序并分为四个层次，浙江在全国500强企业数量中处于第二层次。其中，北京（98家）、山东（51家）、江苏（50家）进入第一层次；浙江（38家）、广东（36家）、上海（28家）、天津（23家）进入第二层次；辽宁（17家）、河北（16家）、河南（15家）、山西（12家）、四川（11家）、安徽（11家）进入第三层次。其余省（自治区、直辖市）进入全国500强企业的数量都在10家以下，排在第四层次。但是浙江进入中国500强的企业大部分集中在100亿～500亿元规模内，而在北京、广东、江苏、山东、上海、天津等地 500 亿～1000 亿元以上的企业数量比浙江多。

浙江大型龙头企业的快速发展对经济发展转型和产业结构调整具有非常重要的推动作用，大型龙头企业在提升自主创新能力、掌握关键核心技术、打造著名品牌及增强国际竞争力方面都具有比较明显的优势。

2. 浙江大型龙头企业的区域分布与集聚趋势

浙江百强企业主要集中在杭州（40 家）、宁波（27 家）、绍兴（17 家）等三个市，这三个市的 100 强企业数占全省 100 强总数的 84%，杭州、宁波、绍兴已经成为浙江大型龙头企业的总部经济中心。浙江百强企业区位分布在杭州、宁波、绍兴的集中趋势不仅具有稳定性，还具有增强的趋势（图 0.3）。

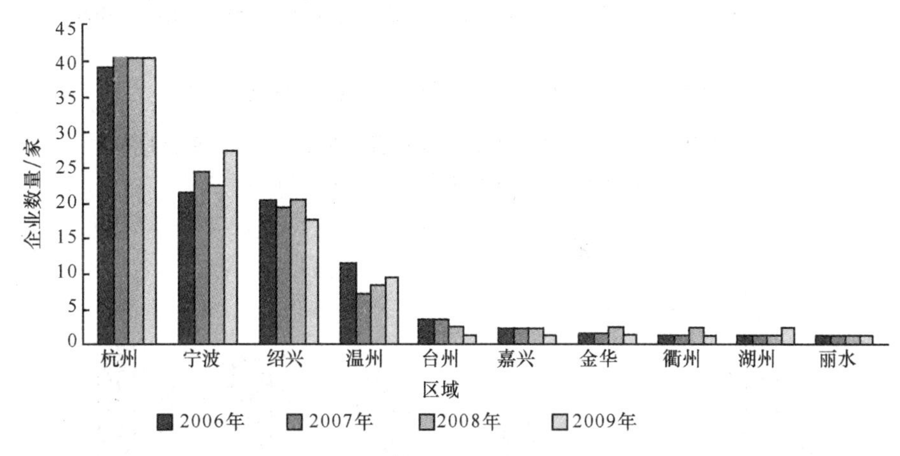

图 0.3　浙江综合 100 强企业区域分布（2006～2009 年）

资料来源：根据龙头企业网数据库 100 强企业数据统计得出

浙江服务业 100 强企业的区域集中程度更明显，杭州、宁波、绍兴三个市的服务业 100 强企业数占全省总数的 89%，其中宁波 48 家、杭州 30 家、绍兴 11 家，宁波的服务业大企业发展出现了明显的增长优势。制造业 100 强企业也主要集中在杭州（34 家）、宁波（22 家）、绍兴（17 家）和温州（12 家），占全省制造业 100 强企业的 85%（图 0.4）。数据表明，制造业和服务业的大型龙头企业主要集中在大中城市，制造业大企业与服务业大企业具有互动发展的关系。制造业大企业与服务业大企业的互动发展对推动浙江产业结构调整和经济发展转型具有非常重要的作用。

3. 浙江大型龙头企业利税持续增长

浙江大型龙头企业利润总额和税收总额 5 年增长了 3 倍，金融危机中大企业赢利水平稳中有升。2009 年综合 100 强企业利润总额为 753.2 亿元，税收总额为 915 亿元。利润总额从 2005 年的 237.9 亿元上升到 753.2 亿元，增长了 2.16 倍。同期税收总额从 303.7 亿元增加到 915 亿元，增长了 2.01 倍。受金融危机影响，2008 年综合 100 强企业利润总额明显下降，甚至低于 2007 年的利润水平。但是国家和浙江省委省政府“保稳促调”的政策和经济刺激政策使企业 2009 年赢利水平明显好转（图 0.5）。

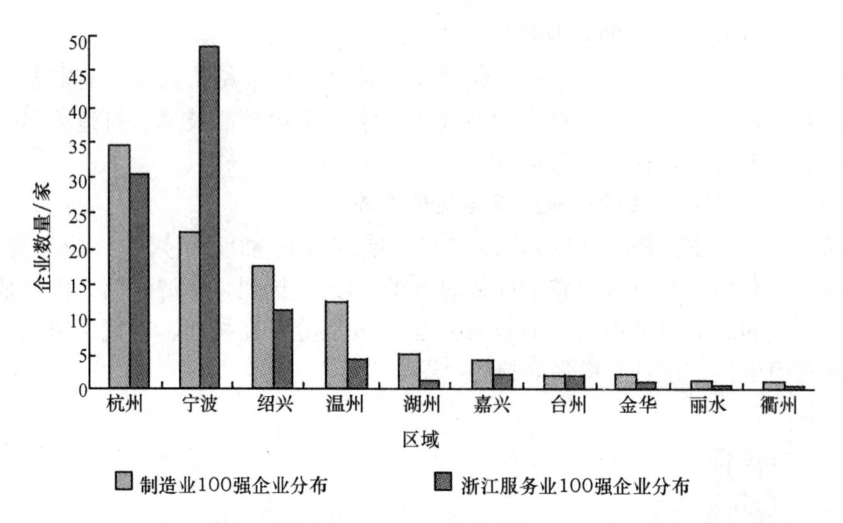

图 0.4　2009 年浙江制造业 100 强企业和服务业 100 强企业的区域分布

资料来源：根据龙头企业网数据库 100 强企业数据统计得出

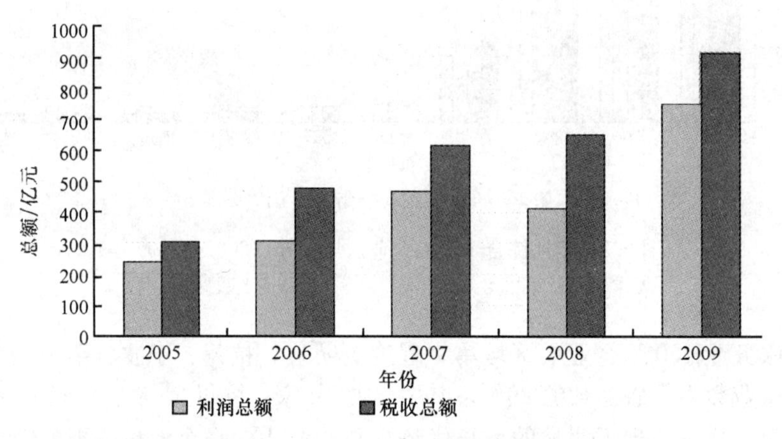

图 0.5　浙江综合 100 强企业利润总额和税收总额

资料来源：根据龙头企业网数据库 100 强企业数据统计得出

2009 年，综合 100 强企业的平均销售净利润率达到 4.6%，资产净利润率达到 6.3%（图 0.6）。制造业 100 强企业的平均销售净利润率达到 6.15%，资产净利润率达到 7.75%，制造业 100 强企业的赢利水平高于综合 100 强企业。服务业 100 强企业的平均销售净利润率达到 2.86%，资产净利润率达到 3.41%，赢利水平略低于综合 100 强企业。

2009 年，浙江 100 强企业经济效益是 2004 年以来最好的。综合 100 强企业中赢利能力最好的企业是娃哈哈集团，销售净利润率高达 20.33%，资产净利润率达到 30%。综合 100 强企业中有 20 家企业资产净利润率达到 10%～20%。制造业 100 强中赢利能力最好的企业是宁波乐金甬兴化工有限公司，销售净利润率高达 84.38%。服务业 100 强中赢利能力最好的企业是浙江中国小商品城集团股份有限公司，销售净利润率达

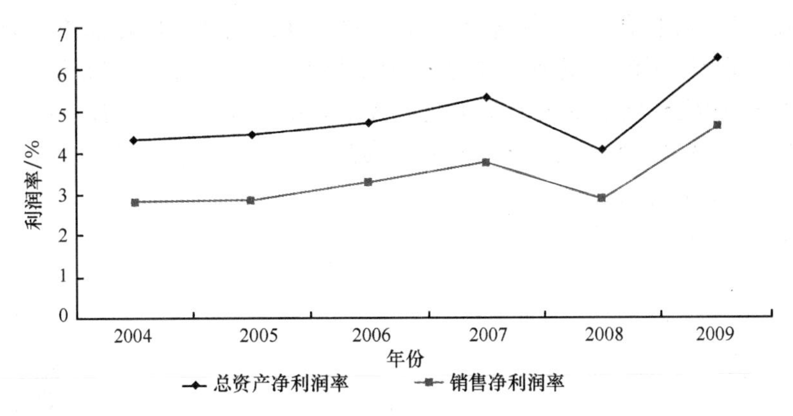

图 0.6　浙江综合 100 强企业的经济效益变化

资料来源：根据龙头企业网数据库 100 强企业数据统计得出

到 24.33%。

2009 年，浙江 146 家工业行业龙头骨干企业资产总额、实现销售收入、出口交货值分别占全省规模以上工业企业（规模以上企业数量为 59 971 家）总额的 20%左右，146 家工业行业龙头骨干企业上缴税收占规模以上工业企业税收总额的 30%左右。数据表明 146 家工业行业龙头骨干企业在浙江工业经济中具有非常重要的作用。2010 年前三季度，全省 146 家工业行业龙头骨干企业实现销售收入 9092 亿元，同比增长 41.7%，增幅高于全省工业平均水平 10.7 个百分点；资产总额 10 099 亿元，同比增长 40%左右。实现利润 591 亿元，同比增长 32%，占全省工业实现利润总额的 36.2%。工业行业龙头企业研发（research and development，R&D）投入总额为 127 亿元，同比增长 30.5%。146 家企业平均销售利润率达到 6.77%，平均资产利润率达到 5.91%。

上述数据表明，国家和浙江省委、省政府在金融危机期间出台的一系列经济刺激政策对企业的经济效益增长发挥了积极作用。其作用主要有五个方面：一是低利率降低企业的融资成本；二是政府减免税费使企业收入增加；三是 2009 年原料价格下降使企业收入增加；四是企业库存下降使企业降低成本；五是企业转型升级取得成效。

但是不同行业和不同企业之间赢利能力和水平差距比较大，2009 年服务业 100 强企业中有 28 家销售净利润率在 1%以下，赢利水平比较差的大多数是外贸企业。制造业 100 强中有 2 家销售净利润率在 1%以下，说明在金融危机期间浙江制造业大企业整体经济效益比服务业大企业更好。

4. 浙江大型龙头企业进入产业结构调整的重要阶段

近几年来，浙江综合 100 强企业中房地产和建筑企业增长明显加快，与近年来的房地产市场繁荣和房价上涨有关，大型龙头企业进入房地产行业的动力和能力增强。贸易企业和交通运输设备企业的数量也有明显增加，与金融危机时期国家出台刺激汽车消费和增加出口企业退税的政策有一定的关系。从浙江综合 100 强企业行业分布看，重化工业大型企业比例有所提高，表明浙江的产业结构调整进入重化工业加快发展的阶段。房地产和贸易企业的比例比较高，表明服务业的发展速度在加快，贸易企业数量的稳定和提高反映了浙江贸易大省的优势仍然存在（图 0.7）。但是轻工食品企业、家具、一般机械和化工行业的大型龙头企业数量有所减少，反映出没有技术创新优势和品牌优势的传统的轻工食品企业、一般机械企业、化工企业的竞争优势下降并退出了综合 100 强企业的行列。

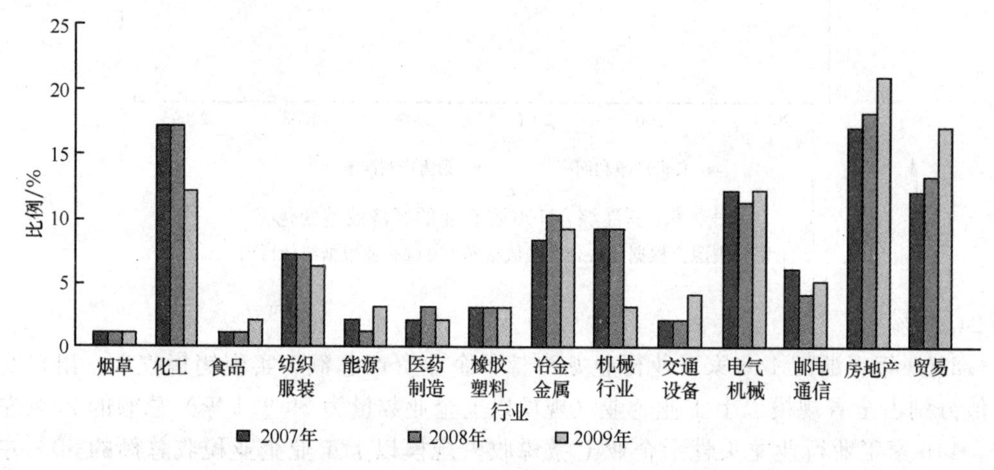

图 0.7　浙江综合 100 强企业行业分布变化

资料来源：根据龙头企业网数据库 100 强企业数据统计得出

5. 浙江民营大型龙头企业发展优势明显

在 146 家工业行业龙头骨干企业中，119 家是民营企业，22 家是国有企业，2 家为外资企业，其中民营企业占 82%以上，反映出浙江民营大型龙头企业发展优势明显。大型民营企业具有很强的创新竞争力，在浙江经济转型升级中发挥了非常重要作用。浙江工业行业龙头骨干企业性质分布如图 0.8 所示。

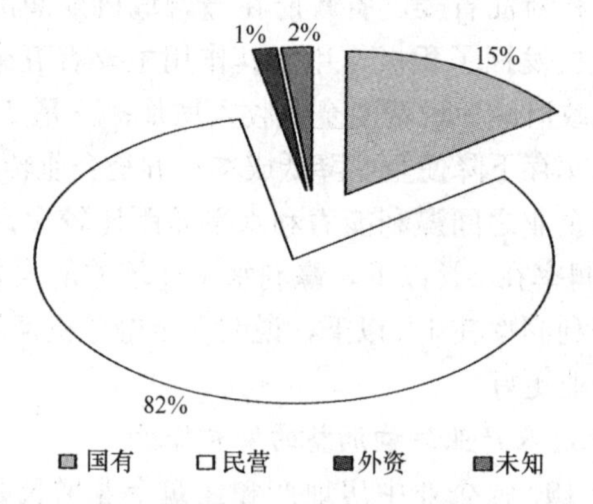

图 0.8　工业行业龙头骨干企业性质分布图

资料来源：根据龙头企业网数据库 100 强企业数据统计得出

二、浙江工业行业龙头骨干企业创新发展趋势与特点分析

经过对146家工业行业龙头骨干企业近一年多时间的调查研究和统计数据分析，发现工业行业龙头企业转型升级已经出现积极的实质性变化，龙头企业创新发展趋势体现出六大趋势与特点。

1. 更加重视R&D投入

工业行业龙头企业R&D投入不断增加。2009年，有55家工业行业龙头企业R&D投入占销售收入比例达到3%以上，占146家企业的37.6%；有16家企业R&D投入占销售收入比例达到5%以上，占146家企业的10.9%；有6家企业R&D投入占销售收入比例达到8%以上。2010年前三季度，有78家工业行业龙头企业R&D投入占销售收入比例达到2%以上，占146家龙头企业的50%，有15家企业R&D投入占销售收入比例大于5%。有55家企业R&D投入占销售收入比例达到3%以上。工业行业龙头企业中，R&D投入占销售收入比例高的企业主要集中在汽车、医药、通信、新能源、新材料行业。工业行业龙头骨干企业中R&D投入占销售收入比例大于3%小于5%，这些企业主要集中在医药、装备制造业、化工、化纤、电子等行业。在工业行业龙头骨干企业中，R&D投入占销售收入比例比较低的行业主要是家电、钢铁、造船、轻工等行业的企业。

2. 更加重视掌握关键核心技术

工业行业龙头骨干企业的技术创新重点正在从模仿创新向自主创新转变，企业更加重视掌握关键核心技术，专利申请数量和授权专利数量持续明显上升，部分龙头企业已经具备自主研究开发产品核心技术和设备核心技术的能力。工业行业龙头企业的技术创新重点从模仿创新向自主创新转变的深层次原因：一是龙头企业已经具备自主技术创新投入的资本实力，已经具有掌握关键核心技术的动力和能力；二是随着中国企业逐步发展壮大，外国企业对中国企业的技术引进和技术模仿设置了越来越高的门槛和障碍，未来中国企业更加需要加强自主技术创新，更加需要积极参与和发展国际技术标准，在技术创新上拥有更多的主动权。146家工业企业专利申请总数5838项，其中发明专利1088项，实用新型专利2135项，外观设计专利2208项。据不完全统计，146家龙头企业参加国内行业标准制定296项，国内行业标准修订182项，国际行业标准制定15项，国际行业标准修订8项。

3. 更加重视技术创新与商业模式创新的互动发展

工业行业龙头骨干企业从注重单项的产品创新、技术创新向重视技术创新与商业模式创新互动体系建设转变，多数工业行业龙头企业已经基本经历“产品创新——技术创新——市场创新——组织创新——管理创新”的完整的创新周期，基本形成动态创新体系，创新驱动发展的能力逐渐增强。2009年，146家龙头企业新产品销售收入占销售收入比例平均达到27.5%。2010年，146家龙头企业新产品销售收入占销售收入比例平均达到30%左右，有50家企业新产品销售收入占销售收入比例达到50%以上，占龙头企业的34.2%。有26家企业新产品销售收入占销售收入比例高达70%以上。

4. 更加重视创新要素集聚

工业龙头企业从重视资源要素集聚向重视创新要素集聚转变，企业从原来注重对土地、资源、劳动力投资向增加对技术研究中心、高薪引进核心技术领军人才、与国际顶级企业进行技术战略合作、与高校和研究机构建立产学研体系的投资转变，企业对创新要素和创新体系的投入持续增加。据不完全统计，146家企业中，有国家级技术中心和研发中心28个，省级技术中心和研发中心82个，海外研发机构26个，省外研发机构44个。在创新要素和技术要素的集聚投资中，龙头企业从原来注重国际先进设备的引进到注重国际高端技术人才和管理人才的引进转变。高端技术人才和管理人才的引进能使企业实现技术创新体系和管理创新体系的转变，产生的创新效应更加明显。由于企业对核心技术领军人才投入涉及税收和技术秘密保护的问题，民营龙头企业对技术人才的投入并不一定计入研究开发投入统计数据中。考虑到保护商业机密和高技术人才的安全问题，部分民营龙头企业的实际创新投入比统计的创新投入数据还要高一些。在“十二五”时期，龙头企业创新驱动的动力和能力将持续增强。

5. 更加重视著名品牌建设

据不完全统计，146家工业龙头企业中有中国驰名商标的企业数达到76家，有省级名牌的122个、省级驰名商标的39个，其中56家和37家企业至少有一种以上的产品分别享有“中国名牌产品”和“浙江名牌产品”的称号。从行业分布看，在获得中国著名商标的76家企业中，轻工食品业企业有18家，装备制造企业有15家，纺织业企业有11家，表明浙江的工业行业中的轻工食品、装备制造、纺织业企业具有比较强的品牌竞争优势。汽车行业与医药行业虽然入选龙头企业的数量较少，但汽车行业与医药行业的品牌竞争优势不断增强。从拥有中国驰名商标的企业数的地区分布来看，杭州、宁波、绍兴、温州和台州拥有中国驰名商标的企业数占总数的70%左右。

不少工业龙头企业发展转型中的品牌战略目标是成为世界著名品牌企业、中国500强品牌企业、国内外行业龙头品牌企业。有一部分民营龙头企业发展目标是争取在“十二五”时期进入世界500强企业行列。

6. 更加重视履行社会责任和改善民生

工业龙头企业在转型升级中更加重视履行社会责任和改善民生。在评价研究时将企业社会责任分成产品质量责任、纳税责任、提供就业责任、环境保护责任、员工福利及公益事业六个方面。据不完全统计，大多数工业龙头企业通过ISO 9000质量管理体系、ISO 14000环境管理体系及OHSAS18000职业健康安全管理体系三大标准的认证，其中浙江企业对产品质量责任的关注程度与投入力度是最高的。随着我国环境立法的日臻完善与公众对于环境问题的日益关注，企业对环境保护责任的关注度和投入不断提高。146家工业行业龙头企业越来越重视节能减排，多数企业三废排放达标率为100%。龙头企业对于纳税责任与提供就业责任的履行情况比较好。由于劳动力短缺和招工难，龙头企业日益重视员工福利的改善情况。龙头企业积极参与大灾难、大事性和与改善民生有关的捐款等公益活动。

三、浙江工业龙头企业发展转型中的比较优势分析

浙江的经济发展优势主要有民营经济先发优势、企业家队伍优势、块状经济及产业集群优势、民营资本优势、海洋资源和深水港口的优势、政府服务创新优势等。这些优势汇聚成经济活力优势和经济体制优势。在当前经济发展转型和企业发展转型的关键时期，上述优势仍然存在。只要充分发挥浙江的比较优势，浙江经济转型升级和工业龙头企业的转型升级仍然有望持续走在全国前列，并存在下列六个方面的比较优势。

（一）创新型企业家队伍的优势

浙江缺乏自然资源，能从资源小省成为经济大省，除了民营经济体制机制的优势以外，还在于浙江拥有一大批勇于创新、拼搏、低调、务实、敬业、社会责任感强、具有奉献精神的企业家。浙江最宝贵的资源是创新型企业家资源和创新型人才资源。浙江创新型企业家资源优势的形成，得益于改革开放以来浙江民营经济先发的环境优势，得益于历届浙江省委、省政府和各级地方政府部门对创新人才队伍建设的重视，对企业家的重视和支持。在实施“八八战略”、“创业富民，创新强省”战略中，浙江实施了创新型企业家、风云浙商、151 人才工程、特级专家、创新团队等一系列人才工程，使浙江创新型企业家队伍和创新型人才队伍不断发展壮大。

在新一轮的经济发展方式转变中，浙江创新型企业家队伍仍然具有非常明显的优势。根据有关数据的统计分析，146 家工业行业龙头企业董事长总裁、总经理的年龄在 41～60 岁的占 84%，其中在 40 岁以下的占 2%，41～50 岁的占 54%，50～60 岁的占 30%，61 岁以上的占 14%。年龄在 65 岁以上的有 5 人。数据表明，146 家工业行业龙头企业的董事长、总裁、总经理绝大部分处在年富力强的年龄阶段（表 0.1）。这一大批在 30 多年的市场经济发展中摸爬滚打出来的企业家，具有非常丰富的企业管理和市场经济发展的经验，是引领浙江企业转型升级的中坚力量和非常宝贵的战略资源。

表 0.1　146 家工业行业龙头企业董事长总裁、总经理平均年龄

行业	平均年龄
装备制造业（23 家）	52
汽车行业（12 家）	55
船舶制造业（5 家）	53
医药行业（9 家）	56
钢铁行业（6 家）	57
电子信息行业（6 家）	48
石化行业（14 家）	48
纺织行业（21 家）	49
轻工食品行业（31 家）	51

续表

行业	平均年龄
有色金属行业（7家）	52
建材行业（6家）	47
光伏等新能源行业（5家）	45

资料来源：根据146家企业数据统计得出

以往人们通常把浙商称做“草根浙商”，但是民营工业行业龙头企业中36%的董事长已经拥有研究生学历，如果不考虑未查到部分人数的信息，拥有研究生学历的董事长的比例就达到45%。早期创业的民营企业创业者初期学历比较低，大多是初中和高中学历，但民营企业创业者通过不断参加培训，到大学进修或者与大学合作，现有的学历不断提高。根据不完全统计，146家工业龙头企业的董事长中拥有大学学历的占40%，拥有研究生学历的占36%。龙头企业的董事长进修的比例达到74%（图0.9）。近10年来，龙头企业董事长群体出现年轻化和高学历的发展趋势（图0.10）。浙江龙头企业年富力强的企业家群体已经成为引领全省企业转型升级的领军型人物。充分发挥工业行业龙头企业的企业家在转型升级中的积极作用，将有力地推动工业行业龙头企业及全省中小企业的转型升级。

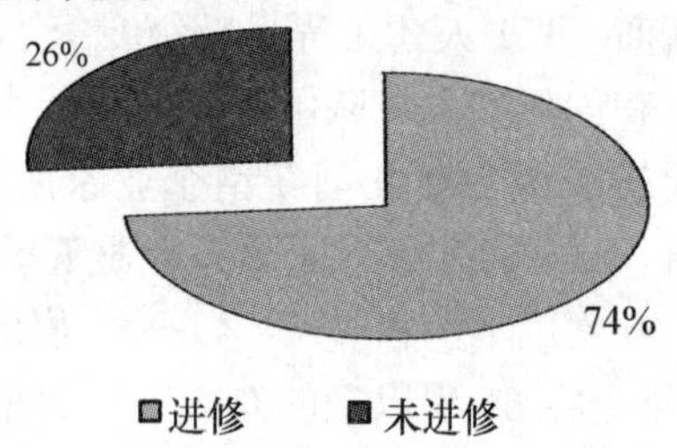

图0.9　龙头企业董事长进修情况

资料来源：根据龙头企业网数据库146家企业数据统计得出

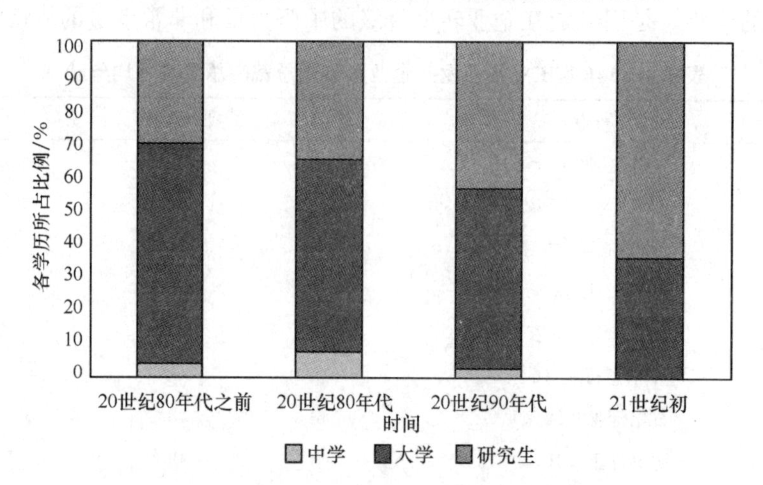

图0.10　民营工业行业龙头企业董事长学历变化趋势

资料来源：根据龙头企业网数据库146家企业数据统计得出

（二）浙江专业市场与产业集群互动发展的优势

浙江是市场大省，全省拥有4000多个专业市场集群，专业市场集群为企业转型升级发挥了非常重要的市场导向作用。在快速变化、充满不确定性和复杂性的市场竞争环境中，专业市场集群及时为企业提供市场新需求变化的信息，为企业家预测市场竞争变化和提前组织生产要素以满足市场供求需求创造了良好条件。专业市场集群为企业技术创新和产品创新提供发展转型的重要平台，也使浙江企业学会不断创新才能获得和保持市场竞争优势的能力，并为以后的发展积累经验。浙江专业市场集群优势是形成产业集群优势和产业发展转型的重要条件。

浙江是块状经济大省，全省共有年销售收入10亿元以上的块状经济312个，实现销售收入2.81万亿元，出口交货值6122亿元，从业人员831万人。块状经济在全省经济发展、参与国际竞争、扩大就业等方面发挥了十分重要的作用。在经济发展转型中，浙江省政府出台《关于加快块状经济向现代产业集群转型升级的指导意见》，浙江省政府决定推动传统块状经济向现代产业集群提升，选择一批块状经济比较发达的县（市、区）作为全省培育现代产业集群示范点，分两批选择了杭州装备制造业、宁波服装、绍兴纺织、义乌饰品等42个块状经济向现代产业集群转型升级示范区，积极探索不同行业、阶段和类型的块状经济转型升级路径，使其在全省块状经济转型升级中发挥示范引领作用。

浙江专业市场与块状经济集群互动形成产业分工和产业融合发展优势条件，成为促进工业企业跨行业发展转型升级的推动力。根据现有数据的不完全统计，146家龙头骨干企业中，跨行业经营的企业有85家，占146家企业总数的比例为58%，跨产业经营的有53家，占146家企业总数的比例为36%。跨产业发展的企业全部选择第三产业作为新的发展领域，其中又以房地产、金融等行业为主。有8家企业已经从第二产业同时向第三产业和第一产业发展，形成比较完整的产业发展链，但同时经营第一、二、三产业的企业数量比较少，仅占146家龙头企业总数的8%。统计数据表明，146家工业行业龙头企业已经进入多元化快速发展时期，工业行业龙头企业产品和产业转型升级已经进入重要变化的时期，随着工业行业龙头企业从第二产业向第三产业的转换，在未来的若干年中，浙江的第三产业将会进入加快发展时期。

146家龙头企业进入跨行业发展的企业有85家，其中跨行业比例达到75%左右的行业是纺织和轻工食品行业的企业，说明纺织和轻工食品行业已经进入行业结构调整的重要阶段。装备制造、汽车、电子信息、医药、钢铁等行业开始进入产品结构调整升级的快速变化阶段，成为转型升级过程中需要关注的重点行业。跨行业的企业比例比较少的行业是石化行业、建材行业、有色金属行业和船舶行业，如表0.2所示。

表0.2　各行业龙头企业跨行业发展情况

比例范围	龙头企业跨行业发展比例值
0～10%	光伏等新能源（0）
30%～39%	石化（36%）、建材（33%）

续表

比例范围	龙头企业跨行业发展比例值
40%～49%	船舶制造（40%）、有色金属（43%）
50%～59%	医药（56%）、钢铁（50%）
60%～69%	装备制造（61%）、汽车（67%）、电子信息（67%）
70%～79%	纺织（76%）、轻工食品（74%）

资料来源：根据龙头企业网数据库146家企业数据统计得出

装备制造、汽车、钢铁、电子信息、石化、纺织、轻工食品行业等企业开始出现向第三产业发展转型的趋势，第三产业的房地产、金融业成为工业行业龙头企业跨产业发展的热点领域（表0.3）。

表0.3　工业行业龙头企业跨产业发展情况

比例范围	各行业跨产业发展比例值
0～9%	船舶制造（0）、建材（0）、光伏等新能源（0）
10%～19%	医药（11%）、钢铁（17%）
20%～29%	石化（29%）、有色金属（29%）
30%～39%	装备制造（39%）、轻工食品（39%）
50%～59%	汽车（50%）
60%～69%	电子信息（67%）、纺织（62%）

资料来源：根据龙头企业网数据库146家企业数据统计得出

工业行业龙头企业已经进入产品多元化快速发展时期，产品创新能力不断增强，工业行业龙头企业产业转型升级优势正逐渐体现出来。

（三）浙江精神与企业文化互动发展优势

浙江精神是浙江经济社会发展转型的动力源泉。“自强不息、坚韧不拔、勇于创新、讲求实效”的浙江精神内涵随着经济社会发展转型而不断扩展，在科学发展观指导下，浙江精神已经扩展为科学发展、以人为本、公平正义、和谐有序、自强不息、坚韧不拔、勇于创新、讲求实效的精神。正是因为浙江精神处在动态发展的完善过程中，所以浙江精神能不断得以升华，成为指导企业发展转型的精神动力和文化优势。只要浙江精神不衰，浙江企业发展转型的动力和能力就能持续。

浙江146家工业行业龙头骨干企业注重企业文化建设，并取得了明显的成效。调查发现，浙商文化是在浙江企业长期成长过程中逐渐形成和发展的，企业文化是企业发展长期理念和企业精神积淀和提炼的过程。在快速成长阶段，大部分企业提出了具有自身特色的企业文化，但形成自身特色文化体系的较少。在发展成熟阶段，企业发展进入重要的转型升级时期和跨区域跨国界发展时期，需要用企业精神和企业价值取向来统一思想和凝聚企业员工的人心，大批企业会加快自身特色的文化体系建设，越来越多的企业从仅提出文化口号向形成自身独特文化体系转变，反映出企业文化在企业不同时期的作用，也反映出企业文化对企业转型升级具有十分重要的促进作用。

（四）大型民营企业内生性转型升级能力优势

大型民营企业内生性转型升级能力是指在动态变化的市场竞争环境中，企业为了追求利润最大化和实现可持续发展，具有不断地进行产品、市场、技术、管理等转型升级的内在动力，并通过创新转化为对技术、资本、资源和劳动力等创新要素的配置效率，持续增强创新竞争优势的能力。对 146 家企业的调查结果，特别是 60 家工业龙头企业创新发展与转型升级的案例分析表明，大型民营企业内生性转型升级的动力和能力比国有企业更有优势。

大型民营企业内生性转型升级能力是创新能力与转型能力互动的复杂系统。龙头企业内生性转型升级能力系统具有四个方面的明显特点。

一是转型升级能力系统是长期持续的动态变化系统。企业为了能在动态变化的市场竞争环境中实现持续发展，必然具有内生的转型升级的动力和能力，而且转型升级的行动是伴随企业发展全过程的。转型升级是长期动态过程，只要企业存在，只要企业想适应或引领市场的需求变化、适应或引领技术创新，只要企业想实现可持续发展，必然要适时进行一定程度的动态转型升级。

二是企业转型升级内生能力系统由若干个能力子系统构成，其子系统包括产品创新能力系统、生产组织创新能力系统、技术创新能力系统、市场创新能力系统、管理创新能力系统，各个能力子系统互补互动，构成企业创新发展与转型升级的动态能力系统。

三是企业动态转型升级能力系统是范围不断扩大的动态变化系统。企业追求利润最大化和实现可持续发展受内在动力驱动，企业动态转型升级能力是在企业发展过程中不断动态循环、创新发展范围不断扩大的过程。企业动态转型升级的内生能力构成中，市场创新的洞察能力包括对外部的市场变化、技术变化、政策变化的识别能力和感悟能力。对外部环境变化的洞察能力是企业作出正确判断和正确战略决策的基础条件，洞察能力强就能及时识别重要的发展机遇，为抓住重要机遇实现超前发展创造条件。生产要素组织创新能力是企业在洞察外部市场变化、技术变化、政策变化的判断基础上，及时获取与适应市场变化需求进行新的生产要素组织的能力，包括获取资本、技术、人才及政策支持等。生产要素组织能力是组织资源形成产品创新能力的重要能力。技术创新能力是指在对外部环境变化的洞察能力和生产要素组织能力的基础上作出创新战略转型和创新要素重组整合以适应外部环境变化，为企业在新的外部环境变化中实现发展转型创造条件，在动态创新变化中不断增强企业竞争力，不断保持企业持续发展的能力。转型能力则是市场创新能力、生产要素组织创新能力、技术创新能力、管理创新能力互相作用产生的有效的转型升级的结果。因此，技术创新能力是提升企业内生动态转型升级的决定性能力因素，企业内生动态创新与动态能力呈现互动关系。

四是企业之间的转型升级内生能力系统是存在明显差异的动态变化系统。由于各个企业的发展水平不同，发展阶段不同，行业的发展特点不同，不同类型的企业转型升级的动力、能力、转型升级过程、转型升级的战略和目标是不一样的，龙头企业转型升级要进行分类评价和分类指导。企业转型升级必须通过技术创新和管理创新互动来推动和实现，但企业转型主要靠制度创新、管理创新、市场创新和产业组织创新来推动，而企业升级则更主要靠技术创新、产品创新来支撑和推动。

1. 企业转型类型

企业转型可以定义为企业通过管理创新、生产组织创新、商业模式创新、企业制度创新，使企业生产组织体系和管理体系从初级运行体系向完善现代运行体系转变的过程。企业生产组织体系和管理体系的转型可以分为五个类型。

（1）企业管理模式转型。从创业者自己管理企业向委托职业经理人管理转变，在管理模式转型中必须要进行职业经理人管理制度改革和管理制度创新。

（2）市场营销模式转型。从传统的批发零售向发展国内外市场终端营销网络和电子商务转变，形成具有特色的商业模式，市场营销模式的转型必须要对原有的市场营销管理体系和商业模式进行改革和创新。

（3）企业治理结构的转型。从私人企业或家族企业向上市公司这类公众企业转型，在上市过程中企业的股权结构、财务制度、信息披露等管理制度必须进行改革和创新。

（4）企业发展模式转型。企业从单一加工制造向设计、研究开发、制造、销售、自主品牌发展转变，企业从单一行业向跨行业和跨产业的融合发展模式转变，企业的管理体系和管理职能必须进行改革和创新。

（5）企业发展层次转型。企业从追求利润最大化向追求企业可持续发展转变，从只考虑企业利益向主动承担社会责任转变，企业商品销售、投资和资源配置从国内市场向国际市场转变或者出口企业在金融危机后从国际市场转向国内市场，企业发展模式转型必然要进行企业管理制度改革和创新。

因此，企业转型往往与体制改革、制度创新及管理创新有必然的联系。企业转型的内在推动力量是企业新的发展战略的需要，或者是为了适应市场竞争需要突破原有的企业内部管理制度障碍的一种内生制度创新动力。企业转型的外在推动力量来自政府推动和市场竞争的驱动。政府推动企业转型可以分为国家和地方政府两个层次。国家在经济发展的不同时期，为实现国家战略和国家战略产业发展，会通过对经济管理制度的改革和创新，通过产业政策和经济结构调整的政策引导企业进行转型。地方政府为实现区域经济结构调整也通过经济管理制度的改革和创新，为企业创造转型的环境条件，并引导和要求企业进行转型。市场竞争格局的变化也会迫使企业转型。龙头企业转型过程是由政府引导推动，以企业为主体的制度创新及管理创新过程。

2. 企业升级的类型

企业升级是指企业的产品质量、产品性能、技术水平、市场网络、自主的知识产权、品牌等从比较低的等级升到比较高的等级，企业升级的主要支撑力量是企业的技术创新、过程创新和产品创新能力。企业升级的过程就是企业技术创新和技术水平提升的过程。在相同的市场竞争条件下，企业升级的能力和速度主要是由企业的技术创新能力和水平决定的。

企业升级可以分为五种类型。

（1）产品升级。从低附加值或低质量的产品向高附加值或高质量的产品提升，从低端产品向中高端产品升级，从单一产品向多元产品系列提升，提高企业产品的性能、质量和附加值。

（2）过程升级。从传统制造生产过程向自动化、信息化的先进制造过程转变，降低成本，提高劳动生产率。

（3）技术创新升级。从模仿创新向自主创新升级，从引进技术向消化吸收再创新，再向自主创新升级，从掌握一般技术向控制核心技术升级，从区域技术创新平台向全国创新平台和国际创新平台升级，从产品创新向技术标准的创新升级。

（4）品牌升级。从没有自己的品牌提升到具有著名品牌，从省级品牌提升到国家品牌或国际品牌；从实物资本的增值到无形资产增值升级，从产品营销到品牌营销和技术标准营销升级。

（5）企业发展层次升级。从区域著名企业向全国著名企业、国际著名企业提升。企业层次升级要以技术创新和技术进步水平作为支撑。因此，企业升级主要由技术创新和技术进步来推动，技术创新对企业升级的推动力的大小取决于企业内在的技术创新能力、政府为企业创造的技术创新环境、市场竞争状态和产业整体的技术创新水平。

在对龙头企业转型升级的评价中，从六个方面对企业的创新能力变化趋势进行监测评价：产品创新能力、市场创新能力、技术创新能力、管理创新能力、品牌和企业文化创新能力、国际竞争能力。在对 146 家龙头企业的调查分析中，浙江大多数工业行业龙头企业的产品创新能力、市场创新能力、技术创新能力、管理创新能力、品牌和企业文化创新能力、国际竞争能力都在动态提升变化，大型民营龙头企业的动态转型升级能力变化更明显。具体变化参见本书中不同类型、不同行业的企业转型升级的案例。

（五）浙江资本优势

浙江民营资本雄厚，流动性强的民间资本有上万亿元，资本优势明显。民间资本充裕不仅为民营企业快速发展创造了条件，也为企业技术创新和转型升级提供重要支撑，使浙江企业不断地把资本优势转化为技术创新优势和产业发展转型优势。2010 年，146 家企业中有 77 家（占 50%左右）企业资产总额增幅达到 10%以上，有 36 家企业资产总额增幅达到 30%以上。

但是当前由于要素市场发展和竞争环境还不健全，要素价格决定机制不尽合理，资本追求利润最大化的动力不断强化。资本优势只有不断转化为技术创新优势和产业资本优势才能对经济转型升级发挥积极的作用。如果资本优势不能很好地转化为技术创新资本或产业发展资本，而是用于投机炒房、炒股、炒资源，资本优势就反而会对企业转型升级和经济发展转型产生副作用。因此，在经济发展转型过程中，必须非常重视把资本优势合理转化为产业转型发展优势和技术创新优势。

（六）浙江省政府服务创新优势

在经济发展转型过程中，浙江省政府具有明显的服务创新优势。历届浙江省委省政府从浙江实际出发，把落实中央的战略和方针政策与浙江经济社会发展战略相结合，探索走出具有浙江特点的经济社会发展道路，“不唯上、不唯书、只唯实”，不断与时俱进地创新发展模式，不断改进和完善政府管理体制和机制，不断地实现政府服务创新，使浙江改革开放和经济发展多年来一直能走在全国前列。

在经济发展转型过程中，浙江省委省政府的战略决策一直走在全国前列。2003年7月，浙江省委十一届四次全体（扩大）会议提出发挥“八个优势”、推进“八项举措”重大战略部署（简称“八八战略”）。2008年9月，浙江省委十二届四次全会作出《中共浙江省委关于深入学习实践科学发展观加快转变经济发展方式推进经济转型升级的决定》，全会提出坚定不移地贯彻落实科学发展观，坚定不移地实施“创业富民、创新强省”总战略，坚定不移地推进“全面小康六大行动计划”，按照“三个转变”的基本要求，在提高自主创新能力、取得重大突破，调整产业结构、节约资源和保护环境、统筹城乡区域发展方面取得重大突破。全会提出力争到2012年，浙江经济发展方面方式转变和经济转型升级取得重大进展，这方面工作走在全国前列。2008年12月9日，浙江省政府出台《浙江省人民政府关于加快工业转型升级的实施意见》提出工业经济转型升级的主要目标：工业发展方式转变取得明显成效，产业结构调整取得重大进展，为构建具有浙江特色的现代工业体系打下坚实基础，力争工业转型升级走在全国前列，加快实现工业发展动力从资源消耗为主向创新驱动为主转变，产业结构从低附加值的一般加工业为主向高附加值的先进制造业和高新技术产业为主转变，企业经营方式从粗放经营为主向集约经营为主转变，产业组织形态从传统块状经济为主向现代产业集群为主转变。大中型企业综合经济指标达到20世纪90年代末国际先进水平，资源利用和节能减排等指标继续保持国内先进水平。

在2008年以来的全球金融危机的背景下，浙江省政府工作报告中提出，坚持标本兼治、保稳促调，坚持民生为本、企业为基，坚持改革创新、克难攻坚，毫不动摇地推进结构调整和发展方式转变。加快构建现代产业体系，深入实施三大产业带建设。大力推动工业转型升级，编制实施11个重点产业转型升级规划，积极发展新能源等高新技术产业，举行重点产业转型升级系列专家报告会，开展42个块状经济向现代产业集群提升试点并派遣专家服务组，重点培育146家工业行业龙头企业。

根据浙江省委省政府有关经济转型升级的战略目标，近几年来浙江经济转型升级已经取得非常明显的成效，在课题组对全国31个省（自治区、直辖市）经济转型升级的排序中，2009年版的中国区域经济转型升级能力指数排名中，浙江经济转型升级综合能力指数在全国31个省（自治区、直辖市）排第五位，浙江在技术创新能力指数排名中排第四位，节能减排能力指数排名中排第三位，表明浙江在经济发展转型中继续走在全国前列。浙江经济发展转型能持续走在全国前列，与浙江省委省政府的正确领导和决策有密切关系，也是与浙江各级政府的服务创新优势分不开的。

四、工业龙头企业转型升级面临的主要问题和矛盾

在对146家工业行业龙头企业进行座谈调查和问卷调查过程中，当前龙头企业在

转型升级过程中面临着六个主要问题。

（1）企业转型升级的成本与收益难以确定，特别是在通货膨胀和要素价格大幅度波动的情况下，企业转型升级的收益不确定性增加，企业创新投资的风险增加。在今后一段比较长的时期，通货膨胀可能持续，劳动力成本和生产要素成本会持续上升；同时随着节能减排和环境保护的不断强化，原来依靠低劳动力成本、低附加值、低价格、高污染、高能耗的“三低两高”的发展模式已经难以为继，企业必须进行发展模式转型。为使企业转型过程顺利进行，龙头企业普遍期待国家加强对通货膨胀的管理和调控。

（2）企业转型升级的创新技术支撑力量不足。目前银行对企业技术创新的信贷支持力度不够大，政府财政对企业自主创新的支持规模不够大，企业要求各级政府集中财政资金，加大对自主创新投入支持的力度，加强对自主创新产品在市场销售中的支持。

（3）企业转型升级的领军型创新人才支撑不够。高房价使企业引进高层次人才的成本大幅度增加。企业要求国家出台对领军型创新人才个人所得税的优惠政策，鼓励企业引进国内外领军型科技人才和管理人才。企业提出，随着产业的发展转型，政府要根据产业发展实际情况及时改革工业土地使用政策，鼓励有条件的大型制造业企业通过利用厂区用地的办法自主解决高层次技术和管理人才的用房问题，国家应出台有关政策积极支持企业建设人才公寓。企业人才公寓可以只租不售，企业人才公寓的建设有利于企业留住技术人才和管理人才，有利于企业降低引进人才的成本，有利于减少政府对高层次人才住房的财政支出压力。

（4）转型升级的要素市场竞争环境不完善。在房地产高利润和资源投资高利润条件下，在不同投资类型的收益严重不均的条件下，企业对制造业的技术创新的投入动力和能力不足，大量社会资本还不是主要投资于技术创新，资本优势还没有很好地转化为技术创新优势和产业发展优势。因此，要在金融创新中，金融机构和各级政府要重视把民间资本优势转化为产业优势和科技创新优势，在国家层次和区域层次上加快完善要素市场创新与管理，完善要素价格调节机制，正确引导社会和企业把资源和资本投入到技术创新和经济发展转型中去。

（5）政府对企业转型升级中的著名品牌建设的政策支持力度不够大。企业建议政府加强对国际市场网络发展、国际技术合作研究中心、国际著名品牌建设的支持。

（6）企业转型过程中技术创新成果的知识产权保护环境不够完善。企业建议加强创新成果的知识产权保护。

在调查中，龙头企业普遍反映发展转型面临六大矛盾：政府创新战略导向与现实市场需求导向不同步的矛盾；发展新型战略产业与强化现有传统行业比较优势的矛盾；持续提高劳动者收入和企业可持续赢利发展的矛盾；增加创新投入与短期内提高企业效益的矛盾；制造业企业规模扩大与资源能源供给支撑的矛盾；发展高新技术产业与创新要素短缺的矛盾。龙头企业普遍提出，转型升级是具有战略意义的长期重要任务，企业转型升级要根据自身特点和基础条件实现逐步创新转变。企业转型升级需要企业和政府共同长期艰苦努力，需要政府加快完善经济转型升级的市场环境和政策环境，加快对企业转型升级支持政策体系的建设。

五、工业行业龙头企业发展转型战略机遇与战略定位

中国经济发展正处在伟大复兴的战略机遇期，处在经济快速发展阶段向经济科技强盛阶段转变的重要时期，处在中国跨国公司加快进入世界500强企业行列的关键时期，工业行业龙头企业转型升级要抓住国家伟大复兴的战略机遇期，明确企业国际化发展战略定位——发展一批具有自主技术创新能力、具有全球视野和国际竞争能力、能在全球范围配置生产要素的浙江跨国公司。

（一）国家经济发展周期与企业转型升级周期

考察世界经济发展历史，企业转型升级的周期与国家经济发展周期具有密切的关系。在人类经济社会发展的漫长过程中，出现过各类不同的生命发展周期，如产品生命周期、产业生命周期、企业生命周期、经济发展周期、文明发展周期、技术生命周期等。大多数的生命周期经历了起源、成长、繁荣、成熟、衰退五个阶段。考察发达国家的国家经济发展生命周期，大多数国家经历了国家经济发展生命周期，国家经济发展生命周期也经历原始积累、经济成长、经济强盛、经济成熟、经济衰退五个阶段。国家经济发展生命周期中的五个经济发展阶段要经历四次大的经济形态和产业结构的重大转型，每一次经济发展转型同时也是企业发展壮大或淘汰出局的重要时期。

（1）从原始积累阶段向经济成长阶段转变时期。在这个阶段，一个国家从原始社会向农业社会转型、从游牧经济向农业经济转型，相应地，个体游牧民向小型农业企业转变，产业结构以农业为主，进入农业经济结构时代。从原始积累向经济成长阶段转变是经历时间最漫长的阶段，如果国家转型不成功将长期处在贫穷落后的原始经济和农业经济阶段。这个阶段经济增长速度缓慢，劳动生产率比较低，个人的收入水平比较低，劳动力的成本比较低，产品结构和产业结构调整速度缓慢，农业企业发展转型速度也比较慢，但是企业只要抓住经济形态转型的机遇，就可能成为进入经济快速成长阶段的大企业。

（2）经济快速成长阶段向经济强盛转变时期。这一阶段是一个国家从农业经济向工业经济转变，同时工业经济又开始向服务经济转变的重要时期，是经济发展从起飞到繁荣富强转变的重要阶段。这一阶段是工业化、城市化、国际化互动快速发展的重要阶段，从农业社会向工业社会转变，从农村向城市转变、从农业企业或农民向工业企业家转变的重要阶段。这一阶段处在工业化、城市化快速发展的时期，经济充满活力，新的经济增长点不断涌现。由于制造业的劳动生产率明显比农业劳动生产率高，各阶层个人的收入水平明显提高，家庭的房产和资本性的财富性收入明显增长，市场需求旺盛，同时劳动力的成本也开始逐步提高。考察美国和英国经济发展转型历史，工业化和城市化时期是一个国家经济发展最快的时期，工业经济高度发达的时期也是一个国家最繁荣强盛的时期之一，是中小制造业企业快速发展转型成为大型制造业企

业集团的关键时期，也是大企业发展转型为跨国公司的重要时期。

（3）经济强盛阶段向经济成熟阶段转变时期。这一阶段是国家进入以第三产业为主的经济形态阶段，城市化进程已经基本完成，是经济增长主要依靠服务业、城市经济和技术密集型产业来拉动的时期。这一阶段经济进入平稳增长阶段。

（4）经济成熟阶段向经济衰退阶段转变的时期。在这一阶段，国家经济增长明显缓慢，新的经济增长点少，经济活力不断下降，产业结构调整速度很缓慢，一个国家经济生命周期进入衰退时期，需要花很长的时间培育新产业和新的经济增长极，为进入新一轮的国家经济生命周期作准备。

（二）英美国家经济发展周期与企业发展转型

英国经济生命周期发展历程表明，国家经济繁荣周期在100～150年，国家的经济衰退周期也在100～150年，其中工业经济高度发达时期是英国经济繁荣强盛的重要时期，是英国大企业快速发展和企业国际化的重要时期，也是工业企业技术进步和发展转型的关键时期。1800～1930年，英国工业经济处于发展黄金时期；1880年，英国工业制造业在世界工业总量中所占比重达到23%左右。1870年，英国的煤炭产量、生铁产量、棉花产量占世界产量的50%左右，英国在工业制造业发展达到高峰时期，成为世界第一经济强国，英国许多大企业发展转型为跨国公司。1890年之后，英国的制造业向第三产业转换，制造业比例呈现逐渐下降趋势，英国逐渐进入以服务业为主的经济形态，英国经济在世界经济中的地位也相应地逐渐下降。1963年，英国工业制造业产出占世界制造业总产出的比重下降为6.4%。2003年，英国工业制造业产出占世界制造业总产出的比重只有3.1%。英国工业发达繁荣发展时期是英国经济社会发展最强盛的阶段，是英国商品出口竞争力最强、企业国际竞争力最强的阶段（图0.11）。

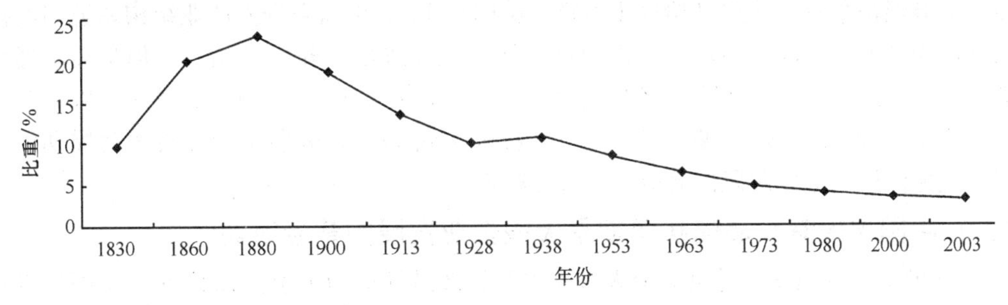

图0.11　英国工业产出占世界工业产出的比重变化%（1830～2003年）

资料来源：根据世界银行数据库和安格斯·麦迪森的《世界经济千年史》中的数据计算得出

美国的经济生命周期发展历程表明，美国的国家经济繁荣周期在100～150年，美国的经济衰退周期也在100～150年，其中工业经济高度发达时期是美国经济繁荣强盛的重要时期。1820年，美国从农业经济向工业经济转型，还是经济小国。当时美国的国内生产总值（GDP）占世界的比重为1.8%。1870～1970年是美国从农业经济向工业经济、农村经济向城市经济快速发展转型的黄金时期。在这一时期，美国确立了工业在国民经济中的主导地位，建立并完善近代制造业体系和现代产业体系，成为世界制造业强国和经济强国，美国 GDP 占世界比重持续上升，美国经济总量占世界经济总量的比重从 1870 年的 8.84%上升到 1960 年的 38.49%，说明美国在工业经济高度发达时期，其经济总量占世界经济总量的比重曾经达到 40%左右（图 0.12）。美国的制造业发展达到高峰时期，其工业制造业产出占世界制造业总产出的比重为 23.6%～44.7%，其中 1953 年，美国制造业产出占世界制造业总产出的比重达到 44.7%。在美国工业经济发展的黄金时期，美国曾经有连续几十年的贸易顺差，同时美国财政盈余也持续相当长的时期，表明美国工业化快速发展时期是美国经济社会发展历史上最强盛的时期。

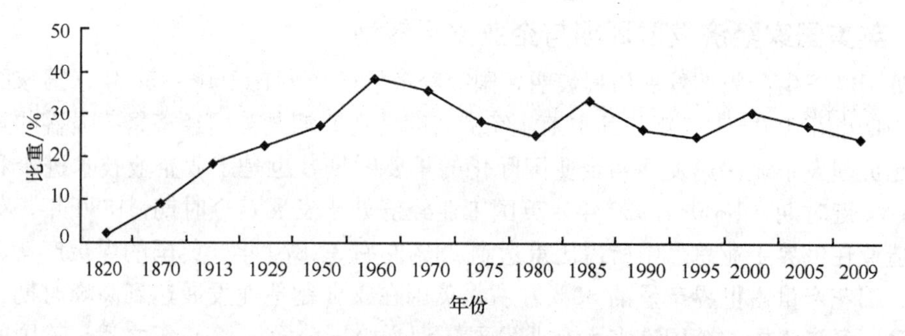

图 0.12　美国经济总量占世界经济总量的比重变化

资料来源：根据世界银行数据库数据和安格斯·麦迪森《世界经济千年史》中的数据计算得出

20 世纪 70 年代以来，美国进入产业结构大调整阶段，工业制造业大规模向其他国家转移，工业制造业在经济中的比例不断下降。美国进入经济周期成熟发展阶段，美国从 1974 年以来开始出现持续的贸易逆差，同时也不断出现财政赤字，美国的经济总量占世界经济总量比重也开始逐步下降。美国自 1970 年以来进入产业结构调整与经济发展周期性变化互动时期，一轮产业结构调整能促进新一轮经济增长，但是美国经济总量占世界经济总量的比重已经呈现逐步下降的趋势，从 1960 年的最高点 38.49%下降到 2009 年的 24.28%（图 0.12），下降幅度达到 14%，表明美国经济生命周期已经进入成熟阶段及成熟阶段向衰退阶段转变时期。

（三）中国伟大复兴战略机遇期是大型企业发展的黄金时期

19 世纪，中国曾经是世界上人口最多和经济最发达的国家。1820 年，中国经济总量占世界经济总量的比重达到 33%；1830 年，中国的工业制造业占世界制造业总量的比例为 29.8%。1840 年以来，中国经济开始逐步衰退，中国经济总量占世界经济总量的比重持续下降，中国经济总量占世界经济总量的比重最低点只有 1.62%。中国从 1840 年开始经济衰退周期经历 100 多年的时间。到 1949 年新中国成立，特别是改革开放以来，在党中央和国务院的正确领导下，在全国各族人民共同努力下，中国经济开始进入伟大复兴阶段。进入 21 世纪以来，中国经济发展正在进入经济快速成长向经济强盛转变的关键阶段，中国进入了从经济大国向经济强国、科技强国、人才强国转变的重要阶段，也进入了制造业大国向制造业强国转变的重要时期（图 0.13）。

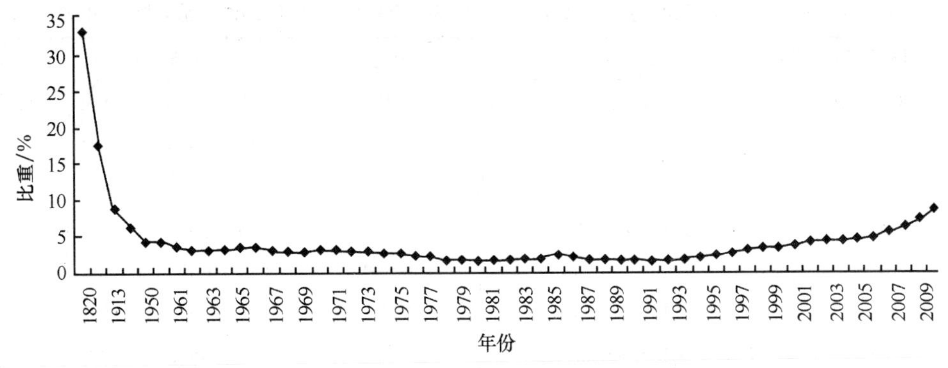

图 0.13　中国经济总量占世界经济总量的比重变化

资料来源：根据世界银行数据库数据和安格斯·麦迪森《世界经济千年史》中的数据计算得出

2000 年以来，中国经济总量占世界经济总量的比重持续提高，2009 年，中国经济总量占世界的比重达到 8.57%，目前中国经济总量还只有美国经济总量的三分之一强。但是在今后 10～20 年，即 2020～2030 年，中国经济总量有望达到并超过美国，成为世界第一经济大国。在 2030～2050 年，中国经济总量占世界经济总量的比重将大幅度提高，成为世界经济强国。按照 100 年的经济发展繁荣周期计算，到 2049 年，即新中国成立 100 周年时，中国经济发展将达到世界经济顶峰。按照美国和英国的经济发展周期的历史经验，那时中国经济总量占世界经济总量的比重有望大幅度提高，中国跨国公司在世界 500 强企业中的比重也有望大幅度提高。中国成为世界制造业强国还有很大的发展空间，中国经济伟大复兴强盛之路还很长。因此，浙江企业的转型升级要从未来中国成为世界经济科技强国的战略目标来考虑，抓住中国伟大复兴的战略机遇期，切实增强企业自主创新能力，切实掌握关键核心技术，拥有自主知识产权，具有国际视野和国际竞争力，做强做大工业龙头企业，把培育一大批中国制造业跨国公司作为转型升级的重要战略任务，浙江龙头企业要为中国成为跨国公司大国作出积极的贡献。

（四）经济发展阶段与企业转型升级的产业定位

浙江正在进入人均 GDP 达 6000～10 000 美元的经济转型时期；进入产业结构加快调整、战略性新兴产业加快发展的重要时期；进入企业加快产业链向上下游延伸发展，产品和产业跨区域、跨行业发展转型中的组织创新和管理创新的关键时期。

考察发达国家经济发展水平变化过程，主要发达国家在 20 世纪 70～80 年代实现人均 GDP 从 6000 美元向 10 000 美元转变。美国、法国、德国、荷兰、瑞典等国家在 20 世纪 70 年代中期经历 5 年左右的时间完成了转变。英国、日本、意大利、加拿大、澳大利亚、芬兰在 20 世纪 70 年代后期和 80 年代中期经历 7～8 年时间完成转变。韩国、葡萄牙等国家在 20 世纪 90 年代经历 6 年时间实现转变（表 0.4）。

表 0.4　主要发达国家和地区实现人均 GDP 从 6000 美元到 10 000 美元的跨越时间

国家和地区	跨越时间	国家和地区	跨越时间
澳大利亚	1974～1980 年（7 年）	日本	1977～1984 年（8 年）
奥地利	1977～1980 年（4 年）	希腊	1987～1992 年（6 年）
加拿大	1974～1980 年（7 年）	西班牙	1980～1989 年（10 年）
芬兰	1975～1980 年（6 年）	英国	1979～1987 年（9 年）
法国	1975～1979 年（5 年）	中国台湾	1988～1992 年（5 年）
德国	1975～1979 年（5 年）	韩国	1990～1995 年（6 年）
荷兰	1975～1978 年（4 年）	葡萄牙	1990～1995 年（6 年）
瑞典	1973～1976 年（4 年）	波兰	2004～2007 年（4 年）
美国	1973～1978 年（5 年）	匈牙利	2002～2004 年（3 年）
意大利	1979～1986 年（8 年）	中国浙江	2009～2015 年（6 年）

资料来源：根据世界银行数据库数据计算

根据发达国家和部分发展中国家经济发展水平变化过程，在人均 GDP 从 6000 美元向 10 000 美元转变阶段的经济发展具有四方面的基本特征。

1. 经济增长速度趋缓

在人均 GDP 从 6000 美元向 10 000 美元转变时期，大多数发达国家和地区的经济保持平稳增长，出现明显的经济增长速度放缓趋势，只有少部分国家和地区的经济保持高增长，也有部分国家和地区经济出现负增长和较长时间的经济逆转。美国、英国、日本等大多数发达国家在人均 GDP 从 6000 美元向 10 000 美元转变时期的经济增长保持在 3%～5%（图 0.14）。中国香港、新加坡等国家和地区在人均 GDP 从 6000 美元向 10 000 美元转变时期保持经济高增长，经济增长率达到 8%～11%（图 0.15）。有些国家在人均 GDP 从 6000 美元向 10 000 美元转变时期经济增长出现反复，俄罗斯在 1991～1996 年出现连续 6 年的负增长，1991 年最大的经济负增长达到－11.6%，使俄罗斯这一阶段的经济转型经历长达 13 年时间。南非和墨西哥也经历了反复并出现负经济增长（图 0.16），南非人均 GDP 从 6000 美元向 10 000 美元转变时期经历了 15 年的时间。墨西哥从 1991 年人均 GDP 达到 6000 美元以来，7 年时间人均 GDP 一直在 6000 美元左右徘徊；到 2004 年，墨西哥还处在人均 GDP 8800 美元的水平。

2. 三次产业结构保持平稳变化

多数发达国家和地区在人均 GDP 从 6000 美元向 10 000 美元转变的时期，服务业（第三产业）的比例已经达到 50%以上，三次产业比例呈现“三、二、一”的结构排序。在人均 GDP 从 6000 美元向 10 000 美元转变的时期，三次产业比例变化不大，处于三次产业结构相对稳定发展的状态。1974～1978 年，美国第二产业只下降了一个百分点，第三产业只增加了一个百分点，属于三次产业结构稳定发展的阶段（图 0.17）。

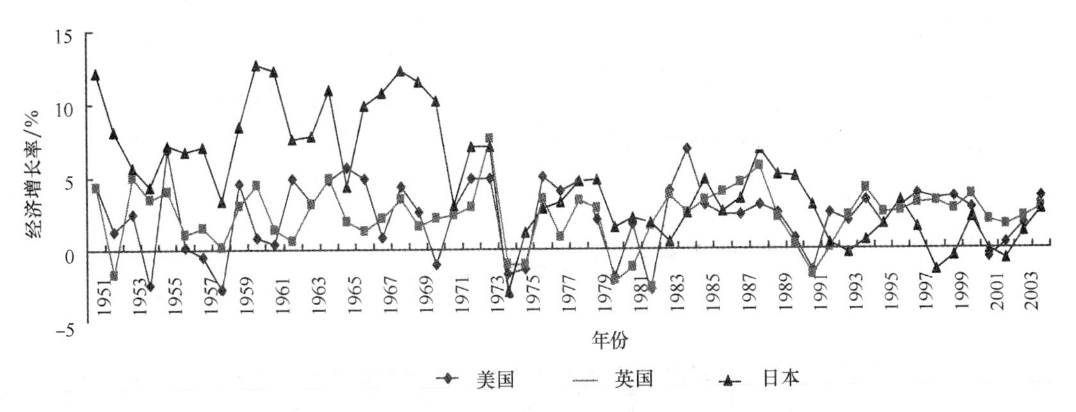

图 0.14 美国、英国、日本经济增长率（1951～2004 年）

资料来源：根据世界银行数据库数据计算

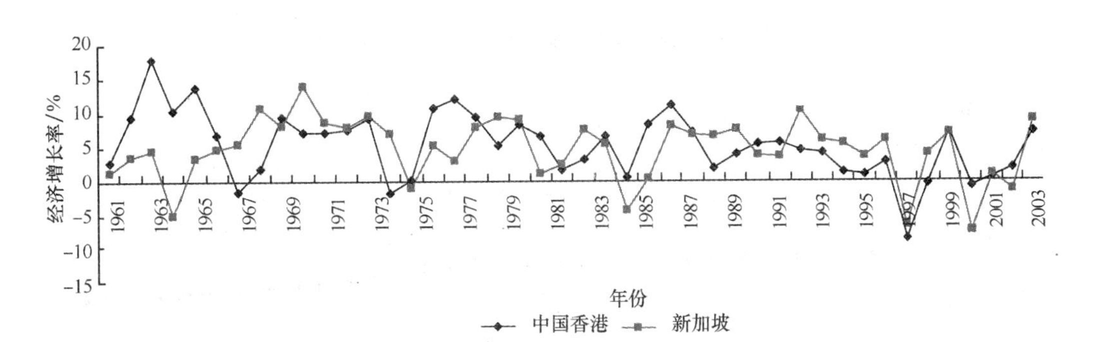

图 0.15 中国香港、新加坡经济增长率（1961～2004 年）

资料来源：根据世界银行数据库数据计算

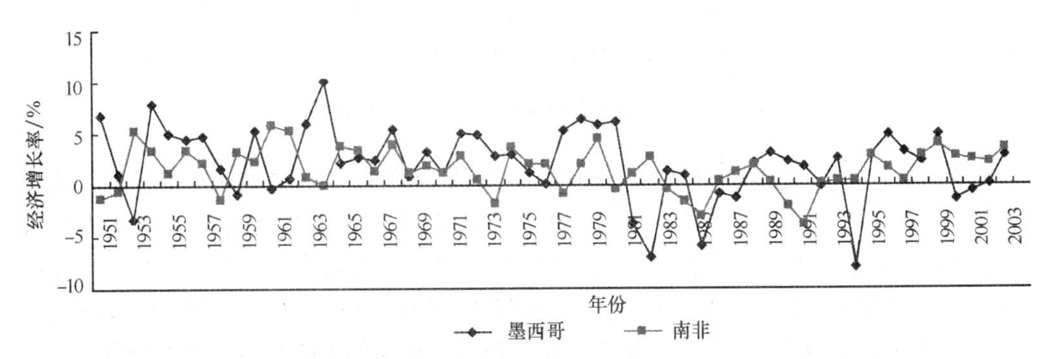

图 0.16 墨西哥、南非经济增长率（1951～2004 年）

资料来源：根据世界银行数据库数据计算

1977～1984 年，日本处于人均 GDP 从 6000 美元向 10 000 美元转变的阶段，工业增加值占 GDP 的比重从 1977 年的 41%下降到 1988 年的 39.34%，同期服务业从 54.22%上升到 58%，农业从 4.78%下降到 2.66%。数据表明日本在这一时期也出现第一、第二、第三产业结构稳定发展的阶段（图 0.18）。

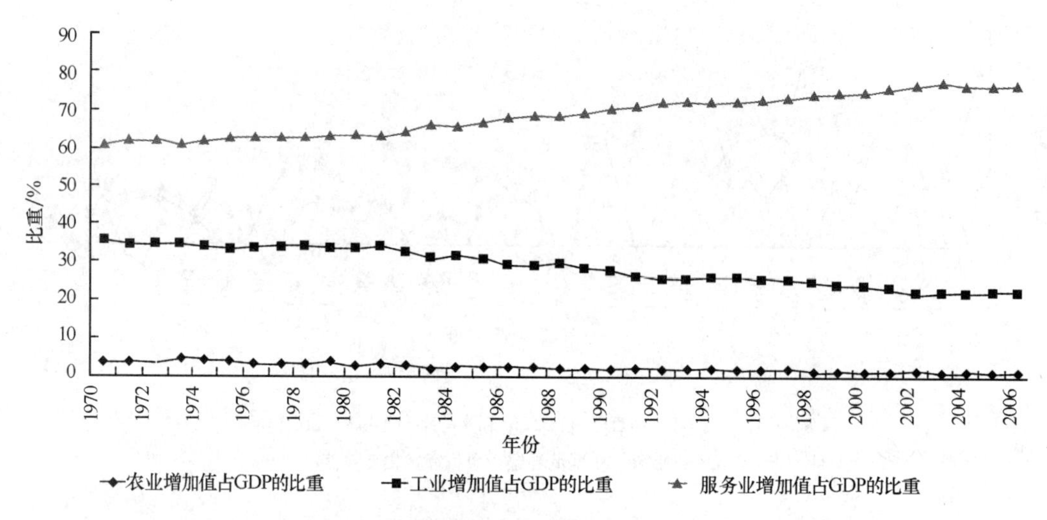

图 0.17　美国三次产业变化（1970～2006 年）

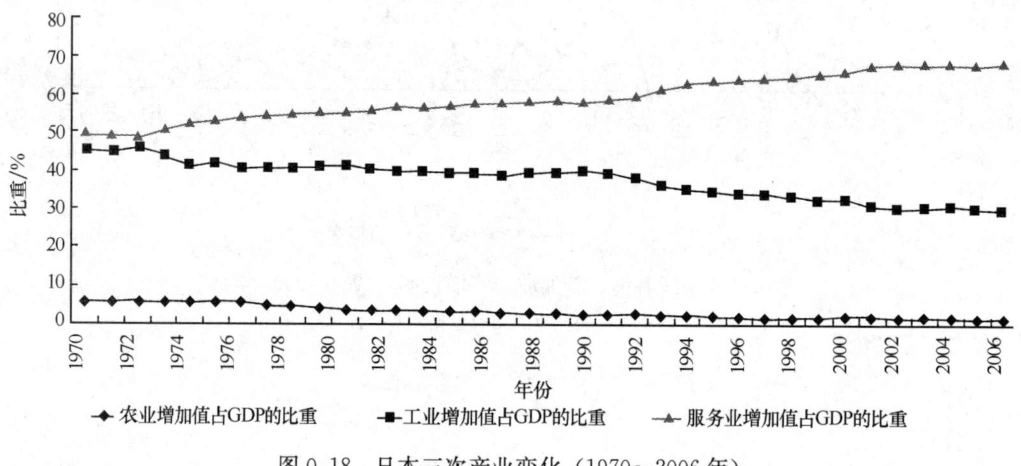

图 0.18　日本三次产业变化（1970～2006 年）

1975～1979 年，德国处于人均 GDP 从 6000 美元向 10 000 美元转变的阶段，工业增加值占 GDP 的比重从 1975 年的 42.33%下降到 41.06%，服务业从 54.51 上升到 56.54%，农业从 3.16%下降到 2.4%。表明德国在这一时期第一、第二、第三产业结构比重变化也是不大的。因此，从发达国家和地区的经验看，人均 GDP 从 6000 美元向10 000美元转变的阶段是第一、第二、第三产业结构比例保持相对稳定的阶段。

3. 技术创新投入明显增加，高技术产业加快发展

多数发达国家和地区在人均 GDP 从 6000 美元向 10 000 美元转变的时期，技术创新投入明显增加，R&D 经费占 GDP 的比例达到 2%～2.5%。在 20 世纪 70～80 年代经济转型期间，美国、英国、日本、德国和法国的科学技术研究重点发生了明显变化，大力发展计算机技术、微电子技术、新材料技术、航空航天技术、信息技术和生物工程技术等，积极发展高技术产业，发达国家的政府鼓励企业增加研究开发活动投入，

鼓励企业和研究机构开展科技方面的国际合作，鼓励研究机构和企业进行科技创新合作，强化高技术向企业和产业转移，高技术产业发展速度逐步加快。

4. 技术创新体系、技术创新法律及政策体系不断完善

多数发达国家和地区人均 GDP 从 6000 美元向 10 000 美元转变的时期，是技术创新体系和技术创新法律及政策全面推进的阶段，具体表现为政府加大了对企业和研究机构技术创新的支持力度，建立技术创新、技术合作和技术转移的法律和政策体系，政府有计划地组建了多学科的技术研究中心和工程研究中心。政府为企业提供技术创新的金融和财政优惠政策，发展风险投资与技术创新的互动体系，为企业提供技术咨询与技术转化服务体系等。在技术创新体系不断完善的过程中，政府对企业的研究开发投入采取税收优惠政策，政府对技术创新产品增加公共采购政策，使技术创新的经费来源进入多元化快速发展阶段，私人与企业投入技术创新的比重大幅度增加。

浙江省在“十二五”时期处在人均 GDP 从 6000 美元向 10 000 美元转型时期，进入产业结构调整的关键阶段，是做强做大工业龙头企业、推进工业制造业从劳动密集型向资本密集型和技术密集型转型升级的攻坚阶段，是加快发展战略型新兴产业和高技术产业重要阶段，是增强工业企业自主创新能力、进一步巩固制造业强省地位、加快发展现代服务业与制造业互动发展的非常重要的时期。工业行业龙头企业转型升级中需要进一步加强核心技术的创新，加强具有国际技术标准的产品开发，加强具有国际品牌产品的国际营销网络的建设。

六、实施龙头企业开放创新系统工程，加快推进行业龙头企业转型升级的若干建议

2008 年金融危机以来，世界经济正在进入发展转型、大调整和大变化的新阶段。发达国家和发展中国家都在寻找新的经济增长点，以低碳技术、环保技术、数字技术、生物技术、智能化技术为主题的新科技革命和新产业革命正在逐渐形成新的发展浪潮，并推动经济全球化向前发展，新一轮占领未来国际竞争制高点的全球创新竞争正在展开。世界经济发展转型中出现了绿色经济、生物经济、数字经济等新的经济发展形态和新的产业发展空间。

浙江经济发展转型和龙头企业转型升级应从全球视野出发，把握世界经济发展转型的新趋势，抓住世界经济转型的战略机遇，增强龙头企业自主创新能力，引领和促进浙江企业加快转型升级。在工业行业龙头企业转型升级中要加快提升 50 亿～100 亿元规模企业群体的技术创新能力、管理创新能力和品牌竞争力，在转型升级中实现开放创新和跨越式发展。加快提升 100 亿～200 亿元规模的企业群的核心技术控制力和创新竞争力，实现持续发展和规模扩张，争取在“十二五”时期有一大批民营龙头企业达到 300 亿～400 亿元规模，增强行业关键核心技术控制力。增强 300 亿元以上规模企业群体的自主创新能力，加快产业链的国内外拓展，掌握产业链中核心价值环节，鼓励 300 亿元以上规模企业从国内著名品牌向国际著名品牌转变，培育一批营业收入规模达到 500 亿～1000 亿元以上的民营企业，培育具有国际竞争力和自主创新能力的能

进入世界500强的跨国公司。为此，行业龙头企业开放协同创新系统工程被提出并实施。企业开放协同创新系统工程包括下列八个开放创新子系统工程。

1. 对接国家战略性新兴产业大项目工程

鼓励和支持有条件的工业行业龙头企业积极对接国家战略性新兴产业大项目，积极发展绿色经济、节能环保、新兴数字、生物、新能源、新能源汽车、高端装备制造和新材料等战略性产业的大项目，承接“智能电网”、“智慧城市”、“低碳技术”、通信网络、物联网、三网融合、新型平板显示、高性能集成电路和高端软件、生物医药、生物农业、生物制造、核能、太阳能、风能、插电式混合动力汽车、纯电动汽车、海洋工程装备、高端智能装备，特种功能和高性能复合材料。支持工业行业龙头企业争取国家战略产业领域的大项目，政府各级财政资金要加大对工业行业龙头企业开发国家战略产业大项目的支持力度，在承担国家战略产业大项目的过程中加快培育战略性大企业。

2. 自主创新能力提升工程

鼓励工业行业龙头企业加大研究开发和技术创新的投入力度，依托大项目和重点工程，优先研究发展核心关键技术，加快推进新能源、高档数控机床、现代轨道交通装备、智能化仪器仪表、精准农业机械、电子专业设备及重大的节能环保装备等重大技术装备的自主化和本土化。加快微电子和光电子器材、新型功能材料、高性能结构材料、纳米材料、高档软件等领域的科技攻关，形成具有世界先进水平的新材料和智能绿色制造体系。

集中财政资金，加大对重点项目和重大项目的支持力度，扶植一批自主创新的大项目。从税收优惠和信贷政策上积极支持企业采用新资源及新能源的技术设备，积极开发替代能源和新型原材料。依靠技术创新和管理创新，提高劳动生产率，降低生产成本，节能减排，以抵消劳动力等要素成本的上升。在装备制造业、化工化纤、轻工纺织服装、医药、电子信息等重点行业培育一批自主创新能力强、主导产品优势突出、拥有自主知识产权和核心技术、具有国际竞争力的大型企业集团。

3. 自主品牌提升工程

大力支持龙头企业从区域品牌向著名国内品牌和国际品牌转变，从贴牌生产向自主品牌提升转变。支持企业强化品牌设计推广，加强企业文化和品牌机构建设，加强品牌人才引进与培养。鼓励企业并购国内外著名品牌，提升自主品牌竞争力，积极支持企业实施国内外著名品牌经营战略，对获得国际著名品牌企业实施奖励政策。

4. 国际战略合作创新工程

鼓励龙头企业瞄准全球生产体系的高端，大力发展具有较高附加值和技术含量高的装备制造产业和战略性新兴产业。大力支持龙头企业与国际知名大企业和世界500强企业开展新材料开发、新产品研究开发、技术创新中心、市场网络建设等全方位战略合作。积极支持企业发展国际大客户战略合作联盟，加强与欧美主要发达国家的世界著名大企业在资本、技术、管理等方面全方位的合作创新。主动对接国际产业转移，鼓励有条件的企业在全球范围内开展资源和价值链的整合，发展国际化的产业链和价值链，建立新型战略产业的国际合作战略联盟，鼓励有条件的企业参与新型产业的国际技术标准的制定，提高浙江龙头企业的国际影响力和国际竞争力。

积极吸引国际大公司到杭州、宁波、绍兴等大中城市建立技术研究中心和区域性总部机构，鼓励龙头企业积极对接国际高技术产业的外包和技术服务合作网络。积极开展国际技术交流，举办世界著名的学术会议，鼓励地方政府、大型企业、高校、研究机构之间开展不同层次的国际技术合作战略对话活动。

5. 产业技术创新战略联盟工程

鼓励有条件的企业建立产业合作创新发展基金，积极支持企业发展合作创新的产业技术创新战略联盟，在装备制造业、化工化纤、轻工纺织服装、医药、电子信息、交通运输等重点行业发展若干个产业技术创新战略联盟。鼓励民营企业建立自愿合作联盟型技术创新研究中心，降低创新成本，优化创新要素的配置，在产业集聚区建设产业技术创新战略联盟大楼或技术创新战略联盟示范园区，积极聚集国内外的创新资源，促进技术集成创新和自主创新，推动技术结构、产业结构和企业组织结构的优化升级。加快实施产业技术创新战略联盟工程，有效地提升以企业集群和龙头企业为核心的自主创新能力，力争在局部领域和若干重点产业实现技术创新的有效突破。

6. 加快创新人才队伍建设工程

支持龙头企业加快培养和引进高层次的创新人才，加强创新团队和创新人才服务平台建设。鼓励和引导科技创新人才为企业服务，促进企业、高等学校、科研机构人才资源相互流动和共享，探索形成产学研合作培养创新人才的新机制，提升企业科技人才创新能力。大胆引进和使用海外高水平拔尖人才，建立开放型的技术创新中心，积极吸引和凝聚海外归国高层次科技和管理人才到浙江龙头企业工作。

各级政府财政要加大对创新人才发展的资金投入，较大幅度增加人力资本投资比重。大力发展各类创新团队，造就一大批能引领企业创新发展转型的企业家，造就一大批能引领关键核心技术研究开发的科技领军人才，造就一大批能引领管理创新和提升管理水平的高层次经济管理人才。积极解决高层次创新人才的保障性住房，把创新人才的住房建设放到保障性住房建设的优先地位。

加强企业家队伍和企业接班人队伍建设，加快职业经理人队伍建设。完善技术工人培养教育体系，在块状经济和产业集群示范区发展技工学校或设立相应的技工专业，提高技术工人的能力和水平，为企业的产品升级和技术升级提供技工支撑。

7. 加强金融和财政优惠政策对企业自主创新的支撑工程

浙江有数千亿元的民间资本在寻找投资机会，但是在规模以上工业企业的研究开发投入却只有200多亿元，100强企业的研究开发投入只有130亿～150亿元，要加快研究吸引民间资本投入创新和发展转型项目，制定相应的金融和财政政策，加快金融创新，扩大民间资本对创新投入的渠道和机会，提高民间资本对创新投入的收益。

金融机构、金融政策和财政优惠政策要加强对企业自主创新的投融资支持：积极支持创新型企业和工业龙头企业上市，提高龙头企业直接融资比例，完善公司治理结构。强化银行信贷投向指导，开展融资跟踪服务，鼓励工业行业龙头企业参与金融服务业发展，支持龙头企业对外融资，支持有能力的创新型大企业发行融资券和票据。落实对龙头创新企业的税收优惠政策，加强税收政策对企业发展转型升级的支撑，支持企业加快国际国内著名品牌建设，支持企业"走出去"拓展国际发展空间，支持企业实施技术标准战略与技术研究中心国际化发展战略。

8. 建立政府服务创新与企业发展转型的互动创新工程

企业的转型升级是涉及制度创新、管理创新和技术创新等诸多因素的系统工程。企业转型升级的过程是制度创新、管理创新和技术创新互动的过程。在这种互动体系中，企业内部的技术创新与管理创新的互动是企业转型升级的基础。政府层次上的制度创新与技术创新的互动，不仅为企业转型升级提供技术创新的平台、技术创新环境和创新政策支持，而且为企业转型升级创造良好的制度环境和制度框架，为企业转型升级创造良好环境和重要保障条件。政府与企业在转型升级中的良性互动是提高转型升级效率的重要途径。企业转型升级的过程是政府的创新推动力、市场竞争的拉动力和企业谋求持续发展的原动力形成合力的过程。加快建立政府与企业在转型升级中的互动创新体系，把企业和产业转型升级中开放创新体系建设的重要任务列入地、市、县级政府领导的考核指标，积极推进转型升级的制度创新。

浙江工业大学浙江浙商开放创新发展研究院　程惠芳

第一篇　装备制造业企业创新与转型升级案例

第一章　西子联合创新与转型升级案例

浙商格言

◆“做企业，不做短跑冠军，而做长跑运动员。”

◆“做不了一百年的老总，但我必须成就一个百年的西子。”

——西子联合董事长　王水福

3月12日，植树节，是一个绿意盎然的日子，是一个孕育希望的日子，也是“世界的西子，百年的西子”的诞生日。

西子联合控股有限公司（简称西子联合）有一套“木本论”：很多企业都是草本基因，经济形势好时春暖花开，生长茂盛；到了寒冬就枯颓凋零，衰败没落。这样的草本企业很难发展，急需转变为木本基因。因为树木来年冬天又会冒出新芽，而且树干一年比一年粗壮，枝叶一年比一年茂盛。西子联合，一个曾经年产只有数万元的村办企业，华丽转身为一个总资产超过120亿元，2009年销售收入达138亿元的装备制造业龙头企业集团，旗下拥有四个“第一”：自动扶梯全球第一、电梯部件全国第一、立体车库全国第一、余热锅炉全国第一。西子联合正引领着浙江草根企业发生木本质变，立志基业长青。

一、西子联合的木本发展史

1981年，西子联合是一个乡镇企业，沐浴着改革开放的春风，如小草破土而出。

1997年的植树节，西子联合和美国奥的斯牵手，成立杭州西子奥的斯电梯有限公司（简称西子奥的斯）。东西方文化交融，国际化的先进理念、独特的思想文化精髓自此深扎于企业内部。

2004年3月12日，又是一年的植树节，西子联合与世界500强之一的日本石川岛合资，成立杭州西子石川岛停车设备有限公司（简称西子石川岛），低碳节能的理念在那时就已生根发芽。

此后，西子联合还与日本三菱重工、日本川崎重工、美国通用电气、法国阿尔斯通等多家世界500强企业在多领域展开了成功的合资合作，成为杭州市乃至浙江省“以民引外、民外合璧”的典范。

与世界500强企业合作，并不是邯郸学步，西子联合开始探索自己的转型发展之路。2009年5月，西子联合以唯一民企身份跻身被誉为“工业之巅”的大飞机项目，实现从原来的传统制造业向位于高端核心的航空制造业转型，使得公司产业化和国际化战略深入推进。为中国人的大飞机翱翔蓝天贡献力量既是中国民营企业的荣誉，更是民族振兴的责任。这必将成为西子联合新一轮转型升级的起飞点。西子联合发展历程如图 1.1 所示。

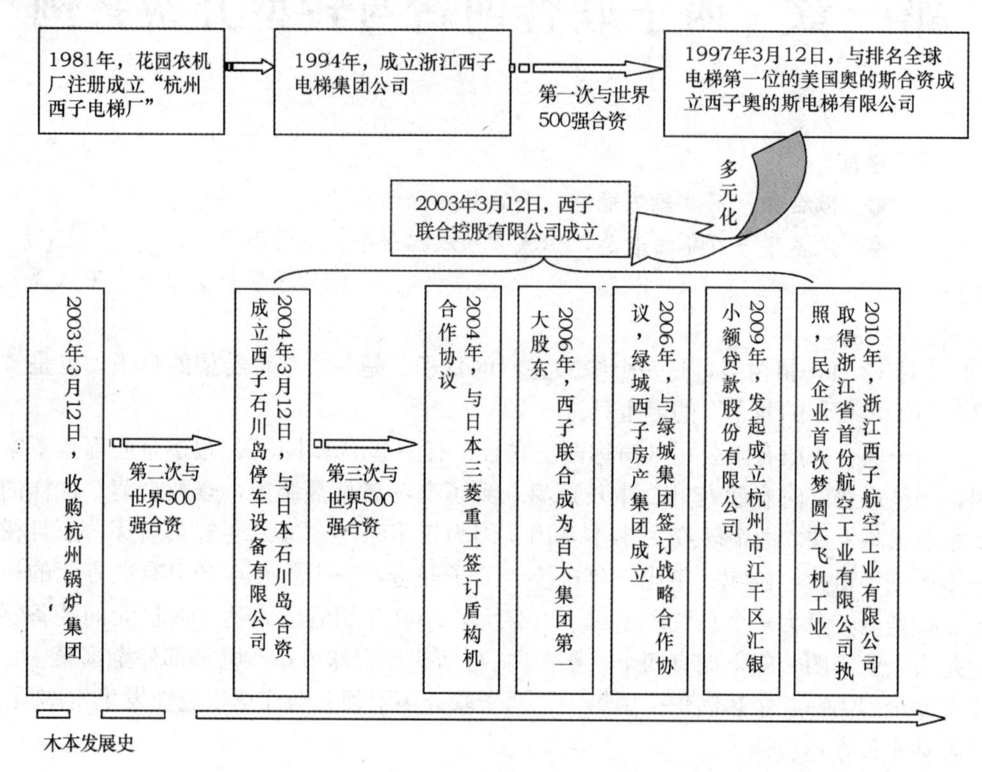

图 1.1　西子联合发展历程图

西子联合持续健康地发展产业，这是企业的硬实力，同时，还致力于打造企业的软实力，即通过建立自身的品牌和形象来构筑独特的核心竞争力，打造西子联合的卓越品牌形象。“百年西子，家业长青。”

二、转型升级“西子模式”

在转型升级道路上，西子联合大步向前，勇立潮头。行业宽度的拓宽是为了做大西子联合；产品升级则是为了做强西子联合。这背后的推动力则是相互耦合、互促互进的管理创新、技术创新、企业责任承担。管理创新是西子联合立志从生产型公司转到管理型公司的核心，具有整合和优化要素和资源的功能；技术创新是西子联合自主创新的动力，而企业责任承担是西子联合不断升级的保障。而管理升级、技术升级和企业责任升级促进了产品升级、行业扩张，这些节点就构成了西子联合转型升级路线图，如图 2.2 所示。

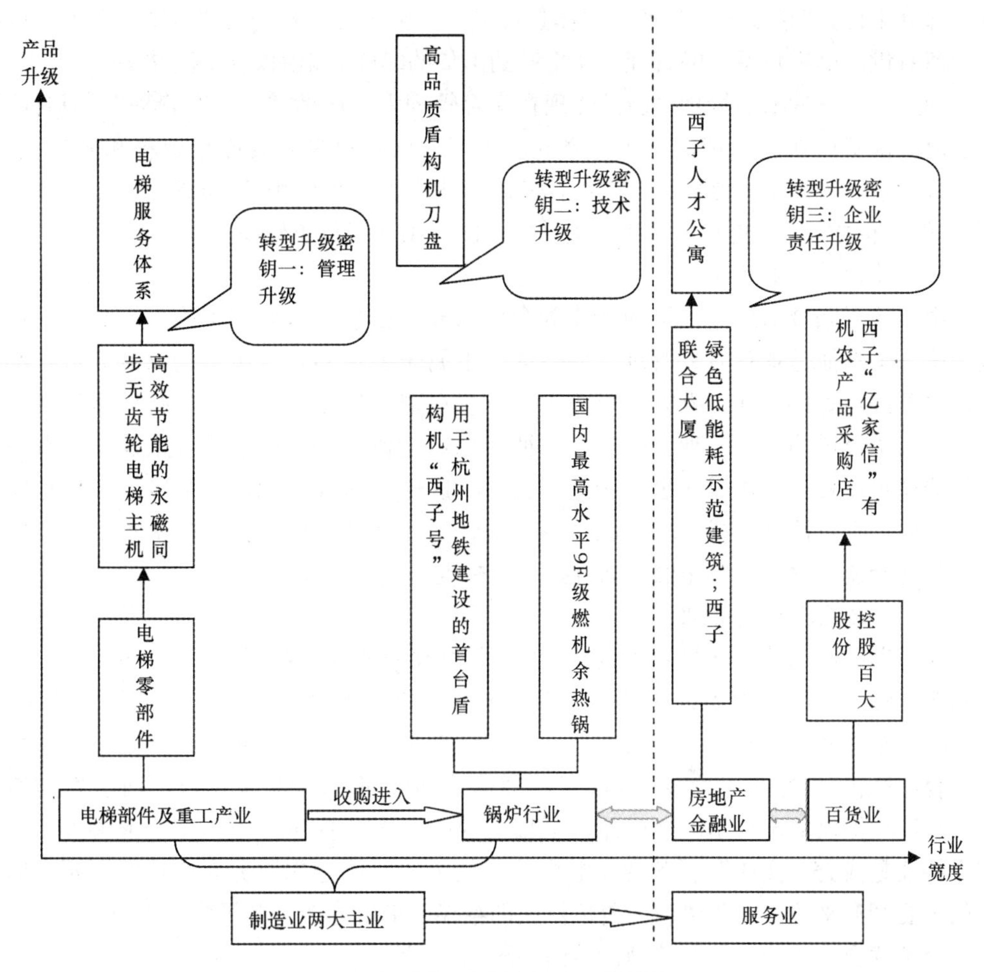

图 1.2　西子联合转型升级路线图

（一）管理升级

1.“日本式”精益管理

（1）由于引进日本三菱重工、日本川崎重工等日资企业，西子奥的斯不断学习升级“日本式精益管理”的成功实践。所谓精益，就是“精细＋效益”，即对每一道工艺流程进行细致分解，建立“标准化流程”；对每一个作业工人的动作进行分析改进，建立“标准化动作组合”。西子奥的斯车间的每一条生产线前都立着一块改善板，用以记录每一项改善建议实施后的数据对比情况，这些数据汇总后将决定是否继续沿用这一建议。西子奥的斯车间现代化的生产流水线就是企业员工在日常工作中不断改进形成的。西子奥的斯的过冬之道就是“日本式”精益管理，并且持之以恒地改善管理。

（2）西子奥的斯的生产方式从原来的“推动式”生产改变为“拉动式”生产。所谓“拉动式”生产，就是工厂的生产需求由客户决定，而在进行生产时，后一道工序在需要的时候去前一道工序领取需要的工件，而前一道工序只生产后一道工序要领取的那部分工件。“拉动式”生产的主体是订单。当生产方式转变成“拉动式”后，西子奥的斯对供应链进行系统的管理，从生产到出货的时间大幅缩短到两个小时。

(3) 西子奥的斯的管理创新还体现在库存管理上。所谓“零库存管理”，即对原材料和成品都实行在途管理。在西子奥的斯生产厂区，很少看到库存原料和成品积压，只有极少量因为订单变化而引起的库存。此方法不仅不再占用70亩的仓库，还节省出1800平方米的厂房，更大大减小了流动资金的占用和银行负债率。

2. “美国式”财务管理

由于西子联合引入美国奥的斯作为合资伙伴，已形成一套“美国式”财务管理模式。第一个特征是垂直财务管理。西子联合下属子公司的每一级别的财务人员，都由集团财务部门直接管理。委派的财务人员不仅在财务领域对子公司进行监督控制，还全面介入子公司的企业管理。第二个特征是稳定的供应链。西子联合采购付款有一个严格的规定流程，不能提前也不能延期支付。这样就形成了稳定的供应商链条且价格低廉。第三个特征是充裕的现金流。西子联合财务管理中对子公司的基本指标考核要点就是现金流考核，这也是西子联合拥有充裕现金流的保证。

3. “西子式”营销管理

西子奥的斯的营销网络遍布全球40多个国家和地区，在国内拥有16家区域分公司和260多个产品代理商；在国外，通过奥的斯庞大的销售网络开展它的海外之旅。长期战略合作联盟是其第一个特征。西子奥的斯最有效的营销手段，就是寻找“长期战略合作联盟”，减少了交易成本。第二个特征是全面解决方案。对于西子奥的斯来说，给用户提供的不仅是电梯产品，更重要的是为客户提供“一揽子”解决方案。第三个特征是成为“实业”服务者。电梯的营销价值最终是靠服务来实现的。西子奥的斯的主要利润来源，在于电梯的价值链，即维保、旧电梯改造和零配件生产。

西子联合“三位一体”管理创新图如图1.3所示。

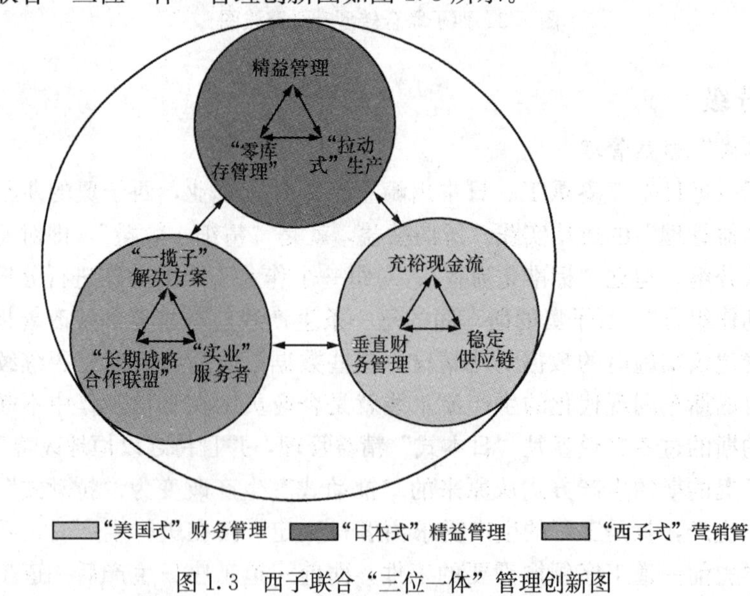

图1.3　西子联合“三位一体”管理创新图

（二）技术升级

从地下钻到天上飞，从节能减排到低碳经济，西子联合在技术领域总是快人一步，从容地从“中国制造”向“中国创造”大步迈进。

（1）技术引进的特点：以退为进的股权招商方式。2000年，美方提前要求控股西子奥的斯。控股之后，世界最先进、最核心的技术——无机房、无齿轮的第二代电梯技术很快被引进西子奥的斯，合资企业迅速与世界电梯产品革命浪潮接轨，西子奥的斯品牌地位由此在国内迅速奠定。

（2）消化吸收。公司投入研究经费超过1亿元人民币，用于技术改造项目和新型的技术开发研究，同时在“干中学”，吸收国外先进技术。

（3）自主创新。西子联合与上海交通大学合作，研究开发稀土永磁无齿轮曳引机，具有低噪声、节能、节省空间等优点，成为电梯产业的一次革命。杭锅开发的城市垃圾焚烧成套技术与设备，作为唯一一项企业自主研发技术被列入国家“863计划”。

（4）集成创新。西子联合运用各种信息技术、管理技术与工具等，对各个创新要素和创新内容进行选择、集成和优化，形成优势互补的有机整体的动态创新过程。西子石川岛的大型平面移动类车库推行梳齿新技术，可以与当前德国技术相媲美并应用于山西金泽苑停车库项目，仅仅用了6个月就实现了新技术的应用并产生成效，提升了企业的竞争力。

西子联合技术升级图如图1.4所示。

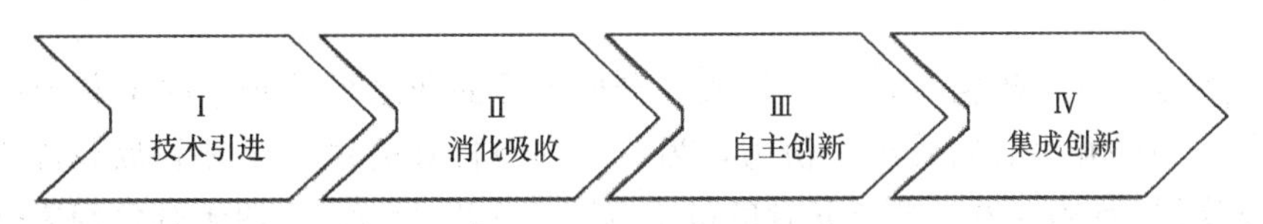

图1.4　西子联合技术升级图

（三）企业责任升级

盘古开天担当的是一种责任，女娲补天肩负的是一种使命，尧舜教化播种的是一颗民族文明的和谐种子。西子联合注重企业责任不是为给企业立丰碑，而是用来规范企业行为。要打造“百年西子”，就必须有企业责任这一总纲来统领，百年企业必须是能够承担社会责任的企业。

2007年2月，西子联合发布国内民营企业首份《企业社会责任报告》，并提出西子联合的社会责任使命：为了国家更富强、为了社会更和谐、为了企业更健康。它在多元领域践行着其与企业责任相关的承诺并取得卓有成效的业绩。西子联合的社会责任横跨四个维度，如图1.5所示。

（1）维度一：绿色西子，低碳西子。西子在低碳经济领域具有领先优势，力争做低碳经济的领军企业。①西子石川岛生产的塔式立体车库，是当前世界上最先进的停车系统，可以节约1/60的占地面积，成为开启城市“停车难”这一“瓶颈”的新钥匙。②西子联合也开始涉足绿色生态农产品，与农业物流体系建立战略合作关系，成

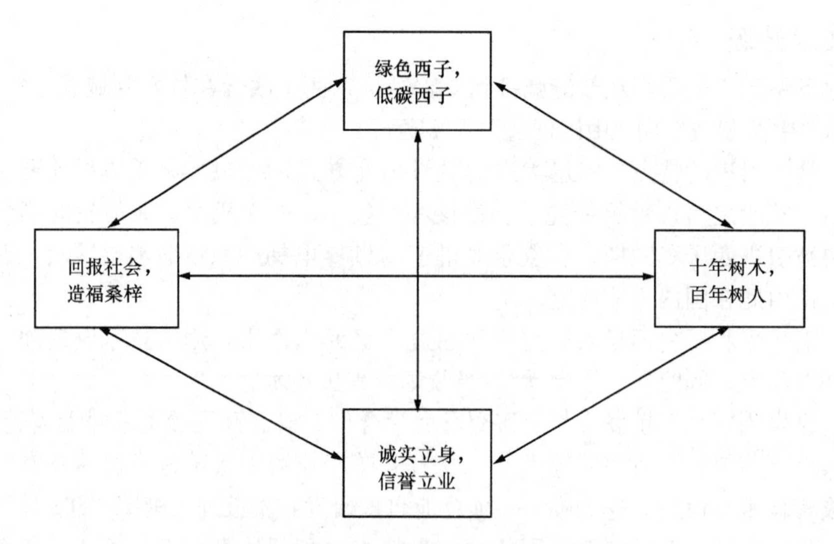

图 1.5　西子联合企业社会责任钻石模型图

为杭州市首家主动投入“三农”事业的企业，为杭州农业产业的发展和带动农民增收致富发挥了积极的作用。从能源再生电梯到立体车库再到生态农产品，这一大片蓝海就像一盘“玲珑棋局”被西子联合抢得先机。为企业装上“绿色心脏”，在企业发展的同时最大限度保护环境，这不仅是企业内部的事，更关乎中国整个经济社会的可持续发展。

(2) 维度二：十年树木，百年树人。身处生活品质之城杭州，西子联合切实履行社会责任，为提升生活品质出一份力，为员工创造良好的生产条件和福利待遇。如同汽车要定期进 4S 店保养，西子联合的员工也有“人生 4S 店”。西子联合健康办聘任一定数量的专业人员免费为员工打理一份专属自己的健康档案和提供一套完整的日常生活护理服务，守护员工健康。此外为了员工健康，西子联合还与下属农业子公司签订绿色农产品购销协议，为员工提供定期配送、折扣优惠等服务，让员工每天都能吃上新鲜的绿色食品。企业还为西子创业人才和外来务工人员提供人才公寓，解决其住房问题。

(3) 维度三：诚实立身，信誉立业。2008 年，金融危机来袭，很多企业濒临困境，西子联合也受到一定程度影响。但作为一家有道德、有良心的企业，越是在困难的时候，越要担当社会责任。西子联合不拖欠政府、供应商、员工一分钱，积极与利益相关者合作，诚信为本，厚德载福。

(4) 维度四：回报社会，造福桑梓。西子联合自 2003 年起开始编纂西子文化丛书。《图说首届西湖博览会》、《西湖风情画》、《笕桥往事》等为杭州的历史文化遗产册抹上光辉一笔。西子联合还作为杭州关爱孤儿基金会发起单位，十年如一日地为杭州的孤残儿童奉献自己的爱心。多年来支持杭州市开展春风行动。2008 年，西子联合支持公益性捐助 445 万元，历年累计捐助超过 3000 万元。

企业承担社会责任是一个逐步升级的过程。任何一家有志于走向世界、走向未来的企业都必须拥有承担一切责任的胸怀，西子联合做到了。

从动态核心能力理论来看西子联合的转型升级，我们可以发现以下规律。企业核心能力的创造、维护和提升是一个螺旋上升、循环往复的过程，如图 1.6 所示。企业应该利用良好的初始禀赋条件，创造和维持一种竞争优势地位，最终实现企业价值最大化这一目标。这一目标可以通过战略资产的积累和核心能力的创造，继而创造和树立新的核心能力、新的战略资产这一路径来实现。“核心竞争力”理论创始人之一 C. K. Prahalad 对企业的动态核心能力作过一个形象比喻：公司就像一棵大树，树干和主枝是核心产品，分枝是业务单位，树叶、花朵和果实是最终产品，提供养分、维系生命的树根就是核心竞争力。这意味着，核心竞争力是支撑企业这棵大树永葆常青的树根。任何企业只有具备了核心竞争力，才能培育出市场上富有独特竞争优势的核心产品，才会有健康有序的业务合作单位往来，才能为企业带来利润和核心价值。

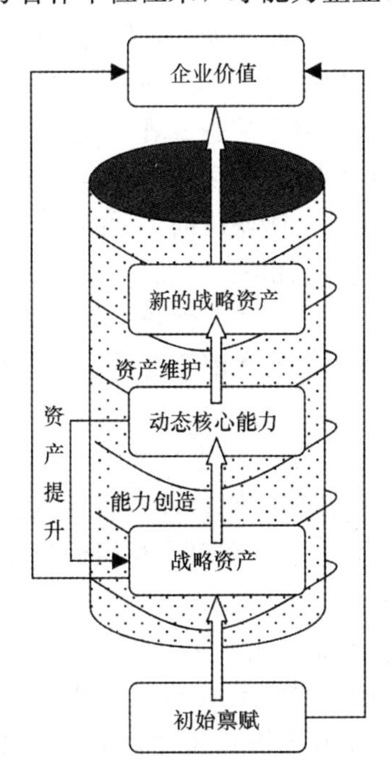

图 1.6 企业动态核心能力图

三、掌舵人和一座城市的西子梦

一个成功的企业往往是一位成功企业家的经典杰作。西子联合董事长王水福抓住了中国企业管理的命脉——推行责任文化。责任让人坚强，让人勇敢，让人知道宽容和理解，更让人拥有信誉和尊严。作为一代浙江儒商典范，王水福以柔克刚，始终践行企业社会责任这一使命。他很早就领悟到社会责任背后的红利。他说：“很多人想种小白菜，因为 30 天就能收，而不想种花菜，因为花菜 160 天才能收，但结果种花菜的要挣得更多。做任何事，不能急功近利，要讲积累和沉淀。”秉承着这种理念，西子联合成为肩负企业社会责任的领跑者。

企业与世界一流企业在合资合作中学习，掌舵人也同样在不断学习。从浙江大学到复旦大学、从长江商学院到斯坦福大学，再到中欧国际工商学院，王水福认为："学习使得我的思想观念得到很大转变，是学习让我知道什么是董事长应该做的事情，也是学习让我对企业以后应该如何健康地走下去充满了信心，这比任何东西都重要，为企业今后和谐发展打下了基础。"

西子联合董事长　王水福

通过学习，王水福管理企业的才能有很大提高，有如庖丁解牛，游刃有余。他有一套独特的"西游记团队"理论。企业家要具备唐僧的智慧与执著，善于发挥企业团队里每一个人的作用，使"孙悟空"、"猪八戒"、"沙和尚"们各显神通，最终取到真经。他曾说过："我本人不可能做100年的老总，但是如果有一个组合完美的团队，能够一代一代地将企业和企业文化传承下去，那么'百年西子'将会梦想成真。"这是一种精神，一种哲学，更是一种境界。一切成功都是时间的函数。

一座城市的生活品质，与这座城市里企业的社会责任感休戚相关。反过来，企业的社会责任，也需要政府部门的引导和相关保障机制的支持。

杭州市在这一点已拔得头筹。《杭州市企业社会责任评价体系》在2010年9月正式推出，杭州市企业的社会责任履行第一次有了量化评估的标准。这也是中国地市以上城市政府出台的第一份企业社会责任标准。此外杭州市政府还将继续制定出台激励政策，包括土地供应优先与竞价补贴、实行社会责任认证制度等，对履行社会责任较好的"企业公民"给予财政奖励。这一举措在积极倡导企业社会责任的同时，也必将引导杭州民营经济步上全新的科学发展之路。早在2007年，吕祖善省长亲自领办由王水福提出的《关于制定〈浙江省企业社会责任标准体系〉的建议》等重点建议提案。他指出，企业不仅是经济活动的主体，也是社会的重要细胞。企业履行社会责任，是贯彻落实科学发展观、构建社会主义和谐社会的需要，也是企业自身提高竞争力、做大做强的需要。广大企业不仅要承担起最基本的经济责任、法律责任，还要努力承担起较高层次的伦理责任、道德责任。

四、西子联合的春天

当一家公司强调领袖与责任共生时，当一家公司将其发展战略与国家的发展脉络相辅而行时，当一家公司专注地以己之长应对社会热点难点问题时，没有人会怀疑这家公司保持基业长青的能力。西子联合未来的方向是从生产型公司转到管理型公司，从制造跃升到创造，创造更多的"西子造"核心竞争力产品，在"十二五"期间要达到销售收入300亿元的目标，为"百年西子"提供技术支持和技术服务，从而实现全面的转型升级。

秉承“木本论”的西子联合从引进技术、提高质量到创新管理，再上升到企业文化、企业社会责任，从追随“巨人”中学做“巨人”，逐步成长为有责任的“巨人”，最终将叩开世界500强之门。伟大的企业在为社会提供优质的产品和服务的同时，更会去创造美好的世界。西子联合的春天之帆必将驶向“百年西子”的斑斓彼岸。

参考资料

西子联合控股有限公司企业社会责任报告

西子联合控股有限公司网站

Phaal R，Farrukh C，Probert D. 2009. 技术路线图——规划成功之路. 北京：清华大学出版社

Porter M E. 1980. Competitive Strategy：Techniques for Analyzing Industries and Competitors. New York：Free Press

Porter M E. 1991. Towards a dynamic theory of strategy. Strategic Management Journal，12（2）：95—117

Prahalad C K，Hamel G. 1990. The core competence of the corporation. Harvard Business Review，66：79—91

浙江工业大学浙商开放创新发展研究院　程惠芳　王旖敏

第二章　杭汽轮创新与转型升级案例

浙商格言

◆“我喜欢做企业，特别是做国有企业，像打仗一样，很有意思。”

◆“一个企业如果发展很快，但员工很艰苦，甚至怨声载道，管理者与员工之间经常产生矛盾，当家人四面楚歌，这样的企业终究是做不长的。”

◆“国有企业不缺人才、不缺技术、不缺资金，缺的是一种文化，一种理念：只争朝夕的文化，争创一流的霸气。”

——杭汽轮董事长　聂忠海

一、引言

在杭州东北郊的半山与石桥镇中间，曾有个地方叫“回龙村”（现名永丰村）。此地依山傍水，根据一个古老的传说，秦始皇曾避难于此，他一统天下后，为纪念此地特命名为“回龙村”；后又有唐朝皇帝李世民来此地立碑写撰，从此“回龙村”名响天下，流传至今。

1958年，在这千年风水宝地“回龙村”村址上，建造了杭州汽轮动力集团有限公司（以下简称杭汽轮）的前身杭州汽轮机厂。52年来，伴随着国家政治、经济的发展过程，杭汽轮在改革开放中走向市场、在跨越式发展中走向辉煌，而今半山脚下的“回龙村”崛起了中国工业汽轮机研发和制造的旗舰企业。在2008年金融危机的背景下，杭汽轮主营业务收入超过200亿元，同比增长35.3%，2009年实现营业收入206亿元，利润总额11.6亿元。集团曾经创造出中国工业汽轮机制造史上的数个“第一”，是国内唯一已将产品打入由少数几家国际著名跨国公司控制的工业驱动汽轮机高端市场的企业。

二、企业发展历程

“十年磨一剑，只为出鞘寒”，这正是杭汽轮发展的真实写照（图2.1）。杭汽轮传奇的发展历程被一位斯洛伐克的汽轮机专家盛赞为“茅草棚里飞出金凤凰”。杭汽轮的成长，是一个借助外力增强自主创新能力从而迅速壮大的过程，主要分为三个主要的发展阶段。

第一阶段：1958～1978年。1958年，“杭州汽轮机厂筹建处”在杭州官巷口永安公

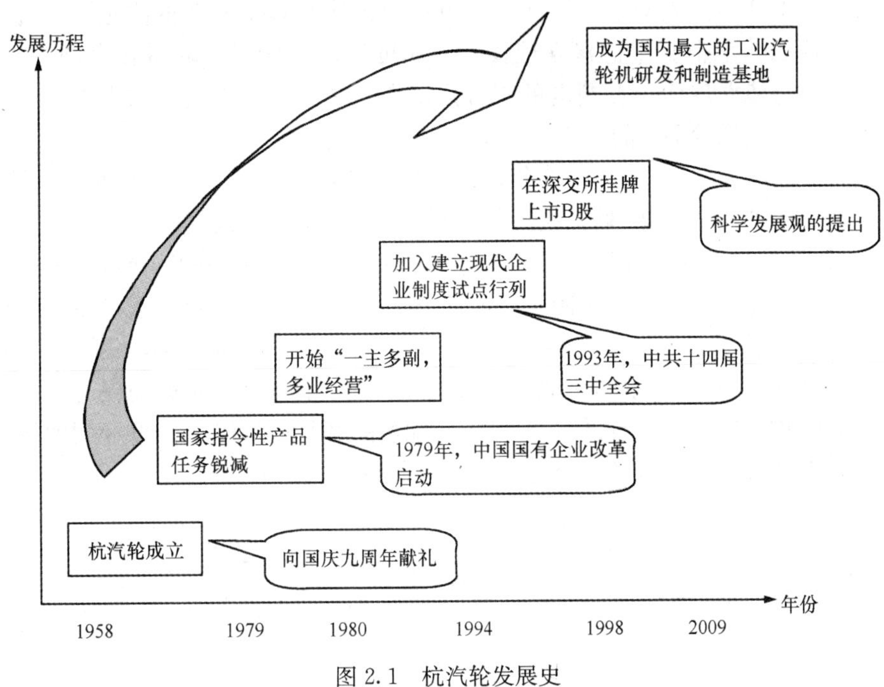

图 2.1　杭汽轮发展史

司内的一间办公室挂牌了。当时杭汽轮的设备和厂房都异常简陋：既没有一张完整的图纸资料、一台精密的仪器设备，也没有专业技术人员和高级熟练技工。但是当时勤劳勇敢的杭汽轮人像“蚂蚁啃骨头”一样，在 1958 年 11 月 7 日成功试制出浙江省第一台 750 千瓦电站汽轮机。此后在 1961 年、1962 年先后获得全国风机行业发展产品品种优胜单位等荣誉。1964 年，杭汽轮在创新发展的道路上迈出了具有重要意义的一步：杭州汽轮机厂自行设计的第一台背压式汽轮机通过省级技术鉴定，这意味着企业已经形成一支具有独立设计能力的技术队伍。1974～1975 年，杭汽轮设计制造了上海吴泾化工厂年产 30 万吨合成氨装置配套的 6 种 10 台工业汽轮机，这使得大型化肥工业装置国产化从梦想变为现实，杭汽轮人为我国工业汽轮机设计制造技术上一个新台阶作出了巨大的贡献。

第二阶段：1979～2002 年。1979 年，中国启动了国有企业改革，国务院下发了《关于扩大国营工业企业经营管理自主权的若干规定》、《关于国营企业实行利润留成的规定》等五个文件。这对于杭汽轮这样依赖“计划”而生的国有企业来说，无疑是一个巨大挑战。这意味着企业再也不能依赖计划生存，因此而撤销的 1000 多万元计划产值使杭汽轮顿时陷入了困境。企业不得不迎难而上，转变经营思路，探索企业改革之路。杭汽轮人决定走出围墙，迈向市场，利用人才、技术、设备优势，闯出“一业为主、一主多副、多业经营”的新路子。杭汽轮靠创新把握住机遇，终于在 1980 年年底试制成功第一台 1800 高温高压卷染机，1982 年，首台糖厂榨机大型重载低速齿轮箱研制成功，1983 年和 1984 年水泥立磨齿轮箱及汽轮机高速齿轮箱相继问世。

1993 年 11 月，中共十四届三中全会召开，这又一次为杭汽轮的成长提供了契机。

会议通过了《中共中央关于建立社会主义市场经济体制若干问题的决定》。会议决定：由国务院选择100家企业进行建立现代企业制度试点，积累经验后在全国逐步推广。而后杭汽轮成为建立现代企业制度的“百户试点”之一。杭汽轮“试点方案”的巨大成功也促成了“杭汽轮B”的上市。

第三阶段：2003年至今。2003年之前，杭汽轮始终处于一种“迈小步，不停步”的发展状态。在进入21世纪后，杭汽轮开始了10多家分子公司“国退民进”改制任务，“汽轮设备”、“汽轮实业”等公司都在改制之列。这一系列的改革改制使得杭汽轮下核心企业与其他分子公司、集团与核心企业及各分子公司之间的关系更加明确，整个集团更具活力了（图2.2）。在经过几年连续“翻番”后，2006年，集团营业收入突破80亿元人民币，跻身“中国企业500强”。2007年年底，企业更是提前三年实现了“十一五”规划提出的“打造百亿企业，创建知名品牌”的目标。2009年营业收入达到了206亿元人民币，再次演绎了跨越式发展的奇迹。

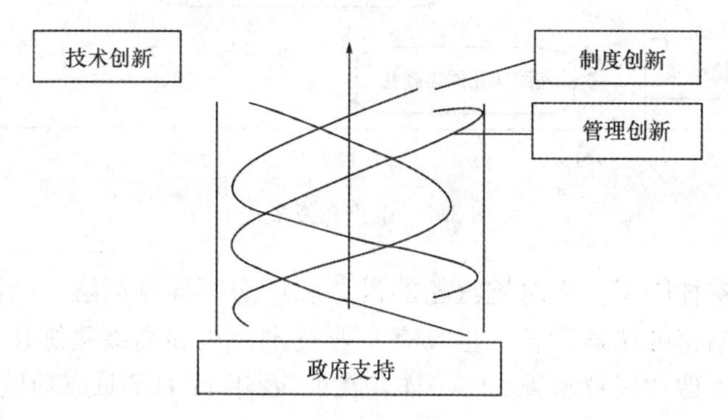

图2.2　杭汽轮转型升级模式

三、转型升级能力与路线图

Teece等在动态能力理论中提到，动态能力是一种能够使企业不断创造出新的产品或服务，以维持和更新企业的竞争优势、适应动态环境、促进企业不断成长的能力。企业为了适应动态环境的要求而进行整合，重构内外部技能、资源、职能竞争能力等来应对不断变化的需求。实践证明，全球竞争中的佼佼者只能是那些市场发现能力强大、生产要素组织能力到位、自主创新有效的企业，这些企业同时具有有效协调和重新配置内外部竞争性资源与能力的特长。以下从企业的市场发现能力、生产要素组织能力、创新能力三方面，分析杭汽轮集团的转型升级能力。

（一）市场发现能力

杭汽轮以工业汽轮机起家，从一主多副到多元化发展，现在还涉及发电机械、船舶制造、电子管生产、进出口、金融、房地产等行业，从某种意义上来说，其发展历程可谓是杭州装备制造业发展的一个缩影。

1958年，杭汽轮作为上海“三大动力”的“卫星企业”之一而成立。杭汽轮的干部员工们靠着许多“土办法”，克服了一个又一个的加工难题，造出了第一台汽轮机。1979 年，国家启动了国有企业改革，在完成国家指令性计划的前提下，允许企业生产并销售“计划外”产品。这对于依赖着国家计划而生的杭汽轮来说，却意味着“断奶”，因为在计划经济条件下，由国家下达生产计划，统包产品销售，指定产品用户，并由国家确定产品的价格，装备制造企业实际上是不可能有“计划外”的任务和“计划外”的收益的。

杭汽轮不得不闯出自己的“新路”，在充分调研之后，杭汽轮决定制造高质量的印染机械。1980 年年底，在 30 位骨干技术人员的共同努力之下，第一台 1800 高温高压卷染机试制成功。在研制印染机的同时，另外几位工程师也在厂领导的支持下开发工业齿轮箱产品，1982 年首台糖厂榨机大型重载低速齿轮箱研制成功，1983 年和 1984 年水泥立磨齿轮箱及汽轮机高速齿轮箱相继问世。这些新产品的研发制造使企业发现了新的市场，企业在走出困境的同时也创造了良好的经济效益。

2003 年之后，新的领导班子提出了“有限多元化”的口号，杭汽轮开始了兼并收购、资源优势互补的历程，先后收购兼并了“杭州热联进出口有限公司”、“杭州东风船舶制造有限公司”、“杭州发电设备公司”等企业。在此之后，杭汽轮的产业范围除了装备制造外，还涉及船舶制造、电子管生产及进出口贸易，形成了产业协调发展的多元化格局（图 2.3）。

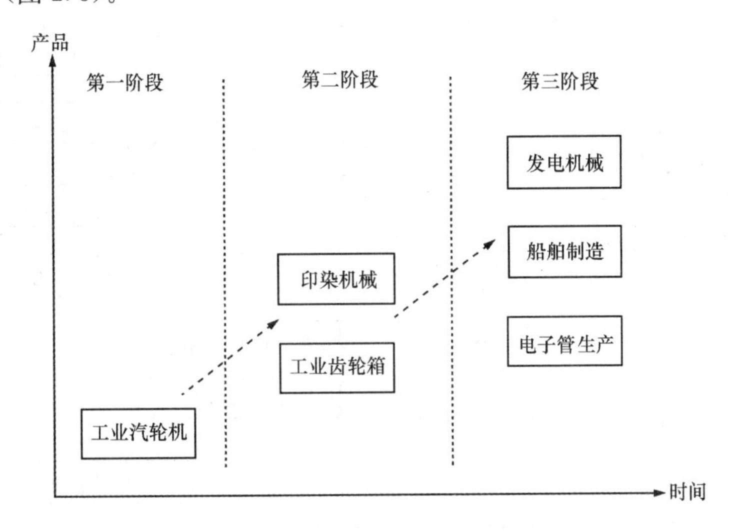

图 2.3 杭汽轮市场发现路径

（二）生产要素组织能力

技术、设备、人才、资本是企业生产过程中最重要的生产要素。杭汽轮十分重视对这些生产要素的引进和组织。1975 年，杭汽轮率先从德国西门子引进了制造工业汽轮机的先进技术，之后，与西门子先后签订了两份为期 10 年“长期技术合作协议”。在战略合作过程中，杭汽轮出资 1500 万美元引进设备、500 万美元买西门子三系列汽轮机制造技术，开始成套汽轮机设备的生产，逐步掌握了世界汽轮机制造的核心技术。

通过自主技术创新，杭汽轮开发出了更高技术水平的汽轮机，用全自动数字化控制系统代替了原来的液压控制系统。

在与德国西门子的合作中，杭汽轮不仅学到了先进的技术、引进了先进的设备，还把西门子的管理经验和国际标准学了过来，随后又对各个环节不断完善和创新，企业的整个管理体系围绕着自主创新进行了全面改造。为了进一步发展“软实力”，杭汽轮聘请了德国西门子 WESLL 厂原技术厂长维克尔和原生产厂长吕希曼两位老先生来担任技术顾问，传授先进管理理念、先进思维方式和先进的创新意识。

（三）创新能力

杭汽轮转型升级之路如下：一是产品的转型升级，由低层次的低价格，向高层次的技术与服务转变；二是竞争方式的转变，从传统的只卖产品向高附加值的“提供全方位系统解决方案”转变；三是产业结构的调整，在四大“延伸”（即延伸产品使用领域、延伸产品经营模式、延伸产品服务渠道、延伸产品上下游产业链）上不断深化发展（图 2.4）。

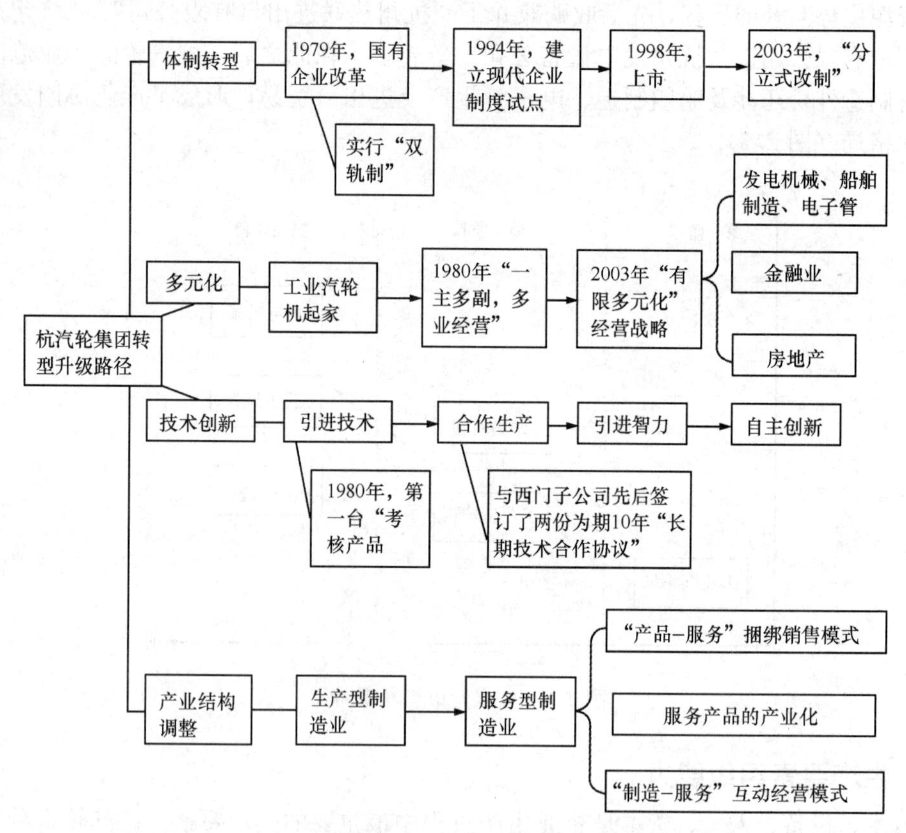

图 2.4　杭汽轮集团转型升级路径图

1. 从引进技术到自主创新

技术创新是企业对生产要素、生产条件、生产组织进行重新组合，以建立效能更好、效率更高的新的生产体系，获得更大利润的过程。杭汽轮的核心产业是工业汽轮机，而工业汽轮机的核心竞争力就在于技术的可靠性、先进性、适用性。

杭汽轮经历了从引进技术、合作生产、引进智力到自主创新的跨越（图 2.5）。

第一步，引进技术。1975 年，杭汽轮成为国内第一家引进德国西门子工业汽轮机技术的企业。为了保证买来的技术资料是完整准确的，杭汽轮要求在合同期内根据德方提供的资料来设计制造一台产品，用以考核他们的资料，只有当“考核产品”成功后，才能算合同结束。1980 年，在经历了无数个不眠之夜后，第一台“考核产品”终于研制成功了。到了 1990 年年底，杭汽轮达到了年产 10 台/8.4 万千瓦的生产能力。这个引进技术并且消化吸收的过程，杭汽轮整整用了 10 年，这 10 年为杭汽轮今后的跨越式发展打下了坚实的基础。

第二步，合作生产。杭汽轮这个“徒弟”固然聪明好学，但是国外大公司的“师父”也不可能毫无保留地将自己最先进、最核心的技术全数教给“徒弟”。对此，杭汽轮知道，必须付出一定的代价，采取“以市场换技术”的方式，与德国西门子进行合作生产。此后，杭汽轮与西门子先后签订了两份为期 10 年“长期技术合作协议”，第一个 10 年是西门子画图纸，杭汽轮来组装；第二个 10 年是由西门子制造转子和叶片，杭汽轮制造辅助配件。在这个过程中，聪明的“徒弟”逐步掌握了世界汽轮机制造的核心技术。

第三步，引进智力。引进智力就是借鉴和吸收国外先进的科学技术、管理经验、经营方式，其形式有引进国外人才与派遣人员出国培训。杭汽轮引进技术阶段是“依样画葫芦”，而依照着西门子的图纸只能造出“形似”的产品，很难达到“神似”的境界。原因在于企业管理文化、管理理念以及管理流程等缺乏配套管理措施。为此，杭汽轮决定“引进智力”，聘请了德国西门子刚退休的两位老厂长来担任技术顾问。这一举措使杭汽轮学到了与先前所引进的先进技术相匹配的先进管理理念、先进思维方式和先进的创新意识，为下一步自主创新创造了条件。

第四步，自主创新。在经历了引进技术、合作生产及引进智力这几个阶段之后，杭汽轮完全掌握了工业驱动汽轮机设计制造的核心技术。此后，杭汽轮以自主创新作为战略基点，并进一步由单纯技术创新向构建完整的技术创新体系转型。

现阶段，杭汽轮拥有博士后工作站、计算机应用研究所、工业汽轮机研究所、计量检测中心、汽轮机整机测试监控室、高速动平衡实验室等研发测试机构。公司开发和实施计算机集成制造系统（HTC-CIMS）、计算机网络系统和 BOM 系统，强有力地支撑了企业快速增长的生产经营和技术开发的需要。① 自 20 世纪 80 年代末以来，成功开发了 300 兆瓦、600 兆瓦电站锅炉给水泵汽轮机，燃气-蒸汽联合循环用汽轮机，2500 立方米高炉风机驱动库汽轮机、“乙烯三机”驱动用汽轮机等一系列新产品，多次荣获国家科技进步奖，填补了多项国内技术空白。② 尤其是“乙烯三机”驱动用汽轮机的成功开发，使得大型乙烯装备长期依靠进口的历史得以终结，为民族工业的振兴作出了

① 杭汽轮集团主页 . http：//www. htc. net. cn/Introduction/jskf. aspx

② 王铜安 . 2008. 重大技术装备制造型企业技术整合的架构与机理研究

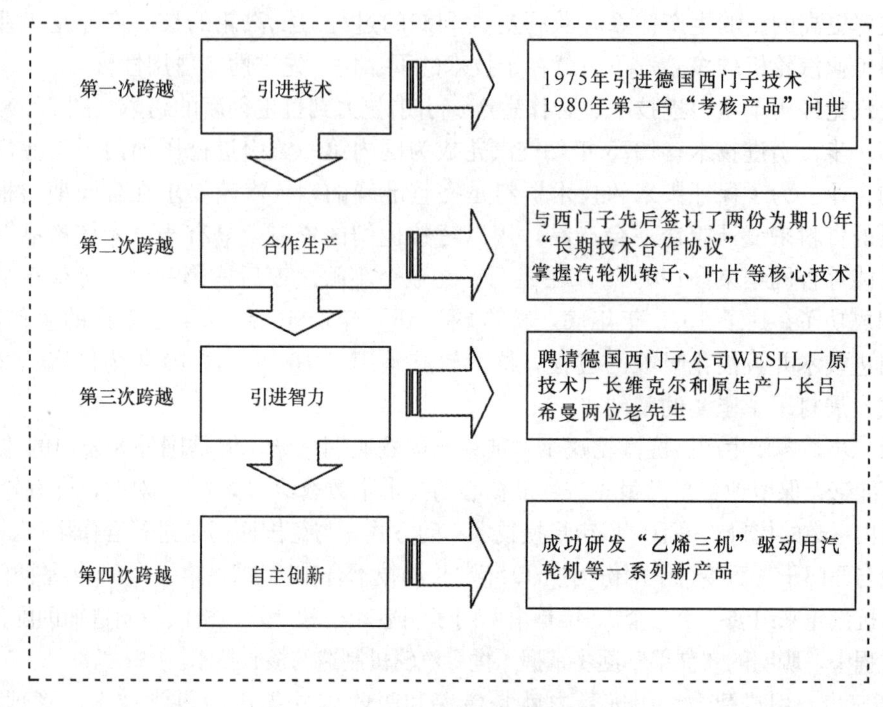

图 2.5　杭汽轮自主创新发展路径

贡献。杭汽轮集团的产品开发主要有以下四种自主创新模式：

第一，新产品的开发以市场需求为导向。比如，近年来国家大力提倡“低碳经济”，这股“低碳潮”让杭汽轮看到了产品开发的新方向。杭汽轮生产的汽轮机在利用蒸汽、余热、废气、垃圾燃烧等进行发电时，不像其他企业那样还需要燃烧其他燃料，余热回收利用就完全足够了。

第二，技术改进以用户需求为导向。企业技术改进应以满足用户的需求为目标。杭汽轮在引进技术的同时也根据用户的要求对原版技术进行了很多改良，比如，其生产的驱动用汽轮机已经加入了许多自主创新的新版本。

第三，技术革新以降低成本为导向。杭汽轮技术革新的出发点就是在降低成本的同时增加效益。“价廉物美”的产品是杭汽轮在与日本日立等国际竞争强手竞争时最重要的优势。但降低成本绝不是以降低产品质量为代价的，而是通过自主创新、技术革新来寻找可靠低成本的替代资源，在提高产品质量的同时降低成本。比如，杭汽轮通过技术革新使给水泵汽轮机的成本下降了近两成，性能也得到进一步提高。

第四，技术创新以提高产品质量和生产效率为导向。企业技术创新的最终目标是提高生产效率。比如，杭汽轮的工程技术人员在严密论证和反复实验下，研制出了“三合一叶片”，即将原来三个零件合成一体加工，这样不仅大大提高了叶片加工中的质量，而且便于安装。[①] 这项技术创新使得叶片装配周期缩短了 1/2。由于大大缩短了

① 杭汽轮集团主页 . http：//www. htc. net. cn/

产品制造周期，杭汽轮在与国外大公司的竞争中赢得了重要一环。

正是依靠自主创新，杭汽轮这家技术密集型的装备制造业，实现了从卖产品到卖技术的华丽转身，接连改写了国际汽轮机制造史上的多个纪录。

2. 从工贸联动、产业创新到延伸产业链

现代服务业是与现代技术变革、产业分工深化相伴随而发展起来的新型服务业，核心是生产者服务业。现代服务业具有知识和人力资本密集的特征，其主要支撑是现代科学技术，并以新的商业模式、管理理念和服务流程为基础。它包括两种形态：一是随着科技发展和进步而产生的服务业的新型业态，二是运用信息技术对传统服务业进行改造和提升而产生的新型业态。[①] 我国要走新型工业化道路、建立现代产业体系，必须加快现代服务业的创新发展。

要想实现传统制造业向现代制造业转型、完成产业结构优化升级，必须实现“工贸”，即制造业与服务业联动发展。如果单纯停留在传统的制造业层面，中国制造业永远都只能做大而做不强。在全球范围内，现在出现了这样一种趋势，即制造业的价值正在迅速向产前和产后的研发、分销、服务等领域转移。对这些领域的资源控制和整合的能力远比生产制造能力更加重要，因为其直接影响到企业的核心竞争力。[②] 制造业与服务业实现对接联动后，才能提高制造业的效率和效益，并使服务业得到相应的发展。杭汽轮在从传统制造向“服务化制造”的转变过程中，采取了三大模式。

一是“产品-服务”捆绑销售模式。为了在“两轮驱动”方面精益求精，杭汽轮采取了新的服务方式：售前服务、售中服务、售后服务、远程服务、设备改造服务等，服务过程变以往的“被动”，为现在的“主动”。售前服务，也就是前置服务。例如，帮助用户选择产品机型，为用户提供热能、动能的最佳解决方案，并为用户提供装置流程的最佳设计等；售中服务，即在产品制造过程中主动与用户保持密切联系，掌握用户整个项目工程的进度，在交货期上与用户的设备安装日期精确对接，同时培训用户操作人员，避免因操作不当给用户造成损失；售后服务，除了为用户提供设备安装、检抢修服务外，还为每个用户建立了设备档案，根据用户机组运行情况，主动定期地告知用户应采取维护保养措施，并为用户提供现场服务。

二是细分产品市场，实现服务产品的产业化。例如，建立用户档案，向用户提供个性化服务产品，如“设备成套供应”、“备品配件供应”、“产品定期维护检修”、“产品升级改造”、“工程项目总承包”等。

三是“制造-服务”互动经营模式。此即建立“以用户为导向”的服务模式，建立（研发和销售）两头在内、中间（加工业务）在外的“哑铃型”组织结构。“现在最成熟的商业模式就是，抓好研发和销售这两个产业链的高端环节。”经济学者郎咸平这样说。除了产品核心部分外，转移或外包绝大多数技术含量低、附加值低的加工制造业务，建立基于“电子商务”的客户远程服务系统，为用户提供全方位的服务。

---

① 李治堂．2007．现代服务业研究成果评述．商业时代，（15）

② http://edu.ch.gongchang.com/

过去，杭汽轮的产品经营模式是以卖汽轮机单机为主，这种传统经营模式，也制约了企业经营规模的拓展。杭汽轮在“产业延伸”上下工夫，使产品使用领域、服务渠道、上下游产品链都得到延伸。拓展上下游产品链也是杭汽轮“两轮驱动”深入的空间。向下游产品延伸，杭汽轮收购了杭州发电设备厂，使杭汽轮在工业发电领域实现了汽轮机向下游发电机产品的延伸。这有利于提升企业的核心竞争力，扩大市场占有率。

（四）总结

总的来说，杭汽轮的成长和发展，是一个借助外力增强自主创新能力从而迅速壮大的过程。在国家大力发展低碳经济、循环经济的历史机遇下，杭汽轮不断提高自身市场发现能力、生产要素组织能力以及创新能力：以自主创新为核心，产业结构调整、管理创新为动力，促进制造业与服务业的融合，更好地推进制造业与贸易业联动发展，迈开了企业转型升级的步伐。目前全球经济正处于调整和转型之中，相信杭汽轮能够把握机遇，实现质量更高的跨越式发展（图 2.6）。

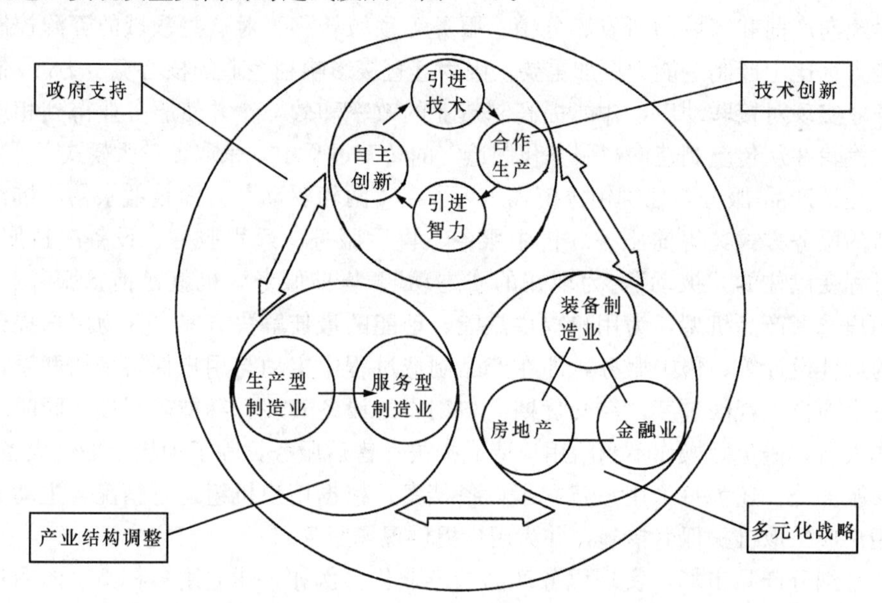

图 2.6　杭汽轮转型升级剖面图

四、政府支持

党和国家领导人十分关心支持杭汽轮的改革与发展，胡锦涛、温家宝、吴邦国、江泽民、李鹏、乔石等中央领导都曾先后到集团视察过。2004 年 8 月 29 日，温家宝总理在省市领导陪同下视察杭汽轮，提出“争创一流”企业的殷切希望，给公司极大的鼓舞和前进的动力，为继续打造杭汽轮的辉煌奠定了基础。2009 年 3 月 31 日，中共中央政治局常委、国家副主席习近平一行到杭汽轮调研并视察了公司生产车间。习近平对杭汽轮又好又快的发展给予了肯定，要求杭汽轮要深入贯彻落实科学发展观，科学分析和正确判断当前经济形势，加快产品创新，加强市场营销，千方百计开拓市场，继续保持企业健康平稳发展，并题词“转型升级 共克时艰”勉励杭汽轮。2009年4月25日，江泽民同志在浙江省委书记赵洪祝、省长吕祖善和杭州市委领导王国平、蔡奇的陪同下视察杭汽轮，在听取了公司董事长聂忠海的汇报后，点头称赞：令人振奋！他鼓励杭汽轮“做世界一流知名企业”，现在杭汽轮研发了许多新产品，产值增长快，职工收入增长也快，非常好，希望杭汽轮用“人本、成本、资本”管理方式和“争创一流的霸气，克难攻坚的豪气，敢于负责的勇气”企业精神将公司做成世界一流知名企业。

五、豪气掌门——聂忠海

从工人到董事长，聂忠海是一位富有传奇色彩的人物。1979年，高中毕业后的聂忠海进入杭州火柴厂从一名搬木头的工人做起。1997年，他被任命为杭州热电集团的董事长兼总经理。2003年8月，聂忠海调任杭汽轮党委书记、董事长。在他的管理下，这个曾经创造过辉煌的中国原动机——工业驱动汽轮机制造基地，一家有52年历史的国有老企业，终于又扬眉吐气、重展雄风。

杭汽轮董事长　聂忠海

杭汽轮是国内第一家引进德国西门子技术的工业汽轮机企业，已经掌握了世界汽轮机核心技术，但2003年之前，企业发展一直处在“温吞水”状态，年销售额徘徊在3亿～4亿元之间。2003年8月，聂忠海被派到杭汽轮担任董事长，面对一锅“温吞水”，组织了一场声势浩大的“求发展”大讨论。

在对杭汽轮进行了全面的剖析后，聂忠海出人意料地在上任三天后就对外宣布，要争取当年的销售额比上年翻一番。当时，杭汽轮的销售额已经连续几年在4亿元左右波动，翻一番意味着当年的销售额必须达到8亿元，而离年底已经只剩下4个月的时间了。厂里的有些员工也在单位的内部局域网上发表文章讽刺他说，外行就是外行，汽轮机是高科技产品，每台有上万个零件，生产周期要长达一年，又不是造大板车，怎么可能在短短的时间内实现翻番呢？聂忠海胸中自有丘壑。他不懂汽轮机，但他懂得管理；他不了解汽轮机厂，但他了解国企。最主要的是，他敢于夸下海口，是因为上任伊始他发现了一个奇怪的现象：那一年，随着国内电力行业电力消费激增，以及“厂网分开”战略的实施，掀起了一股抢购电力设备的热潮，致使汽轮机市场出现了供不应求的火爆局面。旺盛的市场需求与生产能力不足之间的矛盾已成为国内所有汽轮机生产厂家共同面临的最大难题。当时，要求生产的订单像雪片般飞来，但是杭汽轮却不敢接单。“天下哪有这样的事情，有订单却不敢接？”

聂忠海接下订单后做了两件事：一是改变分配体制，实施以“承包制”为核心的改革方案，以充分调动员工的积极性，挖掘内部的生产潜力；二是把技术含量比较低的配套生产进行外包，实现哑铃型生产结构。杭汽轮顿时变了样。聂忠海回忆说："本来是8点钟上班走进厂里还是冷冷清清，变成7点多走进厂里就已经热火朝天了。本来是工人盼着早点下班回家，变成车间主任赶工人回家休息。"工人的生产热情被极大地激发出来了。原先每个月只能出五六台汽轮机的杭汽轮，到年底完成年销售额13.4亿元，聂忠海"翻一番"的豪言如期超额实现。

聂忠海知道，要管好一个企业，靠原有的知识积累是远远不够的，所以他勤奋地学习，广泛地涉猎，力求成为一名学习型的领导者。但是，聂忠海也知道，光靠自己一个人的学习是远远不够的，他不仅自己想当一个学习型领导者，还想把他的企业打造成学习型的组织。

聂忠海办公室的书柜里，摆放着《华为的冬天》、《赢在执行》、《没有任何借口》、《细节决定成败》等管理类的畅销书。这些书并没有躺在书柜里"睡大觉"。聂忠海说："我们根据企业的每一个阶段出现的不同情况，有针对性地开展相关的培训。这些书已经下发到员工的手中。书中的理念正在改变员工的思想，指导他们的行动，为我们的企业创造着巨大的财富！"

六、未来展望

党的十七届五中全会提出，要坚持把经济结构战略性调整作为加快转变经济发展方式的主攻方向，坚持把科技进步和创新作为加快转变经济发展方式的重要支撑。国家"十二五"规划中也指出，要鼓励发展高端装备制造、新材料等战略性新兴产业。

杭汽轮的营业收入从2003年的5.42亿元，到2009年的206亿元，在不到七年的时间内增长了37倍，这无疑是一个令人惊讶的数字。在2010年年初，杭汽轮制定了"踏准节奏，构筑台阶；工贸联动，更上层楼"的16字方针。在"十二五"时期，杭汽轮的目标是"奋战五年，再翻一番"，并且将集团主营收入的目标定为400亿元。[①]

随着跨国公司加快在中国布局的步伐，国内汽轮机配套主机制造商谋求获取汽轮机制造能力，国内工业汽轮机的竞争格局存在较大变数，竞争日趋激烈，未来的行业竞争将更加注重产品品质、技术优势、成套能力、服务水平与节能环保。[②]相信杭汽轮在激烈的竞争中，必定能够占领市场和技术的制高点，巩固和强化企业的核心竞争优势，在转型升级中占据主动地位。

七、结语

历史总是以不同的姿态展现在人们面前的，一个地区经济发展的进程可以浓缩在一个企业里，一个企业几十年的变迁也可以浓缩在一个个辉煌的时间段里。杭汽轮在国家大力发展低碳经济、绿色循环经济的历史机遇下，着力于技术、管理等的自主创

---

①② 杭州汽轮机股份有限公司2009年度报告

新，促进企业从生产制造型向现代制造服务型转变，定能实现转型升级新跨越。

参考资料

陈劲，柳卸林 . 2008. 自主创新与国家强盛 . 北京：科学出版社

陈祎森 . 2008. 激情创造动力——记杭汽轮集团成立五十周年 . 中国工业报

申屠家杰 . 2008. 杭汽轮先走一步驱“两轮” . 经贸实践

Barney J B. 1991. Firm resources and sustained competitive advantage. Journal of Management，(17)：99-110

Teece，Pisano，Shuen. 1997. Dynamic capabilities and strategic management. Strategic Management Journal，18 (7)

浙江工业大学浙商开放创新发展研究院　程惠芳　沈　姣

第三章　正泰创新与转型升级案例

浙商格言

◆"企业要做长、做久，靠的是什么？靠产品质量，靠技术创新，靠优良服务，靠企业文化。"

◆关于成功经验，可用四句话概括：诚信经营；以人为本；立足实际；不断创新。诚信经营，不要投机取巧，不论是对客户、合作伙伴、员工，还是对国家、民族都应诚信；以人为本，既依人又为人，对内对外都要建立良好的人际关系，立足实际，不好高骛远；不断创新，尤其是观念的创新。

◆"做企业如同爬山，刚开始以为很简单，当你越爬越高，也就是企业越做越大，碰到困难的时候，你会发觉上不着天，下不着地，但却不能回头。"

◆"'赚钱第一、不是唯一'，已成为正泰共识。'为顾客创造价值，为员工谋求发展，为社会承担责任'，已成为我们的自觉行动。"

◆"做企业好比烧开水，你把这壶水烧到99度只差1度就开了，突然你心血来潮觉得另一壶水更好，把这边搁下不烧了，而跑到那边另起炉灶，新的一壶还没烧开，原来那壶也凉了。"

◆"分享不是慷慨，对创业者来说，分享是一种明智。"

——正泰董事长　南存辉

一、引言

温州在南宋时期形成了以叶适为代表的"永嘉学派"，又称"事功学派"、"功利学派"等，主张"无功利则道义不存"，注重经世致用，形成了"重商"、"善贾"的传统。永嘉学派的重商文化奠定了温州人重实际、讲实利、求实效的思想文化基础，对于温州乃至更大范围内人们商业观念、商业传统的形成，有很大影响。永嘉学派所倡导的重实际、讲实利、求实效的社会价值理念对温州民营企业发展具有重要的影响，温州人敢于创新，大胆探索，创造了世人瞩目的"温州模式"。创新文化，成为温州地域和企业文化的一大特色，温州人能够在社会变革时期敢为人先、走在前头。

正泰集团（简称正泰）是温州民营企业成功的代表，南存辉是风云浙商的杰出代表。正泰的发展史，既是一家民营企业的创业史，更是一部中国自主品牌的成长史。20余年励精图治，正泰一步步向国际化迈进。正泰已经确立"打造国际性电气制造基地”目标，逐步形成以温州为低压、仪表和建筑电器制造基地，上海为高压输配电设备制造基地，嘉兴为输配电配套设备基地，杭州为工业自动化和太阳能生产基地的“长三角布局”。自主创新成为企业发展主旋律，先后获得各种国内外专利 200 多项，领衔和参与制定各种行业标准 30 多项。正泰已经成为拥有 23 000 名员工、产品遍及 90 多个国家和地区的国际化电器制造企业，2010 年，正泰以营业收入 243 亿元位列中国民营企业 500 强中的前列。正泰依靠科技创新培育企业的核心竞争力，领衔和参与几十项国内外标准的制定，获得几百项国内外专利，在与跨国公司施耐德的专利纠纷案中一审胜诉，最后与之达成全球和解，对方在表示尊重正泰知识产权的基础上，赔偿正泰 1.575 亿元人民币。

南存辉以修鞋匠的身份开始他的职业生涯，他以卓越的成就获得 2002CCTV 中国经济年度人物、全球青年企业家杰出成就奖等称号，2010 年 11 月 22 日，在卢森堡举行的环球中国商务会议上，南存辉被授予中国年度商业领袖称号，并被誉为家族企业走向现代化程序的典型。

二、正泰集团发展历程

20 世纪 70 年代末 80 年代初，改革开放的春风吹遍大江南北，温州的小山村，一个小小修鞋匠，以机敏的商业嗅觉发现低压电器的广阔发展空间。怀揣着梦想，修鞋匠开始了人生中第一个也是最重要的选择之一——与其小学同学共同出资 5 万元成立“乐清求精开关厂”。就如厂名那样，修鞋匠出身的南存辉，凭着精益求精的精神闯出了自己的一番事业。1991 年，南存辉组建中美合资的低压电器厂，取名“正泰”，因正而得泰，正道则泰兴。1994 年后，正泰开始走集团化道路，主要经过筹备于 1997 年将温州正泰电器改组为浙江正泰电器有限责任公司，成为集团旗下生产低压电器的子公司，随后两年间分别建立浙江正泰仪器仪表有限责任公司、浙江正泰汽车零部件有限公司、正泰建筑电器有限公司，将温州打造为低压、仪表和建筑电器制造基地。其集团化的第二条路产业链上游延伸，分别于 1998 年在杭州和 2004 年在上海成立浙江浙大中自集成控制股份有限公司和正泰电气股份有限公司，进军工业自动化和高压输变电设备行业，并大获成功。集团规模大了，承担的责任也就越多，作为国内低压电器的领军者，一方面正泰响应国家号召，大力发展新兴产业，于 2006 年成立正泰太阳能科技股份有限公司，涉足光伏产业；另一方面，承担协办电器行业国际标准修订会议，参与修订标准，并引入卡玛标准测试技术，进一步帮助温州同行业实施国际化。另外，2010 年，正泰电器上市，标志着其现代公司治理彻底完成。目前，正泰内部已经形成以温州为低压、仪表和建筑电器制造基地，杭州为工业自动化和太阳能制造基地，上海为高压输配电设备制造基地的三足鼎立局面。

通过近 30 年的发展，正泰从一个家庭小作坊成为一家庞大的集团化公司，其间的艰辛和困苦自不必说，全凝结在公司成长历程图中（图 3.1）。

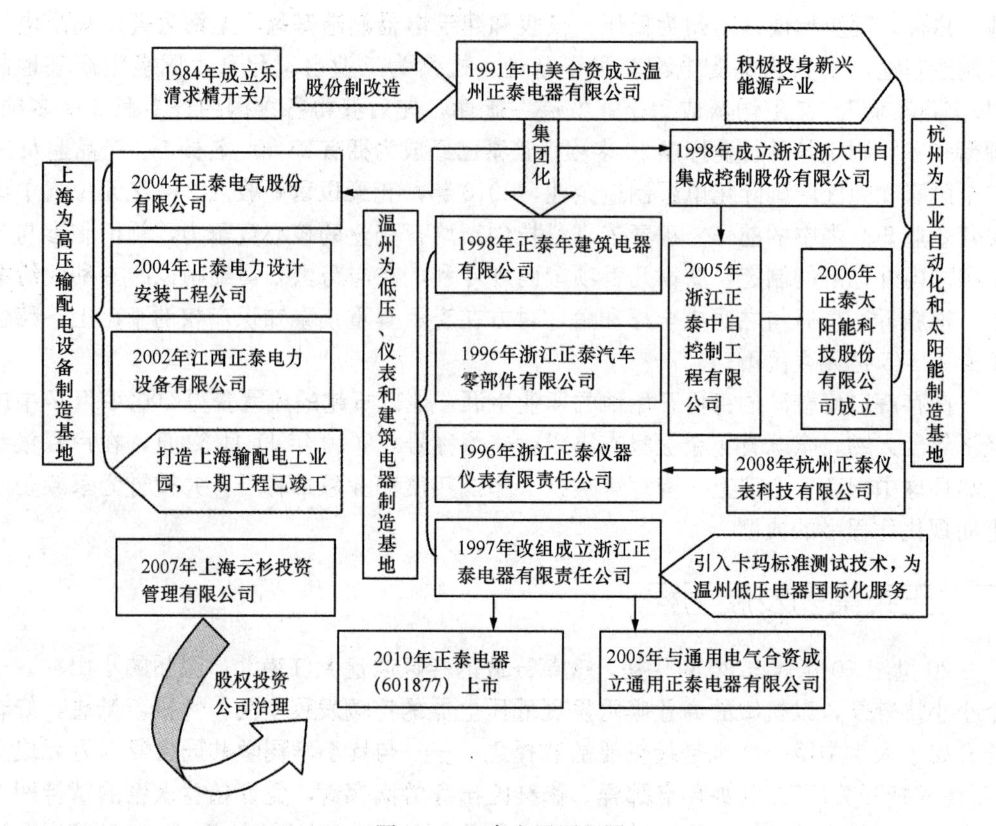

图 3.1 正泰发展历程图

三、正泰转型升级路线图

转型升级不是一朝一夕之事，在近30年的发展成长过程中，正泰一笔一画描绘着转型升级的图腾，清晰而又坚定。南存辉有过很多经典话语，其中最能够概括他与正泰特点的当属文章开头提及的“烧水”理论。企业管理界对企业发展选择多元化还是专业化争论不休，正泰用自己的行动诠释着答案。近30年的时间，专注于电器行业，产品升级离不开电器，产业升级离不开电器，最后企业的转型方向依旧是电器系统解决方案供应商（图3.2）。守着自己的“一亩三分地”，转型升级中，成功之路上，正泰比别的企业走得更加泰然。当然，所谓“台上十分钟，台下十年功”。泰然的背后是正泰坚苦卓绝的技术升级和大刀阔斧的制度变革过程。

（一）技术升级

创新是一个国家兴旺发达的不竭动力。南存辉与时俱进，认为创新对一个企业来说就是灵魂。正泰的发展史可谓一部技术升级史（图3.3）。

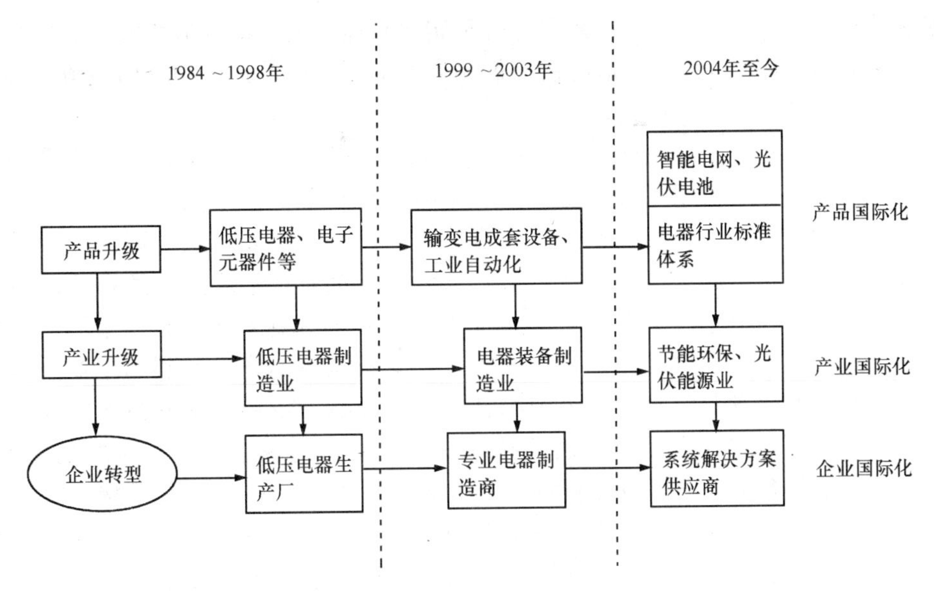

图 3.2　正泰产品产业升级、企业转型路线图

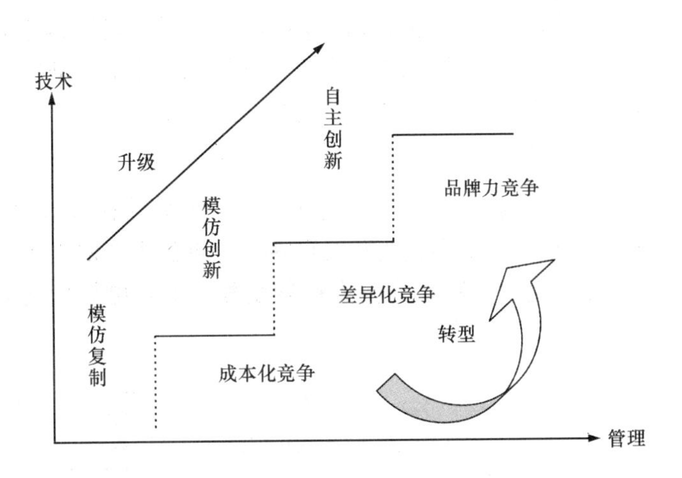

图 3.3　正泰技术升级路线图

(1) 原始积累。在技术研发上，正泰在近乎苛刻的质量标准下，审时度势，不乏灵活性。在创业之初，企业可谓“一穷二白”，要技术没技术，要专家没专家。南存辉就在“借”字上做文章，技术专家均是从上海“借”来的，生产出来的产品也是“借”的，即基本都是通过复制模仿形成生产产品，而没有自主技术。正是一个“借”字，完成了企业的原始资本积累和技术积累，为以后正泰的技术转型奠定了厚实的基础。

(2) 模仿创新。1998 年，正泰抓住国家“两网”改造的机遇，不断加强工艺和生产能力，提高生产效率，降低生产成本，提高产品质量，成为行业内成本最低的低压电器制造者。它利用自己的技术优势积极进行第三代产品的设计改进，开始了产品的性能改进和重新设计，取得了一系列外观和实用新型专利，即创造性的模仿生产一些现有技术下的产品，以此成功地在占领低端市场的同时成功进入中高端主流市场，并步入其他细分市场。

（3）自主创新。随着我国加入世界贸易组织（WTO），许多国际领先企业纷纷涌入国内市场，并牢牢占据高端市场，并常常利用专利来钳制中国企业的发展。面对这一急剧变化的形势，正泰开始了全新意义上的改革与创新。加之第四代低压电器技术开始兴起，正泰深知拥有自身技术的重要性，拥有技术才能够使自己的品牌屹立不倒，才能够与国际巨头们“掰手腕”。南存辉故技重施，依旧是“借”，在“借”的基础上进行消化、吸收、创造。在国内，正泰根据集团产品类别和专业公司，组建了专门的技术研发部门及位于温州的技术中心总部，统筹正泰的技术研发；在国外，正泰在美国硅谷建立了电气前沿技术研发中心，把握本行业最新的技术动态，将自主创新的触角伸向国际行业最前沿；此外，正泰在与巨头“掰手腕”之际又通过组建合资公司，向其请教学习不断提升自身技术实力。正泰现拥有200多项国家专利，形成了以温州为基地、上海为中心、北京和美国硅谷为龙头、相关科研院（所）为依托的信息网络和技术开发体系。

随着技术的不断升级，以及外部环境的变化，正泰不断调整其竞争策略，以技术升级带动管理转型，以管理转型促进技术升级。从原来复制模仿时期的低成本竞争，到现在自主创新时期的品牌力竞争，正泰实践着自己的梦想。

（二）制度升级

从1984年创立起，正泰就认识到分权的重要性，诚如南存辉所说：“分享不是慷慨，分享是一种明智。”从一个家族企业到股份企业，再到而今的上市公司，除了利用现代法人治理，以及集团化、控股化这些企业制度外，正泰更是独创了其他公司所没有的法宝（图3.4）。

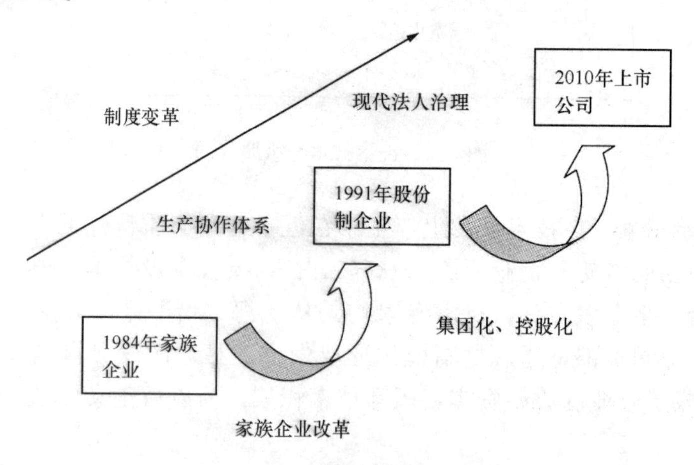

图3.4　正泰制度升级路线图

1. 生产协作体系

正泰的成功很大一部分要归功于浙江特有的块状经济。正泰所在地——温州柳市是中国的低压电器之乡，生产低压电器的中小企业达1000多个。而正泰是其中的佼佼者。在这一产业群体中，正泰作为龙头企业，在生产链上处于中心支配地位，主要生产技术难度高、附加值大的核心部件，负责产品的最后组装等。其他中小企业处于外围的从属地位，生产专业分工程度高、批量较小的各种零件和半成品。这样一来正泰建立了以中小企业群为基础、社会分工协作为纽带的“中心-外围”式生产分工协作体系。因为与上游企业非常安全稳定的信用关系，制度成本及交易成本得以大幅度降低，双方流动资金占用达到最小，成本只有国有企业的1/3。并且，这样的一种协作是以下一级厂的千家竞争为基础的，保证了产品的质量。

浙商研究学者杨铁清曾对该体系发表过自己的看法：加入分工协作体系，就具有承诺关系，中小企业为争夺正泰的订货而展开竞争，保持了适度的替换和竞争压力；正泰也会对相关中小企业进行技术指导，提供设备改进等帮助，形成相互依赖、共存共荣的亲密关系。

分工协作体系，相当于“外围”企业向“中心”企业提供外包服务。一方面，“中心企业”将相应的配件生产外包给“外围”企业以降低自己的生产成本，腾出空间、时间搞研发。另一方面，“外围”企业除了接受“中心企业”的订单外，还不断地吸收技术改进工艺。如此多的厂商加入形成同盟，最终形成外部规模经济，这也是浙江块状经济存在的原因之一。

2. 家族企业改革

在公司制度变革中，民营企业一个不可回避的问题就是家族企业的改造。许多温州家族企业的实践表明，激进的一步到位式家族企业改造，往往以失败告终。在这个问题上，正泰推行的不彻底的渐进式改造反倒颇有成效。先以“温州正泰电器有限公司”为核心，正泰对原有的存在某种资金关系和生产协作关系的48家企业进行联合，组建“正泰集团”，企业规模、产品领域迅速扩大，形成了门类齐全的工业电器大企业。48家企业成为正泰股东，南存辉的个人股权稀释到40%左右。到1996年，正泰按照股份制公司要求对集团进行规范化治理，正泰的现代公司制度框架搭建完成。

集团建起来了，但却集而不团，最大的家族企业问题仍未解决。正泰的做法在当时的民营企业中绝无仅有。它决定引入社会资本来“稀释”家族股份，将家族控制的集团公司核心层（即低压电器主业）进行股份制改造，让出家族核心利益，在集团内推行股权配送制度，与最优秀的人才共享企业经营成果，最终达到所有权与经营权的适度分离，成功地从一家传统的家族企业转型为一个现代的“企业家族”。

决心改造家族企业的动力很大程度也来自对人才的需求。正泰向来重视人的作用，资产需要人才来盘活，技术需要人才来研发，企业需要人才来管理。而在家族企业中，经营权与所有权牢牢控制在家庭成员手中，很难吸纳和利用外来的优秀人才。南存辉曾经高薪引入职业经理人来管理企业，但最终由于干预太多而导致失败。其也从中归纳得出：想引进人才，除了薪酬外，更加重要的是给予其发挥的空间，而家族企业的种种弊端制约了外来人才的能力展现。对人才的渴求与重视，促使正泰试水改革家族企业。

2010年1月11日，正泰电器正式登陆上海证券交易所，成为首批上市的温州民营企业。南存辉的个人股份下降到了26%左右，财富却增长了几倍。正泰电器的简介如是说：正泰电器拥有配电电器、终端电器、控制电器、电源电器、电子电器五大类产品的生产线，是产品种类最为齐全的中国低压电器系统供应商之一。在正泰电器上市后披露首份年度报告的同时，其更是史无前例地发布了企业社会责任报告，视主动承担社会责任和履行社会义务为企业的分内之事。

技术创新和制度创新互动构成了正泰转型升级的主要因素，加之外在的一系列因素，勾画出正泰发展、转型、升级的发展路径。

在改革开放之初，加之当时“两网”改造，国家对低压电器产品需求很大，而低压电器制造工艺并不复杂，适合民营资本的介入。基于此，正泰选择了做电器。当时柳市大大小小电器厂家不下千家，由于市场的无序竞争，电器产品质量参差不齐，而正泰却以质量为本，宁可少赚，也不让一件不合格的产品出厂。这成为正泰的一种理念，在改革开放推动之下，正泰开始前进，很快掌握了“借”来的技术，能够更好地把握产品的质量。

在技术与质量内核之下，正泰迅速完成了第一个1000万、第一个1个亿、10个亿……的积累，为技术升级提供了资金保证。正泰的雪球越滚越大，很快地，在第三代、第四代低压电器技术革新之际，正泰占据了有利的位置，很多技术达到了国际领先水平，足以叫板行业内跨国巨头。

随着改革开放的深入，国家新一轮的智能电网改造进入实际应用阶段，同时电器行业企业也大多开始涉足光伏能源等新兴产业以抢占先机。因而，正泰要想长期领跑，仅仅依靠技术的领先、资本的充裕并不够，更为关键的是人才。深刻意识到这一点后，正泰开始了破釜沉舟式的企业制度改革，以废除家族企业带来的种种弊端，吸引管理人才、技术人才加盟，推动正泰的发展。

2010年，正泰电器上市，标志着正泰以技术为内核、资本为保障、人才为关键的巨型轮子已经形成，朝着未来跨国公司方向滚滚前进（图3.5）。

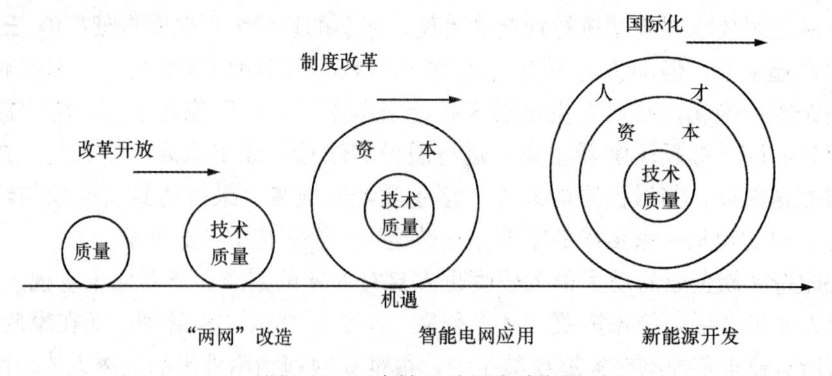

图3.5　正泰转型升级滚动发展

四、正泰之魂——南存辉

企业是企业家的心血，企业家的风格影响着企业的个性。正泰董事长南存辉从一个修鞋匠投身于低压电器事业，近30年的摸爬滚打，锻造了其外柔内刚、正直踏实的品质，也在正泰身上留下了同样的烙印。风风雨雨近30载，造就了南存辉的企业家精神，更升华成为正泰的企业文化（图3.6）。

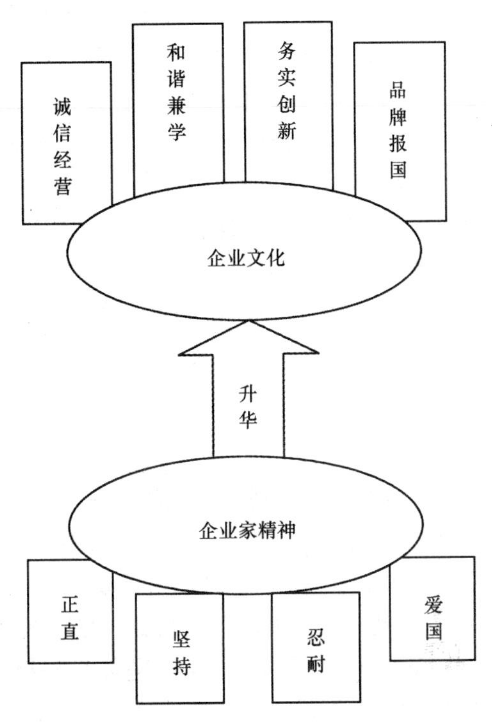

图3.6　企业文化升华图

正泰集团董事长　南存辉

南存辉正直，正泰则诚信经营。视质量为生命，是南存辉和他的企业在众多企业中脱颖而出的重要因素。改革开放之初，百废待兴，柳市搞低压电器的厂家大大小小不下千家，很多厂家利欲熏心，乱投乱产，市场秩序混乱不堪。早年的修鞋经历教会了南存辉正直做人，诚信待人。面对竞争无序的局面，即使损失几十万元，南存辉也不让一件略有瑕疵的产品出现在市面上。正是这种理念铸造了“正泰”这一质量过硬的品牌。

南存辉坚持忍耐，正泰则让电尽其所能。企业大了、强了，人心也就活络了，想干点其他的事。这是大多数民营企业家的想法，他们在成功之后开始不断地进行扩张，搞多元化经营。对此，南存辉却不为所动，坚持守着自己的“一亩三分地”，从低压电到高压电、输变电等，几十年来一直都跟电打交道。他深知唯有坚持隐忍，才能厚积薄发，烧开自己的“那壶水”。这最终换来的是正泰成为国内低压电器的领跑者，实践着自己“让电尽其所能”的梦想。

南存辉爱国，正泰则品牌报国。走自己的路还是合并之路是很多民营企业发展到一定阶段必须考虑的问题。早在1998年，正泰已经成为国内低压电器的品牌产品，但是与刚刚涌入中国的诸如通用电气、西门子、施奈德国际大牌相比，竞争力依旧不强。当时大牌有意与正泰合作，正泰亦有意相迎，希望借此机会向这些大公司学习先进技术经验。但当得知大牌们均是冲着收购、消灭正泰而来时，爱国的南存辉，断然拒绝与其合作。面对施奈德的全球封杀，正泰主动出击，告倒了傲慢的跨国公司，显示了打造民族品牌的决心。2007年，“风云浙商”的颁奖词给南存辉做了最好的注脚：“佩剑是一位骑士的尊严。曾经他手无寸铁，面对国际大鳄一次次的觊觎与刺探，他隐忍坚守。十年韬光养晦，十年卧薪尝胆，他以气血铸就自己的创新之剑。当对手再次袭来，骑士已拥有平等对决的利器。扬剑出鞘，剑光闪闪，那光芒，正是民族制造的精魂。”

五、政府支持

正泰在发展中一直得到各级政府的关注和政策支持。2008～2009年，金融危机席卷全球，企业发展面临严峻挑战，党和国家及时果断地采取一系列强有力的政策措施，浙江省委省政府提出保稳促调、标本兼治的策略，切实帮助民营企业克难解困，鼓励企业加快创新发展转型，促进企业的转型升级，促进浙江经济健康发展。2009年8月，温家宝总理视察正泰时作重要讲话：“一是你们坚持创业，坚持创新；二是你们很重视品牌塑造，这不仅是做好的产品，还有好的人品，把这两者结合起来。同时，你们这个企业非常注重产学研相结合，主动和一些高校、科研院所合作，一起来做一些有益的事情。”温总理说：“我有几句话要嘱咐大家，第一句话，关注市场。办企业最终是要让产品进入市场，为消费者服务，希望你们多关注国内、国际的市场动态；第二句话，注重创新。比如你们提到的智能电网就是一个创新的方向，智能电网中一定会用到智能电器；第三句话，一定要加强管理。企业要办好，要有竞争力，必须通过加强管理，降低成本，提高效益。”“正泰现在是25年，如果再有25年，我相信你们一定会取得更加辉煌的成绩！”

六、展望

经历了近30年的坚守与力量蓄积，正泰快速发展的机会来了。南存辉肩负起大企业的责任，主动响应政府号召，积极推动转型升级，提出由“制造商”向“系统解决方案供应商”、由“传统产业”向“节能环保型产业”、由“卖产品”向“卖服务”、由“企业经营”向“经营企业”四大方向进行转型升级。

在2010年中国民营企业500强中，正泰以营业收入243亿元列在第30位（图3.7），居温州本地企业首位，近7年来保持着稳步的增长，为转型升级交出了满意的答卷。

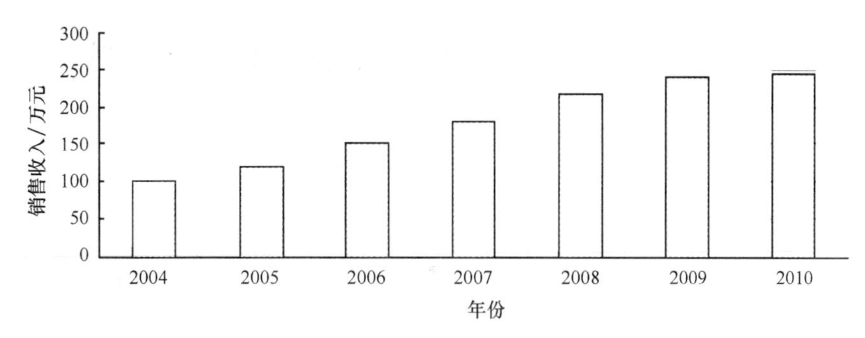

图3.7　正泰2004～2010年销售收入
资料来源：中国龙头企业网．www.ltqychina.com

在即将来临的“十二五”时期，国家大力发展现代产业体系，尤其是改造提升制造业，发展先进装备制造业，促进制造业由大变强。作为国内低压电器的龙头，正泰正以自主创新为基础，不断增强新产品开发能力和品牌创建能力，以产业报国、品牌报国为己任，勾画着未来跨国公司的宏伟蓝图。

七、结语

技术创新促进正泰持续发展，生产协作和企业制度创新为正泰插上了翅膀，南存辉沉稳大气与超强的商业敏感性给正泰注入了灵魂。所有的一切，积淀成了一飞冲天前的泰然，这是一种未来大企业的胸襟，更是一种中国民族企业成为世界著名企业的发展动力。

参考资料

陈建军，胡晨光．2008．浙江制造业的发展重点与思路．统计研究，(6)：40—47

陈劲，刘卸林．2008．自主创新与国家强盛——建设中国特色的创新型国家中的若干问题对策研究．北京：科学出版社

孙诚，冯之浚．2006．企业自主创新与企业家精神．中国科技论坛，(4)

Freeman C. 1995. The national system of innovation in historical perspective. Cambridge Journal of Economics，19：5-24

Freeman C. 1987. Technology Policy and Economic Performance：Lessons from Japan. London：Pinter Press

IMD. 1996. The World Competitiveness Yearbook. lausanne，Switzerland

IMD. 2003. The World Competitiveness Yearbook. lausanne，Switzerland

Lundvall A. 1985. Product Innovation and User-Producer Interaction，Industrial Development Research Series. Aalborg University Press

Nelson R R. 1993. National Innovation System：A Comparative Analysis. Oxford University Press

OECD. 1997. Managing Nation Innovation System s. Paris：OECD
Patel P. Pavitt K. 1994. The nature and economic importance of national innovation system. OECD，STI，14
Porter，Michael E. 1998. The Competitive Advantage of Nations. London：Macmillan Press Ltd

浙江大学浙商开放创新发展研究院　程惠芳　尤哲明

第四章　盾安创新与多元化发展转型案例

浙商格言

◆“没有不赚钱的行业，只有做不好的企业。对于企业而言，控制风险最重要。”

◆“做企业不仅要懂得低头拉车，更要学会抬头看路。”

◆“不管你姓不姓姚，只要你行，就可以分享企业的收益。”

◆“选择可以大有作为的企业，要么不做，要做就要做行业的数一数二。”

——盾安董事局主席　姚新义

一、引言

浙江诸暨以西施故里扬名天下，自古人杰地灵。绝代佳人西施，临危受命，以身许国；勾践、范蠡雄才大略，兴越灭吴。改革开放以来，勤奋智慧的诸暨人以敢为人先、锐意开拓、勇于创新的气概，在改革和发展的道路上创造了一个又一个奇迹，涌现出了一大批实力雄厚的民营企业和光彩夺目的民营企业家，为诸暨和浙江增添了无限的光彩。盾安控股集团有限公司（简称盾安）就是诸暨民营企业群体中一颗耀眼的明星。

1987年，在诸暨偏僻的乡村，盾安的创始人姚新义靠着借来的900元钱，办起了一家弹簧厂。历经23年的风风雨雨，如今，这家乡村小作坊已发展成为以制冷产业为主体，机械、商贸、食品、资源与能源等行业并行发展，拥有70余家控股子公司，新区域、多元化发展的现代企业集团，占据着全球冷配行业的领军者地位，并名列中国民营企业500强前茅。2009年度，公司以“练好内功、创新发展”为导向，紧紧围绕产业升级转型和内外部资源整合的战略方向，积极拓展新市场、新领域、新产品，实现营业收入122.96亿元。相信在中国企业转型升级的大潮中，盾安定能再上一个台阶。

二、企业发展历程

（一）900元猪舍中创业

1987年，23岁的姚新义决定离开诸暨第一汽车配件厂。在当时，那是一家人人羡慕的乡镇企业。那一年，宗庆后以10万元起家创办了娃哈哈；任正非则在深圳创立华为；那一年的中国第一次有了“企业家”这个称呼；那一年8月，首届中国优秀企业家诞生，当时杭州第二制药厂的冯根生名列其中……或许正是感受到了某种涌动的热潮，姚新义顶着父亲的压力辞职，他用借来的900元钱，在两间废弃的猪舍中擦出了创业的第一朵火花，在老家店口里市坞村创办了盾安的前身——振兴弹簧厂。

在工商登记注册时，工商部门要求具备“三证”，即“厂名、商标、合格证”。商标该叫什么好呢？当时社会上假冒伪劣产品充斥市场，但姚新义心想，做企业和做人一样，一定要讲究诚实、信用，卖给客户的产品一定要像“盾”一样牢固、可靠、安全，才能赢得客户的信赖，因此，他取“盾安”二字作为产品的商标。1995年1月28日，浙江盾安机械有限公司成立，这也是“盾安”商标第一次作为商号使用。

随着盾安事业的不断发展，“盾安”二字的内涵也得以不断丰富和提升。从“安全、可靠”到“持续改进为盾，客户价值为安”，再到今天的“诚信、尊重、专业”。如今，“诚信、尊重、专业”已成为盾安品牌的核心内涵（图4.1）。

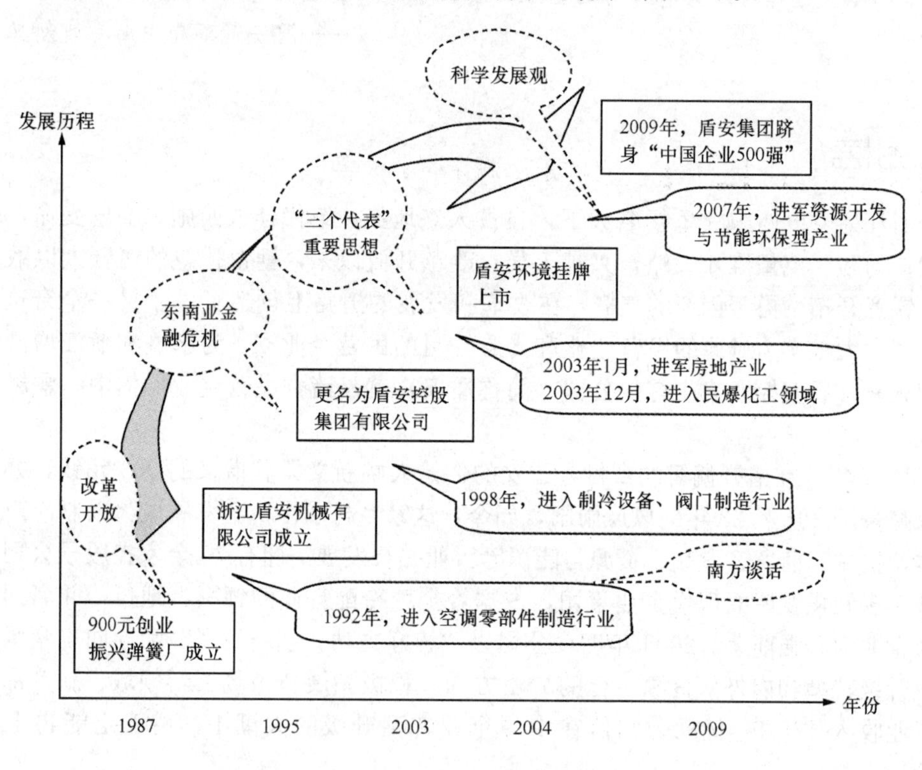

图4.1　盾安发展历程

（二）一步领先　步步领先

当年小小的弹簧厂几经风雨顽强地生存了下来。三年后，姚新义成立了后来更名为浙江盾安机械有限公司的诸暨市轻工机械配套厂，转型做空调配件，到20世纪90年代中期，盾安在国内冷配行业已稳稳地占据了前三的地位。

这期间，盾安已经有上千名员工，进入发展的新阶段，面临着再上台阶的挑战。姚新义决定对企业进行股份制改造。在以家族企业为主的店口小镇，姚新义的这一决定无疑又是超前的。股份制改造从 1997 年开始，到 2000 年最终获得了成功。盾安环境总股本 3000 万元，当年每股收益就有 1.3 元。一年后，盾安环境进入上市辅导期。2004 年 7 月 5 日，盾安环境（002011.SZ）成功上市。借助资本的力量，盾安环境迅速成为国内行业里的龙头老大，其与另一家绍兴企业三花集团，占据了国内相关产品 70％～80％的市场份额。

在店口小镇民营企业上市之路上，盾安远远地走在了前面。一直到 2008 年，店口才出现第二家上市公司海亮股份。这期间，盾安仿佛一个资本市场的号手，在许多个场合呼吁店口的企业们要上市！在他看来，上市不单单是获取发展的资金，更重要的是，只有上市，才能逼迫这些最初的农民企业家们进行现代企业管理制度创新，进入规范化企业管理新阶段，不断超越自我（图 4.2）。

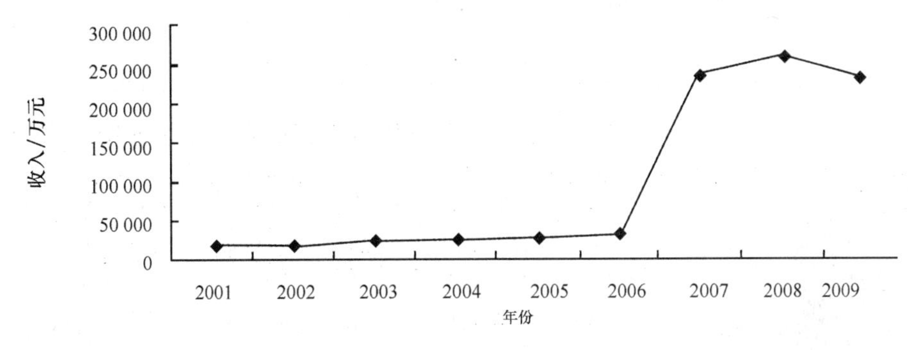

图 4.2 2001～2009 年盾安主营业务收入情况

三、转型升级能力与路线图

随着全球化进程加快，生产型企业面临的竞争日益激烈，越来越关注自身竞争力。企业竞争力是由企业的价值创造力、市场发现能力、生产要素组织能力、创新变革能力构成的。以“企业竞争力”为核心，综合企业资源理论、能力理论、企业知识理论和创新理论的基本观点，可以构建一个完整的企业竞争力分析框架（图 4.3）。

（一）市场发现能力

在 2008 年刚落成启用的盾安发展大厦大厅内，最吸引人眼球的是右边被红绸掩饰的玻璃罩，里面陈列着两台不足一米长的小车床，这是姚新义起家时的工具，一个生产弹簧，一个生产螺丝，时刻提醒盾安人记得由小积大的成功史。小小的弹簧和螺丝正是当时“振兴弹簧厂”最初的产品。但是如果姚新义仅满足于简单加工和贸易差价，也许他今天还只是一个乡村小老板。20 世纪 90 年代，中国掀起新一轮下海经商办厂热，敏感的姚新义开始着手产业转型，从贸易为主转向实业。生产柴油机配件，这门生意让他积累起几百万元资产。1991 年，姚新义涉足空调

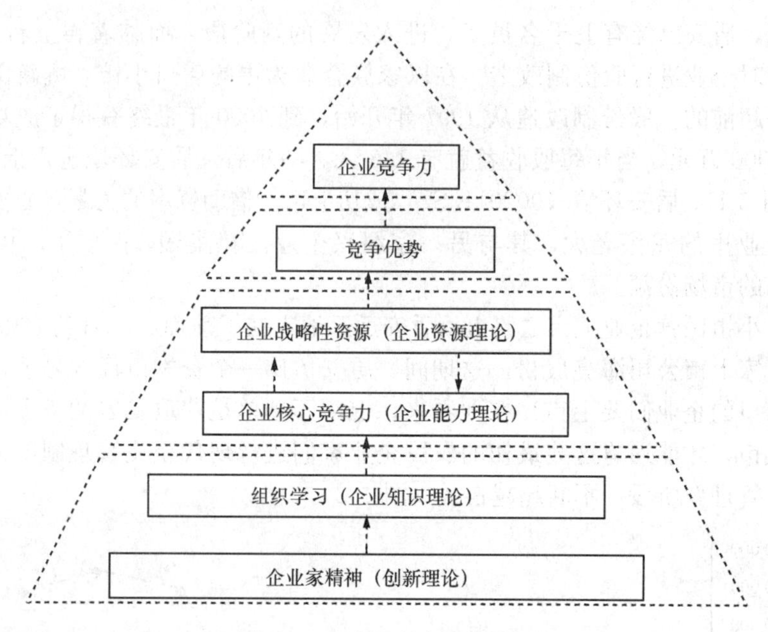

图 4.3　企业竞争力分析框架

2008 年 12 月 18 日盾安发展大厦落成启用

配件领域，进入截止阀生产领域。1993 年，邓小平南方谈话后的中国焕然一新，姚新义成功打开了江浙一带的市场，并随后把目光盯上珠江三角洲地区，让截止阀南下，进军中国知名空调企业。打开了国内市场并没有让姚新义就此驻足。很快，他把截止阀送到了日本人手里，进入了国际市场，盾安迅速走上了扩张之路（图 4.4）。

（二）生产要素组织能力

技术、设备、人才以及资本等生产要素是决定企业竞争力的关键因素。"盾安"一直以来都十分关注技术的创新和发展。2001 年，"盾安"旗下三尚机电公司携手合肥通用机械研究所，重组为浙江盾安人工环境设备股份有限公司。同年，国内首家由民营企业投资，与合肥通用机械研究所、浙江大学、西安交通大学等国内一流科研院所合作组建的中央空调领域权威科研机构——盾安中央空调研究院成立。

为了提高企业的综合竞争力，盾安从不吝啬有关专业技术研发和专业设备引进的投入。1998 年，盾安三尚机电公司组建之初，盾安就斥资千万，从美国、日本、欧洲等国家和地区引进最先进的生产设备，并建造了国家级实验中心。经过 10 年的成长，现在盾安环境已经成为国内唯一一家能生产核电站用特种空调的国产品牌。2003 年，盾安制冷配件产业全面引进了 ERP（企业资源计划）信息管理系统，2008 年，又耗费千万，引进 SAP 软件，全面升级 ERP 系统，并导入六西格玛管理体系，使盾安的制冷配件的产品质量、公司管理流程都处于行业领先地位。

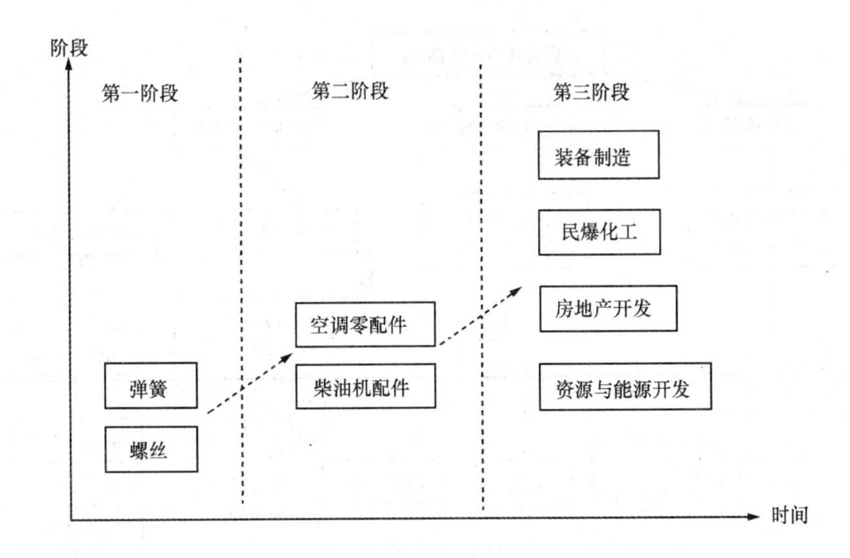

图 4.4 盾安集团市场发现路径

技术是第一生产力，而人才资源是第一资源，是科技进步和经济社会发展最宝贵、最重要的资源。盾安每进入一个新领域，都十分注重引进和使用行业内的优秀专业人才，组建可以委以重任的专业化团队，提升专业技能，研发专业技术。例如，盾安在进入房产开发、资源开发等新领域时，都引进了行业顶尖的管理、技术人才，这些人才不仅带来了行业的核心技术、先进的管理思想及丰富的行业信息，同时带动了一大批专业人才到公司服务。

盾安生产要素组织能力还体现在资本的运作能力方面。2004 年 7 月，盾安环境在深圳证券交易所挂牌上市，初露其在资本运作领域的宏心，令业界刮目相看。

盾安转型升级路线图如图 4.5 所示。

（三）创新能力

1. 体制转型　步步为营

“任势者，其战人也，如转木石，木石之性，安则静，危则懂，方则止，圆则行。”在战略变换上，《孙子兵法》强调要根据形势，灵活变动。相比中国的许多民营企业，诞生于 1987 年的盾安并不是历史最悠久的，也不算最大的。但盾安的典型性就在于，它是一家较早脱离了家族制管理模式、建立起现代企业制度并实现了股权激励的民营企业。

美国经济学家兰斯·戴维斯和道格拉斯·诺斯认为，制度创新是指创新者为获得追加利益而对现存制度作出的变革。只有在预期收益超过预期成本时，制度创新才能实现。他们认为，促进制度创新的因素有三种，即市场规模的变化、生产技术的发展，以及因前两个因素引起的一定社会集团或个人对自己收入的预期变化。

当企业发展成熟并需要转型时，“家天下”的弊端就会暴露；当企业需要做大、需要使用法人治理结构时，“家天下”的问题就会凸显。盾安像众多壮大的民企一样，在

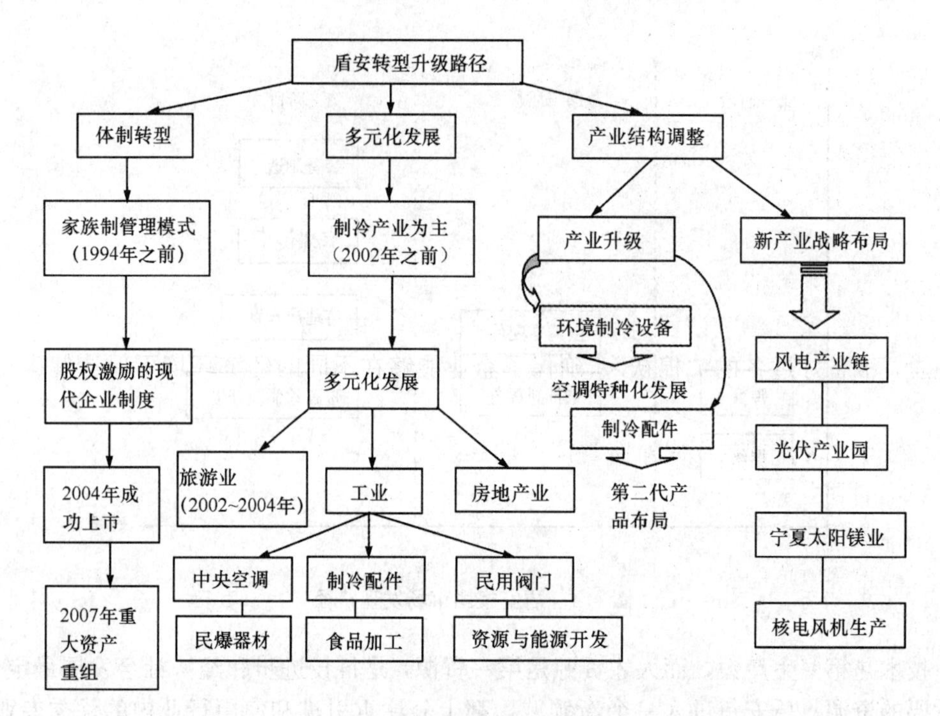

图 4.5　盾安转型升级路径图

转型的过程中要经历告别“家天下”的阵痛，但盾安起步早，从 1994 年开始，才七年时间盾安创始人就先后让自己的父亲、太太和其他亲属退出盾安，这样做的目的就是要让外围的人才成批地进入盾安，并能以盾安为家，不断成长。三年后，姚新义开始在盾安机械公司进行产权制度改革和股权激励的尝试，并于 2000 年正式推行。而早在 1999 年，姚新义就开始组织人员撰写《盾安企业宪章》。

盾安十分重视人才的引进和培养。“能者上、平者让、庸者下”，这是盾安所倡导的人才观。在传统民营企业发展中，常会遇到新招的人才因有先来者而没有平台、不能施展才华的状况，但盾安把这个理念塑造成了常态的文化。《盾安企业宪章》中明确规定，“人品至上，人尽其才”和“公开、公平、公正”是盾安选人、用人、育人、留人的基本原则。为确保这一原则的实现，盾安在企业中广泛推行了“竞聘上岗”制度，严格执行“亲属回避制度”，取得了良好成效。

员工与企业共同成长，注重培训是盾安的一大特色。盾安一贯遵循“培训是员工最大的福利”的理念，很早就建立了覆盖全员的培训制度，帮助员工与企业共同成长。每年年初公司都会制订全面的学习培训计划，培训内容针对不同岗位，涉及各个方面。为了更系统地培养公司所需要的人才，盾安还于 2007 年 11 月成立了自己的商学院，迄今已经成功地开办了人力资源、财务、内训师等多个专业学习班。为了保证员工的学习时间，盾安在管理制度上为员工学习培训大开绿灯。盾安每年都会组织各企业的管理技术骨干到国外考察，开阔眼界，学习国际一流企业的先进经验。

2. 居安思危　把控风险

孙子曰：兵者，国之大事，死生之地，存亡之道，不可不察也。《孙子兵法》指出战争是事关国运之大事，必须认真对待，体现了一种稳健的军事思想。这种稳健的军事思想值得每一位投身商战的人学习。姚新义做到了这一点，他有句名言："做企业不仅要懂得低头拉车，更要学会抬头看路。"正体现了这种思想。不可否认，做生意需要冒险，但稳健决策却是长久之计。做生意未赚先防亏，这是精明企业家的韬略。盾安决策层一直以来都把"有效把控风险"放在企业作出投资与发展决策时首要考虑的因素。尤其是在宏观经济向好、企业快速发展时期，集团决策层更是坚守"居安思危"的理念，准备好过冬的"棉袄"，确保了企业能够在不同的经济环境下保持健康持续发展。

盾安也十分重视内部风险控制体系的建设。按照《盾安企业宪章》的要求，盾安从控股集团到下属产业公司都建立健全了预算控制体系、成本控制体系、项目管理体系、审计监督体系等，从各个方面有效控制风险。当一个企业的聚焦点不仅在于产品、资金、技术等构成的硬实力，而且关注制度、风险控制等软实力时，说明企业已超越了初级阶段，上升到新的境界，形成了新的核心竞争力。强烈的风险意识加上敏锐的洞察力，使得盾安在转型升级中始终能够步履稳健、把握未来。

3. 多元发展　驾驭市场

孙子曰：善战人之势，如转圆石于千仞之山者，势也。这表明，作为战争的指挥者，必须善于制造和利用有利于己方的态势，从而保证战争的胜利。运用到企业治理上，企业的领导人必须具有敏锐的观察力，善于根据各种商业形势的发展来调整企业的发展方向。企业经营在不断扩大之后，那种"从一而终"的经营思路就完全不适合企业的发展了。当企业具备一定的经济实力之后，不断转换战略的重点、跟踪经济的热点，就成为企业家经营中的一个重要决策。

如果说2003年之前的盾安是一家以专业化著称的制造型企业，那么，在这一年之后，盾安先后进军民爆、房地产、大农业等领域，开始了多元化之旅（图4.6）。

"堆满一间仓库的阀门，可能还不及房地产商造一个卫生间赚的钱多。"姚新义明白，这是产业轮换的规律。为了克服这样的规律对企业带来的影响，多元化成为较好的选择。但这并不意味着盲目地进入，盲目地扩张。直到今天，哪怕盾安进入了多个非制造业领域，哪怕那些领域比制造业利润高出很多倍，但装备制造仍是盾安核心产业中极为重要的一块。姚新义说："我们不投机，我们只投资。"这意味着进取中还要克制。

一直以来，盾安就有自己的多元化投资原则：其一是"小行业也能有大发展"，正因如此，才有了做炒货的姚生记；其二是"没有不赚钱的企业，只有做不好的企业。对于企业而言，控制风险最重要"；其三是选择可以大有作为的行业，要么不做，要做就要做行业的"数一数二"。以民爆为例，到2009年，经过6年的发展，盾安已成为中国民爆化工行业无可争议的老大。

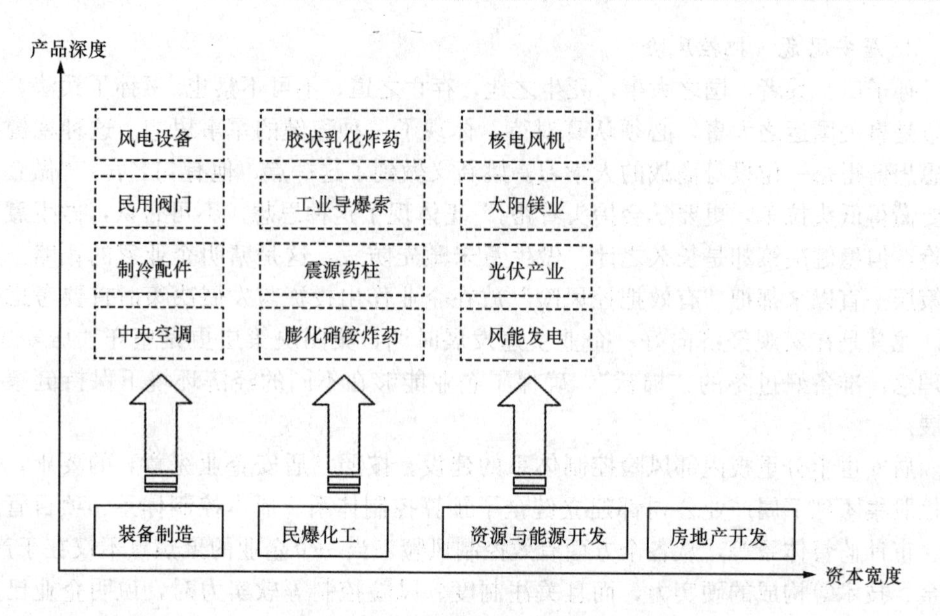

图 4.6　盾安集团多元化模式

（四）盾安成功秘诀

盾安是一家富有前瞻视野和创新精神的企业，具备敏锐的市场嗅觉、卓越的生产要素组织能力、领先的自主创新能力、稳健的风险控制能力。锐意图新、专业务实，是盾安在制造业领域长袖善舞的秘诀（图 4.7）。

四、政府支持

政府对于盾安的转型发展给予了很大的支持和鼓励。中共中央政治局常委、国家副主席习近平，中共中央政治局委员、国务院副总理张德江，全国人大常委会原副委员长成思危等都曾先后视察过盾安。党和国家领导人对盾安所取得的发展成就表示赞赏，并鼓励盾安继续认真贯彻落实科学发展观，努力推进企业健康可持续发展。

孙子曰："凡先处战地而待敌者逸，后处战地而趋战者劳。"行军作战，要求主动，经营企业，更要先人一步，练好政策嗅觉。有主动就有商势，有商势就有决胜权。2009 年，盾安成功抓住国家大力发展节能环保产业、建设低碳经济的历史性机遇，以及实行积极财政政策与适度宽松货币政策所带来的发展良机，准确把握进入节点，全面实施新产业战略布局。宁夏太阳镁业循环经济工业园基本建设进展迅速，盾安风电产业链全面启动，久和能源内蒙古风电装备制造基地在 2009 年 3 月隆重奠基，西安电气实现当年投产当年赢利，大漠风电海力素一期 4.95 万千瓦风场基础设施全部建设完成。

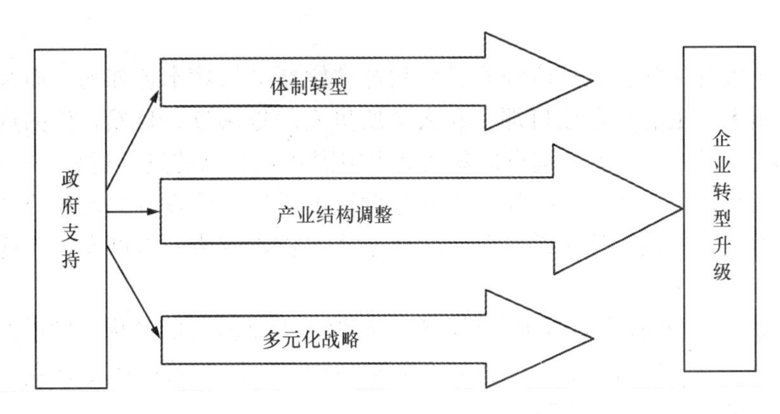

图 4.7　盾安转型升级动力模式

五、姚新义——德才双馨造一方名企

跟同时代的大多数浙商相比，盾安董事长姚新义的背景并无特殊之处：初中毕业后当了 3 年农民，然后去了一家乡镇工厂当工人。1986 年，崔健拿着一把破吉他唱着《一无所有》，那是中国一代年轻人的集体情绪。而正是那个时候，姚新义开始了个人意识的苏醒。1987 年，23 岁的他从集体企业辞职，开始创办自己的第一家工厂——振兴弹簧厂。从 1987 年开始，23 年沉浮的光阴，把姚新义淬炼成中国出类拔萃的一代企业家。如今，这个盾安领头人正悄然占据着全球冷配行业的领军者地位。

盾安董事长　姚新义

1987 年的中国，各种物资皆短缺，这使弹簧厂的生意红红火火。他的小作坊大胆地在本地吃进大量产品，然后组织姚氏家族成员四处兜揽合同。姚新义在这一阶段表现出独特的冒险精神，正是西方经济学家熊彼特说的企业家必备的要素之一。

在 1990 年春节的一个饭局上，当时有人感慨，大学生怎么为我们初中生跑供销了？当时中国掀起新一轮下海经商办厂热，敏感的姚新义就这样注意到这个机遇，开始着手产业转型，从贸易为主转向实业。生产柴油机配件，这门生意让他积累起几百万元资产。

在积累了一定资本之后，1991 年，姚新义开始涉足空调配件领域，进入截止阀生产。然而创业之路并非一帆风顺，在涉足之初，姚新义经历了无数次失败的试验。终于在 1991 年年底，姚新义在一张饭桌边试验成功截止阀。次年，他租下里市坞村的老祠堂，开始批量生产。不久之后，具有一股“闯劲”的姚新义成功打开了江浙一带的市场，并随后把目光盯上珠江三角洲，让截止阀南下，进军中国知名空调市场。国内市场的打开，并没有让他就此驻足。很快，他把截止阀送到了日本人手里，进入了国际市场。

当年那个极善交际、全身流淌着无畏精神的姚新义依然本色如初，而观念已与世界同步的姚新义，更喜欢在店口那个私人会所里安静地阅读。显然，他的这些观念很大程度上来源于学习。用一个词可以概括这个中国式企业家的进步过程——学以致用。他说，中国经济正由产品经济时代进入到金融资本时代，盾安将实现产业经营与资本市场的有效对接，构建新的融资平台，以充分放大企业市值。不难发现，这也正是那些西方跨国企业走过的历程。

姚新义 23 年跌宕起伏的商业生涯，在一定程度上是时代的产物，姚氏的成功路径可能已经无法复制。但这种敢于创新的企业家精神对于那些希望改变自我命运的后来者而言，依然是最好的励志教科书。

六、发展蓝图

党的十七届五中全会提出，要坚持把经济结构战略性调整作为加快转变经济发展方式的主攻方向，坚持把科技进步和创新作为加快转变经济发展方式的重要支撑。“十二五”规划中也指出要鼓励发展高端装备制造、新材料等战略性新兴产业。盾安抓住了这一历史性的机遇，“点亮”了转型升级之路。

2009 年，盾安是双星闪耀，多点突破，在产业升级转型的同时，公司在体制创新、管理深化、信息化、资本运作等方面都形成了一个良好的上行突破势头：六西格玛项目取得阶段性成果，完成了 26 个黑带项目；ERP 信息管理系统通过改善，达到了按订单生产、按计划生产的要求；负责起草或者参与起草的国家和行业标准达到 11 项；公司于 9 月完成了 5000 万股现金股的增发，为公司的发展积聚了新的能量。接下来，盾安有意进军金融领域。在姚新义看来，资源性产业和金融产业是整个盾安发展链条上不可缺少的环节。“所有的领域都离不开金融，我们投资金融业将给其他各个产业的发展带来重要支持。”姚新义说。

盾安的未来发展一片光明，2009 年公司营业收入 23 亿元，2010 年将达到 30 亿元，相信在“十二五”规划末期，盾安能够实现 100 亿元的营业收入。

七、结语

盾安的发展史实际上就是一部企业体制创新、多元化发展的历史。不断的自我革新使盾安在激烈的竞争中得以生存和发展。“居安思危、永不满足”使盾安始终做到“有备无患”，在转型升级的路途上知己知彼，铸就卓越之盾。

参考资料

彼得・德鲁克 . 2009. 创新与企业家精神 . 北京：机械工业出版社

陈劲，柳卸林 . 2008. 自主创新与国家强盛 . 北京：科学出版社

迈克尔・E. 波特 . 1997. 竞争优势 . 北京：华夏出版社

苏旭，姚新义 . 2009. 理性打造盾安王国 . 浙商
苏旭 . 2009. 告别“家天下”——盾安的企业治理之道 . 浙商
孙武 . 2007. 孙子兵法 . 哈尔滨：北方文艺出版社
王晓萍 . 2005. 企业核心竞争力研究的回顾与展望 . 生产力研究，(6)
Prahalad C K，Hamel G. The core competence of the corporation. Harvard Business Review，68 (3)
Leonard-Barton D. 1992. Core capabilities and core rigidities：a paradox innew product development. Strategic Management Journal，(13)

浙江工业大学浙商开放创新发展研究院　程惠芳　沈　姣

第五章　杭氧自主创新与发展转型案例

浙商格言

◆“杭氧集团要坚持走科技创新、自主创新的道路。”

◆“以前杭氧只需埋头研究空气分离设备生产技术。现在，杭氧要全方位提供全套的气体服务。制造设备是‘养奶牛’，发展气体产业就是‘卖牛奶’，杭氧要牵着奶牛卖牛奶。”

◆“企业家要会考虑两点，在企业发展顺利的阶段，考虑如何跑得更快，在危机时要考虑企业如何不后退，或者后退得更少。”

——杭氧董事长　蒋　明

一、引言

“海上涛头一线来，楼前指顾雪成堆。”这是苏轼对杭州著名的钱塘江潮水汹涌迅疾、气势逼人的生动描述。在竞争犹如钱塘江潮水一样凶猛的空分行业中，企业不进则退。杭州制氧机集团有限公司（简称杭氧），这艘承载着民族振兴、企业图强之光辉使命的巨轮，凭借着团结、创新、共进的企业核心价值观，在风浪中劈波斩浪，勇往直前，经历了从量变到质变的飞跃、从民族到世界的跨越。经过60年的发展，杭氧已经跃居到世界空分五强的地位。

二、杭氧发展历程

（一）杭氧概况

杭氧创建于1950年，是国家重大基础装备制造企业，为中国的冶金、石化、航空航天、煤化工提供成套空分设备，是国内空分设备行业的龙头企业。杭氧是杭州市政府批准设立并授权经营国有资产的国有独资企业，拥有国有控股企业5个，涵盖实业投资和通用机械制造等重要领域。杭氧职工人数4303人，总资产96.07亿元，净资产50.6亿元。目前，杭氧的综合实力雄踞国内空分行业第一位，国际第五位。2009年，杭氧在中国大企业大集团竞争力500强中名列168位，在中国最大1000强大企业大集团中名列763位。

（二）发展历程

杭氧的前身是成立于1950年的浙江铁工厂。1952年，第一任厂长钱祖恩在全国工矿机械会议上承接首台国产制氧机任务，自此杭氧踏上了制造空分设备的征程。杭氧人凭借不服输的精神，在测绘苏联空分设备的基础上，于1956年试制完成了第一台国产30立方米/小时制氧机，标志着我国空气分离与液化设备工业的诞生。此后，杭氧在空分设备领域一直追踪世界前沿技术，由最初的测绘仿制到改革开放之后的引进技术、消化吸收、自主创新，逐步缩小与国际空分设备行业的差距。1995年，经过改组，成立杭州制氧机集团有限公司。从2000年开始杭氧通过分立式改制、债转股、资产整合重组，逐步理顺了产权关系，提高了管理效率，增强了企业竞争力。

《孙子兵法》"势篇"上说："激水之疾，至于漂石者，势也；鸷鸟之疾，至于毁折者，节也。是故善战者，其势险，其节短。势如弦弩，节如发机。"在竞争瞬息变化的今天，发展步伐决定企业的成败。2001年，杭氧制造出第一套国产乙烯冷箱，正式进军大型石化设备市场；2003年，杭州建德杭氧气体有限公司成立，杭氧进入气体产业；2009年，杭州杭氧化医工程有限公司成立，杭氧进入工程成套领域。目前，杭氧已经从单一生产空分设备制造企业，发展到以设计、制造空分设备为主业，其他多种产业和产品共同发展的新格局，并以"重两头，拓横向，做精品"为发展理念，不断在气体产业、工程成套产业上加大投入，逐步实现产业链的高效整合和产业结构的优化配置。今年杭氧所属核心企业杭州杭氧股份有限公司（简称杭氧股份）在深圳证券交易所中小企业板正式上市，借助资本市场这一平台，杭氧向着"成为世界一流的空分设备制造和气体运营专家"这一目标又迈进了一步（图5.1）。

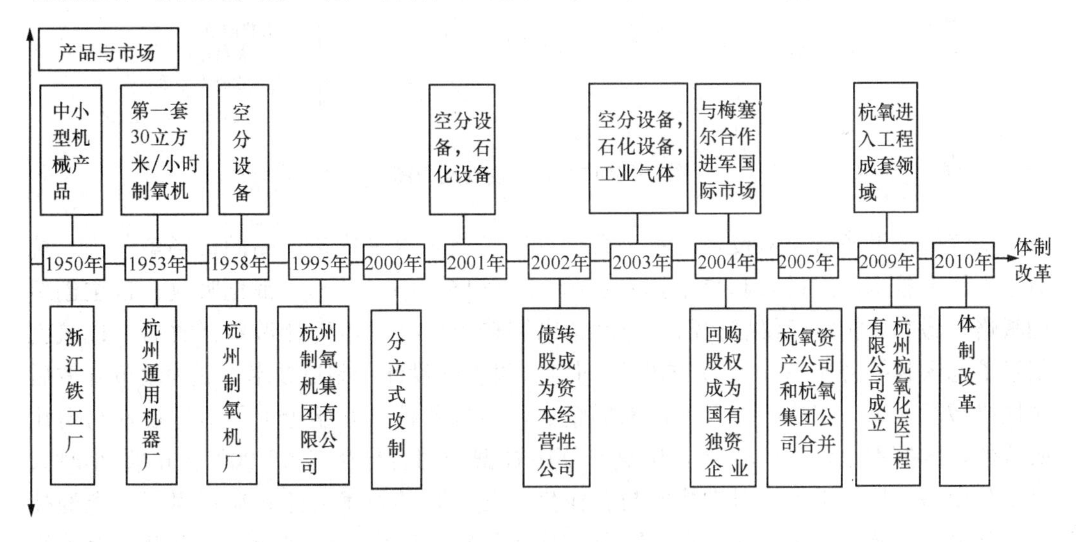

图5.1 杭氧发展历程图

三、杭氧技术创新促转型升级

托马斯·彼得斯在《追求卓越》中写道："要么创新，要么死亡。"创新是企业生存的根本，是发展的动力，是成功的保障。在今天，创新能力已成为国家的核心竞争力，也是企业生存和发展的关键，是企业实现跨越式发展的第一步。

在开放经济中，技术进步的途径主要有三个方面，即技术创新、技术扩散、技术转移与引进。对于后发国家来说，工业化的赶超就是技术的赶超。根据当前的情况，后发国家技术赶超应该分为三个阶段：第一阶段以自由贸易和技术引进为主，主要通过引进技术，加速自己的技术进步，促进产业结构升级；第二阶段，技术引进与技术开发并重，实施适度的贸易保护，国家对资源进行重新配置，通过有选择的产业政策，打破发达国家的技术垄断，进一步提升产业结构；第三阶段，必须以技术的自主开发为主，面对的是新兴的高技术产业，国家主要通过产业政策，加强与发达国家跨国公司的合作和交流，占领产业制高点，获得先发优势和规模经济，将动态的比较优势与静态的比较优势结合起来，兼顾长期利益与短期利益、宏观平衡与微观效率，进行有效的配置资源，实现跨越式赶超（图 5.2）。

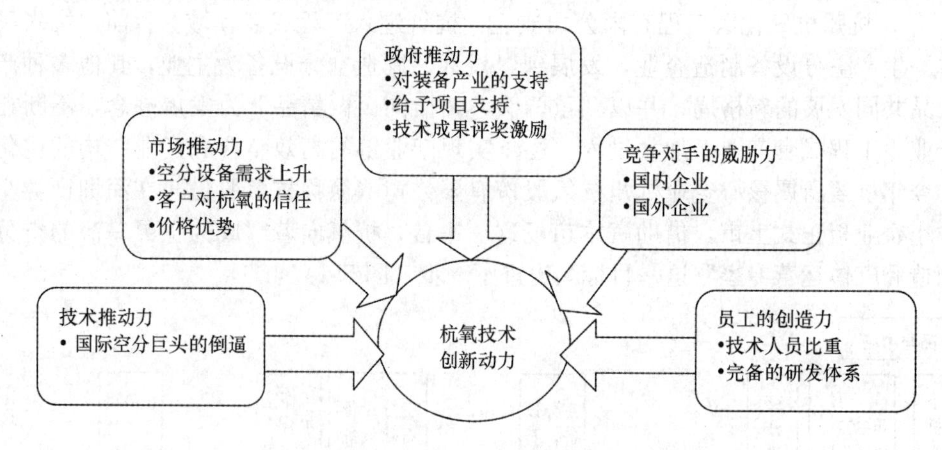

图 5.2　杭氧技术创新动力图

空气分离设备行业是技术密集型行业，产品技术水平决定产品的市场竞争力。杭氧一直注重技术研发投入和自主技术创新，始终坚持引进技术、消化吸收、自主创新的战略。最初，杭氧仅仅靠仿制国外设备来制造制氧机。1978 年改革开放后，杭氧就引进了德国林德公司 10 000 立方米/小时空分设备的设计和制造技术，成为改革开放后中国机械行业第一家从国外引进技术的企业，标志着杭氧开始走上了引进技术与消化吸收的技术探索之路。1987 年，杭氧与德国林德公司合作生产 28 000 立方米/小时大型空分设备，杭氧走上了引进技术与合作生产相结合的技术之路。在积累了一定的技术基础之后，杭氧开始自主创新，先后在国内率先实现了 2 万、3 万、5 万及 6 万等级大型成套空分设备的国产化，而且已经完成了 8 万等级空分设备的设计论证。目前，杭氧已掌握了采用常温分子筛净化、规整填料上塔、内压缩流程、全精馏制氩和变负荷智能型 DCS 集散控制的第 6 代空气设备的设计及成套技术，产品设计制造能力均达到国际先进水平。此外，杭氧还在国内率先掌握了大型乙烯冷箱、液氮洗冷箱等石化设备的设计制造技术，目前是中国石化指定的乙烯冷箱国产化基地（图 5.3）。

杭氧的技术优势是杭氧发展的核心动力，保证了杭氧在中国空分行业的龙头地位。

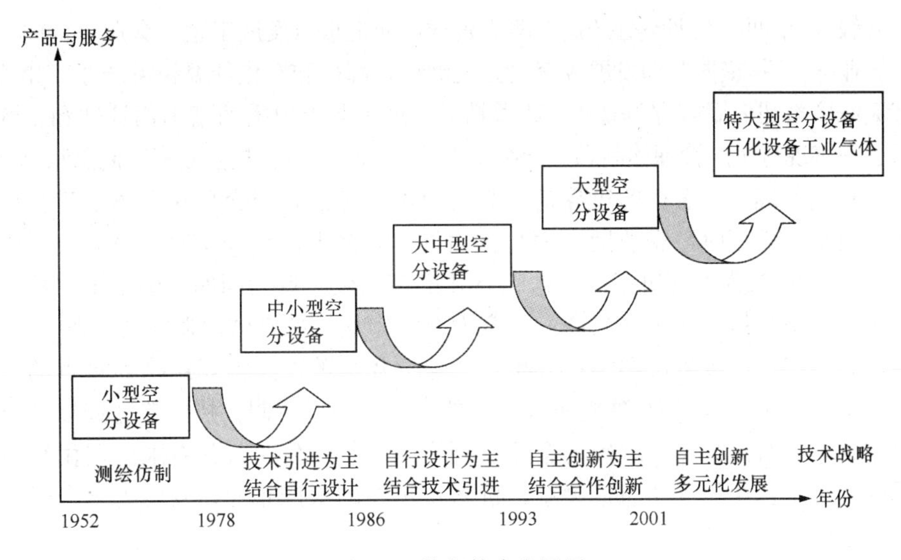

图 5.3 杭氧技术发展图

企业市场创新是指企业从微观的角度促进市场构成的变动和市场机制的创造，以及伴随新产品的开发对新市场的开拓、占领，从而满足新需求的行为。市场创新是技术创新在市场领域的延伸与实现，是企业扩张的关键。

由设备制造商向气体产品供应商发展是国外空气分离设备制造企业普遍的发展模式，目前国际上主要的气体产品供应商，均是由空气分离设备制造企业发展而来的。气体产品的制造及销售业务是空气分离设备制造业务的延伸，空气分离设备制造企业从事气体产品的销售业务，具有设备制造、运营管理和客户资源等多方面优势，同时，气体产品的销售业务现金流稳定，具有很强的区域垄断性，因此，空分设备制造和工业气体供应一体化，是世界工业气体工业不可逆转的大潮流。

根据 Spiritus Consulting 公司对全球工业气体市场的调查报告，2007 年，全球工业气体销售总额达到 554 亿美元，并且近年来的年平均增长率保持在 7%以上。我国目前空气分离设备年需求量在 100 亿元左右，而工业气体产品的年需求量则在 500 亿元以上。因此，杭氧想要扩大企业规模，就必须进军工业气体领域。

2003 年，杭氧开始小规模试水气体业务，投资设立了杭州杭氧建德气体有限公司，开始进行气体投资的探索。之后杭氧积极开拓工业气体市场，先后在浙江、湖北、河南、河北、安徽、吉林等地投资建立了 10 家气体公司，涉及管道供气、瓶装气销售、液化气体销售等多种业务模式。经过多年的运营实践，杭氧已经积累了丰富的气体投资经验。2009 年，杭氧股份来自气体业务的销售收入为 1.37 亿元，占主营业务收入的 5%。杭氧股份总经理毛绍融介绍说："经过几年的尝试，我们积累了一些人才和经验，再加上上市后资金的到位，为杭氧工业气体的起飞打下了良好的基础。"未来，杭氧股份将逐步把气体产业发展成与空分设备制造相当的支柱产业，实现"十二五"期间将气体产业年销售额做到 50 亿元的目标。

2010 年，杭氧提出"重两头、拓横向、做精品"的产业结构调整目标，努力实现企业转型升级。“重两头”即空分产业向两头延伸，向上重点发展工程成套业务，向下重点发展气体业务；“拓横向”即发展成套空分关键配套部机和石化低温相关产业，如乙烯冷箱、液氮洗冷箱和低温容器等业务；“做精品”就是要大力推动精细化管理和精细化生产，通过完善现有生产管理体制和生产组织方式，加强管理、提高效率、制造精品。

根据科斯的理论，企业的边界是由交易成本决定的，当交易在市场上进行比在企业内部进行更有效率时，企业则会缩小其边界，更多诉诸市场交易，而非企业内部交易。1999年，杭氧为了解决产业链太长导致的市场效益低的问题，确定了“精干空分主体，强化经济实体，开拓新兴产业，全面走向市场”的整体改制方案。2000年，杭氧实施了以产权制度改革、划小核算单位、建立规范的法人治理结构为重点的分立式改制，相继成立了26家具有独立法人资格的企业。通过改制，杭氧建立起以“市场为导、科技为本、激励为策”的现代企业管理模式，集团公司与各有限公司由行政上下级关系变为母子公司的资产纽带关系，杭氧从单纯的生产企业，发展为生产经营与资本经营并举的企业集团。

杭氧所处的行业是一个高新技术行业，企业间的竞争归根到底就是人才的竞争。近年来，杭氧坚持把人力资源战略纳入企业总体发展战略，将人力资源作为第一资源。而且在人才的培养、关心和激励方面，杭氧积极营造一个让想干事的干成事、能干事的有舞台、干成事的有位置的良好氛围。同时，杭氧继续在分配制度上大刀阔斧地改革，落实了年薪制和各种奖励制度，正确评价了各类骨干的劳动价值，并使科技、经营人才的劳动价值逐渐与市场接轨。实践证明，杭氧的人才机制起到了吸引人才、留住人才、激励人才的作用，确保了企业的人才优势。

“质量第一，诚以待人，信对天下”，是杭氧人成功经营的法宝。杭氧牌大中型空分设备先后被认定为中国名牌产品和中国驰名商标。杭氧生产的空分设备以大型化、低能耗、高性价比等特点赢得国内外用户的首肯，也引起了世界著名的工业气体生产商——德国梅塞尔的兴趣。2004年12月11日，杭氧股份与德国梅塞尔集团签署了联合促销与发展协议书。这意味着杭氧将成为梅塞尔的空分设备生产基地，同时也说明了杭氧的空分设备从此将走出国门，开拓国际市场。

近年来，随着大型空分设备设计制造能力的日趋成熟，杭氧的国际竞争能力也迅速提升，快速打开了世界五大洲的市场，把产品销售到了世界40多个国家和地区，2008年还第一次将自己的设备卖到了空分设备的发源地德国，引起了业界关注。2006年杭氧与梅塞尔在德国共同投资组建了低温工程（德国）有限公司，成为杭氧拓展欧洲业务的桥头堡。

苏辙在《道德真经注》中说，冬凝春冰，涸溢不失节，善时也，是指水配合节气，能够把握时机，善于待时。一个企业，如果能够把握时机，资本上市，利用资本市场这个平台，必定会加快企业发展。2010年6月10日，杭氧所属核心企业杭氧股份在深圳证券交易所挂牌上市。杭氧股份此次募集资金将主要用于技术改造和工业气体投资，这将进一步扩大公司的资产规模、改善公司的财务状况、提高公司经营成果、巩固并提升公司的竞争能力，对杭氧的长远发展产生积极有利的影响。杭氧转型升级路线图如图 5.4 所示。

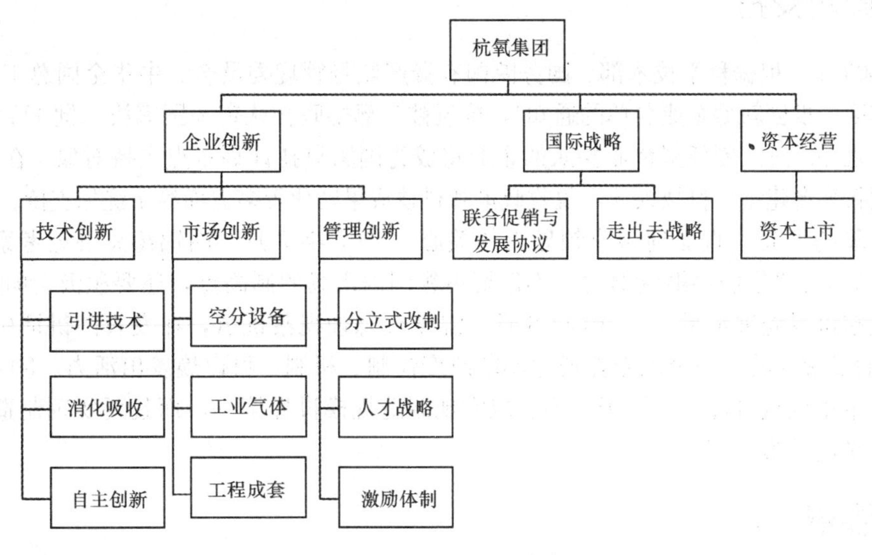

图 5.4　杭氧转型升级路线图

四、杭氧掌舵人——蒋明

熊彼特认为，创新活动之所以发生，是因为企业家的创新精神。为了企业的长远发展，董事长蒋明一直在倡导一种市场营销模式："要喝'牛奶'，我牵头'奶牛'上门，'奶牛'算我的，'牛奶'长期卖给你。"这种模式改变了杭氧原来单一的设备制造市场，从而进入了潜力巨大的气体供应市场。蒋明所说的"牛奶"，是我国冶金、化工、石化、航天等支柱产业必需的工业用氧气、氮气、氩气等，因其重要而被称为"制造业的血液"，"奶牛"就是制造气体的空分设备。这也就是杭氧今后的发展方向，即空分设备和气体产业一体化。经过短短 7 年的时间，蒋明和他领导的杭氧已经先后在浙江、湖北、河南、湖北、安徽、吉林等地投资建立了 10 家气体公司，用自己的"奶牛"和资金，打造了一批"牛奶供应基地"。

杭氧董事长　蒋明

在 2008 年金融危机的背景下，杭氧各项业务发展势头依旧良好，而且杭氧集团坚决不裁员。董事长蒋明被授予杭州市 2008 年度十大突出贡献工业企业优秀经营者称号。蒋明认为："企业家要会考虑两点，在企业发展顺利的阶段，考虑如何跑得更快，在危机时要考虑企业如何不后退，或者尽量少后退。"

五、政府支持

2009年，根据科学技术部、国务院国有资产监督管理委员会、中华全国总工会《关于发布第二批创新型企业名单的通知》，杭氧被三部委联合认定为国家第二批111家创新型企业之一。进入创新型企业梯队的企业将成为国家科技计划重点支持对象，在专利申请、创新平台建设、科技人才、税收政策和科技成果转化等多方面给予优先支持。

杭氧的发展一直受到国家领导人的关心，2007年7月，胡锦涛总书记考察杭氧，激励杭氧人："你们要继续努力，不但要占领国内市场的制高点，还要积极走向国际市场，赶超世界先进水平。"2010年6月，温家宝总理视察杭氧，在发表的讲话中提到："杭氧的发展证明了一个老企业通过不断改变体制、机制，可以焕发出活力。60年一个甲子，希望杭氧再过一个甲子，不但能实现制造规模世界第一，而且要实现制造技术、制造水平世界第一！"

六、展望

杭氧凭借技术优势、品牌优势和人才优势一直保持着在国内空分行业中的竞争优势，始终引领国内空分行业的发展潮流。未来几年，面对大型空分设备的发展机遇，同时，随着杭氧工业气体业务规模的扩大，杭氧的业务结构将更加合理，经营规模将进一步扩大，实现"立足国内第一，争创世界一流"的目标指日可待。

七、结语

杭氧始终坚持创新之路，不断在技术、管理、产业结构优化上阔步前进，以"团结、创新、共进"为核心价值观，经过60年的发展，跃居世界空分五强。但杭氧与世界一流还是有一定差距的，就如温家宝总理所期待的，"希望杭氧再过一个甲子，不但能实现制造规模世界第一，而且要实现制造技术、制造水平世界第一"！

参考资料

斯蒂文·G. 米德玛. 2007. 科斯经济学. 罗君丽，李井奎，茹玉骢译. 上海：上海三联书店

宋刚，唐蔷，陈锐，等. 2008. 复杂性科学视野下的科技创新. 科学对社会的影响，(2)：28～33

孙武，陈书凯. 2008. 孙子兵法. 北京：蓝天出版社

汤姆·彼得斯，罗伯特·沃特曼. 2009. 追求卓越. 胡玮珊译. 北京：中信出版社

熊彼特 J A. 2008. 经济发展理论. 孔伟艳，朱攀峰，娄季芳译. 北京：北京出版社

许庆瑞. 2000. 研究、发展与技术创新管理. 北京：高等教育出版社

浙江工业大学浙商开放创新发展研究院　程惠芳　应丽丽

第六章　德力西创新与发展转型案例

浙商格言

◆“做生意要先讲信誉，不讲信誉就是给自己过河拆桥。”

◆“合作竞争是适应经济全球化的战略选择。”

◆“敢于开放创新才有希望，封闭保守必然落后。”

◆“借力发展是走国际化道路的明智之举。”

◆“经营一个企业，就如同做人一样，必须具备真诚的信誉和良好的自身素质，同时还要有量体裁衣的眼界。这样，你的生活不仅有灿烂的阳光，重要的是还能赢得世人的口碑。”

——德力西董事长　胡成中

一、引言

管理学上有一则经典故事：沙丁鱼很受国外人追捧，但由于其生性懒惰，不轻易游动，其被捕捞后，存活率很低。为了保持沙丁鱼的活力，一些渔民通常会在运输沙丁鱼的车上放入一两条它的天敌鲶鱼，鲶鱼的加入，让沙丁鱼的生存受到威胁，于是其不停地游动以躲避鲶鱼的攻击。如此一来，反而却使沙丁鱼存活得更长久。这就是所谓的“鲶鱼效应”。

2006年，中国德力西控股集团有限公司（简称德力西）与施耐德合资建立德力西电气股份有限公司，国际电器巨头施耐德正式进入“中国电器之乡”柳市。一石激起千层浪，如此大的一条“鲶鱼”是吞食所有市场，抑或彰显“鲶鱼效应”，且行且看。

二、德力西发展历程

1984年，德力西老总胡成中和正泰老总南存辉及他们各自几个兄弟姐妹共出资5万元，开办了“求精开关厂”。改革开放初期，柳市电器行业竞争无序，质量参差不齐，企业倒了一茬又一茬。凭借着过硬的质量及对技术的重视，胡成中和南存辉开办的开关厂却生意红火，到1990年，开关厂资产达到了千万元胡成中，完成了资本的原始积累。1991年，由于经营理念的不同，胡成中与南存辉和平分手，胡成中开办“德力西”，取意“德报天下，力超西门子”，彰显其壮志。

中外合资温州德力西电器有限公司于 1992 年成立，随后在 1993 年更名为浙江德力西电器实业公司，经过一年的集团化改造于 1994 年建立浙江德力西集团，随后几年不断地在主业上做强做大，将产业从低压电器延伸至高压输变电、工业自动化等产业链上游。2000 年德力西集团开始进行重新定位与整合，开始尝试多元化经营，以多元发展支持制造主业发展，顺利使其扭亏为盈。响应政府号召，积极实施“西部大开发”战略，并购盘活多家国企，赢得业界好评。随着 2006 年其与施耐德组建的德力西电气股份有限公司成立，德力西顺利进入国际化阶段。目前，德力西已经成为管理先进、创新型的多元化综合控股集团（图 6.1）。

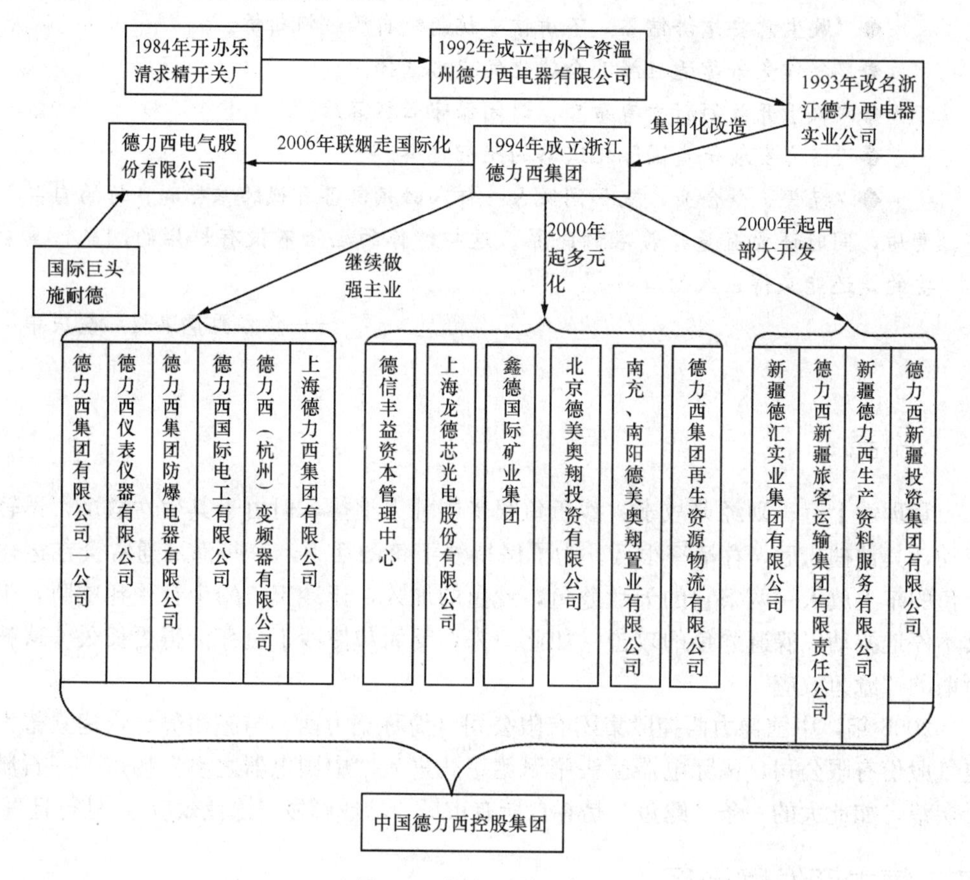

图 6.1　德力西成长图谱

三、德力西之本

求精开关厂到德力西，完成了家庭作坊到股份制企业的转变，但其在质量与技术上的追求却一如既往。每一年，德力西拿出销售额的 5%作为科研经费，自主技改与投入研发，以逐步摆脱创业初只依赖仿制国外名牌的行为。

坚定不移的自主搞研发，还要从 1999 年国家发布的一个产品淘汰名单说起。名单中德力西的主打产品 CJ10 赫然在列。另外，上海电器科学研究所向全国电器厂家推荐使用升级产品CJ11。这大大触动了胡成中的神经，淘汰CJ10，转而生产CJ11不是他考虑的重点，问题的关键在于接下来还会有CJ12、CJ13等替代产品出现，难道一辈子要被人牵着走，而没有自主方向？胡成中连着抽了几天的闷烟，最后决定：不靠别人，咱们自己搞研发，造自己有知识产权的产品。随后，立刻成立研发小组，夜以继日钻研，最后开发出了比CJ10性能优良的产品，紧接着德力西一系列自主研发的电子产品问世，形成了一个囊括了12大类、3万多种规格的电器产品家族。此外，德力西还在温州、上海、杭州三地建立了三级研发体系，在产品上不断创新升级。

正是有了这样的一种技术研发体系与创新精神，德力西于2002年一举拿下了酒泉卫星发射中心低压电器供应投标，为发射“神五”提供低压开关柜、电流表、熔断器等。温商重经世致用，胡成中敏锐地觉察到，这一次投标成功不仅仅是生意上的成功，更具有政治意义。载人航天工程一直以来是关系国家荣誉的重大事业，需要完全自主创新技术以展示中国的技术实力，而民营企业德力西有幸参与，是国家对其技术创新实力的肯定。这是一个报国的机遇，胡成中义不容辞，立马成立技术攻关小组，专门研发改进用于卫星发射中心的断路器等产品。由于酒泉条件恶劣，昼夜温差大，对一些产品需要改进，改进技术当时又无从模仿，研发攻关小组愣是连续工作7天7夜，奋战150多个小时，不断对系统进行测试调配，最终圆满完成任务。2003年10月15日，“神五”发射成功，中国人圆了飞天梦，继而“神六”、“神七”续写着中国人的传奇，这里有德力西的一份力。

四、德力西特色——资本运作

胡成中是温州商人的典型代表。温州商人开拓解放、豪迈大气，又多谋略，较少受到传统制度的约束。他们富则思变，炒房炒金炒煤矿，个个都是资本运作高手。胡成中秉承了温州商人这些品质，并且出身裁缝的他更懂得如何运用这些品质，量体裁衣。

早年在创办求精开关厂时，由于实力有限，胡成中只能凭借着5万元的启动资金搞生产，跑营销积累资本。慢慢的德力西公司起来了，原本单纯以市场为导向的经营方式不再适用，德力西身上的衣服不再合身，胡成中决定走资产经营、资本经营的综合发展道路，给德力西一件更大的衣服。1991年起，德力西有意识地推进股份制改造，使用德力西品牌，由于产品质量好，很快地企业规模就上去了。1994～1998年，德力西开始推进股份合作企业的战略性改组，兼并重组同行业企业，很快从股份制企业转变为集团化企业。2000年，德力西积极响应政府号召，主动参与国企改革，由母公司全资整体并购杭州西子集团，盘活了2.5亿元资产。西子集团在胡成中手上不到一年的时间扭亏为盈，一手缔造“德力西现象”，为国企改革提供一条有效的解决途径。

成功收购老国企，完成国企改造，大大提升了民营企业德力西运作资本的信心。鉴于当时低压电器市场面临饱和，德力西需要先进技术设备抢占中高压市场。而为了获得这些技术设备所需的财力物力，德力西决定通过不同渠道进行运作，以支持主业的发展，从而走上多行业多元化发展的道路。管理学大师波特说过：战略的本质是选择。德力西选择了多元化的道路，触角开始伸向高科技、矿产能源、综合物流、交通运输、金融地产、环保工程、再生资源、PE 投资等领域。

胡成中多元支持主业发展的资本运作策略高明非仅此而已。这些年胡成中常挂在嘴边的一句话是："东方不亮西方亮。"我国东部沿海地区经济较发达，但是竞争激烈各方面资源稀缺，而西部地区拥有着丰富的地域资源，有待于开发。德力西避重就轻，在保持主业原有的优势的同时，借着国家实施"西部大开发"战略的东风，挺进西部。收购乌鲁木齐宾馆、酒店，让其起死回生，取得了德力西"西部战略"的开门红；紧接着在新疆置地建造商贸城，打造新丝绸之路；投资矿产，为企业下一步进军新能源奠定基础。在西部这片广阔的疆土上，德力西骏马般潇洒驰骋，一个多元化的综合性集团公司已经建立。持鞭人胡成中将其开创的为学界称道的"新温州模式"融入西部大开发中，承担着企业的那份责任。2001 年 5 月 1 日，胡锦涛同志亲临德力西视察，曾问胡成中为何取名"德力西"，胡成中如是回答："德，就是德报人类；力，就是力创未来；西，就是赶超西方。"而此刻，"德力西"又多了一层"造福西部"的寓意。

五、德力西转型升级

2008 年，金融危机席卷全球，中国企业受灾严重，转型升级迫在眉睫。这一年德力西是忙碌的，却并不是因危机疲于奔命，而是为推广自身如何抵御危机而不亦乐乎。胡成中说："一个没有文化的民族是一个悲哀的民族，同样，一个没有企业文化的企业也是没有前途的企业。眼界决定境界，思路决定出路。企业变革，观念为先。"正是德力西近 30 年的企业文化积淀，使德力西在企业发展、转型升级过程中能够获取源源不断的动力。因此，德力西的企业文化是其转型升级的内在动力。

而德力西企业文化的形成却要归功于德力西掌门人胡成中鲜明的品质，胡成中重视质量，具有创新精神，敢为天下先，又同时重经世致用，德行天下，造就了德力西的开拓进取、德行兼备、力创未来的企业文化。经过近 30 年的精心打磨，企业家精神上升定格为德力西的企业文化。在这个过程中，又少不了政府的政策支持。改革开放，让胡成中有了一展拳脚的机会；西部大开发，让胡成中懂得企业越大责任越大；"神舟"上天，让胡成中找到了报国之门。

正是基于企业文化这一内核，德力西的转型升级水到渠成（图 6.2）。公司治理上，一开始开办的家庭小厂，仅仅是为了赚钱解决温饱问题。而现在，一个具有发展理念的集团控股公司屹立在世界东方。有趣的是，德力西起步时叫做"乐清开关厂"，1991 年壮大成为"温州德力西"，1994 年继续发展叫做"浙江德力西"，到了 2009 年正式更名为"中国德力西"，从乐清一步步走向全国，勾勒出德力西清晰的扩张路线。2006 年，德力西与施耐德合资，走向世界，即使不为外界看好，但永远不要低估一颗未来跨国公司的心。

在经营上，胡成中也是量体裁衣，步步为营。企业成立之初，德力西以产品经营为主，大打价格牌，德力西的产品质量比一般企业好，价格却比一般企业便宜，使其

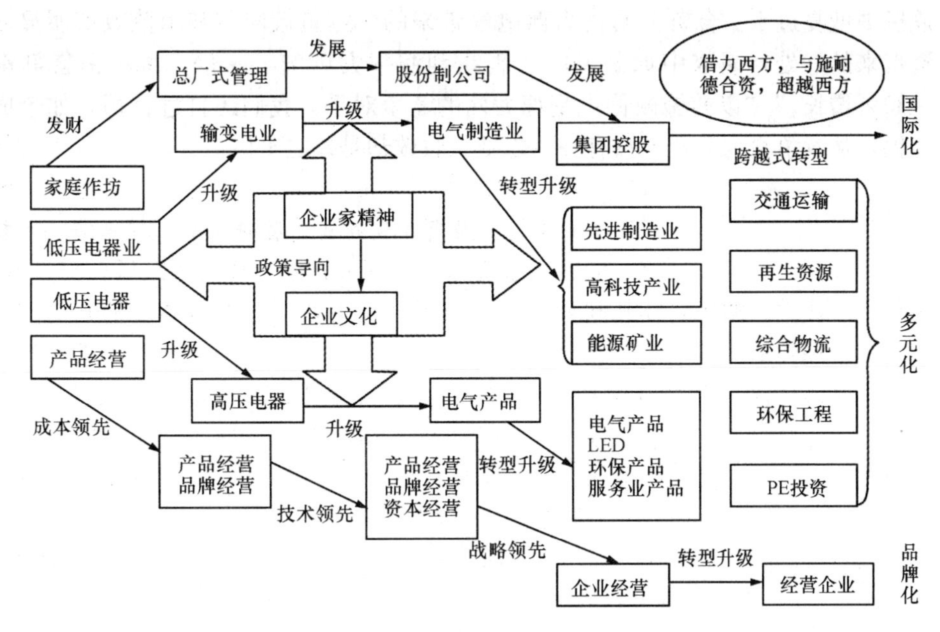

图 6.2 德力西转型升级路线图

迅速崛起。崛起之后，凭借长期产品积累的声誉及持续的技术创新，着重打造“德力西”这一品牌，利用技术优势，成为中国低压电器行业领导者。企业再成长需要大量的资本投入，德力西开始并购西子集团，试水资本运作，大获全胜，以资本经营获得的收益支持主业，形成了产品经营、品牌经营、资本经营三者良性互动的经营格局，更具战略意义。金融危机之后，德力西“以人为本”，以被动的企业经营朝主动的经营企业转型升级，以求提升整个集团的品牌力。

在产品产业上，德力西在企业发展过程一直进行着转型升级，从最初只能在低压电器领域，生产少数如低压开关之类的低压电器，到现在多行业、多产品发展，以最大限度规避风险。德力西多元化发展的同时却并非平均给力，而是有所侧重，在巩固原先产业的基础上，打造先进制造业、高科技产业、能源矿产业为其三大核心产业，并兼顾发展其他产业。

六、结语

国内低压电器两大巨头德力西与正泰，从创立初到现在，不断地互相超越，一直难分胜负。德力西与跨国公司施耐德合资后，一直保持沉默，一沉默便是三年。2010年，正泰电器上市，成为温州首批上市的民营企业。这一次似乎有了结论。而此时却又响起了一种声音：“德力西对柳市的贡献很大呢!”三年前，不绝于耳的“引狼入室”、“卖国贼”却成了一片赞美声，德力西苦尽甘来。

施耐德的入局，给德力西带来了先进的管理经验与技术，却是滋养了柳市整个低压电器行业。行业内产品的质量提高了，档次提升了，销路自然就好，整个行业也很快从危机中恢复过来。合资公司德力西电气带来的“鲶鱼效应”和示范效应明显。面对合资带来的好处，胡成中如是说：“现在利润率大概增了一倍，每年销售额都有25％～30％增长。”“以前施耐德也是德力西的竞争对手，我们还打过官司，如今成了合作伴侣，从竞争变为竞合，只有一字之变，收效却是差之千里。”

浙江工业大学浙商开放创新发展研究院　程惠芳　尤哲明

第七章　诺力创新与国际化发展案例

浙商格言

◆“对于企业而言，被动应对危机还是主动应对危机是区分企业生存能力的主要标志，而能否抓住危机中的‘机’则是区分卓越企业和平庸企业的试金石。”

◆“企业做到一定程度，就不再属于自己，而是社会的。”

——诺力董事长　丁　毅

一、引言

在浙江的长兴，有一种传统的庆祝方式就是舞百叶龙。百叶龙，以荷花为身，荷叶为云，惟妙惟肖，构造别具一格，堪称“江南一绝”。100多年来，长兴百叶龙经历了无数风风雨雨。伴随着祖国的日益强盛、长兴经济的快速发展，长兴百叶龙从田间走向舞台，走进中南海，走出国门，远赴欧洲，成为东方的一条神奇巨龙。这和浙江诺力机械股份有限公司（简称诺力）的发展大同小异，从小企业到股份制企业，从国内走向国外，诺力的国际化品牌之路，是中国企业开拓国际市场的奇迹。诺力傲然屹立于世界仓储机械、高能源制造强手之林。

长兴百叶龙的发展史，也是诺力人的奋斗史。百叶龙精神就是团结拼搏、无私奉献、开拓创新、追求卓越。这与诺力的文化精神不谋而合。诺力是一个自强不息，力争上游的企业，诺力是一个海纳百川，有容乃大的企业。

诺力成立于2000年1月，位于浙江省湖州市长兴经济开发区。虽然公司只历经10载，但已经成为一家国内专业资深的仓储物流搬运设备制造企业。下设7家控股子公司，产业涉及蓄电池、房地产、小额贷款等，并在欧洲、美国设立分公司，如图7.1所示。在册员工5000多人，占地面积1500多亩，拥有资产12亿元。2008年，生产和销售各种系列仓储物流搬运设备产品80多万台，集团销售收入达23亿元，上缴利税在当地名列第二，实现自营出口创汇1.25亿美元。产品畅销美洲、欧洲、亚洲、非洲等100多个国家和地区。2009年，实现销售收入38.5亿元、利税3亿多元，分别比2008年增长69%和48%，产品畅销欧美等100多个国家和地区，其中液压搬运车产量、销量均居世界之首。

诺力的迅速崛起一直被同行业乃至社会广泛关注，其惊人的发展速度被视为“诺

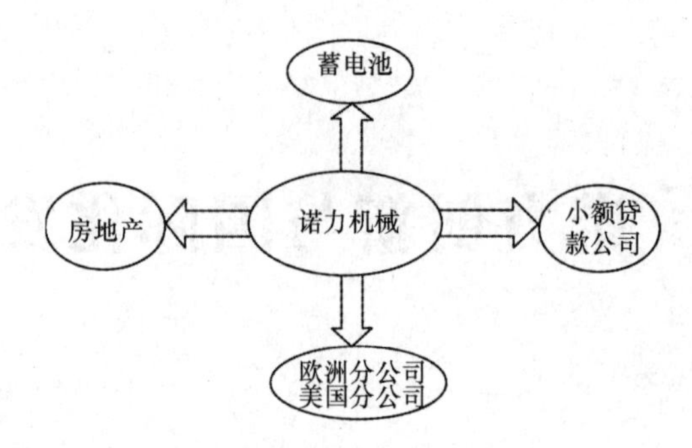

图 7.1　诺力机械涉及的产业分布群

力现象"，成为许多企业探讨和寻求快速发展的"样本"。回望历史，国际仓储物流搬运设备制造有着 80 多年的历史，中国是在 20 世纪 80 年代才开始涉及的，诺力于 2000 年才开始尝试进军国际市场。在短短的 10 年里，诺力取得了辉煌的成就。手动液压搬运车销售量占据了欧盟市场 45％的份额和全球市场 35％的份额，连续 9 年产销量名列国内同行业第一，其中 2003～2009 年液压搬运车产销量连续 7 年名列世界同行业之首，电动仓储搬运车辆的产销量 2007 年、2008 年已成为国内第一。其产品叉车系列 85％是出口的。诺力的发展速度势如破竹，不可阻挡。

二、诺力的发展历程

诺力从刚创办时拥有几十万资本的小企业，发展到今天拥有 12 亿多元资本的大企业，这一路上披荆斩棘，历经风雨。2001 年，诺力开始生产和销售产品，手动液压托盘搬运车年产销量跃居国内第一位。2003 年，随着公司规模的不断扩大，改制为浙江诺力机械股份有限公司，注册资本为 1900 万元。与此同时，其生产的手动液压托盘搬运车年产销量跃居全球第一位。同年，诺力积极应对欧盟反倾销，终裁扭转初裁失利，成为国内同行业唯一一家获得欧盟市场经济地位的企业，被商务部称为中国反倾销历史上"反败为胜第一案"的经典案例。2006 年，获得"中国驰名商标"称号，跃居湖州市外贸自营出口第一位，并且完成两个商标在欧盟 25 国和美国的注册。2007 年，获得中国名牌产品称号，并且完成两个商标在越南和韩国的注册。2010 年，公司入围 2010 年中国民营企业 500 强。

"创国际品牌，树百年企业，为民族争光"，这是诺力确立的企业理想。诺力的国际化品牌之路，是中国企业开拓国际市场的奇迹。诺力以高端产品的质量形象和文化营销的亲和力，在国际市场竞争力中激流勇进，傲然屹立于世界仓储机械强手之林。85％的产品销往 100 多个国家和地区，连续八年全球销售量第一，以平均每年 42％的速度增长，这家位于苏浙皖交界——浙江省长兴县的民营企业，其惊人的发展速度，令人称奇。更令人赞叹的是，诺力创造了"5 年赶超 80 年"的传奇。在产品走向国际市场的起步阶段，丁毅常年奔波于国外，收集市场信息，向客商推介产品。他总结并在企业推行了服务沟通舒心、使用方便安心、质量严格放心的"三心文化营销"理念。

如今，诺力的产品畅销美洲、欧洲、亚洲、非洲等100多个国家和地区，占据了欧盟市场45%的份额和全球市场35%的份额。诺力在美国和欧盟还建立了分公司，产品在历届科隆、汉诺威、芝加哥、广交会等国际展览会上受到外商客户的一致赞誉，成为被发达国家客户广泛认可的一支“中国劲旅”。

诺力简要发展历程图如图7.2所示。

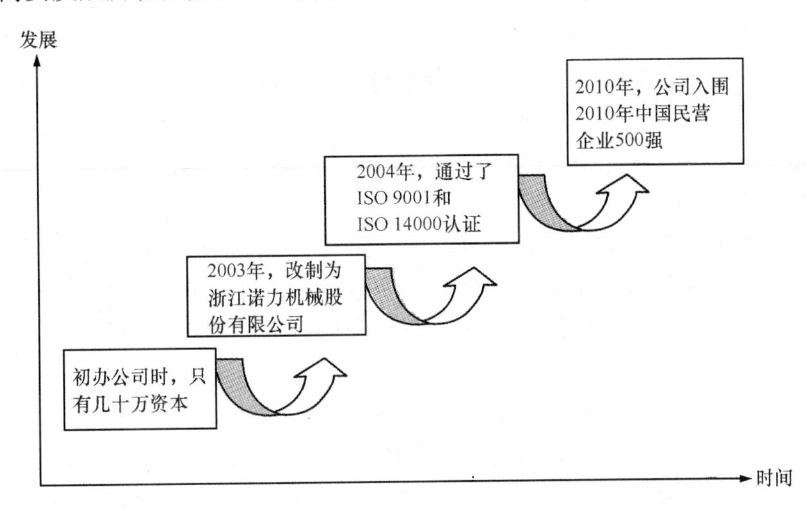

图7.2　诺力简要发展历程图

三、诺力的转型升级

（一）理念创新

人们第一眼看到诺力这两个字就联想到“承诺的力量”。正是因为这种力量，使诺力在一次次创新中去不断满足用户的需要，在用户心目中建立起良好的信誉形象。质量打造诺力，服务沟通舒心，使用方便安心，质量严格放心，以人为本、持续创新追求卓越品质，努力打造具有核心竞争力和持续生命力的全球知名仓储物流设备企业集团。一个企业要做大、做强、做久，必须走自主创新、品牌发展之路，创立自己的独一无二的品牌，才能在国际上拥有一席之地。

建立现代企业制度，创新管理模式，对于诺力的发展起着至关重要的作用。也正是通过制度建设，诺力人在丈量梦想与现实之间的距离时，满怀信心地迈出了坚实的步伐。作为一家民营企业，诺力的领导班子从经济效益与精神文明两个层面来寻求发展的新理念。经济效益与精神文明是相辅相成的。经济效益是企业要达到的效果，精神文明是企业发展的支柱。诺力形成了许多管理创新思路的手段，在可持续发展中注入了全新的理念管理模式，从生产组织、产品销售、质量管理、守法经营、品牌建设、企业文化、现场管理、网络建设、人员素质、科技创新、回报社会等诸多方面导入现代企业制度，形成了国际和国内两大销售服务网络，财务实行电算化，销售采用电子商务手段，技术中心全部采用CAD设备，同时实施以ERP为手段的流程再造工作。

诺力惊人的发展速度正是得益于现代企业制度的建立，以及面向国际市场的全新要求进行的企业定位和产品定位，从而建立与之相适应的经营机制，促进员工转变观念，使员工队伍展现蓬勃向上的良好精神风貌。

（二）技术创新

技术创新最早起源于美籍奥地利人、经济学家约瑟夫·A. 熊彼特 1912 年创立的“创新理论”。他认为创新的内容包括五种情况：一是引入新产品；二是引用新的生产方法和工艺；三是开辟新市场；四是获得原材料或半成品的新供给来源；五是实现新的企业组织形式。技术创新在企业创新活动中举足轻重，因为只有技术上的创新才能提高劳动生产率，缩短产品生命周期，降低生产成本，最终增大利润率。所以，诺力非常重视技术上的创新。

诺力人的眼光是长远的。诺力放眼世界，扎根于中国的沃土，经过短短 10 年多的发展，从一家名不见经传的小企业发展为世界仓储行业中产销量名列全球第一的龙头企业。更可贵的是，诺力不是依靠贴牌，而是开创自己的品牌，充分展示了中国企业的自信和魅力。

诺力创新发展路径的背后有专家教授“智囊团”做坚实后盾。2003 年以来，诺力先后与浙江大学经济学院合作，请他们“量体裁衣”，制订了中长期发展规划，明确了企业发展的远景。与浙江工业大学成立了联合科研中心，加快了科技发展，拥有了自主知识产权，形成一大批高端领先产品投入市场。同时，与浙江大学人文学院合作，创建企业文化，提升员工素质，步入人性化管理的轨道。诺力高层认为，新理念对企业发展的多方面提升是一个绩效显著的经典。2007 年 4 月，哈尔滨工业大学与长兴诺力电源有限公司合作共建哈尔滨工业大学诺力高能电源研究所，这标志着诺力在步入新产业上立足高起点，以形成新的优势。近两年诺力又以 10 万欧元以上的年薪大举揽进 10 多名外籍专家，实施了一批具有国际先进水平的产品升级换代研发项目。外籍专家的加盟带来了从技术到管理乃至观念的升级与革新，尤其是帮助诺力重组了整个生产流程，建立了与国际接轨的售后服务系统，为稳固金融危机冲击下的出口市场立下了汗马功劳。

在国际市场上，诺力的企业形象和公众认知度不断提升。公司已通过了 ISO9001 质量管理体系认证、ISO 14000 环境管理体系认证和德国莱茵的 GS、CE 认证，获取了国际市场通行证。诺力通过大量的全员教育和培训，以及在实际工作中一点一滴的渗透，使标准所要求的各项指标体系都得以实现，使全公司形成了一个高效、系统的运作机制；工作效率和工作质量的提高，使诺力在研发、品质、推广、服务等各个环节都获得了良好的市场回馈，增强了品牌的国际市场竞争力。目前，诺力的产品 85%出口，畅销世界 100 多个国家和地区，成为发达国家客户广泛认可的一支中国劲旅。诺力在兼收并蓄国际科技成果的基础上进行不懈的自主创新，实现超常规跨越式的发展。“诺力速度”的关键在于：强烈的登高意识、成熟的市场理念和不懈的品牌精神。诺力以其成长历程告诉世界，中国的出口产品正在快速改变“低档货”的形象，以高品质和高附加值走向世界市场的高端。

（三）产品创新

所谓产品创新是指为了给产品用户提供新的或更好的服务而发生的产品技术变化。自 2005 年反倾销胜利后，诺力人认为，没有自主创新，没有技术优势，企业就没有竞争力。近年来，诺力共开发了 30 多个拥有自主知识产权的高科技含量的新产品，其中 22 个新产品通过省级鉴定，被国内权威专家评定为达到国际先进水平；获得 50 多项专利，其中有 3 项国际专利。诺力负责起草的《蓄电池托盘搬运车》国家标准于 2008 年 11 月通过了审查，实现了诺力在起草高技术产品国家标准上“零”的突破。

诺力人树立科学发展观，加快拥有自主知识产权、高科技含量的新产品开发。2005 年，诺力就开发了十几个新产品，其中 10 个新产品在省级鉴定会上被专家评定为达到国际先进水平，拥有了十几项专利。反倾销胜诉使诺力人在观念上实现了由“量”到“质”的重大变化，他们清醒地认识到，技术含量不高的中低端产品总会受制于人，只有具备高科技含量的核心竞争力，才能称雄国际市场。

2009 年 1～6 月，机械行业深受国际金融危机影响，普遍出现了出口趋缓、效益下降的现象。但对出口依存度高达 85%以上的诺力却逆势飞扬，销售达 14. 7 亿元，猛增 50.5%，利税增长 42%，创下历史最好纪录。这是因为诺力大力加强技术创新和产品研发，高附加值产品销售异军突起，公司实现了从‘卖得多’向‘卖得贵’的转变。

这两年诺力先后实施了剪叉式前移堆高车、捡选车系列、三方向高位堆垛车等一批具有国内外先进水平的项目研发和生产。新研发的电动液压搬运车，成为公司主打产品，高端产品销售量上升了 47%。同时诺力又启动了电动仓储搬运设备的扩建项目建设，使诺力成为以生产电动类产品和叉车为主的新型仓储物流设备生产企业。

现在诺力已经实现产品专业化、品种多元化，包括三大品种：最新产品、仓储设备、工业用品。其中仓储设备有搬运车系列、堆高车系列、平台车系列、行李车系列、叉车系列；工业用品有吊机、手推车、三轮运输车、高空作业平台、吊钩和多功能千斤顶、油桶搬运工具和迷你型堆高车、翻斗和推车、货叉 & 围栏 & 围栏柱、葫芦、滑轮板、工具箱、拉紧带、工业脚轮、驱动轮。

诺力转型升级图如图 7.3 所示。

四、经济风云人物——董事长丁毅

丁毅以他的睿智，开创了企业的一片蓝天；以骄人的业绩和创新理念，博得了社会的喝彩；以在欧盟反倾销诉讼案中的表现，在行业内赢得崇高的威望；以他的诚信、坚毅和魄力，诠释着浙江民营企业家的精神和气度。

丁毅是浙江省人大代表、湖州市劳模、长兴县劳模、长兴县先进生产工作者、长兴县工商联副会长、县拥军协会副会长。2007 年被评为浙江省杰出民营企业家，2008 年当选为浙江省人大代表，2009 年 8 月当选全国十大领军经济新闻人物，2009 年 11 月，荣获浙江省优秀企业家称号，2010 年 2 月，荣获浙江省第一届经济风云人物称号。这些荣誉称号的获得离不开诺力人对丁毅的认可与肯定。丁毅以企业家敏锐的眼光和

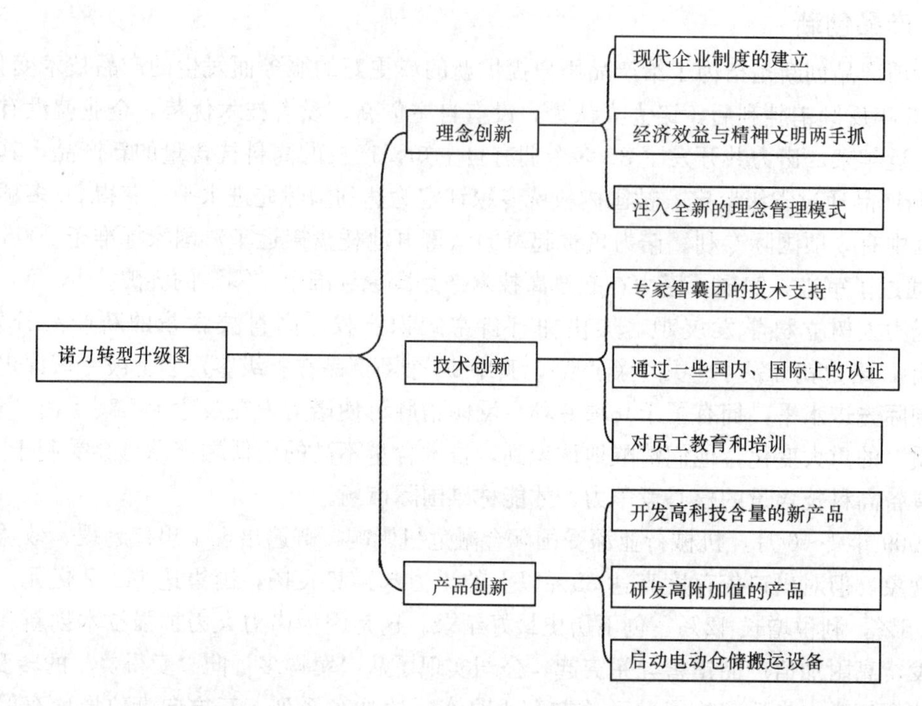

图 7.3　诺力的转型升级图

诺力董事长丁毅

博大胸怀带领诺力由小到大、由弱到强跨越式地发展成为国内行业龙头老大和领军企业，连续 9 年产销量保持国内同行业第一。在 2004 年 4 月至 2005 年 7 月长达 15 个月的反倾销应诉中成功扭转欧盟初裁决定，为国内反倾销反败为胜第一案，被商务部列为中国反倾销经典案例。2006 年 6 月，丁毅随同温家宝总理出访非洲，2008 年 11 月又随同胡锦涛总书记出访美国、哥斯达黎加等国家，得到胡锦涛总书记和温家宝总理的亲切接见和鼓励，为企业寻求更大的海外市场捕捉到了新的商机。

在企业获得成功后，丁毅更多地承担社会责任，把对社会的回报时刻放在心上。他先后在长兴县倡导成立了慈善总会、拥军协会，每年出资以援助社会弱势群体，支持亲人解放军。先后助资长兴县 30 多位品学兼优而又家境贫困的学生从小学一直到大学毕业，承担了他们的学费和所有生活费用，得到社会的广泛认同和赞誉。每逢中秋节、春节等节日，他总是惦念着孤寡老人和儿童，让公司办公室带着礼品和慰问金前去看望慰问。2008 年 5 月 12 日，四川汶川遭遇特大地震，丁毅心系灾区，带头捐款作出表率，在他的带领下，诺力全体员工捐款 105 万元和价值 60 多万元的救灾设备，成为长兴县捐款额最多的企业之一。2007 年和 2008 年，山东省兖州市人民政府为了表彰丁毅在当地投资办企业获得成功，奖励他个人 20 万元人民币，他都无私地捐献给了当地的慈善机构，在当地传为佳话，体现了优秀企业家的风采和博大胸怀。

五、政府的“有形之手”

诺力的飞速发展离不开政府给予的政策支持和关心鼓励。2010 年 9 月 12 日下午，中共中央政治局常委、全国政协主席贾庆林在浙江省委书记赵洪祝、省长吕祖善，湖州市委书记孙文友、市长马以，长兴县委书记刘国富、县长章根明等领导的陪同下来公司视察。贾庆林对诺力的发展状况连连称赞，对诺力在应对国际金融危机冲击中取得的显著成绩和持续稳健的发展给予了充分的肯定。同时，他也提出了今后的发展目标，要加快转变经济发展方式，推进企业发展。

企业作为经济发展的主力军，是最需要人才的地方，也是人才最紧缺的地方。面对激烈的市场竞争，诺力人深刻地认识到，21 世纪的竞争从根本上是人才的竞争，得人才者得天下。高素质的管理人才和高素质的员工队伍是企业立于长久不败之地的根本保证。政府在推进企业人才开发方面，其着力点应放在一个“导”字上，尤其是要充分发挥政策的导向作用。“良禽择木而栖”，为吸引人才的“眼球”，创设良好的事业发展空间，长兴县政府近年来先后搭建了上海一长兴技术转移接力中心、中国浙江长三角·欧洲波罗的海国际技术转移中心、浙江大学国家大学科技园（长兴）等一批高水准的创新创业载体平台。同时，在人才“软环境”的建设上，依托新闻媒体开辟专题专栏，广泛宣传展示各类英才的先进事迹、贡献成就，在全社会营造出浓厚的尊才、爱才、惜才、用才的氛围。还通过健全各级领导定向联系企业家和专家、人才干部挂钩服务高层次人才等制度，从工作、生活等各方面关心、爱护人才，努力做到事业留人、感情留人。

为进一步增强市场竞争力，提高产品附加值，诺力自主研发了应用于室内的、符合环保节能高标准要求的自动型立体仓库物流设备。在企业现有规模不能满足新项目产能的情况下，政府部门积极扶持，长兴经济开发区“腾笼换鸟”，腾出了 140 亩土地换给这一新项目。新项目投产后预计可年产自动仓储设备 2.5 万台，增加销售额 10 亿多元。在不断拓展产业链的同时，公司还进军第三产业。如今，公司正积极准备上市，以追求新的突破，实现自身的二次创业。

六、诺力的美好未来

“质量打造诺力，文化成就一流。”这绝不是一句口号，而是诺力人执著的生命之路。在品质，对企业至高无上；对客户，它是首选要素；对社会，它是传递真诚和责任的火种。在追求高尚品质的道路上，诺力人不怠慢，他们一定要做到有诺必践，也敢于承诺，因为执著和坚持是诺力人的秉性。

诺力已是仓储物流行业当之无愧的龙头，但他们并没有沾沾自喜，而是已确定“二次创业”的战略定位，即用 3～5 年的时间，把诺力改造成集团股份公司，积极上市，以仓储设备制造业为主方向，着重于品牌的延伸和产业链的加长，尝试多元化纵深发展，销售额突破百亿大关，把诺力做大做强做久，实现诺力人的最终目标。

七、结语

诺力的成功在于它的坚毅，它的顽强。不管在理念、产品、科技、文化等方面，它都走在转型升级的路上，是同行业中的领头羊。诺力是长兴的诺力，长久兴旺是诺力人的愿望。诺力人正以“孜孜不倦、永不满足、超越自我”的精神，以铸造百年品牌的决心，以自主创新为支撑，力争将诺力打造成为令人尊敬的卓越企业。跻身国际知名物流仓储设备制造业是诺力人永恒的追求。

参考资料

德鲁克．2007. 创新与企业家精神．蔡文燕译．北京：机械工业出版社
罗伯特 A. 伯格曼，莫德斯托 A. 麦迪奎，史蒂文 C. 惠尔赖特．2004. 技术与创新的战略管理．第 3 版．陈劲，王毅译．北京：机械工业出版社
迈克尔·波特．2002. 竞争优势．陈小悦译．北京：华夏出版社
特罗特．2005. 创新管理和新产品开发．第 2 版．吴东等译．北京：中国人民大学出版社

浙江工业大学浙江企业创新发展研究院　程惠芳　魏　慧

第八章　卧龙创新与转型升级案例

浙商格言

◆“转型升级，不仅是政府对企业的期待，更是我们企业自身发展的自觉需求，卧龙要在未来打造成为东方西门子，必须站在全球视角加快产业转型升级。”

◆“企业之间的竞争，归根结底是人才的竞争。”

——卧龙董事长　陈建成

一、引言

自古江南，物华天宝，人杰地灵。古城上虞，蔚为尤甚。据史料记载，“舜与诸侯会事讫，因相娱（通虞）乐”，而得“上虞”一名。这里有“春晖集贤”，中国 20 世纪文化星空中的耀眼星辰曾在这里划下灿烂的火花：有经亨颐、蔡元培、夏丏尊，也有朱自清、丰子恺、俞平伯、朱光潜；有陈望道、胡愈之、何香凝、柳亚子，甚至一代高僧弘一法师。这里有“东山雅聚”，东晋时一朝江东名士谢安、王羲之、支遁、许询等都曾在此咏言属文、游弋山水，为此留下了一批灿烂的文化瑰宝。这里还有“舜会百官”，5000 多年前的一代帝王留下了不朽的伟绩，回荡在这片神奇的土地上。可以说，此处卧虎藏龙，人才济济。在上虞的西部，郁郁绿林间卧有一山，其状如龙，故名卧龙山。卧龙者，潜伏之龙也。古有卧龙凤雏，有经天纬地之才，扭转乾坤之能。今有卧龙山下卧龙控股，立足中华，展望世界，誓成“东方西门子”。

卧龙控股集团有限公司（以下简称卧龙）始建于 1984 年，奋力拼搏 20 余载，今有卧龙电器和卧龙地产两家上市公司，30 家控股子公司，7000 余名员工，70 亿元总资产。公司通过转型升级，大大提升了综合实力。在电机及工业自动化领域，卧龙已站在国内外同行的前列，空调电机达到了全球前三位的规模，振动电机位居全球同行第一，微电机连续 10 年居国内首位。在输变电领域，做到：成为国家电气化铁路牵引变压器的主流供应商，市场占有率达 45％以上；城市地铁领域，卧龙的市场占有率达 60％左右；特高压电力变压器领域，基本形成了输变电领域全覆盖的格局。电源电池领域，卧龙目前已成为全国四大主流通信电源制造商之一。

朝气蓬勃的卧龙人，正昂首迈向自己的目标：打造“东方西门子”！此种霸气，此种激情，正如卧龙人自己所说：古越王城，人杰地灵，风云变幻伟业成；卧龙山麓，卧虎藏龙，激情澎湃卧龙腾。

二、卧龙发展历程

立足今日，众人俱迷炫目祥龙腾飞，公司万象欣荣。可曾记否，20 余年前，那只是六七个年轻人的一腔热血？而那时少年，又是如何一步步，跋山涉水，历经重重考验，终于守得云开见月明呢？

从 1984 年 7 个年轻人的 14 万元起家，卧龙是如何一步步走过来的呢（图 8.1）？

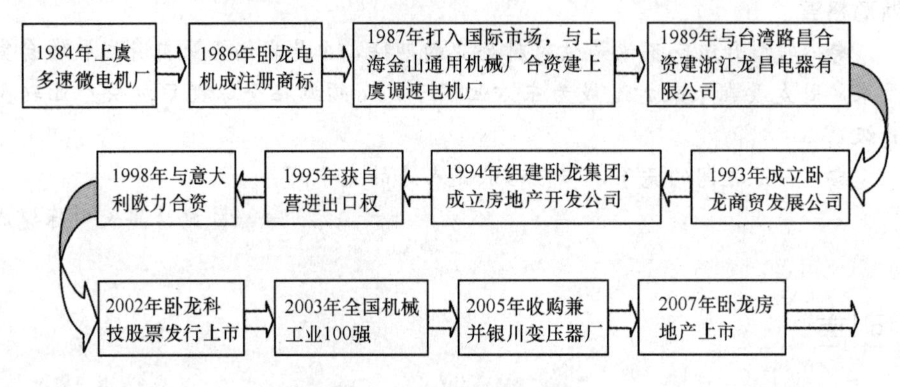

图 8.1 卧龙发展历程图

（一）起步阶段

1984 年深秋，年仅 25 岁的陈建成还只是一家初具规模的村办企业技术副厂长。稳定而平淡的大锅饭生活，掩埋不了一颗腾飞的心。他敏锐地意识到刚刚萌芽的民营企业必将具有旺盛的生命力，而电机制造业是工业的支柱产业之一，必将充满广阔的发展前景。陈建成毅然辞去副厂长职务，带领 6 位志同道合的年轻职工，筹资 14 万元，采取与村联办的方式，利用一家村办企业旧厂房，在市郊卧龙山麓办起了电机厂，踏上了艰难且令人振奋的创业之路。终于，苦心人，天不负，1985 年，他们生产出了第一批 JOZ 系列电机，并继而开发生产 AOZ 系列电机，收获了第一桶金，并被上虞县工商局评为“重合同，守信用”先进单位。从这一年起，卧龙就定下自己的发展之路——科技兴厂。在此后的一年里，卧龙牌电机的商标被国家工商行政管理总局商标局批准，企业荣获国家标准计量局颁发的三级计量合格证书，并承担了全国分马力电机“七五”规划中的部分项目。政府的认可与支持，使卧龙开始在电机行业崭露头角。

（二）发展阶段

在这一阶段，卧龙细心谨慎，从 1987 年开始出口贸易到 2006 年为企业上市作充足的准备。

顺利的开端并没有使卧龙人骄傲，相反，这给了他们无限的希望和动力。1987 年，英特克莱公司经理来卧龙洽谈水泵业务。到年底，卧龙产品已经畅销北京、上海、浙江、江苏、河南、河北、湖南、湖北、广东、广西等 21 个省（自治区、直辖市）外，还首次出口 240 台，打入中国香港及国际市场。1988 年，是丰收的一年。企业推行全面质量管理由市计经委验收合格，并采用国际标准化，获得省标准计量局验收合格，为全国同行业的第一家。1989年公司与台湾路昌工业股份有限公司合资建办浙江龙昌电气有限公司，并开始注重企业文化建设。这些在当时无疑都是非常先进的管理理念。

20世纪初期，企业紧紧抓住技术一关，与浙江大学共同研制设计的省级星火计划项目“YCTZ系列机电一体化小功率电磁调速电机项目”与省级新产品“YSF系列节能三相异步电动机”在杭州通过省级鉴定，并投资实施专特电机技改项目、空调电机技改项目。公司研制的首台发电机组也在1994年问世。浙江卧龙集团房地产开发公司也于1994年成立。1995年企业通过ISO 9000质量体系认证，获自营进出口权，从而领取了走向国际市场的通行证。通过整合主导产业，分别设立浙江卧龙集团电机工业有限公司、浙江卧龙集团特种电机有限公司和浙江卧龙集团汽车电机有限公司。卧龙被认定为国家级企业集团。此后三年，公司一直受到市场和政府的好评。同时，通过增资扩股，企业实力不断加强。在1999年，公司与意大利欧力公司合资建办绍兴欧力——卧龙振动机械有限公司，其技术中心被认定为省级技术中心。2001年，企业建成电动车分公司，在美国设立电动车公司。卧龙科技股份有限公司全面进入上市辅导，规范公司运作。这一切，都为集团的成功上市，作了充分的准备。

（三）腾飞阶段

2002年，卧龙的历史上添了浓墨重彩的一笔。因为，卧龙科技股票发行上市了。在这一年里，企业成功收购兼并浙江蓄电池集团有限公司，组建浙江卧龙灯塔电源有限公司，当年实现历史最好生产经营水平，同时合股设立东方诚信投资有限公司，开始正式涉足金融投资领域。2003年，浙江卧龙灯塔电源有限公司正式成为艾默生中国生产基地，卧龙被评为全国机械工业100强企业；2004年，与日本松下电器产业株式会社于5月16日合资组建浙江卧龙家用电机有限公司，并在当年6月正式启动项目建设；2007年，卧龙房地产资产成功实现沪市上市；2009年5月13日，中国机械工业联合会、中国汽车工业协会公布了《2008年中国机械工业百强、汽车工业三十强企业名单》，卧龙荣列其中；2009年10月17日，卧龙再获“中国民营500强”称号。“卧龙”腾飞了！

今日的卧龙，拥有制造业、房地产业、商贸金融投资业三大产业。

在制造业方面，卧龙专业生产各类工业电机及其自动化、微电机、家用电机、电源电池、电动自行车、电力变压器、特种牵引变压器和电气化成套装备等40大系列3000多个品种，在电机及控制系统、电源电池、电气化高速铁路牵引变压器、城市轨道交通成套牵引整流机组、无轨电车牵引直流变电站、油浸及干式电力变压器等领域居国内领先地位；主导产品在国内市场占有率达20%以上，卧龙牌“小功率电机”被评为“中国名牌”产品，卧龙商标被工商部门认定为中国驰名商标。

在房地产业，公司专注于“打造精典楼盘，树卧龙地产品牌形象”，主营房地产开发与经营、建筑工程、装饰装潢工程设计与施工、物业管理，目前具有一级房地产开发资质。目前的下属企业有丽景湾、天香西园、剑桥春天、山水绿都、金湖湾、清雅园、五洲·世纪城、天香华庭，卧龙物业管理有限公司及宁波信和置业有限公司。卧龙的开发项目均已成为所在地的标志性楼盘，受到了社会各界和广大消费者的一致好评。

在商贸金融投资方面，卧龙已形成遍及全球30多个国家的成熟业务网络，参股地方性商业银行取得了良好收益，并正积极筹建创业风险投资公司；此外，在国际合作方面，与包括日本松下、美国爱默生等世界500强在内的众多知名企业建立了长期的战略合作关系，全集团进出口贸易额持续高速增长。困难依然存在，但卧龙已经开始腾飞，飞出亚洲，冲向世界。

无论是制造业还是房地产，这两家卧龙控股下的上市公司，在卧龙人的共同努力下，共同撑起了卧龙头上的一片蓝天，成为卧龙发展中的中流砥柱。

三、卧龙的转型升级

纵观卧龙发展历程，其间有何企业发展规律，又是凭何一步步在本行业遥遥领先，并向其他行业蔓延扩张的呢？图8.2为卧龙总的转型升级图，可大致看出其努力方向。

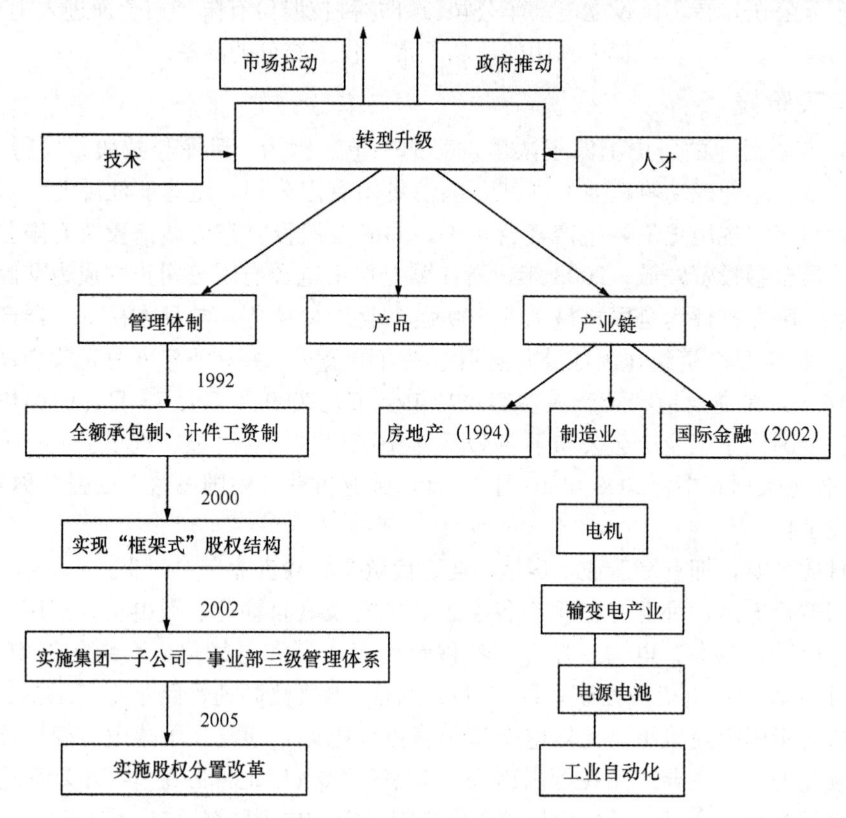

图8.2 卧龙转型升级图

（一）产品升级不放松

卧龙关注产品的转型升级由来已久。早在公司成立之初，公司产品单一，只生产多速微型电机，而今在电机一块，卧龙也衍生出无数产品（图 8.3）。

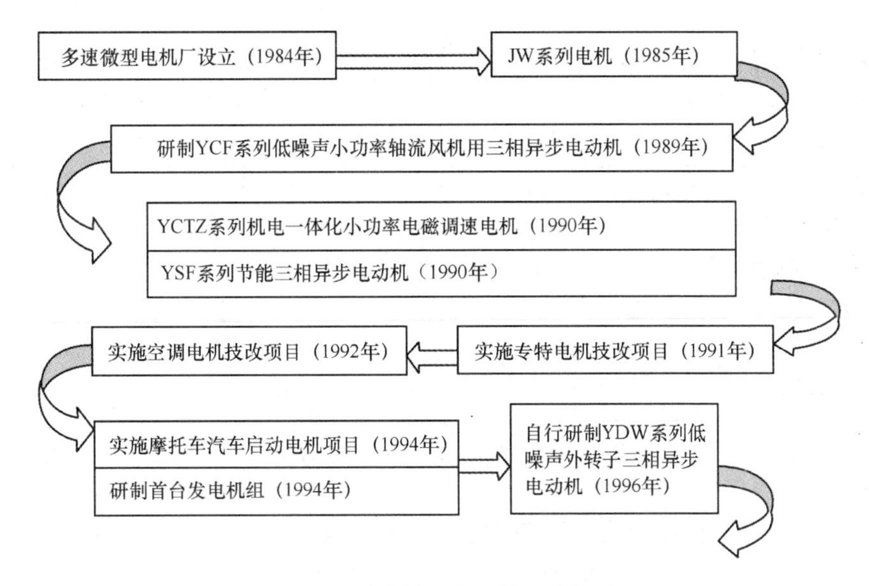

图 8.3　卧龙控股产品转型升级图

正是因为不懈的追求，卧龙才会在电机行业遥遥领先，让许多竞争者望尘莫及。然而卧龙所要达到的目标，却不仅仅是电机行业的成就。

（二）产业链上大转型

世界管理学大师德鲁克曾说过："成功的创业者都非常保守，可他们必须如此。因为他们并不'注重冒险'，他们强调'机遇'。"

2005 年，卧龙做出了一个令许多业内人士惊讶的创举，即收购兼并银川变压器厂，改制组建银川卧龙变压器有限公司。2009 年 4 月，国际金融危机的阴云还在飘忽不散，卧龙电气却毅然购并控股北京华泰变压器有限公司，重组成立北京卧龙华泰变压器有限公司。这一举措，使得卧龙输变电产品由原来的铁路牵引变压器、电力变压器扩大至铁路牵引变压器、电力变压器、城市轨道交通变压器及成套电力整流设备。当时曾有人怀疑，一家以电机为主打产业的企业，竟然瞄准了变压器，这是怎样的发展战略呢？陈建成解释说："应该可以看到，目前我国装备产业发展程度并不是很高，当我们在某个行业（电机）谋求了一定程度的发展之后，任何一个有战略眼光的企业都会谋求更宽泛领域的发展。"也就在那一年，卧龙提出了三个产业链的战略转型思路：一是打造电机和控制技术的产业链；二是打造铁路牵引技术的产业链；三是打造发电、输配电、用电、储电全过程的产业链。我们可以看看现今卧龙在制造业方面的产业链（图 8.4）。

通过转型升级，卧龙所达到的效果是：其一，成为国家电气化铁路牵引变压器的主流供应商，市场占有率达 45%以上；其二，城市地铁领域，卧龙的市场占有率达 60%左右；其三，特高压电力变压器领域，基本形成了输变电领域全覆盖的格局。电

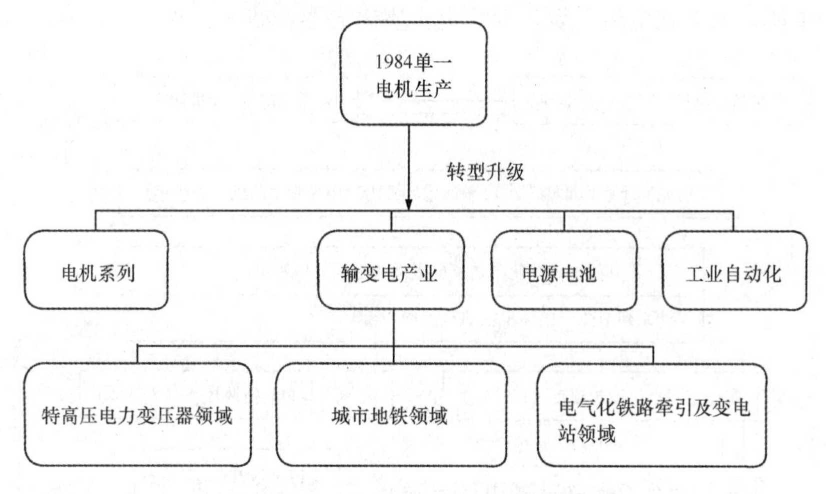

图 8.4 卧龙控股产业链拓展图

源电池领域，卧龙目前已成为全国四大主流通信电源制造商之一。电机及工业自动化领域，卧龙已站在国内外同行的前列，空调电机达到了全球前三位的规模，振动电机位居全球同行第一，微电机连续 10 年居国内首位。可以说，转型的成果非常辉煌。

（三）管理体制与时俱进

美国道格拉斯·C. 诺思在《制度 - 制度变迁与经济绩效》一书中曾说："制度在社会中起着更为根本性的作用，它们是决定长期经济绩效的基本因素。"

企业在一步步壮大，高瞻远瞩的卧龙人没有被成功的喜悦缠住脚步。他们在管理和体制上面认真做文章，为企业的前进再次垫下基石。

1992 年，卧龙在销售部门推行风险抵押、全额承包制，而在多速厂金工、电工两车间率先打破"铁工资"，实行全额计件工资制。这些在当时也只是在少数企业内实施。这些改变对当时激发员工的工作热情无疑曾起过很大的作用。

1995 年，企业为了协调步伐，对主导产业进行大规模整合，分别设立浙江卧龙集团电机工业有限公司、浙江卧龙集团特种电机有限公司和浙江卧龙集团汽车电机有限公司，这也使得卧龙在电机行业走得更远，更具竞争力了。

另外，为了加强企业实力，自 1994 年起，企业就开始为股份合作制进行增资扩股，此外在在股票上市之前，又分别在 1997 年、1998 年和 2000 年进行过较大规模的增资扩股。2000 年，集团公司实现"框架式"股权结构，即以经营层股本为柱，业务骨干的股本为梁构筑股本框架，形成了较好的市场承受能力。

2002 年，卧龙科技股票发行上市后，为了进一步完善企业的管理，卧龙实施集团—子公司—事业部三级管理体系，并实现了集团战略管理、子公司经营管理、事业部生产管理的体制性改革。这为卧龙此后的发展规划打下了坚实的基础。

2005 年，卧龙实施控股子公司核心经营管理层内部股权激励机制；此外，卧龙科技成功通过股权分置改革，实现全流通。2006 年，启动 BMI 专项基础管理改善工程。2007 年，卧龙置业集团成功导入 CRM 销售信息化管理系统；BMI 基础管理改善项目全面在制造业企业推广。这些为企业的决策和管理提供了一个强有力的支持系统，向现代化知识型企业的发展迈出了坚实的一步。由图 8.5 可以清晰看出卧龙的改变。

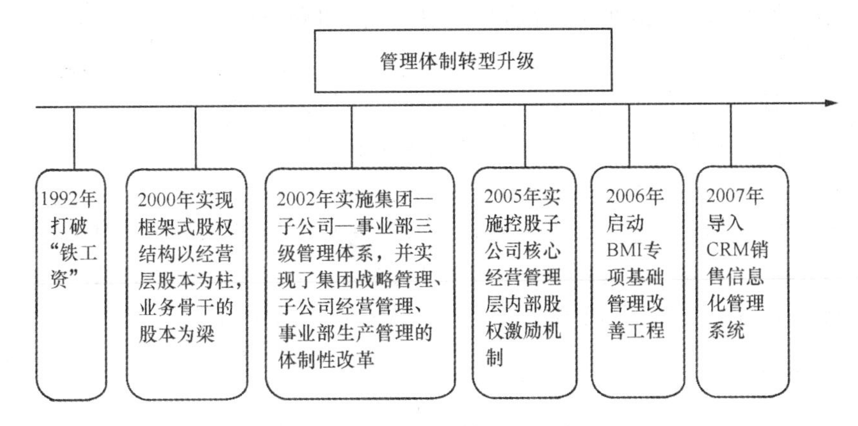

图 8.5　卧龙管理体制转型升级

细索卧龙的转型升级之路，我们可以得出以下两点结论。

（1）转型升级要有基础。转型非一日之变，须有长期积累。没有足够的资金、雄厚的技术支持、丰富的人力资源，转型只是一个美好幻想。企业没有转型的生产能力，却硬要随大流，搞转型，必会影响原有产品，到时欲速则不达，反乱企业前进之路。

（2）要抓住机遇，加快发展。企业的发展，实力是最重要的，但是不能否定，机遇在其中的作用。企业管理阶层应该准确进行市场分析，在最关键的时刻作出明智选择，才能让企业脱胎换骨，进入全新的发展领域。

四、卧龙董事长——陈建成

韩愈在《马说》一文中提出，“世有伯乐，然后有千里马”。卧龙的滚滚人才之源，正是源自“伯乐”陈建成的求贤之心和以诚待人。2010 年 5 月，在由浙江省劳动和社会保障学会、浙江省人才开发协会、浙江省浙商研究会、《市场导报》共同主办的 2009 年度第四届浙江省伯乐奖、最佳雇主，以及第三届十佳 HR 经理人评选活动中，陈建成荣膺 2009 年度浙江省伯乐奖称号。

卧龙董事长　陈建成

1985 年冬天，陈建成为求浙江大学一位电机专家担任厂里的技术顾问，往杭州跑了一趟又一趟，但这位教授一直没有答应。但是陈建成没有轻易放弃。他索性当起了教授的“跟班”：教授到哪里开会，他就跟到哪里；教授上课，他就在教室外等候。岁末一天，天上飘起了雪花，陈建成又在专家开会的饭店门口等了一上午。教授被感动了，出门后爽快地说了一句：“现在我跟你走。”最近，陈建成又在忙着从世界500强企业中高薪挖人，为他的国际化策略寻找开拓者。国际市场需要国际化人才，他更希望利用这些人力资源而非技术，“招在500强里待过很长时间的人，是希望推进卧龙电器的国际化战略，他们出去和海外市场谈项目的时候能给别人以一定的信任感”。

这么一位伯乐，得到了社会的认可。陈建成先后荣获全国明星青年企业家，全国新长征突击手、中国十大创业英才、97香港紫荆花杯杰出企业成就奖、浙江省十大杰出青年、浙江省改革开放30周年创业创新优秀企业家等称号。

卧龙的成功，人才是一个关键因素。人才的聚集，是源自卧龙管理层的明智决策和中心人物的强大吸引力，这正如一个巨大的磁场，以无形但有力的感应力，号召着各方面人才源源涌向企业，以企业为立足点，散发自己的光和热。

五、政府支持

卧龙集团成立后，政府一直对其给予高度关注。因为其突出业绩和业内好评，曾数次被评为“文明单位”，“重合同，守信用”先进单位，“省级先进企业”，“文明单位”等，为卧龙的进一步发展提供了支持。

1994年，公司被上虞市委、市府列为上规模企业，享受四项特殊优惠政策。2008年12月，卧龙电气集团股份有限公司及控股子公司绍兴欧力-卧龙振动机械有限公司被认定为2008年第二批高新技术企业，同时卧龙家电和卧龙研究院被认定为2008年第三批高新技术企业，认定有效期3年，根据相关规定，公司自获得该认定后3年内（含2008年），所得税享受10%的优惠，即按15%的比例征收。这将大大有助于降低公司税负，提高公司业绩。根据财政部、国家发改委的有关公告，公司功率范围0.55～22千瓦的37个型号和功率范围22～315千瓦的35个型号的高效中小型三相异步电动机、功率范围0.55～22千瓦的24个型号的稀土永磁三相同步电动机入围“节能产品惠民工程”高效电机推广目录（第一批）。中央财政对列入目录的上述电动机产品，在销售给终端用户后，按照能效等级、产品功率等分别给予15～40元/千瓦和40～60元/千瓦的补贴。

2010年5月20日，中共中央政治局委员、国务院副总理张德江视察银川卧龙，深切寄语：在西部欠发达地区能有这样的企业实属不易，能有这样的发展成绩更是不易，并勉励银川卧龙继续加强科技创新、产品创新力度，增强企业核心竞争力，“抢抓机遇，加快发展”，为国家电气化铁路建设和西部经济发展作出更大的贡献。

创办一个企业，不是某个经营者，或者某个企业实体的私事，它关系着社会的方方面面。政府的支持和鼓励，对国家来说未尝不是一件好事，而对一个企业的发展，则更起着举足轻重的作用。卧龙腾飞的背后，少不了政府的鼎力相助。

六、展望未来大通途

电机行业先进的技术、丰富的人力资源、稳固的市场地位，让卧龙稳稳当当地坐在龙头老大的宝座上。通过与政府的合作，卧龙不仅在家用电机、汽车电机等领域达到国内最先进水平，同时开始在铁路牵引技术上努力研究，走在行业前端。从长期发展上看，卧龙还准备打造发电、输配电、用电、储电全过程的产业链。可以说，卧龙以其强大的实力和执著的追求，在国内市场纵横驰骋。

虽说房地产业已经有国家宏观政策进行调控，开始加速紧缩。但在政府的有力调控下不会出现房地产泡沫，房地产业会出现复苏现象，进而全面回暖。事实也证明，卧龙房产，以其在市场中的众多好评，必将蓬勃发展，迎来新一轮的迅猛发展。

国际贸易方面，卧龙为打进国际市场，作了充分而细致的准备，从陈建成广招各国精英就可见一斑。

我们期待卧龙更加辉煌的明天。

参考资料

彼得·德鲁克．2007．创新与企业家精神．蔡文燕译．北京：机械工业出版社

程惠芳，等．2010．创新与企业国际竞争力．北京：科学出版社

道格拉斯·C. 诺思．2008．制度、制度变迁与经济绩效．杭行译．上海：汉语大词典出版社

卧龙控股集团有限公司网站．http：//www. wolong. com/

浙江工业大学浙江企业创新发展研究院　程惠芳　叶文锦

第九章　晋亿实业创新与发展转型案例

浙商格言

◆“对很多台商，我最担心的就是只看眼前，在大陆做事，要扎得下根，要着眼长远，坚持下去。”

◆“只要你脚踏实地地去经营，讲诚信，做品牌，市场就在你面前，哪里都是一样的。”

——晋亿实业董事长　蔡永龙

“一时失志不免怨叹，一时落魄不免胆寒，那通失去希望每日醉茫茫。无魂有体亲像稻草人，人生可比是海上的波浪，有时起有时落。好运歹运，总嘛要照起工来行。三分天注定，七分靠打拼，爱拼才会赢。”这是晋亿实业股份有限公司（简称晋亿实业）董事长蔡永龙先生最喜欢的歌，每当唱起这首歌曲的时候，他的心中总会泛起阵阵波澜。这首歌曲足以诠释蔡永龙先生的创业史，30 年来，正是靠他顽强的拼搏，才有了今天的螺丝王国——晋亿实业。

晋亿实业原先是台商独资企业，1995 年 11 月经浙江省人民政府批准成立，后经商务部批准整体改制为中外合资股份有限公司，现注册资本为 73 847 万元。公司占地面积 33 万平方米，厂房面积 22 万平方米，地处江苏、浙江、上海二省一市交界处的浙江省嘉善经济开发区，毗邻上海，主营普通紧固件、汽车紧固件与高铁紧固件业务，现已发展成为全球规模最大的紧固件制造企业。

一、30 年发展历程

1. 创业之初

晋亿实业董事长蔡永龙，中国台湾彰化人，小学毕业后便离开家乡，来到有“螺丝窟”之称的高雄市，在大舜螺帽厂开始了学徒生涯。1979 年，蔡永龙服兵役归来时，大舜螺帽厂已经倒闭。1980 年与其弟蔡永泉、蔡永裕租用农舍创办了“晋禾企业股份有限公司”，凭借其做学徒工时积累下的经验，生产螺丝、螺帽。经过数年的发展，“晋禾”月赢利已经达到百万元新台币，成为当地富足的中小企业。1987 年后，蔡永龙开始走出中国台湾。

2. 10 年摸索

1988 年，蔡永龙第一次来到内地，想在内地办厂，但是那个时候各方面条件还不成熟，结果空手而归。5年后，蔡永龙第二次来到内地，花费近三年时间，前后考察了十几个城市与地区，将最终地点选在了浙江省嘉善县。1995年11月，晋亿实业批准成立。随后，经过两年的筹建和摸索，1998年初该公司生产基地建成并试产，这是当时内地最大、最完整的垂直整合厂，也是全世界第一个螺丝一条龙生产线。

建厂后，蔡氏家族拥有的三家企业，内地晋亿实业主攻美国工业用螺丝与内地市场，马来西亚晋纬主攻东南亚、欧盟与民生工业用螺丝市场，中国台湾晋禾主攻高价合金钢螺丝市场。

3. 10年发展

1998年建厂之初，晋亿实业便遇到了亚洲金融风暴，经营形势非常严峻。在巨大的压力下，蔡永龙带领员工对内狠抓以品质为中心的各项管理，苦练内功；对外拓展市场，开设分公司，精选经销商，全国布局。2002年4月，晋亿实业经铁道部运输局批准为“铁道器材研发基地”，并于同年中标青藏铁路550公里永冻土层的大扭矩道钉螺栓和防松螺母项目。2003年，晋亿实业注册3373万美元建成专业生产、销售汽车专用高强度紧固件的浙江晋吉汽车配件有限公司；2005年12月，遵循产业梯度转移规律，顺应国内紧固件产业从成本较高的沿海经济发达地区向具有相对优势的低成本地区转移的趋势，晋亿实业在山东省平原县经济开发区注册7980万美元设立了晋德有限公司，建成了北方最大的紧固件生产基地。随后，晋亿实业投资近4亿元人民币，于2006年开始建设高速铁路扣件系统生产基地，研发生产高速铁路紧固件，并于当年第一次中标高达7.5亿元的高铁扣件订单。2007年1月26日，处于全盛发展时期的晋亿实业在上海证券交易所上市，首次公开发行2.1亿股A股股票，募集资金89 460万元人民币，成为迄今为止中国内地紧固件行业第一股，也是迄今为止中国内地台商投资企业在沪、深两市最大的首次公开募股（initial public offerings，IPO）项目。

4. 危机来袭

上市之后，晋亿实业便遇到了建厂10年来的最大困境。2007年之前，晋亿紧固件产品的出口占到主营业务收入的50%以上，而2007年7月国家大幅度降低紧固件出口产品退税率，又恰逢人民币汇改升值，晋亿实业外销业绩大幅下降。2008年年底，国际金融危机全面爆发，各国经济增速变缓，占晋亿实业整个外销市场80%以上份额的美国国内出现经济衰退。与此同时，晋亿实业又遭遇了加拿大、欧盟等8个国家和地区的反倾销、反补贴立案调查，其外销业绩一再下滑。

5. 成功突围

晋亿实业多年研发高速铁路紧固件的努力得到了回报，在外销低迷的情况下，国内高速铁路紧固件业务成为晋亿实业新的增长点。2009年10月，晋亿实业中标新建哈大铁路客运专线高铁紧固件项目7.9亿元的采购合同；2009年11月，晋亿实业中标新建京石铁路客运专线、石武铁路客运专线（河北段）高铁紧固件项目5.8亿元的采购合同。中标高铁紧固件项目使晋亿实业内销业务不断增长，据统计，2009年以来，在高铁紧固件项目上的累计中标金额高达23亿元。作为目前国内紧固件制造业中唯一能够参与高铁紧固件招投标的企业，蓬勃发展的高铁建设将为晋亿实业带来更大的机遇。

二、晋亿实业转型升级路线图

晋亿实业转型升级路线图如图 9.1 所示。

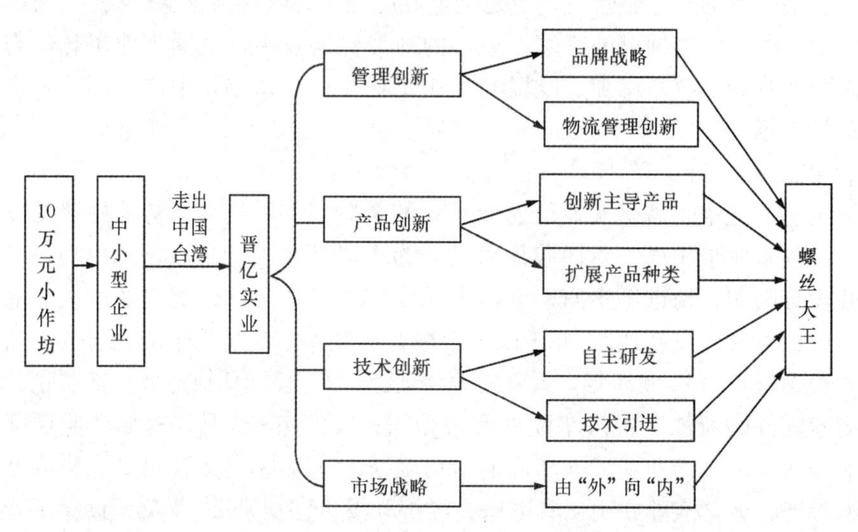

图 9.1　晋亿实业转型升级路线图

三、背后的力量

1967 年，中国台湾同光公司用新台币 400 万元高价从德国进口螺帽成型机，带动了中国台湾螺丝产业技术的大幅提升，被誉为冈山螺丝业始祖。1973 年，中国台湾三星科技创办人李渊河发明了中国台湾自制的高速螺帽成型机，将生产效率从原来车床生产的每分钟 10 颗提高到每分钟 300 颗。1980 年，蔡永龙开始创业时，三星科技已是年营业额 7 亿元的中国台湾螺丝业霸主，春雨更是 30 年的老店。

20 世纪 80 年代，蔡氏兄弟租用农舍做工厂，苦干 10 年后，已经获得了丰厚的回报。但是初步的成功并没有让蔡永龙满足，他要做螺丝业的老大。当时晋禾的原材料来源于中国台湾的中钢，中钢实行配给制，上一期的采购量决定下一期的原料供应量，若要进口原料，则需要中钢出具证明许可。在中钢的原料配额制下，他的企业很难做大，同时，三星科技、春雨在中国台湾就像是两座大山，横挡在晋禾之前，成为一个无法跨越的障碍。蔡永龙明白，要创造新机会，必须走出中国台湾！于是，他设想走出中国台湾开始第二次打拼。1988 年，蔡永龙走出中国台湾，来到了内地，但当时条件不成熟，又辗转东南亚，只有先在马来西亚槟城投资。

“90 年代，大陆的政策是鼓励企业多作外销，只允许 20％内销，但我来大陆投资就是看中了内需市场。我当时就明白，大陆今后会是世界最大的市场。”回想 10 余年的发展，蔡永龙这样说道。1993 年，他再次来到内地，花费两年时间在各地进行考察，最后选址于沪杭铁路、302 国道和大运河三线交汇处。由于水运成本低，这条河道已经成为晋亿实业目前采购原材料的主要运输通道，有八成以上的原材料通过水路运抵工厂。蔡永龙合理的选址保证了晋亿实业良好的外部物流环境。选址敲定后，蔡永龙尝试“内部化”，他投资上亿元，往上整合钢铁材料与材质处理技术，建构钢材再加工处理设备，并且往下整合电镀和热处理技术，“内部化”不仅能从源头上控制好产品质量，而且能节省生产成本。经过两年的筹建，到 1998 年初，内地生产基地——晋亿实业正式建成并顺利投产。

“只会做螺丝赚钱的时代已经过去，制造业想永续生存，必须兼顾上中下游，生产、仓储、物流、配销、服务全包，让客户一次满意而归。”于是，蔡永龙引进自动化立体高架仓库系统，解决出入库与仓储管理的困难，并为半成品、模具和制成品三个自动仓库分别设计了 10 万个库位单元。这种库位单元的区分解决了仓储产品“先进先出”的老大难问题，促进了仓库空间的有序利用，为公司创造了巨大的空间效益。螺丝产品的生产有多个非连续复杂的工序，多个工序间需要同步联动，同时每一个工序的产能差距不一，需要平衡产能，同时需要结合订单及各种因素合理进行排产。为此，蔡永龙又引进了管理信息系统有效地解决了这一问题，并且与自动仓库系统整合为一套完整的信息管理系统。晋亿实业的信息管理系统包括业务、生产、技术、成本、采购、材料及制成品等 9 个相互关联的子系统，实现了按订单生产、采购和交货。

全球最大的物流系统建成后，蔡永龙说：“零时差、实时生产时代，多数企业降低库存，所以我们建造效率最高、存量最大的仓储系统，把螺丝做好等客人上门，客户的时间就是金钱!”于是，在其他企业正在追求“零库存”的物流管理时，他逆势操作，实行“多库存”战略。晋亿实业有全球最大的仓储物流系统，储存的钢材可造出 41 座埃菲尔铁塔，随时库存 2 万种、用量 3 个月到 1 年不等的螺丝，可以做到全球随叫随送。但是当时这种做法在行业内不被看好，行业内均认为这个做法风险过大，单单钢铁价格的变化就可能给公司带来巨大的影响。

晋亿实业对物流系统巨大的投资与其“多库存”战略被证明是正确的，2005 年 8 月底的“卡特里娜”飓风让美国新奥尔良 95%以上的电力网络及无线通信设施瘫痪，为了尽快恢复供电及通信，进口商 MIDAS 同步向全球各螺丝厂发出 1200 吨电力螺丝的特急订单。当时，晋亿实业在仓库中已有 600 吨现货，其余 600 吨开足马力一周即可完成生产，而其他企业开足马力生产，交货至少需 45 天，加上运输时间，共需 60 天才能到新奥尔良，于是晋亿实业拿到了这笔订单。

晋亿实业物流管理创新组成如图 9.2 所示。

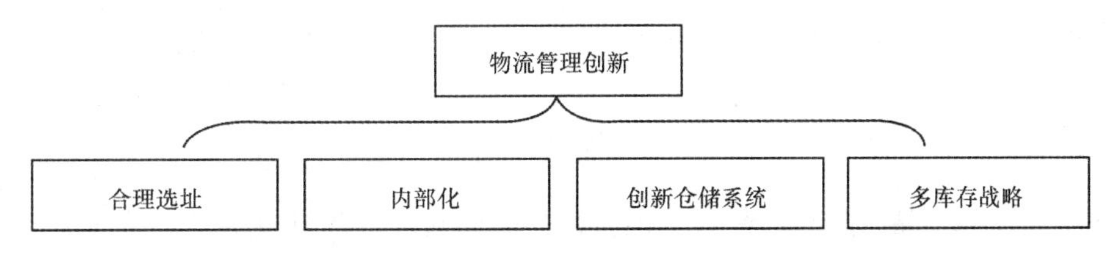

图 9.2　晋亿实业物流管理创新组成

刚进入内地时，晋亿实业主攻工业和民用的普通紧固件，蔡永龙意识到，国内行业内厂商众多，产品同质性较严重，普通产品较多，高档产品较少。没有自己的专业优势，没有自主创新的核心竞争力，没有自己的品牌很难在未来的竞争中取胜。于是，他决定横向延伸产业链，拓展产品种类，纵向提高产品技术含量，走高端化路线。

晋亿实业从2002年便开始研发生产铁路紧固件，当时举世瞩目的青藏铁路项目公开招标，晋亿实业通过攻关研发，解决了三大技术难题，最后在第二轮技术审核后胜出。公司生产的铁路紧固件在气候最恶劣的青藏铁路被使用，这是晋亿实业第一次接触铁路紧固件。随后为适应中国铁路客运专线（高速铁路）飞速发展的现状，晋亿实业累计投资近4亿元人民币，建成高速铁路扣件系统生产基地，专业研发生产高速铁路紧固件，当年第一次中标高速铁路紧固件项目，就接下了高达7.5亿元的高速铁路扣件订单。国内市场上大量生产使用的普通铁路道钉螺栓，每套售价不到5元钱，晋亿实业成功研发的青藏铁路大扭矩道钉螺栓和防松螺母每套售价就需10元以上，高速铁路扣件系统每套售价高达数百元。而同样的产品，如果从国外进口，每套则需上千元。有了过硬的拳头产品，晋亿实业成为国内唯一能够成套提供自主研发高速铁路扣件系统的企业。

有了拳头产品还不够，为了规避单一市场风险，晋亿实业不断拓展产品种类，着力开拓潜力较大的汽车、风电、特高压输变电线路等专用紧固件市场。2007年，蔡永龙瞅准时机发行股票上市募资，募集来的资金主要用于高强度异型紧固件和汽车专用高强度紧固件领域。

晋亿实业产品创新如图9.3所示。

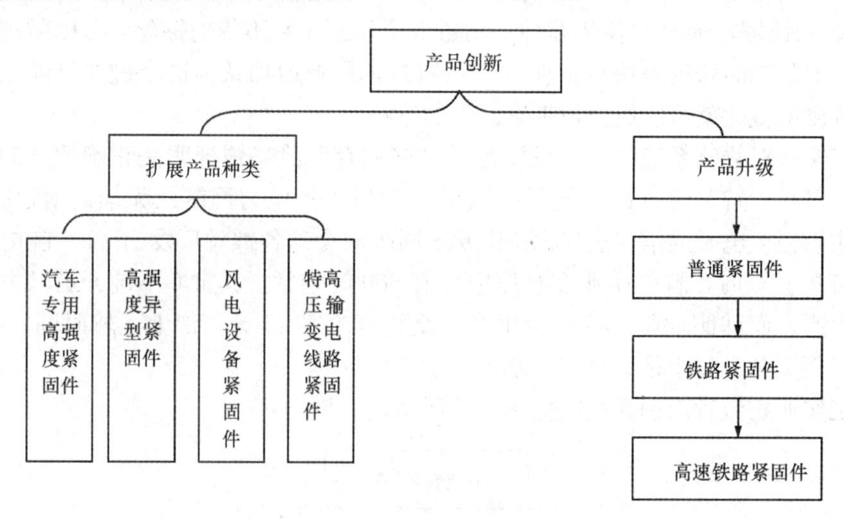

图9.3 晋亿实业产品创新

在不断完善产品的同时，蔡永龙还重视品牌的建设。2001年，晋亿实业便开始将自己打造为螺丝行业的知名品牌。为此，公司花巨资加大品牌宣传力度，并将著名商标、知名商号和浙江名牌的评选活动与公司内部管理工作结合起来，制订创牌发展战略规划，明确各阶段任务和要求，做到了任务到岗，责任到人；在全面分析自身优势和特点的同时，有计划有步骤地利用品牌开拓市场。晋亿实业的创牌之路也凝聚了政府相关部门的不少心血。2003年，嘉善县工商局就主动上门向晋亿实业高层宣传企业创牌的重要性，支持公司运用商标战略拓展市场，并不厌其烦地帮助公司进行“CYI”商标和产品，以及“晋亿”商号申报认定“浙江省著名商标、名牌产品、知名商号”的材料准备工作。经过政府与企业多年的共同努力，2004年1月，晋亿实业“CYI”，“晋亿”的商标、字号和产品相继被评为“浙江省著名商标”、“浙江省知名商号”和“浙江省名牌产品”，成为浙江省内紧固件行业唯一一家获此殊荣的企业。

2004年打出名牌之后，晋亿实业继续注重产品品牌的提升和推广，号召所有员工以质量为品牌之生命，狠抓质量管理，夯实品牌战略基础。2006年12月，晋亿钢制标准件荣获“国家免检产品”资格；2007年12月，晋亿实业与铁道部科学研究院共同开发生产出了具有自主知识产权的中国高速铁路扣件系统，是国内第一家取得铁道部颁发的《自主研发考核合格证》的企业；2008年12月，晋亿实业经浙江省对外贸易经济合作厅认定列入“浙江出口名牌”名录，2009年11月晋亿实业首家通过铁道部运输局关于客运专线扣件系统上道技术审查。

晋亿实业的品牌管理如图9.4所示。

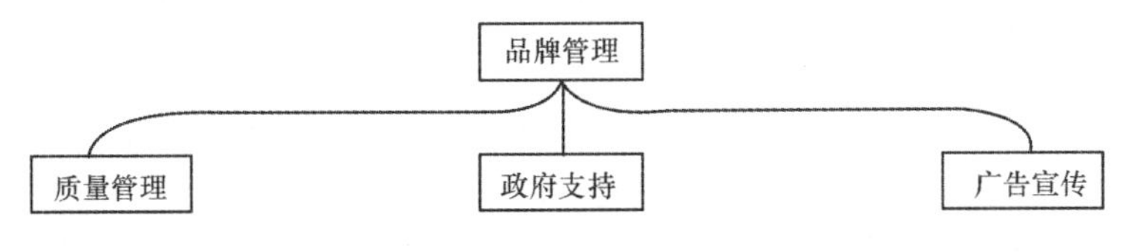

图9.4　晋亿实业品牌管理

经过了10年如鱼得水的辉煌发展后，2007年，蔡永龙遇到了建厂10年来最大的困难时期。金融危机减少了其外来需求，反倾销调查又雪上加霜。2008年下半年，政府为了保持经济稳定增长，出台了一系列增加投资、扩大内需的政策，2009年初，政府又制订了装备工业振兴规划，第一次将过去一直被忽视的基础零部件制造业纳入支持发展的领域中。当晋亿实业外销业绩下滑时，蔡永龙将目光瞄准国内市场，抓住国内大力实施的行业振兴规划和扩大内需的机遇，逐渐由外销转向内销，凭借其7年研发生产铁路紧固件的经验，中标多项高速铁路紧固件项目，保证了其主营业务收入的增长，为晋亿实业未来的发展找到了又一个增长点。2008年，晋亿实业内销占主营业务收入的比重为58%；2009年公司内销比重已达到75.89%，其中，高速铁路紧固件销售额同比增长170.83%。

蔡永龙先生回忆晋亿实业在内地发展的10余年历程，说道：“当时外销市场不好做，我就开始转作内销，从80%外销做到80%内销。特别是在近几年的转型升级中，我已经把内销市场打开，做出了品牌。”虽然国际市场需求下滑和国内市场竞争还是对晋亿实业生产经营带来巨大压力，但晋亿实业坚持加快由“外销”向“内销”、由“低端”向“高端”转型，借助政府政策的支持，坚持实施品牌战略，创新物流管理，创新主导产品优势，提高产品档次，扩展产品种类，抓住了我国加大对铁路交通等基础设施建设投资的良好机遇，着力于高速铁路扣件系统的开发、生产、检测，以及整套扣件系统的集成配套和物流能力，使高速铁路扣件业务得到了快速发展，成功打造出晋亿实业又一个增长点。

四、未来航向

蔡永龙先生30年的拼搏创造了一个又一个奇迹，使自己从创业初的无名小辈发展成为今天业界瞩目的“螺丝大王”。在他的管理下，晋亿实业已经成功地转型，为企业不断创造出新的增长点。首先，晋亿实业作为国内紧固件行业唯一一家能够参与高速铁路紧固件招投标的企业，“十二五”期间全面开展的高速铁路、重载铁路、城市轨道交通及海外高铁的蓬勃建设将为晋亿实业带来更大的发展机遇。其次，晋亿实业已经投资建成的浙江晋吉汽车配件有限公司，虽然目前未取得突破性的进展，但是随着未来汽车国产化程度的不断提高，汽车紧固件必将成为晋亿实业的下一个增长点。最后，分销业务的拓展也将成为晋亿实业以后长远业务的发展方向。我们坚信，这一个个潜在的增长点将使晋亿实业在未来的发展中走得更快更稳，续写一个又一个的传奇故事。

浙江工业大学浙江企业创新发展研究院　程惠芳　许凌燕

第十章　华仪转型升级模式分析

浙商格言

◆“一切从零开始，我永远是一个创业者！”

◆“最善于竞争的人肯定最善于学习的。”

◆“人无信不立，企业无信不长。办企业，与其说是一种职业，不如说是一种追求。”

◆“古之立大事者，不唯有超世之才，亦必有坚忍不拔之志。”

——华仪董事长　陈道荣

一、引言

东汉末年，国势衰败，外戚内宦，专权秉政。政治腐败加上天灾不断，百姓不堪负重，于是爆发了一次有组织有准备的全国性农民起义——黄巾起义。为镇压黄巾起义，当时的东汉皇室号召豪强地主以私家武装助剿。于是各豪强地主们趁机扩充武装，争夺地盘，开创了东汉末年群雄割据的时代。这百年的豪雄争霸时代，成就了众多名留千年的文士武将，其中就有周瑜。了解中国的历史的人们应该都不会对周瑜感到陌生。周瑜（175～210），字公瑾，东汉末年东吴名将。他精通军略，多谋善断，谋略和胆识都高常人一筹。《三国志》中陈寿曾这样评价周瑜：“性度恢廓，大率为得人……曹公乘汉相之资，挟天子而扫群桀……于时议者莫不疑贰。周瑜、鲁肃建独断之明，出众人之表，实奇才也。”公元208年，周瑜曾联军孙、刘于赤壁以火攻大胜曹军，由此奠定了天下三分的基础，为后世遗留下一段以少胜多的典故。

天下平定，几经更朝换代、战事纷飞、硝烟弥漫的历史也逐渐从人们的认识中衰退。然而，时隔1800多年，一种另类的战争弥漫在人们之间——企业竞争。在这场持续的战争中，如果说有谁能够媲美周瑜，非华仪电器集团有限公司（简称华仪）董事长陈道荣莫属。商场之上，虽没有硝烟，但仍有“一将功成万骨枯”般的惨烈，而陈道荣和周瑜一样，都是胜利者。古有周瑜摧曹操于乌林，走曹仁于郢都，扬国威德，今陈道荣让华仪的身影出现在黄河小浪底工程、三峡水利工程、内昆铁路、大庆油田奥运会等国家重点工程中。在陈道荣董事长的带领下，华仪从当年简陋的破庙搬到了如今的华仪工业园，从家庭式小作坊成长为年销售收入达12亿元的大型企业集团，并先后被评为中国民营企业500强、中国机械500强、中国成长企业100强、中国电气工

业100强、中国电气工业十大领军企业、电器工业协会高压开关分会常务理副事单位、风电行业常务副理事单位。

二、二十年如一日的创业过程

创业精神是一种“从零开始创造事业”的过程。在陈道荣看来，华仪之所以能取得现今的成就，依靠的就是持续的创业精神。对于华仪来说，不论是从一个家庭式的小作坊发展成现今的集团，还是从经营高压电器的民营企业发展到风能行业风机领先制造商之一，都始终是一个创业的阶段。凭借当初只身南下在珠海打拼5年所积累的企业管理经验和知识，以及始终保持的创业精神，华仪在陈道荣的带领下，在创业之初就开创了与很多温州民营企业不同的经营竞争模式，更实现了华仪相比同业领先一步的转型旅途。

（一）高压电器市场的开拓——敢为天下先，以产品引导市场

企业家获取财富的手段是什么？当然是独特的眼光和把握机遇的能力。2005年，W. 钱·金（W. Chan Kim）和莫博涅（Mauborgne）合著的《蓝海战略》风靡中国。如何规避波涛汹涌的红海，寻找平和光明的蓝海成为了无数人追求思考的问题。蓝海战略认为，企业应该突破传统竞争极端激烈的“红海”市场，转而开拓新的非竞争性的市场空间。企业凭借创新能力，通过差异化竞争手段得到崭新的市场领域并实现快速增长。凭借在珠海5年所积累的经营管理知识，陈道荣洞察到了与《蓝海战略》不谋而合的经营策略。他认为，用相同的技术做相同的产品再卖相同的市场完全没有任何意义。企业想要在激励竞争的市场上实现快速增长应需找新兴产业、新的产品和新的技术。在20世纪的中国，这种理念显然是领先的。在面对当时温州低压电器风生水起之势时，陈荣道毅然舍弃低压电器之路，另辟蹊径转而研发生产科技含量高的高压产品。1991年，华仪从西安高压电器研究所引进技术，成功开发了国内第一代zw1-12型户外高压真空断路器；1992年，华仪同厦门ABB签订协议，合作生产EK6型接地开关，结束了接地开关需向国外订购的历史；1997年，华仪与珠海一家公司合资组建了浙江华仪电能仪表公司，进入电度表专业生产领域；1998年，华仪与日本东芝公司签订合作协议，引进日本东芝“配电自动化开关设备”技术……通过技术引进、合作生产、合资生产等方式，华仪利用国内市场和国际市场的技术差距，坚持“以产品引导市场”的错位竞争策略，成功避免了同业企业间的激烈竞争，在高压电器行业逐步站稳脚跟。到1998年，华仪企业产值首次突破亿元大关（图10.1）。

做大和做强通常被放在一起说。鸵鸟是鸟中的“巨无霸”，一只非洲鸵鸟可以长到3米的高度和150千克的重量，但它却缺失飞翔的本事；蜂鸟是世界上最小的鸟类，大小只有蜜蜂的大小，只有5厘米左右，但依旧可以翱翔在天空下。所以我们说，大和小与飞翔并没有必然的联系，关键是它们的翅膀。翅膀的强弱决定了是否能自由翱翔的命运。是先做大做强还是先做强再做大，与成为鸵鸟还是成为雄鹰的选择意义一样。在温州人沉浸在传统温州模式所带来的成功、任由“做大”心理驱使之时，陈道荣确

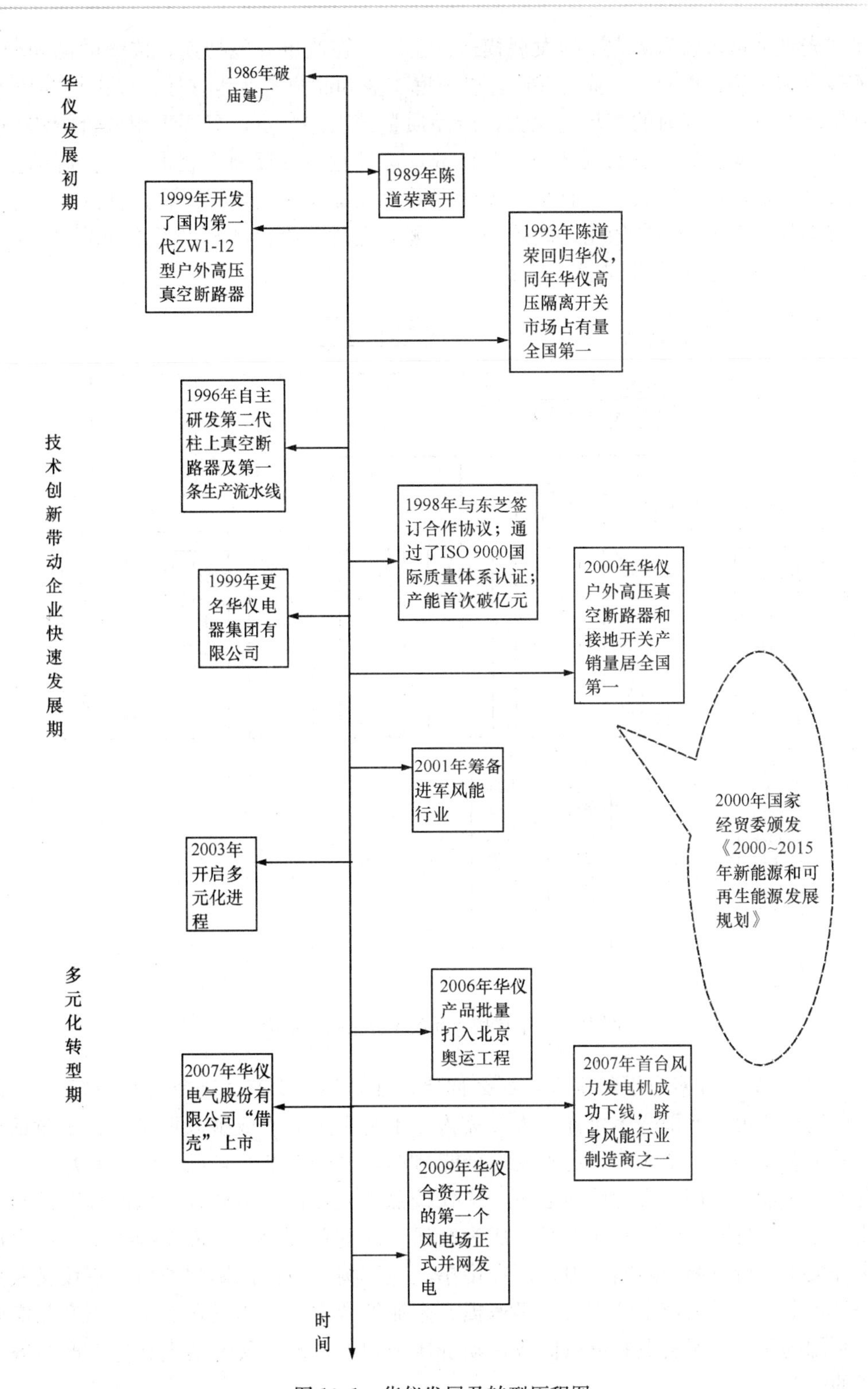

图 10.1　华仪发展及转型历程图

立了“先做精再做强后最大”的发展模式。也许，在改革开放初期，传统的温州模式确实迎合了市场：以家庭工业为基础，以家庭工业和联户工业为支柱，以市场为依据，以购销员为骨干。当时的市场空隙大，产品质量档次差一点，只要采用低价策略仍然能够卖出。然而随着经济的逐渐强大和开放，国外竞争者逐渐渗透市场，传统的温州模式必然会被市场所淘汰。只有精品才能引导市场潮流。企业想要在这样的市场上立足，就必须立志于产品的做精。因此华仪在创业之时就给自己作出了正确的定位：先做精随后才做大做强（图 10.2）。

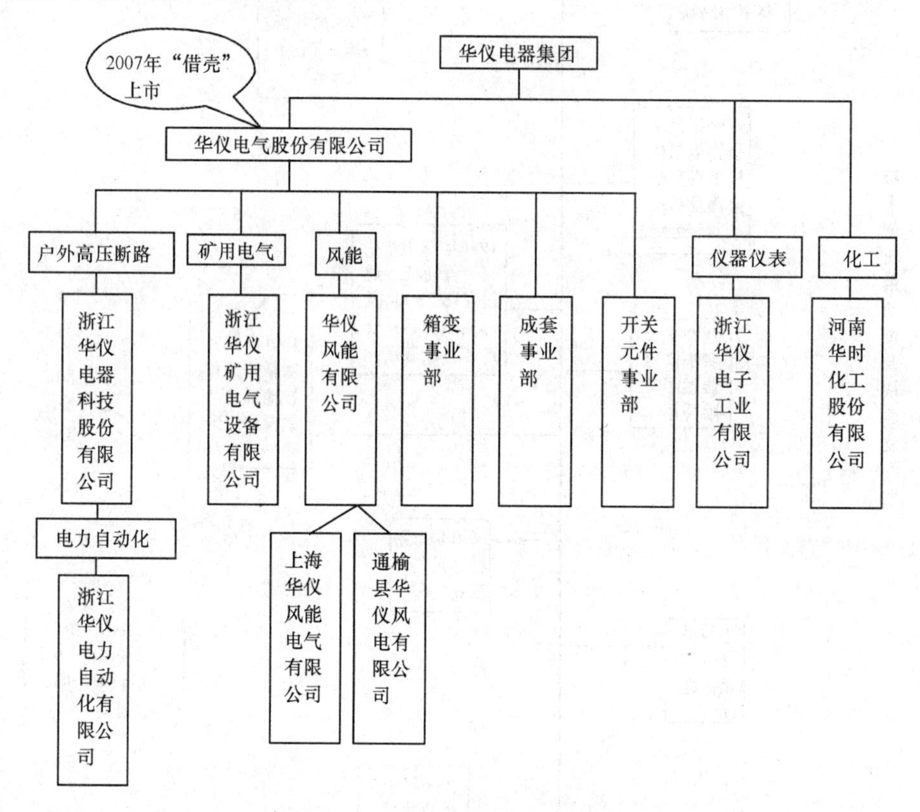

图 10.2　华仪按产品类型分类组织结构

“如果你的综合实力不如别人，那么你要记住，你至少有一项能力是最好的。”陈道荣曾这样说道。所谓金无足赤，人无完人。十全十美的人或事只可能存在于童话世界。陈道荣认为，一个人不一定要成为全能冠军，每个人都有自己天赋的领域。如果不能成为全能王，那就成为单项冠军。华仪按照“先做优，再做强，后做大”的经营原则，首先让自己专注于高压产品，成为高压产品的单项冠军，最先确立了自己高压隔离开关生产行业第一的霸王地位。在用单项冠军树立自己的影响力后，华仪又采用优势带动弱势，以大带小的方式，迅速提升企业综合实力。华仪在实现高压产品突破后，利用高压产品所实现的资源优势带动低压公司的进步，最终实现高低压产品齐头并进的势头。

在实现了做精到做强的阶段后，华仪接着通过“新产品—车间—子公司”的经营模式实现做强做大的梦想。华仪首先开发一个主导新产品，在形成规模后则投资组建一个以新产品为经营产品的子公司，继而增资扩股组件股份制企业，逐渐形成核心竞争力。这种裂变式的稳步扩张方式，使得华仪在扩张的过程中，避免了集而不团的现象，核心竞争力强且稳健。华仪先后将高低压隔离开关和真空断路器做到全国市场占有率第一，成就了“三高”（高科技、高起点、高销量）的企业发展基础。

（二）从高压电器向新能源的转型

创业是辛苦的，转型是困难的。同许多企业一样，在确立了高压电器行业霸主地位时，华仪也开始寻找新的潜力发展领域。时值中国房地产业调整和市场的形成，中国房地产业进入健康有序发展时期。当时浙江很多企业顺应多元化发展战略进入到房地产和其他传统行业，而陈道荣却选择了新能源这个高风险的新兴行业。一着不慎，满盘皆输。当时的很多企业内部人员都不理解也不支持陈道荣这异想天开般的决定。华仪是国内高压电器开关和成套电器经营者的佼佼者，而风能这个国人不堪熟悉的新兴产业则可能将华仪拖下此时的行业顶尖的宝座继而成为狂风咆哮下的牺牲者。

从高压电器向新能源的跨越，这段距离实在太遥远了。陈道荣的这个“追风梦”到底是如何出现的呢？这一切都可以从2001年陈道荣的欧洲之行说起。在欧洲，陈道荣看到了很多国内难得一见的风能发电机。风能是绿色的可再生能源，陈道荣就想：“我为什么不能试着建造风场、制造风机呢？”因对这个“追风梦”念念不忘，回国后，陈道荣马上开始筹备进军风能行业的有关工作，此后几年间，成立华仪风能开发有限公司，从中国电科院、沈阳大学、中科院等科研院所和国家有关部门，寻找风力方面的专家，组建专家组，研究制造风机和开发风电场的计划；同时前往德国、丹麦等国寻找制造风机的先进技术，与德国弗兰德风力公司签署大功率风力发电机组制造合作协议；在洞头大门岛等地兴建风力电厂等。2006年，陈道荣发现了新疆金风风电有限公司——国家“乘风计划”风电机制造定点设备厂。几经谈判，双方最终达成合资意向，组建浙江华仪金风风电有限责任公司，并在乐清建立风机制造基地。强强联合让华仪的“追风梦”全面展开。2006年，浙江华仪金风风电有限责任公司成功研制开发了600千瓦和750千瓦的风力发电机组；2007年自主研制了780千瓦的风力发电机组；同时还与德国艾罗迪公司合作，联合开发1.5兆瓦风电机组，并于2008年实现了首台1.5兆瓦风力发电机组成功下线，从而跻身于国内风力发电设备制造商行列。此外，华仪计划开发更多的风电场，希望以华仪战略投资者的身份，通过资源换市场和投资换市场的经营模式，拓展风电市场，扩大风机销售。

华仪就像一头雄狮，蓄势待发，准备好了在风机制造行业大干一场。目前，华仪不但成为华东地区最大的风电设备制造商之一，更开创了中国大功率风力发电机组零出口的先河。继“乘风而上”之后，华仪又开始了“豪情追日”的旅程。在大力发展风电产业的同时，还积极与国际新能源研发、生产机构接触，寻求其他新能源领域的突破。2008年，华仪引进国际尖端技术，建立浙江杭州康迪斯太阳能公司，着手研发太阳能热电发电技术，进军研发利用光能、太阳能等新能源领域，向更高端的太阳能领域挺进。目前，华仪形成了能源、电器齐头并进的产业格局，加快了企业转型升级的步伐。

三、华丽转型背后的关键

200 多年前，法国经济学家萨伊首次提出了“创业家”的概念，他认为，创业家能够把经济资源从生产率较低和产量较小的领域，转移到生产率较高和产量较大的领域。这是关于“创业家”的最早描述，但是萨伊并没有明确地告诉我们究竟什么是“创业家”。200 年以来，对于创业家的定义人们争论不休，连带着什么是创业精神也开始出现在人们的思考之中。在美国，人们通常将自己创办小企业的人定义为创业者。但是由于创业关注的是“是否创造新的价值”，而非“是否设立了新公司”。创办了小企业并不一定是企业家或代表企业家精神。约瑟夫·熊彼特曾专门研究了创业者创新和追求进步的积极性所导致的动荡和变化，他认为，创业精神是一股“创造性的破坏”力量：创业者采用的“新组合”使旧产业遭到淘汰。原有的经营方式被新的、更好的方式所摧毁。管理学专家彼得·德鲁克则将这一理念更推进了一步，认为创业者是那些主动寻求变化并对变化作出反应视变化为机遇的人们。

这里笔者认为，创业者是那些将新事物带入现存的市场活动，包括新产品、新技术、新的管理制度的人们。这类人始终保持着创新精神、拼搏精神、进取精神等。他们一般将创业作为一种责任，保持创业的激情和积极性。创业者一般有很强的适应性和领导决断能力，并且有强大的野心来支撑着创业的过程。陈道荣作为一个从零开始的草根创业者身上完美展示了我们对企业家的各种定义。他坚定地认为，华仪能取得今天的成就实现企业华丽转型在于企业长期保持的创业精神，创业精神是华仪实现跨越式成长的核心动力。他将创新和创业精神融合在一起，认为创业精神的第一要义是创新，创业是一个创新的过程。他指出华仪企业成长力靠人，企业竞争力靠科技创新，企业的扩张力靠经济效益，企业的凝聚力靠组织结构和企业文化。

（一）创新的完美演绎

陈道荣的企业经营管理理念将创新融合到创业精神中，这与管理大师彼得·杜拉克的看法不谋而合。彼得·杜拉克在著作《企业家精神》中首次将创新与企业家精神相结合，他认为：创新 ＋ 企业家精神 ＝ 再创生机。仅仅具有创业精神还不够，企业想要在市场上抢占先进保持长期的竞争优势从而长治久安还缺乏一个必要条件：技术创新。华仪在科技研发方面主要有两种战术。

（1）跟踪战术：华仪在起步阶段同所有温州企业一样，采用的是“跟踪策略”，即追踪国内外最新的产品标准信息以及研发动向等。“跟着人家走并不可耻，不承认落后才是执迷不悟；咬住了世界冠军就可能破亚洲纪录，也可能成为世界冠军。”正是陈道荣在竞争中学习的技术创新理念，让华仪走过了最初的模仿引进阶段，开始了自主创新，实现了模仿技术—引进技术—自主研发的过程。从 1994 年从国外引进第一套高压成套设备的生产设备到很多年后国际著名高压电器企业韩国日进公司主动找上华仪要求技术合作；从技术模仿引进到竞争对手主动要求技术合作。华仪成功地实现了从“跟着别人的脚步走”到“让别人跟着我们的脚步走”的转型。

(2) 联合开发：是指华仪与国内高等院校联合实行产学研，或者与其他企业进行合资共同研发。对于华仪来说，产学研的方式又被称为借脑战术，这是华仪技术创新的另一绝招。陈道荣曾说：“在民营科技企业创业之初，大部分企业既不具备资本优势，也很难从政府部门获得资金支持，唯一具备的优势就是已经掌握一项或几项科技成功或所拥有的研究开发人才。”技术创新需要资金，需要人才。为了解决企业内部人才不足的问题，华仪和国家电器科学研究所、西安高压电器研究所、浙江大学等科研院所等相关院校联合，利用“外脑”开发先进技术。另外，华仪还通过与其他同样行业企业合资共同研发，如与国际著名高压电器企业韩国日进公司进行技术合作等。

(二) 寻人更要留人

企业在创立之初，如果遇到困难，也许简单的家庭模式，亲戚帮忙就可以渡过难关。但当企业发展到一定程度后，人才的缺乏和管理的不够将严重制约企业的发展潜能。如果说依靠技术创新，华仪赢得了发展先机；那么，人尽其才无疑为华仪的腾飞起到了助推器作用。陈道荣在总结华仪成功转型的经验的时候曾经说过：华仪的转型，靠的是两个条件，一个是技术，另一个就是人才。华仪非常注重人才，对人才的渴望简直可以用饥渴来形容。古有刘备“三顾茅庐”，而在华仪有“五年求一贤”的故事。华仪在确定进入风能领域后，急需一名领军专家。当时一位业内人士向陈道荣举荐了中国风能协会副会长、有着近 30 年风电研发经验的吴运东教授。权威专家与行业新军，没有人看好这一对组合。陈道荣却并不这么想，在数十次的登门拜访以及一次次的虚心求教，诚恳交流后吴远东终于被陈道荣打动，在 2007 年加盟华仪。

三顾茅庐，是对诸葛亮这样的人才适用；对于普通员工，华仪也自有一套选人准则。陈道荣认为，聘用人才理念并不准确，用“品用人才”更恰当：先“试用人才”，即了解员工的能力水平；然后“放心用才”，即员工有能力就放心地聘任；最后是“使命用才”，人才工作不仅仅是为了获得个人收入，更重要的是为了振兴行业甚至是民族工业。确定下人才后，最关键的当然是留住人才，让员工为企业发展作长期奉献。华仪认为，“以人为本”是留人的关键，在留人上，华仪也独有本领，那就是重才、爱才、护才。对于这一点，从华仪的人才观和用人机制中即可有所体会：华仪人才观——我劝天公重抖擞，不拘一格降人才；用人机制——待之以礼遇，委之以重任。

(三) 从职能到事业的华丽转变

1962 年，美国经济学家钱德勒所著的《战略与结构》一书把工业企业的发展划分成若干个阶段，而每一个阶段都会带动组织结构的变化。华仪发展 20 多年，自身的组织结构变化似乎佐证了钱德勒的观点。在创建之初，华仪采用的是一般的直线型组织结构，职权直接从高层向下传递，然后经过若干个下级管理层次传达到组织最底层。随着华仪企业规模的扩大，产品种类的增加和市场范围的开拓，华仪逐渐转变直线型组织结构成现今的事业部制的组织结构。事业部制最早是由美国通用汽车公司总裁斯隆于1924年提出的，故有“斯隆模型”之称。它是一种高度（层）集权下的分权管理体制，适用于规模庞大、品种繁多、技术复杂的大型企业。华仪采用的是产品事业部型组织结构，以企业所生产的产品为基础，组建产品部门，然后由部门经理承担具体的运作和决策，完成纵向一体化。总部则主要负责战略牵引和资源配置，使企业成为各事业部的管理平台和技术支撑平台。其定位为“资源整合者”，发挥集团整体竞争力。最终建立起一支“管控有序、发展有序、协作有序”的联合舰队（图10.3）。

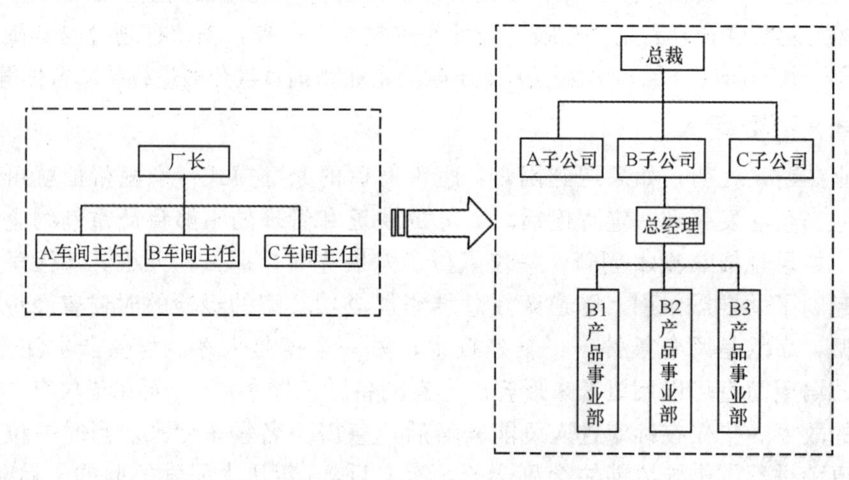

图10.3　从直线型组织结构向事业部型组织结构的转变

（四）要物质更要有精神

纵观华仪24年创业、发展、转型的历程，始终贯穿着企业文化的发展。对于华仪来说，企业文化的建设是企业长期持续发展的动力之一。多年来的发展，华仪企业文化已经自成一体，即围绕着诚信、团结、创新、竞争、品牌展开：诚信是华仪的立身之本，团结是华仪发展之纲，创新是华仪腾飞之翼，竞争是华仪突围之路，品牌是华仪永立潮头之法宝。早期推销员的生活经历让陈道荣认识到诚信的重用性，因而陈道荣最看重的是诚信。回顾华仪20多年的发展历程，陈道荣曾感叹道：以诚感人者，人亦以诚而应。作为一名企业家，不能只讲金钱、讲交易、讲价值规律，更要讲诚实、讲信誉、讲道德。道德是信誉的思想基础。人无信不立，企业无信不长。办企业，与其说是一种职业，不如说是一种追求。华仪人秉承着“先做人、后做事，致力于民族工业的振兴”的企业理念，团结敬业，勇于超越，将企业文化打造成华仪核心竞争力之一。

在政府政策和社会经济大环境下，以企业家精神为核心力量，通过组织结构创新、企业文化创新、技术创新和用人机制的创新，华仪形成了一个完整的企业发展转型机制，一步步地走向新的高度，不断实现企业的转型升级。通过组织设计的变化和人力资源管理的改进，以及技术创新的加速，华仪能够始终适应市场环境的变化，在市场变化中一直处于制高点，展现企业动态能力（图 10.4）。

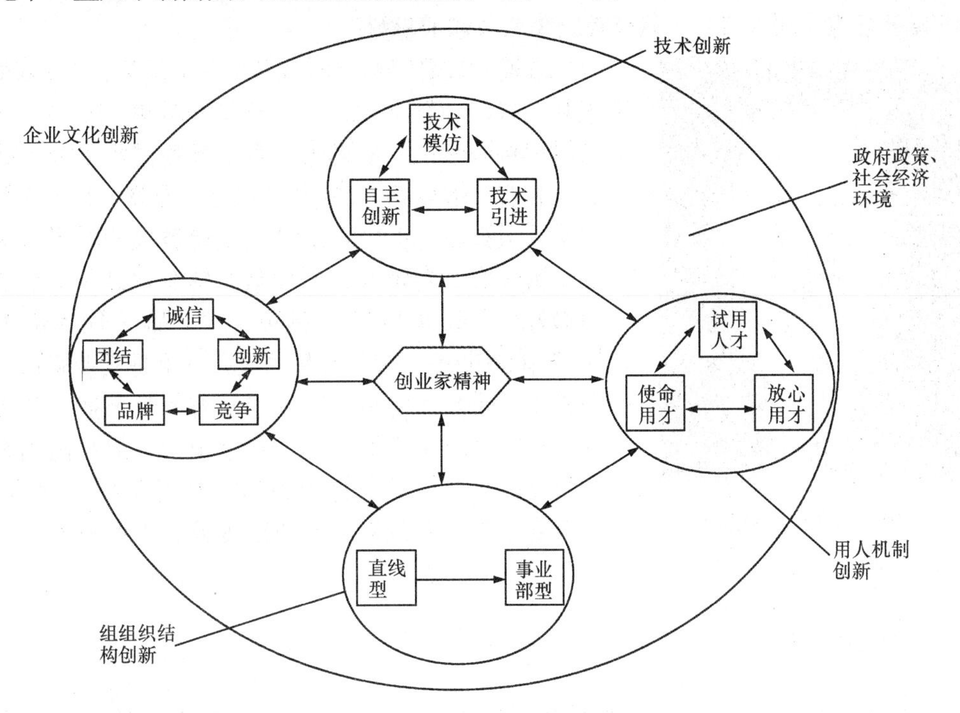

图 10.4 以创业家精神为核心的华仪风格发展转型模式剖面图

四、草根创业家陈道荣

31 年前，陈道荣 23 岁，走南闯北、早出晚归跑销售，生活贫寒；30 年后，陈道荣作为华仪掌权人，被评为浙江省经营管理大师。

1989 年，陈道荣只身南下，来到当时改革开放的前沿城市——珠海，一待就是 5 年。这 5 年时间内，陈道荣与几位中国台湾的商人合资成立了一家中外合资企业。股份制、质量管理、工艺流程、人力资源配置等。一个个新名词、一种种新理念，陈道荣用 5 年时间学习了大量现代企业管理知识，并实现了自己人生角色向全方位的企业管理人转变，这也为 5 年后陈道荣回到华仪大有作为打下了文化基础。回忆起过往多年的创业史和社会发展变化，陈道荣最大的感触就是知识在社会中的重要性。也许在过去认为，依靠家族的苦干实干就可以打下一片天下；但在企业发展到一定规模后，就必须用知识武装自己，武装企业。用他自己的话说就是："不懂的，你就去学，不去学，就不会进步，不进步则必然会被淘汰。不要说我还不到 40 岁，就是到了 60 岁、70 岁，如果需要，我仍然要坚持学习。"

对于企业发展来说，仅有睿智的老总还是不够的。陈道荣在接手华仪后，一方面加强自身能力的提高，一方面吸引外来人才，加强整个企业的管理能力。在用人上，他坚持“唯才是用，人尽其才”的原则。“干事业的人要有这样的心态”，他说，“要看到下属的优点，用人之长；这样你对他人会越来越好”。

华仪董事长 陈道荣

陈道荣在总结自己的成功的时候说道：“我觉得做人有三点，一要心数正；二要思维清晰，能举一反三对问题有悟性；三要勤快。有空我爱读些佛经，琢磨着‘般若’的意思。‘般若’就是大智慧。每个人都有智慧，但智慧有上中下之分。上智慧是为国家、为民族、为社会、为他人；中智慧是安分守己，把自己的事做好；下智慧则是心思想歪了，脑子往坏的方面想。”陈道荣是个有上智慧的人，不论是实业强国的企业理念，还是厚待员工或者忠于慈善的态度。陈道荣在自己的办公室挂了一块“尊道业荣”的牌匾用来提醒自己：和光同尘、厚德载物、积健为雄。他认为，为人要心善，企业做大了更要如此，不可忘本不可失善、失德。

五、政府支持

华仪的发展除了依靠陈道荣和华仪人的不懈努力外，政府对企业的发展和支持也是非常重要的。自2001年华仪筹备进入新能源行业以来，华仪的发展就坐上了政府推动的快车道。华仪进军新能源行业的决定正好符合当前政府的产业发展规划。“十二五”规划建议围绕经济稳定和发展转型展开。新能源产业作为重要的国家战略新兴产业将继续受到国家的重视和政策的支持，这也为华仪的发展安装上了助动翼。按照华仪的规划，未来华仪将依靠风机制造的领先优势，通过资本运作和科技创新，利用国家新能源发展优惠政策，通过加大对风能等新能源的开发力度，加快企业的转型升级，实现企业跨越式发展，努力向成为全球新能源设备制造领域一流企业目标迈进。

华仪的发展受到很多政府领导人的关注，从县市政府到省政府，到国家领导人，都曾经来华仪进行视察，指导华仪的生产发展工作。华仪成立20多年，曾多次获得政府表彰。2009年，华仪更是被浙江省人民政府认定为浙江省工业行业龙头骨干企业，成为政府辅助企业转型升级的重点对象之一。

六、展望和结语

伊查克·爱迪斯用了20多年的时间研究企业如何发展壮大和老化衰亡，他在《企业生命周期》一书中详细描述了自己的研究成果，他认为企业存在生命周期。在他的理论中，将企业分为孕育期、婴儿期、学步期、青春期、壮年期、稳定期、贵族期、官僚化早期、官僚期、死亡期10个阶段。我国学者李业在此基础上对西方的企业生命周期理论进行了部分修正，认为可以将企业销售额作为纵坐标，以时间作为横坐标表示出企业生命周期曲线。

在考察华仪的主营产品（高压电器产品）过去三年的销售收入后，我们发现其增长率较低，判断企业处于稳定发展阶段。但考虑到我国高压开关设备行业在未来较长时间内将仍保持年均20%～30%的增长率，华仪在高压电器行业仍有很大的发展潜力，因而我们基本可以将华仪简单地归为正在发展的壮年期，并在将来迈入稳定期。然而，华仪入主风电行业，成功跻身为风电行业设备制造商之一，较大程度地改变了其原有的生命周期曲线。据专家预测，到2010年年底，我国实际风电装机容量可能达到2500万千瓦，发电量可能达到240亿千瓦时；2020年我国实际风电装机容量可能达到5000万～9000万千瓦，发电量可能达到1000亿～1800亿千瓦时。这就意味着在未来很长一段时间里，我国对风电设备的需求仍将保持强劲的增长势头。因为风能行业属于无污染的新能源行业，受到国家风电产业政策的大力支持，未来发展潜力大。2009年，风电机组销售收入增长895.61%，正处于快速增长期。多元化的成功改写了华仪的企业生命周期曲线，让华仪从壮年期重新回到了青春期。

最后，套用《三国志・吴书・周瑜传》中的一句话："恐蛟龙得云雨，终非池中物也。"我们期望华仪继续展示敢作敢为的胆识，诚信和坚韧的风骨，在经济全球化的挑战下，开疆扩图，傲视天下。

参考资料

艾尔弗雷德・D. 钱德勒．2002. 战略与结构．云南：云南人民出版社
彼得・德鲁克．2005. 企业家精神．北京：机械工业出版社
陈寿．2006. 三国志．北京：中华书局
伊查克・爱迪斯．1997. 企业生命周期．北京：中国社会科学出版社
W. 钱・金，莫博涅．2005. 蓝海战略．上海：商务印书馆

浙江工业大学浙江企业创新发展研究院　程惠芳　许凌燕

第十一章　中控集团技术创新与技术标准发展案例

浙商格言

◆“当今世界，只有在中国最有可能把梦想变成现实。”

◆“第一，我们要有自信；第二，作为领导，对部属和员工要充分信任；第三，要有一个长远的目标，这个目标可能你不敢说出来，但是在你的心里一定要有。”

◆“我们中控人的希望是不断创新，最大的满足是能为民族自动化工业做一些事情。”

——中控集团创始人　褚健

◆ 不靠技术，很难转型升级，因为自主创新是企业的生命线，只有模仿，那么企业就会在竞争中被无情淘汰。

——中控集团董事长兼总裁　金建祥

一、引言

钱塘饮马，铁板铜琶，唱一曲大江东去。钱塘江作为杭州的母亲河，跨湖桥先民开辟了新石器时代，创造了与河姆渡文化、良渚文化相媲美的史前文化，将浙江文明史整整提前了1000年。“楼观沧海日，门对钱江潮”，这是杭州自然环境的真实写照。杭州人与生俱来就具有一种勇于挑战、善抢机遇的弄潮儿品格，也使这片大地成为这条经济长廊的桥头堡和吴越文化的交汇地。

就在美丽的钱塘江畔，一家集自动化、信息技术与科研开发、生产制造、市场营销及工程服务为一体的国家级高科技企业，从无到有，不断壮大，形成了一支由博士、硕士（高工）及各行业佼佼者组成的富有活力、充满创新精神的精英团队，取得了业界一致认可的成绩。

中控科技集团有限公司（简称中控集团）现拥有9家子公司、1家研究院、17家分公司，员工人数2153人，其中博士后5人，博士、硕士共126人，大学以上学历员工占企业员工总数的92%。2008年实现产值17.5亿元。产品与技术广泛应用于化工、炼油、石化、冶金、电力等流程工业企业，以及智能交通、水处理、教育及数字化医疗等公共事务领域。

二、中控集团发展历程

中控集团创建于1993年，是集自动化、信息技术与科研开发、生产制造、市场营销及工程服务为一体的国家级高科技企业。从1996年开始，中控集团就和浙江大学先进控制研究所联合进行技术攻关，解决了工业以太网通信通道1∶1热冗余的关键技术，并率先在集散控制系统中实现产业化应用。2000年，中控集团和浙江大学先进控制研究所再次联合，针对工业以太网实时通信技术、网络安全技术进行技术攻关，并锁定目标为制定EPA（ethernet for plant automation，是一种基于工业以太网的现场总线解决方案）标准。

2002年4月，在北京召开的IEC/TC65（国际电工委员会第65技术委员会）年会上，中控集团首次提出应制定工业以太网标准的建议，但遭到了拒绝。原因是当时国内还没有自己的现场总线技术，并且在标准化方面，被国外大公司长期技术垄断。在一片质疑声中，由中控集团牵头，联合浙江大学、中国科学院沈阳自动化研究所、上海工业自动化仪表研究所、重庆邮电学院、大连理工大学、清华大学、上仪股份等22家国内高等院校、科研院所、高新技术企业，联合组成了EPA标准工作组，共同承担自主创新的EPA标准化项目，开始了漫长而艰苦的课题攻关。

2003年，中控集团完成了EPA标准征求意见稿，并且基于EPA的控制系统首先在化工生产装置上获得成功示范应用验证；随后，在国家标准化管理委员会（简称国标委）宿忠民、刘霜秋等领导的大力支持下，中控集团的专家代表中国向IEC/SC65C/WG11推荐中国的EPA实时以太网标准。虽然，在第一次向国际会议提交EPA标准时，中控遭遇了“不受理”的闭门羹，方案被否决，连介绍一下的机会都没给，在之后的几次会议中，也曾遭到西门子公司等专家的拒绝与质疑，但是，中控专家在国标委的支持与协助下，仍继续与IEC/SC65C官员沟通，积极与施耐德、横河等公司交流，联合法国、德国的有关代表。2003年8月，在西班牙首都马德里召开的IEC/SC65C/WG1工作组会议上，中控专家联合法国、加拿大、日本、澳大利亚、意大利等国的专家们对实时以太网应用行规限定范围提出了质疑，以EPA工程应用事实和照片据理力争，经过激烈的技术辩论后，标准起草工作组同意考虑包括EPA在内的其他实时以太网协议。中控集团实现了EPA标准的第一次突破。第二次重大突破是在2004年1月，在法国召开的IEC/SC65C联合工作组会议（RTE第2次会议）上，再次经过激烈讨论，会议一致通过将包括EPA在内的6种以太网技术作为IEC的PAS（公共认可规范）文件出版，前提是必须进行国际大会投票表决通过。这标志着EPA初步进入国际标准体系。

2005年3月初，EPA PAS提案以95.8%的赞成票，远远超过了IEC标准化程序规定的50%赞成的要求，被发布为IEC/PAS 62409标准化文件。2005年12月，在美国凤凰城的IEC/SC65C/WG11、MT9联合工作组会议上，EPA实时以太网技术标准，通过IEC的审查，作为第十四类型列入现场总线国际标准IEC 61158（第四版）。最终，

2007 年 12 月 14 日，EPA 国际标准正式发布出版，成为我国工业自动化领域迄今为止第一个被国际标准化组织接收和发布的国际标准。

在 17 年的发展历程中，中控集团先后被认定为首批国家创新型企业、国家级企业技术中心、国家 863 计划产业化基地、国家火炬计划重点高新技术企业、国家规划布局内重点软件企业、国家级博士后科研工作站、全国企事业知识产权示范创建单位，连续六年获中国软件产业最大规模前 100 家企业，集散控制系统获高新技术产品中的首批中国名牌产品称号；SUPCON 商标被认定为中国驰名商标。

中控集团自主创新历程如图 11.1 所示。

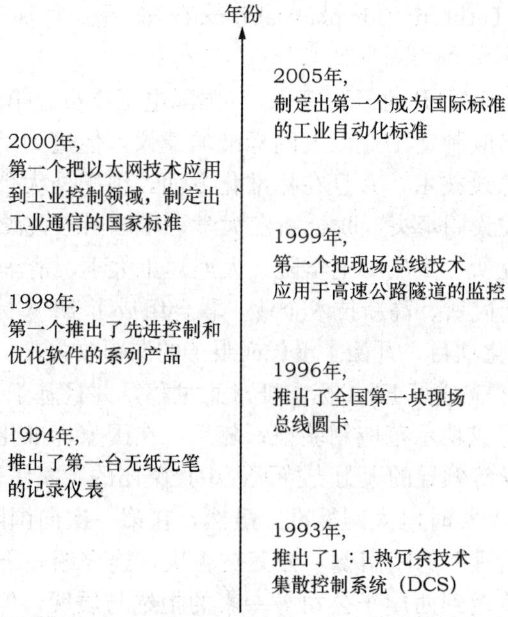

图 11.1　中控集团自主创新历程

三、自主技术创新与技术标准发展

中控集团的技术创新与技术标准实现互动发展。坚持创新理念，通过创新体系的持续建设，中控集团不仅已成为拥有自主知识产权的制造控制系统系列产品的领先企业，还将致力于更高要求的产品规范化和标准化工作的开发研究。

中控集团制定并实施企业技术标准战略，积极按照计划开展系统性工作，从新产品的研发、工艺过程、原材料标准化、专利标准化等方面下工夫，取得了十分明显的成效，尤其是积极参与国际、国家标准制定工作，不断深入开展 EPA 技术的国际国内合作。中控集团共主持制定了国际标准 1 系列 5 项，并将自主核心专利写入国际标准；主持或参与制定了国家标准 5 项；推荐了 1 名专家参加 IEC 工作，8 名专家参加 TC124、TC159、TC231、TC338 及其分委员会工作。中控承担了 TC124/SC8（全国工业过程测量和控制标准化技术委员会智能记录仪表分技术委员会）的秘书处工作，是 TC124 下唯一落户在企业的分委会。

在中控集团的发展过程中，技术人员非常注重产品的完善，注重精品的铸造。几年来推出了各种型号的升级产品，各种软件版本更是层出不穷。在增强产品功能、完善产品设计、美化产品外观等方面，为铸造出精品而作出了不懈努力。由于产品的可靠性和稳定性，中控品牌迅速深入人心，集散控制系统获高新技术产品中的首批中国名牌产品称号；SUPCON 商标被认定为中国驰名商标。中控科技集团的技术创新、技术标准与品牌建设互动路线图如图 11.2 和图 11.3 所示。

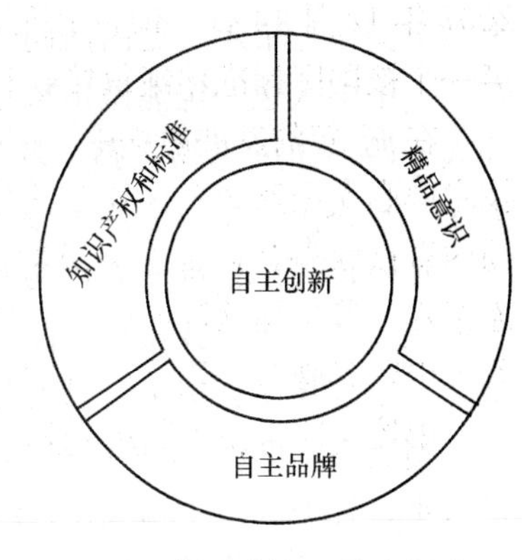

图 11.2　技术创新、技术标准与品牌建设互动图

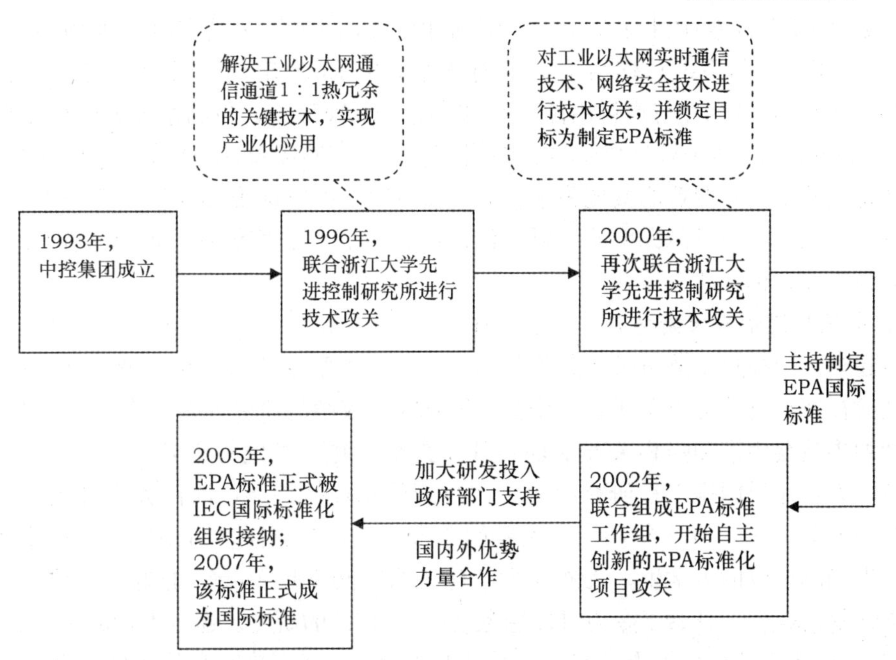

图 11.3　技术创新与技术标准互动发展路线图

四、企业家风采

1. 中控集团创始人——褚健

褚健，浙江大学副校长、教授、博士生导师，中控集团创始人，浙江大学与日本京都大学联合培养的博士研究生。1993 年，褚健刚刚从日本留学归国，一批浙江大学的青年教师和学生聚集在一起，响应国家产学研相结合的号召，决定成立公司，搞自动控制系统和其他自动化产品的产业化。20 万元借款和浙江大学的几间办公室，就是创业初期的中控集团拥有的资产。当年，国内自动化控制系统、自动化仪器仪表基本

上被美国霍尼韦尔、德国西门子等国外公司垄断。他组建公司时就提出外国人能做的东西，中国人也一定能做出来，中国要有自己的“霍尼韦尔”。就这样，褚健带领着中控人开始了逆风飞扬之路，环境再差、工资再低，都挡不住这些年轻人的拼搏钻研。大家常常为了攻克一个技术难题，在实验室里工作到深夜。这种刻苦钻研的精神使得中控集团走过了艰难的创业初始期。10 多年来，中控集团将科技创新作为企业发展的生命线，在科研—技术—产品—产业化这样一条道路上不断探索、不断前进着。通过努力，中控集团创造了自己的品牌和核心竞争力，已经成为行业代表性厂商。

褚健在 1993 年主持研制出我国第一套采用 1∶1 热冗余技术的 DCS，达到国际先进水平；1997 年主持研制出具有国际水准的基于 HART、FF、PROFIBUS 等多总线集成的分布式网络控制系统。研究成果获得国家科技进步二、三等奖各 1 项和浙江省科技进步一等奖 3 项。

褚健是 EPA 标准项目总设计师，原创性地提出 EPA 工业实时以太网通信技术，并设计了 EPA 控制系统总体结构，原创性地提出 EPA 确定性通信与实时通信（ZL 03142040.0）、高可靠性与高可用性（ZL 200410042985.0）、控制系统大规模结构设计（ZL 03129001.9、ZL 03141423.0）、网络安全（ZL 03129001.9）等发明点的技术路线，并是这些主要发明点的共同发明人，也是 EPA 国家标准 GB/T20171－2006 的第一起草人。在该项技术研究中的主要工作是：EPA 总体方案设计、EPA 关键技术路线的设计与把关、标准的编写。

2. 中控集团董事长兼总裁——金建祥

金建祥，中控集团董事长兼总裁，毕业于浙江大学工业自动化专业。从 1990 年开始，金建祥就一直致力于工业自动化及智能化仪器仪表的研究开发工作，1993 年 3 月，国家计划委员会为了加强相关技术创新开发力度，并及时把科研成果向产业辐射，决定在浙江大学建设国家工程研究中心。在政府的积极扶持下，浙江大学开始了中控集团的初期筹备工作。1993 年，作为主要创始人之一，金建祥参与创建了中控集团，他带领一批刚刚毕业的大学生，在浙江大学化工系一间不足 10 米^2 的地下室里，利用一些非常简易的设备，开始了令人难以想象的 DCS 难题的研究。通过大量的试验、实践，终于在 1993 年创造性地提出了实现计算机控制系统 1∶1 热冗余技术的七项准则，并成功地应用于 SUPCON JX－100DCS 中，填补了国内这一领域的空白。浙大中控 DCS 的出现，打破了国外产品对这一自动化领域的垄断，国货与洋货的价格也从最初的 1∶3 迅速下降至 1∶1.2，国内用户无不拍手称快。对于这一段创业初期的回忆，金建祥也是深有感慨：“处于恶劣的境地，处于毁灭的边缘，只有勇敢的创造才能成就我们自己！”

金建祥非常注重企业创新能力的培养。他认为，自主创新是一个企业生生不息的生命线，也是一个企业的各方面能力及综合实力的体现。启动创新、持续创新，企业才会有更大的发展。企业要在市场上与国外企业抗衡，关键是要有自主知识产权的核心技术。多年来，中控集团总裁金建祥带领他的研发团队，共申请和获得中国专利 146 项，其中发明专利 97 项，软件产品登记 101 项，软件著作登记权 90 项，主持制定 1 项具有自主知识产权的国际标准，参与制定5项国家和行业标准，承担并出色完成了多项国家“863”计划和科技攻关重大课题，其中有11项科研成果获得国家和省部级奖励。在中国工业自动化及智能化仪器仪表研究领域，中控人书写了辉煌的一笔，赢得了社会的尊重。金建祥是EPA标准项目负责人，负责组织并参与EPA系列关键技术解决方案的制定、开发验证与应用推广，是EPA确定性通信和实时通信（ZL 03142040.0）、高可靠性与高可用性（ZL 200410042985.0）等发明点的共同发明人，是EPA国家标准GB/T20171－2006的第二起草人。

五、企业展望

中控集团以工业控制技术国家重点实验室和浙江大学先进控制研究所长期的科研积累为技术支撑，充分利用浙江大学多学科的综合优势，以自身雄厚的科研实力、广泛的科技交流和超前的科技产业意识，及时了解和把握自动化技术的发展态势，始终站在自动化技术的前沿，保证了国内工业自动化领域的综合优势地位。中控集团在“以市场为导向，以技术创新为动力”理念的指导下，致力于追踪国际前沿科技，强化企业自主创新，将来一定能够成为最出色的综合自动化整体解决方案供应商，将“SUPCON”与“浙大中控”打造成国际工控界的著名品牌。

六、结语

曾经，以打造中控民族品牌为愿景，中控集团义无反顾，在艰难中起步。如今，中控集团以“产业报国”为己任，“发展高科技、实现产业化”，“以信息化带动工业化，用高新技术改造传统产业”为不懈追求，始终坚持“以市场为导向，以技术创新为动力”，不断地研究开发出具有国际先进水平的高技术产品。在产品和技术领先的同时，中控集团还力求在市场营销、售后服务、媒体公关等方面齐头并进，在产品的持续改进方面精益求精，努力实现“跻身世界自动化强者之林”的奋斗目标。

参考资料

彼得·德鲁克. 2007. 创新与企业家精神. 北京：机械工业出版社
李海军. 2003. 变革求生存 创新促腾飞. 电气时代
佚名. 2006. 中行天下控制未来. 可编程控制器与工厂自动化（PLC FA）
约瑟夫·熊彼特. 2008. 经济发展理论. 北京：北京出版社
张万英. 2004. 振兴民族自动化工业 引导中国自控科技. 电气时代

浙江工业大学浙商开放创新发展研究院　程惠芳　陆嘉俊

第二篇　电子信息行业龙头企业创新与转型升级案例

第十二章 海康威视数字技术自主创新与转型升级案例

浙商格言

◆“扎根浙江、放眼全球，努力工作，争取用3～5年的时间，实现100亿元的年销售收入，进入全球安防产业前三强，使海康威视公司真正成为一个世界级的企业、安防行业的航母，为浙江经济的转型升级和可持续发展作出应有的贡献!”

——海康威视董事长 陈宗年

◆“要做就做最好的，就要敢为人先。”

◆“品牌的本质是责任，这种责任建立起来不是一朝一夕能够完成的，十年八年对于一个品牌的营造来说太短了，静下心做事情很重要。”

◆“做企业，任何时候，都是如履薄冰，需要保持高度警觉，说胆战心惊一点也不为过。”

——海康威视总裁 胡扬忠

◆“人是最重要的资产，拥有独特能力的人才资源高于财力资本，要引进高端人才。”

◆“管理连接价值链，一个公司最重要的是技术和市场，要做到对对方的包容。”

◆“激励非常重要，体制是根本性问题，要处理好股权问题，让员工明白为谁而工作。”

——海康威视原董事长 郭生荣

一、引言

世界著名的贝尔实验室总部位于美国新泽西默里·希尔的，是晶体管、激光器、太阳能电池、发光二极管、数字交换机、通信卫星、电子数字计算机、蜂窝移动通信设备、长途电视传送、仿真语言、有声电影、立体声录音，以及通信网等许多发明创造和科学突破的诞生地。贝尔实验室造就了朗讯科技公司。朗讯科技公司是美国最大的通信设备制造商，其前身是著名的美国电报电视公司（AT&T），在20世纪中期几乎控制了美国通信业所有环节。

21世纪，在太平洋的彼岸——中国杭州，中国电子科技集团第52研究所则创造了杭州海康威视数学技术股份有限公司（简称海康威化）——中国安防行业的传奇。海康威视创立于2001年，历经近10年的高速发展，海康威视拥有业内领先的自主核心技术和可持续研发能力，提供摄像机/智能球机、光端机、DVR/DVS/板卡、网络存储、视频综合平台、中心管理软件等安防产品，并针对金融、公安、电讯、交通、司法、教育、电力、水利、军队等众多行业提供合适的细分产品与专业的行业解决方案。在短短10年的时间里海康威视，不但在北京奥运会、上海世博会监控方案上与国外监控企业同台竞技，更是以其自主创新的姿态高居国内视频监控企业榜首，其充满活力的创新研发系统，成为中国数字化监控产业的创新模板。

从2005年起，海康威视一直位列中国安防50强的第1位，2008年，海康威视已经是全球最大的数字监控录像设备制造商；2005～2007年，连续3年入选德勤中国高科技、高成长50强；2006～2008年，连续3年入选福布斯中国潜力100榜；2008年，已是中国软件收入前百家企业。2009年，实现销售收入超过20亿元。2010年，名列IMS全球视频监控企业第5位、DVR企业第1位；连年入选国家重点软件企业、中国软件收入前百家企业等。海康威视是中国领先的综合监控产品供应商，致力于不断提升视频处理技术和视频分析技术，面向全球提供领先的监控产品、技术解决方案与专业优质服务，为客户持续创造最大价值，海康威视已经成为中国安防行业的龙头企业、国际知名企业。

二、海康威视的发展历程

海康威视是中国电子科技集团公司第52研究所的控股公司，创建于2001年11月。然而，52所对安防市场的调研和探索，始于20世纪90年代末。1997年夏，杭州市工商银行解放路支行的闭路电视监控工程项目要求使用数码监控产品，52所参与了方案设计。虽然项目最后没有使用数码监控产品，但是研究所却发现该项目市场潜力巨大，并积极组建研发小组对数码监控市场以及相关产品进行了细致的调研分析。在1999年年底，52所基于对数字监控产业发展趋势的分析，充分利用自身掌握的存储技术、嵌入式技术和引进的数字音视频编解码技术，开始研发第一代数字音视频监控产品——压缩版卡，逐步进入数字音视频监控领域。美国“9·11”事件以后，全球监控市场需求快速增长，52所迅速积聚最优秀的科技人才，并整合当时最先进的MPEG-4编解码技术成立了海康威视，新一代基于MPEG-4编解码技术的产品迅速推出，一举占领市场制高点。在随后的一年里，海康威视研发人员在消化MPEG-4技术的基础上，自主研发了当时国际上最先进的H.264编解码技术，并在国内首先推出了基于H.264编解码技术的数字音视频监控产品——数字硬盘录像机，进一步确立了行业领先地位。

以“技术和研发”作为立身之本的海康威视，提出了“每年推出一代新产品”的研发目标。在目标的不断实现过程中，也不断保持了公司的技术优势。经过多年的积累，海康威视已经成为数码监控行业的代表性企业之一，压缩板卡、硬盘录像机和视频服务器等核心产品在中国市场的占有率达到50%以上，并连续几年稳居前列。其中板卡在金融市场占80%，DVR在金融市场占60%的份额。2008年，为了满足安防市场多样化的需求变化，为用户提供更多的选择，海康威视进一步扩充产品线，进入前端产品领域，并在国内竞争异常激烈的前端产品市场取得了初步的成功。海康威视也实现了从单一监控产品制造商向综合型监控制造商，监控产品解决方案供应商的转型。

海康威视的营销及服务网络覆盖全球，目前在中国内地28个城市已设立分公司，在洛杉矶、中国香港、阿姆斯特丹、孟买、圣彼得堡和迪拜也已设立了全资或合资子公司，并将在南非、巴西等地设立分支机构。公司目前产品已销售至全球100多个国家和地区，并作为高端品牌首选服务于众多重点应用场所，如德国世界杯、伦敦地铁、美国一号高速公路、汉堡王连锁、青藏铁路、北京奥运会（包括“鸟巢”在内的30多个场馆）、天安门国庆大阅兵、上海世博会等。由于公司业务持续高速发展，海康威视连年入选德勤中国高科技、高成长50强，德勤亚太地区高科技、高成长500强，连续第三次入选《福布斯》中文版中国潜力100榜。“专业、厚实、诚信、持续创新”的海康威视，稳健踏实、追求卓越，矢志成为一家受人尊敬的、全球卓著的专业公司。

三、海康威视创新与转型升级

熊彼特在企业的创新理论中提出的新组合包括五个方面的内容：①引进新产品；②引进新技术；③开辟新市场；④掌握新的原材料供应来源；⑤实现新的组织形式。从1962年成立的中国电子科技集团公司第52研究所到2001年的海康威视，自主创新始终贯穿其中。海康威视在企业经营过程中，注重技术、产品、市场、管理等一系列的创新，保证了企业创新活动取得良性循环的效果，促进了公司多年的高速发展（图12.1和图12.2）。

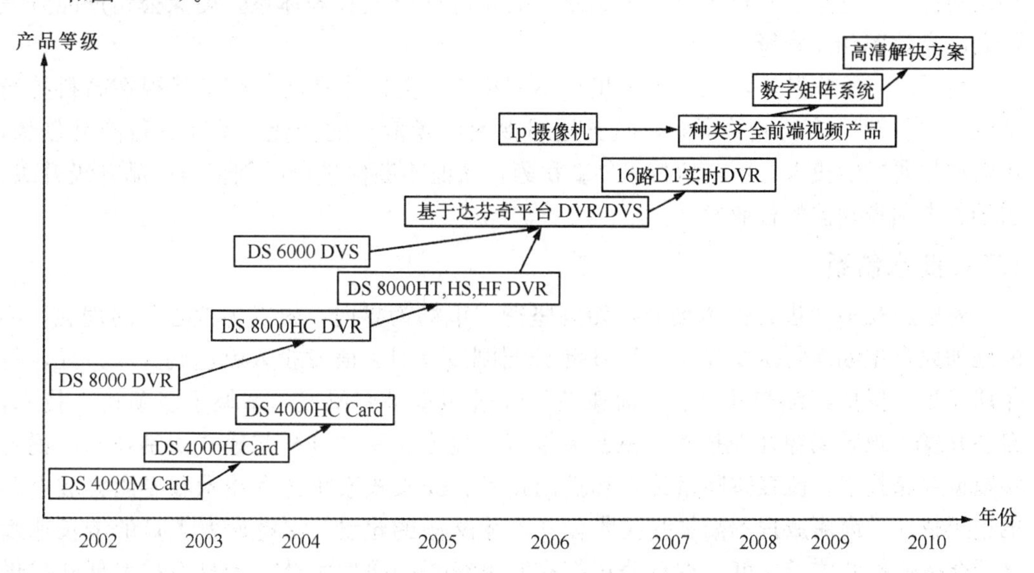

图12.1　海康威视创新发展路径

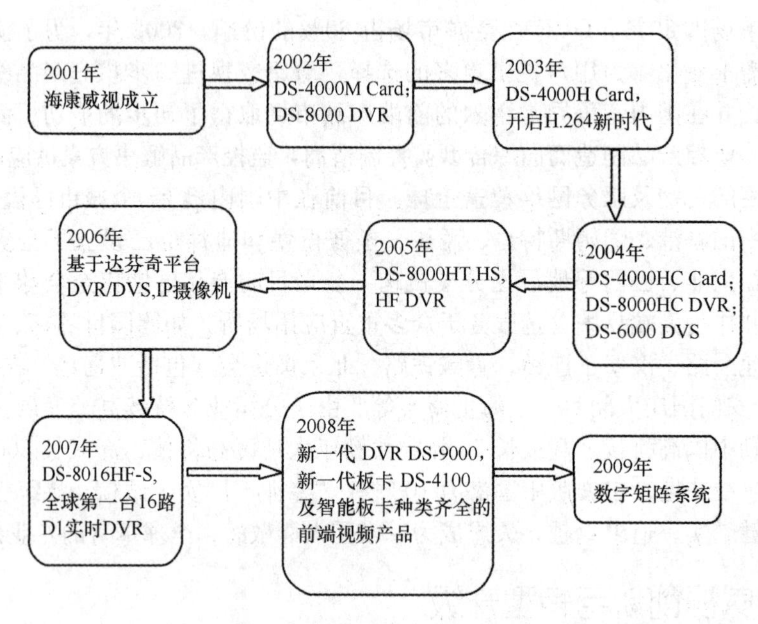

图 12.2　海康威视产品升级图

(一) 产品创新

安防视频行业是一个跨国公司垄断高端产品的市场。产品不断创新是保持竞争优势的有效途径。海康威视不断进行产品创新，不断拓展延伸前端和后端产业链，延伸产品线，实现视频监控前端产品的产业化的路线。同时，公司根据电子信息产品生命周期的特点，建立了“资源线＋产品线”的矩阵式研发管理体系，确保公司产品开发计划的高效率和高质量。

荀子曰，不积跬步，无以至千里；不积小流，无以成江海。海康威视在高科技行业以其对视频监控领域的了解，敏感地捕捉到市场信息的变化，不断进行产品创新，不断增加研发的投入，不断地技术创新积累，从而不断促进产品创新与产品升级升级，引领着中国视频监控行业发展。

(二) 技术创新

海康威视不断进行技术创新，始终坚持“市场为导向，研发为核心”的理念，不断地加大自主创新的研发投入。2001 年公司刚成立时，研发投入就达到 500 万元，每年研发投入保持持续快速增长。海康威视经过多年潜心研发，掌握了多项核心技术，自主开发了视频图像处理技术、视音频编解码技术、视频分析与模式识别技术、视音频数据存储技术、流媒体网络传输和控制技术、嵌入式系统开发技术和专用集成电路的应用技术。海康威视不断加强技术创新人才队伍的建设，保持研发人员的增长速度高于企业规模的增长速度。现在公司拥有实力很强的研发团队，为自主技术创新提供了人才支撑。

海康威视技术创新取得突破性发展，如全球首家实现监控产品 H. 264 压缩算法；

全球首家实现编码同时进行移动侦测；全球首家实现动态调整编码参数及双编码技术；全球首家实现字符叠加、区域遮挡、数字水印技术；全球首家实现 DVR 和 DVS 统一合一的嵌入式硬盘录像机；全球首家提出并实现双平台数字矩阵概念；全球首家推出数字视频矩阵系统等多个“全球第一”。申请专利 110 项，其中发明专利 61 项，申请软件著作权登记 58 个。技术的领先为海康威视能够持续快速发展奠定了坚实的基础。

（三）市场创新

海康威视不断进行市场创新，以市场为导向、消费者需求为出发点，对定制产品与服务差异化管理创新，成为海康威视市场开发的制胜法宝。对于高科技企业而言，取得各类标准的认证成为打开市场的第一张名片。海康威视全面执行 ISO 9001：2000 质量管理体系、ISO 14001：2004 环境管理体系，取得 RoHS 和 WEEE 环保认证。海康威视通过在全国各地设立分公司，来负责各地区产品的销售与服务。目前，海康威视已在全国设立了 27 家分公司，建立了覆盖全国的市场营销及服务网络。海外市场网络的建设也迫在眉睫，在海外市场竞争中，才能真正地磨炼产品的市场适应能力，提高品牌海外知名度。海康威视在 2007 年上市募集资金的一个主要用途就是建设海外营销网络，目前已在中国香港、洛杉矶、阿姆斯特丹、孟买、迪拜和圣彼得堡设立了全资或合资子公司。这样可以将海外业务中的部分装配、物流配送及技术服务环节前移到海外市场，缩短运输时间，提升运输效率，提高对客户定制需求和服务的及时响应能力，并通过售前技术服务及时把握国际市场变化趋势，在此基础上逐步实现本地化生产，提升国际市场开拓能力和竞争实力。

在品牌的建设上，海康威视以领先的产品技术、过硬的质量，一点一滴地为品牌夯实基础。海康威视的产品质量为其赢得了长期的合作伙伴，采购商对海康威视的产品普遍具有很高的忠诚度。除了产品为海康威视赢得的忠诚度之外，更为巧妙的营销模式也迅速地提升了海康威视的品牌。

海康威视自成立以来，一直都与广大合作伙伴保持紧密良好的合作关系。为更好地服务合作伙伴和最终用户，海康威视已经建立起中国安防业内最为庞大的营销和服务体系。目前的海康威视在国内 23 个城市已设有分公司。在中国香港、美国洛杉矶和印度等地设立海康威视全资或合资子公司。海康威视欧洲公司也正在筹建之中。在营销策略上，海康威视采取对于不同的市场，决定不同的目标价格。三级垂直服务体系已经初步建立，服务点分在各地分支机构中，基本实现了本地化服务（图 12.3）。

海康威视不仅在国内建立了完善的营销网络，通过参与项目的建设来提高品牌知名度，还通过在国外建立销售、服务分公司，为其海外市场的销售与品牌建设铺平大道。国内外市场的携手发展将是海康威视全球品牌的支撑，逐渐增多的海外分公司将使全球各地都看到海康威视的身影。

（四）管理创新

德鲁克认为：未来企业管理的目的不是建立一种固定不变的陈规，而是一种改变的制度，应使创新精神制度化，培养人的一种创新精神。管理要根据环境的变化，不

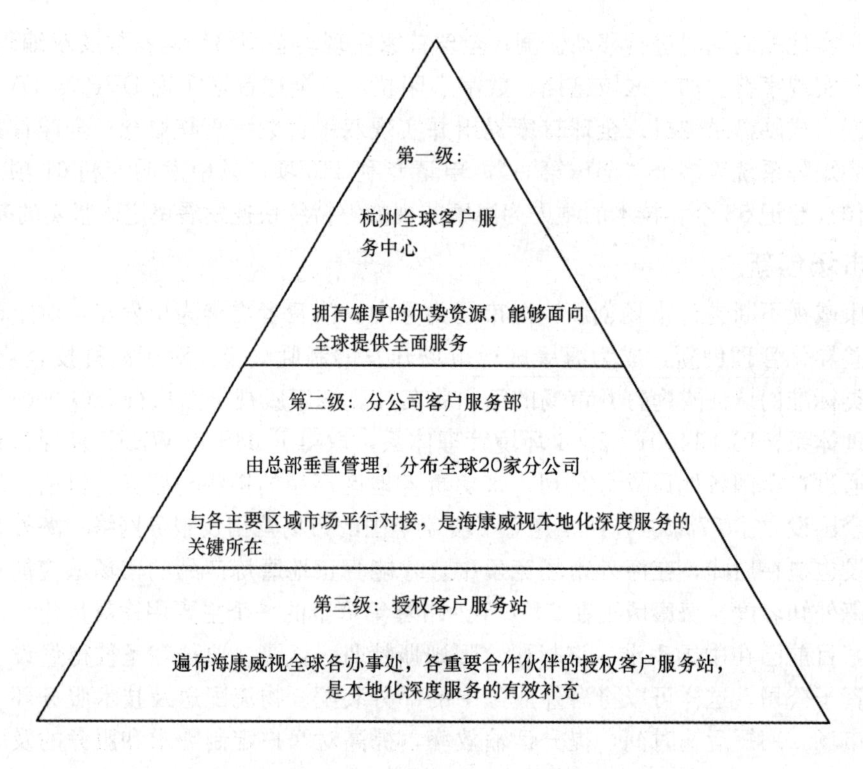

图 12.3　市场创新与市场体系

断地进行创新和变革。在信息时代，企业环境多变，只有坚持管理创新才能高瞻远瞩地控制企业发展的节奏并与市场大环境相合拍，占据企业发展的制高点。

海康威视一系列管理创新（图 12.4 和图 12.5）是其快速发展的基石。一是加强产品质量管理，视产品的质量如企业的生命。海康威视一直奉行“可靠性优先”的原则，并建立了一套严格的质量控制体系，并不断加以改进和完善。同时，海康威视的所有产品都要经过严格的可靠性测试，从而保证产品的高品质。海康威视全面执行 ISO 9001：2000 质量管理体系。公司的产品通过 UL、FCC、CE、CCC、C-tick 等认证。海康威视一直致力于质量管理以提高产品的品质。二是重视知识产权保护管理。对于一家技术型企业来说，知识产权无疑是其在市场竞争中的有力武器。早在公司成立初期，公司产品就被大量仿冒。为维护公司知识产权，海康威视进行了一系列诉讼并取得一定的成效。三是海康威视建立创新激励制度，建设扁平的研发管理体系，激励技术人才、管理层及员工创新，保持公司创新发展的动力。四是组织创新，海康威视建立以“市场为导向”和“研发为核心”为双核驱动组织架构，强化市场体系对客户服务、战略方向和资源规划的决策支撑能力。通过营销管理、研发管理、供应链管理等系统的高效运作，确保以客户满意度为导向的公司整体战略实施。

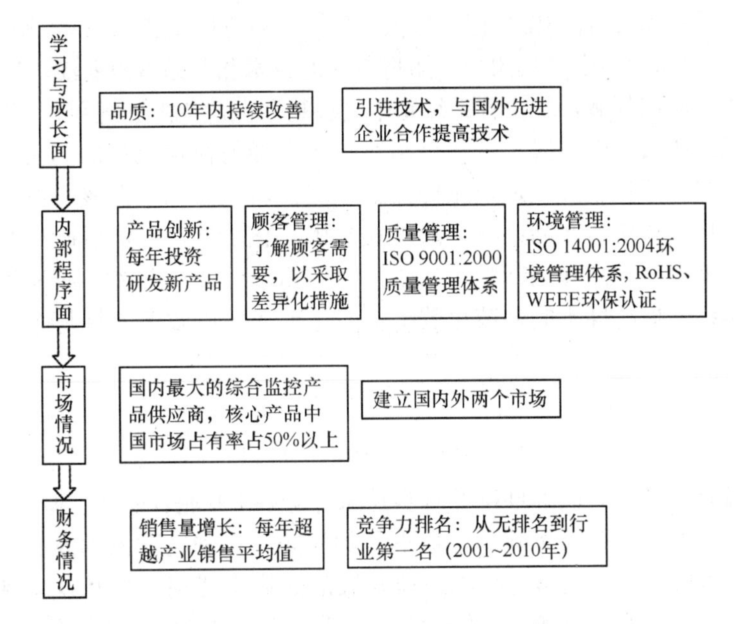

图 12.4　技术创新与管理创新互动体系

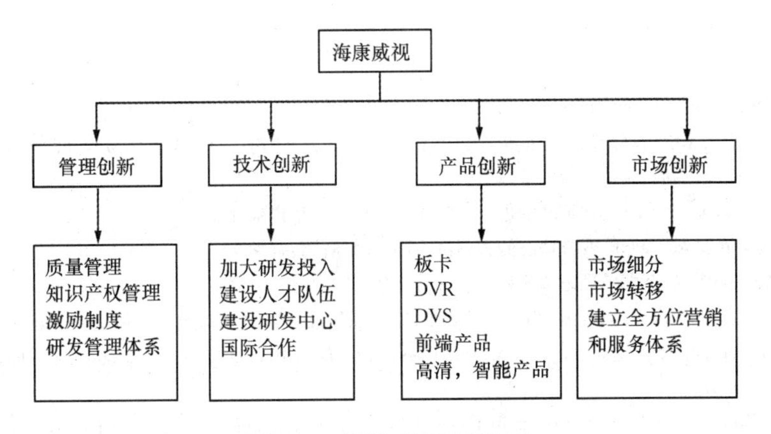

图 12.5　海康威视创新体系

四、政府支持

海康威视是高新技术企业，在发展的过程中一直受到各级政府的重视和支持。凭借持续开展科技创新活动，不断提高自主创新能力，海康威视被认定为“2007 年度国家规划布局内重点软件企业”，“2008 年国家火炬计划重点高新技术企业”。浙江省委、省政府将进一步加大对海康威视等高新技术企业的支持力度，促进更多自主创新的成果在浙江省转化为现实生产力。浙江省委书记赵洪祝在海康威视视察时指出：“希望 52 所及海康威视发挥品牌、技术、人才、资金等优势，加速推进在我省的国家数字安防产业基地、汽车电子产业基地建设，充分发挥其在经济转型升级中的龙头作用。”2010

年5月19日下午，浙江省委副书记、省长吕祖善一行赴中电集团第52研究所和海康威视调研提出：“希望中国电科集团公司能将更多的技术和产品落户浙江，52所不断集聚战略资源、扩大应用领域，尽快着手编制千亿级物联网产业发展规划和实施方案。”

海康威视的成长历史，揭示了一个高科技企业如何快速成长的奥秘。其企业创新与转型升级具有以下特点：一是企业持续的自主创新投入和掌握核心技术，拥有自主知识产权；二是差异化的产品策略，渐进式的国际化发展，以优质产品及系统解决方案为支撑的品牌建设及品牌国际化；三是建立“市场为导向”和“研发为核心”的双核驱动组织体系，提高科研成果转化效率。四是形成政府政策支持与企业创新发展的互动体系。

五、展望

海康威视成立以来，追求卓越的脚步从未停止。“专业、厚实、诚信、持续创新”的海康威视，矢志成为受人尊敬的全球卓著的安防行业和物联网的龙头企业。“十二五”时期我国将进入新一代信息技术快速发展的战略机遇期，为海康威视提供又好又快的发展环境，相信海康威视在不久的将来有望成为全球安防行业的领军企业。

参考资料

海康威视公司网站．www. hikvision com/cn/index. asp

李允尧．2009. 基于动态能力理论的企业持续成长机理．北京工商大学学报（社会科学版），(5)

罗崇敏．2002. 论企业创新．北京：经济日报出版社

王建，徐永德，王殿龙．2000. 企业创新的理论与实务．北京：新华出版社

吴晓波，徐松屹，苗文斌．2006. 西方动态能力理论述评．国外社会科学

约瑟夫·熊彼特．2008. 经济发展理论．北京：北京出版社

新华社．2010-10-27. 中央关于国民经济和社会发展十二五规划的建议．中央政府门户网站，www. gov. cn

Leonard-Barton D. 1992. Core capability and corerigidities：a paradox in managing new product development. Strategic Management Journal

Prahalad C K，Hamel G. 1990. The core competence of the corporation. Harvard Business Review

Teece D，Pisano G，Shucn A. 1997. Dynamic capabilities and strategic management. Strategic Management Journal

浙江工业大学浙商开放创新发展研究院 程惠芳 卢 慷 陆嘉俊

第十三章　横店集团创新与转型升级案例

浙商格言

◆“共创、共有、共富、共享为宗旨的横店社团所有制。”

◆“我当支书时曾许下诺言：要把横店建设得跟西湖一样美，这一理想已经或正在变成现实。我为此而欣慰，我还要加油。生命不息，奋斗不止。”

◆“横店山多荒坡多，由于土质差、自然条件不好，搞种植业成本高，得不偿失，更无法形成产业化。如何充分利用荒山荒坡资源，让它既产生效益又改善生态环境？广州街拍摄基地的建设，使一直苦苦求索的我们得到了很大的启发。如果把横店的一个个荒山坡改造过来，建成一个个适合拍摄各种影视片的外景基地，既有利于保护和改造环境，又可以促进影视文化产业发展，并能带动旅游和其他第三产业的发展，这是一举多得的好事，也是农村从实际出发的产业化的新途径。”

◆“横店没有什么历史遗迹，没有特别的自然风光，只能靠人工创造文化。”

◆“苦难童年，风雨青年，奋斗中年，成功老年，伤感暮年，劳碌终年。董事长会老，企业精神不会老。”

——横店集团创始人、原董事长　徐文荣

◆“几十年来，我们面壁只为图破壁，寻找机会，创造机会；我们路漫漫上下求索，锲而不舍，永不言败；我们不只图一己之安，一隅之富，更视整体繁荣、共同富裕为己任。这种精神，是横店集团从昨天、今天走向明天，不断发展的力量源泉。”

——横店集团董事长、总裁　徐永安

一、引言

东阳历史悠久，最早可追溯到距今6亿多年的寒武纪。那时，东阳溪流、湖泊众多，植被茂盛，是恐龙生活的理想家园。在1800多年前，东汉献帝兴平二年，也就是公元195年，东阳就已建县制，名吴宁，属会稽郡，公元688年，建东阳县，素有“婺之望县”的美誉。在历史上，东阳既强调崇文重教，又鼓励自强奋斗，使东阳成为人文荟萃、英杰辈出的“人才之乡”和“教育之乡”。古代有兵部尚书许红纲、张国维等，现代更有一代报人邵飘萍、物理学家严济慈、植物学家蔡希陶、教育家蔡汝霖。当代东阳则涌现出中国横店影视城创立者徐文荣等一批著名民营企业家，成为风云浙商的杰出代表。

30年前，东阳横店是一个总人口不过1.97万、建城面积2平方公里的半山区乡。交通不便且自然资源匮乏，长期依靠单一的农业收入，人均年收入不足75元。当时的人们都认为，除了延绵不断的荒山荒坡，横店没什么可以发展的。

改革开放以来，横店集团创始人徐文荣带领着一批热血青年在30年多时间里，开辟荒山，平整了不计其数的荒坡，将昔日的荒山变成一座繁华都市，建成了被称为“东方好莱坞”的横店影视城，横店走上了发展文化产业的道路，在横店这块平凡的土地上创造了一个新世纪的传奇。近年来，横店紧紧围绕“打造国际化横店”的奋斗目标，通过整理资源，整合优势，凭诚信求生，靠科技做大，仗品牌做强，不断推进电气电子、医药化工、影视旅游三大主导产业的健康发展，从而以“世界磁都”、“中国好莱坞”、“江南药谷”美誉，使横店集团在做大中做强，进一步提升了企业的核心竞争力。2008年，横店集团实现销售总额188.06亿元，完成利税17.18亿元，企业总资产达到201.79亿元，集团跻身中国企业集团竞争力500强、中国企业500强和全球华商500强。

二、横店集团发展历程

1975年，全国上下如火如荼地进行着社会主义新农村的建设，横店集团的创始人徐文荣高喊着“抓革命，促生产”的口号，在横店这个“出门看见八面山，薄粥三餐度饥寒”的小山村里开始了他的创业传奇。这一年里，他带领着横店大队办起了小五金厂、粉干厂、木雕厂、碾米厂、农具修理厂等小企业，并且个个红红火火。

1975年12月，因为国营丝厂的停工停产，造成了横店蚕茧积压，如果不及时用掉，很容易发霉腐烂，徐文荣不忍心让村民的辛勤劳动就这样化为乌有，于是带着5个农民子弟，用3000块钱创办了横店第一家企业——横店缫丝厂。由于经营得当，又恰好赶上了公社发展社队企业的改革春风，横店缫丝厂在开工的第一年就赚了6.7万元，第二年翻了一番多，达到15万元，第三年又翻了一番多，达到35万元。1978年，徐文荣又抓住市场短缺的机会，以缫丝厂为“母厂”，先后办起了针织厂、内衣厂、印染厂、化纤纺织厂等工厂。形成了未来横店集团纺织产业的雏形。

1980年，横店集团创办了横店磁性器材厂。在此后10年，徐文荣根据市场需求发展进行了“停一批，关一批，保一批和投一批”的调整措施，关闭了一批工艺老旧、市场饱和的工厂，先后投入2326万元进行技术改造和新上项目，使横店集团产业结构和产品结构跃升到一个新的层次。

1989年，横店集团进入医药化工产业，主要生产医药中间体、原料药等产品，为日后的规模化生产及向成品药发展打下了扎实的基础。成立浙江省首家民营企业集团——“浙江横店企业集团公司”。提出“高科技、外向型、多元化、集团化”战略。

1995，横店集团开始进军文化产业，办起了文化村、娱乐村、度假村等一系列的旅游景点，不过对于一个没山没水、交通闭塞的小山村来说，这些人造风景显然不足以对游客形成足够的吸引力。横店集团真正的转机是在1996年，当时谢晋导演为了迎接香港回归要拍摄《鸦片战争》，由于时间紧迫、工作量巨大，他找遍了大江南北，也没有找到一个合作伙伴。这时横店集团的徐文荣毛遂自荐找上了谢晋，承诺在3个月内，建造一个总面积6万多平方米，拥有120座各类建筑的“广州城”给他，两者一拍即合，横店集团迈出了打造影视基地的第一步。1997年7月1日，《鸦片战争》在全球公映，影片的反响巨大使得小镇横店时间名声大噪。横店集团迎来了第一批大规模的游客。

21世纪以来，横店集团重视资本运营，2001年8月，横店集团入主青岛东方，经过一系列的整合重组后，普洛康裕挂牌上市，2002年，横店集团开始筹备控股太原刚玉，在2004年通过借壳行动，控股太原刚玉。2006年8月2日，横店东磁成功在深圳中小板上市。“普洛康裕”、“太原刚玉”、“横店东磁”三家上市公司形成了横店集团旗下的三驾马车，为横店集团发展形成资本支撑体系（图13.1）。

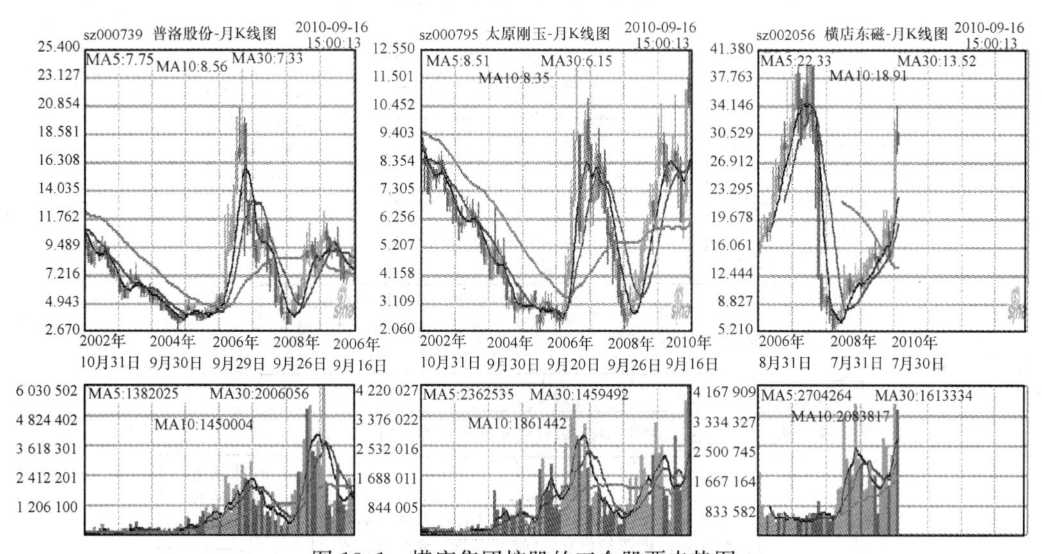

图13.1　横店集团控股的三个股票走势图

资料来源：http：//finance.sina.com.cn

2009年，横店集团召开新一轮经济大投入动员大会。横店集团影视产业转型升级，从提供影视基地的拍摄服务向影视产品的生产延伸。横店集团2002～2008年营业收入如图13.2所示。

进入21世纪后，横店集团发展进入多元化的发展阶段，企业加强文化产业发展和资本市场运营，寻求新的增长极、新的转型方向，为实现下一步的飞跃做好准备工作（图13.2）。

纵观横店集团的发展历程，我们可以发现横店集团就像个探索者，以一往无前的勇气向目标冲刺，这种敢为天下先的精神，坚持到底、永不后退的韧性成为创新发展转型的强大动力和能力。

横店集团的发展历程如图13.3所示。

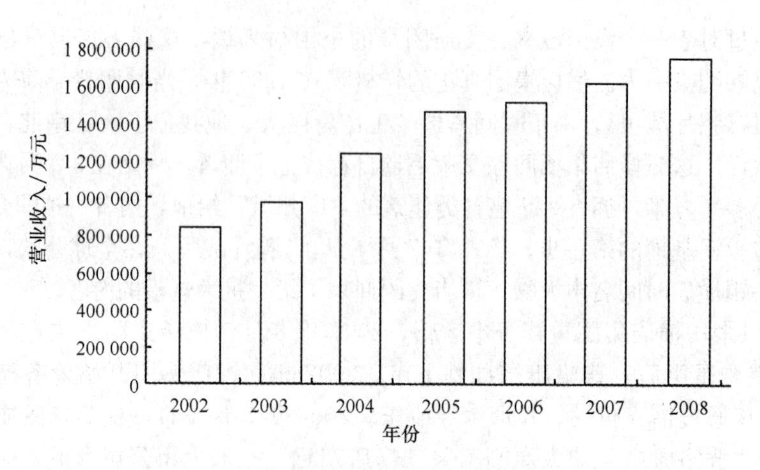

图 13.2　横店集团营业收入

资料来源：中国龙头企业网

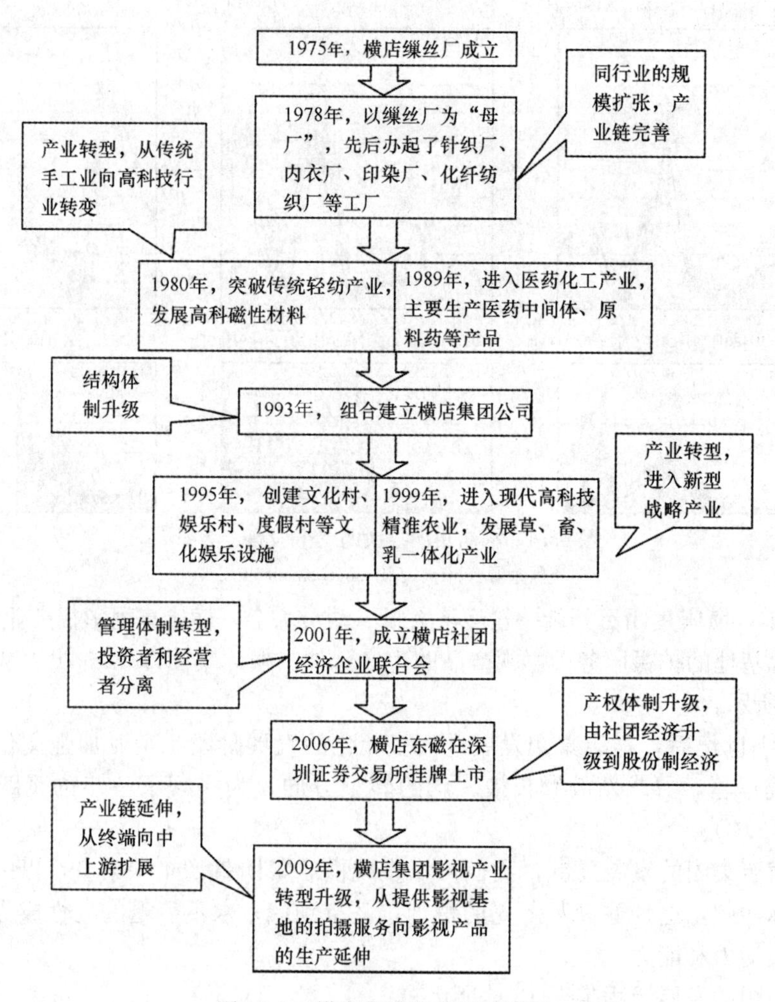

图 13.3　横店集团的发展历程图

三、横店集团转型升级路线图

横店集团的整个发展过程就是一部企业探索创新与转型升级的教材，无论是产权改革上还是产业转型上，它都以一个先驱者的身份记录了一个时代的变迁。

（一）产权体制改革与管理模式转型

“产权制度改革”又被称为“所有制改革”，简称“改制”。此概念为中国私有化运动中最“正统”和最普遍的提法。按照字面理解，产权制度改革应该包括所有权制度改革、经营权制度改革、处置权制度改革和收益权制度改革。并且，产权制度改革还应该包括公有企业的产权制度改革和私有企业的产权制度改革。但是，在中国私有化运动中，实际上产权制度改革就是指对公有企业进行私有化。

横店集团的产权改革起步非常早，并且步骤清晰、行动果断，很早地明确了企业产权的归属，避免了很多不必要的纠纷。

1984年11月22日，徐文荣在横店轻纺总厂的基础上，组建了横店工业公司，将企业的管理权完全掌握在自己手中，与镇政府实行了彻底的分离，开创了政企分开的先河。1988年，徐文荣拒绝乡镇府要他买下28家乡镇企业的请求，坚持着横店人自己的“公有制”，走独立自主的集体致富道路。这次的改革为横店集团未来的发展扫除了很多隐患，政企合作虽然能在初期给企业创造良好的发展环境，但在企业运作的后期很有可能会陷入一种政商博弈的僵局中，吴晓波在《大败局2》中述说的健力宝和科龙的案例就是两个血的教训，横店集团能在这么早意识到这个问题，并且果断抓住机会，坚决实行政企分开的决策，为横店集团后续的各项改革提供了良好的基础和平台。

1993年，徐文荣实行了他最为有名的所有制改革，创造性地提出了社团经济模式，以“共创、共有、共富、共享”八个字作为整个理论体系的宗旨和目标，具体来说，共创是前提，是指社团的每一个成员要通过自己的积极、主动、创造性的劳动来共同创造出日益增多的物质成果和精神文明成果；共有是基础，既然大家共同创造了财富，就应当是共同拥有这笔财富，没有共有就无所谓社团经济；共富是宗旨，这个所有制模式提出的初衷就是要大家一起致富，只有大家都富了，横店集团才能有一个更大的平台，才能有一片更好的发展空间；共享是横店社团经济的出发点和归宿，社团成员是物质和精神文化成果的共同创造者，理所当然，他们应当是共享者。这个模式将整个横店地区经济与横店集团紧密结合在一起，走出了一条由企业带动地区共同致富的道路。

这个模式有点类似于集体所有制，但相比起普通的集体所有制，它有一个非常鲜明的特点，就是集团的所有权属于企业的内部劳动者，与企业外的劳动者无关，而传统的集团所有制往往是企业所在的全体村民共同拥有所有权。也正是由于这个原因，横店集团实行了完全的政企分离，脱离了传统所有制下村镇行政长官是企业真正领导的困局，企业自身拥有完整的控制权。北京大学经济学教授周其仁对横店集团的制度创新作了深入研究后，说道：“对横店集团来说，公司的完整产权加上完全的控制权，是横店集团经营成功的关键所在。”

2001年8月17日，横店集团实施了增量股份制改革，实行了投资者与经营者的分离。徐文荣在深化社团经济改革大会上宣布，今后横店集团将以“存量资产不量化，逐步加大增量资产量化力度”的原则，对内深化分配制度改革，通过企业改制，逐步建立现代企业制度，实行多种形式的资本经营，发展壮大社团经济。这次的改革带领横店集团进入了一个新纪元，资本市场的大门从此为横店集团打开，横店集团发展的平台瞬时被提高了一个层次，以“打造国际化横店”为总体思路，以“用天下人，聚天下资，谋天下利”为经营理念，以“人力资源国际化，市场运作国际化，资本运作国际化，公司管理国际化，横店品牌国际化”为战略目标，横店集团借助资本市场的依托正式进入了它的“国际化”时期。

（二）技术创新与产业转型

企业的产业转型是企业转型升级的范畴，正如詹姆斯·马丁（James Martin）所言，转型就是公司为了适应环境、提高竞争力，从一条价值链进入另一条价值链，或者既是对公司彻底改造和重建的战略，或者是选择一种新业务类型的过程。

迈克尔·波特在《竞争优势》中对企业战略转型进行了定义，他认为企业的战略转型是企业转型的核心，是公司层面战略管理的内容，指企业在发展过程中，受内外因素的驱使而采取的重大战略行动，其目的是为了谋求企业的生存和持续发展，是对企业发展方向、目标、核心经营领域或地域的重大调整。企业的战略转型需要重新调配企业资源，并对企业的组织进行改造，形成新的战略和组织体系，达到外部环境、战略与企业组织之间的平衡，促进企业的发展。战略转型的核心内容是战略的方向性变化，包括业务方向的识别与业务运作战略的制定。业务方向的识别指企业要选择适合自己的业务领域，这个选择主要依赖两个方面的因素，一是产业的吸引力，二是企业自身的资源优势。而我们现在所说的企业产业转型就是企业战略转型的重要组成部分。

（1）从传统手工业进入高科技产业。1980年，横店集团开始突破传统轻纺产业，向高科技产业进军，发展高科磁性材料，筹建了横店磁性材料厂，那时的横店人对磁性材料行业可以说是一窍不通，完全是从空白做起。但就是这家公司，在10年后已经发展成为一家集生产、经营、科研、技术开发及信息服务为一体的全国磁性行业的龙头企业，从事永磁、软磁、塑磁、稀土永磁、扬声器、微电机、电容器、铝箔等14大类3000余种规格和品种的产品的生产，被誉为“中国磁都”。

从手工纺织进入高科磁性材料，是横店集团向高新技术产业迈出的第一步，在接下来的30年中，徐文荣喊着“非高科技项目不上”的口号逐步对企业进行改造，并发展了草蓄乳一体化的农业，机电仪一体化的工业和集投资、剧本创作、拍摄、后期制作、后产品开发等功能于一身的影视文化产业等，产业的转型带动了集团利润的直线上升，使横店集团走上了真正的致富之路。同时，在高科技的转型过程中，横店集团吸引了大批高素质人才进驻，整体提升了横店集团的人口素质，为横店集团的后续发展注入了强大的动力。

（2）发展文化产业。横店集团没有名山名水，也没有诞生过惊天动地的英豪伟人，根本不具备创办文化产业的先天条件。在1990年，当徐文荣提出要在横店搞旅游时，他遭到了一片反对声，但这个固执的“老爷子”依旧我行我素，硬生生在10年后，在横店这个穷山窝窝里造出了一个“东方好莱坞”，目前横店影视城接待游客700万人次，创造了近40亿元的收益，成为横店集团的骨干企业，“老爷子”用行动证明了他的选择是对的。很多年后，在被记者问道为什么会想起来在横店搞旅游时，徐文荣答道：“任何一项工业的寿命最多30年，需要不断地更新换代，进行革命。在我手上一共办过200多家企业，倒掉的有70多家。而文化产业，吃的是祖宗的饭，虽然很艰难，效益也未必能立竿见影，但这个产业肯定是万万年的。”

正是这个将持续“万万年”的产业使横店的知名度达到了一个空前的高度，文化产业体现出了它强大的经济效应，一方面，旅游以1∶5的带动性为横店创造了巨大的财富，另一方面，横店浓郁的文化氛围吸引了更多高素质人才的加入，“栽好梧桐树，引来金凤凰”，徐文荣创建影视城的最初目标已经实现，横店未来的发展前景也在这批人才的加入后变得更加美好。

两次转型创造了中国商业界的两个美谈，今天的“中国磁都”在产品质量和产量上均已居全国同行的首位，永磁铁氧体和永磁预烧料的生产量居世界第一，成为了全球最大的软磁铁氧体生产基地之一；而横店影视城戴着“东方好莱坞”的皇冠，每天吸引着成千上万的人来横店参观游玩，成为了中国大地上一道最亮丽的风景线。

（三）转型升级路线图

横店集团能取得今天的成就不仅仅是靠产权改革与产业转型，横店集团的转型升级是一个系统工程，产权改革、技术创新、管理创新、资本运作、人才培养等多方面需要系统推进，横店集团转型升级路线图如图13.4所示。

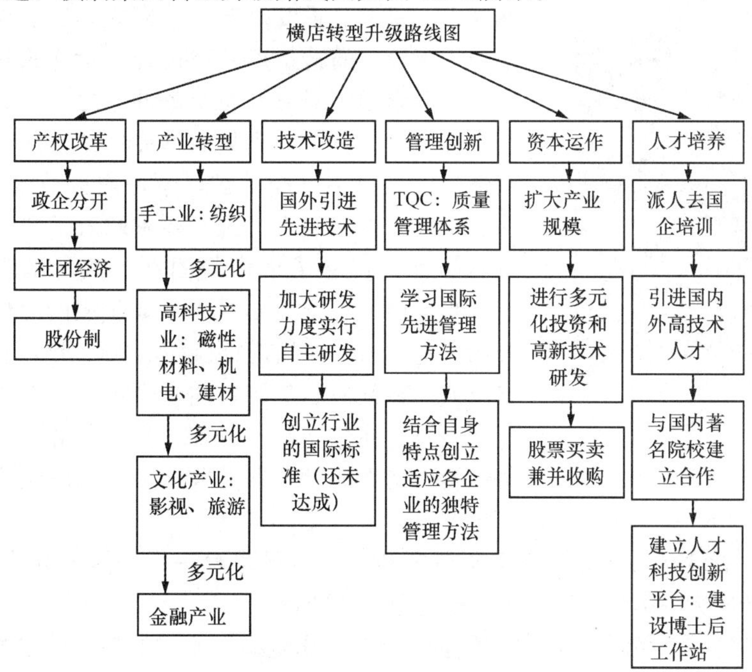

图13.4 横店转型升级路线图

正是产权改革、技术创新、管理创新、资本运作、人才培养等方面的共同作用才造就了今天的横店集团，横店集团深晓“木桶的容量是由最短的木板来决定的”。因此均衡发展，在稳定的前提下再进行个别方向的积极突破，创造了一个东阳乡镇企业的成功传奇。

横店集团转型升级能够取得今天的成功，靠的是中国改革开发的大机遇和大环境，靠的是企业家高瞻远瞩的战略眼光和正确决策。徐文荣能在大家一致看好“国家所有制”的时候搞“集体所有制”，能在手工作坊取得不菲效益的时候涉足高科技产业，能在工业发展得红红火火的时候转行投身文化产业，每一次的决定都是一个重大的转折点，都需要和当时的时代背景密切相连。准确把握经济大趋势、市场走向的能力使横店集团作出了一个又一个正确的抉择，这些抉择又铸造了横店集团的成功。

四、横店集团的创始人徐文荣

徐文荣，横店集团的创始人，没有他就没有今天的横店集团，他是横店集团发展的领军人，是横店集团发展规划的总设计师和决策者。虽然他拥有一大堆显耀的头衔——高级经济师、高级政工师，中国乡镇企业协会副会长、北京大学经济管理学院客座教授等，但是这位潇洒而谦逊的老人在自我介绍时用得最多的一句话就是“我只是一个农民”。徐文荣的这句大白话也道出了一代浙商的心声——农民的出身给了他们“穷则思变”的动力，农民的直率造就了他们百无禁忌改革理念和胆量，农民的坚韧给了他们“天不怕地不怕”的底气。

横店集团原董事长　徐文荣

1975年，年届不惑的徐文荣，带头在“出门看见八面山，薄粥三餐度饥寒”的横店办起了缫丝厂，提前迈入了历史的转折点。1980年，徐文荣在第一次听取了老乡李国宁对磁性材料的介绍之后，毅然决定进入磁性高科技行业，到处聘请专家来横店工作，同时派遣当地人员去国企培训，学习先进技术。1984年，徐文荣极力要求政企分开，要求政府不要干预企业的日常运作，扫除了横店集团在产权上的隐患。1990年，当其他人都全身心投入工业领域的时候，徐文荣开始就地取材，在横店搞旅游。2001年，徐文荣选好接班人，离开横店集团，同时带走了一起创业的6位元老，自此在徐文荣儿子徐永安的领导下，横店集团进入资本运作时期，兼并收购、金融股票成为横店的新一轮增长点。

2010年，徐文荣在影视文化旅游的基础上，开始培育一个中国古玩艺术品市场，为把横店打造成为中国收藏文化产业基地做好了准备。

徐文荣的每一个想法都显示出了他作为一个战略型企业家的独到的眼光。他过于超前的思维，使得他所走出的每一步都充斥着反对声、叫骂声，但徐文荣坚信自我，

“反正我照样吃饭，照样睡觉”。徐文荣这么说道。对于经济发展方向的准确把握和对未来市场需求的敏锐嗅觉，再加上一份要实施改革的坚定信心，徐文荣带来了一个又一个奇迹，创造了一个又一个神话。

早在20世纪90年代初，徐文荣就产生了要从事文化产业的想法，他在参观了无锡唐城之后发现，旅游的经济带动性很大，是一条能带动整个地区一起致富的捷径。徐文荣凭着一股热血，硬是在短短十几年时间里，在横店这片一无所有土地上建成了被称为“东方好莱坞”的横店影视城。徐文荣这份豪情壮志激励着一批批的横店人艰苦创业，他言出必行的做事风格更是将“脚踏实地”的种子播撒在了每个横店人的心里，他的那股流淌在农民血液里的坚忍不拔的精神成为横店人不断进取的不竭动力。

明星对于横店当地人来说，几乎已经不具有吸引力了，每天有30多个影视剧在横店拍摄，各式各样的明星在横店的大街上随意穿梭，跟普通老百姓几乎没有区别；但如果徐老走在大街上，大家都会立马围过去，打招呼、问好，陪老爷子聊天、逛街，众星捧月般将其围在中间，就像一堆超级粉丝包围着一个心目中最崇拜的偶像一般。

徐文荣以敢闯、敢冒险的精神，演绎了社会主义初级阶段市场经济第一代创业者的风采，他用极具前瞻性的眼光引导着横店集团成为了今天民营企业500强中的前三甲，他始终怀抱着一颗服务横店人民的心，为横店居民带来了丰衣足食的好生活，他在不断的奋斗过程中为横店人撑起了一片天。

五、结论

横店集团发展的最大的特点就是走在改革开放发展的前端，无论做什么都先于别的企业一步：最早实行政企分开，最早完善产权体制，最早一批进军高科技行业，最早进入文化产业……这体现了横店集团所做的决策规划具有无与伦比的前瞻性与战略性，能及时发现新增长点。换句话说，横店集团对企业转型的时机把握非常到位，能根据市场的需求及时实行转型，这是横店集团能取得今天这种成绩的最大原因。

横店集团从未放松过对企业技术创新及管理创新等核心竞争力的培养。技术创新是企业保持前进的原始动力，管理创新则是保证企业有效运作的重要前提，这两者是企业能够立足市场、拓展市场的根本。横店集团在实施多元化、资本运作、制度改革等战略时，始终保持着对技术和管理的巨大投入，并且维持逐年递增的趋势，使横店集团的核心竞争力得到不断的加强。

横店集团不断地在培养自己的文化。这个“文化”有两层次含义。一是横店影视城的影视艺术文化，通过20多年的积累，终于破茧成蝶，成为了享誉全球的旅游胜地，为横店集团带来了巨大的经济收入，同时形成了强大的品牌效应，吸引了一批批高素质的人才来到横店集团，为横店集团的下一步发展奠定了扎实的基础。二是横店集团的公司文化，徐文荣身体力行的模范作用加上集团每年的人才培训，将横店集团“锲而不舍，永不言败”的深深扎根到每个员工的心里，真正塑造了一批极具开拓能力的横店人。

六、未来展望

随着人们生活水平的提高，休闲娱乐在日常生活中占有越来越重要的地位，而横店集团高瞻远瞩地开发横店影视城，并将其打造成为一个国际性的品牌，不仅提升了横店集团的品牌价值，而且为横店集团下一步实现国际化战略方面打下了坚实的基础。

除了文化产业外，生物保健和新能源、新材料都是新一轮经济发展周期中极具发展潜力的行业，横店集团在多元化中选择以绿色农业发展草蓄乳一体化产业，以磁性材料发展高科技核心竞争力产业，为横店集团这艘民企航母装备上了最先进的发动机，只要横店集团能坚持在这些行业中执著前进，以影视城为核心提升品牌影响力，以磁性材料为核心打造企业实体经济支柱，以新型农业为核心开拓市场新方向，横店集团的明天将更加辉煌。同时，上市公司的资本运作也为横店集团的融资提供了发展的金融支撑，横店正走在通往成功的光明大道上。

七、政府支持

横店集团的发展改革一直得到各级政府的支持。现在的横店集团可谓是三驾马车并行，文化产业（横店影视城）、高科技产业（横店东磁）、资本市场（三个股票），正是它们支撑起了这个民企巨无霸，其中高科技产业和文化产业又是国家和浙江省委、省政府大力扶持发展的产业。

中共中央政治局2010年7月23日上午就深化我国文化体制改革研究问题进行第二十二次集体学习，中共中央总书记胡锦涛在主持学习时强调，深入推进文化体制改革，促进文化事业全面繁荣和文化产业快速发展，关系全面建设小康社会奋斗目标的实现，关系中国特色社会主义事业总体布局，关系中华民族伟大复兴。我们一定要从战略高度深刻认识文化的重要地位和作用，以高度的责任感和紧迫感，顺应时代发展要求，深入推进文化体制改革，推动社会主义文化大发展大繁荣。相信横店集团在文化产业发展大好环境下，一定能取得更辉煌的成绩。

八、结语

“长江后浪推前浪，一代新人换旧人”，当徐永安从他父亲手中接过横店集团的时候，横店集团便进入了一个崭新的发展阶段，新的战略规划、新的管理方法、新的发展模式，横店集团迎来了历史上最大的一次变革。如果换成其他企业，也许等待的将是一个漫长的阵痛期，但是横店集团——这个视变革为家常便饭的企业又何时害怕过变革，每一次的变革都是横店集团飞跃的契机，每一次的变革都酝酿着一个新的奇迹。它像一只浴火重生的凤凰，在每一次转型中升华，完善自我。从前如此，现在如此，将来也不会改变，横店集团已经习惯了变革，让我们一起拭目以待，一个全新的横店集团将屹立在中国大地。

参考资料

程惠芳，潘信路等．2010. 创新与企业国际竞争力．北京：科学出版社
高菲．2006. 横店集团的“好莱坞”之梦．声屏世界，(6)
横店集团．2005. 打造一流企业，实现跨越发展——横店集团东磁有限公司．中国磁性材料产业高峰论坛会
清廉喜．2004. “草蓄乳”一体化圆了农民致富梦——全国大型乡镇企业横店集团草业产业化纪实．中国乡镇企业，(1)
王强，葛一兵．2001. 办好企业，为民造福——记全国劳动模范，横店集团控股有限公司总裁　徐文荣．世界农业，(1)
徐文荣．2008-10-08. 一个农民一座城．西部金融投资网．http：//www.westfvc.com/News.asp? info=108&id=15089&page=1
张华，徐文荣．2008. 我只是一个农民．南方周末，(9)

浙江工业大学浙商开放创新发展研究院　程惠芳　冯　煜

第十四章　浙大网新科技创新与转型升级案例

浙商格言

◆“我有时夜不能寐，深深感到要有一种历史使命感。印度的大部分产业都不如中国，软件产业却远超我国，这是值得我们深思的。发展中国民族IT产业，是我们义不容辞的责任。”

◆“IT重在应用，但是也离不开我们背靠的浙大的技术优势和人才高地优势。我们不是完全的商业人士，我对我从事的IT业，有一种真正的使命感。”

◆“要打造一艘网络、软件业的航母，根底必须做得非常扎实，尤其是按照现代企业制度，从股权结构到管理体系都非常重要，这就是我所强调的形式的重要性。”

——浙大网新董事长　陈　纯

在自助西餐店，装上无线射频识别仪的旋转餐桌，能自动筛选出不够新鲜的食物并立刻将其清除；在服装店，试衣者只需读取衣服上的芯片，即可从装在镜子上的液晶显示器中看到不同的衣饰配搭；在就诊中，医生可随时调阅患者既往病例，保证医护一致而准确；在城市交通中，智能交通系统可提前预测交通流量，动态管理道路状况，缓解交通拥堵。这就是智慧城市的缩影。

浙大网新科技股份有限公司（简称浙大网新）构筑的“绿色智慧城市”已初露曙光。在智慧城市中，IT融入各行各业，人们可以尽享便利生活，与环境和谐相处。浙大网新是以浙江大学领先综合应用学科为依托的信息咨询与服务集团。10年时间，浙大网新主营收入从12亿元到逾50亿元，员工人数从1000人到近5000人，从1万平方米办公天地到近16万平方米软件产业园。旗下3家控股公司分别在上海、深圳、中国香港上市。公司稳居中国软件外包产业第二名，并连续6年被工业和信息化部评为中国软件收入十强企业。从国内到国外，从传统外包服务到综合垂直服务，从浙江制造到浙江智造，浙大网新智慧转型，稳健升级。

一、浙大网新10年：从web1.0到web3.0

2001年6月，当众多中国IT企业在互联网冬天的寒流里接受严峻考验时，素有“东方剑桥”之称的浙江大学却迎来了自己具有历史意义的一页：以浙江大学为背景和依托的浙大网新成立了。

（一）Web1.0阶段

浙大网新第一次重组后转入IT行业。成立伊始，浙大网新提出了专注于网络创新应用并发展成为网络创新应用领导者的战略目标。2002年，来自美国道富银行Lattice系统30万美元的业务成为浙大网新的“第一桶金”。同时，也让浙大网新成功地敲开美国东海岸那片富有而苛刻的金融服务领域大门，并成为浙大网新开展对美外包业务的起点。利剑未出鞘，锋芒却早已外露。在北美金融领域的一个突破，成为浙大网新的重要契机，也是浙大网新规模化发展的起点。

（二）Web2.0阶段

2004年，浙大网新提出“computer＋X”的发展宏图，将信息技术（computer）与行业（X）相结合，经过两次资产重组，浙大网新基本剥离非主营业务，将公司资源汇聚在IT服务领域，并对公司的业务进行新的界定。整装待发后的浙大网新形成了分销集成、应用软件、自有品牌产品三大基本业务及软件出口、机电工程、移动数据等以IT外包服务为重点的三大新增业务。2007年是浙大网新“国际软件工厂”的梦想照进现实的一年，浙大网新形成了规模化的大型信息系统和软件生产开发，在欧美和日本软件外包市场高歌猛进。

（三）Web3.0阶段

2008年，面临激烈的竞争和衰退的市场环境，浙大网新对软件外包业务进行大量的资源投入，完成了从多元化向IT专业化的发展转型。目前，浙大网新“computer＋X”业务包括服务外包和IT服务两项业务集群。浙大网新作为中国最主要的服务外包商之一，位居2008中国软件外包20强第2名，浙大网新的软件外包服务率先打入华尔街，在日本市场承接了一系列大刀阔斧的大型项目，软件服务品牌具有举足轻重的影响力。依托浙江大学的综合学科优势及网新集团相互倚重的产业格局的“高势能”平台，浙大网新实现从传统IT向IT协同服务的新跨越，致力于为关系国家中长期发展的“智慧城市”建设提供协同管理、协同服务、协同运营的全面解决方案。这张王牌是未来浙大网新作为IT咨询和信息整合服务提供商，在国内市场的最重要战略。十年风雨兼程，浙大网新勇立潮头，昂首向前（图14.1）。

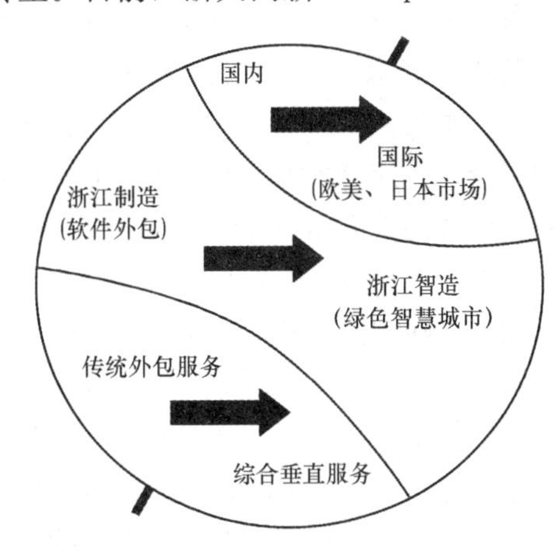

图14.1　浙大网新转型升级路径图

二、智慧转型，稳健升级——浙大网新的转型升级路径

（一）从国内到国际

古希腊著名科学家阿基米德有一名言：“给我一个支点，我就能够撬动地球。”浙大

网新是如何找到国际化支点的呢？作为杭州软件外包产业运营的公共服务平台，浙大网新软件外包示范园区以国内领先的硬件环境及产业集群效应，有序承接国际服务业转移，吸引国际高端客户的软件外包业务落户杭州。2007年，浙大网新与道富银行成立合资公司，道富银行占股49%。以专注于金融信息服务领域为主线，浙大网新开始在国内国际市场上排兵布阵，借助道富银行的资源和网络，依靠自身的实力和研发能力，与世界著名的基金管理公司、证交所建立业务联系，并通过并购方式快速进行全球扩张。2008年，浙大网新国际化战略取得突破，2008年年底成立网新美国，海外市场拓展正式启动。2009年上半年，浙大网新相继开拓了美国联合银行控股公司、汤姆路透集团等业务。

2010年7月2日，浙大网新进入美国医疗外包市场，旗下欧美外包主力企业Insigma U. S. Inc. 与美国最大私立医院之一 Marshfield Clinic 旗下医疗机构 Security Health Plan 签订了软件集成开发总包协议。

浙大网新在美国找到医疗领域新突破口的同时，在日本市场的动作力度也同样会同行望其项背。浙大网新与JASDAQ上市公司株式会社SOLXYZ签订《业务及资本协作合同》，建立了长期业务合作关系，携手为日本国内企业、在华日本企业提供软件开发服务及离岸外包业务。软件外包不仅仅依赖产品的输出，还必须要了解输入国的文化。收购日本公司股权让浙大网新真正融入到日本当地的文化之中。

（二）从传统外包服务到综合垂直服务

托马斯·弗里德曼在《世界是平的》一书中指出："经济全球化带来世界信息与服务业的重新分工，全球的国家和企业在认真思考他们各自的相对优势，思考他们可以利用的资源，思考他们在新世纪的生存和发展之路。"

浙大网新进军美国医疗市场，将以软件项目总包集成商的身份为客户提供核心管理平台、医疗管理等一系列软件集成开发服务，以取代其现有系统。这标志着其从传统外包服务提供商摇身转变为专注于垂直行业的综合服务提供商。同时也彰显着发包商对浙大网新综合服务能力和行业经验充分肯定。随着外包市场的竞争日趋激烈，外包服务公司很难在与同业的竞争中凸显特色，赢得有利的位置。此外，客户也迫切希望服务外包公司能提供更符合自身需求的外包服务。因此，外包服务公司通过掌握垂直市场所需的专业技术，从而切入垂直市场，为客户提供更为专业的服务。浙大网新以打造产业生态系统综合方案提供商为目标延伸现有产业链，其身份从传统IT解决方案与服务供应商转向提供综合外包解决方案与服务的供应商。专注于垂直行业的浙大网新将会赢得更多施展拳脚的发展空间。浙大网新延伸现有产业链，做深行业、做精产品、找准创新的突破口，形成自己的核心竞争力，为成为产业生态系统综合方案提供商而大步向前。

（三）从浙江制造到浙江智造

英特尔公司总裁安迪·格罗夫说过："创新是唯一的出路，淘汰自己，否则竞争将淘汰我们。"企业升级就是创新的过程。我国软件产业发展的一大瓶颈就是处于产业链低端，利润率低，急需向产业链高端发展。浙大网新无疑走在了国内大多数企业的前列。浙大网新的转型是以在创新研发上的核心优势为基础的，展现了浙江制造到浙江智造的华丽嬗变。

智慧城市不是城市信息化和数字城市的简单升级，而是一种螺旋形的发展。智慧城市以城市可持续发展和民生核心需求为关注点，将先进的信息技术与城市经营服务结合，在智能和互联的基础上更加强调协同。浙大网新综合了多年来其在国内智能监控、智能传感器、网络基础设施、IT 协同等领域累积的经验，提出了“智能＋互联＋协同”的“智慧城市”的概念，并将其作为未来在国内市场最重要的发展方向。这也是目前除 IBM 公司提出“智慧的地球”理念之外，国内唯一一家提出全套智慧城市解决方案的企业。浙大网新围绕城市可持续发展、城乡一体化发展、民生核心需求等社会热点，将互联网和物联网等先进信息技术与城市管理运营理念进行有机结合；实时收集、存储城市海量信息数据，构建智能化的城市 IT 基础架构；互联互通数据、交换共享资源、协同关联应用，为城市治理与运营提供更高效、灵活的决策支持与行动工具，为城市公共应用服务提供更人性化、更便捷的创新应用与服务模式，为现代城市运作绘制出一卷更安全、更高效、更便捷、更绿色的蓝图。

三、创新“智慧库”

杭州不仅有秀丽西湖，更有一块让梦想成真的热土。杭州市政府在提升服务外包国际影响力和打造现代化软件外包产业园区等方面发挥着助推器的作用。助推力之一是提供平台帮助浙大网新开拓市场。2009 年，杭州市对外贸易经济合作局通过实施“十百千万亿”工程，上下联动、政企合力，共同应对金融危机，帮助浙大网新开拓国际市场。助推力之二是帮助浙大网新获得项目和政策支持。在人才培训、通信设备、外包展会、出口软件等方面为浙大网新提供政策支持，如协调财政等部门，对美国道富银行、浙江大学、浙大网新联合举办的第九届金融服务国际论坛给予支持和资金补助。助推力之三是协助浙大网新推进服务外包示范园区的建设发展。对浙大网新服务外包产业示范园区内的相关企业给予支持；在为园区提供双回路供电、自备发电设备，实现不间断供电等方面提供支持。

除了拥有良好的企业成长环境，浙大网新的大步腾飞也离不开大量人才的支撑。人才是浙大网新的利剑。百年学府浙江大学是浙大网新坚实的“人才库”、“智慧库”。从企业的领头人，到普通技术人员，大多受过浙江大学等院校的熏陶。浙江大学为软件企业源源不断输送软件人才，一张张朝气蓬勃、充满激情的面孔，提升了浙大网新的创新能力。以软件企业为主体，以大专院校和科研院所为依托的新型产学研一体的技术创新体系，焕发着强大“生命力”。

浙江大学与浙大网新签订全面战略合作协议，双方每年科研合作的经费都有 1000 万元。在近 10 年中，浙大网新每年为浙江大学筹集 2500 万元资金，为浙江大学的技术成果转化提供产业化和市场服务。

软件产业是“求新”的产业。技术和市场瞬息万变，机遇稍纵即逝，软件企业必须持续创新，否则就会被淘汰出局。作为民营企业，浙大网新以灵敏的市场嗅觉、灵活的运行机制，加之身后雄厚的科研实力，牢牢把握住了创新这条“生命线”。

四、浙大网新董事长——陈纯

陈纯是浙大网新董事长，也是浙大软件与网络学院院长、计算机系主任、博士生导师，一个没有离开讲台的教授。他有着学者的务实风格和对一流技术的孜孜以求精神，也有着企业家把握商机的睿智与激情。

陈纯说："IT 重在应用，但是也离不开我们背靠的浙大的技术优势和人才高地优势。我们不是完全的商业人士，我对我从事的 IT 业，有一种真正的使命感。"

20 世纪 90 年代末，网络大潮在中国兴起，一大批早期的 IT 企业破土而出。其中，北大方正、清华同方、清华紫光等，凭借其北京大学、清华大学的"血统"，表现尤为耀眼。而在杭州，素有"东方剑桥"之称的浙江大学却十分平静，只有浙大海纳等几个松散的企业实体，这不禁令陈纯感到扼腕。浙江大学计算机图形学和计算机辅助设计实验室是这个领域内全国唯一的国家重点实验室。拥有雄厚学术研发能力和一流人才基础，却没有企业能将知识产业化，这就像一个捧着金子却置身事外的旁观者。陈纯笃信，浙江大学应该有自己的重量级 IT 企业，应加快计算机学科的成果转化，成为建设"天堂硅谷"的主力军。陈纯率领着浙大网新不仅仅具有仰望星空的眼界与气魄，还秉承脚踏实地的实干精神。他说："网新不空谈目标和理想，只注重一步一个脚印地往前走。"陈纯以一个学者的睿智和理性写下了浙大网新乃至浙江大学历史上浓墨重彩的一笔。

五、浙大网新智慧蓝图

21 世纪的第一个 10 年，科技变革，沧海桑田，IT 产业风云变幻。百舸争流勇者先。浙大网新高擎"打造软件与网络业航母"的醒目旗帜，从"东方剑桥"悄然起航，在转型高速航线上驶入快航道，以"高端定位"的创新研发体系为业务引擎，寻求广泛的国际化战略合作、积极推进国际化路线。它是睿智"知本"的巨擘，懂得以充满智慧、理性的思考，在信息技术大潮中为中国建立活力平台；它更是绿色城市引擎，追求人的发展和自然和谐相处，追求城市的可持续发展。"天堂硅谷"的奇葩，将开始第二个 10 年的新征程，服务外包和 IT 服务将两翼齐飞，在智慧蓝图中飞得更高更远。

参考资料

陈劲，柳卸林．2008．自主创新与国家强盛．北京：科学出版社

工业和信息化部．2009．电子信息产业调整和振兴规划 2009～2011

Porter M E. 1985. Competitive Advantage. New York：Free Press

Porter M E. 2000. Locations，clusters and company strategy. The Oxford Handbook of Economic Geography. Oxfood：Oxford University Press

Prahalad C K，Hamel G. 2006. The core competence of the corporation Harvard Business Review，63（3）.

浙江工业大学浙商开放创新发展研究院　程惠芳　王犄敏

第三篇　钢铁和有色金属企业创新与转型升级案例

第十五章　杭钢创新与转型升级案例

浙商格言

◆“没有创新，就没有思路；没有思路，就没有举措；没有举措，就没有出路。”

◆“凡要做成功一件事，有三个环节是不可或缺的：一是想干，二是敢干，三是会干。不想干就没有积极性，不敢干就没有开创性，不会干就没有科学性。”

——杭钢董事长　童云芳

一、引言

1957年，新中国的第一批钢铁工人在杭州半山脚下建设了一座支持浙江经济发展所需的钢铁厂。在这里，没有电灯、没有自来水、没有宿舍、没有食堂，甚至连运送钢铁的运河也是由工人们自己开挖的。就是在这里，造就了一个年销售收入达600亿元的巨型企业；造就了一个多元化发展的成功案例；造就了一个国有钢铁企业的发展传奇。因为在这个企业里“数千人形成一个强大的变压器，形成一种永不枯竭的原动力”①。

1956年，为了解决浙江省经济发展中钢、铁供应严重不足的突出矛盾，省委决定新建一个以服务地方为主的钢铁厂。第二年4月，工程在半山脚下正式开工，从此开始了杭州钢铁集团公司（简称杭钢）半个多世纪的艰辛创业道路。在这半个多世纪里，杭钢人创造了一个又一个的奇迹，成就了一次又一次的辉煌。实现了从建厂时一个没有电灯，没有自来水，没有宿舍，没有食堂的“四无企业”到年销售收入600亿元（图15.1），排名稳居全国企业百强的大型企业集团，实现了从建厂时仅仅的几个简单炼钢车间到目前的除拥有钢铁冶炼的主业之外，还拥有杭钢商贸、杭钢置业和

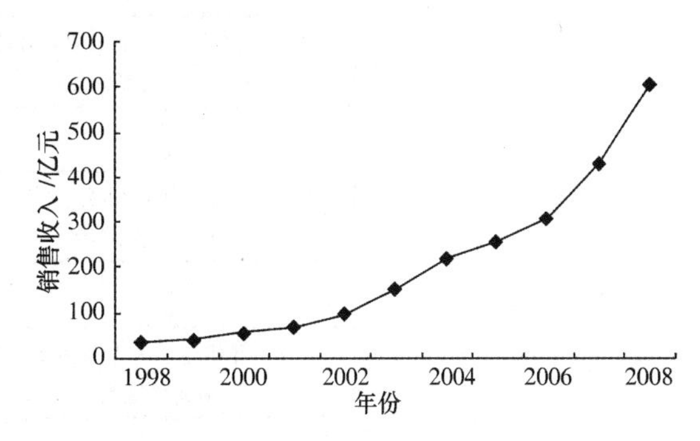

图15.1　杭钢历年销售收入

① 这句话出自苏联小说《钢铁是怎样炼成的》

杭钢旅业三大专业集团的“四大金刚”的格局。

二、杭钢的发展历程

在杭钢人的发展道路上，我们可以看到许多令人难忘、值得去珍藏的记忆（图15.2)。1957年，炼铁车间82立方米一号高炉、热风炉等基建工程开始建设；1958年，炼铁车间和炼钢车间分别炼出第一炉铁水和第一炉钢水；1964年，杭钢实现了建厂以来的第一次赢利；1978年，杭钢创造利润1930万元，达到历史最高水平；1984年始，开始推行厂长负责制，开始逐步完善企业管理制度；1986年，通过贯彻执行《厂长工作条例》、《基层党组织工作条例》和《职代会条例》；1994年，杭钢采用定向募集方式，组建了杭钢控股的小型轧钢股份有限公司，拉开了资本结构和股权结构改革的大幕；1995年，浙江省冶金工业总公司与杭钢重组杭州钢铁集团公司，杭钢开始涉足贸易、房地产、科教等多个领域，开始了多元化的道路；1998年，杭钢股份上市，开始涉足中国资本市场；2004年成立了杭钢商贸、杭钢置业和杭钢旅业三大专业集团，这三大业务与钢

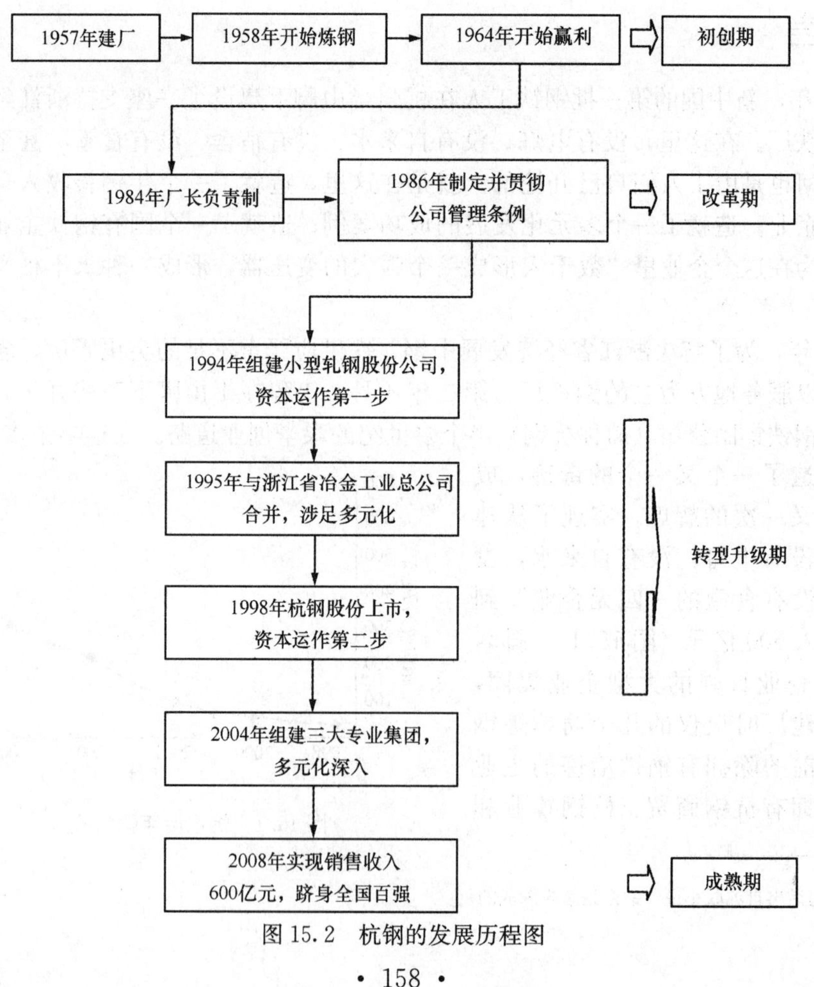

图15.2　杭钢的发展历程图

铁主业成为了杭钢的核心组成部分，在这一年集团的非钢产业销售收入首次超过钢铁产业的销售收入；2008年，公司销售收入突破600亿元，在全国百强企业中排名第82名，在浙江省百强名列第3位。如果我们将杭钢的发展也划分为几个阶段的话，可以划分为初创期、改革期、转型升级期和成熟期。

三、杭钢的企业生命周期

杭钢历经半个多世纪的发展，经过不断创新，始终保持企业活力和企业的竞争力，在企业的每一个时期都在不断地创造新的辉煌，使企业长期处于成长和成熟的持续发展状态。我们考察杭钢的企业生命周期目前仍处于持续稳定成长的发展状态，即呈现倒“L”型的生命周期曲线。

那么，什么是企业生命周期？什么是倒“L”型的生命周期曲线？杭钢呈现倒“L”型的生命周期曲线的原因是什么？企业生命周期理论首先由哥德纳（J. W. Gardner）在1965年提出，他认为企业与人、动物一样都有生命周期，同时又有自己的特点。特点主要体现为发展的不可预期性、消亡的不可避免性以及发展的停滞性。斯坦梅茨（L. L. Steinmetz）在1969年对此作出了系统性的研究，提出企业的成长过程是呈现S型的，组织形式可划分为直接控制、指挥管理、间接控制和部门化组织四个阶段。邱吉尔和刘易斯在1983年从企业规模和管理因素两个维度描述企业的各个发展阶段，将企业的发展分为五个阶段：创立、生存、发展、起飞和成熟。葛雷纳（L. E. Greiner）在1985年则是将企业的发展分为创立、指导、分权、协调和合作五个阶段。企业生命周期理论的集大成者伊查克·爱迪思（Adizes）在1989年出版了《企业生命周期》一书，将企业的成长过程分为孕育期、婴儿期、学步期、青春期、盛年期、贵族期、官僚初期、官僚期以及死亡期。而且在企业发展的每个阶段都利用灵活性和可控性两个指标维度进行衡量。

杭钢在50多年的发展历程当中，并没有像大多数企业一样，经历了短暂的辉煌之后，逐步地走向衰落，而是始终保持生命力以适应市场的激烈竞争。所以我们说杭钢的企业生命周期曲线是倒“L”型的，如图15.3所示。

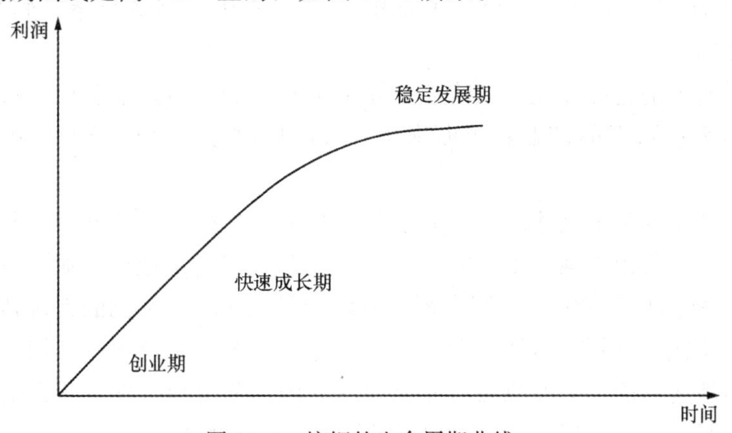

图15.3 杭钢的生命周期曲线

四、杭钢的转型升级

杭钢作为一家国有企业，而且是有相当长发展历史的国有企业，并没有丝毫的暮气，更多的是活力、竞争力和创新力。由于杭钢的持续创新推动着集团的不断转型升级，所以，在企业生命周期曲线上呈现倒“L”型的形状。

（一）转型升级的维度

1. 战略创新缔造奇迹

适度多元战略是杭钢在最近10多年来采取的主要战略，从1993年杭钢组建杭州钢铁厂工贸总公司开始，杭钢开始涉足贸易行业，在钢铁产业链上作出了延伸。在之后，杭钢的适度多元化战略不断展开，从原来单一的钢铁业到后来的集钢铁、贸易、房地产、环保、酒店、科研设计、黄金开采冶炼等于一身的大企业集团。而在这几大板块当中，钢铁、商贸、房地产和酒店成为杭钢产业组成的四大支柱，堪称“四大金刚”。到2006年，非钢产业的销售收入已经占到了集团总销售收入的65%，成为了杭钢保持持续快速增长的引擎。

多元化是由著名的战略管理鼻祖安索夫在《产品-市场战略组合》一书中提出的，多元化战略指的是企业同时经营两种以上基本经济用途不同的产品或劳务的一种发展战略。随着市场竞争的日益激烈、企业规模的不断扩大，多元化战略日益成为现代企业的一种发展趋势。然而，杭钢的多元化是具有杭钢特色的多元化，是倒逼机制下的多元化，是有进有退的多元化，是有所为有所不为的多元化。

杭钢倒逼式的多元化战略与其所处的特殊环境不无关系。杭钢地处杭州，在钢铁生产的成本上，原燃料运输、环保等多方面的压力致使其成本明显高于同类型的其他企业；在规模上，由于城市的快速发展，在杭钢厂区的有限空间内其产能已经达到了极限，无法再进行扩张，所以杭钢钢铁产量的规模无法与国内知名钢铁企业相抗衡。在这样的生存环境下，杭钢的发展已经无法落脚在钢铁业的扩张上，多元化成为了公司的必然选择，同时在1995年浙江省冶金工业总公司并入的时候，其下属的多家单位，给予了杭钢开展多元化战略的机遇，特别是在钢铁产业链的延伸上。

杭钢有进有退的适度多元化战略充分体现了杭钢的风险防范意识。对新的产业不断介入，但对无利可图的产业就果断退出。目前杭钢已经开始退出一些不能赢利的项目。

有所为有所不为是杭钢适度多元战略的另一个主要特点。2006年，非钢产业的销售收入已经占到了集团总销售收入的65%，特别是在当时房地产行业前景利好的背景下，2007年，杭钢将下属的深圳富春东方有限公司以10.05亿元的天价转让给国内的地产大鳄万科集团。杭钢在房地产形势一片大好的时候选择退出，一切都是源于公司适度多元、有所为有所不为的战略，公司利用退出部分房地产项目获得的资金进入宁波钢铁项目，目前，杭钢拥有宁波钢铁有限公司34.5%的股权。

2. 制度创新抢占先机

杭钢在半个世纪的发展历程中，作为国有企业却保持了民营企业的灵活和快速增长，在这当中制度创新为杭钢的发展与跨越创造了先机。早在1984年，企业开始推行厂长负责制，开始逐步完善企业管理制度；1986年，又通过贯彻执行《厂长工作条例》、《基层党组织工作条例》和《职代会条例》，为企业的自主管理和决策提供了基础。到了20世纪90年代，杭钢开始建立现代企业制度，1994年10月，杭州钢铁集团公司成立，杭钢由传统的工厂制度向现代公司制度转型，转制拉开了序幕。第二年10月，杭钢抓住浙江省经济管理部门实施“转换体制”和国有大型企业深化改革的机遇，与浙江省冶金工业总公司合并组建浙江冶金集团，对杭钢进行了重组，为杭钢的适度多元发展和破解公司发展瓶颈提供了机遇。之后杭钢对附属机构进行剥离，以灵活的主体参与市场竞争。1998年杭钢股份的成功上市，为杭钢成功地叩开了资本市场的大门，也在公司治理结构建设方面为集团打开了窗口，非钢产业的整合开始提上日程。随后的几年里，杭钢按照适度多元战略，有效整合了房地产、商贸和酒店作为非钢产业的主体，并进行专业化运作。2006年，杭钢牵头重组宁波钢铁。这些制度的设计在过去为杭钢的发展带来了众多的机遇和强大的动力，也必将在将来带给杭钢更多的空间。

3. 技术创新打造优势

杭钢能取得如此优异成绩，除了战略和制度创新之外，技术创新是当中的另一个重要影响因素。杭钢在经过多年的快速发展后，装备水平已步入国内同行的先进行列，在强化冶炼、大喷煤、能量回收利用、自动化控制等冶炼工艺方面都取得了进步。2001年以来，杭钢累计开发新产品180个，目前共能生产59个品种种类、2000余个规格型号、92个钢种的钢材产品，优特钢比例达到70％以上。其中，轻轨占全国产量的25％左右，优碳结合中小型圆钢、HG5、焊管钢带等10余个产品品种获国家冶金产品实物质量金杯奖。他们开发的免退火8.8级紧固件用冷镦钢达到国际领先水平，产品成功用于“神舟”五号飞船。2006年，HG20双金属锯条用钢带开发成功，属国内带锯行业首创，拥有自主知识产权。2001～2006年，杭钢新产品开发和科技进步创造直接经济效益约10亿元，社会效益也得到显著提高。通过技术创新，杭钢的钢铁产品从原来的普通钢材向特种优质钢转变，目前优特钢比例达到86.32％以上，实现了产品的升级和附加值的提升。

4. 文化创新凝聚力量

企业文化概念的提出者威廉·大内认为，企业文化是确定活动、意见和行为模式的价值观。艰苦创业、锐意进取、无私奉献是杭钢文化的核心精髓，正是具备这样的企业文化，杭钢从原来的一穷二白发展到了现在全国百强企业；正是具备这样的企业文化凝聚了大批骨干力量，2002年，当一家民营钢铁企业对杭钢的一些中层干部开出年收入25万～30万元高价的时候，（当时杭钢中层干部的年收入大体只有6万～7万元）没有一个中层干部前去应聘，这些骨干力量的存在保持了杭钢的持续竞争力。

(二) 转型升级路线图

杭钢的快速发展离不开这四个方面的创新，是四个领域创新协同作用的成果。我们利用路线图来归纳杭钢转型升级过程，如图 15.4 所示。

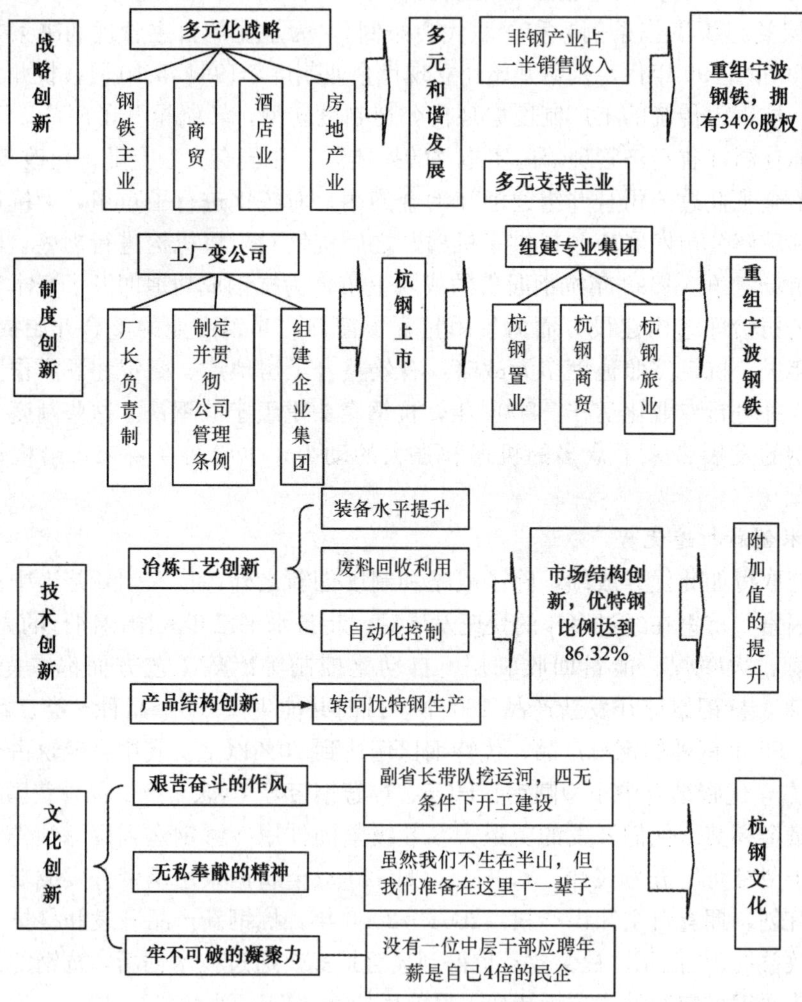

图 15.4　杭钢基于集成创新的转型升级路线图

注：图中加粗的为转型升级的主干

五、杭钢的企业家力量

在杭钢取得巨大成就的同时，有人会问，这么大一个国企，为什么能够像民营企业一样快速发展？除了杭钢的集成创新，是否还有其他因素。我们的回答是肯定的，有一个人的名字是无法磨灭的，那就是杭钢党委书记、董事长童云芳。

(一) 我们准备在这里干一辈子，牺牲自己的一切

童云芳在 1971 年进入杭钢成为一名普通的钢铁工人，40 多年来，他和杭钢同呼吸

共命运，从一个青年成长为了一个具备“以钢铁意志做人、建业、报国”的杭钢精神的杭钢人。作为国有企业，外人都有这样一种看法：一个国企的老总犹如站在台上演戏的演员，虽然事情是真的，但是戏终究是戏，不会成真。因为对于一个国企的掌门人来说，首先大前提是企业不是你个人的，其次是国有资产需要保值增值。然而童云芳则是“假老板真做”，“入戏太深”，他把杭钢当成自己事业的所在，当成自己梦想的寄托，当成他人生的全部。我们隐约又听到了50多年前那批来自全国各地的钢铁工人汇集在杭州半山战天斗地时发出的那句口号：“虽然我们不生在半山，但我们准备在这里干一辈子，牺牲自己的一切。”

杭钢董事长　童云芳

（二）想干、敢干、会干

在40年中，童云芳经历了杭钢的三次巨变，从工厂到公司、进入非钢产业、钢铁产业与非钢产业和谐发展。前一个变化是童云芳亲身经历的，后两个变化则是童云芳亲手主持的。是什么原因让童云芳在担任“一把手”的10多年任期内，完成了杭钢具有划时代意义的两大巨变呢？答案在于他想干、敢干、会干，因为他将自己完全融入杭钢，所以他想干；他把杭钢的命运和自己完全结合在了一起，所以他敢干；正是基于以上的归属感和责任感，以及他的谋略和严谨，所以他会干。正是这三点让童云芳领导下的杭钢在10多年之内勇往直前，不断超越。让我们在刚强、无畏的背后，看到了另一个杭钢，那就是集积极性、开创性和科学性于一身的杭钢。

六、政府支持

杭钢的成功是数万杭钢人艰苦奋斗顽强拼搏的成果，然而这当中也离不开各级政府对杭钢发展的大力支持。如果按照顺序将杭钢的发展分为几个阶段的话，我们可以看到政府的政策和支持都成为杭钢发展的重要外部因素。我们将相关的发展阶段汇总成表，如表15.1所示。

表15.1　在不同发展阶段政府对杭钢的支持

杭钢的发展阶段	政府支持	杭钢的成绩
起步（1978～1988年）	实行放权让利政策	规范了企业基本管理制度
展开（1989～1994年）	政企分开	组建集团
深化（1995～2000年）	一厂一策	杭钢股份上市
攻坚（2000年至今）	全力支持	优化重组、全面改制

七、未来展望

历经半个世纪的风雨洗礼，磨炼出了杭钢人艰苦奋斗的作风和无私奉献的精神，还有由此打造出的牢不可破的凝聚力。特别是近20年来杭钢人用务实而又超前的思维，利用制度创新占领发展先机，推进技术创新打造企业优势，保持文化创新凝聚人气力量，最终在战略创新上实现了发展的奇迹。我们有理由相信，杭钢人在新时期，必将秉承前辈的优良传统继续推进集成创新，让杭钢这个地处旅游城市杭州的国有企业"跳出杭州"，发展成一个年销售收入超千亿元的大型企业集团。

参考资料

MBA智库百科
编辑部．2005．多元化的杭钢发展道路——访杭钢集团公司董事长童云芳．冶金管理，(10)
董贻正．2005．杭钢非钢产业取得骄人业绩．冶金管理，(10)
杭钢集团历年年报
杭钢集团网站．http://www.hzsteel.com
蒋燕．2007．杭钢"非钢"之道．经济，(10)
刘和平，黄娜．2009．满腔心血注国企——记杭州钢铁集团公司董事长、党委书记童云芳．中国发展观察
叶慧．2009．好钢是这样炼成的．今日浙江
张承耀．2007．杭钢的七点启示．经济，(10)

浙江工业大学浙江企业创新发展研究院　程惠芳　陈旺胜

第十六章　海亮创新与转型升级案例

浙商格言

◆“危险背后就是机遇。水落‘鱼’出，水落对鱼是危机，对渔人则是机遇，关键看如何解读和把握。”

◆“失信只能得逞一时，守信才能得益一世。”

——海亮董事局主席　冯海良

一、引言

公元前494年，吴王夫差攻破越都，勾践被迫屈膝投降，并随夫差至吴国，臣事吴王，后被赦归返国。勾践自战败以后，时刻不忘会稽之耻，日日忍辱负重，卧薪尝胆，不断等待时机，反躬自问：“汝忘会稽之耻邪?”他重用范蠡、文种等贤人，经过“十年生聚又十年教训”，使越之国力渐渐恢复起来，于公元前473年最终灭吴雪耻。古有勾践“卧薪尝胆”，反省自强，最终以弱胜强，成为春秋霸主。2500多年后的今天，在越国古都诸暨，奇迹再现，海亮集团有限公司（简称海亮）从16万元起步，始终秉承“高效、卓越、服务、奉献”的企业精神，历经21个春秋的磨砺，从一个小作坊一跃成长为世界著名的“铜材王国”。

海亮现已发展成为铜加工、房地产、金属贸易、矿产资源、基础教育、商业百货等为主体的国际化大型民营企业集团。目前，企业综合排名位居中国企业500强第171位，中国民营企业500强第12位，浙江省百强企业第9位。

二、风雨征程21年

（一）海亮概况

海亮创办于1989年8月，集团总部位于浙江省诸暨市。海亮始终秉承“高效、卓越、服务、奉献”的企业精神，持续推进“国际化战略、品牌战略、资本运作战略”，实现了持续、稳健、和谐发展。公司现有员工12 757人，总资产176.5亿元，拥有（控股）60余家子公司，现已发展成为铜加工、房地产、金属贸易、矿产资源、基础教育、商业百货等为主体的国际化大型民营企业集团。

（二）发展历程

海亮发展历程如图16.1所示。1988年年底，冯海良通过市场调研，发现店口的铜

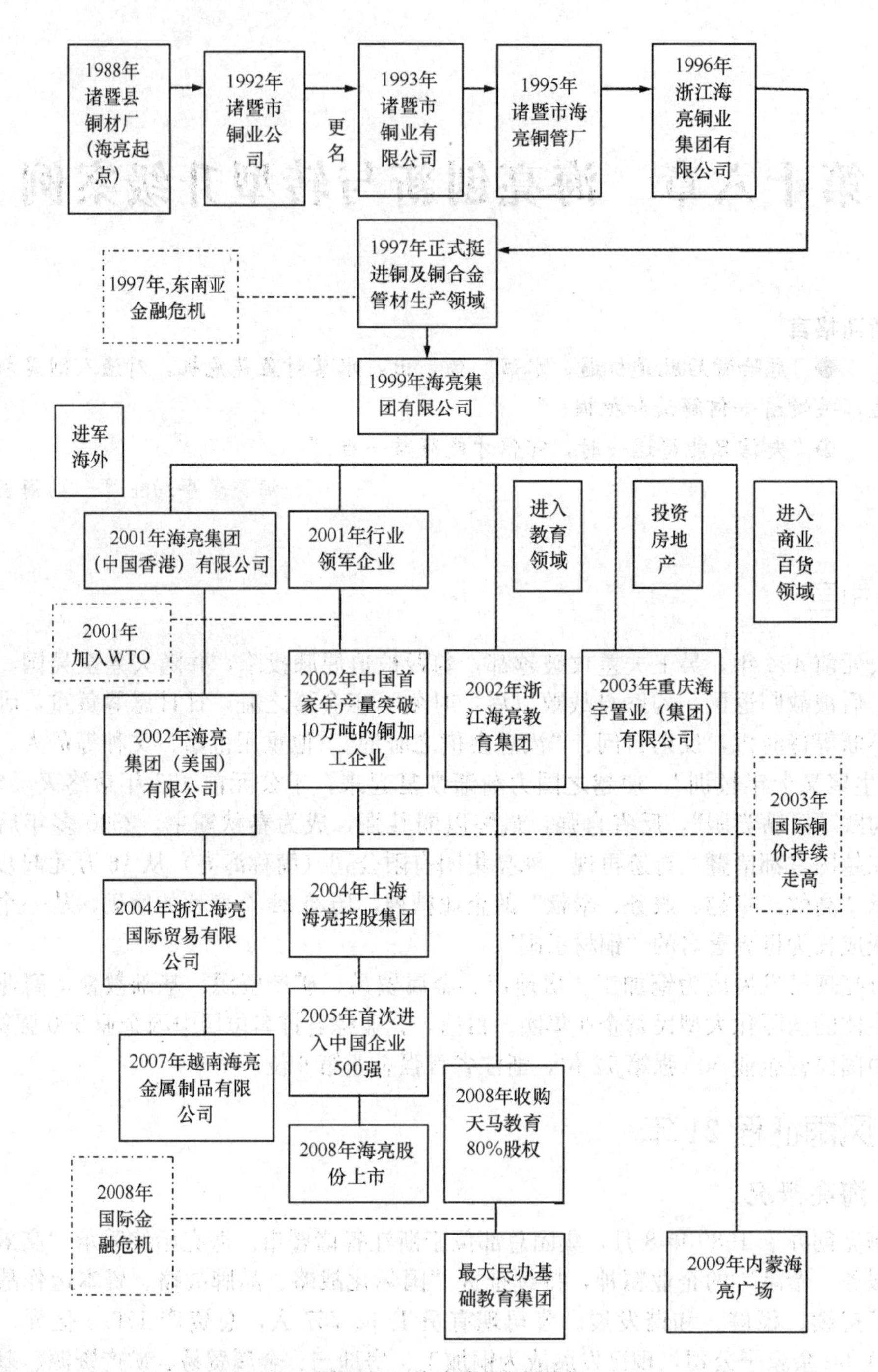

图 16.1 海亮发展历程图

材厂规模都较小，技术设备也非常落后。在这个刚刚兴起的店口五金行业中发现了商机，因此他千方百计筹集了 16 万元，成立了诸暨县铜材厂，这个厂也就是以后海亮发展壮大的起点。创业初期，诸暨县铜材厂只是一个作坊式的小加工厂，技术短缺，资金不足，也没有政策的扶持。冯海良先生谦虚勤奋，博采众长，在他的带领下，企业规模及销售业绩迅速增长，成为诸暨县铜加工行业中的“龙头企业”。1996 年，浙江海亮铜业集团有限公司成立。历经几年的发展，企业规模日益发展壮大，周边市场基本饱和，开拓外地市场成为重中之重。由于不懈的努力，四处的奔波，海亮与许多大企业建立了广泛的业务关系。到 1998 年，铜材供不应求，海亮因信誉好赢得客户的信赖，产品销路非常通畅，企业也日渐丰满强大，行业地位不断提升。为了满足日益扩大的市场需求，从 1998 年开始海亮进行了大规模的并购扩张运动，凭借几次成功的并购，升格为无区域集团企业。海亮也进入了快速成长期。此后，海亮未雨绸缪，进行产业升级调整，成立海亮铜加工研究所，积极建设高精尖项目，为海亮日后能够实现跨越式发展，领先行业奠定基础。同时，海亮加快进入海外市场的步伐，实施多元化战略，成立教育集团，投资房地产，进入规模特大型、业态创新型商业百货领域等。2008 年，海亮股份（股票代码：002203）在深圳证券交易所中小企业板正式，海亮走上了更加规范的企业发展道路。

铸百年卓越海亮，创国际经典品牌，海亮始终坚持“做精、做强、做大，创新、创优、创名”的战略目标，经过 21 年的发展，海亮已经崛起成为铜加工行业龙头、中国 500 强企业、世界著名铜加工企业。

（三）营业收入状况

海亮 2001～2009 年营业收入（图 16.2）增长率。

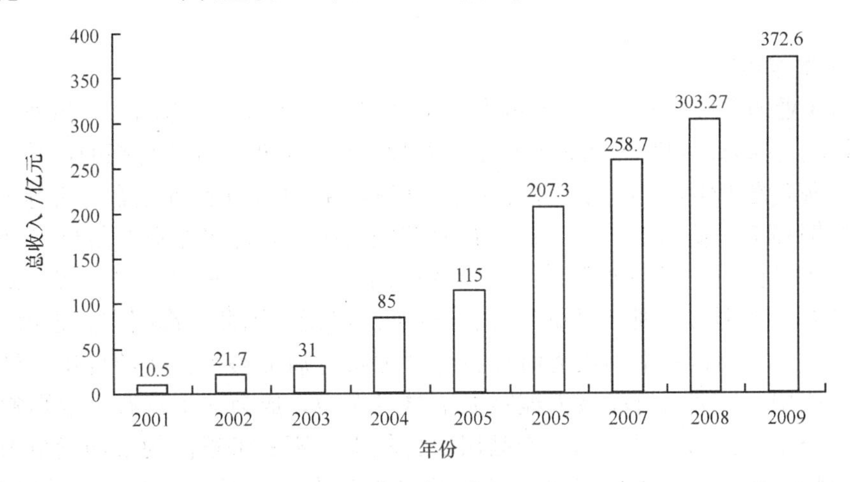

图 16.2　海亮 2001～2009 年营业总收入

三、动态能力和转型升级

企业的成长要以其竞争优势的强弱和持续性为基础，在技术不断变化和消费偏好多变的动态环境中不断创造一连串暂时竞争优势和不断迅速模仿竞争优势的现象，说明竞争优势的来源正以逐步加快的速度被创造和侵蚀，竞争优势呈现出短暂性和临时性的特点。在复杂多变的市场环境中，竞争优势会从这个企业转移到另外一个企业。一个企业只有形成对内外部资源、能力进行整合以适应外部环境快速变化的动态能力，才能保持持续的竞争优势，实现可持续发展。

海亮营业总收入从2001年的10.5亿元到2009年的372.6亿元。国际金融危机期间，受外部恶劣环境的影响，营业收入增长率有所下滑，但平均增长率仍高达63.02%，海亮取得骄人的成绩。海亮身处复杂多变的外部环境中，总是能够以敏锐的洞察力透过危机发现新的市场机遇，并根据各阶段的不同特征，积极实行产业转型升级，培养动态能力，以激发企业活力，大步向前。

（一）市场发现能力

1. 区域市场阶段

店口是个穷乡僻壤之地，靠山不得，靠水不行，田地也不多，以前，当地人一直生活在困顿之中。改革开放以来，许多店口人便外出做一些小五金生意来维持生计。到了20世纪80年代，部分人在经营中有了些积累，就买上几台车床办起了小五金厂。慢慢地，店口五金行业就变得红火起来，成为店口的新兴行业。当时，受国内政治气候及国际制裁的影响，国内铜材供不应求，且铜材企业规模普遍较小，技术含量低，设备也很落后，没有名牌企业。1989年，冯海良通过对铜材行业详细的调研分析，发现铜材市场潜力巨大，存在着巨大的商机。因此，冯海良以16万元为创业资金，创办诸暨县铜材厂，进入铜材行业。冯海良谦虚好学，努力掌握每项业务知识。在他的带领下，这个小作坊工厂规模日益扩大，经过两三年的发展，成为了当地铜加工业里的小龙头。

2. 全国市场阶段

随着企业的发展壮大，敏锐的冯海良也发现周边市场已经饱和，开拓外地市场已经迫在眉睫。冯海良跑遍外地大大小小的各种工厂，向他们介绍海亮的产品，通过不懈努力，海亮终于建立起广泛的业务关系。1996年，由于东南亚金融危机等因素的影响，国内铜加工业跌入谷底，大部分企业都经营困难，许多企业纷纷停产转行。通过详细的市场分析，海亮却看到了危机背后的机遇：金融危机过去，市场回暖，铜材市场就会出现铜材“现货短缺”，供不应求的状况。因此，海亮“人退我进”，大力扩建生产线，而这一举动也为海亮在金融危机过后赢得了大量的订单。经过东南亚金融危机中的一战，海亮极大地壮大了自身实力，成为一个具有一定影响力的铜材企业。但由于技术水平不高，产品层次比较低，不具备很高的市场竞争力。经过大量的市场调研发现，铜加工业未来的发展趋势是，在铜加工工艺、铜加工装备、企业建设上分别向着精细化、智能化、大而强、专而精方向发展。当时，内螺纹薄壁紫铜盘管大量依赖进口，这一市场状况给海亮向高档化、精细化发展提供了良好的机遇。海亮在1999年成立浙江海亮铜加工研究所着力于产品档次高端化、应用领域多元化。其中内螺纹铜管模具的研制成功，标志着海亮走上产品“高”、“精”、“尖”的发展道路，极大提高了海亮产品的市场竞争力，也改变了我国内螺纹高档铜盘管依赖进口的被动局面。

3. 全球市场阶段

2001年11月随着我国加入WTO，铜加工行业迎来了前所未有的发展机遇，同时也使企业进入了更加激烈的竞争环境中。在经济全球化的环境下，企业能否开拓国际市场将直接影响其未来的发展。机遇和危机并存，海亮把开拓海外市场放在企业生存发展、做大做强的重要位置来抓。自2003年以来，海亮出口高速增长，逐年扩大对美国这些铜材消费大国的出口，并积极与外商建立密切联系。目前，出口区域已经涉及80多个国家和地区，国外客户达到300多家。另外，随着企业的快速发展，海亮已成为中国铜加工业的龙头企业，具备了较强的市场基础。海亮逐渐发展壮大，寻找新的利润增长点将关系到集团进一步的发展。因此，在这一发展阶段，海亮积极实施多元化发展战略。2002年，进入教育领域，2003年，借着国家西部大开发的东风，海亮又进入房地产市场。此后，又相继开拓了金属贸易、矿产资源、商业百货等市场领域，实现多元化发展。

（二）要素组织能力

1. 区域市场阶段

1989年，冯海良从亲戚好友那东拼西凑筹到了16万元，获得第一笔创业资金，建起了诸暨县铜材厂。冯海良抓采购，搞生产，跑销售，学习各种业务知识。在这位“专家”的领导下，铜材厂规模、销售量迅速扩大。

2. 全国市场阶段

铜材行业建设周期长，投资规模大，面对多变的市场环境，兼并收购无疑成为海亮获取生产资源的一种重要方式。1998年，海亮从东阳的一个全国知名企业购得一套90万元的先进设备，同年，以“设备买下、厂房租用”的思路，低成本从桐乡一家企业获得全套生产设备。1999年，海亮通过上虞铜材有限公司又一次实现低成本扩张。海亮充分利用东南亚金融危机提供的机遇，收购停产，半停产的同行企业，极大地壮大了自己的实力。同时，在企业的发展过程中，海亮目光长远，注重企业的技术进步，花费巨资进行设备更新，聘请专业技术人员和开展职工教育培训等，以实现企业的滚动发展。

3. 全球市场阶段

进入全球化阶段，海亮注重与国际企业之间的合作，以提高装备设备水平，改善技术和工艺条件。为获得国际市场准入资格，海亮重视加快国际认证步伐，目前已通过美国NSF认证和UPC认证、加拿大WHI认证、欧洲的KATE MARKE认证，并在美国等国家进行了商标注册。同时，海亮从市场国际化迈上了生产国际化的征程。2007年，海亮在中国香港、越南先后注册成立了香港海亮铜贸易有限公司、越南海亮金属制品有限公司，并将逐渐在东南亚建立完善的生产和配套体系，以整合全球优势生产资源。2008年，海亮股份在深交所正式挂牌上市，实现产业资本与金融资本对接，为企业进一步发展获取资金资源。

（三）“质”、“量”互变促成长

企业是人为了实现自己的目标而创造的，在企业的运行过程中及与外部环境的联系中，人的活动时刻都在进行，人的生命活动，思想意识贯穿在整个过程中。也正因为人的活动在企业中的重要性体现出了企业的生物特性。西方很早就有学者把企业成长比做生命现象，如马歇尔把企业的生命史比做婴儿高死亡率时期的人类生命史。企业的生物性决定了企业成长受到内、外部两方面因素的影响。[①] 通常意义的企业成长有两层含义：一是“量”的扩大，二是“质”的变革与创新。也就是说，企业的成长不仅包括企业规模的扩大，还包括企业素质的提高。[②] 海亮“质”、“量”互变促成长图如图 16.3 所示。

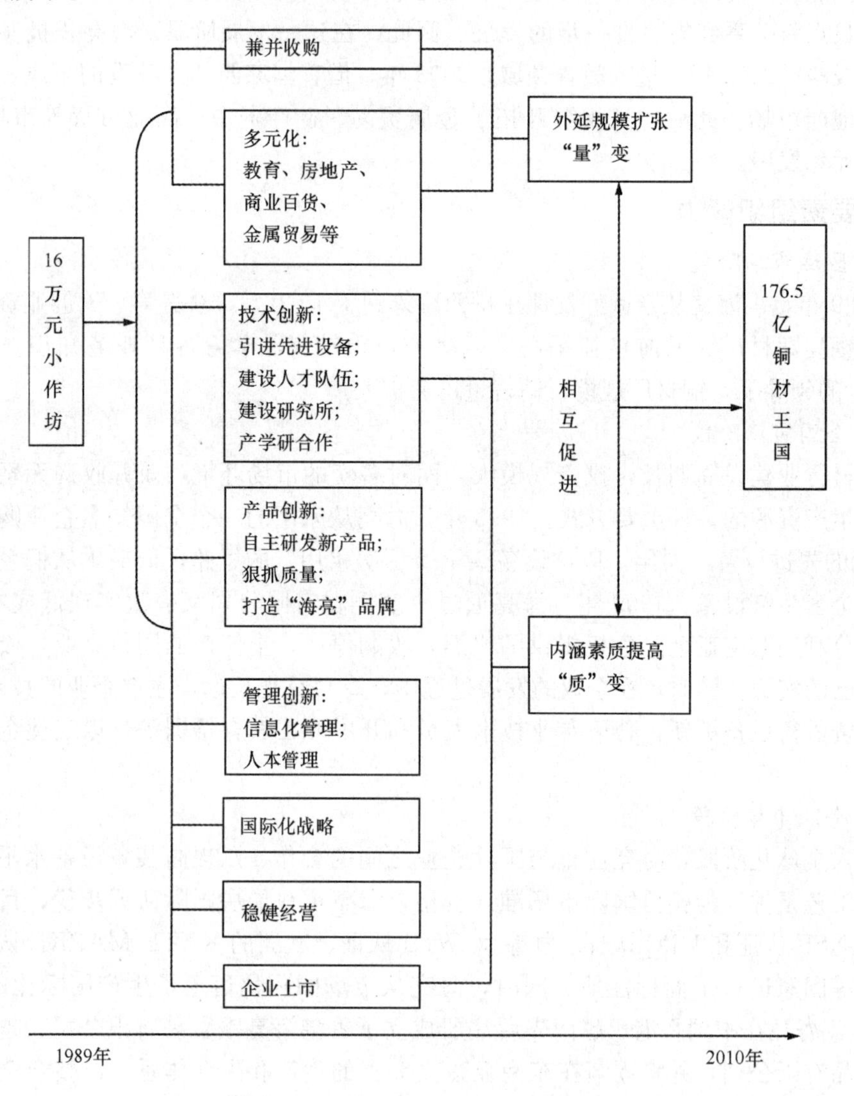

图 16.3　企业“质”、“量”互变促成长图

① 李政．2005. 企业成长的机理分析．北京：经济科学出版社：94

② 刘国光等．2001. 中小企业成长．北京：民主与建设出版社：19；陈佳贵，黄速建，杜莹芬，等．1997. 企业经济学，北京：经济科学出版社：277

1．“量”变

“量”变指企业的增长，企业外延规模的扩张，有兼并收购、多元化经营等多种方式。企业规模扩张能使企业的成长得到规模经济、学习经济、成长经济等效应，是企业能够规模壮大、快速成长的一种重要的成长方式。

（1）兼并收购。早在1998年，兼并收购在中国还是一个新鲜事物时，海亮就进行了一系列大规模的低成本并购扩张活动，收购同行一些即将停产的企业，并对他们进行整合改造，铜加工业是资本密集型行业，所以能更容易得到企业扩张带来的规模经济，收购扩大了企业的生产规模和能力。海亮利用1997年东南亚金融危机的机遇，实施“人退我进”的投资决策，使其一战成名，进而占据了中国铜加工市场的较大份额，这也成为海亮发展的一大重要转折点，公司因此登上了更广阔的发展舞台。

（2）多元化经营。多元化经营是企业规模扩张的一种重要途径，是企业进入成熟期后都会考虑的发展战略。尽管多元化本身存在着一些风险，如系统风险、资产分散化风险和成本风险等（郝旭光，2000），但合理的多元化经营会给企业带来范围经济、企业内部化优势，分散企业经营风险等，最终提高企业的经营效益。

在主营业务进入成熟阶段后，海亮根据随着社会生活水平进步而发生的消费需求变化，进入教育、房地产、商业百货、金属贸易，酒店等领域实行多元化经营。例如，海亮通过加强资本运作，成功收购了红河恒昊股份有限公司4000万股股权，占到恒昊矿业总股本的11.49%；在国际金融危机到来之时，又成功入股宁夏银行，成为该行第三大股东，以谋求产融结合，寻找新的利润增长点。海亮通过开拓其他行业领域的产品市场，与主营业务市场相互弥补，分散单一化的经营风险，避免企业在相对成熟的主营业务行业中走向衰退。2009年，受国际金融危机影响，在集团主营业务营业收入增长率为−23.45%的情况下，集团营业收入仍能保持22.86%的增长率，这应归功于多元化经营战略的实施。

2．“质”变

“质”变指企业的发展，企业内涵素质的提高。有结构重组、再造流程、提高创新能力、提高资源利用能力，网络联盟和虚拟化等众多方式。“量”变的“做大”，结果可能会提高也可能会降低企业的素质。也就是说，它不一定是真实的成长，[①] 而“质”变确实是提高企业内涵素质，增强企业竞争优势和生存能力的重要成长方式，是企业真实“做强”的必经之路。海亮在创业过程中积极推进企业创新，加快国际化进程，注重人才培养，谋求企业上市，科学管理稳健经营，以“质”变提高企业竞争力。

1）企业创新

创新概念是美籍奥地利经济学家熊彼特首先提出的，他在其著作《经济发展理论》中提出，创新是指企业家对于生产要素“进行新的组合”，从而获得超额利润的过程。企业的创新是取得企业竞争优势的先决条件，德戈伊斯在1998年曾经说，在不久的将

① 李政．2005．企业成长的机理分析．北京：经济科学出版社：114

来，一家公司能够比其他竞争对手更快地掌握新知识的能力将是其唯一可持续的竞争优势。[①] 当今世界瞬息万变，唯一永恒不变的就是“变化”。企业长期成功必须依托于不断更新的企业核心竞争力，核心竞争力是企业获取持续竞争优势的来源和基础，是企业生存和发展的主要力量，而核心竞争力的更新本质上就是创新。只有源源不断的创新，企业才能应用新技术，不断向市场推出新产品，提高产品的技术含量和附加值，改进生产技术、降低成本，进而提高顾客价值和产品的市场竞争力。

海亮在企业发展实践中将技术创新与产品创新、管理创新相结合，促使企业多维度创新发展。

第一，技术创新

20 世纪 90 年代，内螺纹薄壁紫铜盘管大量依赖进口，海亮抓住这个企业向高档次发展的机遇，2000 年海亮斥资 2.5 亿元，分三期建设年产 3 万吨的高清洁度盘管及内螺纹盘管项目。2004 年 4 月，总投资 3.9 亿元建设年产 3 万吨内螺纹铜盘管第二条生产线。国际先进生产线的引进标志着海亮的产品档次、生产规模和科技含量得到了极大提升。

为了提高企业的自主研发能力，在 1999 年成立了浙江海亮铜加工研究所，并积极建设一支善于科技创新的人才队伍，聘请中国工程院院士黄崇祺、俄罗斯工程院院士马福康教授担任技术顾问。同时，加大产学研合作力度，目前，海亮与中南大学、北京科技大学、江西理工大学等十几所高校及院所建立了合作关系，建有一个省级博士后科研工作站。海亮强化研发投入，促进科技进步。集团已先后投入 10 亿多元用于项目技改和产品研发，形成了强大的自主研发能力。年均投入 R&D 费用占销售收入的 2.1%，是行业平均水平的 1.3 倍。目前，海亮已取得 8 项国家、省市级重大科技成果，已获得授权专利 62 项。海亮以“引进吸收再创新”的方式使得企业技术始终保持在行业的前列。

第二，产品创新

海亮倡导“产品无缺陷，客户零抱怨”质量方针，从企业文化的高度，建立了全体海亮人共知、共识并自觉遵守的质量文化体系，注重产品品质的培育，强化过程控制，狠抓质量管理及生产线的质量控制，及时发现生产中的问题，分析原因并及时采取改进措施。1998 年，公司率先通过了 ISO 9002 质量体系的认证；2002 年通过了 ISO 9001：2000 质量管理体系的换版转换认证；2003 年通过了 ISO 14000 环境管理体系认证；2004 年又引进 OHSAS 18000 职业健康安全管理体系认证。

依托技术创新所取得的竞争优势，海亮加快新产品的研发，不断开发高端产品，延伸应用领域。实现企业产品向“高、精、尖、新”方向的跨越，形成了紫铜、黄铜、白铜等 40 余个牌号，数千种规格的国际化产品系列。同时，产品应用也从单一的空调制冷行业拓展到空调制冷、建筑水暖、装备制造、汽车工业、电力电子、五金机械、海水淡化等十几个行业和应用领域。值得一提的是，铜加工研究所研发的蚊香盘管，覆塑铜水管、空心连铸铜水管等水暖器产品打破了日本、韩国企业在东南亚的垄断地

① 奥托·卡尔特霍夫，野中郁次郎和佩德罗·雷诺．1999．光与影—企业创新．上海：上海交通大学出版社：30

位。内螺纹铜盘管和高低齿内螺纹芯头的成功研发更打破了我国内螺纹高档铜盘管依赖进口的被动局面。

品牌是企业的旗帜，技术是企业的支柱，中国许多企业也因技术而受制于人，不得不做贴牌。品牌是一种无形资产，品牌就是知名度，有了知名度就具有凝聚力与扩散力。知名品牌既是企业竞争优势的重要内容，也是企业快速成长的支撑因素。做贴牌对于海亮来说，犹如芒刺在背。因此，海亮多年来加大科技投入致力于品牌建设。品质是品牌的基石，是创建品牌的根本。海亮以技术打造海亮品牌，以创民族品牌为己任，历经 21 年的磨炼与打造，海亮品牌终以其“高品质、高品格、高品位”提高了海亮品牌的含金量，赢得了市场和用户的青睐。

第三，管理创新

早在多年以前，海亮就倡导企业进行信息化管理，1999 年，海亮就实施 ERP 信息管理项目，而且在专家的指导下，10 年来对这一软件不断地升级换代，使其适应企业发展的需要，并将其融入到管理之中。运用 ERP 管理方式使得海亮跨越全球 100 多个国家和地区的相关信息能够得到快速反馈，不仅大大减少企业管理的成本，也大幅降低因信息不畅而造成的经营风险的概率。

人才是企业发展的关键，是企业发展壮大的灵魂。海亮积极推行人本文化，实行人本管理，增加经费投入，改善员工的生活、工作环境。与此同时，通过采取“请进来、送出去”方式，投入资金 800 多万元与中南大学合作，开设了 MBA、项目管理工程硕士及材料、工商管理本科班开展在职教育，并选送业务骨干和中高层管理人员参加 EMBA 研修班学习。近期又专门成立海亮管理学院，有效提升广大干部员工的素质能力和业务水平，为企业实现科技创新作好人才储备。海亮注重提高企业员工的内涵素质，认真抓好企业员工培训、再教育工作，全面实施了企业内涵提升工程，积极创建学习型组织，建立人才创新激励制度。并在企业内部大力倡导企业文化建设，让企业的价值观深入人心，提高海亮人的企业归属感。

海亮通过多方位创新相互推进实现了由制造型向创造型企业的转型，行业龙头地位得以巩固，海亮品牌建塑再攀高峰。

2）国际化战略

企业国际化战略是指在经济全球化的背景下，企业积极参与世界分工体系，由国内经营向全球经营发展的过程中所作出的战略选择。积极参与全球性竞争，并在国际化的过程中提升企业的国际竞争力是中国企业持续发展的有效途径。

经济全球化的浪潮也使得长期以变求生存的民营企业在这变化的环境中寻求经营战略的变化，海亮通过海外直接投资，对外经济技术合作，对外贸易等方面，实施全球发展战略。海亮从战略发展高度把外贸出口放在企业生存发展、做大做强的重要位置来抓。通过合资合作，进一步推动企业技术变革。国际化发展战略的实施，使得海亮集团在短短几年实现了由单一的铜产品出口商，到全球办厂、资源整合与主导国际和合作创办工业园区的行业领航者身份的嬗变。

3）稳健经营

中国很多企业往往在取得了一定的成功后，就让胜利冲昏了头脑，不按客观规律去办事，异想天开。这就往往会造成遇到惊涛骇浪时，一些不按客观规律的办事的大企业就会船翻商海。

海亮稳健经营的核心原则在于“只赚取加工费，不做铜市投机”。其具体办法为，首先将存货与订单挂钩，通过与客户对“点价期”的谈判与调整，把铜的存货价值波动风险，转移给上游的供应商和下游的客户；其次是把存余的部分通过期货市场保值，直至暴露在价格波动风险下的存货为零。2007年在铜价一路上涨的情形下，海亮始终坚持稳健经营的核心原则，不作铜投机，也正因为这个决策，使得海亮在这次危机中没有受到实质性影响，反而少掉了国际上第一个竞争对手，收益颇丰。海亮的稳健经营策略的持续性使得在金融危机中为自己贮备了充足的“粮饷”。整个集团不仅有13亿元的现金躺在银行里，而且还有大量的银行授信额度未曾动用。有了这充足的“粮草”，海亮不仅可以预防可能出现的国际金融形势的进一步恶化，更可以把握今后出现的投资机遇。

4）企业上市

上市能给企业提供筹集资金的平台、资本运作的平台、吸引人才的平台、创立品牌的平台、规范运作的平台、提高自身价值的平台，可促进企业健康快速发展，是企业做大做强的“魔方”。海亮转型升级过程图如图16.4所示。

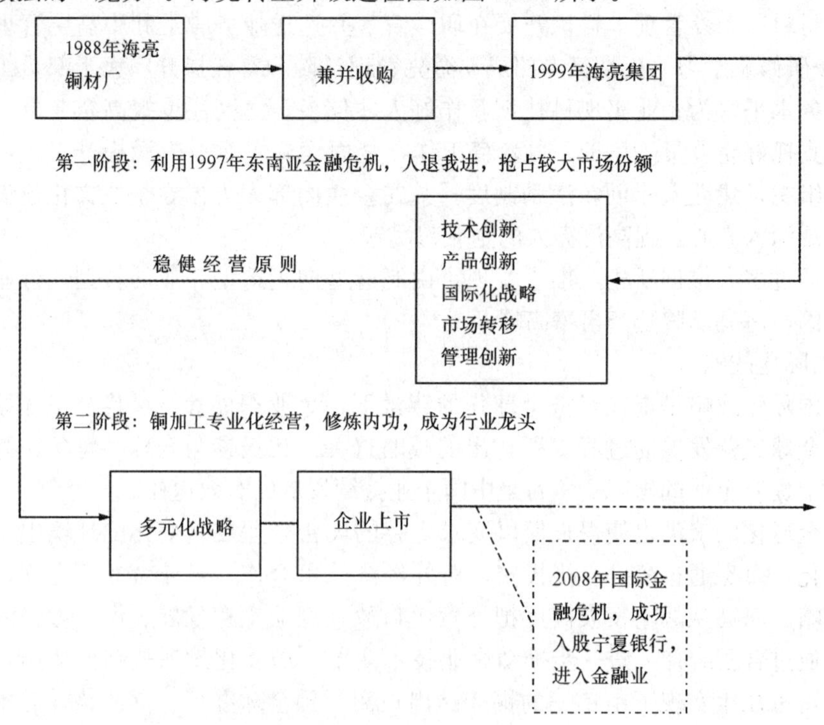

图16.4　海亮转型升级过程图

2008年1月，海亮股份在深交所正式挂牌上市，按照现代企业制度的要求，实行集团母子公司管理模式，独立于股东会的独立董事制度，完善企业信息披露制度，改善企业财务结构，科学管理。海亮的成功上市为公司提供了更多的融资渠道，提升了企业形象，提高了抗风险能力，增强了公司的发展后劲，也为其提供了更加广阔的发展空间和更高的发展平台。

企业在规模扩张的过程中，企业会得到“规模经济”、“学习经济”、“成长经济”的影响，能够更加有效地利用企业资源。“量”变的过程中必然存在企业的“质”变。企业在内涵素质提高的同时，也一般会伴随着企业规模的扩张，经营范围的变化。“质”变同样也会引起“量”变。海亮实施企业规模扩张，注重企业内部革新，正确处理好增长与发展，规模与效益、专业化与多元化、“做大”与“做强”等一系列对立统一的关系。[①] 企业持续的“质”、“量”互变作用也成为海亮动态能力得以保障、实现企业持续竞争优势的重要支柱。

四、海亮舵手

(一) 冯海良——海亮董事局主席、高级经济师、高级工程师

改革开放以来，诸暨人凭着勤劳智慧，创造了一项项令人瞩目的业绩。在诸暨灿若星河的企业家队伍里，中国海亮董事局主席冯海良便是最耀眼的一颗明星。

海亮集团董事局主席　冯海良

1988年年底，善于分析市场的冯海良从刚刚兴起的诸暨店口五金行业中看到了商机，他把握机遇，筹集了16万元，办起了诸暨县铜材厂。他要利用国内铜材供求中存在的突出矛盾，挖掘市场存在的巨大潜力。冯海良也从此走上了风雨坎坷的创业路。

创业初期，面对无资金、无技术、无政策的“三无”窘境，乐观的冯海良，在困境面前永不低头，白天抓采购，搞生产，跑销售；晚上挑灯夜读，对知识如饥似渴。理论联系实际，冯海良也很快地成为了铜加工业的“专家”。铜材厂在他的带领下也很快成为了诸暨县铜加工业的“龙头”企业。

此后，冯海良“踏破铁鞋拓市场”，提出“做精做强做大，创新创优创名”的战略规划。在他的率领下，海亮多年来持续实施“品牌战略、国际化战略、资本运作战略”，科学管理，稳健经营。经过多年的发展和积累，海亮基本奠定了国内有色金属铜加工行业的龙头地位。

---

① 李政．2005. 企业的成长机理分析．北京：经济科学出版社：119

对于企业的发展，冯海良有自己的两条财富法则。1988年，冯海良的铜贸易已开始逐步做大。1989年，在通货膨胀和物价飞涨局面下，国家启动宏观调控，店口五金生意陷入萧条，大起大落的铜价也降到了冰点，废铜烂铁堆满冯家小屋。在这场商业危机中，冯海良成立了铜材厂，由此迈出最初的产业化征程。当年的这次被动转型，留给了冯海良一条宝贵的财富法则：危机酝酿商机。这条法则，成为他的最大财富之一。在后来一次次的国家宏观调控中，冯总是能精准地抓住经济变动中的机遇，实现奇迹般的扩张。例如，东南亚金融危机之际，不事张扬的冯海良，骤然拔剑而起，连续并购、整合重组了几家铜加工企业生产线。冯海良笑傲资本市场，海亮迅速发展壮大，步入行业三甲。冯氏另一条财富法则就是诚信。从1991年起，冯海良在企业实施了一个失信赔偿制度。当年的中国，各种各样的皮包商人打着幌子四处牟利，三角债遍地流行。冯氏的诚信，使其迅速吸收到各种客户资源。今天，在全球各地的海亮工厂门口，均可见这样的标语："尊敬的顾客，凡与本公司发生的各种经济往来，我们保证严格按合同约定或口头承诺的时间支付款项（遇法定节假日顺延），否则，我们将按银行1年存款利率的10倍，赔偿给您。"冯海良以冯氏财富法则引领海亮成长。

如今，随着海亮的不断壮大，冯海良更要带领海亮人攀登"以制度为核心，以精神为动力"的企业文化高峰。通过强化人本文化、品牌文化和制度文化建设，构筑大企业大文化体系，以海纳百川的气概，兼容并包，广纳人才，实现海亮文化的主流发展和多元发展，建设企业长远发展的基础平台，通过优秀企业文化的传承将创新的基因植入到员工当中去，以充满创新思维的团队打造百年海亮的优秀品牌。在冯海良的率领下，海亮人要谱写海亮辉煌的新篇章。

（二）冯亚丽——海亮集团董事长、总裁、党委书记

海亮董事长、总裁、党委书记　冯亚丽

冯亚丽担任海亮集团董事长以来，始终恪守商业道德，坚持诚信经营和公平竞争原则。在企业经营活动中，冯亚丽坚持"诚信立企"的经营方针，不断加强诚信管理，建设风险防范体系，积极提升企业信用，打造完美诚信企业。"诚信经营，从我做起"已经成为海亮行动的纲领。

公司推行人本管理，因为冯亚丽知道人才是企业发展的灵魂。她关爱员工，对员工诚信，维护员工权益，投资1.3亿元为员工建造高标准、高档次的海亮花园生活社区；投资800多万元与中南大学联合开设MBA研究生班和本科班，努力营造企业、员工"双赢"的和谐劳资关系。她积极发挥党工团组织的作用，推行诚信文化建设，在公司内部营造廉洁、诚信的企业文化氛围，构建具有海亮特色的诚信文化。

五、展望未来

(一) 行业发展趋势

2007 年，国际对于行业准入条件、进出口政策和资源税改革等方面都出台了许多的政策，随着有色金属资源在国际经济关系中的战略地位的提升，对于有色金属行业的调控政策仍将持续。这就会增加行业内相关公司赢利的不确定性，加速行业优化重组。

近年来，发展中国家大多数处于工业化进程阶段，对于铜材的需求仍处于加速增长的阶段，需求旺盛是铜材市场发展势头强劲的根本原因。中国成为铜材第一消费国。在强劲需求的刺激下，矿山和冶炼效率的提高，铜材产量快速增长，使得市场总规模持续扩大。

2009 年，面对全球金融危机的冲击，中国铜加工行业稳定发展，没有出现巨大滑坡。据中国有色金属工业协会的统计，全国铜加工材产量继 2008 年创历史新高之后，2009 年产量再创历史新高，达到 888.42 万吨，开始走向复苏和发展的道路（图 16.5）。

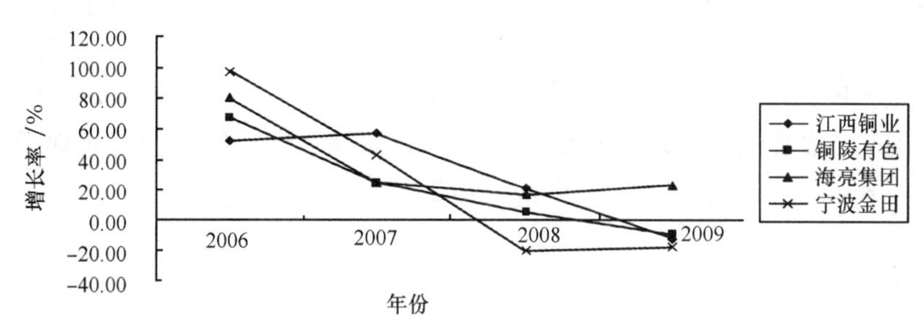

图 16.5　2006～2009 年铜加工主要企业营业收入增长率

预计在世界经济逐步复苏的背景下，在发展中国家工业化进程的推动下，铜材市场的消费需求仍能保持高速增长。

(二) 政策环境

在中国，铜加工业是属于产能过剩的产业，能耗大、高排放。因此，多年来，海亮把推行清洁生产、发展循环经济放在战略高度和突出位置予以施行。在实践中，海亮以高姿态创建绿色企业，高水平管理能源环保，高要求处理“三废”。在“十二五”规划建议中，大力发展循环经济，以提高资源产出效率为目标，加强规划指导、财税金融等政策支持，鼓励大型企业加大研发投入；强化支持企业创新和科研成果产业化的财税金融政策的提出将会为海亮打造绿色生产力提供政策支持。同时浙江省将海亮集团列为铜加工业的龙头企业，并出台许多政策促使龙头企业更好地进行产业转型升级。例如，加大财政专项资金支持力度，采取贷款贴息、专项补助等方式，重点支持产业集群龙头骨干企业技术改造、技术创新、管理创新及节能减排等。加大金融支持，积极支持重点企业的信贷项目，优先支持重点企业在境内外上市，发行债券、短期融资券、中期票据及上市公司再融资。

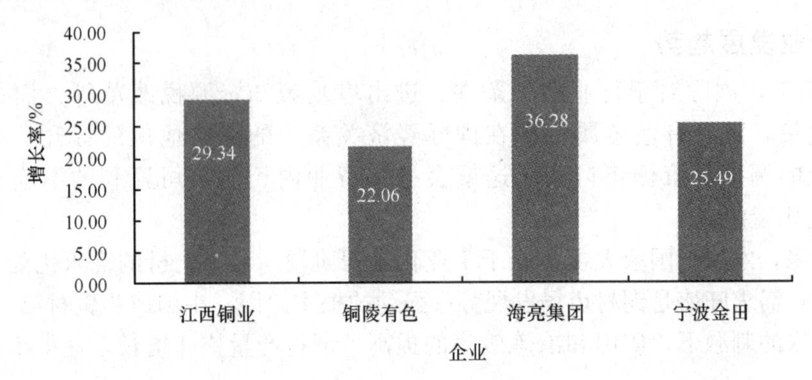

图 16.6　2006～2009 年铜加工主要企业平均营业收入增长率

(三) 海亮发展状况

海亮在过去几年间以 36.28%的平均营业收入增长率快速发展，与行业主要企业相比处于领先地位（图 16.6）。并且在国际金融危机肆虐期间，相比于竞争企业，海亮也保持了比较平稳的发展状态。

海亮发展势头强劲，随着世界经济的逐步复苏，“十二五”期间，在外部经济环境、企业规模、企业素质，政策环境的驱动下，海亮一定能够平稳健康地发展。相信在不久的将来，一个千亿跨国企业将屹立在浣纱江畔。

六、结语

海亮注重企业内涵素质的提高和外延规模扩张，正确处理好“质”与“量”的关系，并深谙“危中就有机”的财富法则，抓住每次危机中的机遇，实现企业的转折性飞跃。历经 21 年的磨砺，公司的整体实力不断提升，现已成为我国铜加工业的领军企业。但同时，我们也应清醒地认识到与发达国家国际行业巨头之间存在的差距。海亮应与时俱进，持续推进战略转型升级，努力将海亮打造成一个具有全球视野的创新型国际铜加工龙头企业。

参考资料

陈佳贵，黄速建，杜莹芬，等 . 1997. 企业经济学 . 北京：经济科学出版社

程惠芳，等 . 2010. 创新与企业国际竞争力 . 北京：科学出版社

海亮集团公司网站 . http：//www. hailiang. com/

郝旭光 . 2000. 多元化经营的几个问题 . 管理世界

李宝峰 . 2003. 中国企业国际化的战略分析 . 商业现代化

李政 . 2005. 企业成长的机理分析 . 北京：经济科学出版社

上海财经大学 500 强企业研究中心 . 2008. 中国 500 强企业发展路径研究 . 上海：上海人民出版社

吴树桐 . 2009. 基于动态能力的企业集团资源整合研究 . 天津财经大学博士学位论文
约瑟夫·熊彼特 . 2008. 经济发展理论 . 北京：北京出版社
Leonard-Barton D. 1992. Core capability and core rigidities：A paradox in managing new product development. Strategic Management Journal
Teece D，Pisano G，Shucn A. 1997. Dynamic capabilities and strategic management. Strategic Management Journal.
Winter S G. 2003. Understanding dynamic capabilities. Strategic Management Journal

浙江工业大学浙商开放创新发展研究院　程惠芳　陆嘉俊

第十七章　兴业铜业发展转型案例

浙商格言

◆"我们不求规模最大，但求实力最强。"

◆"社会对企业的支持是时时刻刻的，企业对社会的回报也应该是时时刻刻的。"

——兴业铜业董事长　胡长源

一、引言

慈惠三北，溪通四海。大隐溪的清流，在孝子董黯门前的十几里外流过，从东汉一直流到今天。子孝母慈故事，已经深化成为慈爱、慈善、慈和的原版。慈溪，以其时空恒远，创造出历史悠久的商贸文明。晋唐时期青瓷的"海上丝绸之路"、1000多年前开始的慈溪盐务、建国初期棉花的产供销，一次又一次把慈溪带上商贸的康庄大道。地灵而人杰，继董黯、虞世南、黄震等青史留名之后，沈宸荃、高士奇、沈贞又声震朝野。近代的马宗汉、吴锦堂，现代的杨贤江、虞洽卿，乃至当代的路甬祥、余秋雨，慈溪的人文精神，薪火相传，永不熄灭。在慈溪近现代商业文明中，"三北人"、"宁波帮"已成为慈溪人的商务名片，这张名片的熠熠光芒，吸引了全世界的目光；三A、方太、恒康等著名品牌，名震遐迩，引人瞩目。

就在这片历经风云变幻、沧海桑田的土地上，一家国内最早从事高精度铜板带生产的企业——兴业铜业国际集团有限公司，汲取慈溪"海纳百川，敢为天下之先"的文化精神，艰苦创业，勇于开拓，如今已跻身全国第二大高精度铜板带生产企业。兴业以"进取、求实、严谨、活跃"的企业精神，以"兴业从我做起，奔向灿烂明天"的企业理念，不断向中国铜板带第一品牌的目标迈进。

二、企业发展历程

中国经济高速增长，带动电子、通信、汽车、航空、航天等行业的蓬勃发展，市场需求强劲，相关行业出现庞大商机。铜板带作为广泛应用于电子、通信、汽车、电器等各制造行业中的必需材料，其市场发展速度也极为迅猛。作为中国高精度铜板带的龙头生产商之一，兴业铜业国际集团有限公司（简称兴业铜业），在这庞大市场和商机中而生，成绩斐然。

兴业铜业是国内最早从事高精度铜板带的生产企业之一，2009 年销售额已达 180 亿元，现有高精度铜板带生产能力近 10 万吨，是国内第二大高精度铜板带生产企业，也是国内最具竞争力和影响力的大型铜板带生产企业。近几年来企业连续被评为全国民营企业 500 强、宁波市百强企业、世界有色金属压延加工业 500 强（中国入选企业第二名）等荣誉。（图 17.1）

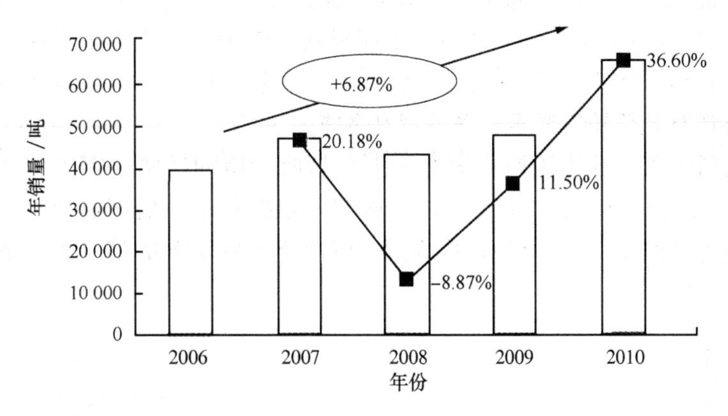

图 17.1　2006～2010 年年销量和增量变化

数据来源：兴业铜业发展战略规划框架

（一）创业期：艰苦耕耘打下发展基础

1985 年，“兴业”从一家倒闭的玻璃厂，仅靠 15 万元资金建起了国内最早的铜带生产企业，在国营企业退休的工人老师傅指导帮助下，使用国营企业更新下来的旧设备，凭着“兴业”人的一股韧劲，很快就轧制了锃壳的铜带，当年就出效益。在以后的 10 余年里，“兴业”人不断开发品种，不断开拓市场，不断开展技术改造，不断扩大企业实力。从废墟堆里崛起了宏伟的建筑群，从一个不知名的小企业，成为一家拥有年产电解铜 1 万吨、铜板带 2 万吨生产能力的大型企业。处于创业初期的兴业铜业充分利用市场经济的良好机遇，以生产普通黄铜和紫铜合金板带为起点，奠定了公司发展的基础。

（二）成长期：改制激发企业活力

1993 年，随着公司体制的改革，兴业铜业迎来了大发展的时期。1993～2003 年，公司成功实现了由普通铜板带向高精度铜板带的转型，成功开发研制了锡磷青铜板带这一核心产品。同期公司所有制也发生变化，现任董事长胡长源先生收购了公司的全部股权后，成为公司的实际控制人，产权结构的明晰激发了企业的活力和创新力。

1998 年，企业创新机制转制后，放弃多元化，回归专业化；实施差异化，避开同行业低层次竞争，将企业的资源和能力集中投向当时国内相对薄弱的高精度铜板带加工领域；秉持低成本战略，购买国外二手设备，组织和利用国内的力量改造和配套，不断开发新产品，形成锡磷青铜带、锌白铜带、引线框架用的电子铜带三大国内市场第一的拳头产品，由此支撑了10年的持续快速发展，奠定了行业的领导地位。

（三）飞跃期：定位高端、目光长远

2003年之后，随着公司投资引线框架铜板带领域的成功，公司的产品结构日趋成熟和完善，公司进入全面升级阶段。2003年兴业铜业投资的宁波兴业盛泰电子金属材料有限公司正式投产，标志着公司产品由过去的单一青铜板带扩展到引线框架铜板带、锌白铜板带、黄铜板带等四大系列。公司进入国内高档铜板带生产企业的行列。同时在2006年公司投资成立了鹰潭兴业电子金属材料有限公司，成为公司在宁波之外布局的又一个生产基地。2007年公司又与哈萨克斯坦乌尔宾斯冶金厂合资建设了鹰潭乌尔巴兴业金属材料有限公司，专业从事高档铍铜板带的生产。2007年兴业铜业成功实现了在香港交易所上市，成为国内首家在香港交易所上市的高精度铜板带制造企业。至2009年年底，公司已经在宁波慈溪、江西鹰潭两地拥有了三处铜板带生产厂区，合计铜板带生产能力已经接近10万吨，成为国内仅次于中铝洛铜的第二大高精度铜板带生产企业（图17.2）。

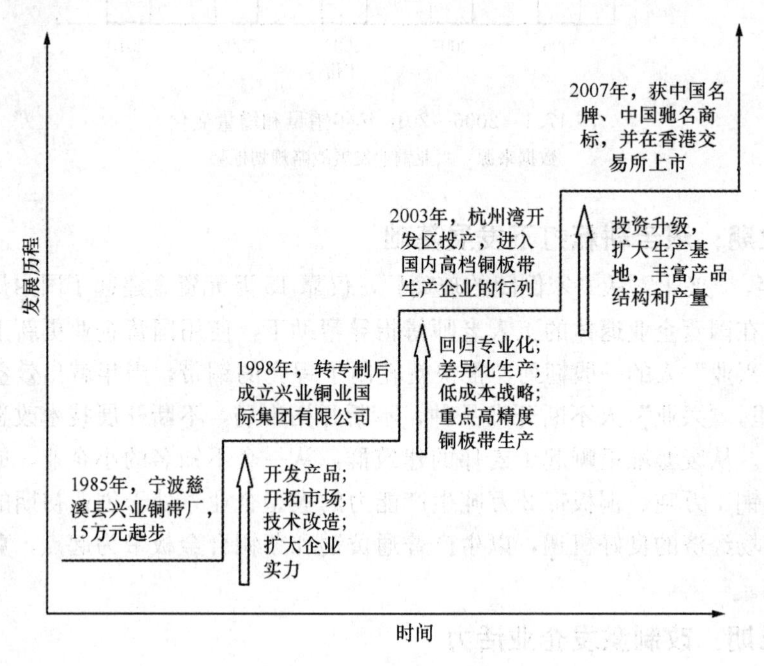

图17.2　兴业铜业发展历程图

三、兴业铜业的全面协同创新

创新既是现代企业发展的动力，也是企业存在的基础。一个企业如果想在激烈的市场竞争中占据一席之地，就必须努力提高自己的创新能力，尤其是中国加入WTO后，面对外资企业的大量涌入，中国企业无可避免地要进入与狼共舞的时代。面对严峻的挑战，企业只有勇于创新才能，才能生存下去，正如福特汽车公司的前总裁亨

利·福特的话："不创新，就灭亡。"[1]

经济学家熊彼特在《经济发展理论》中提出了五种情况的创新。而企业在不同发展阶段，其面临的主要矛盾各不一样，因此不同的创新在企业发展中的作用是不断变化的，在企业经营的不同时期会形成某一要素创新或全面创新主导的创新协同模式，推进企业创新发展。[2]

自 1985 年创办公司以来，兴业铜业决策层一直坚持技术兴企的发展道路，并积极探索符合市场经济需求、适合企业发展、具有企业发展特色的管理体制和经营制度，使兴业铜业从一个铜业加工的小厂发展成为现代化大型高科技企业。公司 25 年的发展历程可以说是一部创新史，是从单方面技术创新、产品创新、制度创新、市场创新一步步走向全面协同创新的有序演化过程。具体而言包括以下四个阶段（图 17.3）。

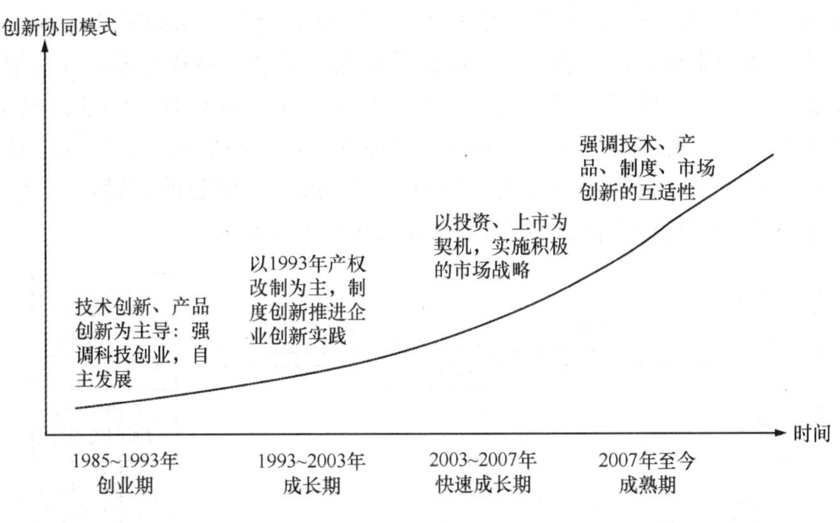

图 17.3　兴业铜业创新协同模式的演化过程示意图

（一）技术创新

技术创新是指一种新的生产方式的引入，这种新方法可以是建立在一种新的科学发现的基础上，也可以是活力为目的经营某种商品的新方法，还可以是工艺上的创新。这可以看做企业中从投入到产出品的这个物质生产过程中所发生的"革命性"变化。

兴业铜业从 15 万元资金起家，到目前拥有 14 亿元的总资产，这 20 年来发展依靠的是什么？是兴业人充分认识"科技是第一生产力"。兴业铜业十分注重技术创新，不断增加技术投入。在创业期，企业先后进行了三次大的技术改造。1986 年，以添置国内较为先进的大四辊、十二辊轧机为纽带，牵动整条生产线，扩大了产量，提高了质量。1989 年，通过技术合作，开发年产万吨电解铜生产线，解

① 侯先荣，吴奕湖．2003．企业创新管理理论与实践．北京：电子工业出版社：9

② 许庆瑞．2007．全面创新管理．北京：科学出版社

决了产品的上延开发，贵金属回收利用，提高了资源综合利用率，也给企业带来了丰厚的回报。1993年，为增强产品的科技含量和出口创汇能力，兴业铜业从美国、德国等国家引进复合铜带生产线和检测设备，铜带生产产量从5000吨提高到12 000吨，并且在质量上均可同日、美产品相媲美。增强了同国际优质产品相抗衡的能力，替代进口，扩大市场占有率。

公司在1998年成立了技术创新中心，主要承担新产品的研制开发、工艺技术的改进、设备的技术改造和配套等。几年来取得了很大的进展，特别是研制开发的高精度高锡磷青铜带、高弹性的锌白铜带等，已成为公司最具有实力的创利产品。2002年兴业铜业作为“863”计划超大规模集成电路配套材料——“引线框架用铜带研制和开发”的依托单位，并与中国科学院金属研究所、北京有色金属研究总院、上海大学、南方理工大学等科研院所、高等学校建立了“产、学、研”技术紧密合作的关系。

在技术创新的驱动下，目前公司已形成引线框架用铜、锡磷青铜、锌白铜、黄铜、紫铜、破铜等六大高精度铜板带系列，产品结构十分丰富且合理，特别是电子引线框架用铜和青铜是公司的核心产品，在业内已经拥有了显著的影响力。长期的技术创新，是兴业铜业满足市场且在激烈的市场竞争中长期保持产品优势的关键，也是企业持续地创造竞争优势和保持竞争优势的根本来源，如图17.4所示。

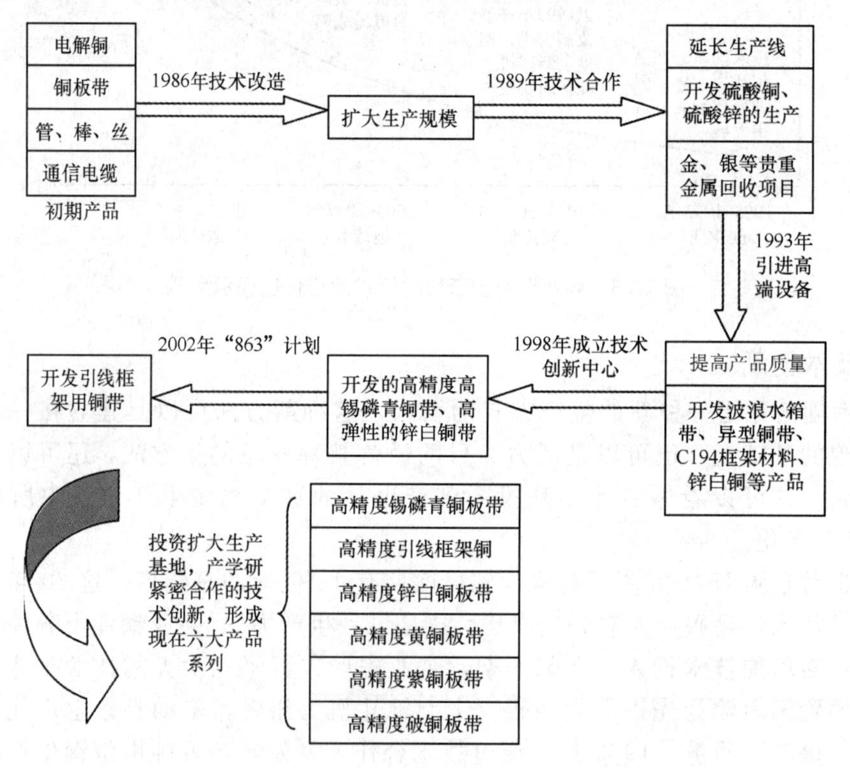

图17.4　兴业铜业技术创新驱动下的产品创新演示图

（二）制度创新

制度创新是指引入新的企业制度安排来代替原来企业制度，以适应企业面临的新情况或新特点。制度创新的核心是产权制度创新，它涉及为调动经营者和职工的积极性而设计的一整套利益机制。只有先进的企业制度安排，才能调动各类人员的积极性，推动技术创新和市场创新的发展。

长期以来，一直困扰我国国有企业发展的核心问题就是产权改制问题。兴业铜业作为一家民营企业，在创业期股权分散，这容易降低公司的反应速度和工作效率，在技术创新带动企业快速发展的同时，也不免受到产权因素的影响。为此，公司决定进行产权改制，董事长胡长源先生收购了公司的全部股权，产权结构的明晰激发了企业的活力和创新力，为公司的健康发高速发展营造良好的管理环境。企业初期，在取得一定效益和进展的时候，兴业开始搞“小而全”“大发展”，结果是效益下滑、负债增加，企业陷入了十分困难的处境。从1998年开始，管理层调整了企业发展的思路和方向，下定决心剥离了不良资产，明确制定了企业走专、精、特、优道路的方针。在企业转制工作中，成立了“兴业铜业集团有限公司”，并按“三结合”（经营者30%、职工30%、发展基金40%）原则，理顺股权关系，从而使企业又恢复了生机，取得了良性发展的较好趋势。

以产权改制为核心的制度创新极大地调动了集体、个人等各方面的积极性，为兴业铜业在成长期的快速成长注入了强大的发展活力。

（三）市场创新

通过技术创新和制度创新，兴业铜业提高了装备水平、加工能力和产品质量，为企业的“三外”（对外贸易、外商投资、外经合作）联动，开拓市场提供了保障。1992年，兴业铜业在墨西哥成立了四明有限公司，接着又在美国、澳大利亚、中国香港设立了分支机构。公司以代理的形式从境外引进废铜、废旧电线电缆等原料，经过一系列的铜加工及生产各类铜制品后返销境外。这一条龙生产、销售联动，促进了公司合资业企业铜合金材和铜制品的生产，同时发展了对外贸易，自1992年至1997年净出口累计赢利2500万美元。三外联动，帮助兴业铜业拓展了商路，扩大了市场，沟通了商情。企业“立足宁波，放眼世界，快步进入国际循环”的战略方针也初见成效。

2003年，兴业铜业投资的宁波兴业盛泰电子金属材料有限公司正式投产，标志着公司产品由过去的单一青铜板带扩展到引线框架铜板带、锌白铜板带、黄铜板带等四大系列。同时在2006年公司投资成立了鹰潭兴业电子金属材料有限公司，成为公司在宁波之外布局的又一个生产基地。2007年公司又与哈萨克斯坦乌尔宾斯冶金厂合资建设了鹰潭乌尔巴兴业金属材料有限公司，专业从事高档铍铜板带的生产。兴业铜业适时利用投资平台，实施积极的市场策略，发挥多元化产品、规模化生产优势，提高了产品的市场占有率，提升公司的行业地位。2007年兴业铜业成功实现了在香港交易所上市，成为国内首家在香港交易所上市的高精度铜板带制造企业。随着公司经营效益的增长，社会公众对股票的预期效益普遍看好，公司的市值逐步升高。企业的上市提高了兴业铜业在投资机构和投资者个人心目中的市场形象和发展前景。

经过多年耕耘，国际市场也开始进入收获期，国内、国际市场实现了协调发展。四大类产品、两个市场奠定了公司全年良性增长的基础。

(四) 制度创新、技术创新、市场创新的互动关系

企业发展，创新引领。兴业铜业从25年创业创新率先发展实践一路走来，始终保持各方面创新的互适性，推动了全面创新的成功。

制度创新是市场创新和技术创新的基础、前提条件。西方管理专家普遍认为："制度第一，总经理第二。"我国经济学家吴敬琏也认为："制度重于技术。"兴业铜业以产权改制为主的制度创新是企业的各个利益相关者，如所有者、经营管理人员、技术人员、普通员工等能在这种安排下得到相应的利益，从而拥有追求技术创新和市场创新的动力。

美国经济学家钱德勒曾经指出："现有的需求和技术改造创造出管理协调的需要和机会。"兴业铜业在技术创新中生产技术（产品、工艺方面）的创新，使得企业中组织结构、人员安排、市场营销及管理观念，都需要作出相应的变革以适应企业生产流程、产品性能的变化，如新产品成功开发后的市场创新。兴业铜业1998年的改制出现了员工持股制，体现出企业通过制度创新，用以激励知识工人在企业和技术创新和市场创新中做出更大的贡献。因此说技术创新为制度创新和市场创新提供了物质条件，它推动了新一轮创新的形成。

市场是龙头，兴业的技术创新和制度创新始终都瞄准市场营销，以市场为导向，将科技潜力转化为营销优势。企业面向市场进行研究开发，创新全过程的各个环节都要贯彻市场营销观念。正是不断的市场竞争，促使兴业不断研发新的产品，提高产品的科技含量，同时改制产权来适应新时期下的市场需求。

制度创新、技术创新和市场创新的关系如图17.5所示。

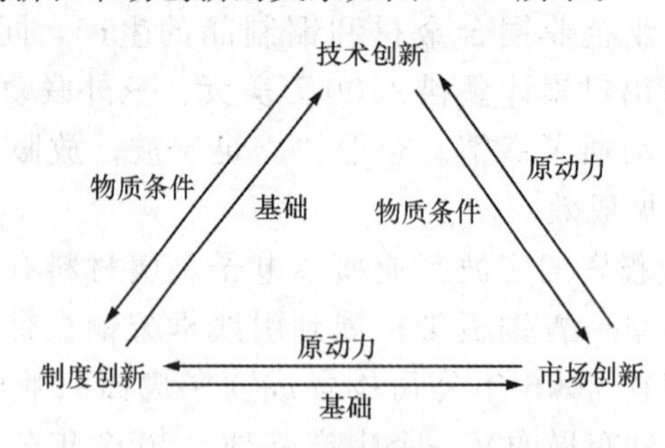

图17.5 三种创新协同发展促进企业转型

制度创新是激励机制，是市场创新和技术创新的基础。技术创新是保障机制，是市场创新的物质条件。市场创新是导向机制，是技术创新和制度创新的原动力。三者是互相支撑的三角关系，形成稳定的金字塔结构，不可或缺。

四、政府支持

兴业铜业从年产值只有近百万元，发展到现在年销售额达180亿元，年创毛利润18亿元的龙头企业，这一切成绩的取得，除了公司在激烈的市场竞争中能不断调整企业的发展思路和发展方向，还得益于党和国家的改革开放政策、各级政府和领导的支持。

根据2010年7月披露的有色金属行业规划草案，未来五年，有色金属行业将根据国内外能源、资源、环境等条件，大力发展循环经济，淘汰落后产能。计划到2015年，粗铜冶炼控制在500万吨以内。资源自给率方面，规划要求，通过国内开发和国外矿产资源合作，争取到2015年我国铜矿产原料保障能力达到40%，再生精炼铜产量占当年精炼铜产量比例达到40%以上。在提升集中度方面，规划要求到2015年，铜排名前10位企业产量占全国总产量比例达到90%。规划鼓励部分深加工、新技术和新型材料项目的发展。依据规划，到2015年要形成一批高端产品生产能力。从“十二五”规划草案中可以看出，国家将继续鼓励地方大型企业集团的发展，鼓励发展高精度铜板带。

2010年8月，工信部起草的“支持行业兼并重组”政策已上报国务院，将主要从金融、财税、资源配给三方面支持大型企业进行兼并重组，年内可出台。该政策也是此前出台的十大产业振兴规划的补充细则，十大产业振兴规划的重要内容便包括行业内的兼并重组。十大产业振兴规划对再生资源产业的上下游产业链将发挥积极效应，短期内有助于稳定市场，支撑价格；长期看，将在拉动市场需求，推动企业并购重组，加快产业优化升级等方面起到巨大作用。十大产业规划的出台对铜板带下游产业又是个利好，兴业铜业也将抓住机遇进入公司的高速发展阶段。

五、兴业创始人

德鲁克曾指出：“我们需要的是一个富于企业家精神的社会。”改革开放以来，浙江企业家所表现出来的那种不畏艰辛、勇于进取、善于应变的精神风貌和文化气质，凸显浙商广泛而强烈的自主创业精神。[①] 胡长源更是他们中间的佼佼者。

20世纪80年代，胡长源创办企业，几经沉浮，每当企业面临困境时，都得到了政府和群众的帮助。因此胡长源对那些处于困境的人有着更多的理解，也明白给生活处于困境的人帮助等于给了他们生活的希望和勇气。1997年，当胡长源得知慈溪要办慈善总会，马上捐款3万元。从此之后，胡长源走上了慈善之路，他捐款的数目也越来越大。2002年，慈溪市慈善总会推广冠名捐款，胡长源率先出资99万元冠名。当时他的企业正在开发新事业，资金上十分紧张，有人劝他，现在资金短缺，慈善捐款还是缓一步吧。但胡长源却说：“企业发展资金短缺是常有的事，不能因此

① 汪岩桥，吴伟强．2009．浙商之魂——浙江企业家精神研究．北京：中国社会科学出版社

断了捐款。现在捐款虽然会增加资金压力，但压力会变成动力。”胡长源认为，社会对企业的支持是时时刻刻的，企业对社会的回报也应该是时时刻刻的。2005 年建立兴业夕阳红基金会，2006 年在浙江省慈善总会设立 1000 万元冠名基金，至今，慈善冠名累计 1199 万元，累计捐款 700 余万元，2006 年胡长源荣获中华慈善业突出事业贡献奖，并被授予“中华慈善人物”称号。这是 10 年来胡长源所做的慈善事业的总结，这些数字让人们看到了他一颗仁爱的心。企业家在享受企业成功之喜的同时，没有忘记反哺之道，他们用实际行动普洒仁爱理念，让越来越多的弱势群体在“慈善之城”真正享受温暖。

在董事长胡长源带领下，兴业铜业成功选择了专业化、差异化和低成本道路。胡长源每年花大量的时间，考察解国内国际行业动态。他发现，普通精度的铜板带生产能力过剩，产品销售出现严重的低价竞争，而高精度的特种铜板带长期供不应求，每年均要大量从国外进口来弥补市场的短缺。为此，胡长源为企业制定了依靠科技创新增强核心竞争力的战略，充分发挥科技作为第一生产力的重要作用，研发并做大做强技术含量高、附加值高的产品，走“高、精、特、优”的发展路线，加快实现产品和生产线的升级换代。胡长源满怀信心地说：“科技进步必将为公司带来大发展，在两三年的时间内，我国铜板带行业规模最大、效益最好的高新技术企业，将在杭州湾新区崛起。”

六、展望

兴业铜业已经成为专业的提供国际一流、国内领先的铜基合金板带材供应商。经历国际金融危机的洗礼，兴业铜业更坚定了“创百亿企业、树百年老厂”的这一核心竞争战略。在《兴业铜业发展战略规划框架》中，兴业铜业提出集团未来 10 年新的发展方向：把兴业铜业创建成一个以加工制造为基础、以贸易拓展为平台、以投资为核心的产业控股集团。

制造业务是兴业铜业未来发展的基础业务，未来 1～5 年，制造业务将以铜板带材的加工制造为中心，进行制造业务扩张，通过自建、合资和并购，进行标准工厂的复制，打造兴业铜业制造业务体系，使制造业成为兴业集团战略目标实现的基石。贸易板块将以产品的研发设计为龙头，以兴业铜业制造业为基础，大力发展一般贸易业务，整合和利用内外部生产资源，建立系统的生产和质量监控体系；非核心商品实行采购制；逐步孕育品牌向国内外分销和推广的商贸实体。投资业务是兴业铜业在未来积极培育的业务之一，1～5 年，集团主要利用投资金融业务的杠杆作用为贸易板块和制造产业的发展提供支持。在此基础上，通过逐步建立新业务平台，积极并购扩张，发挥协同效应，获取细分市场领先地位，增强金融业务自身的竞争能力，通过 10 年左右努力，使金融在集团内成为重要业务和主要利润来源之一。

兴业铜业将以实现价值的持续增长为公司使命，依靠资本运作与科学管理进行理性扩张，创建国际一流的铜基合金板带材的专业提供商。

七、结语

25 年风雨兼程，潮落潮起，兴业铜业从创业创新率先发展实践一路走来，站在一个新起点上。以产品创新、技术创新推进产品持续升级换代，装备升级换代；以制度创新带动企业积极性，激发企业活力；以市场创新指明企业创新方向。兴业铜业坚持以创新作为企业核心竞争力，不断超越，为“创百亿企业、树百年老厂”的宏伟目标继续前行。

参考资料

彼得·德鲁克．2007. 创新与企业家精神．北京：机械工业出版社
程惠芳，等．2010. 创新与企业国际竞争力．北京：科学出版社
侯先荣，吴奕湖．2003. 企业创新管理理论与实践．北京：电子工业出版社：9
汪岩桥，吴伟强．2009. 浙商之魂——浙江企业家精神研究．北京：中国社会科学出版社
许庆瑞．2007. 全面创新管理．北京：科学出版社

浙江工业大学浙商开放创新发展研究院　程惠芳　王　涛

第十八章　久立创新发展与转型升级案例

浙商格言

◆“没有创新，就没有久立的今天。创业至今，久立一路走来遇到过很多困难。这让我深深地感到，对于民营企业来说，要想取得永续发展，就必须走自主创新之路。只有这样，命运才会掌握在自己手中。现在竞争越来越激烈，几乎在每个行业，都面临着与包括国际巨头在内的大企业的竞争。没有创新，最终只能走入死胡同。企业必须有这方面的紧迫感。”

◆“企业创新，一要建立有利于激发广大技术人员创新积极性的平台与机制；二要有一支能够自主创新的人才队伍；三要在自主创新时瞄准高端市场，开发高端产品，打造具有国际竞争力的产品。”

◆“企业发展必须有进有退，有时退则是为了更快更好地进。我们也尝试过多元化经营的发展道路，但到最后，还是重新确立了专业化发展战略。我们的目标就是集中力量发展特种不锈钢管，实现做强做精。”

◆“企业要贡献国家与社会，首先要做到这么两点：一是向国家缴纳更多的税收，二是要让单位职工和谐快乐地工作与生活。”

——久立集团董事长　周志江

一、引言

湖州市是一座具有2300多年历史的江南古城，素有“丝绸之府、鱼米之乡、文化之邦”的美誉，是中国丝绸文化、茶文化、湖笔文化的发祥地之一。“茶圣”陆羽在湖州完成了世界上首部茶学巨著《茶经》，名列“文房四宝”之首的湖笔就产于湖州。这里历来崇文重教，人才辈出，既哺育了曹不兴、孟郊、赵孟頫、沈家本、吴昌硕等一批名人，也吸引了王羲之、颜真卿、陆羽、苏轼、胡瑗等不少名流，特别是开宗立派的书画家众多，更有中国书画史半部在湖州之说。

在这样的一座文化名城、书画圣地，却有着一个农民企业家以一往无前之势发展全国著名不锈钢管企业——久立集团。久立集团董事长、总裁周志江，带领他的团队，纵横商海，跻身全球不锈钢管制造行业前列，为湖州、为浙江、为中国不锈钢制管业久立世界潮头，做出了重要贡献。

久立集团通过不断的技术创新和产品创新，从1999年以来，先后获得CCS中国船级社、GL德国劳氏船级社、DNV挪威船级社、BV法国船级社认证，LR英国劳氏船级社、ABS美国船级社的工厂认可证书，PED9723EC欧盟承压设备指令认证以及全国特种设备制造许可证（压力管道）证书、美国阿尔斯通锅炉压力容器合格供应商证书等。2006公司又通过了ISO14000环境管理体系合格认证，通过了清洁生产验收。2008年取得《中华人民共和国民用核安全设备制造许可证》。

久立集团依靠不断创新和过硬的产品质量与优质服务，成为中石化、中石油、中海油等大型企业的不锈钢管主要供应商，也是阿尔斯通、巴斯夫、拜尔、克瓦纳、金光集团、巴西国家石油公司、沙特阿美石油公司、英国国家石油公司等世界著名企业的合格供应商，与国内外石油、化工、电站、锅炉、造船、造纸、机械、制药等行业中的1000多家大型企业建立了长期、稳定的合作关系，产品应用在南京扬子巴斯夫一体化工程、上海赛科90万吨乙烯装置、大唐煤碳烯烃项目以及中石化福炼、天津、镇海等乙烯项目和中石油辽化PTA、独山子1000万吨炼油和120万吨乙烯一体化、西气东输等上百个国家重点项目中，出口到欧美、中东、亚洲等国外市场，深受国内外广大用户的欢迎。

公司是浙江省146家工业行业龙头企业之一，具有年产6万吨工业用不锈钢管和特殊金属管村的生产能力，2005年以来，工业用不锈钢管的产销量一直位居国内首位。截至2009年年底，久立集团总资产达22.72亿元，员工2100余名，实现销售收入29.77亿元（图18.1）。

二、久立的发展历程

1987年，周志江怀揣着做大事业的一腔豪情，筹145万元资金起家，在一片泥泞的水田里建立起自己的希望——湖州金属型材厂，这就是久立集团的前身。湖州金属型材厂在发展之初，既缺乏技术，又缺乏资金，十几个人仅能挤在几张桌子上勉强办公。更困难的是，农民出身的工人们还无法胜任生产不锈钢管这一技术含量较高的工作。为此，周志江与上海第五钢铁厂（简称上钢五厂）签订了3年的合作协议，经过了半年的培训，终于有了第一批专业人员，并在第二年成功生产出了不锈钢管。

1990年，湖州金属型材厂更名为“湖州不锈钢管厂”，1993年，成立“浙江久立不锈钢集团公司”（以下简称久立），下属有钢管厂、电缆厂、穿孔厂、材料厂和机修厂等五个分厂，实行两级核算。1994年，久立产值突破了1亿元大关。为了提升企业形象，公司积极实施品牌战略，请专家设计了“久立加图”的商标，并对42个大类商品进行全方位注册。1997年，经浙江省证券委批准，改制为股份有限公司。2001年，为了使企业得到更好的发展，公司进行了2轮改制，实现了集团公司全部股份的人格化，奠定了公司健康稳定发展的基础（图18.2）。

2009年9月7日，这是一个值得全体久立人骄傲的时刻。久立旗下核心企业——浙江久立特材科技股份有限公司IPO获证监会发审委审核通过，并于当年12月11日在深交所正式上市。自此，久立开始了一轮崭新的发展阶段（图18.3）。

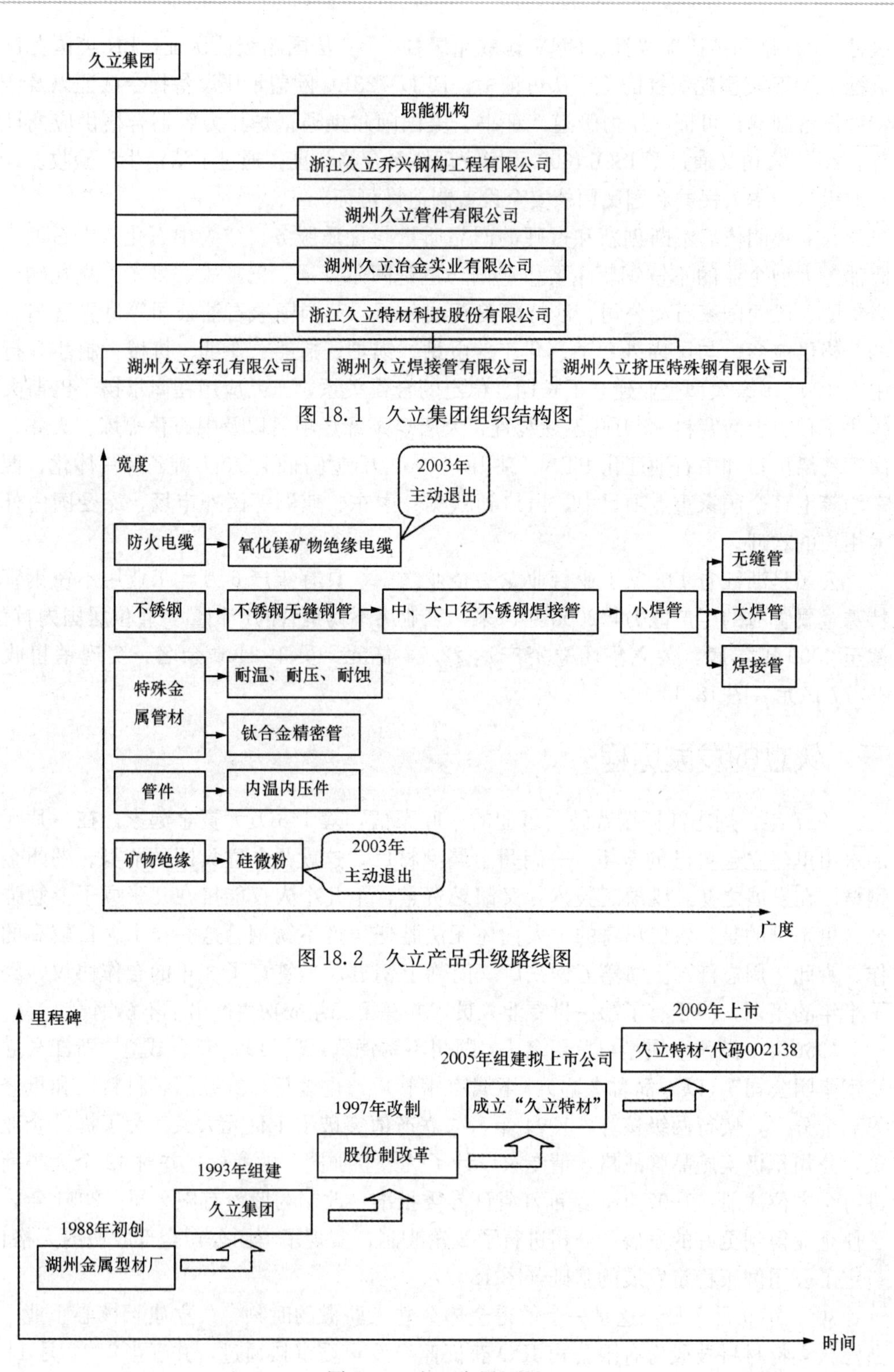

图 18.1　久立集团组织结构图

图 18.2　久立产品升级路线图

图 18.3　久立发展历程

三、久立的转型升级模式

（一）发展战略转型，突出不锈钢管主业

面对国内低端不锈钢管材市场竞争激烈与石油、电站、医疗、核电等领域所用的高精尖不锈钢管仍需大量依赖进口的现状，周志江深知，只有积极实施战略转型，尽快调整产业结构，才能跳出低端竞争怪圈。

从 2001 年起，周志江提出“五指分叉，不如握紧拳头，集中力量做强做大不锈钢管主业”的发展思路，通过送、破、停、并、转等一系列措施，果断退出防火电缆、金属镁、硅微粉等产业。也就是从那时起，成为中国不锈钢管的领先者成为久立的最终目标。

2003 年 5 月，久立人跨出了战略调整道路上最大的一步：向世界 500 强之一的美国泰科公司整体转让了培育 10 多年之久、生产规模国内居首的下属久立耐火电缆公司的产权和商标。卖掉防火电缆公司，不仅避免了多头并进分散投入，而且获得了 1100 万美元的转让资金。虽然失去了电缆产品的销售收入和利润，但由于集中发展不锈钢管，主业不锈钢管的产销量迅速得以提高，企业不锈钢产业出现跨越式发展。

转让防火电缆公司后，企业一方面引进世界先进的钢挤压生产线——3500 吨钢挤压机顺利投产，另一方面自主研发出小焊管焊缝辊轧设备，此项技术与国际接轨，再一次领先。事实证明，周志江的选择是正确的，新的设备引进和技术领先让已处于在国内尖端的久立如虎添翼。2005 年，集团的工业总产值即达到 25 亿元，销售收入 27 亿元，利税 1.8 亿元，几项主要指标的增长率均比转让前提高 40%以上。

（二）产品创新，打造中国不锈钢管第一品牌

久立实行战略调整后，周志江清醒地认识到久立成功的着眼点应该也必须定位在以质取胜。为此他把“长特优、高精尖”定位为久立产品的目标，努力提高不锈钢管产品的档次，并确立了建设“国内工业用不锈钢管制造基地”、“打造中国不锈钢管第一品牌”的发展愿景。

其一是精选原料。为了保证质量，久立一反国内不锈钢无缝管主要采用棒料加工的方法，转而选择管坯料加工，但成本要高出棒料 1000 元/吨，且工艺复杂。虽然由于价格劣势，在推广初期难以被客户接受，但经过使用后，久立产品质量好、使用寿命长、安全性能高的特点很快赢得了客户的青睐。

其二是实施品牌战略。一方面久立积极争创“驰名商标”。经过不懈的努力，2005 年年底终获“驰名商标”称号。另一方面，久立大力开展商标的国际注册。2005 年以来，“久立”英文商标分三批在西班牙、乌克兰、挪威、印度、加拿大、马来西亚、希腊、阿根廷、罗马尼亚、伊朗、新西兰、秘鲁等 52 个国家申请注册，现已拿到美国、德国、日本、新加坡、韩国等 27 件 43 个国家的注册证书。另外，加快国际认证，提升久立品牌的影响力。

其三是不断引进高素质人才。久立先后从全国各地引进了多名高层次人才，其中

包括享受国务院特殊津贴的专家。

其四是努力掌握自主知识产权。久立加强原始创新、集成创新和在引进技术基础上的消化吸收，在关键领域掌握较多的自主知识产权。目前已经获得国家知识产权局授权的专利11项（其中发明专利3项）。

“细如小指，粗如巨人”，这是客户对久立不锈钢管产品管径的形象描述。目前，久立生产无缝钢管和焊接钢管的品种多达数百个，可按GB，HG、SH、ASTM/ASME，JIS，DIN和ISO等标准组织生产。

（三）把握国际前沿技术，成为全球不锈钢管主流市场的最佳供应商

“一流的设备，不等于一流的产品，真正要在高端竞争中获得优势，必须不断创新。”周志江如是说。

20多年来，久立集团走过的是一条坚定不移的自主创新之路。他们秉承“把握前沿技术、追求卓越产品、实现高精尖优”的研发理念，紧紧依靠汇集国内外一流专家的研发团队和全体员工的智慧，共开发省级新产品18项、国家级新产品1项，替代进口产品5项，成为一家国家级高新技术企业。近几年又着重开发电站低压加热器和冷凝器用的U型管和盘管、双相无缝管、超级双相钢、超超临界电站高压锅炉管、TDJ-3油井管、长距离油气输送管、核电蒸发器管等高端产品，不仅大大提高了产品附加值，增强了企业市场竞争能力，而且推动我国工业用不锈钢管的档次迈上了新的台阶。

近年来，久立集团生产的各种不锈钢管已在石油、石化、化肥、电站、锅炉、化纤、造纸、医药、船舶等行业得以广泛应用。久立集团的目标是不断把握国际前沿技术，成为全球不锈钢管主流市场的最佳供应商（图18.4）。

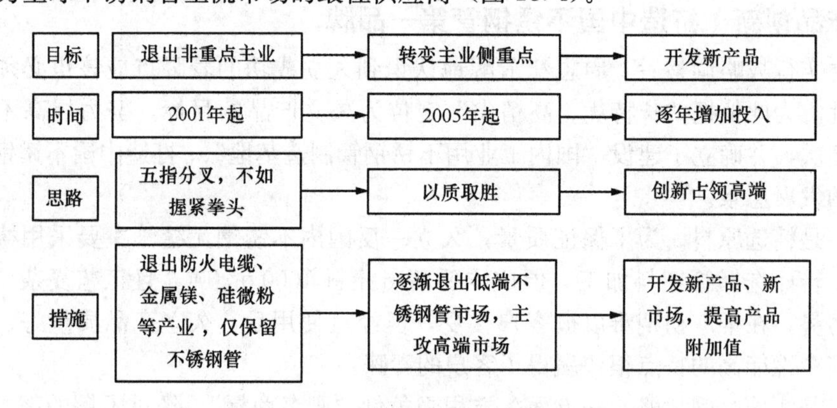

图18.4　久立主业转型升级路线图

四、久立董事长——周志江创新创业的传奇故事

周志江出生在浙北水乡湖州镇西一户普通农民家庭，少年时代吃了许多苦，要脱贫的思想十分强烈，向往到城里当工人。1972年，周志江进了乡办企业湖州磁性材料

厂（前身为“镇西五金瓷件厂”）工作，烧了五年窑，干过最苦、最重、最累的活，后任技术科长。1982 年，乡领导找到周志江，由于周志江能够苦干、实干、具有很强的责任感。乡领导需要他挑重担担任这个已经连续亏损三年的厂的厂长。周志江担任厂长后，采取一系列措施，到江西请技术人员，促进员工年轻化，狠抓产品质量，辞退不合格职工，结果一个连续多年亏损的企业立即扭亏为盈，利润以每年翻一番的速度递增。因为在湖州磁性材料厂的良好经营业绩，1986 年周志江被提拔成为乡工办主任兼工业公司总经理。

1987 年，周志江为引进投资项目，找到上海电缆研究所，发现当时防火电缆产品市场前景看好，但是尚处在科研培育阶段，不能尽快形成市场。又经历几个月的调研、考察，他发现国内不锈钢管产业刚起步。于是，周志江找到上钢五厂，得知上海、江苏已有不锈钢管生产厂家，而浙江省还是空白，项目发展前景非常好，而且防火电缆和不锈钢管两个产品的部分生产设备可以通用。周志江兴奋不已，决定从不锈钢管项目入手。周志江在一无资金、二无设备、三无原料、四无科技人员的情况下，带领 39 位农民，先向上海电子材料公司借贷 50 万元，再从湖州建设银行贷款 95 万元，筹措了 145 万元，建起了第一批 1000 平方米的厂房——6 间简陋的油毛毡棚屋，创办起湖州金属型材厂。工厂是建起来了，但资金却十分紧张，周志江想尽一切办法缩减开支，并实行“带资进厂”办法，即新招员工每人带资金 500 元，来启动生产。握惯了锄头铁耙的农民要掌握不锈钢管生产技术，可不是一件容易的事。当时提倡横向经济联营，于是周志江五赴上海，以诚意打动了上钢五厂领导，与上钢五厂签订了 3 年的技术合作协议。该厂派了 6 名专业人员手把手现场指导工人。6 个月后，一线生产工人全面掌握了操作技能，并有了几个掌握工艺的专业人员。随后，上钢五厂又派来技师作长期技术监督和指导。1988 年 10 月，湖州金属型材厂成功生产出不锈钢无缝钢管，填补了省内空白，产品通过鉴定，成为浙江省最早获得冶金部不锈钢无缝管生产许可证的企业。

建厂初期，地处郊区农村的工厂连个直拨电话机也没有，只有通过镇上转接的摇摆子电话，很多业务订单都是靠电报传递的，曾有好几笔几万甚至几十万的业务就因为电报迟到而夭折了。有一次，兰州一家客户发电报到厂里订货，要求第二天上午 10 点之前报价，因电报到湖州已是周六下午，星期天邮电局休息，直到周一周志江才收到电报，他当即赶到湖州建设银行去打长途电话，可对方因在规定的时间内没有得到回音而已经把订单转给别的企业了。这件事发生后，促使周志江下决心要装电话。因为是邮电线路问题，邮电局开价要 3 万元初装费，周志江咬咬牙说：装！可没料到真要装时，邮电局提出要 10 万元，周志江横下一条心说：“装！”于是，就选了个比较好记的号码——25999。为了记住这个吉利号，后来就用它的谐音给企业起名为“久立”！后来就是靠着这门电话，久立业务源源不断。这看似微不足道的小事，却反映了周志江办企业的决心与魄力。

1993 年，久立改制，职工的积极性明显提高，企业不再是周志江一个人的企业，每个人都发挥出主人翁精神，开始关心企业的命运和她的成长。1995 年，久立投入了

200 万元研制工业用中大口径不锈钢焊接管，在产品研发出来之后，发现技术不过关。若要使项目上去，需要追加资金达 500 万元，当时企业班子成员中大多数害怕投资后收不到效果，损失会更大，企业会面临倒闭的可能。可周志江却不甘心，经过反复调研论证，权衡利弊，果断地作出举债投资、完善生产线的决定。为此，周志江还专门请来了一位享受国务院专家津贴的高级工程师主持开发。经过近一年的努力，引进消化自动焊接机，在国内首创焊接工艺参数计算机自动控制系统和整形预焊技术，使产品各项性能指数均达到国际同类产品水平。上海金山石化、广东岭澳核电站、威达高纸业有限公司等纷纷前来订货。1998 年一年，仅该产品利润就达到了 800 多万元。

1999 年，是久立发展史上具有重大战略意义的一年。那年，老牌国有企业原湖州钢铁厂（简称湖钢）宣布破产。市政府动员久立等多家民营企业收购或兼并这家企业。周志江想收购，但是在企业内部班子中却引起了各种争议，因为那时久立自身规模不大，兼并湖钢是“小马拉大车”，大家担心吃不了兜着走。当时许多人担心久立兼并湖钢是“蛇吞象”，难以盘活上亿元的资产，因而是个“烫手的山芋”。但周志江认为企业发展一定要有前瞻性，目光必须超前。兼并湖钢，既有风险存在，也是实现低成本扩张、做大做强不锈钢产业的良好机遇。最后，久立成功收购了湖钢，经过两年的磨合，迅速走出了困境。

2003 年 5 月，久立发展跨出了战略调整道路上最大的一步：向世界 500 强之一的美国泰科公司整体转让了培育 10 多年之久、生产规模国内居首、曾被列为公司主业的防火电缆生产线。这个动作曾引起社会的广泛关注，因为当时久立是国内最大的防火电缆生产厂，市场占有率达 60%以上，年销售额达 1 亿多元，利润达 1200 多万元。卖掉防火电缆，企业可以集中财力、物力发展不锈钢管，使不锈钢管的优势得到充分的发挥，虽然少掉了电缆产品的销售收入和利润，但由于将转让所得投入不锈钢管主业，使不锈钢管的产销量迅速提高，在这一退一进之间，企业实现了跨越式的发展。

2004 年久立投入 3 亿多元引进具有国际先进水平的 3500 吨热挤压机。2006 年，世界上自动化程度最高的钢挤压生产线在久立不锈钢工业园建成投产，这是久立发展史上的里程碑，也是我国不锈钢管发展史上具有重要影响的工程，当年被列为中国不锈钢行业十件大事之一。

2004 年 9 月 10 日，久立整合优质资产，成立了拟上市公司——浙江久立不锈钢管股份有限公司，进军资本市场。当年，“久立不锈钢工业园”一期工程如期竣工。巨大的生产能力初步实现，久立集团可持续发展的框架已经基本建成。经过一年时间的努力，技术先进、设备齐全、网络现代、当年全国最大的 3500 吨钢挤压生产线在“久立不锈钢工业园”内建成投产。工业用不锈钢管的年产能将达到 5 万吨，形成以“长特优、高精尖”为特色的国内工业用不锈钢管生产基地，规模处于国内行业前列和亚洲前五位。

2007 年 9 月 22 日，浙江久立不锈钢管股份有限公司改名为“浙江久立特材科技股份有限公司”。2009 年 12 月 11 日，浙江久立特材科技股份有限公司在深交所正式挂牌上市。周志江创新创业已经取得了辉煌的业绩，但是他还在继续更高层次上的创新。

他提出："我的目标是让久立走上国际化，用国际化的生产技术、国际化的经营理念和国际化的管理模式，使企业的产量、规模和装备水平都达到国际领先水平，这就是我们接下来工作中的指导思想。"

五、展望——天时、地利、人和

不锈钢产业正面临着良好的发展机遇。目前，我国高端不锈钢管和特殊金属管材基本依赖进口，因此，对于进口依赖度较强的高附加值产品，国家在大力提升自主创新能力，积极推进高端"进口替代"战略，今后一段时期，国家仍将支持发展国内高端不锈钢与特殊金属管道，以减少进口依赖，确保工业装备用不锈钢管基本实现自给。这是久立的"天时"。

近几年来，久立所在的湖州市大力鼓励支持中高端金属管道与不锈钢产业的发展，中高端金属管道与不锈钢产业集聚区已基本形成，国内外知名度大幅提升。同时，湖州市继续出台相关政策，扶持培育不锈钢行业的龙头企业，这将会对久立的发展产生深远的影响。这是久立的"地利"。

久立 20 多年发展正处于最有冲劲的重要阶段，久立已经具有一支技术创新团队和管理创新团队。这是久立的"人和"。

久立已经取得"天时"、"地利"、"人和"，久立集团的创新转型已经取得突破性的发展，只要坚持不断创新战略，久立集团将来必定会取得更辉煌的成就。一个国际化的久立集团必定会矗立在世界不锈钢管行业中。

参考资料

彼得・德鲁克．2009．创新与企业家精神．北京：机械工业出版社
程惠芳，等．2010．创新与企业国际竞争力．北京：科学出版社
黄培伦，尚航标．2008．企业能力：静态能力与动态能力理论界定及关系辨析．科学学与科学技术管理，(7)
迈克尔・波特．1997．竞争优势．北京：华夏出版社
王立文．2007．动态能力观：解读企业竞争优势的新视角．科学学与科学技术管理，(3)
杨桂红，李林波．2006．论转型期外部制度障碍和内部制度创新与民营企业发展．经济问题探索，(8)
钟宏武，徐全军．2006．国内外现代企业成长理论研究现状比较．经济管理，(1)
Hiller J R. 1997. The life cycle theory of the firm: an empirical test. International Institute of Management
Nonaka I. 1994. Dynamic theory of organizational knowledge creation. Organizational Science, (1)
Pemose E T. 1997. The Theory of the Growth of the Firm. Oxford University Press
Teece D J, Pisano G, Shuen A. 1997. Dynamic capabilities and strategic management. University of California at Berkeley, Working Paper

浙江工业大学浙商开放创新发展研究院 程惠芳 柴 灏

第四篇　纺织服装企业创新与转型升级案例

第十九章　雅戈尔服装创新产业链发展与转型升级案例

浙商格言

◆"企业成功的关键不是跑得快，而是少走弯路，不犯或少出错误。"

◆"只有夕阳技术，没有夕阳产业，只要有过硬的技术并坚持自主创新，服装产业就能成为日不落的都市产业。"

◆"自主创新，已不单单是硬件更新，更多领域内的创新，如从技术创新到管理创新，从产品创新到品牌创新，从单项创新走向整体创新，这将是企业走向强大的必由之路。"

——雅戈尔董事长　李如成

一、引言

鸦片战争后，宁波被辟为"五口通商"口岸，风气开放较先，上海的"西装热"影响到宁波。宁波来了不少蓝眼睛、红头发的洋人，宁波人习惯上称他们为"红毛人"，于是为"红毛人"做衣服的那一帮裁缝，也就被称为"红帮裁缝"。创作于1933年的《鄞县通志》记载："海通以外，商于沪上者日多，奢靡之习，由轮船运输而来……往往时髦服装，甫流行于沪上，不数日，乡里之人即仿效之，有莫之能御矣。"红帮是我国近现代服装史上的一朵奇葩，制造了中国第一件西装和第一套中山装，开立了中国第一家西服店，撰写了中国第一本西服理论著作，开设了中国第一家西服工艺学校。

1979年，宁波鄞县（现鄞州区）石碶镇，20余名知青自带尺子、剪刀和小板凳，在地下室创办了"宁波青春服装厂"。这个服装小作坊是用2万元安置费勉强建起来的，目的是为了安排返乡知青的工作。李如成当时作为下乡知青，在青春服装厂扛过包，当过裁缝。1983年，李如成被推选为厂长，在他的带领下，青春服装厂从乡镇企业到合资，由股份制改造到上市公司，经历了曲折的发展历程。1993年，雅戈尔集团股份有限公司成立（以下简称雅戈尔）。而今，雅戈尔不仅仅是纺织服装业的龙头企业，更是在房地产行业和股权投资行业站稳了脚跟，正在续写着一个民族品牌的传奇。截至2009年末，雅戈尔注册资金18亿元，资产总值419亿元，逐步确立了以品牌服装、地产开发、金融投资三大产业为主体，多元并进、专业化发展的经营格局，成为拥有员工近5万人的大型跨国集团公司。2009年雅戈尔以良好的经营业绩和持续的增长潜力列全国制造业500强第120位，中国企业效益200强第74位。同时它还获评中华慈善事业突出贡献奖，连续3年上榜《福布斯慈善榜》和《胡润企业社会责任50强》。2009年集团实现销售收入274亿元，利润总额41.54亿元，出口创汇6.28亿元，上交国家税收16.14亿元。雅戈尔在全国拥有100余家分公司，400多家自营专卖店，共2000余家商业网点。截至2009年底，在职员工为47 109人，其中各类专业技术人员1741人，管理人员3665人，销售人员为7464人(图19.1)。

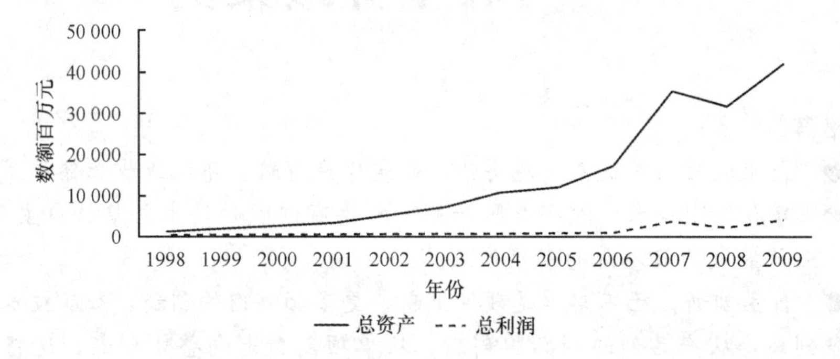

图19.1　1998～2009年雅戈尔总资产与总利润额变化折线图

资料来源：雅戈尔集团股份有限公司各年度报告

二、雅戈尔发展历程

雅戈尔作为宁波纺织服装业的龙头，在30年的发展历程中，紧追改革开放的步伐，在服装行业中不断地创造着各项第一：衬衫为全国衬衫行业第一个国家出口免验产品，连续15年获得市场综合占有率第一位；西服连续10年保持市场综合占有率第一位；第一个建立了从棉花到专营店的全产业链等。雅戈尔的快速发展，是由勇于开拓创新、永远争夺头筹的精神支撑的。

“宁波青春服装厂”是雅戈尔的前身，在服装业耕耘数十年之后，其生产的衬衫贴上了名牌产品的标签，随着衬衫市场名声的打响，顺势推出了西服，这两种产品奠定了雅戈尔在中国男装行业的名牌地位。随着雅戈尔在1998年上市，雅戈尔获得了更好的发展机会。当年，雅戈尔就将工作的重心转移到建设并完善营销网络体系上，具体表现为扩大市场部建设，增设专卖店等，被称为“大营销”战略。除了网络的建设，雅戈尔还十分重视产品质量的提升，先后引进世界先进的工艺设备，进行西服、衬衫、休闲装技改项目，率先引进了免烫后整理工艺、VP棉免熨技术等国外先进技术。而到了1999年，雅戈尔就已拥有年产600万件衬衫、90万套西服的生产基地，是国内首家同时拥有衬衫、西服全自动吊挂流水线的服装企业。这一年，雅戈尔的主营业务收入94%以上来自于“雅戈尔”衬衫和西服的销售，次年“雅戈尔”衬衫、西服首次双获相对市场占有率年度第一名。而随着雅戈尔纺织城建成投产，雅戈尔涉足色织、印染、针织等多个领域，使公司形成集“纺织—服装—零售”于一体的产业链。

雅戈尔于1992年开始涉足房地产开发，相继开发了东湖花园、东湖馨园、都市森林、苏州未来城、海景花园、钱湖比华利等高品质楼盘，累计开发住宅、别墅、商务楼等各类物业300万平方米。近几年来，雅戈尔地产开发业务逐步向长三角区域延伸，在客户中树立了良好的形象和口碑，赢得广泛的市场好评。而雅戈尔置业也传承了"雅戈尔"衬衫和西服的优雅、高品位的形象，成为"品质地产先行者"，为社会创造文明、和谐、温馨、优雅的居住环境。雅戈尔于2009年成立了置业控股公司，进一步整合了房地产业务，使房地产行业成为雅戈尔的支柱产业之一。

伴随着我国股权分置改革的基本完成，中国证券市场迎来了全新的发展机遇。在纺织服装业的扎实基础，使得雅戈尔于2000年以投资形式进入了金融证券领域。经历了几年的发展，2006年雅戈尔决定将投资打造成公司的又一主业，如今雅戈尔已成立了创业投资和股权投资两家公司，分别从事拟上市公司和已上市公司的投资，分享资本市场发展的收益。这样，在品牌服装、房地产双轮驱动的发展格局下，雅戈尔也秉持谨慎、稳健的原则在股权投资领域进行探索。

从1979年成立"宁波青春服装厂"到1998年雅戈尔上市，从当初李如成辗转全国接单生产到如今雅戈尔服装畅销海内外，从最初仅仅生产衬衫到如今覆盖纺织服装、房地产和股权投资三大主业的多产业发展格局，雅戈尔在经历了曲折的改革，也经历过产业发展的迷茫，最终树立了"创国际品牌，铸百年企业"的理想（图19.2）。

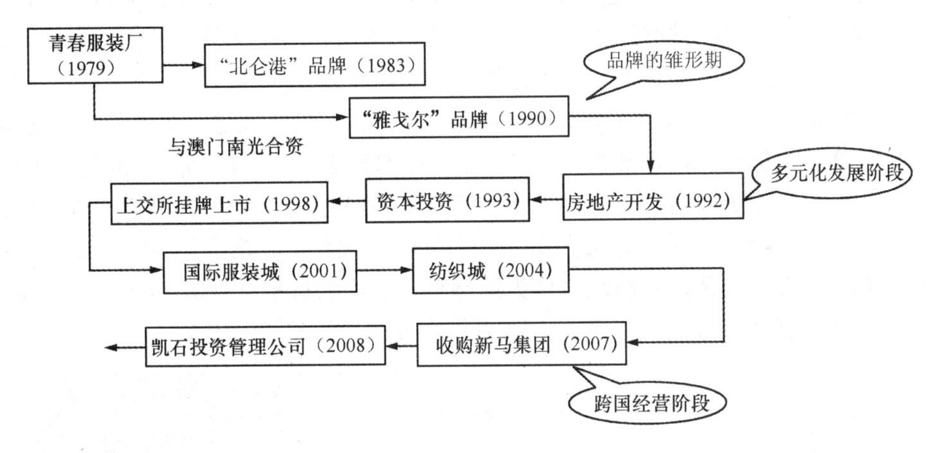

图19.2 雅戈尔发展路径图

三、雅戈尔转型升级的能力与路线图

服装产业具有进入市场门槛低的特点，受"红帮裁缝"的文化影响，改革开放以后，宁波出现了很多的纺织服装厂，青春服装厂正是众多厂商之一。而青春服装厂的发展离不开李如成卓越的领导才能，正是李如成带领着青春服装厂走出了发展的困境，并实现了盈利。从单一的服装产品到涉足多个产业，雅戈尔的每一次转型都离不开李如成的领导能力，整个发展都是由他掌舵的。而在有了这些原始积累之后，雅戈尔不断地提高产品的技术含量，从而在质量上获得优势，以提高产品的附加值。雅戈尔的转型升级则是依据资本雄厚、技术过硬的能力，不断地拉大与其他纺织服装厂商的差距，形成了三条转型升级路径：技术升级、产业链转型、品牌升级。

(一) 技术升级

产品的质量是决定市场竞争力、企业存亡的关键,而质量的关键在于技术水平。虽然纺织服装业是一个进入门槛较低的行业,但是雅戈尔十分重视技术水平,不断提升公司的生产能力和生产技术。自 1998 年上市后,雅戈尔每年在生产设备的置换上都投入了大量的资金,并以引进国外的先进生产设备为主。雅戈尔一直保持着这样的设备更新节奏,先后建立了 MC 大规模定制生产系统项目、欧洲全电脑控制制衣生产悬挂系统技改项目、CAM 自动裁剪系统技改项目、特殊缝纫及立体整烫设备技改项目等,并且通过了 ISO 9000 质量认证体系和 ISO 14000 环保认证。

在整合五个专业技术中心——梭织面料研发中心、毛纺织后整理研发中心、服装辅料研发中心、服装设计研发中心、信息化工程研发中心之后,雅戈尔集团成立了技术中心,进一步整合了技术的综合优势。雅戈尔在新产品的研发创新上,搭建国家级技术工程中心创新平台,投资数亿元研发汉麻新品、高支产品、免熨抗皱、混合材料等新品。雅戈尔的技术创新也不仅仅表现在纺织服装产品上,还衍生到了原材料的生产工艺上。例如,雅戈尔研发的"新昊棉"棉绒长度达到 3.8~4.0 厘米,来自于新疆农科院特别培育的优质棉田,棉绒长度优于美国棉和埃及棉,可以用来纺织 300 支高支衬衫。被称为"人类第二层肌肤"的汉麻同样反映了雅戈尔的自主创新,汉麻是从大麻中抽取出来的一种新型纺织纤维,是天然绿色低碳、环保稀贵的纺织纤维。欧洲一些国家最多只能纺出 20 支的纱线,而雅戈尔与解放军总后勤部联合攻克了这一世界难题,纺出了 60 支甚至 80 支的纱线。无论是原料的技术升级,还是产品的技术升级,涉及产品生产的每一个环节,雅戈尔都以新技术来提高附加值,从而在整体上实现技术的领先,并以持之以恒的态度来增强技术,不断创新,保持龙头企业的技术领先地位。提升产业,是雅戈尔一以贯之的发展战略。雅戈尔将开发创新能力作为衡量企业价值的标准。2007 年 3 月,雅戈尔企业技术中心作为创新能力 60 家典范之一受到国家发改委的奖励(图 19.3)。

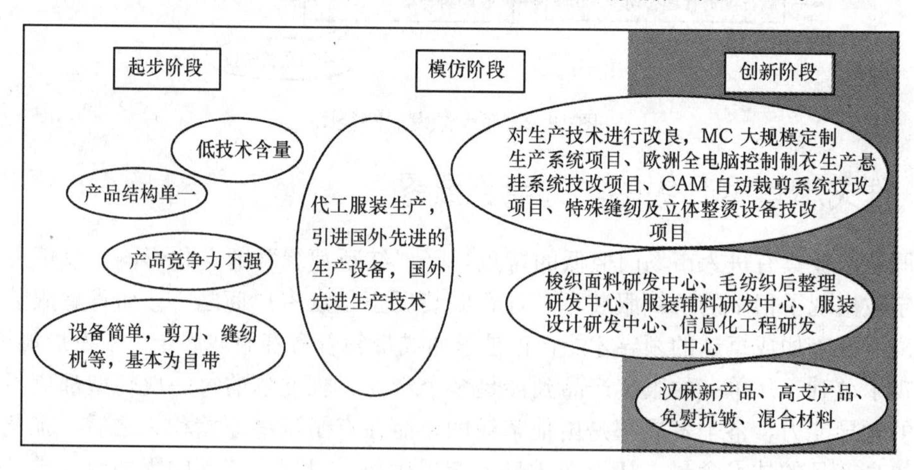

图 19.3 雅戈尔技术升级路线图

（二）产业链转型

雅戈尔的产业链转型是指由成立初期单一行业的单一产品，逐渐在纺织服装行业各个节点有了相关的产品，并先通过（纺织品—服装品）这两个关键的节点建立起链条，逐渐向上游延伸到基础环节，即原材料和技术研发。而向下游的延伸则到了市场拓展的环节，即“雅戈尔”专营店。自 2001 年起，雅戈尔先后合资设立了服装水洗厂、宁波雅戈尔日中纺织印染有限公司、宁波雅戈尔毛纺织染整有限公司等，使产业链由服装节点延伸至上游的印染、水洗、织造等领域。2002 年，雅戈尔到新疆设立了长绒棉生产线，从而为高级精纺提供原料，并且还研发出了汉麻产品，更是在原料环节领先于其他竞争对手。雅戈尔通过向产业链的上游延伸，基本上整合了纺织服装业的所有环节，形成了一条从棉花到服装成品的稳定的产业链。

雅戈尔在上市之后，募集资金很大一部分投入到了销售渠道的建设上。与其他厂商不同的是，雅戈尔坚持建设自己的专卖店。李如成阐述了建设自有销售渠道的重要性：“我们有了自己的渠道以后，即使今天犯了某一个程度的错误，明年我们还可以重新来做，我们自己的内容可以自己来决定。现在雅戈尔基本上 80%都是通过自己的渠道在做。”销售渠道是对服装产业链下游的延伸，也是市场销售的关键，是离消费者最近的一个环节，掌握了这些销售终端，就可以直接了解到消费者需求的变化，提高企业对于市场信息的敏感度。这对于维持整条产业链的完整是必不可少的环节，可以提升整条产业链的竞争力和稳定性。

通过服装产业链的整合，雅戈尔自源头起就可以有效地监控质量，并通过各个环节的有效监管，使整个行业变得更加灵活，弹性更强，形成了“原料—纺织—服装—销售渠道”的产业链架构，有力地推动了雅戈尔市场竞争实力的提升（图 19.4）。

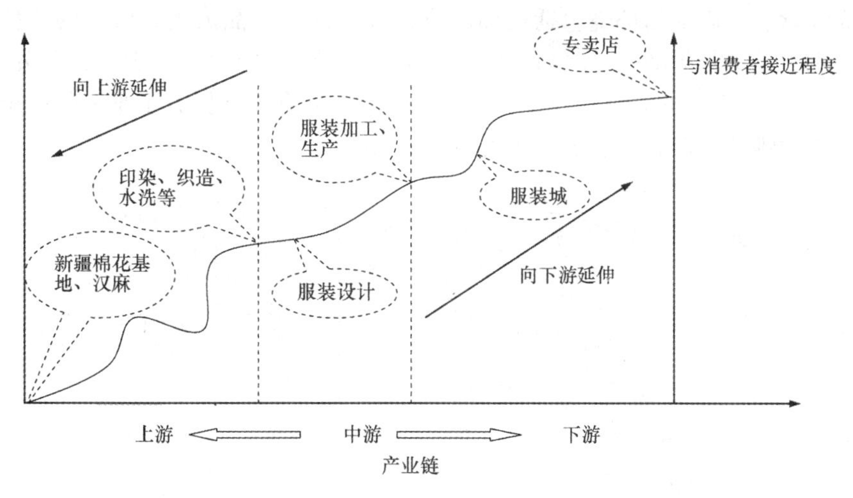

图 19.4　雅戈尔产业链升级路线图

（三）品牌升级

雅戈尔在发展初期就十分重视品牌建设，当时由于衬衫销量很好，为了与市场上其他厂商生产的衬衫区别开来，于是在1986年，“北仑港”品牌衬衫应运而生，这个以宁波地方命名的品牌成为青春服装厂寻求品牌差异化的第一步。雅戈尔自1991年之后，先后三次更新企业与品牌标志，更好地提高了品牌的辨识度和美誉度。2001年10月推出的新标志，以中国古代传说中执掌天下衣饰的东海蛟龙“狻猊”为创作元素，又融和了西韵，是一个中西合璧的作品。企业标志从最初的“青春”到“YOUNGOR”，以及对YOUNGOR品牌标志的设计质量的逐次提高，反映了雅戈尔从区域性品牌到全球品牌的升级，雅戈尔追求的未来是在全球。

经过近30年的历练之后，“雅戈尔”已成为家喻户晓的名牌品牌。世界品牌实验室评选出的2006年度“中国500最具价值品牌排行榜”，“雅戈尔”商标品牌价值91.81亿元，列500强第52位，成为宁波市最“贵”的商标，并稳居全国纺织服装品牌第一。中国管理科学研究院企业发展研究中心和中国资产评估中心亦先后对雅戈尔品牌价值进行了评估，“雅戈尔”分别获得了187.21亿元和115.64亿元的评估值。2009年6月，雅戈尔入选了中国品牌研究院公布的“国家名片”名单，在此名单上的企业或品牌都是能够代表中国国家形象的。

2009年，雅戈尔确立了多品牌发展战略。为了更好地细分消费市场，服装产品分为YOUNGOR CEO（蓝标）、MAYOR & YOUNGOR（金标）、GY（绿标）、Hart Schaffner Marx和CEO五个品牌，并成立了与各个品牌对应的品牌工作室，同时设立上海汉麻世家饰品有限公司运营HANP（汉麻世家）品牌。通过更好地为消费者提供针对性的产品和服务，雅戈尔可以挖掘更多的潜在消费者，使雅戈尔从生产营销型企业向以品牌为核心的品牌企业转型。

雅戈尔还通过全国2000多家专营店提升品牌形象，通过在全国各主要城市繁华商业区设立专营店，店铺的环境包括店面的设计和装潢、商品成列、广告的宣传等，都统一地显示出雅戈尔的高雅、时尚定位。2009年，雅戈尔进入上海延安东路外滩一号，设计占地5000平方米的全球形象旗舰店。这些专营店有力地提升了雅戈尔的企业和品牌形象，使“雅戈尔”名牌更加深入人心（图19.5）。

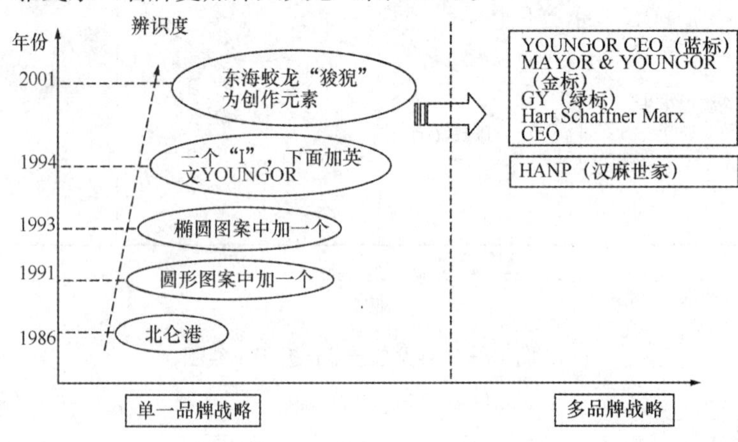

图19.5　雅戈尔品牌升级路线图

四、总结

雅戈尔从最初的小作坊逐渐成长为集纺织服装、房地产、股权投资为一体的龙头企业，经历了技术、产业链、品牌发展与升级，从早期的相对单一的产品，发展成为如今涉足多个行业的格局。雅戈尔的发展采取的是多角化经营方式，指企业的经营范围超过原有领域而同时经营两个以上的行业的经营战略与经营形式。而多角化经营可分为四种类型：同心多角化经营战略、水平多角化经营战略、垂直多角化经营战略、整体多角化经营战略。雅戈尔采取的是整体多角化战略，首先是在纺织服装业发展，而后进入房地产业和股权投资行业。这两个行业与雅戈尔的原产品、技术和市场不相关，并且同属于第三产业，而纺织服装业属于第二产业。

整体多角化经营一般为实力雄厚的公司采用，因为涉足新的行业需要较多资源。雅戈尔通过多角化经营，有效地分散了风险，更好地适应了商业循环的起伏以及市场行情的变化。雅戈尔在纺织服装行业深耕多年，在多角化发展的过程中，有获得过成功，亦有发展不如意的尝试，而今雅戈尔形成了纺织服装、房产行业、股权投资行业三个支柱行业。雅戈尔从单一产业转向了多产业发展格局，紧跟着社会经济发展的潮流，不断整合各个行业的发展趋势，这样可以减轻各行业的竞争压力，也可以从增长较慢、收益率低的行业向收益率高的行业转移。

五、雅戈尔转型升级的主导者——李如成

雅戈尔董事长　李如成

“青春服装厂”刚成立之时，仅仅是由2万元安置费建起来的，主要的生产设备如缝纫机、剪刀等，都是职工自己带到工作车间的。虽然生产条件异常艰苦，但是员工们工作都充满了激情。作为厂里的一员，李如成同样十分珍惜这难得的工作机会，凭着勤奋努力很快升职为裁剪组长。然而，由于市场竞争的激烈，工厂陷入了无法继续生产的困境。李如成恰好听人讲起东北有一厂家需要找合作伙伴，于是迅速与其联系，经过几番努力后拿下了这次令企业绝处逢生的业务。李如成的经营才能显露出来，而他逐渐担当起了调度员的角色，细心地照顾好工厂经营的各个环节。到年底结算的时候，工厂的利润猛增至20万元，每个工人月薪由二十几元增加到了七八十元。李如成无疑是使工厂实现盈利的最大功臣，在员工们的一致推荐下，担任了青春服装厂的厂长。

李如成上任之后不久，便获得了上海开开衬衫厂正在寻找联营加工点的信息。他以真诚的态度与开开衬衫厂达成了合作，虚心向开开衬衫厂的师傅学习技艺，专注于产品的生产，经历了两三年的积累，青春服装厂完成了资本和技术的原始积累。此时，李如成重新考虑青春服装厂的发展方向，于1986年推出了第一个品

牌——“北仑港”衬衫，次年“北仑港”衬衫被国家商业部通报为全国畅销产品。“北仑港”得到了市场的认可，但是李如成却意识到该品牌具有局限性，缺乏文化含量。于是，在李如成的精心策划下，“YOUNGOR（雅戈尔）”成为青春服装厂的新标志，他认为“雅戈尔”既是“青春服装厂”的历史延续，又寄托着对未来的期待。在他的带领下，雅戈尔经历了横向联营、引进外资、股份制改造、资本上市等，不仅仅成为纺织服装行业名副其实的龙头企业，更是涵盖了房地产行业、股权投资行业的多产业发展。

谈起雅戈尔多角化经营的战略，李如成说：“雅戈尔一直是在没有放弃主业发展的情况下对其他产业进行探索。”他认为雅戈尔的根是纺织服装业，但是纺织服装业更好的发展离不开资金的强力支持。“很多服装产业背后都有一个财团支撑，没有很大的金融支撑，这个企业很难有十几年、上百年的生存。”李如成说，如果没有进入到地产和金融投资，雅戈尔不可能有200多亿的净资产。李如成说：“我要留给他们（接班人）没有麻烦的资产，留几百亿的财富给他们，不会给他们造成负担。你只要把‘钥匙’拿走，就可以管理房子。将实业资产资本化、证券化，保持流动性，就可以把企业交出去。”

李如成为雅戈尔的发展倾注了全部心血，曾经的下乡知青肩负起振兴民族服装品牌的重任。而雅戈尔所承载的也不仅仅是李如成的理想，更是中国服装企业拥抱世界的希望。

六、政府支持

雅戈尔的快速成长一直受到政府的关注与支持，它曾荣获“浙江省政府质量奖”、“两化融合标杆企业”等荣誉。雅戈尔的技术创新已进入良性循环，新产品多次被列入国家“火炬计划”，并荣获高新技术奖项。“超级保新免烫面料”项目被成功列入2008年国家“火炬计划”。这些都为雅戈尔进行自主创新、提升自主创新能力及核心竞争力提供了导向作用，为雅戈尔的长期发展奠定了坚实的基础。

七、展望和结语

历经30余年的发展，雅戈尔成功地从宁波走向了世界，成为拥有员工近5万人的大型跨国集团公司。雅戈尔不仅在纺织服装行业取得了令人瞩目的成就，而且拥有房地产、股权投资另外两个支柱产业。“我们主张人才国际化、资本国际化、资源国际化，技术开发、品牌运营、产品设计和营销传播全面协调发展。基于这种理念，雅戈尔除发展服装板块外，还不断地往房地产、外贸、金融投资、旅游等行业进军。”李如成说。雅戈尔将以“创国际品牌，铸百年企业”为使命，认真实践产业的转型升级战略，迎接更美好的未来。

参考资料

程惠芳，等．2010．创新与企业国际竞争力．北京：科学出版社

雅戈尔集团官方网站．2008．雅戈尔集团股份有限公司年度报告（1998～2009年各期）

雅戈尔集团官方网站．2008．雅戈尔集团简介．http：//www. youngor. com/about. do? Cid=200811070246144547

Teece D J，Pisano G，Shuen A. 1997. Dynamic capabilities and strategic management. University of California at Berkeley，Working Paper

浙江工业大学浙商开放创新发展研究院　程惠芳　卢　慷

第二十章　恒逸集团创新与化纤产业链发展案例

浙商格言

◆“今天的恒逸不需要我，明天的恒逸干什么，才是我要思考的。恒逸要做什么？坚持、巩固和提升主营业务在行业中的竞争地位。对于恒逸今后的战略，我还是把战略的制定、战略的管理看成是董事长的第一要务。至少在未来的三到五年中，恒逸还是要继续坚定不移地执行做精、做透现有主营业务这个战略，当然这个战略也在不断完善和优化当中。”

◆“我是农民的儿子，也被人叫做农民企业家。我是农民，我又不是农民。我要求我和我的员工，不能忘记自己是农民的后代，不能丢掉农民的朴实勤劳。当年我们扭亏创业，靠的就是这个；许多农民企业家和乡镇企业的成功，靠的都是这个。但是我想，企业要获得大的发展，就一定要突破‘小农’的框框，不能目光短浅、圈子狭小，只有超越自己，才能发展自己。”

——恒逸集团董事长　邱建林

一、引言

在全国十强县萧山县中部的中国化纤名镇——衙前镇内，选胜登临毫无疑问要首推凤凰山。因为中国共产党领导下的全国最早的农民运动领袖李成虎烈士长眠于此，衙前凤凰山在天下众多同名景区中便显得不同寻常。登上凤凰山顶，举目远眺，104 国道、萧绍运河、杭甬铁路贯穿而过，鳞次栉比的厂房如同一颗颗闪耀的珍珠，镶嵌在衙前十八里经济长廊两旁，而浙江恒逸集团有限公司（简称恒逸集团）更是特别地引人注目。2010 年，恒逸集团以销售收入 260.7 亿元的骄人业绩，名列中国企业 500 强第 235 位、中国制造业 500 强第 116 位、中国民营企业 500 家第 26 位、中国民营企业制造业 500 强第 16 位、浙江百强企业第 14 位、浙江制造业百强第 9 位、浙江百强民营企业第 6 位。

邱建林在 1993 年决定联营筹建印染公司和化纤公司时，第一次正式提出创建“恒逸”品牌。“恒”，代表永远、永恒；“逸”，意为走在前面，还有“超越一般”之解。“恒逸”，即“永远走在别人前面，永远地超越一般”。根据“恒逸”的寓意，他带领全体员工，本着“一分耕耘、一分收获”的务实态度，秉承“永不止步、缔造辉煌”的企业精神，专心致志干大事业，矢志不渝做强主业，取得了辉煌成果。

二、恒逸集团发展历程

1. 萧山县衙前公社针织厂

1974年，在知识青年“上山下乡”的大背景下，为解决14名杭州市棉纺局系统干部职工子女的插队劳动问题，市棉纺局下属杭州袜厂支援了几台手工袜机，萧山县衙前公社创办了萧山县衙前公社针织厂，以手工工场式的缝合袜子为主业。1983年更名为萧山县衙前针织厂。

2. 萧山色织厂

1988年，萧山县衙前针织厂购置了两台有梭织机，开始生产服装面料，更名为萧山色织厂。1991年8月，“扭亏厂长”邱建林临危受命，被镇党委委任为连年亏损、濒临倒闭的萧山色织厂厂长。当时，萧山色织厂总资产260万元，其中银行债务200万元，账面净资产仅有60万元，年销售收入还不到1000万元。

3. 杭州恒逸实业总公司

1993年6月，邱建林本着“老厂办新厂，一厂办多厂”的发展方式和“多方联合，规模发展”的经营方针，发扬“敢为人先、永不满足”的衙前农运精神，大胆拓展经营领域，在与胜利油田所属宁波江南能源物资公司共同投资2500万元组建杭州恒逸印染公司（1993年2月）、与中共中央党校所属北京隆兴经贸公司共同投资4500万元组建杭州恒逸化纤公司（1993年5月）的基础上，达成联营合作协议，设立杭州恒逸实业总公司。

4. 浙江恒逸集团有限公司

1994年10月18日，浙江恒逸集团有限公司正式成立，成为《中华人民共和国公司法》实施后浙江省首批组建的企业集团之一。由此，恒逸集团形成了化纤纺丝、织造、印染一条龙的生产经营体系，从而走上了集团化经营发展道路，企业由分散型公司向集团型公司过渡，进入连续多年跳跃式发展的高增长期。第二年，恒逸集团实现产值近4亿元，利润2000万元，比三年前增长了5倍多。

5. 恒逸集团“一五”规划

1996～2000年，是恒逸集团第一个五年发展规划时期。在这一时期，恒逸集团整体优势发挥作用，战略雏形基本形成，产业发展方向逐渐明朗，逐渐放弃下游产业而进入上游产业。

1997年，恒逸集团实现两个转型：一是从乡镇企业转制成功蜕变成民营企业，彻底解决了产权问题；二是萧山纺织印染行业协会成立，邱建林董事长被一致推选为协会会长，成为萧山纺织印染行业名副其实的“领头雁”。

1998年7月，面对东南亚金融危机的冲击，为强化培育企业核心竞争力，恒逸集团决定放弃印染业务，扩大纺织和化纤产能，并探索进入聚酯领域，于1999年联合浙江兴惠化纤集团有限公司，大胆向产业链上游延伸，开始筹建聚合物公司。

在此期间，恒逸集团启动实施了“1000万元人才工程”，引进大批管理技术人才，公司中高层管理人员利用业余时间接受“工商管理”和“企业管理”等专业的系统化专业培训，管理团队素质得到切实提升。

2000年，恒逸集团产值突破8亿元，利润近5000万元，其中化纤产值占70%，利润占86%。

6. 恒逸集团“二五”规划

2001～2005年，是恒逸集团第二个五年发展规划时期。在这一时期，恒逸集团向聚酯和精对苯二甲酸（pure terephthalic acid，PTA）产业上游成功拓展，先后剥离了三家织造企业，形成了PTA、聚酯纺丝和化纤加弹丝上下游一体化的产业格局，并实现了从产业“跟跑者”到“领跑者”的角色转变。

2001年5月18日，浙江恒逸聚合物有限公司一期项目顺利投产，标志着恒逸集团向上游产业迈出成功、关键的一步。这一步不仅引领集团产业进入快速增长阶段，而且是中国聚酯产业革命的一步。恒逸集团率先成为国内第一家成功进入聚酯熔体直纺项目的民营企业，创下了全套国产化聚酯直纺POY长丝生产线单线产能最大的纪录，为推动聚酯装置国产化作出积极贡献。是年，恒逸集团产值首次突破10亿元，实现产值14.4亿元。

2002年8月、2003年10月，浙江恒逸聚合物有限公司二期、三期项目陆续投产。同时，为配套聚酯业务扩容，化纤业务进入投资高峰期。恒逸集团产值连年翻番，2002年突破30亿元，2003年突破50亿元，首次上榜中国企业500强，名列第411位。

面对国内聚酯产业投资过热、产能扩张迅猛的形势，恒逸集团溯流而上，2003年联合浙江荣盛控股集团有限公司（简称荣盛集团）进入聚酯上游产业，开始筹建宁波逸盛PTA项目，成为国内第一家进入PTA产业的纯民营企业。2005年3月，宁波逸盛第一套PTA装置建成投产，随后又启动第二套PTA装置建设。

2005年，恒逸集团产值首次突破100亿元，PTA和聚酯纺丝及化纤加弹丝产值各占30%、46%、24%，PTA占利润的50%以上。

7. 恒逸集团“三五”规划

2006～2010年，是恒逸集团第三个五年发展规划时期。在这一时期，恒逸集团牢固确立巩固、突出和提升主营业务在行业中的竞争地位的战略方针，做大做强PTA和聚酯产业。

2006年10月，宁波逸盛第二套PTA装置建成投产，产能规模、运行质量和能物耗在同行业中居领先水平。2007年年底，恒逸集团首次以并购方式整合位于上海化学工业园区的上海埃力生石油化纤有限公司50万吨聚酯项目，并于2008年5月顺利投产。

2008年，面对百年一遇的全球金融危机，恒逸集团审时度势，有保有压，保证既定项目的顺利实施及规划项目的停建和缓建。2009年4月，恒逸集团与荣盛集团、大化集团合作的大连PTA项目顺利投产，单套装置规模达到150万吨。2009年11月，恒逸集团在萧山临江工业园区投资建设的40万吨差别化聚酯项目顺利投产（图20.1）。

在此期间，恒逸集团在不影响主业战略发展的前提下，充分利用主业发展带来的社会资源，适度介入金融投资业务，并探索市盈率（price to earning ratio，PE）投资模式，为探索未来的投资方向与模式积累经验和储备人才。

2010年，恒逸集团产值首次突破300亿元，PTA产值占54%，聚酯产值占38%，化纤加弹丝产值不足 10%，PTA 占利润的 80%以上。

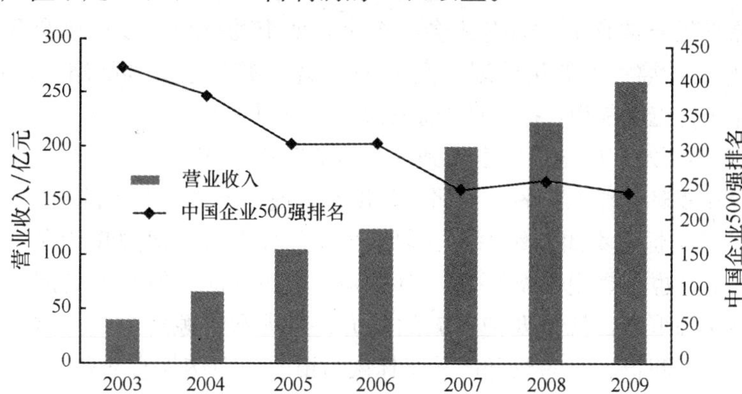

图 20.1 恒逸集团营业收入及企业排名

我们借助图 20.1，对恒逸集团的发展作总结：2003～2009 年，恒逸集团的营业收入呈几何数量增长，7 年时间增长了 4.2 倍，对于高科技行业来说，这种跨越式的增长或许并不令人惊奇，但对于一个以劳动密集型为主要特点的化纤行业来说，这无异于一个神话，而恒逸集团则是这个神话的缔造者。再看我国企业 500 强排名，恒逸集团一路高歌猛进，从 2003 年的 441 名上升到了 2009 年的 235 名，要知道 500 强的进入门槛是营业收入从 2003 年的 30.6 亿元增长到 2009 年的 110.8 亿元，在这种增幅下，恒逸集团仍能使名次不断上升，说明恒逸集团的发展速度要快于 500 强的平均发展速度，是一个极具发展潜力的企业。

恒逸集团从最初一个快要倒闭的小厂成长为如今拥有总资产 200 多亿元，员工 6000 余名，连续多年跻身中国企业 500 强、浙江百强企业行列的大型企业，其中有很多方法经验值得我们学习借鉴，尤其是在技术创新和战略管理方面具有非常鲜明的特点，我们也将从这两个层面对恒逸集团的成功之路作一个深入的解剖。

三、成功秘籍

多数企业在转型升级的过程中，选择了以转型为主，兼顾升级的做法，即通过对产业领域、生产模式、营销模式的转变来从根本上改变企业在产业链中所处的地位，提升企业产品的附加值。而恒逸集团则选择以升级为主要方式对企业进行改造，通过技术创新与战略管理两个方面实现了企业成长“天花板”的一次次成功突破。

（一）战略管理

相关研究表明，我国企业平均寿命为 7.5 岁，而民营企业平均寿命只有 3.5 岁。恒逸集团董事长邱建林认为，民营企业不能持续发展的原因是多方面的，其中一个重要的原因就是缺乏战略管理。对于战略管理，邱建林有自己独特的见解，他认为恒逸集团战略管理的成功最重要的有三个方面。

1. 前提是要选对方向

一个企业在其初创时期，在其发展的初级阶段或者规模较小的阶段，就战略而言，一方面是条件不太具备，另一方面是必要性不太大。在初创时期也几乎谈不上什么战略，内部资源禀赋非常有限，只有机会两个字，如市场机会、政策机会等。恒逸集团从1996年开始启动第一个五年计划，但1998年才开始真正提到战略的高度。1998年是一个时间界线，也就是说1998年以前恒逸集团可以说是没有战略的，充其量有一些策略。从1998年开始，恒逸集团发展到一个新的阶段，如果不去注重战略，不去做战略制定、执行等战略管理工作的话，那么就没有恒逸今天在行业中的地位。

1998年7月，恒逸集团断然关闭了印染公司。那个时候恒逸集团印染公司并不是说维持不下去了，也不是说亏损严重，而是有一定赢利的。但恒逸集团从长远方向上看今后到底要往哪里走，就是要把有限的精力、财力和资源集中到主营业务方面。关闭印染公司是为了配合战略的执行，邱建林认为要着手在熔体直纺这个领域进行研究，也是民营企业中第一个吃“螃蟹”的。熔体直纺那个时候是技术和资金高度密集的领域，都是央企、地方国企才有实力去做的。现在看起来，恒逸集团上熔体直纺项目就像做一个车间那么简单，但在那个时候有点蛇吞大象的味道。

正确的战略方向是保证企业持续稳定发展的首要前提。恒逸集团发展至当前水平与规模，如果是内部经营管理或战术上的一个失误，可能是少赚3000万～5000万元的事情，这对于企业来说虽然造成了一定的损失，但不威胁其生存，或者说不影响企业的整体健康，并且这种失误在未来的时间里很容易改正。而如果是战略发展方向上出了差错，则是不可逆转的、颠覆性的。为避免战略失误，恒逸集团有的决策咨询国外咨询公司，有的实现外包，建立起决策投资委员会、法律风险防范委员会，并且外聘专家、本企业中高层组建虚拟的“智库”。“我们也要吃着碗里的，看着锅里的，但获得锅里的东西，前提是把碗里的吃透、吃准。”邱建林说。

“从下往上，由轻到重”，恒逸集团从战略高度出发，选对了一条从下游劳动密集型向上游资金技术密集型、由轻纺到重化行业的产业转型升级道路。正是因为恒逸集团选对了战略方向，才保持着良好的发展势头。明确而又踏实的战略方针如同一盏明灯指引着恒逸集团向远大的目标不断前进。

2. 坚定已定战略决策

如果规模是实现技术效率和内部经济效率的前提，那么“禁不住诱惑”又是“大”衍生的烦恼。认准了方向后就要不为外界所惑，兢兢业业地走自己的路。企业行为长远化，不热衷赚快钱、简单钱，使恒逸集团集中精力和物力走自己的路，做到每个项目都讲究“优生优育”，细水长流。“我从不赚投机的钱，没有积淀的钱。”邱建林说。

20世纪90年代末，以厦门远华案为代表的打击走私工作，使得整个行业市场格局发生了根本性变化。看上去是打击走私，实际上给行业发展带来一个新的机遇，理顺了市场价格关系。那个时候，化纤赢利能力、平均利润迅速恢复，大概有80%～90%的同行企业都是在搞短平快的切片纺。恒逸集团也制定了一个切片纺项目的研究报告，但在最后决策时还是毅然否决了该项目的投资计划，而是用整整两年时间，调查论证更上游的熔体直纺项目。

正在建设中的总投资50亿元的石化项目——恒逸集团年产20万吨己内酰胺生产

线，将于2012年初建成，打破“世界上同类单体产能最大”、“国内民企第一次涉足”两项纪录。而这个项目却酝酿了三四年之久，包括“国家增值税转型政策、政府的技改贴息”等利好因素，项目还没动工就已省下8亿元。曾有美国一位专做石油化工并购顾问工作的客人到访，给邱建林推荐了多个项目，结果都被婉言谢绝。原因很简单：“不在恒逸的战略规划里。”比如，近些年许多有实力的企业大举进入房地产业领域。按照企业战略，恒逸集团只是“适度”参与。目前，企业主业资产占总资产的90%以上。

3. 打破传统思想束缚

在确定一个大战略的同时，如何去实现这个战略呢？这里面有很多工作要做，如找人、选技术、定规模、时间切入点等。恒逸集团打破传统思想的束缚，开创民营企业合作的先河。不把竞争对手当做敌人，倡导“民民合作”新模式，摈弃“宁为鸡头、不为凤尾”的狭隘思想，在竞争中合作，在合作中提高，以获取更为强大、更为持久的竞争优势。

1999年，恒逸集团决定上聚酯熔体直纺项目时，找同在衙前镇的兴惠化纤作为合作伙伴，这从战略上讲不仅仅是解决了一个资本金的问题，更重要的是牢牢掌握市场的主动权。到现在为止，兴惠化纤不仅仅是股东，也是浙江恒逸聚合物有限公司除了恒逸集团自身以外的最大客户。尽管浙江恒逸聚合物有限公司已经运行10年了，第一条线2001年5月份投产，它在行业当中的竞争地位和优势还是很明显的。

综合销售额、产能、规模来看，恒逸集团早就成了行业的第一名。聚酯产能已经达到150万吨，聚酯规模超过100万吨的企业在全球也不会超过10家，在中国也只有三五家；PTA产能300万吨，全国最大，加上在建的500万吨，两年后，世界PTA“老大”，就是恒逸。在这些表象中贯穿了两个字，那就是战略。如果不在1998年作出关闭印染公司的断然决定，恒逸集团可能会错失一次良好的发展机会，更谈不上有2002年组建PTA团队的能力与资源了。为使PTA更高层面的战略得到良好高效的落实，配合战略就是寻找合作伙伴，寻找有共同需求、有共同资源可配置的商业伙伴。由于推行把竞争对手变成合作伙伴这个战略，恒逸集团和荣盛集团先后携手在宁波、大连和海南共建PTA项目，获得了双赢，这一战略确立了恒逸集团和荣盛集团在这一行业当中受尊敬的地位。

“今天的恒逸不需要我，明天的恒逸干什么，才是我要思考的。恒逸要做什么？坚持、巩固和提升主营业务在行业中的竞争地位。对于恒逸今后的战略，我还是要把战略的制定、战略的管理看成是董事长的第一要务。至少在未来三到五年中，恒逸还是要继续坚定不移地执行做精、做透现有主营业务这个战略，当然这个战略也在不断完善和优化当中。”邱建林说。

（二）技术创新

恒逸集团系全国纺织技术创新示范企业，设有国家级企业技术中心、博士后科研工作站，作为主体企业参与实施的年产20万吨聚酯成套装置项目国产化技术荣获国家科学技术进步奖二等奖，生产的“恒逸”牌涤纶长丝被评为中国名牌产品和国家免检产品。

1. 完善机制，确立地位，健全技术创新体系

技术创新是企业发展的动力，企业家是技术创新的倡导者和实干者。技术创新是

有风险的，在实施过程中往往会遇到各种各样的问题，如果没有企业家的坚强毅力和决心，技术创新活动是很难取得成功的。恒逸集团高层领导把技术创新列为事关恒逸集团发展存亡的“生命工程”。

（1）技术创新投入软预算，经费上不封顶。近些年来，恒逸集团始终坚持技术创新高投入，连续多年研究开发投入保持在销售收入的3%以上，总部企业三年来累计投入经费超过10亿元。

（2）技术人员岗位敞开式，编制不受限制。在恒逸集团所有岗位中，技术人员是唯一没有编制限制的岗位，且待遇可以采取“一人一策”、“一事一议”的政策，吸引了一批行业专家纷纷加盟。

通过技术创新投入软预算、技术人员岗位敞开式等举措的实施，技术创新机制得到了进一步完善，而将技术创新列为企业“生命工程”，更是从战略高度确立了技术创新的地位，并为健全技术创新体系提供了组织上的保障。由此，恒逸集团于2006年10月在我国民营化纤企业中首家被国家发改委、科技部等部委确定为国家认定企业技术中心，邱建林获得“2007中国纺织年度创新人物”光荣称号。

2. 多路并举，借智造势，增强自主创新能力

技术创新是企业持续快速发展之本，它贯穿于企业经营活动的全过程。企业只有拓展技术创新思路，采用“引进技术＋自主创新＋博采众长”多路并举模式，借智造势，才能有效整合各项要素，不断增强自主创新能力。恒逸集团在多年来的具体探索和实践中，为满足企业对技术创新的需求和弥补自身创新力量的不足，走的是一条坚持自主创新和对外合作相结合的道路。在对外合作方面主要有以下两种途径。

（1）与高等院校合作，形成包容型技术创新组织架构。2002年12月，恒逸集团赴上海“联姻”、“借脑”，与我国纺织界最高学府东华大学合作建立东华大学恒逸研究院。此后，它还分别与浙江大学、浙江理工大学、苏州大学等国内著名高等院校建立了密切的产学研合作关系，形成了包容型技术创新组织架构，使企业产业链技术水平提升得到有效的技术支撑。

（2）与科研院所合作，建立外向型技术创新合作平台。1999年9月，恒逸集团与中国纺织工业设计院签订合作协议，于2001年5月在全国民营企业中率先建成聚酯熔体直纺项目，由此形成的技术获国家科学技术进步奖二等奖。此后，分别与日本东丽纤维研究所、德国涉哈利本、韩国三星等国外的科研机构及企业进行国际合作，建立外向型技术创新平台。

通过与高等院校和科研院所的友好合作，有力地保证了企业近、中、长期产品技术开发研究的全面展开，并有效地促进了研究开发与生产应用和市场的紧密结合。目前，恒逸集团正在积极筹划与中国科学院宁波所建立新的合作平台，牵头与浙江大学、浙江理工大学、桐昆集团等单位合作承担“大容量熔体直纺提质降耗及柔性化生产技术”的国家支撑项目，推动产学研合作水平再上新台阶。

3. 全员参与，深入落实，发挥技术创新潜力

技术创新是企业取得成功的一个法宝，是一项全员参与的工程。只有全员参与，深入

落实，发挥团队作用，才能激发广大员工的创新活力，为企业带来最大收益和不竭动力。

(1) 大力实施高定位技术改造，推动技术创新成果转化。技术创新及创新成果的转化，离不开一定的技术装备基础。恒逸集团通过对高定位技术改造的大力实施，从织造的“无梭化”到当今世界最先进的加弹设备，从国内第一套大容量聚酯熔体直纺项目的建成到第一家纯民营 PTA 项目的投产，实现了产业结构转型，推动了企业技术创新成果的转化。

(2) 着力规范合理化建议制度，促进技术创新氛围的形成。技术创新要得到深入的开展，离不开良好的内部创新氛围。恒逸集团通过对合理化建议制度的着力规范，鼓励全员参与技术创新活动，使合理化建议在基层“生根开花”，员工踊跃参与，每年征集的合理化建议上千条，优秀的合理化建议基本得到应用和推广，年创直接效益以千万元计。

通过高定位技术改造的大力实施和合理化建议制度的着力规范，有效地推动了技术创新成果的转化，促进了技术创新氛围的形成。近年来，恒逸集团成功实施的热煤炉压缩空气替代雾化蒸汽工业化、直纺长丝内环吹技术改造、利用气提技术降低化学需氧量、大面积使用清洁煤替代重油，以及多功能在线添加技术、双热辊技术、风筒技术等改造，在业内得到了广泛应用，产生了巨大的社会效益。

管理上的谨慎和技术上的领先，让恒逸集团在经历了一次次危机的洗礼后，仍然能够以傲人的身姿挺立在行业的前端，它始终牢牢握住这两个无坚不摧的武器，毫无惧色地面对一次次的挑战，无论是现在还是将来，这项对核心竞争力不断强化的战略方针将引领恒逸集团勇往直前，到达理想的彼岸。

(三) 转型升级路线图

恒逸集团转型升级路线图如图 20.2 所示。

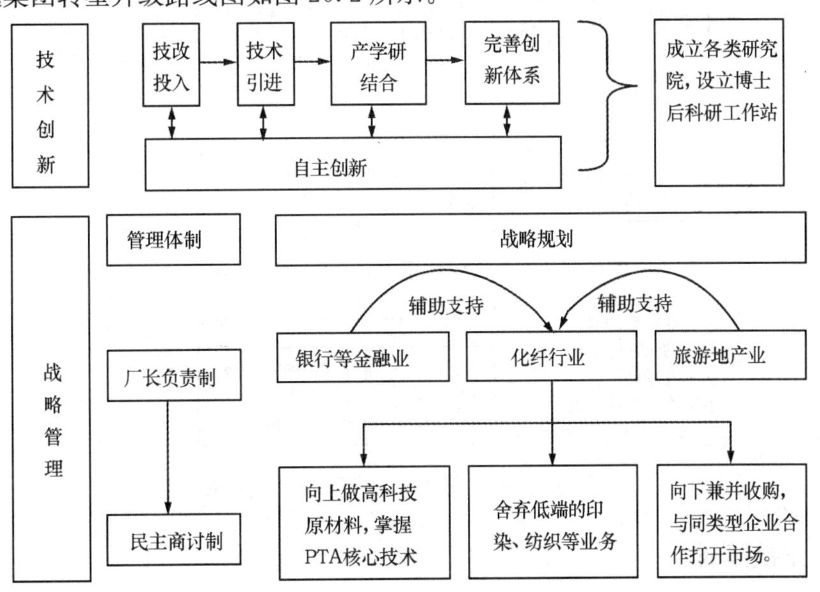

图 20.2　恒逸集团转型升级路线图

在技术创新方面，恒逸集团始终坚持以自主创新为主，设立研发管理中心，通过不断从外界吸取有利因素，逐步提高和巩固自己的科研实力，目前已拥有了独立的研究院和博士后工作站，为恒逸集团的下阶段发展奠定了坚实的基础。

在战略管理方面，首先恒逸集团改革管理体制，从单独的厂长负责制变成了民主商讨制，升华了企业文化，使得恒逸集团更全面地考虑企业面对的情况，作出最恰当的决定，这也是恒逸集团能够一直维持正确战略方向的重要因素。其次，恒逸集团坚持巩固、突出和提升主业在同行中的竞争力，设立营销采购中心，向上游的原料市场和下游的销售市场进行整合，同时舍弃了部分低端的产业，使恒逸集团在多方面具备了更强大的话语权，综合实力进一步增强。

结合恒逸集团的发展历程，我们用图 20.3 来更明确地展现其转型升级发生的时间和路径。

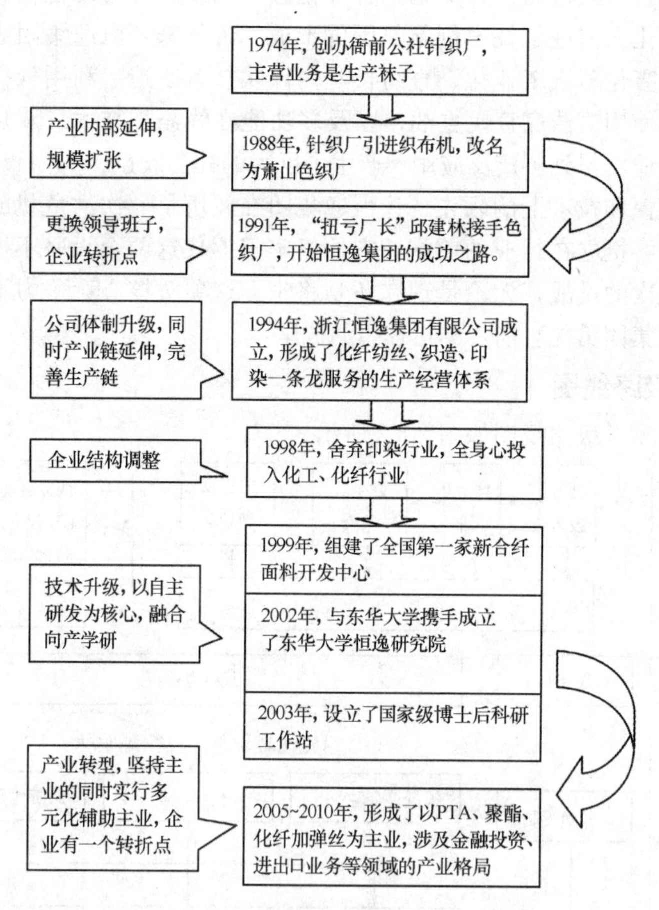

图 20.3 恒逸集团转型升级时间、路径

（四）产业链延伸

之所以将恒逸集团的产业链单独叙述，是因为恒逸集团最大的特点、最引人注目的焦点就在其成功的产业链战略上。我们先来看恒逸集团整体的产业及产品结构，如

图 20.4 所示。

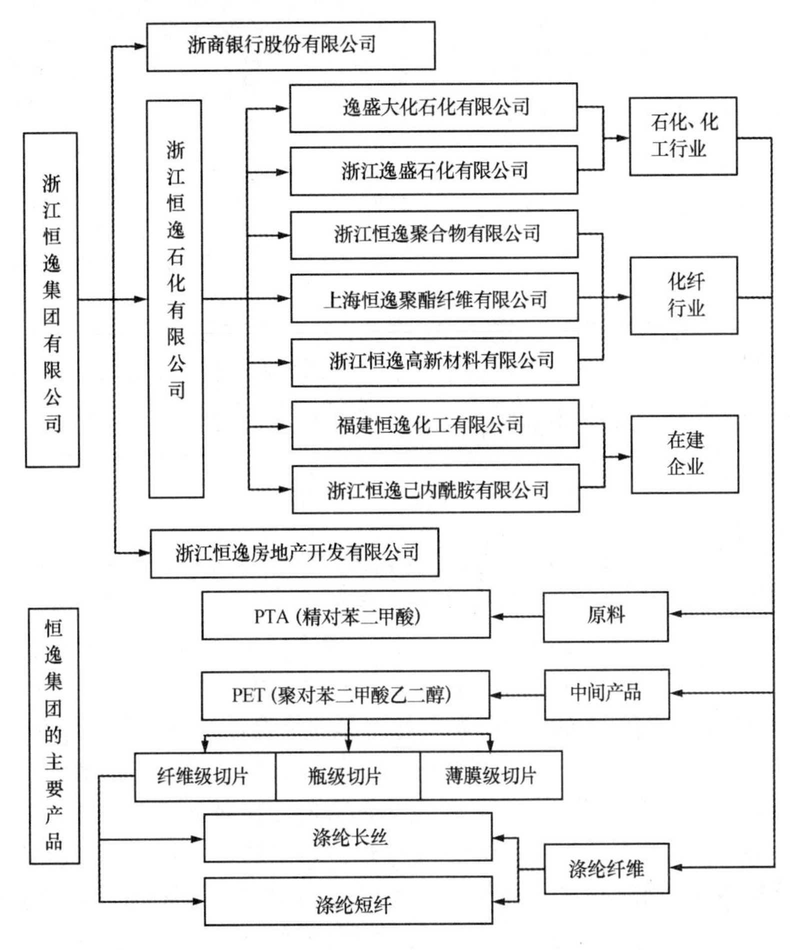

图 20.4 恒逸集团的产业和产品结构图

由图 20.4 可见，现在恒逸集团的主业完全集中在纺织行业的上游，化工、化纤领域，脱离了传统的纺织范畴。同时，恒逸集团适度探索金融等辅业，借助资本市场进行融资，但又不至于产生太大的风险危及主业的正常运营。整体来说，恒逸集团走的是一条“十字架”形产业扩张路线，既有纵向的上游延伸，又有水平的横向扩展，只是纵向延伸更为深入、更为彻底。

恒逸集团已经成为我国纺织原料最大的供应商之一，尤其是 PTA，早在 2004 年国内需求就达到了 1000 万吨，并且每年都以 15%以上的速度增长。但长期以来，我国 PTA 生产能力严重滞后于加工工业的发展，形成较大缺口，供需矛盾相当突出，很多企业只能依靠进口 PTA 来维持生产。两年后，恒逸 PTA 年产能将达 500 万吨，除了满足制剂下游产业生产需求外，还能为周边国内同行企业提供原料。恒逸集团不仅为自己创造了利润，而且为下游行业节省了成本。

下面我们来具体分析恒逸集团的产业链升级的过程，如图 20.5 所示。

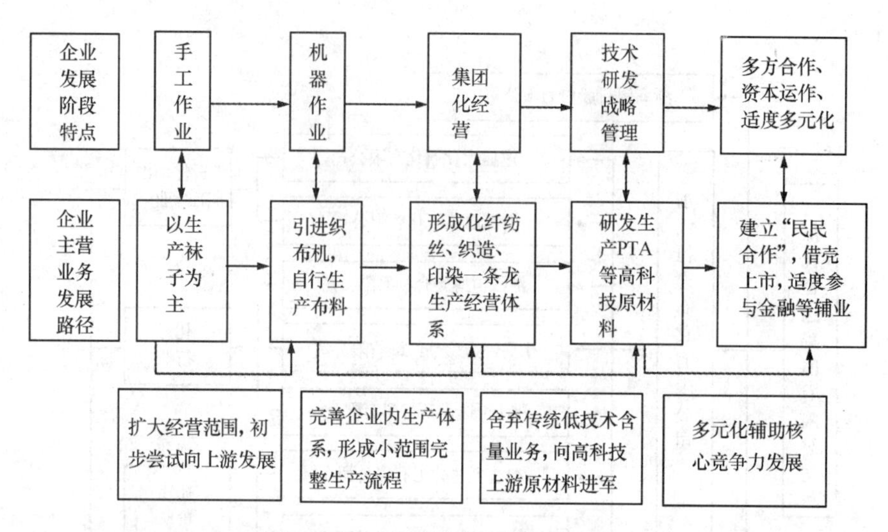

图 20.5　恒逸集团产业链升级图

从图 20.5 可以看出，恒逸集团的整个升级流程线路其实并不复杂，由一开始的单一商品生产销售发展到小型完整的生产体系，再在本行业内进行同类产业的整合，形成一个集团体系，然后以集团为跳板，开发自己的核心竞争力，而这个过程将恒逸集团引向了化纤产业链的上游，同时也走向了价值链的高端，最后进行化纤行业外的适当多元化，用来辅助主营业务的发展，整个过程是一个走垂直一体化路线的成功案例。

恒逸集团的成功贵在坚持，是其对自己主业的执著造就了今天的辉煌。恒逸集团始终坚持把企业的重心放在化工、化纤行业上，通过加强战略管理和技术创新，不断提升核心竞争力，一直保持着在同行中的领先地位，维持着未定的市场份额。这就为企业后续发展提供了很好的保障，使得企业能够有条件进行新行业、新产业的尝试，这些产业在一定程度上又反哺主业，为主业的发展提供了支撑，形成了良好的互动。

四、企业家风采——邱建林

恒逸集团董事长　邱建林

邱建林，1963 年 8 月出生，杭州萧山人，中共党员，高级经济师，工商管理博士，恒逸集团董事长、党委书记，萧山区政协常委、杭州市及浙江省人大代表，兼任萧山区纺织印染行业协会会长、浙江省工商业联合会直属商会副会长、中国化学纤维工业协会副会长、中国纺织工业协会科学技术奖奖励委员会委员等职务。

邱建林于 1979 年 8 月参加工作，1991 年 8 月接管萧山色织厂，1994 年 10 月组建恒逸集团并任董事长职务至今。他坚决贯彻落实党的基本路线、方针和政策，虚心好学，大胆创新，带领广大职工群众秉承"永不止步、缔造辉煌"的企业精神，坚持实施做大、做强主业发展战略，不断向产业链上游成功拓展，将一家名不见经传的地方小厂发展到现在拥有总资产200多亿元、员工6000余名的现代大型石化民营企业，为加快聚酯装置国产化进程和改善PTA产品进口依赖状况作出了突出贡献，曾先后荣膺杭州市杰出人才奖、首届浙商社会责任大奖、浙江省优秀中国特色社会主义事业建设者、浙江省优秀乡镇企业中小企业家突出成就奖、浙江省及国家纺织工业系统劳动模范、中国制造业十大领袖、中国优秀民营科技企业家、全国纺织行业企业家创业奖、中国纺织品牌文化建设杰出人物等称号。

邱建林是一个农民出身的高素质企业家，在他身上有着农民吃苦耐劳的品质，也有着现代企业家高效果断的行事风格。他对自己有过这样的评价："我是农民的儿子，也被人叫做农民企业家。我是农民，又不是农民。我要求我和我的员工，不能忘记自己是农民的后代，不能丢掉农民的朴实勤劳。当年我们扭亏创业，靠的就是这个；许多农民企业家和乡镇企业的成功，靠的都是这个。但是我想，企业要获得大的发展，就一定要突破'小农'的框框，不能目光短浅、圈子狭小，只有超越自己，才能发展自己。"正是本着这样一种心态，邱建林带领全体恒逸人缔造了一个又一个的辉煌。

五、政府支持

恒逸集团能取得今天的成就离不开政府的关心与支持。2006年10月19日，在时任中共浙江省委书记习近平的陪同下，重庆市委书记汪洋率领其党政代表团到恒逸集团进行考察，参观了恒逸聚合物公司的生产车间，对恒逸集团的创业精神和发展业绩十分赞赏，并表示重庆企业要在很多方面向萧山民营企业学习，希望两地企业能加强合作，共同促进两地经济发展。这种形式的考察，不仅为恒逸集团带来了合作机会，更是打响了恒逸的品牌，为恒逸集团的后续市场拓展打下了良好的基础。

企业与政府是鱼与水的关系，企业只有在政府的支持下，在政府创造的优良环境中才能健康发展，同时政府也需要企业来带动整个经济、整个市场流畅地运转和正常地工作，它们之间是一种相互依存、相互促进的关系。相信恒逸集团在各级政府部门的帮助与支持下，未来一定能创造出更加辉煌的业绩。

六、未来展望

"每一次宏观调控，每一次冬季的到来，都是一次'杀菌'，都是一次洗牌，都是一次淘汰赛。企业要想进入决赛，就必须进行淘汰赛。物竞天择，优胜劣汰。所以我们既要看到困难，又要看到优势。虽然恒逸做的是传统产业，但我们坚持一个原则，只有倒闭的企业，没有倒闭的行业。只要在规模、品质、成本、产品技术含量等方面做强、做精，我们就能成为行业中的强者，就会迎来恒逸发展的又一个春天。"

经过金融海啸的洗礼，目前整个经济开始重新对实体经济加以关注，虚拟资产过度繁荣的弊端在这次金融海啸中被完全体现出来，而以坚守主业为核心的恒逸集团"春江水暖鸭先知"，秉承"永不止步、缔造辉煌"的企业精神，遵循"科学、客观、稳健、可行”原则，根据“向上扩张、专业经营、滚动发展、环保生态、共创共享”要求，实施自己的第四个五年发展战略规划。

恒逸集团在“四五”规划期间，将进一步巩固和提升主业竞争力，丰富和扩大辅业合作，实现主辅业互动，以直接融资和海外投资为战略重点，依托石化产业，构建贸易、物流和财务公司平台，形成石化产业、石化贸易、石化物流和石化金融一体化的产业及商业模式，全面提升企业综合竞争力，争取年销售收入突破1000亿元、年利税突破100亿元，力争成为全球最具竞争力的石化产业集团之一。

七、结语

如今，站在新的历史起点，恒逸集团又踏上了新的征程。在恒逸集团“四五”规划启动之际，恒逸人以一种高瞻远瞩的姿态为自己的前进之路描绘了一幅锦绣蓝图，朝着“千亿销售、百亿利税”的宏伟目标而不懈奋斗。

恒道酬勤，逸志高远。恒逸人用一首小诗道出了他们的心声：

有一种态度叫勤奋，
有一种信念叫执著，
以勤奋为船，以执著为帆。
我们坚信恒道酬勤，
在风雨兼程中，怀揣梦想前行。

有一种承诺叫品质，
有一种思考叫创新，
以品质为舵，以创新为桨 。
我们务求逸志高远，
在众志成城中，向着明天远航。

不懈追求只为理想，
历经风雨只为辉煌。
百年恒逸，
我们恒其道，逸其志，
为心中的梦想而百折不挠。

第二十一章　桐昆集团创新转型——涤纶长丝行业“沃尔玛”案例

浙商格言

◆ 四干论：“肯干事，能干事，干实事，干成事。”

◆ 三力论：“有多少实力办多大企业，有多少能力做多少事情，有多大市场潜力我们开发多少产品。”

◆ 管理三点论：“抓重点，攻难点，找盲点。”

◆“高筑墙，广积粮；多行善，不称王。”[①]

——桐昆集团董事长　陈士良

◆“销售是龙头，生产是基础，管理是关键。”

◆“用工多一个是累赘和浪费，人才多一个是宝贝和储备。”

◆“财富是管出来的。”

——桐昆集团总裁　汪建根

一、引言

素有“鱼米之乡、丝绸之府、百花地面、文化之邦”美誉的桐乡，历史悠久，人杰地灵。悠久的运河水不仅哺育了吕留良、茅盾、丰子恺、徐肖冰、金仲华、钱君陶等一大批名人贤士，还养育了一大批“特别能创业，特别能经营”的企业家，创造了一个又一个能够传承百年的大公司。

而作为“中国化纤名镇”的桐乡，化纤产业可谓初具规模，颇具影响。其中，尤以桐昆集团股份有限公司（简称桐昆集团）最为声名显赫。桐昆集团创立之初，企业日产量不到1吨，员工不过百人。经过近30年的发展，现已成为以聚酯涤纶纤维制造为主业，年产能超过160万吨，拥有4家直属厂区，拥有13家全资、控股子公司，员工11 000多人的大型集团化企业。2010年，桐昆集团营业收入实现210亿元，利税24.6亿元，位列中国企业500强最新排名第376位，中国民营企业500强第67位，浙江省百强企业第29位，中国纺织服装化纤行业竞争力10强第3位。桐昆集团主营业务收入（2001～2009年）如图21.1所示。

---

① 这句话是对朱元璋恪守“高筑墙、广积粮、缓称王”战略方针的改写

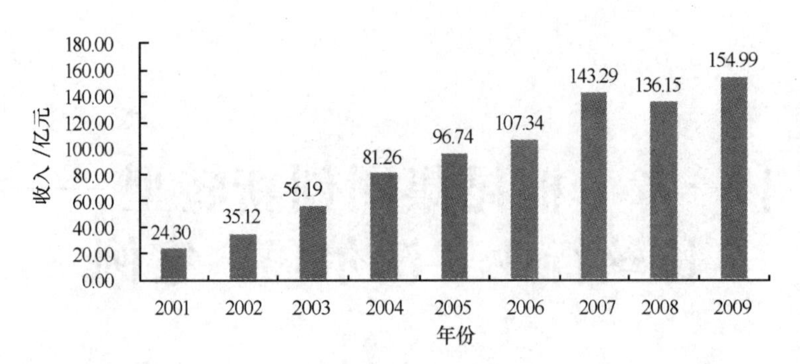

图 21.1　2001～2009 年桐昆集团主营业务收入变化柱形图

资料来源：中国 500 强排行榜（2002～2010 年）

作为国内涤纶纤维制造业中的龙头企业，桐昆集团现所具备的 160 万吨涤纶长丝的年生产能力已位居全球第一。公司主导产品为“GOLDEN COCK”牌、“桐昆”牌涤纶长丝，有 POY、DTY、FDY、复合丝和中强丝等五大系列 300 多个品种，其中“GOLDEN COCK”牌涤纶长丝是中国化纤行业首批“中国名牌产品”和“国家免检产品”。“客户到桐昆就像到了‘沃尔玛’超市。”桐昆集团总裁汪建根形象地比喻桐昆。

此外，桐昆人总结了“沃尔玛”四个方面的特点：①规模大，形成规模效益，满足广大客户的数量需求。②品种多，不断开发有市场潜力的新产品，满足不同客户的需求。③价格实惠、“天天平价”，不搞特殊价格，维护市场价格秩序。④不赊账，货到付款、款到发货，规避风险，稳健发展。

桐昆集团具备的这些“沃尔玛”的优质运营特点，让我们看到了保持稳健发展的企业文化，让我们感受到充满活力和激情的企业精神，更让我们领略到一股势不可挡的发展姿态。

二、发展历程

桐昆集团在发展过程中，也曾几经波折，一度排名全省化纤企业末位，但在 1991 年之后，通过多次跨越式发展，至今一直保持着稳健较快的发展势头，走出了一条成功的转型升级之路。

从 1982 年桐昆集团的前身桐乡县化学纤维厂成立，到 1990 年，工厂日渐没落、濒临倒闭，再到 2002 年起连续 9 年跻身中国企业 500 强，成为化纤行业的龙头企业，在近 30 年的时间里，桐昆集团完成了一次又一次蜕变，由小变大，由弱变强，踏着稳健的步伐，不断向前迈进。

回顾令人振奋的发展史，桐昆人总结经验，其中五次跨越式发展对公司的发展至关重要。

第一次跨越式发展：1992～1993 年，桐昆集团刚刚摆脱生产经营的困境，因为看准了未来市场对涤纶的巨大需求，毅然决定从丙纶转产涤纶，这个大胆的决策确定了桐昆集团之后 20 年的基本发展方向。

第二次跨越式发展：1995～1996年，桐昆集团斥资5000万元实施“路南技改”，引进全套德国高速纺卷绕生产线，开始由常规纺向高速纺迈进，产能迅速提升，公司也由此踏上了涤纶长丝专业化、规模化的经营之路。

第三次跨越式发展：1997～1998年，桐昆集团顶住亚洲金融风暴的冲击，逆势而上，实施“低成本扩张”战略，在短时间内先后兼并收购了华伦化纤厂、天马化纤集团、之江被服厂等七家企业，通过技术改造，使企业规模迅速壮大。

第四次跨越式发展：2000～2001年，桐昆集团抓住中国加入世界贸易组织WTO的有利时机，进军上游聚酯产业，跨出了产业前向一体化的第一步。此后，中国·桐昆化纤工业城、洲泉桐昆工业园相继建成，改写了桐乡化纤产业无熔体直纺的历史。

第五次跨越式发展：2010年，嘉兴石化PTA项目正式启动，桐昆集团向上游产业链又跨出了重要一步，迎来更为广阔的发展空间。

桐昆集团简要发展历程如图21.2所示。

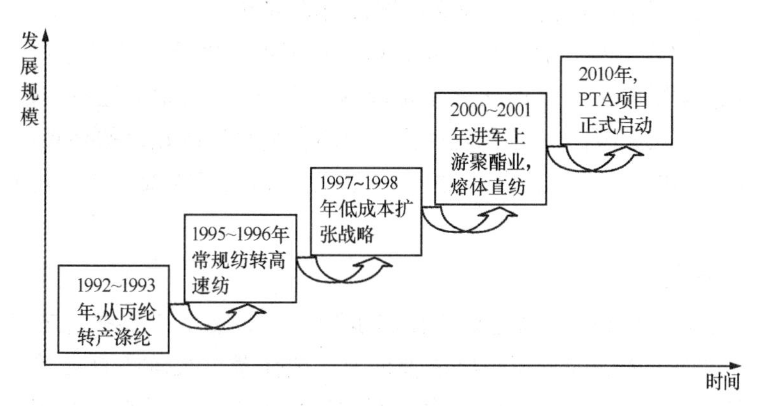

图21.2　桐昆集团简要发展历程图

三、转型升级能力

无论是在产品还是经营管理方面，创新是企业成功的活力之源。成功也贵在创新，创新等于进步。别具一格的创造，是领先于人的竞争手段。

在美国流行一句谚语：“要么创新，要么死亡。”①

创新也是企业转型升级的动力和源泉，而创新能力大小则决定着企业转型升级能力的强弱。

然而，转型不是改行，而是指要转变经济增长方式，由粗放型向集约型转变，努力提高要素生产率。在此过程中，要注重因厂制宜，有序推进，既要不断上高端设备，做高端产品，不断提高产品附加值，也要有总量，发挥好规模经济和比较成本优势，让常规产能也能出足效益。

“稳健”是桐昆集团的企业文化核心，也是重要的转型思路，就是要踩准行业发展

① 张俊杰.2005.浙商模式.北京：中国经济出版社：189

的节奏，保持企业稳健前行。

纵观企业发展历程，桐昆人结合当时所处的经济社会发展大背景，以科学发展统揽全局、以经济效益为中心，以技术创新和管理创新为抓手，以节能减排为重要突破，不断提升企业转型升级能力，成功走出了一条企业转型升级之路。顺沿这条路径，我们将从三个角度来分析桐昆集团在不同历史阶段的动态转型升级能力。

（一）市场发现能力

第一阶段：1992～1993年，桐昆刚刚摆脱生产经营的困境，因为观察到涤纶长丝性能优越，价格低廉，未来市场需求巨大，毅然决定从丙纶转产涤纶。这个决策为集团今后的发展奠定坚实的基础，指明了方向。

第二阶段：2000～2001年，桐昆抓住中国加入WTO的有利时机，进军上游聚酯产业，跨出了产业前向一体化的第一步。此后，中国·桐昆化纤工业城、洲泉桐昆工业园相继建成，改写了桐乡化纤产业无熔体直纺的历史。

第三阶段：PTA是生产涤纶的主要原料，我国曾一度严重依赖进口，原料价格受国际市场价格波动影响很大。而嘉兴又是国内PTA的消费中心之一，因此，PTA项目的市场一定会前景无限。2010年，由桐昆集团在嘉兴港区建设的嘉兴石化年产80万吨的PTA项目正式启动，桐昆集团向上游产业链又跨出了重要一步，迎来更为广阔的发展空间。

（二）生产要素组织能力

第一阶段（起步阶段）：桐昆集团在起步阶段，面临生产要素脱节等诸多不利因素，濒临倒闭，而主要的问题还是出在管理上。现任董事长陈士良接管工厂后，进行生产要素的有效组合，尤其是在劳动力方面和管理方面，激励全体员工敢于争先、勇于创新，成功使工厂发生翻天覆地的变化，走上快速发展的正轨。

第二阶段（快速扩张）：摆脱了经营困境后，桐昆人并没有停止脚步。1995～1996年，桐昆集团斥资5000万元实施“路南技改”，引进全套德国高速纺卷绕生产线，开始由常规纺向高速纺迈进，产能迅速提升，桐昆也由此踏上了涤纶长丝专业化、规模化的经营之路。1997～1998年，桐昆集团顶住亚洲金融风暴的冲击，逆势而上，实施“低成本扩张”战略，在短时间内先后兼并收购了华伦化纤厂、天马化纤集团、之江被服厂等七家企业，通过技术改造，使企业规模迅速壮大。这样的“低成本扩张”，不仅使桐昆集团赢得了更多的土地、技术和人才，而且优化了原有的资源配置，优化了生产要素的组合结构。

第三阶段（稳步发展）：通过一系列并购扩张后，桐昆集团在涤纶生产方面已经有了相当大的规模，且已形成了规模经济。接着，涤纶产品的纵向发展成为桐昆集团首要任务。2010年，嘉兴石化PTA项目正式启动，标志着桐昆向上游产业链又跨出了重要一步，也进一步优化了生产要素的组合结构，提升了生产要素的组织能力，为集团的发展提供了更加广阔的空间。

(三) 创新能力

1. 技术创新

哈佛大学商学院教授迈克尔·波特在其《竞争优势》中，提出“技术创新是竞争的主要驱动力之一”，“如果一种技术创新导致了较低的成本或提高了差异化，并且能够有效防止竞争对手仿效，那么就增强了企业的竞争优势”。可见，技术创新对于一个公司的发展至关重要。桐昆集团始终高度重视技术创新，每年几乎都投入大量资金用于技术创新，为实现跨越式发展提供坚实保障。

桐昆集团自20世纪90年代步入发展快车道以来，一直坚持以技改求发展，高度重视技术改造工作。从丙纶转产涤纶，从常规纺到高速纺到超高速纺，从切片纺到熔体直纺，从小容量到大容量，企业发展壮大的每一步，无不与“搞技改、上项目”紧密相连。

化纤行业流传着一句话：上（技改）项目是找死，不上（技改）项目是等死。这从某种程度上也说明化纤行业上项目的一些特点，即投资大、更新快，既属资金密集型，又属技术密集型。如何把握好上技改项目的时机、规模和方向，至关重要。桐昆集团在这方面应该说一直把握得比较好，具体有四个特点。一是坚持突出重点和全面推进相结合，既花巨资建设恒盛、恒通这样的高起点、大容量项目，也对金鸡、恒丰、中洲等切片纺老工厂的装备水平提升不断进行投入。二是坚持国产装备和国外（关键）装备相结合，在能够确保装置运行质量的前提下，较多使用国产设备，并在工艺流程优化上大胆尝试一些企业自主创新技术，减少不必要的投资。三是坚持技术改造增量投入与存量调整相结合，每个新建项目都有明确的市场定位，老的工厂也有自己的调整方向，使增量与存量不会互相打架，而是互为补充、形成良性互动。四是坚持产品质量提升和产品结构调整相结合，通过技改，一方面不断提高原有产品的品质、降低消耗，另一方面不断丰富产品系列，紧跟市场需求，不断优化产品结构。

“推陈出新”、“喜新厌旧”、“吐故纳新”是市场经济的一个显著特点，围绕各个时期市场的不同需求，桐昆集团通过上技改项目大量使用新装备、新工艺，从而不断地开发出各种高新技术产品，抢占市场先机，获取更好的效益。目前，桐昆集团已有5大系列300多个涤纶长丝产品，产品差别化率近60%，从50D到600D之间几乎可以生产所有规格的涤纶长丝。由于品种最全、产量最大，桐昆集团被业界称为中国涤纶长丝行业中的“沃尔玛”。在新装备、新工艺、新产品的有力支撑和推动下，企业科技创新工作硕果累累，2001年至今，桐昆集团已成功研发64个省级以上新产品，其中多个产品填补了国内外市场空白，获得省部级科技进步奖，近两年还承担了两个国家科技支撑计划项目。集团公司和下属恒盛公司均为国家高新技术企业，拥有国家认证实验室和省级企业技术中心，拥有近百项专利，参与起草和制定国标和行标多项。

桐昆集团技术发展路径图如图21.3所示。

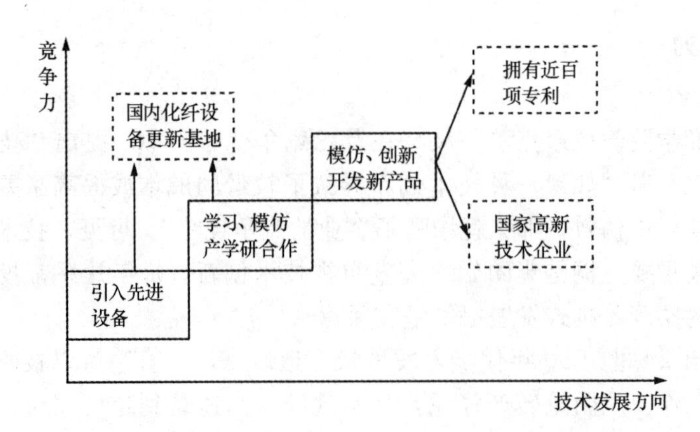

图 21.3 桐昆集团技术发展路径图

2. 管理创新

所谓管理创新，是指企业为达到某种创新目标，在对技术经济资源进行整合或配置，提高资源生产率，并使企业产品或服务实现市场价值的过程中，所创造的新的管理理念、组织形式、管理制度、管理方法。①

业界有这样一种说法："三分技术，七分管理。"桐昆集团之所以能从一个濒临倒闭的小企业发展成为营业收入超 200 亿元的大型集团公司，是因为其将管理创新摆在最为重要的位置。

桐昆集团十分重视科学管理体系的建立，在业内较早通过了 ISO 9000 质量管理体系认证、计量检测体系认证及标准化良好行为认证，并在日常管理中积极推行 5S 现场管理法，即整理（seiri）、整顿（seiton）、清扫（seiso）、清洁（seiketsu）、素养（shitsuke），以及全面生产管理法（total productive maintenance，TPM）管理方法，为保证品质打下了坚实的基础。

为应对迅速壮大的企业规模，公司将 2004 年、2005 年确定为"管理效益年"，通过学习与创新将世界先进管理知识与桐昆集团实际情况相结合，优化桐昆集团的组织架构，完善管理制度，明确各部门权责，以"业绩优先，兼顾公平"的激励机制提高执行效率，极大提升了企业竞争力。

作为国内化纤行业的巨头，桐昆集团先后成功导入了 ERP 项目、5S 现场管理法、TPM，建立桐昆特色的品管体系等。这些科学管理方法的创新应用，为公司可持续发展提供了保障。不过，公司并未就此满足。2009 年 4 月，桐昆集团和浙江大学开展了"卓越绩效模式"项目的合作，在浙江大学专家的指导下，导入卓越绩效模式。另外，面对经济寒潮，公司还积极导入六西格玛管理法，借助管理创新来营造一个良好的发展环境。

"销售是龙头，生产是基础，管理是关键"，桐昆集团总裁汪建根对销售的管理尤为重视，每年年初第一次大会就是销售大会。通过采用"营销能手龙虎榜"、"末尾淘

---

① 万兴亚 . 2004. 中小企业成长的创新策略 . 北京：人民出版社：207

汰制”和“浮动奖金激励机制”等管理手段，公司的销售情况一年好于一年，而销售团队的凝聚力和战斗力更强。值得一提的是，被淘汰的销售空岗，不会从外面招聘新员工，而是从生产一线的员工中提拔人员来补充。关于这一点，集团总裁汪建根认为，把基层员工吸收为销售员，一方面是因为他们对企业文化有比较深的了解；另一方面是因为他们吃过苦，更加珍惜销售岗位。

这些管理方面的创新，不仅带来了实实在在的经济利益，同时也为公司今后实现更高更远的目标打下了坚实的基础，积累了宝贵的经验。

桐昆集团管理创新路径图如图 21.4 所示。

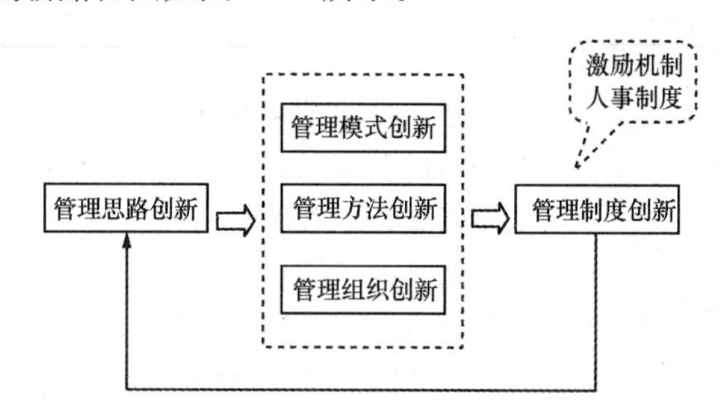

图 21.4 桐昆集团管理创新路径图

（四）转型升级路线图

桐昆集团转型升级路线图如图 21.5 所示。

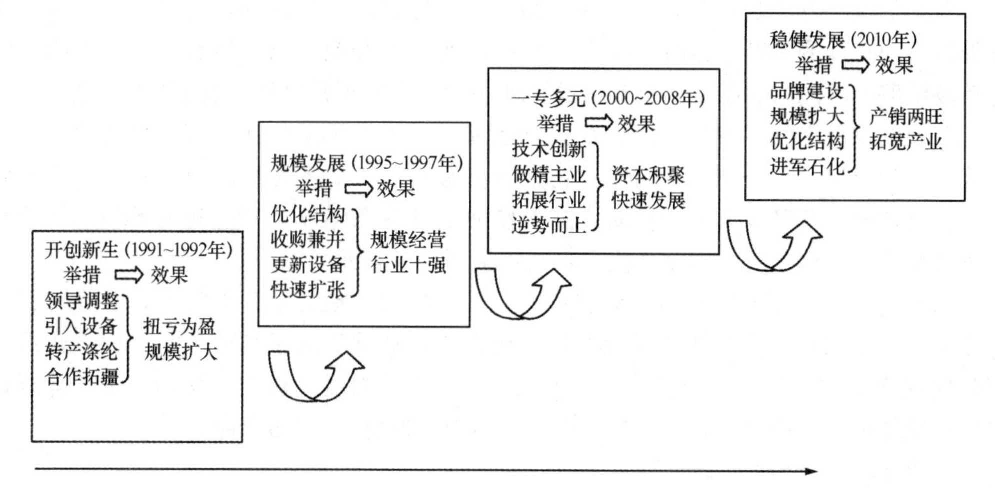

图 21.5 桐昆集团转型升级路线图

四、企业家风采

在短短 20 年的时间里，从一个濒临倒闭的乡镇小厂发展成为稳居中国 500 强的大型企业集团，桐昆集团的发展是让人振奋的，更让我们迫切想了解那个领导公司实现跨越式发展的领航者。

(一) 桐昆集团董事长陈士良——打造百年企业

桐昆集团董事长　陈士良

陈士良，1963年1月生，浙江省桐乡市人，中共党员，高级工程师职称，现任桐昆集团董事长、党委书记。自1991年起担任企业负责人以来，陈士良带领全体员工，发扬拼搏精神，将桐昆集团从一个濒临倒闭的乡镇小厂发展成为一家以聚酯和涤纶长丝制造为主业，同时跨领域发展的大型民营企业集团。1993年、1999年、2005年他分别被授予嘉兴市劳动模范称号、浙江省劳动模范称号、全国劳动模范称号。从一名普通一线工人到一个公司的董事长，在公司和自身不同发展阶段得到三次劳模殊荣，承载的是不同阶段对劳模内涵的不同理解、对劳模精神的不同领悟。

1. 浴火重生 艰难起步

1991年初，时任桐乡凤鸣化纤厂副厂长的陈士良收到一纸调令，要他出任桐乡化纤厂厂长。当时的凤鸣化纤厂如日中天，经济状况良好，发展前景广阔。而作为桐昆集团的前身，桐乡化纤厂的境况则是内忧外患、资不抵债。是留在前程似锦的凤鸣化纤厂，还是去困难重重的桐乡化纤厂，陈士良陷入了两难的选择。年轻的陈士良最后决定挑起重振桐乡化纤厂的重担。

脱困的唯一办法是找市场。上任伊始，陈士良奔波于省内外，进行深入细致的市场调研。根据他的判断，当时国内化纤市场正处于上升期，只要质量过关，丙纶产品的市场销路不成问题。于是，整顿内部管理秩序、恢复正常生产，成了当务之急。

首先要鼓舞士气，亲近员工。每天，他都与员工摸爬滚打在一起，将心比心，以心换心，使员工看到企业新的希望。功夫不负有心人，桐乡化纤厂第一个月的产量就增加了近四成，获利5万元。同时，陈士良又上马一条年产200万吨的SKV101丙纶纺丝机生产线，两个月收回全部投入，当年赢利100万元。

扭亏为盈后，陈士良又马上调整产品结构、扩大发展。他三上江苏，最终与江苏昆山苏三山集团和江苏常熟化纤设备厂达成合作，顺利完成了技改项目，桐乡化纤厂当年实现产值6500万元，利税1000万元。为了表达对昆山苏三山集团和常熟化纤设备厂患难相助的感激之情，陈士良把企业更名为“桐昆”，志名以谢。

2. 抢抓机遇 开疆扩土

1994年，桐昆集团投资5000万元，上马企业路南技改扩建项目，当年实现产值1.46亿元；1995年，陈士良出任新组建的桐昆集团董事长，同年投资5000万元，进行设备扩容；桐昆集团在短短几年间完成了诸多跨地区、跨所有制的投资扩张。

1998年亚洲金融危机期间，桐昆集团非但没有收缩战线，反而大举进行低成本扩张。1999年，桐昆集团的年销售收入已突破10亿元，成为嘉兴第二大民营企业，而一年之后，它又超过茉织华，问鼎嘉兴第一。

面对21世纪更加激烈的竞争，陈士良果断决定通过实施高起点、高投入的技改项目，来完成对桐昆集团现有产业链的有效整合及适当延伸，同时稳步推进多元化发展，使公司产业结构更趋合理，综合竞争力进一步增强。

2000年，中国·桐昆化纤工业城开工建设，宣布桐昆集团正式进军熔体直纺，至2007年工业城四期工程全部建成，共形成80万吨聚合能力和60万吨抽丝能力。2008年，桐昆集团又斥资12亿元建设恒通40万吨熔体直纺项目，只用了短短13个月就建成了世界上首条单线产能最大的熔体直纺生产线，进一步巩固了桐昆集团在行业内的规模优势和技术优势。

如今的桐昆集团营业收入稳居中国500强，成为桐乡、嘉兴乃至全省企业学习的典范，而陈士良本人也因此获奖杯、奖牌等荣誉无数。不过对于劳模这个称谓，他还是情有独钟。他始终坚信，只要能不断传承这种劳模精神，就一定能创造出百年老店的辉煌。

（二）桐昆集团总裁 汪建根——工作是生活的最大乐趣

从政府部门到民营企业，作出这样一个选择，汪建根是经过深思熟虑的。他说，不论在政府还是企业，他都在实现自己的价值，都在为桐乡人民创造价值，提高生活水平，其目的是一致的。但是，他觉得在企业，能更加直接地为桐乡人创造就业机会，提升当地经济水平，增强人民生活的幸福感。

桐昆集团总裁　汪建根

1. 模范带头 精细管理

（1）比普通员工多上一个小时的班。汪建根告诉我们，他每天上班都要提前半个小时，下班又晚半个小时。他觉得，化纤行业是个竞争很激烈的行业，要想在行业立于不败之地，就必须更加勤奋和努力。

（2）节能降耗，安全监督不放松。化纤行业的利润率是比较低的，只有控制生产的各个环节，公司才能获取比较好的收益。为了能最大范围进行节能降耗，公司经常开展“金点子”活动，发动基层员工积极发现身边节能降耗的好点子。安全就是效益，公司对于安全的监督非常严格，经常会不定期、不定时地对员工进行安全情况抽查。汪建根觉得，精细化管理的文章做不完，只要有心，就一定能发现潜在的能提高效率和效益的好点子。完善安全监督机制和强烈的节能降耗意识正体现了公司“务实、稳健”的企业文化。

（3）完善激励机制，打造精英销售团队。桐昆集团的销售团队实行“末尾淘汰制”和“营销能手龙虎榜”的激励机制，对连续三个月排名倒数第一的销售员，进行淘汰，而对当月销售量排名靠前的销售员，在每月的《桐昆报》上张榜表扬。对销售员的绩效考核指标不仅仅是销售量，还有平均价格、库存天数、销售品种等。这些措施的实施，不仅能激发销售员工的激情，提升团队的战斗力和向心力，而且让桐昆形成高产量、低库存、产销两旺的良好局面。

2. 协调自律 稳健前行

作为化纤行业的龙头，桐昆集团的一举一动都对行情产生重大影响，尤其在价格变动上，业界尤为敏感。桐昆产品涨价，其他企业就会跟进，涨得更多；在行情进入下降通道，桐昆产品一跌，其他企业就会跌更多。这让桐昆集团的销售很是被动。然而，汪建根选择化被动为主动，选择协调和自律。

桐昆集团和业内七家较大的企业保持着密切接触，在经常进行的聚会中共同研究行情。“靠我们跟同行协调，桐昆不做市场的破坏者，靠核心竞争力做市场秩序的维护者。”汪建根说。

在市场低迷的条件下，加强行业自律对稳定市场具有极其重要的作用，这也是化纤行业应对需求不足、稳定市场运行的最主要手段。2008 年下半年，随着国际石油价格的大幅回落，化纤行业主要原料和产品市场价格也出现了大幅回落，10 月下旬到 11 月上旬降幅最大，化纤行业蒙受了重大损失。此时，有企业带头进行恶性竞争，对于这种跌破成本底线的恶意行为，汪建根为顾全大局，致电中国化学纤维工业协会，请求出面阻止。中国化学纤维工业协会随即奔赴萧山召开会议，及时控制了态势的发展。

桐昆集团带头协调自律，在国内市场销售保持稳定增长的同时，外销同样也迈出了稳健增长的步伐。随着全球金融危机迅速向实体经济蔓延，行业运行与发展陷入了史无前例的低谷。面对严峻的内销形势，汪建根提出将外销作为企业销售的重点。他认为，对于新市场的开拓，目前的销售额并不是追求的全部，建立桐昆的品牌知名度更为重要。

“一是做好信保，二是不好的客户要及时规避、勇于放弃；宁可少做不做，也不能有收不回来的钱。”就是在汪建根如此坚持下，桐昆集团在外贸上既不断开拓新市场又规避风险，且外销没有坏账。

在汪建根身上，我们看到了他的务实勤奋、精明睿智、谦虚谨慎，更看到了那颗强烈的事业心和责任心，以及那种把工作看做生活的一大乐趣的积极态度。

五、政府扶持

公司的发展离不开政府的关心和大力支持。1985 年，经国务院批准，桐乡被列入全国首批开放县（市），实行全方位的改革开放，极大地推动了桐乡社会经济文化的发展，一定程度上也促进了化纤产业的发展，为桐昆集团的跨越式成功发展奠定了坚实的基础。尤其是在 1992 年，邓小平“南方讲话”为改革开放的发展进一步提供了政策支持，对桐乡这样的开放县的发展至关重要，也进一步巩固了桐昆集团发展的政策基础。

此外，政府设立的浙江省企业技术中心和国家级企业技术中心项目，对促进企业进行自主创新、提升自主创新能力和核心竞争力，都有很好的支持和导向作用。桐昆集团先后成功创立了浙江省和国家级的企业技术中心，不但为其稳健发展提供了坚实的保障，还为未来的进一步发展奠定了基础，积累了经验。

六、未来展望

通过20多年的发展，桐昆集团已经成长为具有雄厚实力、跨领域发展的大型集团公司，积累了丰富的经验和资本，也树立了良好的品牌形象。纺织业，其出口所占的比例在中国比较高，容易受外部经济环境的影响。经历了金融危机，很多小规模、低效率的纺织企业都被淘汰出局。这对大规模、高效率的公司来说，无疑是一个难得的发展壮大的机会。

此外，桐昆的“十二五”规划明确提出，在“十二五”期间，公司将再新增190万吨聚酯化纤产能和200万吨PTA产能；到2015年年底，实现营业收入500亿元，相当于再造一个新桐昆集团。桐昆人的智慧定会给我们带来更加精彩的表现，稳步成长为一家百年老店。

七、结语

桐昆人秉承“团结、拼搏、务实、创新”的企业精神，以“行纤维之事，利国计民生”为使命，坚持科技创新配合卓越管理，创造一个又一个奇迹，续写一段又一段华丽的篇章，并不断地追求更高、更远的目标。

桐昆集团被誉为中国涤纶长丝行业的“沃尔玛”，但是桐昆人并不故步自封，反而以此作为自己的责任和目标，扎扎实实，专注企业经营和发展，坚持踩准行业发展的节奏，保持“稳健”的企业文化，走出了一条成功的转型升级之路，并向着更加辉煌的明天迈进。

参考资料

彼得·德鲁克.2006.管理的实践.齐若兰译.北京：机械工业出版社
彼得·德鲁克.2007.创新与企业家精神.北京：机械工业出版社
迈克尔·波特.2001.竞争优势.陈小悦译.北京：华夏出版社
万兴亚.2004.中小企业成长的创新策略.北京：人民出版社
吴晓波.2002.非常营销：娃哈哈中国最成功的实战教案.杭州：浙江人民出版社
约瑟夫·熊彼特.2007.财富增长论.李默译.西安：陕西师范大学出版社
张俊杰.2005.浙商模式.北京：中国经济出版社
1983. Product Innovation Management. London：Butterworths.
Cramton P. 2009. Innovation and Market Design. University of Chicago Press

浙江工业大学浙商开放创新发展研究院　程惠芳　方　健

第二十二章　华峰创新与安纶业发展转型案例

浙商格言

◆“企业家不仅要舍得投入，更要舍得放弃。”

◆“自主创新能力之于企业，就好比交通工具之于人一样重要。竞争对手已经坐上飞机了，我们还在骑自行车，怎么追得上人家呢？发展，最终还要靠创新支撑、靠实力说话。”

◆“创新一项技术远没有比创新一项根本性制度来得艰难和紧迫，这样的创新才是民营经济的腾笼换鸟。”

◆“知识财富具有很强的时效性，收藏就会贬值，只有得到运用，产生物质价值才能永恒。”

——华峰董事局主席　尤小平

南宋时期以瑞安叶适为代表的“永嘉学派”主张的“事功”思想即“无功利则道义不存”，清末大儒孙诒让（瑞安人）注重“经世致用，抨击重农轻商”的儒学传统观念，被现代温州人发展成为务实进取、敢闯敢拼、精明强干、坚忍不拔、敢为天下先的人文精神，成为独具特色并深深契合市场经济大潮的强势文化，从而孕育了温州一代商业奇才。“重商”成为温州瑞安的社会风尚，“善贾”成为温州瑞安人的传统。华峰集团（简称华峰），一个从温州神奇土地上迅速崛起的民营企业，在19年的创业道路上，在挑战中顽强地成长、发展壮大，从“低、小、散”的传统生产模式转变为高技术大产业发展，同时也是温州首家上市民营企业，成为新时期“新温州模式”的典范。

一、华峰发展历程

华峰在19年的时间里，从一个注册资本仅为50万元、年产值只有几百万元的小企业，发展成为如今以新材料为主业，以房地产、物流、金融等产业为辅业的大型民营股份企业。现有员工3200余名，总资产60余亿元，2009年，制造产业实现销售收入56.83亿元，利税7.98亿元，综合实力连续多年名列“中国大企业集团竞争力500强”、“中国制造业企业500强”、“中国民营企业500强”、“中国石油和化学工业百强”（图22.1）。

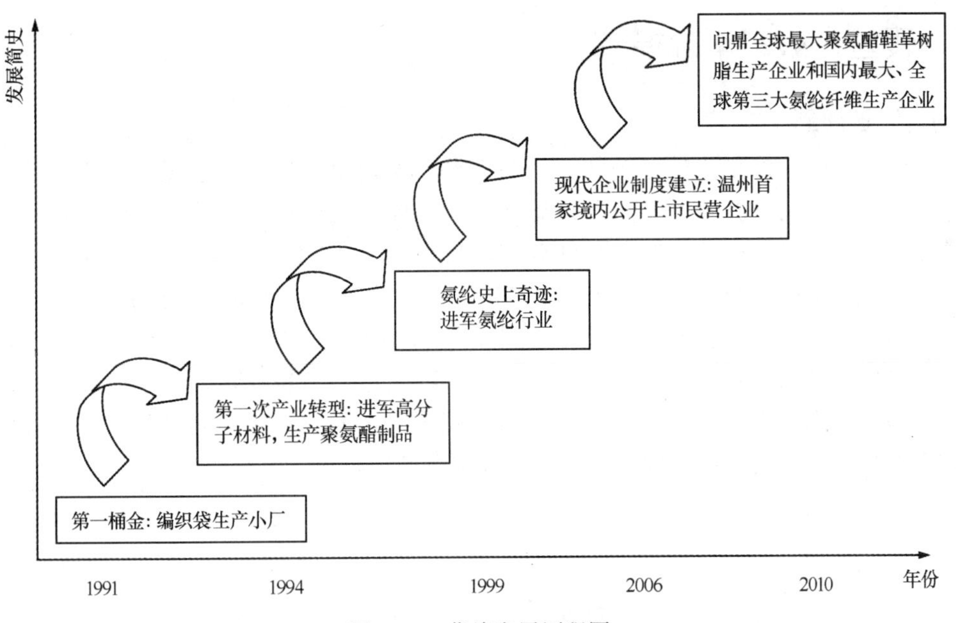

图 22.1　华峰发展历程图

（一）创业之路

1991 年华峰集团的前身瑞安市塑料十一厂开始生产红蓝塑料编织袋，从事简单的塑料制品加工，是典型的“小商品、大市场”的“温州模式”，也为华峰的后续发展完成了资本的原始积累。

（二）产业转型

1994 年，作为制作高档鞋底的原料聚氨酯需求大增，但绝大部分依靠进口，价格高昂，华峰开始进军这个当今世界最具发展潜力的高分子材料产业，企业成功转型为一家生产聚氨酯高分子材料的高新技术企业。

1999 年，当国内氨纶行业还处于起步阶段时，华峰高瞻远瞩，投资具有广阔的发展前景的氨纶产业。国内最先进的氨纶工业基地——浙江华峰氨纶股份有限公司在浙南大地上迅速崛起。当时有人预测需要两到三年才能建成，结果华峰只用了 8 个月，日本专家称之为“氨纶史上的奇迹”。

（三）产权改革

2006 年“华峰氨纶”作为温州民企国内第一只股票正式挂牌上市，实现温州民企国内上市“零”的突破。华峰氨纶的成功上市，既是一种积极的资本经营战略，同时，又是华峰集团向现代企业制度过渡的稳妥的产权改革战略。

二、转型升级“华峰模式”

(一) 产业创新

华峰氨纶是华峰集团的子公司，是中国首家主营氨纶的上市公司，专业从事氨纶纤维的生产、销售和技术开发，主导品牌为“千禧”氨纶丝。目前公司已拥有 4.2 万吨氨纶产能，规模居全球第三。2011 年新项目投产后，产能将达 5.7 万吨/年。

华峰氨纶的生命周期划分为初创期、成长期、成熟期和蜕变期四个时期（图 22.2）。在氨纶行业的整个生命周期曲线中，通常会出现三个拐点，其中两个为重要拐点：一是成长期与成熟期之间的拐点 A，称为巩固点；二是成熟期与衰退期间的拐点 B，称为控制点。氨纶产业在 1990 年以后得到了飞速发展，中国的氨纶产量在世界市场占有率从无到接近一半，使得氨纶供给大幅度增加。

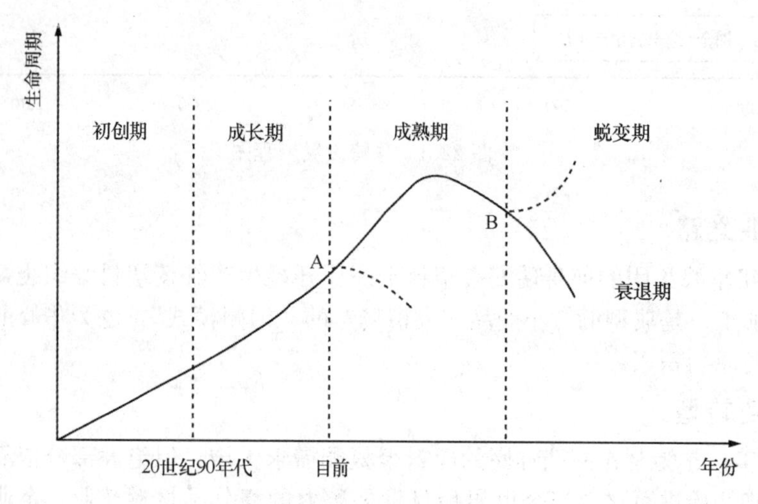

图 22.2　华峰氨纶产品生命周期图

至今，氨纶产业的发展已经体现了产出增长率的缓慢→快速的特点，而随着时间的推移，氨纶产出增长率也会下降，最终体现出缓慢→快速→缓慢的发展趋势，即呈 S 形曲线走势，氨纶产业的规模成熟期顶峰还没有过，氨纶产能规模还会进一步扩大。说明氨纶产业的规模生命周期正处于成长期与成熟期关键。从图 22.2 中可以看出，现在正是氮纶产业发展的转折点，即产业生命周期的巩固点 A，是处于产业发展的关键时期。如果发展得好，产业就会顺利进入成熟阶段，而如果故步自封，不求进取，则会提早进入生命周期中的衰退期，产业竞争力会急剧下降，产业也会最终衰亡。

从“十二五”规划来看，中国作为世界最大的待开发市场，扩大内需、进行消费升级和转型将是国内纺织行业的一次重大机遇。未来氨纶售价的平民化将使其在纺织领域应用的比例得以提高，氨纶的应用范围也在逐步拓展，市场需求平均增速将在 10%以上，行业前景整体向好。为了让企业跳出高周期性风险，华峰氨纶已向技术门槛较高的高端氨纶产品转型（表 22.1）。1.5 万吨耐高温薄型面料专用氨纶项目将提高产品差别化率，保持公司国内规模最大氨纶企业的地位。

表 22.1　华峰氨纶产品信息和研发情况表

<table>
<tr><td colspan="3">产品品类</td><td colspan="2">产品规格</td><td colspan="3">生产技术</td></tr>
<tr><td colspan="3">经编、维编、机织、袜用维编</td><td colspan="2">20D-110D；裸丝、单包、双包、包芯、合捻、空包</td><td colspan="3">经编专用氨纶纤维合编制备方法</td></tr>
<tr><td colspan="4">企业研发费用支出/万元</td><td colspan="4">企业研发费用占当年营业收入的比重/%</td></tr>
<tr><td>2009 年</td><td>2008 年</td><td>2007 年</td><td>2006 年</td><td>2009 年</td><td>2008 年</td><td>2007 年</td><td>2006 年</td></tr>
<tr><td>3632.74</td><td>3451.48</td><td>2147.13</td><td>2575.62</td><td>3.04</td><td>3.40</td><td>4.97</td><td>4.21</td></tr>
<tr><td colspan="4">主要专利名称</td><td colspan="4">经编专用氨纶纤维合编制备方法
DMAC 间歇聚合高回弹氨纶生产方法
耐高温易染聚氨酯弹性纤维及其制备方法
彩色氨纶纤维的制备方法
新型快装式自密封纺丝组件
耐高温氨纶单屡扎染制备方法</td></tr>
</table>

（二）制度变革

温州地处东海之滨，战国时期即是我国九大港口之一，后被辟为通商港埠。党的十一届三中全会后，温州又成为全国首批 14 个沿海开放城市之一。开放的城市，形成了开放的观念和文化，开放的文化培育了开放的温州人。他们走南闯北，海纳百川，表现出一种强烈的开放意识。但如今不少温州企业对要不要改变家族制和要不要上市一直抱有疑虑。华峰率先走向现代企业制度，成为“早起的鸟儿”。

华峰现代企业制度的建立，经历了三个阶段（图 22.3）。

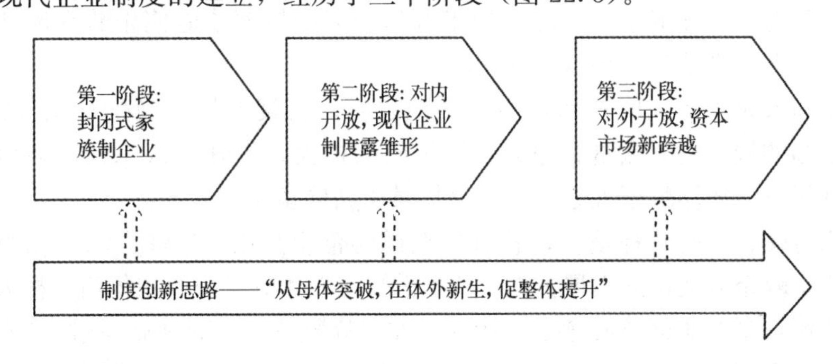

图 22.3　华峰制度变革演进图

第一阶段：1999 年之前，与大多数温州企业一样，华峰为封闭式的家族制企业。

第二阶段：1999～2004 年华峰实施“对内开放”，在家族所有的基础上，逐步吸纳企业自然人的投资，这个时期华峰先后组建了氨纶公司、上海公司、晋江公司等企业，吸纳技术人员、管理人员在这些企业投资，为公司现代企业制度建设奠定了良好的产权基础和团队结构。

第三阶段：2004 年以后，华峰开始实行“对外开放”政策，即在完善现代企业制度的基础上，吸收社会资本，这就是氨纶公司的上市融资。现在氨纶公司总股本中，集团公司法人股本占 43%，自然人股占 57%，形成了集团公司控股，高层持大股，兼顾中层和骨干员工的股权结构。目前，氨纶公司有总经理、副总经理共 4 名，其中尤小平家族成员只有 1 名，而投资 3 亿元、用地面积 350 亩的华峰上海公司的超纤项目，集团公司法人股份才占 27%。华峰氨纶还吸收更多经营管理者、技术骨干等企业员工技术和资金入股，329 名员工中约有 1/3 的员工入股。目前，华峰集团董事会现有成员 9 人，其中家族成员只占 2 名，企业内部高级管理人员 4 名，外聘 3 名独立董事。集团公司下属的十大部门的经理也没有一个家族成员。

19 年来，华峰已基本实现了由传统家族式管理向现代法人治理结构转型，形成了比较完整的制度体系，逐步建立和健全一套管理标准、技术标准和工作标准，颁布了 100 余项企业法规并进行定期考核，使集团各部门、各公司以及各科室、车间、班组、人员都有章可循，职责分明。特别是在企业发展过程中，华峰结合 ISO 9000 和 EHS 管理体系，大胆吸收和借鉴西方企业制度精华，对原有制度进行必要修改，把两种管理体系有机结合起来，练好基本功。同时，华峰的股份制改革以及氨纶的上市，则将企业规章制度建设进一步提高到现代企业规范化水平，为华峰的长久发展提供了强有力的制度保证，形成了企业全体员工共同遵循的规章文化。

企业之间的竞争根本上是企业制度之间的竞争。在现代社会，唯有先进的企业制度才能凝聚人才，引进人才，稳定人才。

三、温州商人和温州精神

如果说文化是企业的乐谱，起着规范企业和员工行为的作用，那么领导人就是乐队的指挥。只有一个理解乐谱并能表现出音乐内涵的指挥才能使乐队奏出和谐优美的音乐。无疑，尤小平就是华峰这支乐队的指挥。

华峰掌门人尤小平家境贫寒，为了赚钱谋生，投资办厂，当生存条件满足之后，则想到赚更多的钱，发家致富。随着华峰规模的扩大，华峰人认识到，必须努力走出自我，胸怀天下，才能凝聚人心，团结全体员工共同奋斗。

企业家有什么样的精神境界，就有什么样的企业文化。华峰当家人尤小平的精神境界决定着华峰企业文化的发展方向。尤小平知道人才对于企业的价值，把人才视为华峰最大的资源，是企业最核心竞争力所在。在华峰氨纶上市时他就说过：“家族毕竟只是家族、温州也毕竟只是温州，人才都有限的，如果企业能面向整个社会引进人才，那就能取得丰富得多的资源。”“我的员工要有霸气，要不断地学习新的技术、知识、理念，要在实践中学习、在岗位上学习，不断提高自身素质与创新能力，真正成为对经济社会发展有用的人才。”这就是尤小平眼里的优秀员工。在引进一名高级工程师来华峰的过程中，他曾说过：“知识财富具有强烈的时效性，收藏就会贬值，只有得到运用，产生物质价值才能永恒。”这充分说明，他懂得用事业去吸引人才，更懂得用良好的环境、公平的机制和客观的价值体现平台吸引人才。

为了更好地留住人才，尤小平提出并身体力行“共同目标、共同创业、共同利益、共同发展”这四种共同理念，让员工切实体会到在华峰是能够实现自身的社会价值的。“调动他们的工作积极性，是我最重要的课题之一。”尤小平说。在最初的股权改革中，他一方面减少自己家族的持股比例，另一方面让广大中高层管理干部和基层骨干持股，实现了自己的诺言，“华峰是全体华峰人的企业，大家都是命运共同体”。

四、华峰的春花硕果

从“劳动密集型企业”转变为“科技密集型企业”，从“家长式管理”转变为“职业团队管理”，从“追求利润最大化”向“追求社会价值最大化”的跨越，华峰集团在实现“千亿”目标的路上矢志前行。华峰将继续进行产业结构调整和转型升级，通过投资、并购、竞合等方式，在所涉及的行业领域中，在合理的市场和区域布局下，形成纵向延伸、横向拓展的强大的产业链。打造国际一流的高品质的新材料供应商是华峰人的共同远景。华峰企业文化积淀的土壤，经过辛勤浇灌，定会开出绚丽的春花，结出诱人的硕果。

浙江工业大学浙商开放创新发展研究院　程惠芳　王旖敏

第二十三章　杉杉创新与服装业多元化转型升级案例

浙商格言

◆“做企业，不创新就是死亡。”

◆“现在，大多数中国的企业家对资本市场的游戏规则还非常陌生。如果继续这样陌生下去，是会错过大机会的，甚至会吃大亏的。”

◆“日本企业在很大程度上，是我们儒家文化的内涵在里面，所以中国企业在企业发展和相互之间交流这方面可能有些借鉴。杉杉就是这样，谁做得好，就向谁学习，向谁借力。”

—— 杉杉集团董事长　郑永刚

一、引言

三国时期诸葛亮巧“借”曹操之手，在三日限期内打造出10万只雕翎箭……转眼间，时光飞逝，已至现代。纵使越千年，“草船借箭”依旧在。只不过，故事的主角不再是当年的诸葛孔明，而摇身变为杉杉集团（简称杉杉）的掌舵人郑永刚。郑永刚和他的团队先后两次成功借鉴欧美、日本模式，将原本亏损1000多万元的地方国有服装小厂，逐步缔造为服装纺织、新能源新材料、金融投资多元化发展的集团公司。

目前的杉杉，在服装领域，作为我国本土最大的服装产业集团之一，旗下拥有宁波杉杉服饰有限公司、宁波杉杉摩顿服装有限公司、新明达公司以及宁波乐卡客服饰有限公司等9家企业，并拥有包括CALLAWAY、SMAILTO、MUNSINGWEA在内的22个各类服装品牌。2009年，其服装领域的销售收入已达13.29亿元；在新能源新材料领域，杉杉科技是国内最大的锂离子电池正极、负极材料及电解液领域生产企业，其在技术先进性和规模化方面已跻身世界前三位。2009年，杉杉此板块实现了7.76亿元的营业收入；在金融投资领域，以宁波杉杉创业投资有限公司为管理运作平台，已成功投资中科英华、铜业、油田等大型项目，并通过合资合作成立了多只私募基金。

历史前进的车轮，依旧滚滚向前。以推动科学发展、加快转变经济发展方式为主线的“十二五”时期即将到来，杉杉必将在郑永刚的带领下，以转型升级的创新模式为指导再创新的辉煌！

二、杉杉发展历程

“杉杉”，一个响亮而特别的、充满了成功意味的名字，谁会将它与“濒临破产”、“负债累累”联想在一起？然而，就在20多年前严冬的一天，亏损已达1000多万元的宁波甬港服装总厂300名员工希望的火种再一次被这凛冽的寒风熄灭了[①]就在半年前，厂里的领导还带来了令人欣喜的消息：港商有意接手这家濒临破产的地方国有服装企业。可是，半年后的今天，这一切却又被告知结束了……

1989年的春天终于来了，被誉为“救火队长”的郑永刚来了，服装厂的“春天”也终于来了。那么，从服装小厂到横跨服装纺织、新能源新材料和金融投资三行业的杉杉是如何发展起来的呢？那要先从其20多年的成长历程说起。

杉杉的发展历程，大致可分为以下四个阶段。

1. 起步阶段（1988～1998年）

刚刚接手连年亏损的服装厂时，郑永刚并不怎么懂服装，但凭借着与生俱来的企业家的睿智，他提出要以“两个抓住[②]”为基本，以顺应市场经济发展为原则，以品牌战略为载体的方针。在郑永刚的引领下，杉杉实现了第一次华丽蜕变：由以代工美国西服为主业的地方国有小工厂转型为拥有自主品牌的国内服装行业龙头企业。

2. 组织创新阶段（1998～1999年）

自1989年创牌走市场，到1998年，杉杉已经在全国组建30几家分公司，上千家专卖店，形成了庞大的市场组织结构和营销网络体系。但1999年，杉杉服饰却面临巨大的困境。那一年，服装市场开始转向买方市场。依照传统方式所建立的销售网络，高额运转成本的缺陷也日益显现。内外夹击，杉杉前进的脚步被阻隔了……

面对窘境，郑永刚顶住压力选择变革。他借鉴美国先进经验，放弃原有的产、销、供一条龙的传统经营方式，采用“类耐克”模式，实施组织创新，集中企业内部的一切资源发展生产链中最具核心竞争力的环节。同年，杉杉在进行组织创新的同时，又进一步完善了其原有的品牌战略——由单一品牌升级“国际化，多品牌”战略。

经过一系列改革创新，杉杉不仅摆脱了困境，而当年的总资产额较1998年更是提升了0.86百分点（图23.1）。

3. 多元化发展阶段（1999～2007年）

郑永刚说：“服装行业做成全国品牌，规模和效益都是属于领军企业。但是服装业是竞争性领域，没有垄断，品牌都有各自的目标消费群体，属于个性化消费，跟其他行业不一样，和汽车、化工、石油开采不一样，你不能做到无限大。到1999年以后，我们就开始思考这个问题，而且我们的财力和精力都还有剩余。”就这样杉杉开始了多

---

① 由于宁波甬巷服装总厂与港方就价格计员工安置等一系列问题未达成一致，出售计划被搁置

② 此是郑永刚所提出的，“两个抓住”即为：抓住市场的需求保证产品质量；抓住消费者的眼球，将品牌魅力植入人心

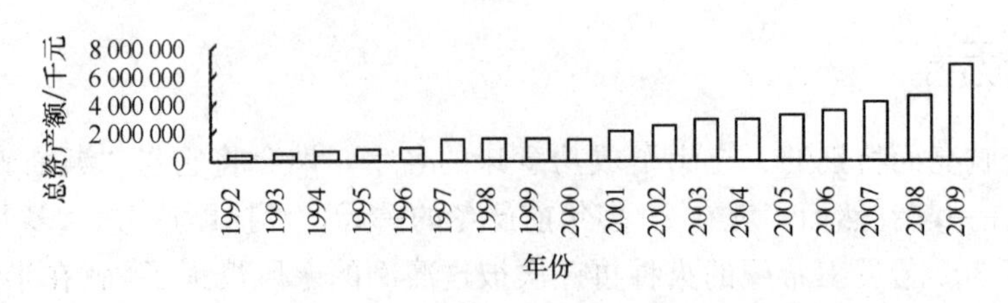

23.1　杉杉年度总资产额

元化的发展道路。

1999 年 9 月，上海杉杉科技有限公司成立。至今，杉杉在新能源、新材料等领域已发展成为横跨中国最大的锂电池综合材料、全球一流的电解铜箔制造企业、中国最大的热缩材料基地和辐照技术产业基地等一批高新科技产业的优势企业。

在服装和科技两大主营业务都走上正轨的时候，郑永刚又开始研究“世界上某个行业做到什么程度了，去了解国家战略，去了解宏观经济，考虑我们未来怎么走”。于是，在政府的大力支持和帮助下，杉杉进行土地开发，在宁波、郑州及廊坊投资建立起多个科技园，并涉足资本市场，2007 年 3 月杉杉创投成立。至此，金融投资、服装纺织和新能源新材料成为杉杉的三大支柱产业。

4. 资本运营阶段（2007 年至今）

2009 年 2 月杉杉将 28％的股权出售给伊藤忠，这标志着掌舵人郑永刚借鉴日本综合商社模式带领着他的杉杉团队再一次起航了。这一次所承载的目标更加宏伟：到 2018 年争取整个市值能够上千亿，并以两个主要产业为基础、一个投资为手段，越做越大。贸易、产业、投资，海纳百川，最后形成有中国特色的“综合商社”。杉杉的演变路径可以总结为图 23.2。

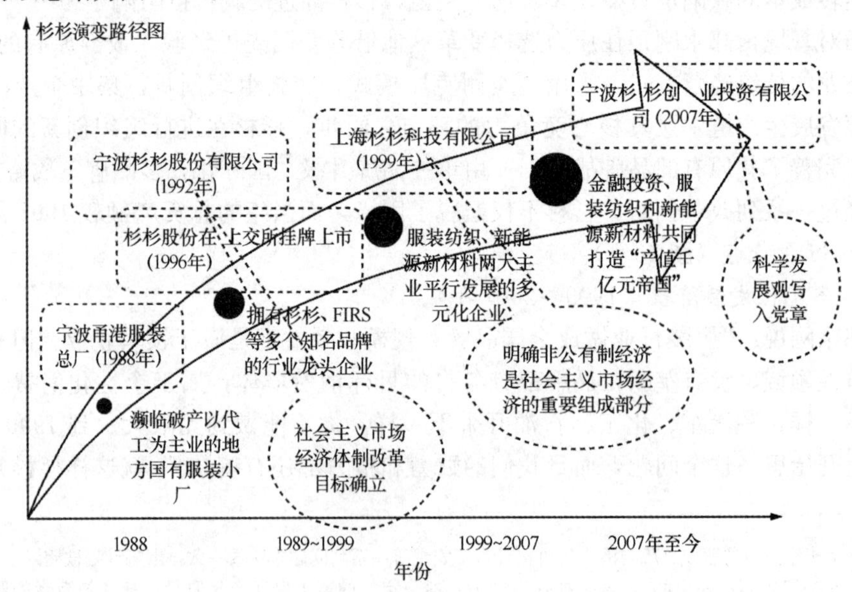

图 23.2　杉杉的演变路径

春华秋实二十载。杉杉股份的总产值额已由 1992 年的 67 759 600 元增长为 2009 年的 6 468 170 000 元。杉杉人正是探索出符合自身发展的转型升级模式，并在富有创新精神的企业家的引领下，才得以由原先负债累累、濒临破产的小服装厂，蜕变为拥有两家上市公司、涵盖多个产业领域的大型企业集群的。

三、杉杉多元化的转型升级及能力发展分析

（一）杉杉转型升级路径

杉杉的转型升级路径分为以下三种，如图 23.3 所示。

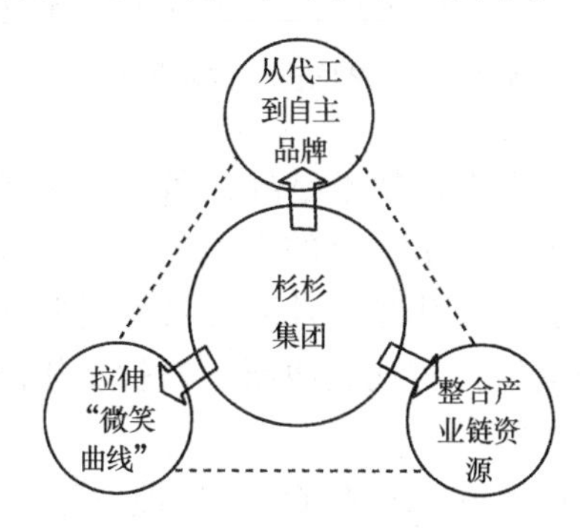

图 23.3　杉杉转型升级路径图

1. 从代工到自主创新

我国 90％的服装鞋帽企业都是采用代工的生产模式，并过度依赖低廉的劳动力成本，以微薄的利润率、靠着大批量生产和过于单一的大客户订单来维持经营的。但在国际金融危机、人民币升值以及人力资源成本上升三重压力的综合作用下，这些典型的劳动密集型企业一蹶不振、纷纷倒闭。而杉杉早在 20 世纪 80 年代末就考虑到了这种生产经营方式的弊端。全厂员工在郑永刚的带领下，从南下寻找市场需求开始，在实践中不断摸索，创立品牌，顺应市场经济模式制定、实施企业战略，并引进当时最先进的 CI 技术改变、拓展销售渠道和网络，成为我国该行业首批成功转型为自主创新型的企业。

1）杉杉自主创新路径

杉杉在创牌之初，主要是通过引进当时较为先进的机械生产设备，并聘请国外专家直接将其先进的工艺移植到自主品牌杉杉西服生产制造上（图 23.4）。

在模仿创新阶段，杉杉为实现“创中国第一西服品牌”的目标，于 1994 年实施广告战略，斥资全面导入 CI（企业形象设计），大刀阔斧地进行品牌的统一再造。1996 年，杉杉从日本聘请西服技术专家，并从意大利引进先进制造工艺完成了“精致西服”生产线技术改造的项目。同时，企业也一直十分重视质量管理的工作，于 1996 年 7 月获得了 ISO 9002 国际标准质量体系认证证书，并明确提出并实施了五项保证措施，即以质量技术为主，以生产经营保证、成本管理保证、企业管理保真、后勤服务保证为一体的企业管理精细战略。

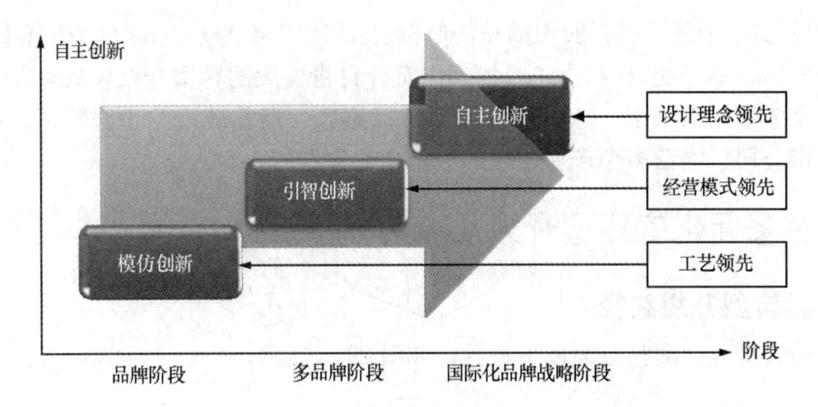

图 23.4 杉杉自主创新路径图

在引智创新阶段，杉杉依靠引进技术已经具备了一定的技术积累，并凭借着西服生产在国内工艺领先的优势也获得了一定的资本积累。而在此阶段，杉杉在实施“多品牌，国际化”战略的基础上，以引进、消化吸收和创新并举的模式，通过对国外先进经营方式的创造性模仿和借鉴，实现集西服、衬衫、休闲时装为一体的产品多元化发展。

在此阶段，杉杉在实施经营模式改革（即创造性学习 NIKE 先进经营模式）后，先后与韩国克隆集团、意大利著名男装品牌鲁彼昂姆公司以及日本伊藤忠商事株式会社、意大利法拉奥集团等企业合资成立了宁波酷娃（QUA）服饰有限公司、JIC 服装有限公司等服装企业，并依托各国先进设计能力与产品开发能力，再结合自身在中国市场的生产、销售资源，制造出具有各国风情的高品质品牌服装。

同时，杉杉投资 2000 逾万元建设企业的信息化管理。杉杉注资 1.3 亿元成立了一个专门的杉杉品牌发展战略公司，它的主要职责就是向全球招募优秀设计师和品牌经理人。再加之上一阶段与各国国际知名服装企业的合资合作所培育的企业品牌的国际知名度、雄厚的资本积累以及不可或缺的创新团队，杉杉开始了自主品牌国际化的道路——2006 年宁波杉杉摩顿服装有限公司成立。其旗下的运动、休闲、时尚品牌 SS·sport上市 10 多年来广受消费者青睐，并向着下一个既定目标——打入国际市场挺进。

2）杉杉自主创新模式的特征

杉杉自主创新模式不同于一般企业的最大特征，即它是由技术创新与管理创新相互耦合、共同作用形成的。如图 23.5 所示，由于企业技术创新的成效主要取决于管理创新，即企业战略、组织模式、文化氛围等因素的互动作用。杉杉就是在实施战略调整、组织模式整合的基础上，进一步促进引智创新以及自主创新，并为实现自主品牌的国际化奠定了坚实的基础。同时，技术的变革与创新也为管理的变革创新创造了外部环境、内在驱动力以及必备的技术支撑。在第一阶段，杉杉为促进技术改进，从质量管理方面入手实施了管理方式、方法的创新。同时，第一阶段的引进技术为其提供了丰厚的资本积累以及期间所孕育新的管理思想、理念与方法。于是，杉杉在实现引智创新的过程中，积极引入先进的经营模式，并配合以管理信息化为手段的管理创新，从而形成了“管理支撑技术、技术推动管理”的特有自主创新模式。

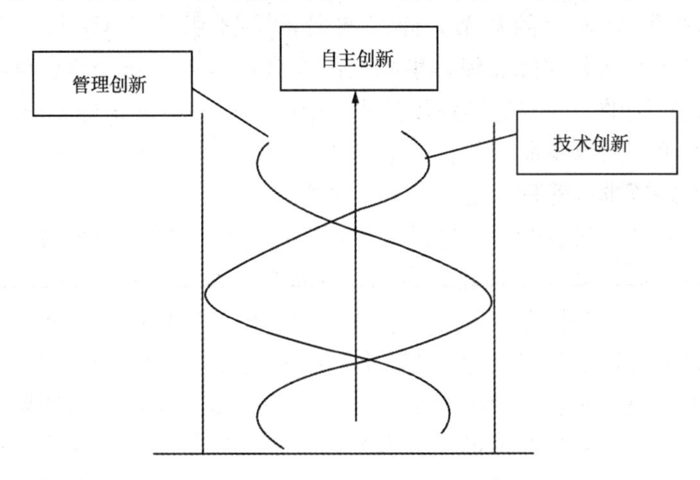

图 23.5　杉杉自主创新模式

2. 拉伸“微笑曲线”

在服装纺织行业的产业价值链上，上游是资金技术密集型的面料和时装设计，下游是销售服务型的市场开拓，而中游是劳动密集型的服装生产加工企业。杉杉的前身宁波甬港服装总厂主要进行西服的加工生产，显然其处于“微笑曲线”的底端。杉杉经过实施品牌战略以及采用“类耐克”经营模式的调整之后，成功实现了产业曲线的真正“微笑”，即压缩了加工制造环节，并拉长了研发、设计、品牌、营销环节的产业链。从而提高了产品的核心竞争力，也实现了企业向高附加值环节发展的目标（图 23.6）。

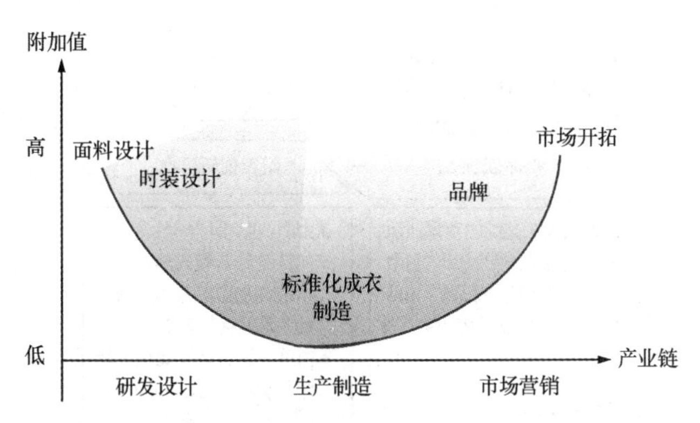

图 23.6　服装纺织行业“微笑曲线”图

3. 整合产业链资源

产业链的上下游整合对于不同行业企业的意义有所不同，有些行业企业整合上下游资源是为了稳定经营、应对风险；有些是为了降低成本；有些是为了在行业快速发展过程中提高企业参与竞争的能力；而有些行业企业则是为了通过商业模式的创新来重新定义行业、确定产业链的核心地位。杉杉 1999 年的改革，就是想通过学习耐克采用先进的经营模式来推动企业产业链上下游的整合，将企业内部的一切资源集中发展生产链中最具核心竞争力的环节，即以控股的方式引进 SASCH、CALLAWAY、Munsingwear 等多个知名国际品牌，集中全部力量进行多品牌经营。事实证明，郑永刚的这次抉择是正确的。在实施品牌经营战略期间，杉杉不仅获得了良好的市场收益，提升了企业的竞争实力以及品牌价值，而且为促进日后杉杉自主品牌成功迈向国际化市场奠定了坚实的资本、管理、技术等多方面基础。

属于竞争性领域的服装行业，即便规模和效益在全国属于领军的企业也很难实现行业的垄断。由于服装属于个性化消费品，其每个品牌都有着各自的目标消费群体，因此很难像汽车、化工等行业企业那样通过扩大规模来实现超额利润。因此为提高企业总体利润，杉杉开始了第二次对产业链上下游的整合，注资 8000 万元成立了上海杉杉科技股份有限公司，并收购中科英华联手科研院所以进军高科技领域。在短短的四年内，杉杉就一跃发展成为全球最大规模的锂离子电池供应商，并成功垄断了该领域的原材料供应。此次杉杉整合产业链资源，不仅为其开拓了创新赢利的增长点和巨大的市场机会，而且更为有效地帮其抵御了单一行业企业的经营风险。

(二) 杉杉转型升级模式

杉杉转型升级模式可概括为多路径＋多层次＋企业家主导。

1. 杉杉的“多层次”转型升级模式

杉杉的转型升级可划分为两个层次，即产品创新层次以及组织创新层次。在第一层次的产品创新阶段，它主要通过实施并逐步完善品牌战略，实现了自主品牌的国际化。在第二层次的组织创新阶段，它先后借鉴美国 NIKE 以及日本伊藤忠的综合商社模式，并结合自身企业内外部环境的特点，对企业进行了组织管理模式的创新改造(图 23.7)。

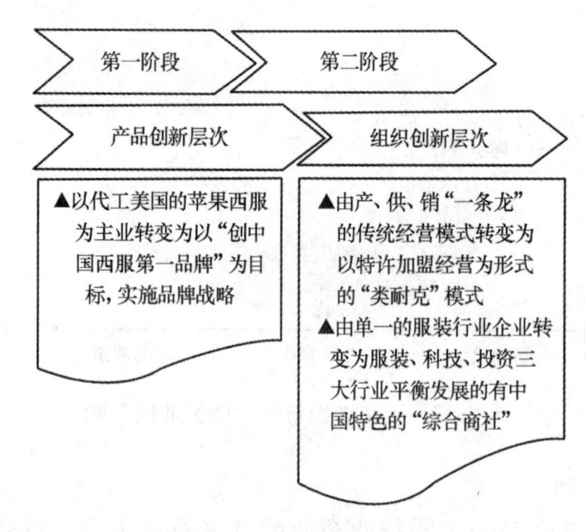

图 23.7　杉杉转型升级模式图

中国人民银行副行长易刚曾指出，创新可分为五个层次，如图 23.8 所示。显然，杉杉已经进阶至第三层次的创新。但当我们深入思考、研究接下来的三个层次时，不难发现，其单单依靠一个或几个企业的力量是远远无法实现的。特别是位于高阶的第四、第五层次的创新，需要整个社会的努力。诸如，创新人才的培养需要国家具备科学的教育体制与体系，而自主知识产权保护与品牌创新层次则需要国家具备完善的知识产权保护制度等。

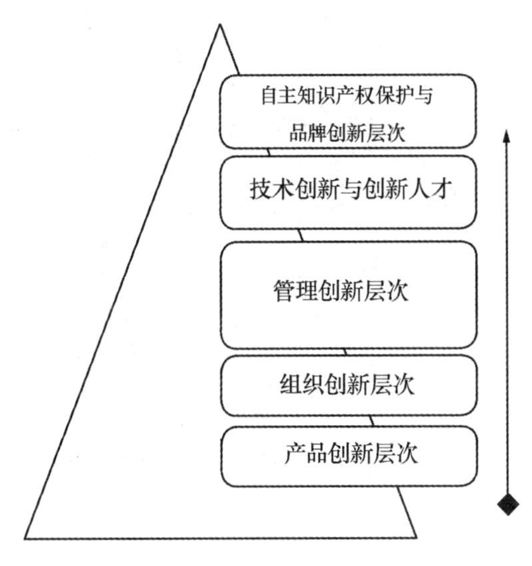

图 23.8　创新的五个层次

值得指出的是，杉杉在逐步完善更高层次创新的同时，仍坚持着产品的不断创新。Prahalad 和 Hamel 曾提出，企业的发展源于其内在的核心能力。而杉杉正是把握了核心能力理论的真谛所在，以高阶创新层次为依托，培育富有竞争优势的核心能力，以促进产品的技术创新。核心能力所具有的价值性、异质性、不可仿制性以及延展性，可使企业自身获得其他企业不可替代的高品位核心技术优势，从而享有市场同类替代商品无法比拟的强势市场占有率。

2. 杉杉的“企业家主导”转型模式

“企业家”（entrepreneur）一词，在大英百科全书中的解释是：经济学中的术语，指对一企业承担风险和管理的人士。德鲁克也曾这样定义：“企业家就是赋予资源以生产财富能力的人。”在现代管理学中所强调的企业家，并非仅如萨伊所描述的那样“将经济资源从生产率较低和产量较少的领域转移至生产率较高和产量较大的领域”，而具有创新精神才他们的本质特征。杉杉的郑永刚就是这样一位富有企业家精神的革新者。

杉杉集团，董事长　郑永刚

著名经济学家熊彼特曾指出，创新是企业家实行对生产要素的新的结合，即把一种从未有过的生产要素和生产条件的“新组合”引入生产流转。回顾杉杉的转型升级，郑永刚每一次前瞻性的决策都是其开拓前进的基石。从“企业经营能手”到“第一个吃螃蟹的英雄”，单单是人们赋予他的称号就足以体现郑永刚在杉杉转型中所发挥的主导作用。

如图23.9所示，企业家在受到企业外部经营环境改变基础上改变观念或自发产生创新观念，并形成具有可行性的创新战略，指导团队将企业内部生产要素重新组合，以推进企业的组织创新，在组织创新的基础上，有效地推进创新战略的实施，最终实现转型升级的目的。

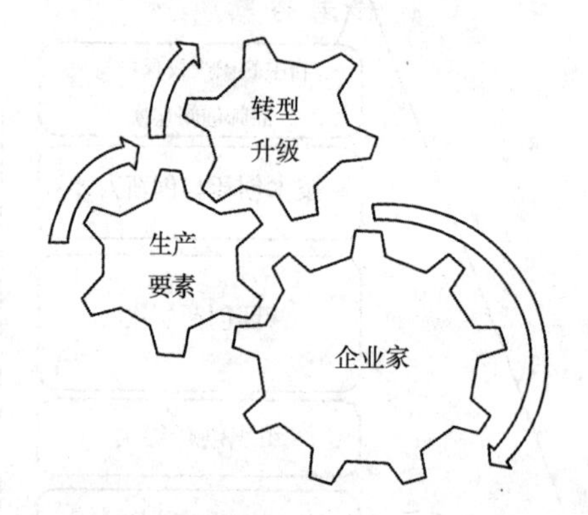

图23.9　杉杉的“企业家主导”转型模式图

四、展望

中共第十七届五中全会通过的《关于制定国民经济和社会发展第十二个五年规划的建议》中指出，要强化核心关键技术研发，突破重点领域，积极有序地发展新一代信息技术、节能环保、新能源、生物、高端装备制造、新材料、新能源汽车等产业，加快形成先导性、支柱性产业，切实提高产业核心竞争力和经济效益。在此方面，杉杉已经走在了前列，1999年成立的上海杉杉科技有限公司，如今已发展成为国内最大的锂离子电池正极、负极材料及电解液领域生产企业。

在20多年的发展道路上，杉杉一直备受当地省市级政府乃至国家各级领导的关怀。特别近年来，在国家发改委出台的一系列促进培育、发展涵盖新能源在内的战略性新兴产业的政策支持下，杉杉科技又向前迈进了战略性的一大步。今年3月，杉杉已与拥有锂电池正极材料高端技术的户田工业以及拥有全球化市场网络的伊藤忠签订协议。其将以子公司湖南杉杉为平台，与户田工业、伊藤忠开展在锂电池正极材料业务和资本层面的合作。杉杉科技将通过此次三方资源的有效整合和业务对接，促进民族自主产品打入目前电动及混合动力汽车世界最大的日本市场。

五、结语

春华秋实二十载，正是杉杉人切实把握了转型升级在企业发展中的要义，以企业家为主导，以多路径、多层次为模式，从以OEM为主业的国有地方服装小厂一跃发展成为服装纺织、新能源新材料、金融投资三大行业平行发展的综合商社。

20年风雨兼程，20年历经沧桑，杉杉改革的脚步从未停歇。凭借着技术创新与管理创新相互耦合、共同作用的自主创新模式，在董事长郑永刚的主导下，杉杉自主研发，成功转型。我们深信，富有创新精神的杉杉必将成为具有国际实力的中国"伊藤忠"。

参考资料

2010年1～10月纺织业销售产值情况．国研网

彼得·德鲁克．1987．企业家与创新．南宁：广西人民出版社

陈劲，刘卸林．2008．自主创新与国家强盛——建设中国特色的创新型国家中的若干问题对策研究．北京：科学出版社

陈耀．2002．波特产业结构理论的修正与企业发展战略新选择．管理世界，(12)

高峰．1999．现代企业家．广州：广东经济出版社

迈克尔·波特．1988．竞争战略．北京：中国财政经济出版社

Carlsson B. Jacobsson S, Holmen M. 2002. Innovation systems: analytical and methodological issues. Research Policy, 233-245

Porter M. 1998. Competitive strategy: Techniques for Analyzing Industries and Competitors. Free Press

Prahalad C K, Hamel G. 1990. The core competencies of the corp. Harvard Business Reviw

Recklies D. 2001. Porter's diamond-determining factors of national advantage. Recklies Management Project GmbH www. themanager. org

Rinne M. 2004. Technology roadmaps: infrastructure for innovation. Technological Forecasting and Social Change, 67-80

Teece D, Pisano G. 1994. The dynamic capabilities of firms: an introduction. Industrial &Corporate Change, 3: 537-556

浙江工业大学浙江企业创新发展研究院　程惠芳　梁　越

第二十四章　报喜鸟创新与服装品牌发展案例

浙商格言

◆“品牌的背后是文化，文化的背后是经济。”

◆“无论哪个阶段，创新都是变革的动力。有创新才有提升，才有温州服装行业的每一次提升。”

◆“企业在做战略时，千万不要忘记我们是中国品牌，中国品牌要走向世界，提升竞争力，必须把民族特色、民族的文化元素运用上去，只有民族的才是世界的。”

◆“服装能造就百年品牌，需要我们终身努力。”

——报喜鸟集团有限公司董事长　吴志泽

一、引言

传说中，远古时有一只神鸟，口衔希望和快乐的种子，盘旋在赤县神州上空，寻觅合适的沃土播撒，它飞临哪里，哪里就是一片生机和欢腾……

星移斗转，沧海桑田。21 世纪的今天，传说中的神鸟又带来了希望和喜悦。在华夏无垠疆土的东南隅，素有“鱼米之乡”美誉的“明珠宝地”江南，地灵人杰，生机盎然，神鸟把希望与喜悦的种子投向那里……

报喜鸟集团希望借助这个美好的寓意为集团的发展带来生机和希望。而报喜鸟的标志就是由甲骨文的“鸟”与古代图腾“凤”两者结合而设计出来的。标志中的鸟儿昂首挺胸展翅高飞的形象象征着报喜鸟人勇于开拓不断进取的企业精神。目前，报喜鸟集团拥有员工 6000 多人，总资产达到 20 亿元，年销售收入逾 30 亿元，已连续 10 年进入全国服装行业销售收入、利税双百强之列，成为全国著名的大型服饰集团之一。

二、发展历程

从 20 世纪 80 年代初的浙江纳士制衣有限公司，到如今的报喜鸟集团有限公司（以下简称报喜鸟），见证了中国改革开放的 30 年，是温州服装行业的一个缩影。1984 年，吴志泽家族创立浙江纳士制衣有限公司，到 1996 年，其总资产已达到 2000 余万元，虽然效益不错，但整个服装市场杂牌满目、名牌凤毛麟角。1996 年 3 月，浙江纳士制衣有限公司与浙江报喜鸟制衣有限公司、浙江奥斯特制衣有限公司合并，强强联合，优势互补，组建成报喜鸟集团，这也是温州第一个打破传统家庭式经营模式、自愿联合组建的服饰集团。1998 年，报喜鸟集团经国家工商行政管理局批准晋升为全国新区域跨行业集团。1999 年，报喜鸟集团跨世纪发展战略启动，相继建成温州、上海工业园区，公司生产能力达到年产 60 万套高档西服及大衣、衬衫、领带、皮具等精品服饰，成为国内一流男式服饰供应商之一。为了紧跟快速的行业发展步伐，2001 年报喜鸟谋求上市，成立了股份公司。同年，报喜鸟集团完成了股份制改造，报喜鸟集团作为主发起人，吴志泽等 5 个个人股东成立了报喜鸟股份有限公司，其中集团公司持股 65％，吴志泽等持有剩余 35％股份。报喜鸟集团分别实施了“多品牌经营、跨行业发展”战略与“多品牌经营、国际化发展”战略。2002 年报喜鸟控股兼并休闲品牌法兰诗顿，进入休闲服饰领域，控股温州中楠房地产开发公司进入房地产业，并成立上海文景实业投资有限公司。2006 年报喜鸟集团瞄准电子商务领域，成立了上海报喜鸟电子商务公司，开始涉足网上销售。2007 年 8 月报喜鸟在深交所上市，进入了产品经营和资本经营的发展之路。报喜鸟现有温州、上海两大工业园区，广州、深圳两大加工基地，拥有三条进口高档生产流水线，已成为中国最具竞争力的服饰品牌之一（图 24.1）。

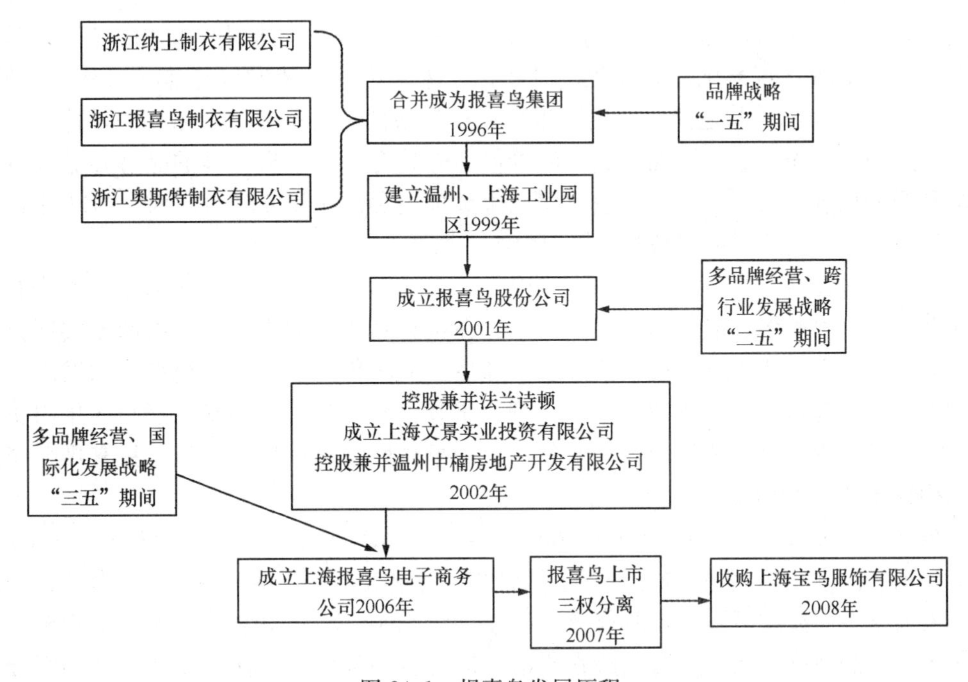

图 24.1　报喜鸟发展历程

三、多品牌发展，稳健飞翔

品牌，是广大消费者对一个企业及其产品过硬的产品质量、完善的售后服务、良好的产品形象、美好的文化价值、优秀的管理结果等所形成的一种评价和认知，是企业经营和管理者投入巨大的人力、物力甚至几代人长期辛勤耕耘建立起来的与消费者之间的一种信任。

报喜鸟公司贯彻“打造具有民族特色的国际品牌”的品牌发展目标，始终坚持“质量是品牌的基础、市场是品牌的活力、设计是品牌的灵魂、创新是品牌的根本、文化是品牌的源泉”的品牌运作理念，以“强直营、开大店、推系列”为品牌发展战略。在具体的品牌运作策略层面，报喜鸟品牌按目标消费群体的不同着装需求进一步细分，通过实施多品牌及系列化运作，对消费者进行交叉覆盖，最大限度地占有细分市场。

主打品牌报喜鸟将目标消费者定为30～50岁的中高收入阶层，有效推广“报喜鸟”品牌，宣传自己的品牌文化主张，传达自己的流行文化，形成了“东情西韵、古风新律”的品牌风格。2008年报喜鸟集团通过收购上海宝鸟服饰有限公司，在零售业务的基础上新增了职业服团购、服装出口加工、电子商务和服装定制业务，从而使公司服装业务模式不断多元化，公司产品构成成功由以西服为主向综合服饰过渡。2008年下半年报喜鸟集团向追求时尚的消费群体延伸，推出子品牌圣捷罗时尚品牌，将目标消费者定位为25～30岁的社会新生力量、潮流追随者，圣捷罗时尚休闲品牌的诞生是报喜鸟集团面对商场化、品牌化、时尚化、休闲化等服装发展趋势而采取的对策。2009年报喜鸟集团乘胜追击，推出了报喜鸟皮具系列，公司通过产品线的延伸与产品系列化的细分，深度挖掘了现有品牌的价值，同时充分利用报喜鸟的品牌知名度打造新的利润增长点。2010年秋冬报喜鸟集团继续推出女装和商务时尚系列。2011年报喜鸟则筹备推出高端运动系列和时尚男士内衣系列。

此外，报喜鸟于2007年进入网络销售。2007年7月底，报喜鸟上海宝鸟服饰有限公司开始了其“网络直销”的一系列布局：在报喜鸟集团的支持下，由两家共同投资的上海宝鸟纺织科技有限公司正式成立，随后，宝鸟科技统一了传统渠道和网络直销品牌BONO，完成了从定制职业装业务到“服装电子商务”的转身。报喜鸟集团正在朝成为一家主业突出、品牌知名、业务多元的卓越服饰企业目标前进。报喜鸟集团品牌结构如图24.2所示。

根据品牌关系理论（brand relationship spectrum）关于影子背书品牌群（shadow endorser）定义（包含各自独立、互不从属的品牌集合，影子背书品牌与受背书品牌间的关系通常不明显或不可见，但消费者知道它们之间的关系），报喜鸟集团品牌树类型属影子背书品牌群，该策略的优势在于清晰区分各品牌业务，使其专注各自的细分市场，影子背书品牌的作用限于为其他品牌提供协助，对其他品牌的形象影响极小。

目前，“报喜鸟”已经成为全国知名的服装品牌，在市场上享有较高的知名度、美誉度和忠诚度。“报喜鸟”荣获“中国驰名商标”、“中国名牌产品”、多项博览会奖项，“中国服装协会推荐品牌”、“中国消费者协会推荐品牌”、“浙江省著名商标”、“浙江名

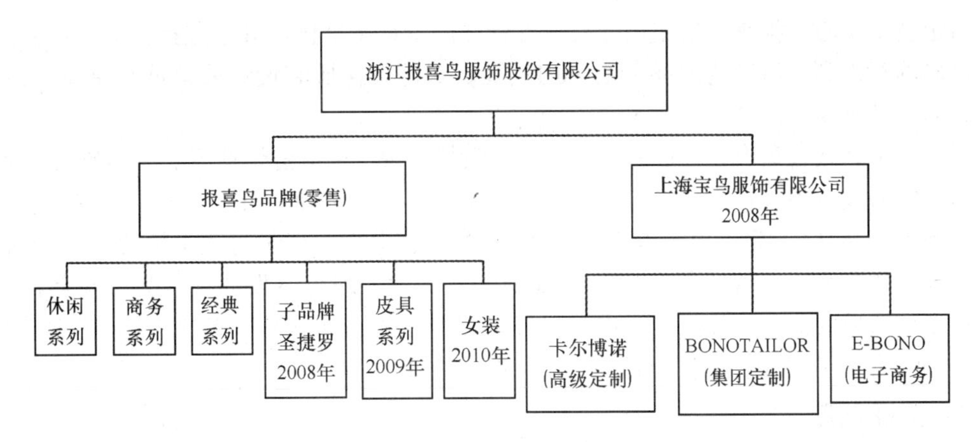

图 24.2　报喜鸟集团品牌结构图

牌产品”、“最佳男装设计奖”、“全国服装质量过硬十佳品牌”、“最受消费者喜爱的品牌”、“中国服装品牌价值大奖”、“中国服装品牌品质大奖”等多项荣誉称号或奖项。“BONO”品牌也被评为中国驰名商标、上海市著名商标、上海名牌产品。

(一) 技术创新

1912 年熊彼特在《经济发展理论》中指出，技术创新是指把一种从来没有过的关于生产要素的“新组合”引入生产体系。这种新的组合包括：引进新产品；引用新技术，采用一种新的生产方法；开辟新的市场；控制原材料新的来源，不管这种来源是否已经存在，还是第一次创造出来；实现任何一种工业新的组织，如生成一种垄断地位或打破一种垄断地位。

报喜鸟集团作为国内知名的服装企业，主动摒弃原有的低成本、粗放型的企业发展模式，积极推进技术改造和创新，占领价值链的高端。董事长吴志泽说：“无论哪个阶段，创新都是变革的动力。有创新才有提升，才有温州服装行业的每一次提升。”

在装备方面，报喜鸟集团不断地进行技术改造和产品开发来确保产品档次，引进美国 GGT 公司的服装 CAD（计算机辅助设计）系统，担负起全厂制版、工艺标准制定、工艺指导等任务。各生产车间拥有从日本、德国、意大利、美国等国进口的服装生产设备，保证从面料处理到西服输送等各环节的完善。报喜鸟集团在工艺装备方面已达到国际领先水平，工艺装备水平位居全国服装行业前列。

在制造工艺方面，报喜鸟集团不断推陈出新，报喜鸟凭借强大的研发设计力量，为消费者提供与世界同步的最新工艺技术，每年根据男装流行趋势推出系列产品，引领男装时尚潮流。如近年来推出的“非粘合衬西服”被推荐为“浙江省优秀科技产品”，“轻垂绒西服”、“自然绒美西服”、“简雅 V 型西服”、“采用‘风琴盖势’新工艺生产的西服”被认定为“浙江省工业新产品”。公司还研制了竹炭芳香西服，采用“胸衬加衬加省”新工艺生产西服等新产品，并进行多方面重大工艺版型改进，以满足消费者对报喜鸟品牌的消费需求。

报喜鸟集团在温州、上海、广州、意大利米兰设立研发中心，其中温州研发中心为市级技术中心。报喜鸟集团还拥有一支资深的设计师队伍，其中包括具有40多年专业经验的意大利一流工艺师乔瓦尼·内利亚、法国资深服装设计公司贝克莱尔、意大利知名设计师伊万。

多年来，报喜鸟大力开展服装、面料、卖场形象、供应链管理等方面的研发，近3年转化的科技成果多达12项，目前共拥有3项发明专利独占许可、2项外观专利、7项省级新产品（4项已通过省级新产品鉴定验收）。公司在研发过程中除使用传统研发方法外，还全面运用现代信息化技术加强研发深度，缩短研发周期，为公司新产品、新技术带来质的提升。公司持续进行研究开发与技术成果转化，形成核心自主知识产权。2009年报喜鸟集团被国家认定为高新技术企业。

（二）管理创新

管理创新是指企业把新的管理要素（如新的管理方法、新的管理手段、新的管理模式等）或要素组合引入企业管理系统以更有效地实现组织目标的创新活动。

1996年，由吴志泽创办的浙江纳士制衣有限公司与浙江报喜鸟制衣有限公司、浙江奥斯特制衣有限公司合并，打破传统家庭式经营模式，建立了联合经营的股份制服饰集团，报喜鸟集团由家族企业向现代企业跨出了一大步。报喜鸟集团坚持非家族化管理模式，积极倡导移民文化，引进职业经理人。特别是公司创始人股东之间无任何亲属关系，且其直系亲属无一在公司担任中层以上管理人员。报喜鸟集团实现了从创始人股东到职业经理人的过渡，打造了一支年龄结构合理、专业互补性强、职业化程度高的管理团队。

2007年，报喜鸟集团实现董事会、监事会、经营层三权分离，这在民营企业中是少有的。董事会、监事会、经营层各司其职，各负其责，目标明确，精简高效，为报喜鸟集团的未来发展打下良好的基础。

2007年报喜鸟集团利用首发上市机会募集资金拓展直营店，并且建立了连锁营销网络管理集中系统，将公司总部、各区域销售网点和仓库等业务数据实施共享，实现了“连锁经营、集中管理、实时反应”的现代化流通管理，提升了经营效率。报喜鸟公司还加强了办公自动化系统和基础平台建设，使分布在全国各地的办公室工作人员可以实现网上办公，既解决了跨地域管理的问题，又提高了办公效率；并通过ERP系统，对材料采购、成本控制、样品资料、生产计划、工序排程等实施高效、精细化管理。而且早在2002年，报喜鸟就通过了ISO 14001环境管理体系认证和ISO 9000质量体系认证，为生产经营提供了管理保障。

为了建立有效激励机制，促进公司长远健康发展，2008年报喜鸟集团制订了《浙江报喜鸟服饰股份有限公司首期股票期权激励计划》，除董事长、总经理等外，还对公司各方面业务岗位，包括营销中心、研发中心、生产中心、行政中心等和宝鸟公司的关键岗位员工142人实施股票期权激励计划。通过实施集体激励，大大提高了报喜鸟集团的凝聚力，在市场竞争中发挥大集体合作优势，为公司长远健康发展奠定了良好的基础。

（三）市场创新

大量国内国际知名品牌服装企业发展路径表明，是否拥有广泛而规范的销售网络，是其能否赢得市场的关键因素之一。自成立以来，报喜鸟集团十分重视连锁营销网络建设，销售终端从最初的50多家发展到2008年年末的682家。2007年报喜鸟还利用首发上市募集资金拓展直营店，并且建立了连锁营销网络管理集中系统，为公司销售网络进一步扩张奠定了基础。

1996年，报喜鸟集团采用符合国际名牌销售的专卖店、连锁店的行销方式，制定了《专卖店管理手册》，并组织了专卖店人员培训。1998年7月，集团营销公司完成了计算机网络建设，通过MIS系统（计算机管理系统）进行物流管理，从而实现了物流的有序化、最优化、有效的营销管理体系和网络，成为“报喜鸟”品牌得以生存的重要的市场资源。1999年，报喜鸟集团向全国消费者推出“CS”（顾客满意）工程并郑重承诺，产品实行全国统一价，不打折，推出个人快速量体定制服务。“CS”工程的推出被誉为“服装业管理模式的一大革新”。2000年，又全新引入“用户关系行销”的营销思路，实行“一对一”营销，通过实施“CRM系统”，建立客户档案数据库，依靠“报喜鸟时尚俱乐部”，为VIP客户提供各项倾心服务，提升品牌的忠实度。董事长吴志泽在接受采访时说：“我们现在有10万个VIP客户，每年占我们整个消费总额的50%以上。”

报喜鸟集团贯彻执行“以市场为导向、以顾客为核心”的经营理念，将增长方式逐渐转向“以开源为主、以节流为辅”，适当加大投入，促进公司业绩稳定增长，通过新拓、深拓、扩店、整合等渠道开发手段重点提升营销网络的质量，截至2010年6月末，报喜鸟品牌网点增加至679家，圣捷罗时尚品牌网点增加至109家，公司卖场总面积增长0.7万平方米，达10.9万平方米。报喜鸟集团创新发展历程可概括如图24.3。

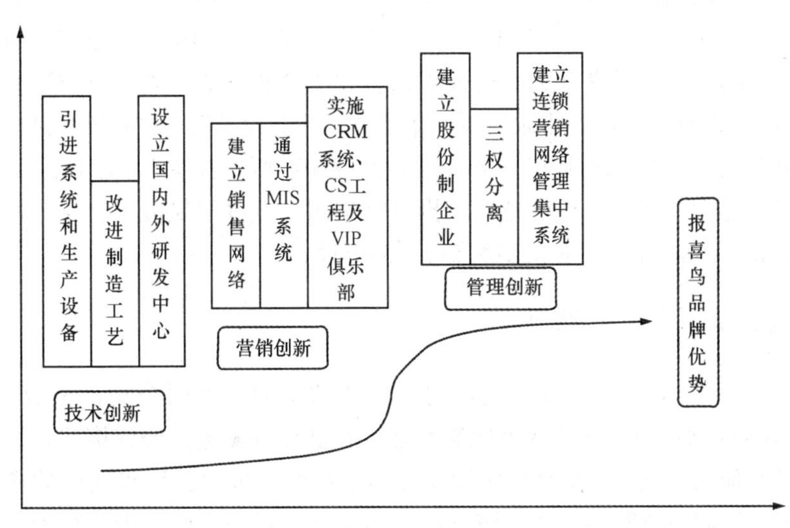

图24.3　报喜鸟集团创新发展历程

在上述背景下，报喜鸟继续推进“强直营、开大店、推时尚”的品牌发展战略。报喜鸟的营销策略尤其是营销模式需要在当前的“直营-加盟”模式下进一步优化，要扩大直营比例，开拓联营模式，加大大店投入，推动公司的连锁营销网络持续由广度向“广度+深度”方向发展，从而更好地把握和掌控终端消费市场，完成报喜鸟品牌的整体性和战略性升级。

四、社会责任

企业社会责任是指企业在创造利润、对股东承担法律责任的同时，还要承担对员工、消费者、社区和环境的责任。企业的社会责任要求企业必须超越把利润作为唯一目标的传统理念，强调要在生产过程中对人的价值的关注，强调对消费者、对环境、对社会的贡献。报喜鸟集团自成立以来一直积极承担社会责任，以唯人、唯事、唯新、唯美作为企业的核心价值观，以回报员工、奉献社会作为企业的宗旨。2005 年，中国纺织工业协会在全国纺织服装行业开展社会责任建设。2006 年，全国有 10 家纺织服装企业列入首批试点单位，报喜鸟集团名列其中。

企业的社会责任强调以人为本，报喜鸟集团关爱每一个员工，努力为员工创造良好的工作环境和生活环境，营造“快乐工作、健康生活”的氛围。为构建学习型企业，报喜鸟集团每年对员工进行集中培训，包括技能教育、MBA 教学、修身课程，实现员工与企业共同成长。在 2008 年的全球金融危机下，报喜鸟集团不但承诺不裁员、不减薪，还招聘大量大学生、生产工人，努力缓解全国就业问题，促进社会和谐稳定。此外，报喜鸟集团特设“报喜鸟爱心基金会”，专款专用于集团内部一些生活遇到特殊困难的员工。

报喜鸟公司成立以后，一直通过各级民政部门为贫困地区、遭受自然灾害地区捐款捐物，并在全国捐建了多所报喜鸟希望小学。报喜鸟集团董事长吴志泽说：“做慈善，就像是听一场音乐会。”2005 年，董事长吴志泽荣登“中国大陆慈善家排行榜”和“福布斯中国慈善榜”，报喜鸟集团也被永嘉县评为“慈善募捐先进单位”和“富民攻坚先进单位”，2006 年，温州市政府授予集团“温州慈善奖”。2006 年 9 月报喜鸟集团实施捐资助学活动，并计划未来 10 年在全国兴建 100 所报喜鸟希望小学。

企业做得越大，社会责任就越大。报喜鸟集团一直以回报员工、奉献社会作为企业的宗旨，相信报喜鸟集团在未来将飞得更高更远。

五、企业家风采——吴志泽

1980 年，吴志泽涉足服装行业，创立浙江纳士制衣有限公司，企业经营良好。1996 年，吴志泽联手当地其他两家服装企业，打破传统家族式经营模式，携手共建报喜鸟集团。在他的带领下，报喜鸟集团快速步入持续、健康、稳步发展的良性运营轨道，迅速成为国内一流服装企业，跻身中国纺织行业竞争力服装十强行列，市场综合实力位居全国同行业前列。

在多年的创业历程中，吴志泽带领他的团队以打造“具有民族特色的国际品牌”为目标，挖掘中国传统文化精髓，融合世界时尚潮流，形成独具风格的“东情西韵、古风新律”的服装品牌文化。在做强服装主业的同时，他稳步进军房地产业和投资领域，顺利实施了“多品牌经营、跨行业发展”战略，成功引领报喜鸟集团实现产业规模和市场竞争力的大幅度提升。在管理实践中，吴志泽大胆创新、兼收并蓄，展示了中国第一代创业者的胆识与智慧，他提倡股本社会化，积极实施两权分离，稳步推进法人治理结构改革，建立了完善的现代企业制度，2007 年 8 月报喜鸟股份公司成功登陆 A 股市场，成为温州地区首家上市的服装企业。

自 1998 年起，吴志泽连续 10 年荣获温州市“突出贡献明星经理”和“功勋企业家”称号；2001 年度获“中国服装业十大领袖企业家”称号；2003 年分别荣获中国服装设计师协会“杰出贡献奖”、温州民营经济十大年度人物；2005 年被评为“中国品牌建设十大杰出企业家”；荣登“2005 年福布斯中国慈善榜”及“2006 年中国大陆慈善家排行榜”；2008 年入选“改革开放 30 年影响温州经济 30 人”。

吴志泽曾说过：“服装能造就百年品牌，需要我们终身努力。”他用行动践行自己的诺言。10 多年的时间，吴志泽带领他的团队将三家家族式企业改造、发展成为全国知名的跨行业新区域集团，并着力倡导中国服装产业由“中国制造”向“中国创造”迈进。展望未来，充满壮志豪情的报喜鸟人将在他的带领下，继续为中国服饰品牌走向世界舞台而努力拼搏，不断创造新的辉煌！

六、政府支持

2006 年 4 月，为支持和推动我国纺织业发展，国家发改委、财政部、国家税务总局等 10 部委颁布了《关于加快纺织行业结构调整促进产业升级若干意见的通知》；同年 6 月，国家发改委出台了《纺织工业“十一五”发展纲要》。为应对国际金融危机，确保纺织工业稳定发展，加快结构调整，推动产业升级，2009 年 2 月，国务院发布了《纺织工业调整和振兴规划（2009～2011 年）》，行业迎来旨在“保增长、调结构、促就业”的一系列利好政策。

2009 年报喜鸟集团（本部）被认定为浙江省 2009 年第二批高新技术企业，所得税税率由 25%下调至 15%，在税收减免、股权激励、科技计划、项目用地、金融保险、出口信贷等多方面享受政府支持。

七、发展趋势

按照国际发展规律及从经济学的角度来看，当人均 GDP 超过 1000 美元时，社会居民的消费结构会发生根本性的变化。表现在服装衣着方面，消费会加速增长，并颠覆原有的纯功能性消费理念，转变为体现个性、生活方式及身份、地位的消费需求，并注重品牌体验。随着中国经济持续高速增长，到 2008 年年末，中国人均 GDP 超过 22 000 元。据麦肯锡预测，到 2010 年，我国将有 4000 万～5000 万家庭的年收入按照实际购买力调整后足以达到美国的中产阶级家庭水平。这一变化将为品牌服装企业的发展提供更加广阔的消费市场，尤其是中高档品牌服装将受到越来越多的青睐。

根据中华全国商业信息中心统计，2008 年男士西装前 10 位品牌市场综合占有率合计为 34.24%，零售量所占比重为 47.54%，相比上年上涨了 2.51 个百分点，品牌男装企业市场占有率进一步提升。

在国内服装市场发展和转型环境下，我国服装品牌集中度明显提高，已经形成了一批具有全国辐射能力、拥有全国营销网络的大品牌。这些企业发展速度明显领先于其他企业，并在品牌优势、创新优势、市场优势、渠道优势作用下吸引更多产业优质资源流入，从而进一步壮大其竞争优势，形成了良性循环。

报喜鸟集团在市场享有较高的知名度和美誉度，其主导产品报喜鸟品牌西服综合市场占有率在国内西服品牌中位居前列。根据中华全国商业信息中心的统计，2006～2008 年公司市场综合占有率均位居国内品牌全国第四名，前三名分别为雅戈尔、杉杉和罗蒙。报喜鸟集团用系统优势迎接挑战，从设计、营销到网络、服务，形成独有的系统合力，相信不久的将来，报喜鸟集团将打造一个具有民族特色的国际品牌。

八、结语

报喜鸟集团在实施“多品牌经营、国际化发展”的战略后，集聚了品牌、技术、管理等系统优势，壮大了企业自身的竞争力。但报喜鸟集团与同行雅戈尔、杉杉等还有在一定的差距。相信报喜鸟集团在科学发展与转型升级的过程中，面对瞬息变化的服装行业，将全力打造具有民族特色的国际品牌，搏击长空，问鼎苍宇。

参考资料

彼得·德鲁克.2007.创新与企业家精神.北京：机械工业出版社

陈小明.2004.企业创新之道.北京：清华大学出版社

程惠芳，潘信路等.2010.创新与企业国际竞争力.北京：科学出版社

齐捧虎.2005.企业竞争优势论.北京：中国财政经济出版社

唐丁祥，蒋传海.2010.定价模式、产品差异化与企业的创新激励研究.财经研究，(8)

许小燕.2003.信息时代的管理创新.经营与管理，(7)：26，27

浙江工业大学浙商开放创新发展研究院　程惠芳　应丽丽

第二十五章　宁波维科集团

浙商格言

◆“我们不做，谁来做，现在不做，什么时候做?”

◆“不审势即宽严皆误。”

◆“维科服装的优势资源，正像一颗颗散落的、深埋在沙土里的钻石，只要我们轻轻一拨，就会闪出光芒。”

◆“把竞争对手变成合作伙伴，将是最大赢家!”

——宁波维科集团董事长　何承命

一、引言

“穷则变，变则通，通则久”是出自《周易·系辞下》的名句，即事物一旦到了极限就要改变它，改变就能通达，通达就能保持得长久。的确，如果一成不变，就会成为井底之蛙。这一典故正是宁波维科控股集团有限公司（以下简称维科控股集团）董事长何承命所带领的维科控股集团在过去10多年发展历程的真实写照。在20世纪最后几年全国国有纺织企业“壮士断腕”式的大调整中，曾为宁波市纺织工业局局长的何承命，临危制变，把作为国企改革试点的宁波纺织控股集团（维科控股前身）带出困境，带上了迅速发展的快车道。

二、维科转型发展的历程

维科控股集团传承着中国近代工商业发源地之一的宁波的工业文明，其起源可以追溯到1905年成立的，属宁波最早工业“三根半烟囱”之一的和丰纱厂。维科控股集团的前身是宁波纺织控股集团下属的国有纺织系统的几十家重点企业。1996年在政府推动下，宁波市属国有纺织企业由新成立的宁波纺织控股集团公司归口管理经营。1998年5月，在宁波纺织系统进行的重组中，宁波纺织控股集团旗下企业改制创立了宁波维科集团股份有限公司。2002年，维科集团实施MBO管理层收购与劳动用工制度改革，并实施退城进园计划，纺织主业搬迁进入维科工业园。2004年5月，公司更名为维科控股集团股份有限公司。2008年年底，维科控股集团回购宁兴（宁波）资产管理有限公司出让的25%维科控股集团国有股份，成功完成国有资产退出。2009年集团主营业务收入达百亿元，资产总额超70亿元，连续8年跻身中国企业500强，是中国出口200强、中国纺织服装50强企业（图25.1）。

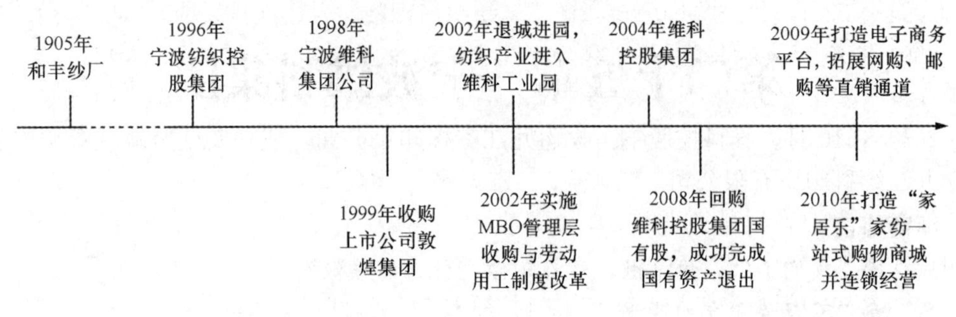

图25.1　维科控股发展历程

（一）全国纺织行业成建制重组改制的第一家

1998年宁波纺织控股集团经资产集中、经营统一、产业整合的企业重组改造，创立宁波维科集团公司，这是全国纺织行业成建制重组改制的第一家。从国有企业到股份制企业的转变，不仅使维科甩掉了国有企业时代的沉重包袱，而且获得了经营的自主权和广阔的发展空间。

（二）借壳上市

1999年，维科集团公司成功收购了上市公司敦煌集团。通过借壳上市，维科集团公司一跃成为组织、治理规范化的上市公司，不但使自身的经营和管理更为科学高效，而且打通了迈向资本市场的道路，并为后续的资本化运作搭建了平台。

（三）MBO管理层收购与劳动用工制度改革

2002年5月在政府的推进下，维科集团实现了MBO式的产权制度和劳动制度改革，成为一家经营群体和骨干职工控股、国有和社会法人参股的股权多元化的现代企业集团。MBO式的产权制度，实现了维科管理者以所有者和经营者合一的身份经营公司，极大地推动了维科集团公司的跨越式发展。

（四）退城进园计划

2002年维科集团公司的另一个重要举措是实施退城进园计划，将原分布于宁波主城区的纺织生产工厂搬迁进入维科工业园。通过搬迁整合了原有企业的生产经营资源，将原来的40多家纺织企业整合为9家，提高了装备的技术水平、提升了产品的价值和质量档次，提高了专业化管理水平和效益，为维科在随后的跨越式发展打下了坚实的基础。

（五）国内生产经营业务的拓展

维科通过实施产业梯度布局，利用优势互补，资源共享，以内部产业链的紧密融合建立了快速反应体系。通过向产业链上游延伸，缓解生产原料成本上涨的压力；向产业链的技术高端拓展争取更大的价值附加收益；向产业链中的分销渠道拓展以获取更稳固的价值增值。

从1999年维科集团公司收购了上市公司敦煌集团开始，它便开始了在国内的生产业务拓展。

2004年2月，维科集团公司与江苏省纺织集团战略合作项目签约。

2004年8月，维科控股集团联合江苏省纺织集团总公司收购原江苏镇纺集团，组建镇江维科精华棉纺织有限公司，建设集团首个跨地域扩张的工业园区。

2004年10月，维科控股集团收购九江三棉印染公司，成功实施跨地域资源整合，成立九江维科印染有限公司。

2006年7月，维科控股集团在中部地区又一重要产业基地——淮北维科印染有限公司正式诞生。

2009年2月，维科控股集团完成对控股股东华泰投资的吸收合并，实现管理层级的进一步简化。

2009年6月，淮安维科工业园在江苏淮安清浦工业区开工，将建设成为中国乃至亚洲最大的毯类及提花织品生产基地。

2009年在新疆阿克苏地区建立了棉花收购、加工、储运基地，由维科精华成立了全资子公司阿克苏维科精华棉业有限公司，建成年加工能力为5000吨的长绒棉生产线和年加工能力为8000吨的细绒棉生产线各一条，负责“天雪”长绒棉基地的经营。

新疆棉花原料基地的建设与运营，使维科集团的纺织产业链更臻完善，从棉花基地到产品研发、设计、纺纱、织造、印染、整理、缝制、加工、成品直到内销、外贸等，维科控股集团建立了中国纺织产业界最完整的垂直一体化产业链，成为中国纺织行业少数能够掌握上下游供应链的大型企业集团之一。

目前，维科控股集团建立了从东南沿海到内陆腹地，包括宁波北仑、镇海、江西九江、安徽淮北、江苏镇江、淮安在内的面积达300多万平方米的六大纺织工业园，搭建起了承接国际纺织产业转移的战略梯度平台，实现了与世界纺织产业资源的对接。

2009年维科控股集团着手倾力打造电子商务运营平台，致力于运用网购、邮购等直销通道为消费者提供高品质、高性价比的家纺及其他家居用品。

2010年，维科控股集团下属企业维科精华与上海卧室用品公司携手打造“家居乐”家纺一站式购物商城，汇聚家纺行业30余个知名品牌，以品牌集聚、厂家直供的模式开设专业家纺大卖场，拟在宁波成功推广的基础上，在全国范围内开展连锁经营。

电子商务运营平台的构建、对网购、邮购等直销通道的利用、家纺一站式购物商城的建设与运营是维科集团重视渠道因素在纺织产品经营中重要作用的结果，必将在后续的企业发展中起到重要的作用。

（六）生产的国际拓展与合作

2005年，维科将世界著名纺织企业、日本纺织界的“百年老店”——日本钟纺纤维收入囊中，获得了钟纺纤维的核心设备、“KOYO”等品牌以及钟纺纤维海外投资企业（包括在宁波、上海等地的投资企业）的股权。

2007年9月维科控股集团与日本KB Tsuzuki株式会社签订丝网项目合作协议，标志着维科进军高档丝网领域迈出一大步。

2009年维科控股集团在日本大阪设立株式会社维科公司，直接面对日本客户和市场，不断加强自主品牌销售力度。

通过跨国的并购与国际技术的合作开发，维科控股集团不但获取了国外的先进生产技术，树立了国际高档纺织品生产基地的形象，而且拓展出自身技术和市场发展的新空间。

三、产品创新发展的历程

灵活采用多种方法，持之以恒地进行产品创新和市场创新，不断开发新产品、开拓新市场，是维科控股集团产品发展历程的基本特征。它不但使维科在较短的时间内拥有了多个国内外知名品牌，在中高端纺织产品的国际竞争中具有较强竞争力，而且使维科控股集团从一个产品单一的棉纱纺织厂，转变为以纺织为主业，贸易、房地产、能源、投资等跨行业综合发展的国际化产业集团。

（一）产品发展

纺织是维科控股集团的主业，图 25.2 反映了维科产品发展的历程：从单一产品向多层次、多系列产品，从中低端产品向高端产品，从中间产品向终端产品的发展脉络。

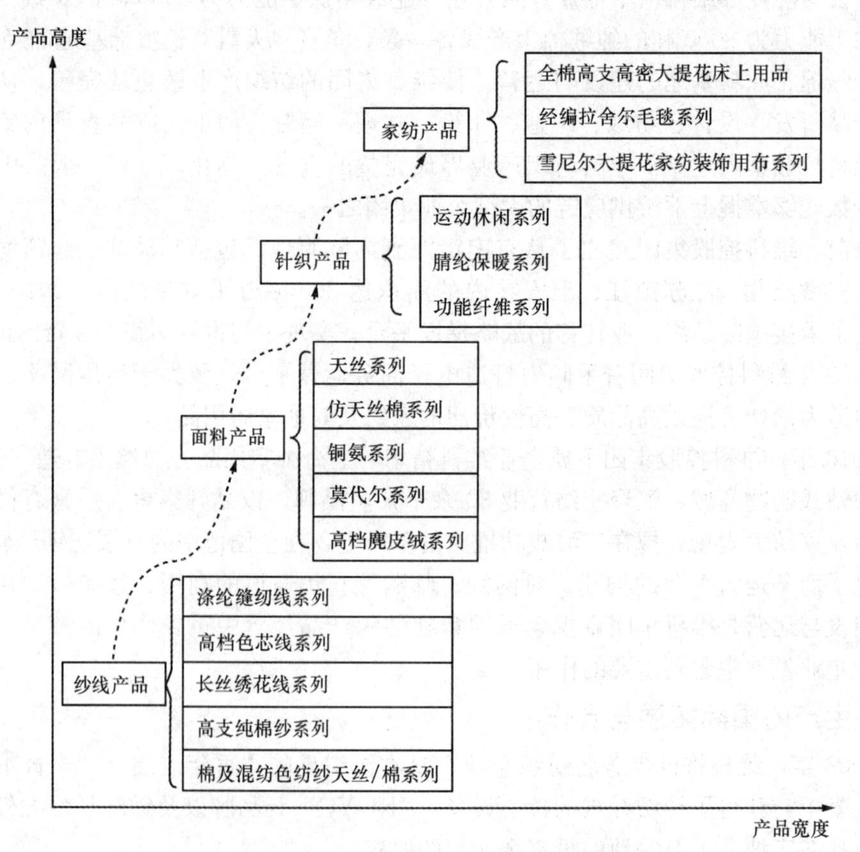

图 25.2　维科的纺织产品创新发展脉络

(二) 品牌发展

品牌是维科控股集团非常重要的战略性资产，是其实施战略目标、快速扩张的有力杠杆。维科控股集团在品牌打造上主要用了三种方法：其一是自主培育；其二是通过兼并收购；其三是与世界知名品牌的合作。

1. 通过自主培育，打造“维科”品牌

维科家纺是中国名牌产品、国家免检产品、家纺行业十大品牌、中国家纺床上用品知名品牌、中国家纺协会倡导使用的床上用品品牌。2002年以来维科连续七年成为国家商务部重点培育和发展的出口名牌，在国内销售量位居前四位，是中国驰名商标。

2. 通过兼并收购，维科控股集团获得了“敦煌”和“KOYO兴洋”品牌

1999年维科集团公司收购敦煌公司，获得其品牌，该品牌主要运用于缝纫线、绣花线、各种辅料及相关家纺产品，自2001年起就被对外经济贸易部、商务部评为“重点培育和发展的中国出口名牌”。

兴洋毛毯是维科控股集团拥有完全自主产权的国际品牌之一，原是日本最著名的毛毯品牌。2005年，维科控股集团将世界著名纺织企业、日本纺织界的“百年老店”——日本钟纺纤维收入囊中，获得了其核心设备、“KOYO”等品牌以及钟纺纤维海外投资企业（包括在宁波、上海等地的投资企业）的股权。

3. 通过战略合作，构建销售网络和物流供应系统

维科集团通过与世界知名品牌进行深入的战略合作，在全球构建销售网络和物流供应系统，不断提升维科品牌的知名度和影响力，积极建立全球性的品牌体系。如GIOVEKENI意大利商务休闲男装品牌、V18丹麦都市休闲女装品牌（图25.3）。

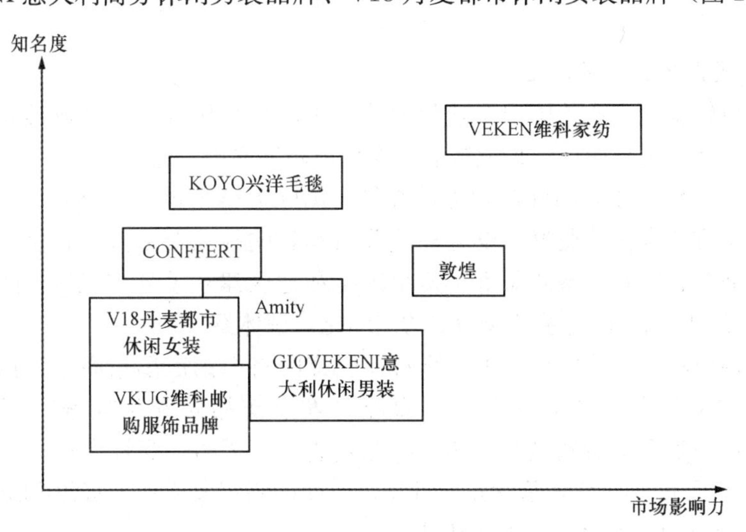

图25.3　维科主要品牌分布

（1）维科家纺是中国名牌产品、国家免检产品、家纺行业十大品牌、中国家纺床上用品知名品牌、中国家纺协会倡导使用的床上用品品牌，是中国驰名商标。

(2) 敦煌品牌系维科集团主导品牌之一，主要运用于缝纫线、绣花线、各种辅料及相关家纺产品上，自2001年起就被国家外经贸部、商务部评为“重点培育和发展的中国出口名牌”。

(3) 兴洋毛毯是维科集团拥有完全自主产权的国际品牌之一，原是日本最著名的毛毯品牌，在日本已有百年历史，如今已经成为中国毛毯行业的顶级品牌。

(4) GIOVEKENI意大利商务休闲男装品牌，承袭欧陆经典和艺术格调的品牌特质，为世界精英新贵贴身设计，全方位绽放意大利高格调时装魅力。

(5) V18丹麦都市休闲女装品牌，汲取北欧风情和当代简约的设计风格，将多元化的都市文化融入服饰设计，为“心态年轻、眼光独特、讲究个性、崇尚简约”的年轻女性量身定做。

(6) VKUG系维科集团旗下电子商务领域的“维科邮购”服饰品牌，以“优质、安全、方便、省钱”为宗旨，以优质的产品、满意的服务全心服务于现代时尚购物人群，领跑优质生活。

(7) CONFFERT是维科集团旗下宁波维科精华家纺有限公司的一个高支高密大提花家用纺织品品牌。

(8) Amity系维科集团旗下宁波维科家纺有限公司负责经营的时尚型家用纺织品品牌。

(三) 市场创新

市场创新是使维科控股集团不断进取、持续发展的重要保障。维科控股集团的市场创新突出表现在国际国内市场的多元化、经营行业的多元化、生产基地的多元化方面。

1. 国际国内市场的多元化

与一般以纺织为主业的国内企业价值取向不同，维科致力于产业链高端资源的培育、发展和控制，坚持向产业价值链的高附加值两端渗透延伸。

凭借纺织贸易领域的国际影响力，维科与国际大公司进行了品牌、资本、技术和销售网络的全方位合作。通过自设海外分公司和收购控股等方式，在美国、日本、欧洲、香港、波兰、巴西、墨西哥等十多个国家和地区建立了分支机构，产品遍及世界160多个国家，形成了以自主品牌为主的国际化营销体系。

随着国内市场需求的持续扩大，维科控股集团将内销市场拓展作为核心发展战略之一，通过“维科”、“兴洋”、“敦煌”等家纺品牌和迈斯威、VKUG、V18、GIOVEKENI等服装品牌的精心运作，以专卖店、加盟店、商场专柜、网络邮购等形式在全国建立了3000多个销售网点，开拓了广阔的销售渠道和丰富的市场资源。

2. 经营行业的多元化、生产基地的多元化

维科控股集团以纺织为主业，涉足贸易、房地产、能源、投资等多个行业，通过行业多元化，力图减少纺织业发展的周期性波动风险，同时找到新的利润增长点。

在纺织主业上，通过制造产业链的垂直整合，维科纺织形成了从棉花基地、纺纱、织造、染整到缝制一条龙的强大生产能力，拥有国内最大的拉舍尔毛毯生产基地、高

支高密大提花生产基地、亚洲最大的涤纶缝纫线生产基地，在宁波、镇江、淮安、淮北、九江等地建成总面积达 300 万平方米的工业园。

在贸易经营业务上，依托维科控股集团产业优势和宁波地域优势，以纺织为主兼营轻工、机电、文具等产品的进出口业务。公司拥有一支专业的国际市场拓展队伍，致力于为国内外企业提供优质的产品和服务，与美国、欧洲、日本及其他国家和地区的国际买家建立广泛合作关系，是浙江省最大自的营出口企业。

在房地产业务上，维科控股集团下属的维科房产专注于高端住宅地产和城市商业地产的开发。至 2009 年年底，公司累计在宁波地区开发面积逾 200 万平方米。

在新产业投资上，维科控股集团先后投资建设专注生产锂离子电池产品的维科电池公司、应用于电子线路板印刷的维科丝网公司。维科电池产品以其高性价比和高产品稳定性，得到国内一线手机品牌的认可和应用；维科丝网以引进国际先进技术和自主研发相结合，产品技术指标达到国际先进水平。

维科控股集团自 2000 年开始涉足股权投资领域，专门设立维科能源科技公司、浙江维科创业投资公司，聚集了一批有丰富投资经验和资本市场资源的人士从事股权投资，针对有发展潜力的企业进行资本投资，在帮助企业发展的同时获取良好的资本回报。

四、技术创新发展历程

“维科”从棉纱制造起步，到目前能掌握流行于欧美的天然纤维和日本的多种纤维两大高档面料的纺织印染核心技术，离不开技术的创新和发展提供的强大支撑。

（一）以研发中心为平台的多层次研发体系为提高工艺水平和开发新产品提供保障

2000 年，维科集团公司就被认定为宁波市级企业技术中心、浙江省级企业技术中心。

技术中心采用灵活的科技管理模式，中心成员实行企业与中心和企业的兼职互动，同时积极开展产学研合作集团和东华大学、浙江理工大学、苏州大学、浙江纺织服装学院等建立了产学研长期合作关系，并且实现了与东华大学国家重点实验室课题研究互动的紧密合作，积极将科技成果转化为企业核心竞争力。

目前研发中心体系拥有国外专家 50 多人，中高级技术人才 570 多人，一线技术人员 1300 余人。同时，维科投入巨资，引进国际先进的检测设备，积极采用国际标准检测方法，建立了与国际接轨的产品质量检测控制中心。

（二）通过原始创新、模仿创新和引进消化吸收再创新相结合，提高技术能力

维科控股集团在经编产业积淀多年，在拉舍尔毯的产品研发、生产和管理等领域积累了多种产业核心技术；在大提花家纺产品的生产开发上，形成了完备研发体系，开发了多种世界一流的大提花家纺产品。维科控股集团掌握了天丝纺纱、织造和印染

的全套核心技术，加工技术精湛，开发了天丝产品和仿天丝产品，成为世界天丝联盟核心会员。

在面料开发上，维科控股集团开发的铜氨面料、莫代尔等纤维素面料都是世界顶级时装面料，为Nike公司成功开发的塔夫绸面料，达到了世界先进水平。

维科控股集团是亚洲最大的缝纫线制造基地，自主品牌“敦煌”缝纫线享誉世界，通过美国A&E公司的合资，不断提升高档精品缝纫线研发水平。

在高档针织产品方面，维科控股集团已经具有纱线丝光、烧毛和染色的完整体系，在纯棉丝光针织产品和多种新纤维针织产品开发上累计了多年的成功经验 。

通过不断的技术创新，维科控股集团不但树立了国际高档纺织品生产基地的形象，而且实现了技术推动型的发展，积累了不少专利和独有技术，培育企业核心竞争力，占据产业发展战略制高点，如图25.4所示。

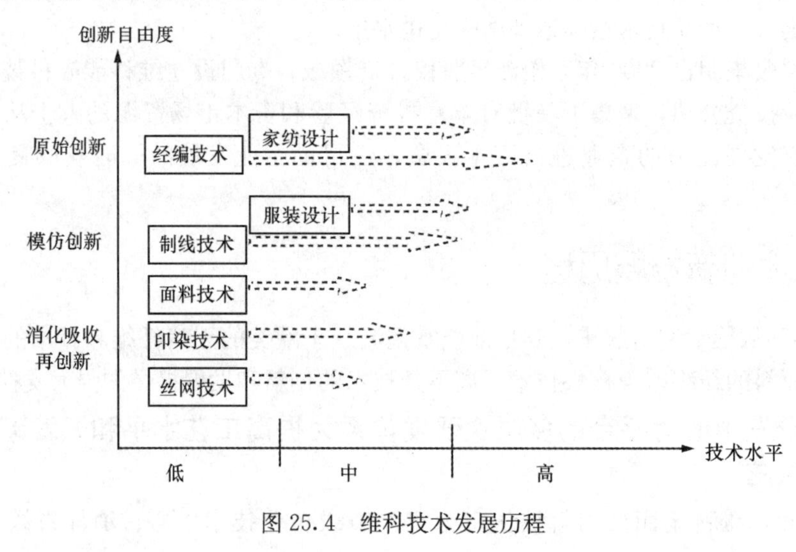

图25.4　维科技术发展历程

五、维科的转型升级路径图

纵观维科控股集团的发展历程，我们发现创新实践在维科控股集团每迈上一个台阶的过程中的重要推动作用。组织创新给维科集团的发展注入了新的活力，使其成为产权清晰、权责明确、政企分开、管理科学的现代企业。技术创新使维科集团拥有的生产工艺和技术优势不断增强，提高了其核心技术能力。产品创新使维科集团总能够及时适应市场需求变化，适时推出新产品，满足消费者和下游生产者的需求。市场创新使维科实现多行业、跨区域、跳跃式发展，成为拥有海内外多个市场的国际化产业集，能够有效规避行业的周期性风险。

尤其值得一提的是维科集团的组织创新。组织创新是维科集团穷则思变，获取从困境中走出来的动力基础。

维科集团的组织创新从国有企业到股份制企业的转变开始，不仅使维科获得自主的经营权，而且随着MBO管理层收购与劳动用工制度改革，提高了企业员工的积极性和创造力；借壳上市，从非上市公司到拥有上市子公司的控股集团的转变，不仅为企业直接融资扩大发展提供了便利，而且为企业的资本运作、实现跨越式发展提供了平台。

1998年宁波纺织控股集团公司经资产集中、经营统一、产业整合的企业重组改造，创立了宁波维科集团股份有限公司。在成立维科集团公司后的快速发展阶段，在组织创新上的两大突破有力地推动了维科集团公司后来的跨越式发展。其一是借壳上市，其二是在政府的推进下，维科集团公司实现了产权制度和劳动用工制度改革。

1999年，维科集团公司成功收购了上市公司敦煌集团，实现了组织创新上的重大突破。通过借壳上市，维科集团公司一跃成为组织、治理规范化的上市公司，打通了迈向资本市场的道路，并为后续的资本化运作搭建了平台。

2002年5月，在政府的推进下，维科集团公司实现了MBO式的产权制度和劳动制度改革，成为一家经营群体和骨干职工控股、国有和社会法人参股的股权多元化的现代企业集团。MBO式的产权制度，实现了维科管理者以所有者和经营者合一的身份经营公司，极大地推动了维科集团公司的跨越式发展。

2004～2005年的多次资本运作显示，维科的经营发展又上了新的台阶。

(1) 2004年10月，成功实现跨地域资源整合，维科控股集团收购九江三棉印染公司，成立九江维科印染有限公司。

(2) 2005年，维科收购世界著名纺织企业、日本纺织界的“百年老店”——日本钟纺纤维，获得了钟纺纤维的核心设备、“KOYO”等品牌以及钟纺纤维海外投资企业(包括在宁波、上海等地的投资企业)的股权。

(3) 2008年12月3日，维科控股集团回购宁兴(宁波)资产管理有限公司出让的25%维科控股集团国有股份，成功完成国有资产退出。

(4) 2009年2月，维科控股集团完成对控股股东华泰投资的吸收合并，实现管理层级的进一步简化。

组织创新使维科摆脱了国有企业原有机制的束缚，获得了在市场经济条件下自由发展的动力。在地方政府的推动下，维科控股集团沿着国有企业整合重组改制—借壳上市—MBO—横纵向的并购扩张这样一条路径快速发展，一跃成为行业中的佼佼者(图25.5)。

六、面临的挑战与今后的展望

如今的维科控股集团已是资产总额超70亿元，连续七年跻身中国企业500强，是中国出口200强、中国纺织服装50强的大企业。

但每一个产业都有其固有的特性，当达到一定的产业规模(或成熟期)后，其市场保有量就会处于相对的饱和状态。维科控股集团近3年来年均纺织销售收入增长放缓，并且由于受原材料价格上涨、国际市场波动、激烈的国内同行竞争、较低的市场利润率、出口贸易壁垒、汇率波动的风险等多方面影响，总体赢利水平不高。纺织销售赢利仅占集团全部赢利的20%左右，其余大部分赢利则依赖于房产、能源、投资等板块的发展。

涉足贸易、房地产、能源、投资的产业多元化，出口产品海外市场和国内生产基地的多元化，不仅使得维科控股集团在行业风险防范和企业新的利润增长领域的探索中获得了经验，而且实现了多行业、跨区域、跳跃式发展，成为综合性的国际化产业集团。但是，其纺织这一主营业务如何成功“突围”将是维科控股集团在今后发展中亟待解决的问题。

目前的纺织业务短期内主要面临节能减排带来的生产能源短缺瓶颈、国内流动性过剩带来的棉花等主要原材料价格暴涨、人民币升值导致的赢利快速萎缩等问题。从长期来看面临的挑战主要有如何创新技术和产品以争取在价值链高端的有利分工地位、如何掌控产品的国内外营销渠道、如何做好产业转移中的企业异地管理、如何更好地吸引并留住熟练员工，以丰富企业的后备技术及管理人员等。

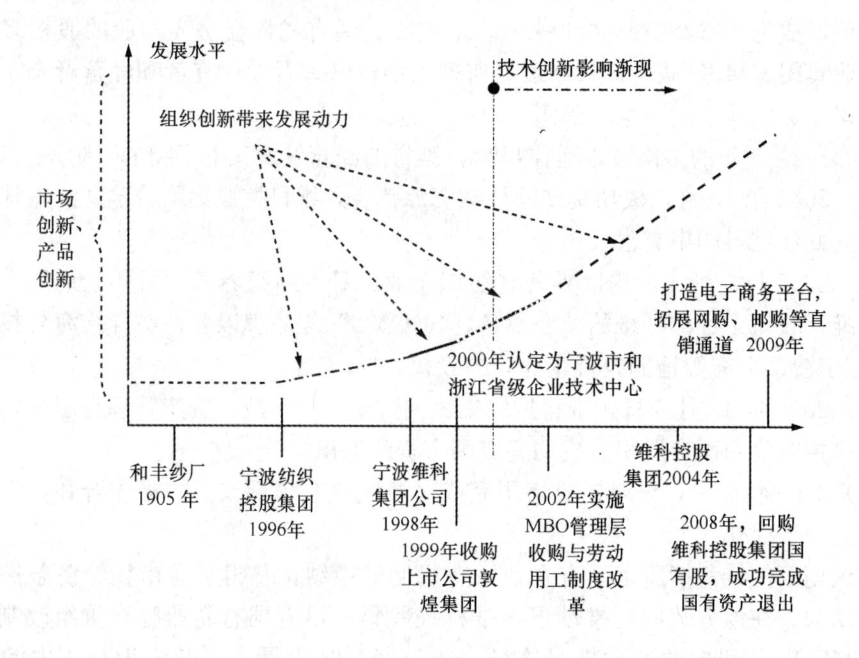

图 25.5　维科转型升级路线图

从2006年、2007年开始维科已经开始考虑企业的转型发展问题，并且在这几年中随着国内外经济形势和行业发展的变化，愈发坚定了转型发展的信念，并正逐步实施着下面的一些举措：通过确立产业梯度布局，组织并实施产业转移，形成以宁波为中心的高档核心产品基地与其他区域低成本生产基地相结合的生产布局；通过引进轻型项目、盘活存量资产，利用收购、兼并等资产运作手段实现增量发展；通过调整经营模式和产品市场布局，加快摆脱OEM经营困境，大力拓展国内市场，稳定并提高外销市场；强化低成本运行，通过有效实施ERP系统，提升精细化管理水平；以技术和工艺的进步推进质量提高和成本下降；利用好外协基地的资源与成本优势；稳步推进人员精简，降低用工成本，等等。

在维科控股集团先前的发展过程中，其组织创新和市场创新方面的几次“决断”让我们看到了何承命董事长对市场动向的明察秋毫与果敢，一句“我们不做，谁来做，现在不做，什么时候做?”语惊四座。事实证明，正是何承命的决断将维科控股集团从濒临倒闭的困境中带了出来。仅用六年多的时间，何承命就创造出一个价值达45亿元的品牌。

现在，维科面临着新的更大挑战——维科纺织这一主营业务转型升级的难题。这或许需要更高的智慧和胆魄。但何承命说：“正视提升核心竞争力这个产业发展趋势，并强有力地执行，才能真正实现提升维科服装、家纺核心竞争力的战略转型；坚持发扬变革、超前决策，才可为百年维科夯实基础。”

浙江工业大学浙商开放创新发展研究院　潘申彪　程惠芳

第二十六章　古纤道新材料公司发展转型案例

浙商格言

◆“启动20亿元的投资项目，就是要把现有优势拓展到全球领域，形成业界无法撼动的话语权。”

——浙江古纤道新材料股份有限公司董事长　施建强

一、引言

雇一支乌篷，流连于古纤道，这是江南古城绍兴特有的风情。旧时，古越劳动人民独创了“纤道”这一种桥路组合的道路，绵延近75公里。古纤道贴水而过，上面可行人背纤，遇大风大浪，又仿佛是中流砥柱，可抵消风浪对船只的撞击。一千多年来，无数肩背纤绳的劳动人民在这条纤道上步履艰难地拉着船只行进，为发展绍兴经济作出了很大贡献。

如同古纤道在绍兴运输业中的丰功伟绩那样，位于绍兴袍江工业园区内的浙江古纤道新材料股份有限公司（简称古纤道新材料公司）立足聚酯切片和涤纶工业丝的生产和销售，为全国乃至世界涤纶工业丝产业的发展增添了浓重的一笔。

成立于2003年的古纤道新材料公司，是专业生产改性聚酯切片及差别化涤纶工业长丝的中外合资企业。经过6年的发展，公司涤纶工业纤维生产能力已达9万吨/年，2009年度公司实现销售收入超过17亿元，出口创汇8000多万美元，利税达2亿元。现已成为国内第一、亚洲第二、全球第三的涤纶工业纤维生产企业。

二、企业发展历程

浙江古纤道新材料有限公司从注册成立到现在，虽然只经历了短短6年时间，却已成长为全国第一、亚洲第二、全球第三的涤纶工业长丝生产基地。回顾其发展历程，不难发现它不断成长、不断超越的轨迹。

2003年，古纤道新材料公司由浙江古纤道股份有限公司、汇创国际香港有限公司共同出资创立，总投资12 986万美元，注册资金5468万美元，占地170亩，开始专门投产聚酯切片和涤纶工业长丝，现已成为国内生产规模前三、产品品种最为齐全的涤纶工业纤维生产企业。公司产品定位档次高、产品质量达国际先进水平、产品品种齐全，70%以上的产品出口至美国、欧洲、东南亚等 50 多个国家和地区。

从 2010 年 12 月 20 日起，浙江古纤道新材料有限公司正式改制为股份制企业，更名为古纤道新材料公司，目前公司主要股东包括浙江古纤道投资有限公司（中方）、汇创国际有限公司（外方香港）、新湖控股有限公司、爱仕达集团有限公司等。总股数 45 000万股，净资产 11.3 亿元，资产总额达到 31.6 亿元。

公司现有全资子公司三家，其中，浙江古纤道绿色纤维有限公司，主要从事绿色纤维的研发和生产；绍兴明成运输有限公司，主要从事公司运输业务；宁波保税物流园区盈天贸易有限公司，主要从事进出口贸易。

起步于 2003 年，这在我国涤纶工业长丝生产上是比较晚的。我国于 1979 年开始进行两步法涤纶工业丝生产工艺试验。20 世纪 80 年代后期，从国外引进纺牵联合一步法涤纶工业丝生产线。90 年代初，与美国等发达国家相比落后了近 30 年。1989 年无锡太极的前身——无锡合成纤维厂引进一步法年产 1200 吨的生产线，是国内第一套涤纶工业长丝生产装置。随着上海石化和广东开平涤纶厂各年产 6000 吨的生产线于 1992 年投产，标志着我国涤纶工业长丝产业正式起步。2002 年 6 月龙涤股份年产 12 000 吨的涤纶工业长丝生产线的投产，是我国涤纶工业长丝产业高速扩容的开始。

古纤道新材料公司的成立正是依托我国涤纶工业长丝快速发展的大背景，把握市场需求，注重产品质量、注重科技创新，在短短 3 年时间内，销售收入一举突破 10 亿元，并逐年递增，阶梯状趋势明显。如图 26.1 所示。

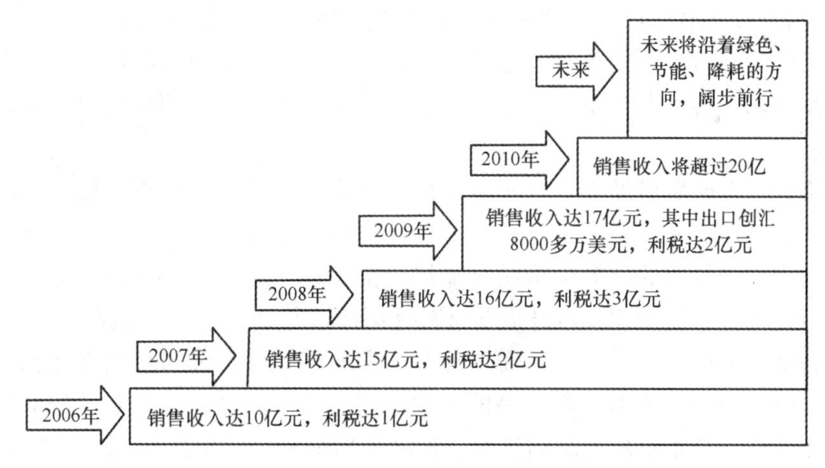

图 26.1　2006～2010 年古纤道新材料有限公司销售收入

近年来，中国化纤工业“十一五”规划对纤维行业提出了要求：面对全球化新的竞争形势，包括产业用纤维在内的我国化纤行业必须实施由“数量型”向“技术品种效益型”的战略转移；由生产大国向技术强国迈进；突破产业用纤维高新技术瓶颈制约，加速结构优化调整和产业升级，进一步推进节能减排、环境友好，实现产业经济安全和可持续发展。在“十一五”规划的号召下，古纤道新材料公司把健康、安全和环保作为公司发展的基础，致力于建立一个环境友好型的新兴企业，在公司的设计、工艺和产品等方面始终秉承环保的理念。其中最值得一提的是，在涤纶工业丝的生产流程中，2009 年古纤道新材料公司与国内著名的高等院校和科研机构、工程公司合作，自主开发成功的聚酯熔体液相增粘技术和直接纺涤纶工业丝技术，省去了切片制备和熔融环节，使得单位能耗降低为原来的 1/3。这种工艺创新也正是“十二五”规划中国家对战略性新兴产业的要求，经过中国纺织工业协会组织的全国著名的技术专家鉴定，技术水平“填补国内空白，达到世界先进水平”。因此，古纤道新材料公司的发展与新形势下的国家产业政策对接，其前程似锦。

三、转型升级

古纤道新材料公司虽然成立仅 8 年时间，却已坐上国内涤纶工业长丝市场的头把交椅，这与它注重企业的转型升级密不可分。持续的产品开发、工艺创新、新市场的开辟以及原料新供给的创造，是古纤道新材料公司核心竞争力的来源，也是其制胜的法宝。事实上，这正实践了 1912 年美国哈佛大学教授熊彼特在《经济发展概论》中提出的创新理论：“创新是指把一种新的生产要素和生产条件的‘新结合’引入生产体系，它包括：①引入一种新产品；②采用一种新的生产方法；③开辟新市场；④获得原料或半成品的新供给来源；⑤建立新的企业组织形式。”

（一）产品创新

熊彼特把产品创新定义为创造一种产品的新特性，或创造一种新产品。

起初古纤道新材料公司就把产业定位在新的领域——工业用纤维行业。在传统化纤行业占据市场优势的大背景下，涤纶工业长丝市场由于应用领域相对狭窄，当时并不被看好。

随着涤纶工业丝后道加工企业不断地发展壮大，以及下游应用领域需求的不断增加，差别化、功能化涤纶工业长丝产品的市场份额不断提高，涤纶工业长丝产品向差别化、功能型方向发展的趋势也将明显加快。正是看到涤纶工业丝行业生产能力的快速增加以及供需关系的变化，古纤道新材料公司开始走上不寻常的道路。

根据行业的发展方向及市场的需求势态，古纤道新材料公司自创立之初就成立了古纤道产品研发中心，致力于新产品的开发，增加产品品种，及时开发相应功能的特殊材料，不断推出技术附加值高的产品。古纤道新材料公司已先后成功开发新产品 12 个，其中超低收缩涤纶工业长丝、纳米改性磷系阻燃型聚酯切片等 3 个产品填补了国内空白，并已达到国外同类产品先进水平，引领了行业新标准。熔体直接纺涤纶工业丝技术也填补了国内空白、整体技术水平达到世界先进水平。目前，古纤道新材料公司已有 8 个类型产品，40 余种不同规格。8 大类产品分别是：普通高强型涤纶工业长丝、高强耐磨型涤纶工业长丝、高强中收缩型涤纶工业长丝、高强低收缩涤纶工业长丝、高强超低收缩型涤纶工业长丝、高模低收缩型涤纶工业长丝、高强多股复合型涤纶工业长丝、加捻型涤纶工业长丝。

这些差异化的新产品开发，确立了古纤道新材料在细分行业的龙头地位。在面对上游原材料多次涨价时，这些产品依靠其差异化优势，成功实现提价。在有效化解成本危机的同时，古纤道新材料公司不走大众路线，依靠科技进步生产差异化产品，对传统纺织企业发展具有样本意义。

（二）工艺创新

熊彼特对工艺创新定义如下：采用一种新方法，这种新的方法不仅是采取新的科学技术，即不一定要建立在科学的发展基础之上，它还可以是以新的商业方式来处理某种产品。

如果说产品创新是古纤道新材料公司稳坐细分行业龙头地位的法宝，那么技术工艺的创新则是古纤道发展的核心驱动力。古纤道新材料公司不断改进生产工艺，以发展低碳、节能、循环经济为己任。最主要的工艺创新有聚合熔体、液相增黏后直接纺丝。在工艺创新之前，古纤道新材料生产涤纶工业长丝都是从市场上买来切片，然后拉丝；或者把熔体先冷却，做成切片，然后进行加热、增粘，再拉丝。采用聚合熔体液相增黏后直纺技术之后，现在的流程是从熔体直接增粘、拉丝，减少了冷却切片的环节。这种工艺创新使得单位能耗降低到原来的1/3，不但大大地节约了成本，还有效地贯彻了环保理念。

先进的技术离不开先进的设备，先进的设备是保证产品质量的基础。古纤道新材料公司在涤纶工业丝生产线配备了一套世界领先的生产设备。这些设备技术水平在国际上首屈一指，为古纤道涤纶工业丝的品质稳定提供了硬件保证，如惠通公司连续聚合装备、布勒公司固相聚合装置、法国立达公司倍捻机、苏拉阿尔玛公司倍捻机、GIBBOS公司和D+S公司的网络合股并线装置、苏拉巴马格公司纺丝、牵伸和卷绕装置。这些装备是古纤道新材料公司差别化涤纶工业丝生产的保障，也是其工艺创新的坚石。

（三）资源利用创新

熊彼特把资源利用创新定义为获得或控制原材料、半制成品的一种新的来源，无论这种来源是已经存在的，还是第一次创造出来的。

PTA是涤纶工业丝的最主要原材料，是涤纶工业丝的上游产业。目前国内产能达到1525万吨，占全球比重不足30%，因此，每年需大量进口PTA。中国2009年净进口625万吨，对外依存度高达34.3%。古纤道新材料公司在做大做强主导产品的同时，积极进行着产业链延伸的计划，其中的重要计划之一便是向上游PTA行业延伸，自行生产涤纶工业丝原料PTA。在公司的“十二五”规划中，计划择机实施150吨的PTA项目，总投资35个亿，预计产值为100亿元，实现产业链的上下游的配套，以提升企业的竞争力和抗风险能力。

上游产业往往具有基础性、原料性、联系性强的特点，向上游PTA产业扩张，一方面为公司涤纶长丝生产线提供稳定的PTA原料来源，另一方面PTA行业的高景气度将显著提升公司的赢利水平。

（四）市场创新

熊彼特把市场创新定义为开辟一个新的市场，这个市场可以是新出现的，也可以是以前存在但未开发进入的。

目前，古纤道新材料公司的产品已遍及全球50多个国家，其中美国、加拿大、德国、沙特阿拉伯、韩国、马来西亚、越南、巴西、南非等地是其主要市场。主导产品涤纶工业丝的国内市场占有率达22%，出口份额达60%以上。

同时，产品的应用领域不断得到拓展。目前，古纤道新材料产品可广泛应用于汽车工业、建筑工程、包装材料、休闲运动、防护设施、工程安装等各个领域。如高强超低收缩型涤纶工业丝可用于涂层织物、帆布、汽车帐篷、充气材料、遮阳布、灯箱广告布、海滩伞、建筑织物、草坪设施、过滤织物、纸袋材料、机场和展览中心膜结构材料；高强中收缩型涤纶工业丝用于三角带、传送带、树脂管、紧固带、箱包带、网、缆绳、线绳、土工布、土工格栅等。古纤道新材料公司转型升级路线图，如图26.2所示。

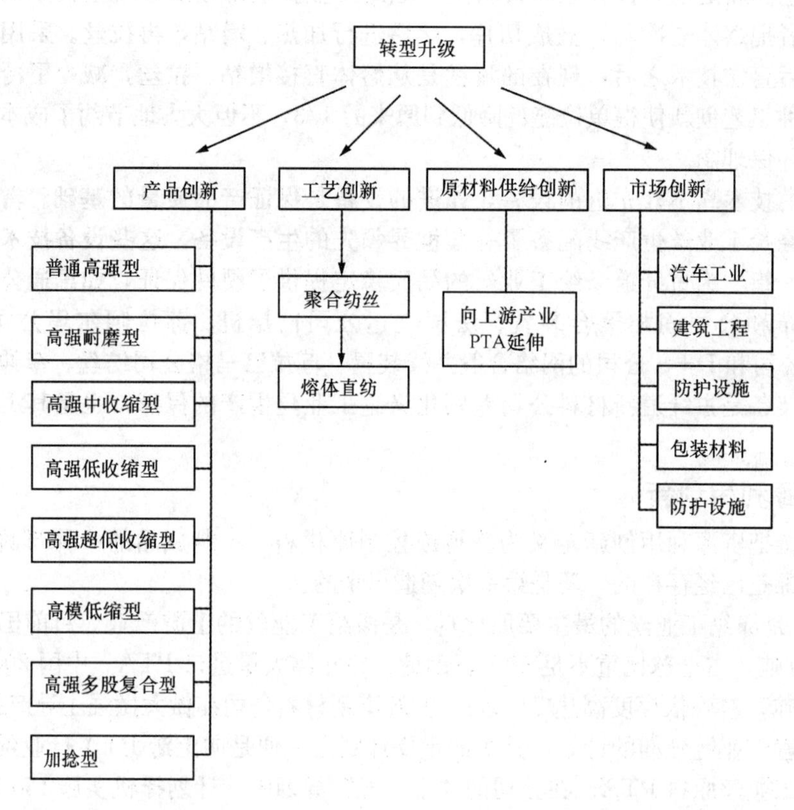

图26.2 古纤道新材料公司转型升级路线图

四、企业家风采

企业家是企业的“领路人”，没有好的企业家，就没有好的企业。古纤道新材料公司正是在董事长施建强的带领下，用8年时间稳坐涤纶工业丝行业头把交椅的。

年仅37岁的施建强是一位实干家。在浙江古纤道新材料公司还未成立之时，施建强就在父亲的公司——浙江古纤道股份有限公司里从事化纤行业的管理和技术开发工作。多年实战经验的积累让施建强在管理古纤道新材料公司时游刃有余。

作为一位年轻的企业家，施建强有着年轻人所特有的胆识和魄力。在他的管理下，古纤道新材料公司项目上马速度快，运作效率高。同时，他又有着老一辈企业家的深思熟虑、稳健务实等品质。他乐于与银行从业人员、政府工作人员、律师等各界人士交流，因为从他们那里可以掌握最新的市场行情、国家宏观调控的措施，以更好地把握企业的长远发展。

2008 年，在绍兴斗门镇政府经济工作表彰大会上，施建强董事长获“经济建设特等功臣”称号，这个奖项的获得无疑是对其工作的肯定。

五、未来展望

近几年，我国涤纶工业长丝的产能突飞猛进，2008 年世界涤纶工业长丝的总产能为 167 万吨，中国的涤纶工业长丝已经占世界总产能的 35%而位居榜首，2009 年中国的涤纶工业丝产能仍然呈现良好的上升态势。欧美一些大型企业都纷纷转向中国建厂，或与中国的企业建立长期稳定的合作关系。涤纶工业长丝行业进入了快速发展期，市场空间极大。中国毫无疑问地成为世界涤纶工业长丝的生产中心。然而，受世界金融危机的影响，产品利润空间急剧下降，常规产品价格几乎在成本线上，高端产品如高模低缩丝、汽车安全带用丝、安全气囊用丝等市场容量由于中国汽车工业发展迅猛而扩大，但由于安全因素，该领域的准入门槛越来越高。

在后金融危机时代，科技进步是指引中国化纤产业发展的灯塔。展望未来，以新能源、新材料、信息与生物技术为核心的新科技革命将引领人类社会进入绿色、智能和可持续发展的新时代，将为化纤产业开辟更广阔的发展空间。而新材料产业是国民经济各行业特别是战略性新兴产业发展的重要基础，也是长期以来制约我国制造业发展和节能减排目标实现的瓶颈。大力发展新材料制备技术和装备，大力推进新型材料产业化，大力推进大宗高端材料规模化生产应用，将是“十二五”规划的重要任务。

古纤道新材料公司将继续秉承绿色、节能、降耗的理念，跟踪前沿技术，致力于建立一个环境友好型的新型企业，这符合国家战略性新兴产业的发展要求。2010 年，古纤道新材料公司在袍江新区原厂址西侧新增用地 435 亩，新增投资 20 亿元，建设改性聚酯切片与产业用差别化纺丝项目。项目分两期，其中一期项目预计从 2011 年 2 月底起陆续投产；二期将在 2011 年第三季度投产；项目全部投产后整个公司预计可实现销售年 100 亿元。到“十二五”末公司年产能将达到 170 万吨改性聚酯切片、80 万吨功能化涤纶工业丝纺丝和 70 万吨差异化涤纶长丝以及 20 万吨聚酯瓶片的生产能力，成为全球最大的涤纶工业纤维产业基地。

参考资料

迈克尔·波特.2009.竞争论.北京：中信出版社
熊彼特.2008.经济发展理论.北京：北京出版社
袁辉.2009.约瑟夫·阿洛伊斯·熊彼特——创新经济学之父.北京：人民邮电出版社
浙江古纤道新材料有限公司网站.http：//www.guxiandao.com/

浙江工业大学浙江企业创新发展研究院　程惠芳　赵佳燕

第二十七章　申洲针织服装企业转型升级案例

浙商格言

◆“不把产品质量搞上去，再多品牌也只能是昙花一现。”

◆“对于服装企业来说，时间就是生命，交货期就是灵魂。”

◆“客户的利益就是申洲的利益。”

◆“职工在外不容易，在家千般好，在外万事难，凡是我们能办的，坚决办。”

——申洲针织董事长　马建荣

一、引言

说到申洲针织有限公司（简称申洲针织），可能大多数人都不大了解，但提及UNIQLO、NIKE、ADIDAS、PUMA、FILA，却是家喻户晓。而宁波申洲针织有限公司就是为它们提供OEM（代工生产）的一家龙头针织企业。申洲针织是一家集织造、染整、印秀花、成衣加工为一体的大型企业，其主要的生产基地坐落在宁波北仑经济开发区，并在我国安徽安庆市、浙江衢州市以及柬埔寨金边地区都分别设有一家制衣厂。作为针织界的“航母”，申洲针织的生产规模在我国的同行业中绝对是数一数二的。目前的申洲针织，拥有员工约4.8万名，厂房面积逾10万平方米，年生产能力织布逾4.5万吨，染色与后整理逾6万吨，印绣花逾8千万片，成衣逾12 000万件。据中国海关的数据统计，2009年其全年出口金额已达6.8亿美元，列我国服装出口企业第一位。

二、企业发展历程

有人曾如此形容申洲针织自成立以来这20年的发展历程：“从‘帆板’到‘航母’的跨越。”从以下这组直观又实实在在的数据中，我们可以深切地体会到它的巨变：

（1）员工由最初的200多人增加到如今的4.8万人；

（2）总资产从注册时的215万美元（当时折算人民币807万元）增加到54.27亿元；

（3）针织服装出口额、利税总额、利润总额、产能规模均列我国针织服装行业第一位；

（4）企业连续17年荣获中国投资双优企业称号；

（5）累计为慈善事业捐款4880多万元，董事长马建荣亦被评为宁波市慈善楷模。

（6）马建荣先后荣获宁波市劳动模范、全国纺织工业劳动模范等荣誉称号。

申洲针织发展沿革数据对比如表27.1所示。申洲针织发展路径如图27.1所示。

表 27.1　申洲针织发展沿革数据对比

产值	14	256	405. 6	2 327
销售收入	15. 06	248	386. 88	2 011. 54
出口收入	2. 27	208. 6	31. 34	1 811. 46
赢利	0. 1	10. 29	13. 81	389

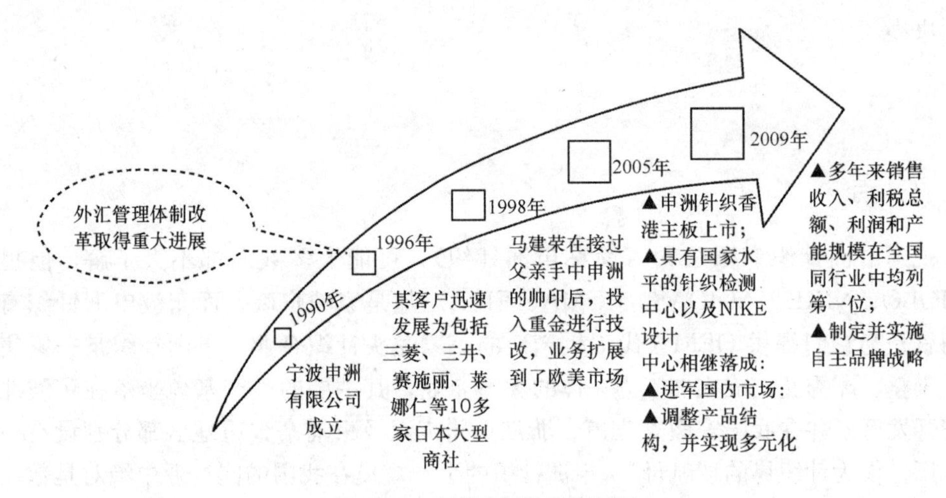

图 27.1　申洲针织发展路径图

1. 艰难的起航（1990～1996年）

1990年3月，宁波申洲针织有限公司在北仑塘湾工业区正式成立。当时的注册资产为215万美元。虽然它是由北仑对外经济服务公司、上海针织二十厂以及美国景洲企业公司合资成立的，但是由于外方资金不到位企业无法购买相关设备。面对如此艰难的局面，高科技人才马宝兴担任总经理后，硬是依靠诚意打动银行，解决了当时的燃眉之急。钱的问题是解决了，原料和熟练技工的困难又接踵而至。由于当时棉纱是专控商品，必须按计划调拨，市场上根本买不到。情急之下，马宝兴只好依靠老关系“求救”来了生产必需的原料。之后，他又从上海针织二十厂聘请来有经验的老工人对新招的员工进行手把手的技能培训。资金、原料、熟练操作工终于到位了，企业也可以正常生产运转了。但是，由于当时正值全国针织行业全面滑入低谷时期，就连上海的一批老牌企业也陷入产品严重积压的困境。没有市场，即便产品造出来也无路可销。

曾任上海针织二十厂技术副厂长兼余杭临平针织厂副厂长的马宝兴并没有因此气馁，国内市场销售疲软，可以到海外闯出一片天地。于是，在马宝兴大胆的决策下，申洲针织把目光瞄准了最难啃的“硬骨头”——日本市场。然而，申洲针织当时的生产水平与要求近乎“苛刻”的日本市场相差甚远。但是，就是凭着一股不服输的倔劲，申洲针织在马宝兴的带领下，通过强化职工培训、加强内部管理等多种举措，提高产品质量，当年就成功进入了日本市场。1990 年实现产值 1400 万元，销售收入 1506 万元，自营出口 227.5 万美元，获利 10 万元。

此后，申洲在日本市场的发展势如破竹，客户从过去的一家迅速发展到三菱、三井、赛施丽、莱娜仁等 10 多家大型商社。到 1996 年，其产值已增加至 2.56 亿元，实现销售 2.48 亿元，完成出口交货值 2.086 亿元，实现利润 1029 万元。

往日简陋落后的“小帆板”，终于变为马力十足的“巨轮”驶入大海，向前奔驰了。

2. 激流勇进（1997～2004 年）

然而，正当申洲针织这艘巨轮劈波斩浪、高速前进时，却遭遇了席卷整个亚洲的金融危机。同行业许多企业在这次突如其来的金融风暴中，轰然倒闭。刚从父亲手中接过帅印的马建荣将这次危机视做机遇，率领着他的经营团队，大刀阔斧地实施了一系列“强筋壮骨”、加速发展的计划。1998 年，就在业内企业广泛投入重金扩张产量以抢占市场之时，马建荣却把企业有限的资金都用来购买了日本、意大利、德国、法国的世界一流的先进设备。起初他高瞻远瞩的做法，还被许多董事质疑。但那年年末，申洲针织的答卷却证明了一切，连同 1999 年其连续两年销售和利润都以 30％的速度增长。“尝”到技改甜头的申洲，在此之后 2001～2005 年又持续投入了 20.7 亿元进行技术革新，并通过科技投入，逐步实现了从劳动密集型企业向高新技术产业的“嬗变”。

由于 1998 年的技术改革，申洲针织非但没有因亚洲金融危机的冲击而萎缩，反而吸引了更多的海外客户并实现了快速的发展。该年度，其自营出口额为 3504 万美元，利润总额 1381 万元，对比 1996 年增幅达到了 34.21％。

3. 商海航母（2005 年至今）

在纺织行业，流行着这样一句话：“一流企业搞标准，二流企业搞品牌，三流企业搞产品。”于是，生产产品被同业企业视为附加值极低的买卖，千方百计想要转型。一向不走寻常路的马建荣在他“执政”9 年来，一门心思抓产品质量，并与 NIKE、ADIDAS、PUMA 等国际一流品牌开展合作。他这样解释道：“不把产品质量搞上去，再多品牌也只能是昙花一现。”的确，磨刀不误砍柴工。申洲针织磨砺出的高品质产品贴上知名商标之后，就成为国际市场上高附加值的产品。即使 2005 年我国纺织行业遭遇欧美贸易壁垒时，申洲针织再次凭借着马建荣的未雨缪绸，在柬埔寨投入 3000 万美元设立分公司，成功将所有产品全部出口到欧美国家，并实现了当年的高赢利。

2005 年，在申洲针织的发展史上是值得铭记的日子。这年的 11 月，其在香港主板成功上市。随后，具有国家级水平的检测中心通过 CNAS 验证投入使用；与 NIKE 共同设立的NIKE设计中心落成，并与日本知名时装企业合资成立服装生产企业，进军国际高档服装领域等……太多太多的成就，申洲针织这艘纺织界的航母乘风破浪，在广阔蔚蓝的国际深海中造就一个又一个辉煌！

三、申洲转型升级路径

在遭遇国际市场需求下降、生产成本上涨以及人民币汇率升值的三重压力作用下，申洲针织依然能够保持营业额与利润25%以上的双增长，主要得益于其多年来未雨绸缪的转型升级战略。如图27.2所示，申洲针织的转型升级是在国际合作企业驱动或是在国际经济形势变动的外部压力作用下，通过管理创新、技术创新、市场创新以及节能减排路径实现的。

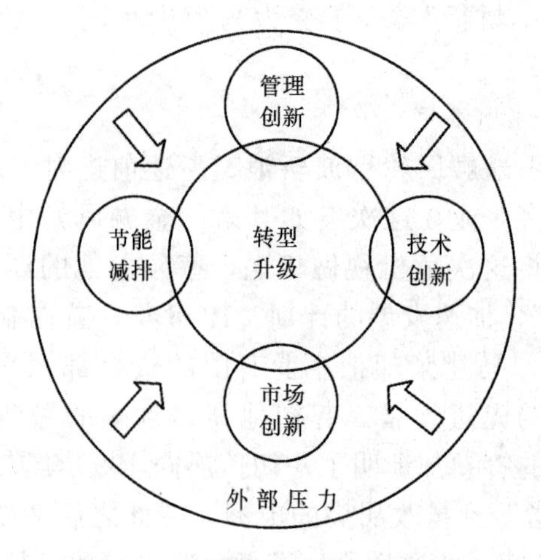

图27.2　申洲针织转型升级路径

（一）管理创新

1. 管理方式方法创新

（1）质量管理。申洲针织一直十分重视质量管理工作，企业从1990年开始推行全面的质量管理，并逐步建立了切实可行的质量管理体系。近年来，申洲针织分别获得了ISO 9000：2000以及ISO 9001质量体系的认证。同时，为确保企业成衣的整体品质以满足海外知名客户的要求，申洲针织所生产的每一件产品在出货前都要经由国家认证机构申洲针织检测中心①测试合格后才出运。

（2）信息化管理。申洲针织2008年开始利用信息化对其管理模式进行了改造，将计算机普及到生产的每一道工序、每一名操作工人的手中。在生产环节，从设计、用料、织布到缝制，一整条成衣生产线上的每个工人都有一台专属的显示器；在检测环

① 申洲针织检测中心是2007年11月由国家认可委员会（CNAS）正式授予其国家试验室认可证书。中国合格评定国家认可委员会（CNAS）是国际实验室认可合作组织（ILAC）和亚太地区实验室认可合作组织（APLAC）多边互认协议成员。取得该项资格，意味着申洲实验室所出具的检测报告具有全球性及权威性

节，每一件待检衣服的挂钩上都有一块芯片，出现任何问题马上就会反应到计算机里，任何一条信息都不会发生疏漏；在物流环节，则采用先进的条形码管理代替了以往的人工堆货。

2. 管理模式创新

由于纺织企业为劳动密集型，为提高企业利润，申洲针织对其管理模式进行了创新变革，将广泛应用于国际汽车制造行业的精益生产管理模式引入自行的生产管理之中，此举不但最大限度地降低了企业资源的利用率，而且大大降低了管理及营运的成本。实践证明，这种创新管理模式的实施，减轻了原材料、能源价格上升对企业营运的压力。

3. 战略管理创新

在发展战略方面，1997 年以前，申洲针织没有制定中长期的发展规划和发展战略，以年度计划来指导公司的经营活动。1997 年申洲针织却出现了资不抵债的困局，在马建荣顶住董事局层层压力高价引入先进设备赢利后，公司不但“尝”到了引进技术的甜头，而且意识到推进生产管理改造的重要性。随后，申洲针织就提出了要由粗犷型向集约型管理模式转变的战略。

如图 27.3 所示，申洲针织的管理方式方法、管理模式以及战略管理的创新三方面之间呈现出相互促进、制约的螺旋耦合的创新模式。在管理战略的引导下，申洲针织规划与其战略相适应的管理模式，并在管理模式的指导下，对其管理方式方法进行创新式变革，以实行信息化、标准化的管理。然后再在管理方式、方法创新的基础上，逐步完善其管理模式的创新。

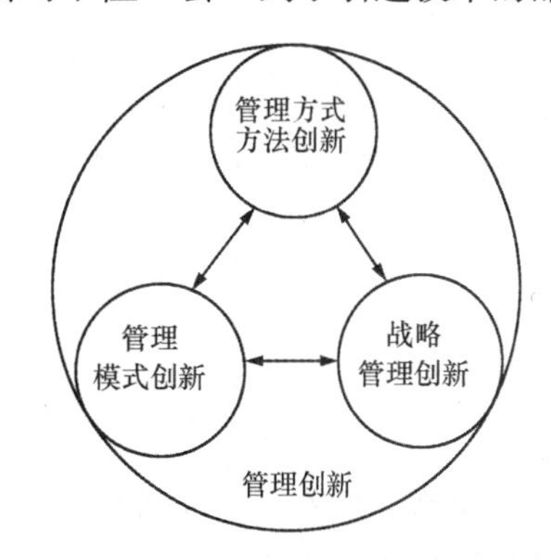

图 27.3　申洲管理创新模式（剖面图）

（二）技术创新

有别于我国其他进行 OEM 生产的企业，申洲针织最大的优势在于其拥有先进的面料研发基地。由于面料的品质是决定成衣质量最关键的因素，因此，为了提升成衣整体品质，并筑建企业的核心能力，以具备同行业企业难以效仿的独特性以及延展性的竞争优势，申洲针织投入重金建造了面积逾 6000 平方米的面料实验室，并输之专业的研发队伍以推进其面料的创新研发生产。自 2003 年以来，企业业已开发了诸如超细睛纶及超细涤纶的保暖面料、针织仿真面料（如天鹅绒、聚酯纤维、仿羊毛、仿麻及仿皮等）、环保型面料以及保健型面料等各种功能型高科技面料，并且其研发新产品的能力已达 1000 余种/年。

不仅如此，申洲针织对于整条成衣生产链技术水平的提高也尤为重视。鉴于在市场经济体制下，为实现企业的战略目标和发展规划，必须充分利用其外部资源，申洲针织自 2004 年开始陆续投入资金 5 亿元从海外购置喷雾染色机、快速印染机、电脑印绣花机等先进设备，并引入了全球领先的日本蒸汽技术以及染整等各项生产工艺技术。

2000～2004年，公司每年则有60%～70%的利润用于技改；在2005年成功上市香港主板后，每年仍有50%的利润用于技改。在引进国外领先生产技术的同时，申洲针织更加充分认识到过硬的科研实力是企业在市场竞争中胜败的最终归因。于是，申洲针织与天津工业大学、西安工程大学、上海华东大学等国内多所高等院校建立了技术合作关系，以促进企业在科研合作中培养自身的技术创新人才。如图27.4所示，申洲针织在技术创新过程中，经历了以下两个阶段，首先是技术引进阶段，然后是以产学研合作为途径的自主创新阶段。

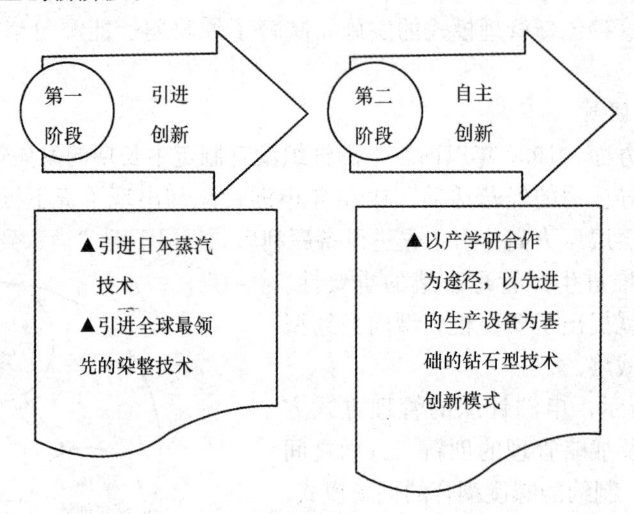

图27.4　申洲技术创新发展沿革图

在第一阶段的引进创新中，申洲针织通过引进全球领先的日本蒸汽技术以及染整等各项生产工艺技术，不但提升其成衣的整体品质以满足海外知名品牌客户的“苛刻”需求，而且在实现标准化生产的同时降低能耗，降低了企业的生产成本。在第二阶段的自主创新中，申洲针织摸索出了符合自身发展的钻石型技术创新模式（图27.5）。其以海外先进的生产设备为物质基础，在与高等院校教授、专家的交流探讨中，消化吸收该领域新近的理论研究成果，然后将其转化为新的生产实践。

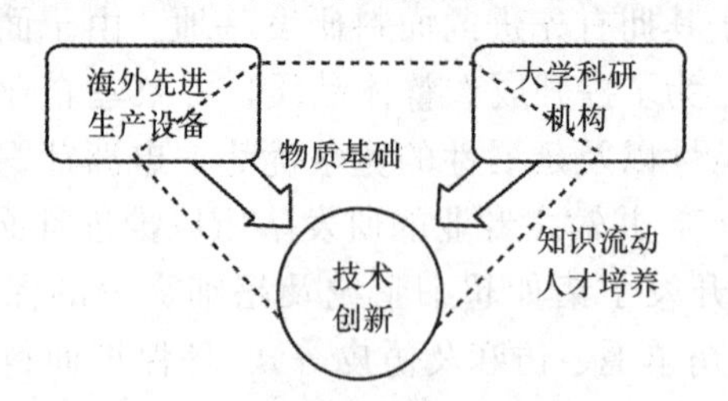

图27.5　申洲技术创新钻石模型

（三）市场创新

申洲针织的市场创新最直接的体现就是不断地开发新的市场，从单一的日本市场到集合欧、美、亚太地区的全球市场，从休闲运动服装市场到内衣类服装市场，从单一代工日本品牌到 UNIQLO、NIKE、ADIDAS、FILA、李宁、安踏及 361°等众多品牌，整个过程体现了申洲针织开发市场的积极性和创新性。

如图 27.6 所示，2004 年申洲针织的产品在日本的营业额占总体的 89.1%，其次为欧美市场，为 5.2%。2005 年，日本仍为集团的最大市场，占总营业额的 81.2%，欧洲占 6.4%，美洲占 3.2%。到 2007 年时，申洲针织在国内市场的营业份额迅速上升至 10.6%，而日本市场则下降至 59.6%。2010 年上半年，其各市场份额分别为日本 43.7%、中国 21.9%、欧洲 18.9%以及美国 4.5%。在产品类别方面，申洲针织 2004 年以休闲类服饰为主，此类服装的营业额占到总体的 89.8%。2005～2006 年，由于申洲针织先后与 NIKE、ADIDAS、PUMA 等运动品牌企业签订了代工协议，故这两年运动类服饰的营业份额分别上升至 8.8%和 15.6%。2007 年，申洲针织在产品结构方面进行了调整，其减少了部分低附加值的产品，增加了内衣类服饰。并且，该年运动类服装的营业份额提升至 31.9%。2008～2010 年，运动类服饰营业份额逐年递增，与休闲类服装基本保持在 41%左右。相应的内衣类服装份额至 2010 年上半年提升至 13.2%。

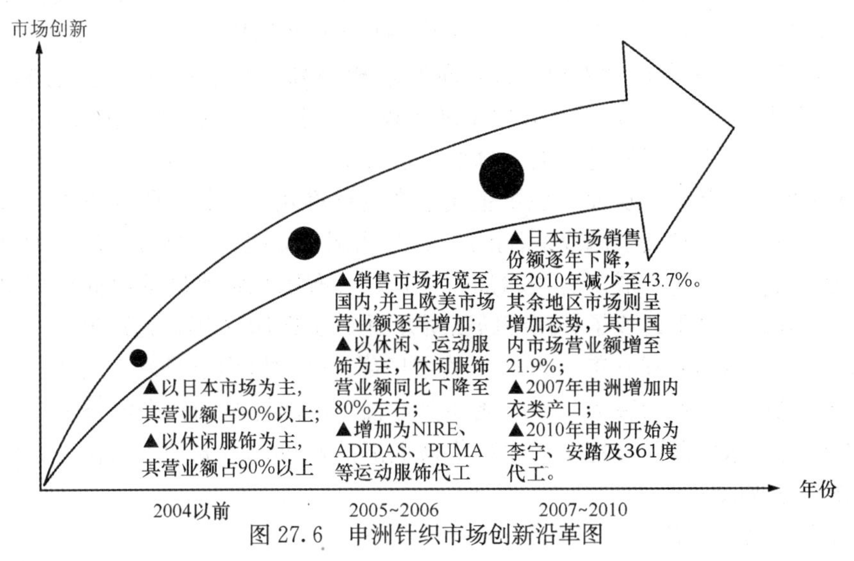

图 27.6　申洲针织市场创新沿革图

(四) 节能减排

多年来申洲针织的产品 80%出口海外，其中 90%的外销产品均为国际知名品牌贴牌生产。为满足海外客户对环保及节能方面的特殊要求，申洲针织从 2004 年开始持续投入重金对生产设备以及厂区用电设备进行了节能、绿色环保改造。

由于申洲针织是一家集纺织、印染、服装加工于一体的大型针织生产企业，其耗水量特别大。于是，企业从 2004 年开始陆续投入 1.5 亿元，引进了每台价格高达 300 万元的德国 THEN 喷雾染色机，以改进最耗水的染整车间。申洲针织选择价格如此高昂的机器[①]原因在于，这种染色机每染1吨布，就可以节省原先设备用水量的2/3。如此下来仅此一项设备，企业每天节水量就可达到6000吨。2005年，申洲针织又投资3000万元建设了当时国内最大的万吨印染中水回用系统以及冷却水回用系统。至2010年上半年，申洲针织每天中水回用可达15 000吨，并且废水处理全部达到了国家的一级排放要求，COD（化学需氧量）值也仅为60（远低于宁波市政所要求的80）。

从2004年以来，申洲针织累计在污水和中水方面的设备投入已达8000余万元。厂区也早已更换为节能灯泡、变频风扇等节电设施。在转型升级为重视资源、环境的节能绿色环保型企业方面，申洲针织已遥遥领先于同行业一大步。

（五）申洲针织转型升级模式特征

申洲针织的转型升级模式可总结如下：外力是驱动；市场创新是途径；技术创新是手段；管理创新是保障；节能减排是特色。

1. 外力是驱动

这里的外力是指，来自于与申洲针织建立合作关系的国际知名品牌企业以及全球经济形势变动对申洲发展所赋予的外在压力。当我们回顾申洲针织诸如技术创新、节能减排等转型升级路径时，不难发现外力所发挥的驱动作用。

海外知名品牌的客户对OEM的品质要求相当高，甚至达到了苛刻的程度。像UNIQLD若是成衣的线头超过0.5厘米就要退单。于是，申洲针织为确保产品质量，在技术创新方面，引进了先进的电脑分色仪使其染色准确率达到99.9%，并且引进意大利和美国的自动裁床，从而实现了企业生产的标准化；在管理创新方面，做到了每一件成衣交单前都要送交上海或是香港的RTS测试中心检验合格方可出厂的承诺。然而，如此一来产品的生产成本急剧增加。于是，具有国家级水准的申洲针织检测中心就在这样的外力驱动下建成了。在市场创新方面，由于1997年日元贬值，申洲针织将市场从单一的日本拓展到欧美。2005年其市场部分转向国内也是基于人民币升值、汇率动荡的外在压力所作的决策；在节能环保方面，申洲针织同样在海外客户对企业绿色环保的特殊要求以及国际能源、原料价格上涨的双重外力驱动下，在该方面的转型升级走在了行业前列。

2. 市场创新是途径

在市场上，申洲针织所做的就是尽量适应客户的要求，不断地创新，不断地适应。其在外力的驱动下，不断地拓宽市场，以带动技术创新，从而实现产品的升级、多样化。

3. 技术创新是手段

技术是产品的支撑，技术就是生产力，技术创新能够使企业领先一步，使企业在竞争中处于有利地位。申洲针织在外力的驱动下，以市场创新为途径，首先是引进创新，然后是自主创新，积累了其同行业企业无法比拟的核心能力。于是，在竞争激烈的OEM企业中，即使原料价格飞涨，人民币不断升值，申洲针织依然保有议价优势，并实现了2006～2009年营业额与利润持续4年的双增长。

---

① 此价格对比于国内目前最先进的机型还要高出3倍

4. 管理创新是保障

企业的技术创新的成效主要取决于管理创新，即企业战略、组织模式、文化氛围等因素的互动程度。申洲针织的技术进步及实现企业盈利，推进了其在管理思想、理念、方式、方法以及体制方面的变革。相反，申洲针织在企业管理模式以及方式方法方面的创新也为其技术系统从组织、环境、运作方式到资源配置效率等方面提供了保证。

5. 节能减排是特色

申洲针织在国际知名品牌企业及全球经济形势变动的外力驱动下，逐步实现了向绿色环保低能耗的转型升级。这不但是申洲针织转型升级路径的一大特色，而且正是我国“十二五”时期对企业发展规划的重大要求。

四、企业家风采

（一）不走寻常路的马建荣

20世纪90年代末，马建荣从父亲手中接过了申洲针织的帅印。那时公司产值为3.12亿元，账面利润是1506万元。在经过了10个春秋后，2009年年末其总产值达到了66亿元，翻了22倍。而利润更是翻了83倍，上升至12.52亿元。这其中的奥秘在哪里？了解申洲的人都知道，申洲针织今日的辉煌关键在于掌舵人马建荣不走寻常路的英明决策。

为了深入贯彻党的十四届三中全会关于“进一步深化对外经贸体制改”的精神，在浙江省政府的支持、鼓励下，企业纷纷走出国门以实现出口创汇的目标。正当同行业者都将出口方向一致指向欧盟时，马建荣却把目光瞄向了彼岸的邻国日本。为此企业可吃尽了苦头，一向精益求精的日本人对产品的要求几乎到了苛刻的程度，当时又正值日元大幅度贬值，申洲的发展因此陷入了困局。1997年其账面利润虽然有3000万元，但是资产盈亏相抵后却变为8000万元的负债。马建荣顶住董事会的压力，坚决不分红，做出了将所有的利润都用来搞技改的决定。当年申洲支付了几千万元，从国外引进来了世界上最先进的针织大圆机以取替国内台车，马建荣又从上海聘请了染色和织布方面的专家。在技术改造的推动下，申洲针织再次“活”了起来，1998年、1999年连续两年销售和利润都以30％的速度增长。

“一流企业搞标准；二流企业搞品牌；三流企业搞产品”这几乎成为企业发展升级三步曲的定式。而一向不走寻常路的马建荣，这次依然选择了特立独行。在他执掌企业的前8年里专心埋头搞产品，仅为国际知名品牌作代工。马建荣用他与众不同的人生准则这样解释道：“我一生做精一件事足矣。”是啊，磨刀不误砍柴工，他们磨砺出的产品贴上人家的标签成为高附加值的产品，这样既保证了企业订单的不断涌入，也保证了质量增量的持续增加。

（二）让职工把根留住的马建荣

当中国的劳动力告别廉价、许多企业为“民工荒”发愁时，申洲针织却是另一番景象。被业内几分酸涩地称做“招得来留得住”的申洲针织，在以马建荣所时刻追求的职业理想——让职工把根留住的思想指导下，通过以人为本的管理方式让职工们把申洲针织当做了自己的第二个家。

1. 男工、女工分管制度

申洲针织将员工的人身安全放在第一位，采用了男工、女工分管制度。女职工的宿舍成为男职工的“禁地”，并且配有 24 小时的探头扫描和两支共 24 人组成的巡逻队动态执勤，以确保万名女工宿舍的安全。

2. 人性化管理体系

申洲针织以人为本的管理方式核心体现在其对员工所实施的人性化管理上。为了让每一位员工有种归属感，申洲针织不但为其提供一流的休息居住条件，而且十分重视企业食堂的饭菜质量。马建荣曾说过，职工在外不容易，在家千般好，在外万事难，凡是我们能办的，坚决办。于是，在他领导下 6 幢居住面积 50 平方米的 1200 套单身宿舍钥匙如期交到员工手中，1200 套面积 70～120 平方米的职工公寓大楼也拔地而起。同时，马建荣还经常亲自视察食堂，并询问职工意见以确保伙食的新鲜美味。

五、展望

中共第十七届五中全会通过的《关于制定国民经济和社会发展第十二个五年规划的建议》中指出，要坚持把经济结构战略性调整作为加快转变经济发展方式的主攻方向；构建扩大内需长效机制，促进经济增长向依靠消费、投资、出口协调拉动转变，并且坚持把科技进步和创新作为加快转变经济发展方式的重要支撑；充分发挥科技第一生产力和人才第一资源作用，增强自主创新能力，推动发展向主要依靠科技进步、劳动者素质提高、管理创新转变，加快建设创新型国家。申洲针织为响应党和国家政府的号召，在 2011 年年初制定并实施了开创自主品牌“马威”的战略。企业计划在未来几年，除继续开展 OEM 业务以外，将不断加大自主品牌的建设和发展。

(一) 后危机时期纺织行业发展现状

从最新的纺织服装出口数据来看，出口额继续呈增长趋势。如图 27.7～图 27.11 所示。

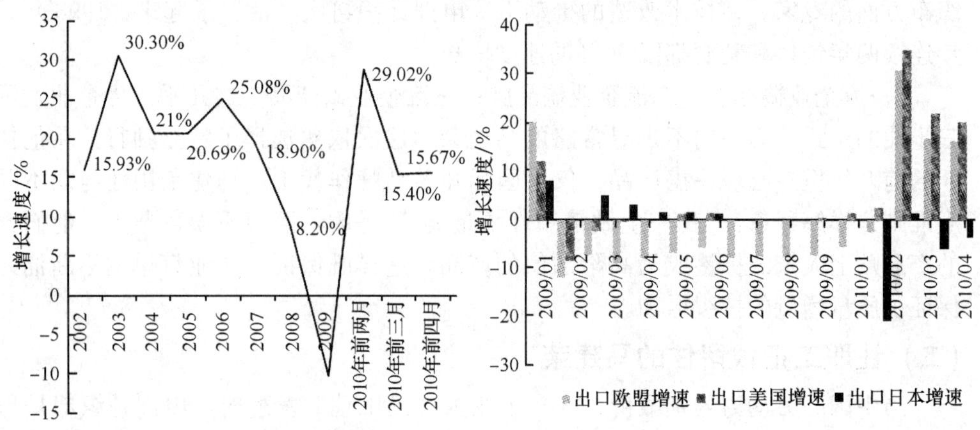

图27.7　纺织服装年度累计出口增速变动　　图 27.8　我国出口三大市场纺织服装增速变化

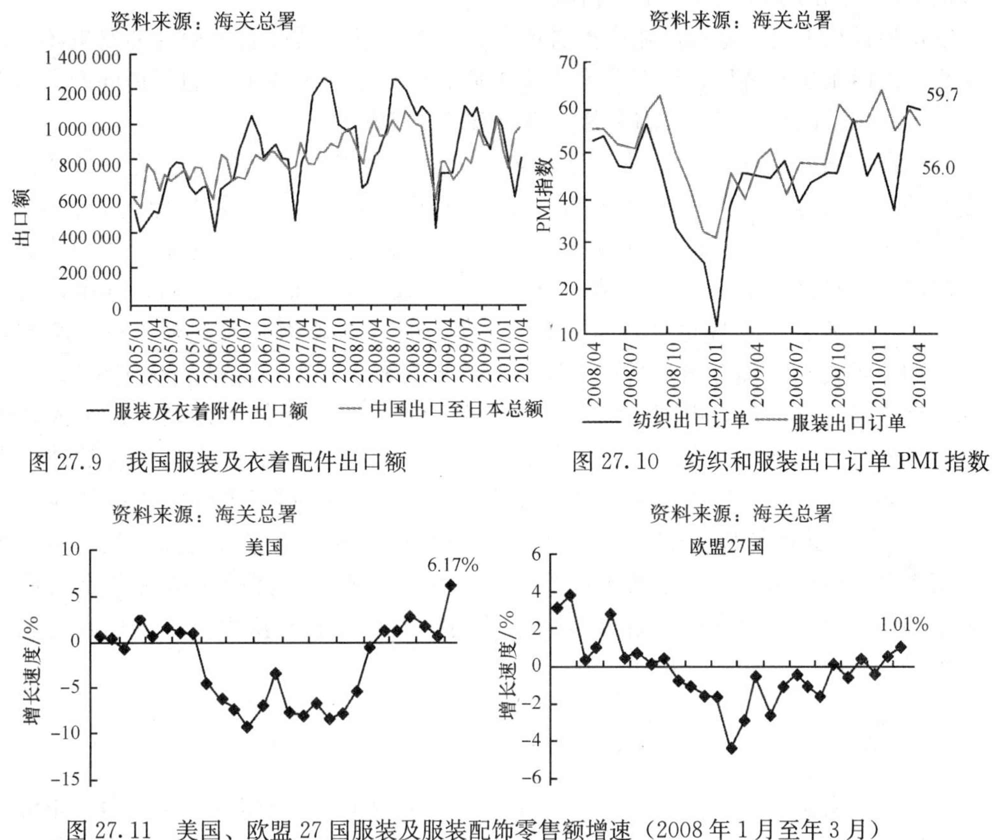

图 27.9　我国服装及衣着配件出口额

图 27.10　纺织和服装出口订单 PMI 指数

图 27.11　美国、欧盟 27 国服装及服装配饰零售额增速（2008 年 1 月至年 3 月）

资料来源：第一纺织网

虽然今年我国纺织服装行业出口表现良好，但是，从发展的角度来看，此次全球金融危机对其冲击巨大，应使我们更加清醒地认识并着力解决行业内部结构性的矛盾。过去纺织行业粗放发展，只注重产量而忽视了质量和效益，并造成了产能的过快增长。但如今我们正面临着新的历史时期，产能的过快增长将带来原料、资源、电力环境的压力。能源消耗高、质量相对差、劳动生产力低下的问题也会愈加突出。于是，中国纺织工业协会在 2020 年建设纺织强国的规划中，提出了行业的五大转变：主要依靠劳动力比较优势，向依靠创新来驱动的转变；由资源依赖型向资源节约型的转变；从忽视环境向环境友好型转变；从粗放生产方式向现代集约方式的转变；向完善市场制度过渡，注重知识产权，自我保护，加强行业自律，提高市场效率。

（二）申洲针织转型升级发展建议

2010 年以来，国际农产品价格持续飙涨，其中棉花期货和现货市场都呈大幅上涨态势。通常棉花占一般服装成本的 40％左右，那么假设棉花价格上涨 5％，据测算服装加工企业的利润就会下降 2％。以出口为主的申洲针织，以此为契机业已投资亿元经费，并已购置了 38 000 平方米的研发中心，将企业由纺织服装业转向自营品牌，计划今后采取“用两条腿走路”的经营战略。

申洲针织现已拥有同行业中先进的生产技术，以及具有创新精神的研发团队，欲实现“用两条腿走路”的经营战略，旨在解决自有品牌国内市场的开拓问题。笔者认为申洲针织可以有计划地实施名牌战略，以达成目标。

所谓的名牌战略，就是关于创建名牌、宣传名牌、保护名牌、发展名牌、壮大名牌的基本目标、具体措施和实施手段的总体规划和部署，是指导名牌、保名牌、发展名牌一系列具体活动的行动纲领。[①] 一般企业实施名牌战略包括：质量战略、技术战略、新产品战略、广告战略、市场战略以及人才战略几个方面。其中，质量战略是企业实施名牌战略的核心和基础。在实施质量战略时，首先要根据市场调查所掌握的市场需求，确定质量目标（即企业将要投放市场的产品的档次定位）。对于技术战略以及人才战略，申洲针织都做得十分到位。无论是技术创新，还是人才的引进与培养，其在同行业企业中都属佼佼者。但它首要注重的应当是广告战略。由于企业实施名牌战略，广告是必不可少的手段。这一点有别于申洲针织以往所从事的OEM生产。因为在现代市场经济条件下，不利用广告手段进行宣传，就不可能提高消费者对品牌的认知度，也就不可能成为名牌。其次，申洲针织应在确定其产品目标市场的基础上，综合运用各种有效的营销手段和方法开拓市场，以提高自主产品的市场占有率。

六、结语

申洲人用自己的双手创造了过去的辉煌。面对国内外激烈的市场竞争，申洲针织这艘针织届的“航母”将迎着“十二五”的改革春风，实施内外并举的发展战略，以开创自主品牌，创造引领中国乃至世界同行业新潮流的明天。我们没有理由不相信：不久的将来，一个面向世界、和谐发展、充满活力的新申洲将屹立于浙江东海之滨。

浙江工业大学浙江企业创新发展研究院　程惠芳　梁　越

---

① 余鑫炎．2001．品牌战略与决策．大连：东北财经大学出版社

第二十八章　弘生集团转型升级路径案例

浙商格言

◆"人既有从事社会活动的社会关系物质的一面，又有追求内心境界的自我本真的一面。甚至可以说，内心的追求是人生的最高境界。作为当代风云人物的企业家，既有企业经营、创造财富的外在壮举，同样也有完善自我的心灵的诉求。每个企业家都有自己的心中莲花——精神追求。"

——弘生集团董事长　苏伟平

一、引言

"碧绿清叶染空灵，无挂无碍枝不蔓；染之不染根自在，心中莲花最好看。"这首意境优美的《如易莲》出自一位德高望重的企业家之手——弘生集团有限公司（简称弘生集团）的董事长苏伟平。莲花是花中君子，寓意那些"出淤泥而不染，濯清涟而不妖"的美好事物。苏伟平说，莲花中通外直，不蔓不枝，香远益清，亭亭净植，可远观而不可亵玩，象征一种高尚的品格，而每个企业家都应有自己的"心中莲花"。

苏伟平所掌舵的弘生集团是浙江省146家工业龙头企业之一，同时也是"五个一批"重点骨干企业。集团通过收购兼并、改革调整和两次大的重组扩展，现已发展成为包括家纺、电子、机电、材料、置业等五大产业，共20余家企业的高科技、高文化产业集团，并通过并购方式，全资收购了世界三大品牌提花机公司之一的德国GROSSE公司，实现了跨国经营。[①] 集团拥有总资产15亿元，年销售收入逾20亿元，并且成功培育了中国名牌和中国驰名商标"百家坊"，先后获得先进民营企业、国家级科学技术贡献奖、AAA级信用企业、抗震救灾特别奉献奖等多项荣誉。

二、弘生印记

弘生集团发展历程图如图28.1所示。

弘生集团坐落在美丽富饶的东海之滨——舟山群岛，是在原舟山轻纺工贸总公司与舟山无线电厂联合基础上兼并海山集团、纳采材料公司等多家企业后成立的大型企业集团。

---

① 资料来源：弘生集团主页．http：//www. hisunchina. com/Main. aspx

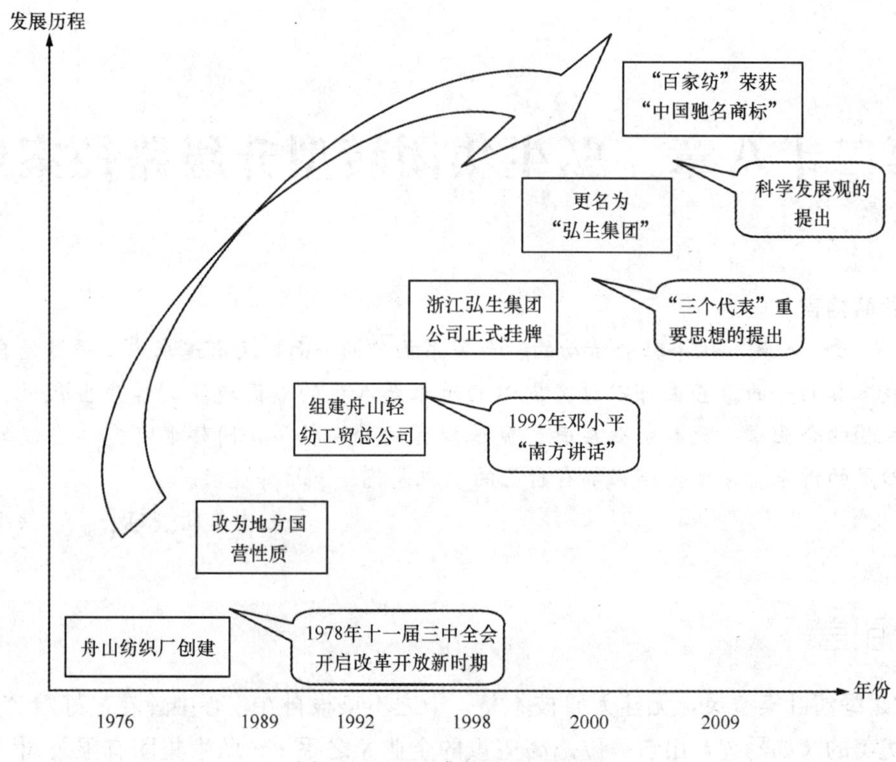

图 28.1　弘生集团发展历程图

弘生集团由小到大，经历了三个阶段。

第一阶段：舟山纺织厂阶段。1976 年，舟山纺织厂创建，是一家以纺织品加工贸易为主的集体企业。"和衷共济，振兴舟纺"的企业精神，浓缩了当时的企业文化，激发了"舟纺人"的热情。

第二阶段：舟山轻纺工贸总公司阶段。1992 年 7 月，舟山纺织厂兼并舟山针织厂，并在新办若干经济实体的基础上组建了舟山轻纺工贸总公司，隶属舟山市经委，成为集工、商、贸、技于一体的拥有进出口权的综合经济实体；并成立保税工厂，为当时全国纺织行业中仅有的两家保税工厂之一。当时舟山轻纺工贸总公司的企业文化是"精诚合作，开拓创新，敬业求实，追求卓越"，突出了"轻纺人"自主创新、锐意进取的决心。

第三阶段：转制后的弘生集团。1998 年，浙江弘生集团有限公司正式挂牌。2000 年，浙江弘生集团有限公司实施改制，企业的全部国有资产退出经营，由原企业经营者和主要骨干为主的企业职工出资置换。同时，理顺职工劳动关系，重新签订劳动合同。改制后的企业沿用"浙江弘生集团有限公司"名称，性质为民营有限责任公司。转制后的弘生集团进行了前所未有的三次创业，先后成功实施两次重组、体制转换、存量盘活、技术改造、企业迁建和产业整合等多项重大举措。① 集团曾获得过浙江省电

① 严彪．2006. 弘生集团：打造经营性文化，东方企业文化，(1)：60-62

子信息产品制造业30强企业、全国优秀家纺设计工作室、中国棉纺织行业前50强排头兵企业等多项荣誉。

三、弘生集团转型升级路径

弘生集团转型升级路径图如图28.2所示。

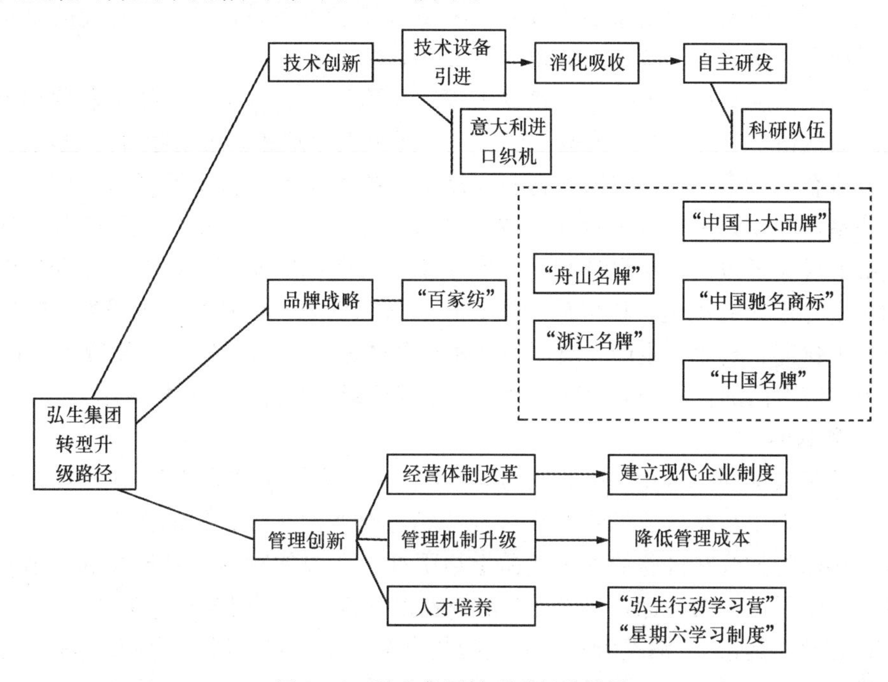

图28.2　弘生集团转型升级路径图

1. 技术创新

亚当·斯密在1776年发表的《国民财富的性质和原因的研究》中论述了分工的重要性、改进劳动生产力的理由及如何改进的问题。马克思也在《资本论》中阐述了生产力与生产关系的辩证关系，用历史唯物主义的观点分析了技术对资本主义社会的影响，他指出，“资产阶级除非使生产工具不断革命化，否则就不能生存下去”，进一步说明了技术在经济发展中的力量之大。①

科技进步是经济增长的发动机，是企业发展的不竭动力，是企业生存发展的需要。弘生集团从成立之初就非常重视自主创新、集成创新、引进消化再创新；通过技术创新，促进纺织行业科技进步，提高公司的竞争能力和整体技术水平。

弘生集团斥巨资打造国内领先生产设备，拥有近200台意大利天马11E（3.6/3.8米）特阔剑杆等进口织机，3万锭特种纺锭，四条专业缝制生产线和国内最先进的筒子漂染生产线，具有对棉、麻、丝、毛等各种纤维的织造和加工能力，并已形成计算机

① 范维，王新红.2009.科技创新理论综述

辅助管理下、按国际质量标准运行的现代化生产线，专业生产各类高附加值色纺纱、花色纱线、装饰面料、功能面料、家纺产品，纺、织、染、整理、制品一条龙的家纺产业链已初具规模。无结头纱率100%，无梭化率100%，2000年后的先进设备占有率70%，平均纱支32支，精梳纱比重30%，2007年销售利润率3.16%，劳动生产率达179 916元/人，比上年增长17.58%。公司主打品牌“百家坊”家纺产品；通过了ISO 9001-2000质量管理体系认证和ISO 14000环境管理体系认证，有专业的质量管理小组，形成了完备的生产管理系统和质量保证体系。①

弘生集团高度重视人才引进和培养工程，目前具有一支中高级技术职称创新人才组成的科研队伍，有工程技术人员400多人，博士生导师和高级工程师20多名。公司成立有省级企业技术中心、省纳米材料应用工程技术中心、博士后科研工作站和专利管理办公室，并以此为平台进行高新技术产品开发、知识产权的申报和管理。在技术中心基础上成立了包括家纺设计与工艺专业组、功能织物研究所、纺织品开发中心等在内的8个专业研究小组，以应用为突破口，从抓课题、抓项目、抓研发、抓应用入手，形成了研究、转化、生产、应用的技术创新体系。公司每年科研经费投入在1000万元以上，有专门的技术中心专项资金，用于专业组研发经费，专款专用。

2. 品牌战略

品牌的英文单词brand，源自古挪威文brandr，意思是“烧灼”。人们用这种方式来标记家畜等需要与其他人的物品相区别的私有财产。在中世纪的欧洲，手工艺匠人用这种打烙印的方法在自己的手工艺品上烙下标记，以便顾客识别产品的产地和生产者。这就产生了最初的商标，并以此为消费者提供担保，同时向生产者提供法律保护。现代品牌的含义是指，“消费者和产品之间的全部体验，它不仅包括物质体验，也包括精神体验，它向消费者传递一种生活方式，人们在消费此产品时，最终在改变人们的生活态度及生活观点，人们更换品牌，越来越多地取决于精神感受，而非产品的物理属性”。

2007年可谓弘生集团的品牌创建之年，通过周密的准备和细致的工作，集团陆续获得了“中国驰名商标”、“中国名牌”、“国家免检产品”三个称号，在收获社会认可的同时，也对企业提出了更高的要求。企业争创知名品牌，不仅仅是争荣誉称号，更重要的在于进一步完善企业的发展机制，促进自我更新，确保良性发展，使企业始终保持综合竞争优势，成为行业发展的榜样。在获得三个称号后，弘生集团迅速提出了“品牌化经营战略”，一切开发、生产、营销、管理等经营活动都以品牌为导向，高标准，严要求，彻底清除不利于品牌发展的生产管理活动，注重产品质量，注重品牌维护，注重消费者利益。

走良性发展的道路，促使企业通过争创名牌，更加注重科技创新和品牌创优，进一步提高自身产品的质量水平，在激烈的市场竞争中真正做到以质取胜。通过质量的提升，提高产品的市场占有率和企业知名度，企业的核心竞争力大大加强，使企业始

---

① 资料来源：弘生集团主页 . http：//www. hisunchina. com/Main. aspx

终有能力走在同行的前列，成为行业的发展表率。

3. 管理创新

随着社会经济的发展，管理在企业生存和发展中起着越来越重要的作用，学者对管理创新的研究也越来越多。管理创新理论成为创新理论的一个主要方面。美国管理学家彼得·德鲁克将“创新”概念引入管理领域，进一步发展了创新理论。德鲁克认为，创新有两种：一种是技术创新，它在自然界中为某种自然物找到新的应用，并赋予新的经济价值；另一种是社会创新，它在经济与社会中创造一种新的管理机构、管理方式或管理手段，从而在资源配置的改进中获得更大的经济价值与社会价值。

将企业的各个部门、各种系统、各种组织机构、各种职能、各个环节、各种流程、各个岗位、各类人员等有机地组织、整合、集成，可以使企业运转高度协调、统一、高效、优质、安全，能随时适应环境的变化，自动协调，实现企业经营、管理的动态优化。弘生集团从以下三个方面着手来抓管理这项“软实力”。

第一，改革经营体制。弘生集团下属纺织、漂染、织布、制品四家生产子公司，都建立了产权明晰、自负盈亏的现代企业制度，有独立法人，进行财务独立核算，避免了不思进取、依靠大家庭的惰性。内部之间的经营活动均按照市场秩序进行，同时要求各子公司大力开展自营接单，扩大市场。体制改革使企业更有生命力，更能适应残酷的市场竞争，从而使纺、织、染、整理、制品一条龙的产业链更具有竞争力。

第二，完善管理机制。企业所设立的诸多部门，如总经理办公室、开发部、工程部、财务部、业务部、人事部、事业部等，在企业的经营活动中各自承担着不同的任务，从企业得到相应的资源配置（包括人、财、物等），其内部有着各自的工作程序和资源分配。企业加强协调能力就是要将以上的资源配置达到最优化，做到人尽其才、财尽其用、物尽其职，在优化的资源配置中取得最优的投入产出，减少管理过程中不必要的中间环节，降低管理成本，摸索出一条最适应自身的运转流程、最适合各系统的管理标准、最适应各成员的工作尺度，并严格执行。

第三，培育稳定团队。人才培育是企业持续发展的关键工程，打造一支能攻克难关、应变力强、技术过硬、经营灵活的员工队伍，能做到以变求进，在变中求发展，是每个企业领导者长远的心愿。公司除了在福利、待遇等措施上引进和培养人才外，更注重人才的学习教育。公司有专门的“弘生行动学习营”，创新“星期六学习制度”，聘请行业顾问、咨询公司、高校老师前来公司授课，从技术知识、工作态度、管理能力、素质教育等方面对员工进行培训，提高员工的业务能力和素质修养。员工的进步就是企业的进步，员工收获越多，企业就收获越多。

四、政府支持

政府对于弘生集团的转型发展给予了很大的支持和帮助。2006 年 1 月 5 日，浙江省副省长金德水、舟山市副市长马国华等省市领导一行来到弘生集团考察调研。在苏伟平董事长的陪同下，先后实地考察了技术中心、特阔布织造车间、“CCJB 系列电子提花机”生产装配车间及产品展厅等。省市领导对于弘生集团又快又好的发展给予了肯定，并鼓励企业要坚定信心，在激烈的市场经济竞争中发挥自身优势、勇于创新、开拓进取、加快发展。

五、未来展望

棉纺织行业是我国传统的劳动密集型产业，随着产业升级和产品结构的调整、产品档次和附加值的不断提高，在国家政策扶持和独有的国际竞争力基础上，这些年来，得到了飞速的发展，保持着相当高的增长率和利润率，投资力度和热度一直有增无减。但近年来，棉纺织企业也开始感觉到了生存的压力，一方面，人民币持续升值，输美输欧的配额逐步取消，贸易顺差所引起的贸易壁垒、出口退税率下调等因素促使外贸出口面临更大压力，各企业纷纷将目标对准国内市场，竞争骤然加剧；另一方面，国家压缩金融规模，加强银行自主权控制，进一步限制了信贷规模，对企业的融资产生重大影响，同时企业在利益高增长时期所掩盖、忽视、遗留下来的内部问题也逐渐暴露，再加上国际大牌棉纺织同行的进入，中国这块最大的消费市场蛋糕必然面临更激烈残酷的争夺，可以预测，未来中国棉纺织业将处在一个充满复杂变数的发展环境中，一批缺乏创新能力、生存能力的企业将会被淘汰、重组、兼并，棉纺织行业必将面临新一轮的行业洗牌。

弘生集团坚定不移地走转型升级之路，遵循从生产商、供应商、服务商到品牌商的梯次进化，打造亚洲最大宽幅面料生产基地，立志成为国际一流的面料供应品牌商，不断开拓创新面料多功能运用范围，探索家纺面料的科技前沿，相信未来更将引领行业流行趋势。

六、结语

机遇总会留给有准备的人，尤其是拥有创新精神的人。在复杂的变化中也孕育着机遇。把握机遇，快人一步，创新领先，往往能一步动，全盘活。弘生集团定能挑战变数，激发创新，把握机遇，在转型升级的道路上越走越远。

参考资料

陈劲，柳卸林．2008．自主创新与国家强盛．北京：科学出版社

范维，王新红．2009．科技创新理论综述

李颖．2009．上市公司并购效应研究——基于不同并购方式的综合得分模型检验分析

严彪．2006．弘生集团：打造经营性文化

Dunning J H. 1981. International Production and the Multinational Enterprise. London：George & Unwin

Porter M E. 1985. Competitive Advantage. New York：Free Press

浙江工业大学浙商开放创新发展研究院　程惠芳　沈　姣

第五篇　船舶制造行业龙头企业创新与转型升级

第二十九章　杭齿创新与转型升级案例

浙商格言

◆“企业的改制也好，上市也好，求的是长远的发展；而不在于企业是什么？对于企业来说，重要的是企业里管理国有资产的人，能否像私企老板管理自己的企业那样管理企业，那样追求企业的发展。”

◆“我只希望更好地转动杭齿这艘大船，让它在市场经济的浪潮中乘风破浪。”

◆“品牌就是企业核心竞争力的竞争，而核心竞争力又取决于企业的技术创新。”

——杭齿董事长　茅建荣

一、引言

2500年前，越王勾践被吴王夫差战败后，站在萧然山“登高四顾萧然”[①]，卧薪尝胆，重振旗鼓，终成大业。往事越千年，勾践发愤图强的决心、越甲吞吴的气势犹荡气回肠。

50年前，萧然山脚下，带着国内不能自主生产齿轮箱导致渔船沉没的悲痛，杭州齿轮箱厂诞生于布满杂草的乱石间，筚路蓝缕、艰苦创业，从一穷二白发展到制造齿轮传动装置业的大型重点骨干企业，杭州齿轮箱厂前进无止境，转动引领发展。

如今，经历半个世纪沧海桑田，“知天命”之年的杭州前进齿轮箱集团股份有限公司（简称杭齿）在转型升级的大道上乘风破浪，阔步前进。杭齿立足传动装置主业，依靠科技进步，增强核心竞争力，确立了在齿轮传动装置行业中的领先地位，“前进牌”船用齿轮箱远销世界40多个国家和地区，出口创汇居国内首位，在国内市场占有率达到65%以上。在“十二五”时期，杭州前进齿轮箱集团股份有限公司将在转型升级的道路上再创辉煌。

---

① 越王勾践被吴王夫差战败后，站在萧然山上“登高四顾萧然”，士兵们死的死，伤的伤，远远望去，一片萧然，因而得名萧然山，萧山的地名也由此山而得名。改革开放以来，萧山涌现出一大批著名企业和著名企业家，成为具有活力、实力和充满魅力的萧山

二、前进：50年风雨兼程

1956年，“八一”超强台风重袭浙江，902艘渔船沉毁，渔船抗台风能力差的直接原因是当时国内尚不能自主生产齿轮箱。经周恩来总理批示，1960年杭州齿轮箱厂诞生，从此杭齿开始肩负我国航运事业的民族重任（图29.1）。

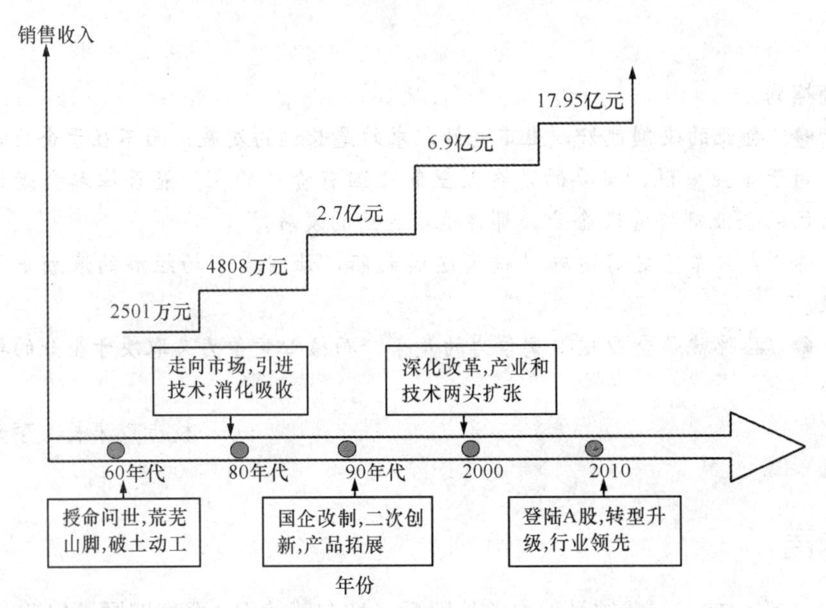

图29.1　杭齿发展历程图

1. 二十谋变

20世纪80年代，面对经济体制转型、国有企业改革等变化，杭齿也曾一度停止“转动”。技术人员、管理人员开始走出企业，从过去的找“市长”到找“市场”。功夫不负有心人，他们从刚刚开启的市场经济大门的缝隙里看到了广阔的商业蓝海——船用齿轮箱。从20世纪80年代起，杭齿先后引进美国、德国、奥地利、法国、瑞士、意大利和日本等国的先进技术和成套设备，逐渐从吸收消化转至自主创新。

2. 三十而立

1994，以杭齿为基础的“杭州前进齿轮箱集团公司”成立。1996年，杭齿改制成为国家独资有限责任公司，并被列入浙江省现代企业制度试点单位。2000年，杭齿进入601家债转股企业行列，同时按杭州市改制要求，剥离非经营性资产，按产权多元化原则组建规范的企业法人治理机构，实行董事会领导下的总经理负责制。

3. 四十而强

21世纪初的10年，杭齿冲向世界传动装置技术前沿，跻身世界先进水平行列。杭齿先后自主研发了可与远洋巨轮配套的智能化大功率船用齿轮箱及可调螺旋桨、高速舰艇齿轮箱、新一代工程机械电液控制变速箱、多档位重型汽车变速器以及带有柔性轴转动的兆瓦级风电增速箱等，开始向高端化发展。

4. 五十悟道

2010 年杭齿在迎来 50 华诞的同时，成功上市。如虎添翼的杭齿已完成一个转型，即制度转型；四项升级，即产品升级、装备升级、技术升级和管理升级。经过转型升级的洗礼，杭齿的产业和产品越来越向高附加值、低碳环保的方向发展，走出了一条更加具有竞争力的商业模式。这些新型项目如一颗颗能量惊人的照明弹，让我们看到了杭齿特殊的光彩，更看到了中国船舶工业新的光芒。历经沧桑、终悟其道，天命之年的杭齿已然领悟企业发展之规律，熟谙行业经营之门道。

三、转型升级能力与路线图

（一）技术创新积蓄转型动能

经济学大师熊彼特提出，创新是经济发展的根本动力。对于企业来讲，延长企业生命周期的唯一办法也是创新，尤其是技术创新。杭齿坚信，只有注重技术开发，才能提升企业核心技术水平；只有注重技术应用，才能提高产品品质与档次；也只有坚持技术创新的理念，企业才能不断积蓄转型升级的能量。杭齿所取得的创新业绩离不开其全方位的技术创新体系。

一是整合技术资源，完善技术创新体系。按照国家技术中心建制要求，杭齿变更及新增设了共 15 个专业研究所，使技术部门分工精细化、职责明晰化，提高了企业的技术创新能力和产品开发水平，进一步激发了技术人员的积极性和创造力。

二是加大创新力度，开展产学研合作。杭齿通过建立国家级技术中心和博士后科研工作站，吸纳国内著名大学的尖端科技人才参与公司的科研项目和课题研究，实现产、学、研相结合，引进高新技术和先进适用技术。其先后与西安交通大学合作开展“低速重载滑动轴承设计理论研究”和“交错轴倾角渐开线齿轮传动理论研究和产业化”项目，与吉林大学合作开展“液力变矩器传动理论研究及叶片设计”项目，与重庆大学合作开展“大功率船用齿轮箱关键技术研究”项目，与浙江大学合作开展“机械制造企业大批量定制系统研究”。几年来，国内领先水平的倾角传动、微动阀、纸基碳基摩擦材料等技术的研究获得了成功并实现了产业化。

杭州前进齿轮箱集团股份有限公司转型升级路线图，如图 29.2 所示。

三是走集成创新之路。杭齿坚持产品自主研发、自我创新为主，引进外脑、借助技术为辅，赶超一流先进制造技术的特色发展路子。杭齿 50 年产品开发的历程经历了从仿制到自主开发的几次跨越：从建厂初期到 20 世纪 70 年代末，是从无到有的第一次跨越，那时的杭齿人通过对国外样机的研究和测绘、试验验证，仿制样机开发出 55、80 型首批齿轮箱；从 80 年代初到 90 年代末，是从吸收消化到自主创新的第二次跨越，在改革开放初期，杭齿领导班子就瞄准国际知名品牌的先进技术指标，实施“反求工程”，自主研发了以 135、300 系列为代表的新一代船用齿轮箱；90 年代末以来，杭齿

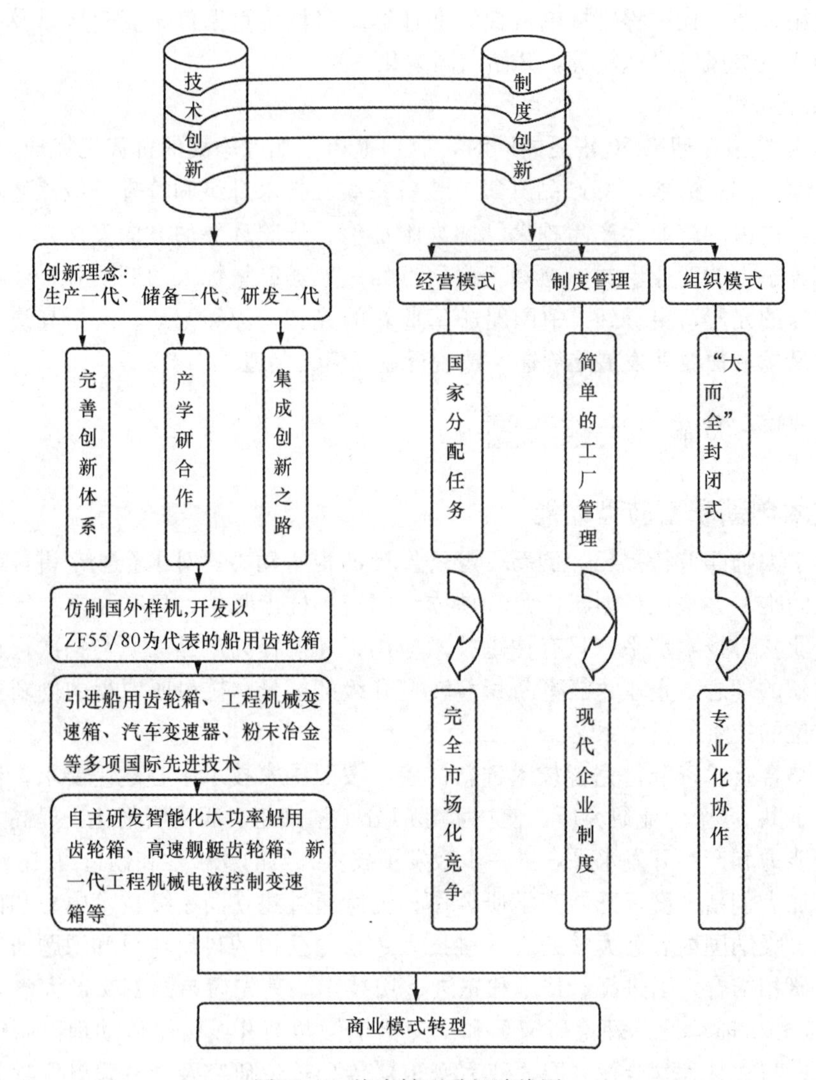

图 29.2　杭齿转型升级路线图

正在实现着从国内领先到跻身世界先进水平行列的第三次跨越。2009 年杭齿参与起草或修订国家、行业标准 5 项，新增专利 13 项。目前，公司已拥有 80 项有效专利，起草或修订了国家、行业标准 23 项。

四是大手笔技改为产业升级提供了强大的装备保障。“工欲善其事，必先利其器”，近三年杭齿投入 4.6 亿元建成了华东地区一流的热处理生产线、高精齿轮生产线、磨齿机群、计量检测中心、汽车产品装配线等，极大地提高了装备技术及制造工艺技术。杭齿形成了目前国内工艺装备水平最高、规模最大的磨齿机群，特别是在箱体加工、齿轮加工和热处理等工艺装备方面，可与世界先进水平媲美。

(二) 体制创新支撑前进势能

美国管理学家赫曼·梅纳德说过：“未来属于企业，社会中心将是企业，因为企业将是社会的中坚力量、经济基础、左右世界的主要力量。”深处浙江民营经济这股大潮中，杭齿的国有体制改革显得漫长和艰辛。近几年杭齿大刀阔斧进行现代公司治理，成为社会主义市场经济中劳动生产率较高、竞争力较强的市场主体。

21世纪初杭齿进入债转股企业行列，进一步改制成为国有多法人有限责任公司，按产权多元化原则建立规范的企业法人治理结构，实行董事会领导下的总经理负责制。从2002年起，针对核心产品，杭齿对条件成熟的分厂进行股份制改造，由单一的集团公司发展到包括杭州依维柯公司、绍兴前进公司等7家具有自主开发、设计能力的子公司和6家境内外经营公司的大集团公司。2008年9月28日，在顺利完成股份制改制后，杭州前进齿轮箱集团股份有限公司成立。2010年10月11日杭州前进齿轮箱集团股份有限公司A股在上海证券交易所挂牌上市。至此，杭齿真正确立了现代企业制度。集团化母子公司的基本框架已经形成，扁平式管理体制跃然在目。杭齿体制改革历史的新篇章，将从这一刻开始书写。

过去，杭齿存在一些国有企业的“通病”，背负沉重的包袱，如医疗费用支出巨大、冗员多等。在上市的主辅分离辅业改制的过程中，杭齿技工学校进行股权多元化改制；饮食服务公司职工食堂实行承包经营；职工医院、幼儿园实行社会化管理，接收单位分别是区政府教育局和卫生局。

体制创新的另一核心是管理创新。杭齿以上市公司规范管理为目标，对集团总部进行管理改革创新，使其成为集团的战略决策中心、资本运营中心、财务结算中心，对辖属子公司行使投资、人事、财务和知识产权管理等职权。建立系统规范的内控制度；以“价值创新”为核心，开展精益生产管理，降低资金占用；加快ERP项目的实施，大幅提升信息化管理水平，提高工作效率。

信用管理创新亦是杭齿的一大管理特色。受国际金融危机的冲击，公司采取“营销副总经理负责，投资发展部主管、业务部门分管”的信用管理运行体制，既提升了信用管理水平，又防控了信用风险。通过加强对公司赊销用户的风险预警调查、收紧信用评估等级下降用户的信用额度、加强对应收账款管理和考核、加大逾期应收账款的追讨力度等措施，杭齿在金融危机的严冬中依旧温暖如春。

（三）两创互动共促华丽转型

技术创新、制度创新的互动耦合发展促进商业模式的转型，是杭齿转型升级的重要密钥。商业模式的转型体现为产业链的延伸：杭齿人凭借着雄厚的技术和人才实力不失时机地实施产品和技术链的两头延伸，冲刺世界传动装置前沿（图29.3）。

运用企业演变理论来看杭齿的转型升级的演进，我们可以得出以下规律。企业技术形态的演变过程也是专业化加深的过程，企业生产从专业化的产品、零部件，再到专业化的工艺、工序操作，技术形态是企业最为核心的要素，直接决定了企业管理变革。而企业制度形态决定了高低不同的交易成本和运行效率。制度作为过滤器不仅存在于个人与资本存量之间而且存在于资本存量与经济实绩之间，它决定了体制的产出及收入分配。技术进步的本质是新技术对旧技术的替代，而制度演变的本质是高效率

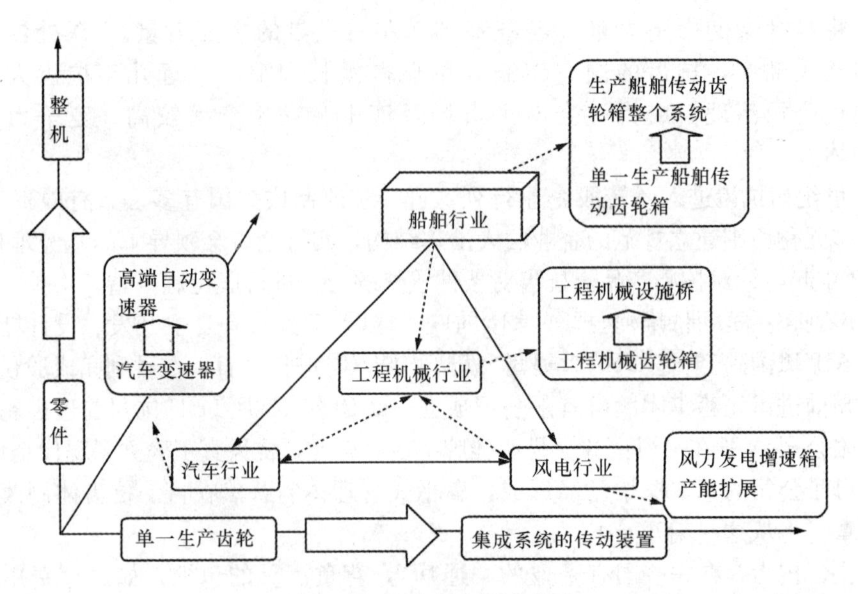

图 29.3　杭齿产业链演进图

的制度对低效率制度的替代。技术的进步可以减少生产成本，制度的演进可以降低交易成本（图 29.4）。

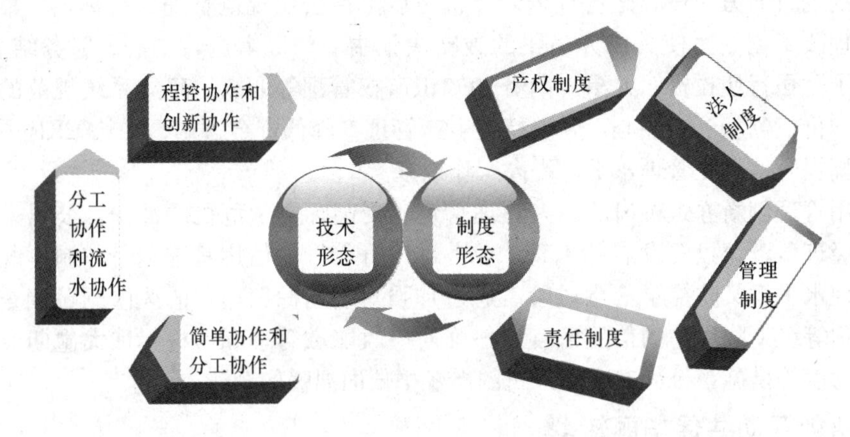

图 29.4　技术和制度相结合的企业演变图

四、杭齿当家人

企业家被称为“创新的灵魂”。杭齿的转型升级离不开企业家的引领。2002 年，茅建荣开始掌舵杭齿这艘国企“大船”，成为企业历史上最年轻的当家人，他开始着手对企业进行渐进式的深入改革、完善新的体制。无论是杭齿最难熬的阶段，还是民营企业高薪聘请他出任总裁的时候，他心中对杭齿的信念和坚守始终没有动摇过。杭齿人说，茅建荣属于含碳量极高的钢材，富含韧性，因而总能在关键时刻稳定军心，把握方向。作为这家老牌国企的当家人，不仅要有敢于创新的勇气和高瞻远瞩的智谋，更要比一般企业家多一份责任。在他的带领下，杭齿不断跃上新台阶，他也因此当选第十一届杭州市人大代表，入选2007年中国工业经济年度优秀人物，被聘担任中国企业改革发展研究院特约研究员，荣获“2009中国卓越企业家”称号。茅建荣对于杭齿流露的是坚定而朴素的挚爱：“我的人生价值和自身理想的实现都是在杭齿完成的，我现在主要的想法就是要把杭齿搞好，使杭齿能从中国第一走向亚洲第一、世界一流。”

杭齿董事长　茅建荣

五、政府支持

在杭齿转型升级的道路上，政府也扮演着重要的角色。2009年，国务院常务会议审议并原则通过《装备制造业调整和振兴规划》，把装备制造业的技术进步列为重点支持项目，这对齿轮行业的发展具有重要意义。政府工作报告把加快转变经济发展方式、调整优化经济结构列为工作重点，提出继续实施结构性减税政策，促进扩大内需和经济结构调整。在结构性减税政策体系中，很多不断优化完善的政策比如增值税转型、提高出口退税率、研发费用加计扣除，在缓解企业资金压力、调整产业结构、促进转型升级等方面正发挥着“四两拨千斤”的作用。对于杭齿在资本市场的发展，国家发改委党组成员、纪检组长苏波在杭齿上市之时鼓励杭齿人要以成功上市为契机，以敢为天下先的胆魄，展现一个更加光明的前景；要把科技创新作为自身发展的主旋律，把增强自主创新能力建设摆在各项工作的首位。

六、展望未来

回首50年风雨历程，杭齿深厚的积淀，将赋予企业又好又快发展的优势，在参与国际大竞争中赢得先机；杭齿具备的高附加值产品的生产能力和价值链的系统延伸，将为其在市场中获得巨大的利润空间。借助资本市场的平台，杭齿正向“国内第一和世界知名的集成动力传动装置供应商和服务商”的目标冲刺。可以预见，在国家经济转型的重要战略机遇期，到“十二五”末期，一个拥有百亿销售收入的杭齿巨人必将屹立在我们的面前。

鲲鹏展翅，扶摇直上。50年沧桑巨变，风云激荡，写满辉煌的漫长征途上，也曾凝聚着杭齿人的艰辛和困苦；半个世纪锐意改革，薪火相传，杭齿人以江河远天之气概，勇立转型升级之潮头。这是一部浓墨重彩的创新画卷，我们深信，杭齿人利用技术创新和体制创新两大法宝，将在大浪滔滔的海面上推动中国经济这艘巨轮不断前进！

参考资料

道格拉斯·诺斯．1992. 经济史上的结构和变革．北京：商务印书馆
杭州前进齿轮箱股份有限公司内部资料
Coase R. 1937. The nature of the firm. Economica，4：386-405
Freeman C. 1991. The nature of innovation and the evolution of the productive system. In organization for economic cooperation and development. Technology and Productivity. Paris：OECD
Porter M E. 1980. Competitive Strategy：Techniques for Analyzing Industries and Competitors. New York：Free Press

浙江工业大学浙商开放创新发展研究院　程惠芳　王旖敏

第三十章　浙江造船创新与转型升级案例

浙商格言

◆“每个人都要生存，都要生活，都需要一个舞台。我把这个企业当成一个舞台，每个员工都是舞台上的明星。我要做的就是努力把这个舞台搭建好，让每个人都有施展的空间。”

◆“在造船这个大流程中，或是3年滚动计划，或是5年滚动计划，在建立的时候，需要大量尖端技术人才，包括国际高手参与，一旦精细化、模块化、成组生产的造船流程确立下来，就绝对不能以人的意志为转移，总经理在大洋的职责就是控制流程的稳定性，确保流程生产的效率。”

◆“未来的2～3年将是造船业最艰难的时期。而能够存活下来并且还有余力的企业，就有了整合别人的可能性。”

——浙江造船有限公司董事长　梁小雷

一、引言

1405年，郑和下西洋，中国庞大的远洋船队令人瞩目：由260多艘海船组成，载着2万多人，航行13多万海里，途经30多个国家和地区，传播中国皇帝的光荣与梦想。时隔87年后，在西班牙女王的资助下，西方才实现第一次远航：哥伦布带领3艘小型的轻快帆船和87人，去追寻马可·波罗游记中神秘的“震旦国”（中国）。数百年过去了，沧海桑田，欧洲资本主义兴起和现代机动轮船的出现，闭关自守的中国失去了曾经长久的造船业优势。今天，我们是否能够再现昔日的海上辉煌?

从远古的“伏羲氏刳（ku）木为舟，剡木为楫”的美丽传说，到春秋战国的舟师（水军）；从远航西洋的唐代海船，到明代郑和下西洋的大宗宝船；从清政府的江南造船总局和福建船政局，到惨败于中日甲午战争的北洋水师战舰；从新中国建造的第一代军用快艇与炮艇，到现在不断占领国际市场的民用运输船舶，中国造船业经历了原始期、开创期、盛行期、衰落期、恢复发展期、兴旺期等多个阶段。

在邓小平同志“中国的船舶要出口，要打进国际市场”的指示下，自中华造船厂于1980年建成了第一艘大开口多用途货船，20世纪90年代后，通过技术引进、消化吸收和自主开发，我国生产的民用运输船舶向自动化、高性能化方向发展。1993～2004年我国造船总吨位连续十多年居世界第3位，我国造船业占世界造船份额和国际市场占有率节节攀升，我国造船业进入了前所未有的兴旺期。

2003年以来，浙江造船业一改以往只能修造小渔船的低迷状态而成为高盈利行业，大量民营企业如雨后春笋般异军突起，开始“掘金”造船业。相对稳定的经济形势，给浙江造船业，尤其是私营船企带来难得的机遇，浙东沿海的宁波与舟山成为造船业发展的重点区域。在浙江漫长的海岸线上，昔日的荒滩都成了一座座造船基地。充裕的民间资金、灵活的融资渠道、高涨的市场需求和高额的盈利诱惑，使浙江全省民营船厂直逼上海、江苏，2006年一年内就越过辽宁，成为中国第三大造船大省。

然而，2008年的一场突如其来的次贷危机，导致全球金融危机，乃至全球经济不景气，海运市场行情一泻千里，运费狂降四成，国际船东们的财务危机和船舶行业“订单远期化”开始凸显出我国造船业产能过剩的风险。于是，浙江沿海原来热火朝天的、大大小小的造船厂、修船厂，开始冷清下来了，一些造船厂面临困境，有的甚至倒闭、破产。但是，此时此刻，在象山港畔的浙江省奉化市松岙镇湖头渡海岸线上，高耸的吊机、庞大的集装箱船和忙碌的工人，使浙江造船有限公司（简称浙江造船）的船舶制造基地呈现一派繁忙的景象。为何在这“春寒料峭”的时刻，该公司却能够斗寒破冰，逆风飞扬？原因是浙江造船有限公司创新、发展转型与世界市场营销网络具有优势。

2010年6月25日下午，香格里拉大酒店，当浙江造船有限公司董事长梁小雷和全球著名的海事服务商法国波邦（Bourbon）公司董事局主席及首席执行官 Jacques de Chateauvieux 两人笔落红笺，金融危机以来国内最大的新船订单在宁波产生了。据悉，这是迄今为止国内最大的海洋工程船舶订单。未来几年内，浙江造船将为波邦公司建造包括平台供应船、锚作拖引供应船在内的船舶共62条。到目前为止，浙江造船已为波邦公司造了100条船。浙江省船舶行业协会会长李仁鑫评价说，10亿美元订单这一框架协议的签署，不仅巩固了太平洋造船世界最大的海工船制造企业霸主地位，而且对实现浙江乃至中国的造船产业升级都将产生积极影响。

二、浙江造船发展历程

浙江造船有限公司的前身为浙江船厂，成立于1969年12月，原为浙江省交通厅直属企业。1984年下放到宁波市，隶属宁波市机械工业局。1989年成立宁波船舶工业集团公司，浙江船厂为该集团公司主体企业。自1995年起集团公司被列为宁波市重点骨干企业；1996年起连续被宁波市人民政府列入“320”工程企业。

但是，1997年的东南亚金融危机和2001年的“9·11”事件令国际贸易量骤减，波及国际航运市场，导致船舶市场需求下降，世界造船业落入低谷。由于造船工业对市场集中度和规模效益要求很高，从1999年开始，浙江造船厂一直受到两大国有大型造船集团（中国船舶工业集团公司和中国船舶重工集团公司）的夹击。同时，管理机制落后、企业冗员严重和生产效率低下等国有企业的主要弊病在浙江造船厂都展现无遗。内外交困，企业举步维艰，处在发不出工资、负债累累的困境中。

2003年3月，凭借对全球船舶制造及海运市场发展变化的敏锐观察力，太平洋重工收购了浙江造船厂，企业更名为浙江造船有限公司。对于这家宁波市最后尚未改制的国有企业，改制阻力很大，困难很多。但是管理层以人为本的管理理念、严格细致的规章制度和科学的运行管理程序，很快在公司里形成了上下齐心的企业精神文化风貌。在涉足造船之前，梁小雷家族的春和集团已经在轻工、零售、房地产、国际贸易等领域聚集了相当雄厚的资本。曾留学法国的梁小雷广交外国友人，其中不乏船东、船王，于是大批船订单直接到手。成功的企业改制、相对雄厚的资金实力、国际市场的全面拓展和不断加大的技改力度，使得公司的造船能力突飞猛进。

2003 年后，繁荣的航运市场，全球造船订单持续大幅攀升，全球造船中心东移，中国造船业迅猛崛起。面对这样的大好机遇，浙江造船的船东订单应接不暇，第一艘 5 3000 吨级巨轮很快下水。2005 年公司被评为“浙江省最大规模造船企业”。改制后的浙江造船犹如枯木逢春，意气风发，在中国造船业界劈波斩浪。

在 2003 年，浙江造船的控股公司（太平洋重工集团）总裁梁小雷已经开始决定涉足石油井台供应船（plant from supply）的制造，而后又把重海工船（高科技、高附加值的海工船）的概念引入公司的战略规划中来。2005 年梁小雷利用自己良好的国际人脉关系，获得法国波邦财团十艘高科技 GPA（石油海洋平台补给运输船）订单。虽然这种船的制造技术要求极严，但所用钢材等原料，只有 5 万多吨普通货轮的 1/5，造价却高于普通货轮，利润空间相当可观。

2005 年年初浙江造船开始了一项空前的技改项目动工：炸平一处小岛山头，建造一个 10 万吨级的船坞。然而随后浙江省政府出台的《宁波市象山港海洋环境和渔业资源保护条例》，无疑给了浙江造船当头一棒，该条例禁止在象山港沿海一带建造大型的船坞。在浙江造船遭遇政策性的发展瓶颈的同时，公司最高决策层已经锐地察觉到普通海运船竞争激烈，利润会日趋微薄，便把目光瞄准了当时为欧美、新加坡等国家所垄断的海洋工程船。该类船舶具有科技含量高、制造难度大、下水工艺独特、附加值高等特点，每艘的市场售价达 4000 万～7000 万美元，与一般的散货船、集装箱船不可同日而语，而且这类船舶受市场波动影响小。

2007 年美国次贷危机引发全球金融危机，全球经济放缓，海运费暴跌，船舶制造业随同全球航运业一道进入冬季。全球造船业景气度从高位回落，多项指标出现深幅回落：新船成交大幅回落，大量新船订单被撤销，延期交付现象普遍严重，手持订单大幅萎缩，新船价格急速下滑，“合同重谈”情况严重。据统计，自 2007 年次按危机爆发以来，至 2009 年 4 月，全球被取消的新船订单约达 400 艘，其中 250 艘属散装货船，中国内地占了被取消订单的一半，较 2007 年全年的造船完工量还多。中国造船业产能出现过剩现象，三大主流船舶的利润空间殆尽，大量新兴船企陷于困境。面对突袭的寒流，浙江造船未雨绸缪，早已做好过冬的准备，表现出了异常强大的抗寒抗风浪能力。

2007 年年初，浙江造船投资 14 亿元启动了新工程建设，建造世界上规模最大的海洋工程船生产线，可同时建造 8 艘船。2008 年 2 月，第一艘海洋工程船交付，实现了公司产品由低技术、低附加值的普通船舶向高技术、高附加值的海洋工程船转变。与此同时，浙江造船公司还按照“细分市场”的理念，把产品拓展至沥青船、液化气船等海洋工程辅助系统船舶。2008年下半年以来，5900吨化学品船、5000立方米的液化气船、亚洲最大的3000吨起重船、GPA670海洋工程平台船、P105石油平台供应船、新型4250TEU集装箱船等产品不断交付。

据中国船舶工业市场研究中心公布的消息，2008年浙江造船共完成交船18艘，实现工业总产值45亿元，同比增加55%，手持的订单已排至2012年。目前，浙江造船的海洋工程船和海洋工程辅助系统船舶已在全球市场上占据了一席之地，占到浙江造船总产值的近80%，其中海洋石油平台供应船的订单和年产量，均列全球第一，占总量的35%。

三、浙江造船公司转型升级

浙江造船公司之所以能够逆风飞扬，首先是因为其订单大多来自技术含量较高的海洋工程船。根据不同的用途，船舶可分为海运船、工程船等，而我国造船企业所造的船舶大多是普通的海运船（包括散货船、集装箱船等）。这类船舶零部件均从国外采购，技术起点低，竞争激烈。而海洋油气工程装备产业是直接关系到海洋油气资源开发、影响国家能源稳定和经济安全的战略产业，海洋油气工程装备制造业是主要海洋国家相争的目标，其附加值大大高于普通海运船，海洋工程船是造船业的新利润增长点。

除了“细分市场”的营销战略选择外，浙江造船能够成功转型、跻身高端市场的另一法宝就是“科技优势”。2005年，浙江造船开始投资于技术改造。2007年又开始全面的流程改造，投资14亿元建造了世界上规模最大的海洋工程船生产线。到目前为止，浙江造船除了原来的5000吨和4万吨的两个船台，和后来增加的一个8万吨的船台外，还拥有专门制造海工船的两个1万吨的室内船台。室内船台的建成使得海工船制造效率大幅提高，尤其是制造成本大幅下降，同样制造一条5000万美元的海工船，钢材的用量只有室外船台的约1/5。此外，太平洋重工在上海成立了上海斯迪安船舶设计有限公司（SDA），与UIstein、UT等国际顶尖船舶设计公司展开全方位合作，具备概念设计、基础设计、详细设计的全面设计能力，负责集团内所有基础设计、详细设计及生产设计。SDA为浙江造船提供强有力的技术支撑。

春和集团总裁梁小雷有着长期国际贸易的经历，善于组织国际资源，对市场有敏锐的判断力，与法国波邦公司结成战略合作伙伴是梁小雷实施供应链整合营销的重要策略。2002年春和集团与法国波邦公司以7480万美元巨资，在上海注册成立了太平洋重工，2003年将浙江造船收入麾下。法国波邦公司是全球重要的海事服务商，主要发展海洋石油和燃气物流服务，其业务遍布全球20多个国家。该公司2010～2015年计划投资20亿美元，用于满足深海工程市场的新增需求和浅海工程市场老旧船舶的更新换代需求，将陆续建造144艘海洋工程辅助船。2010年7月，波邦公司与太平洋造船集团在宁波签署了一项合作框架协议，未来几年内浙江造船将为波邦公司建造包括海洋平台供应船、锚作拖引供应船在内的62艘海洋工程辅助船，总金额约10亿美元。

这是自 2008 年三季度国际金融危机爆发以来，我国造船企业接获的最大一笔新船订单。基于供应链的整合营销使浙江造船无惧造船业的严寒，逆风飞扬。

作为关系到国家积极发展的重工制造业，造船业的发展离不开政府的扶持。2009 年国务院常务会议审议并原则通过《船舶工业调整振兴规划》（简称《规划》），提出以下几点振兴措施：①通过信贷和财政支持，稳定船舶企业生产；②通过限制产能扩充和淘汰旧船，扩大船舶市场需求；③调整船舶工业发展方向，积极发展海洋工程装备和修船业务；④支持企业兼并重组，推进产品结构升级和产业升级；⑤新增中央投资专项配套资金，加强技改与研发，提高技术创新能力。

造船业是一个对信贷需求特别巨大的产业，而宁波的金融机构往往将造船业列为高危行业，放贷动力严重不足。《规划》出台后，在宁波市政府相关机构的推动下，2010 年 6 月 25 日，中国进出口银行在宁波与太平洋造船集团和法国波邦集团签署了 8 亿美元的融资框架协议，该协议旨在为两集团当日签署的 62 艘海洋工程船商务框架合同提供一揽子融资解决方案。作为国家政策性银行，中国进出口银行充分发挥"雪中送炭"的政策性金融作用，对浙江造船最终获取订单起到了至关重要的作用(图 30.1)。

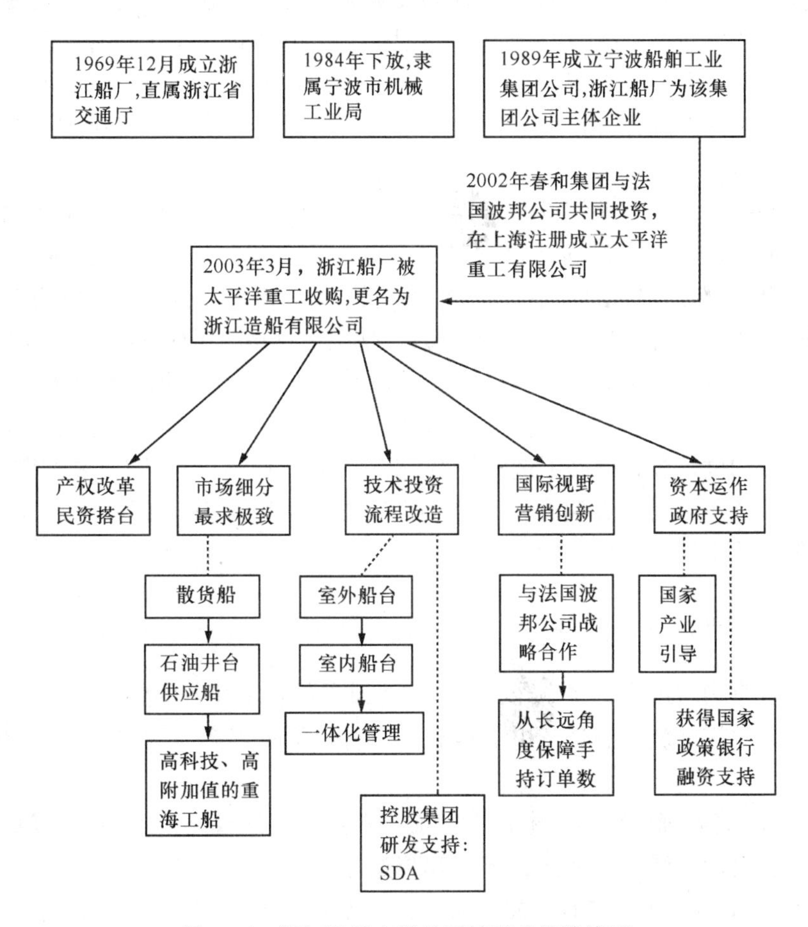

图 30.1　浙江造船有限公司转型升级路线图

浙江造船秉承控股的太平洋集团倡导的“创造价值、造就人才、共享成果、奉献社会”的企业宗旨、“国内领先、国际一流”的企业愿景以及“敢于负责、敢于创新、敢争第一”的企业精神，以“追求极致、挑战卓越”为核心理念的企业文化体系，以文化力在推动企业持续健康发展。凭借超强前瞻性战略牵引，先进设计和技术能力、精良硬件设施和先进工艺流程、国际化企业管理和灵活的合作理念及模式，浙江造船在努力开发自主创新产品、不断进行流程改造的同时，追求创新的管理理念，通过推行“一体化”管理，实现了资源统筹、降本增效等显著佳绩，为客户提供优质的产品和服务，为争创中国造船行业领先者地位奠定了基础。

四、浙江造船公司领军人物——梁小雷

梁小雷，宁波人，以零售起家，留学法国归国后，1996 年 10 月 16 日，梁小雷与其父梁光夫一起创建临海春和工艺有限公司。经过 10 年的发展，公司已发展为拥有 15 000名员工、总资产 31 亿元、2005 年总销售额达 74 亿元，集工业、商贸、科研于一体的大型外向型民营企业集团。凭借个人对全球船舶制造及海运市场发展变化的敏锐观察力，梁小雷于 2003 年 3 月控股浙江造船厂，开始进入重工行业。梁小雷敢于杀入船舶制造业，并非心血来潮。在法国留学期间，他交游甚广，结识了不少知名企业家，掌握了众多人脉资源，作为法国波邦集团的中国战略伙伴，梁小雷更多的是靠个人魅力，赢得了合作伙伴的尊敬。对于梁小雷而言，有了国外合作伙伴的订单，船舶造出来是不愁销路的，而关键的是把船造好。重组江扬造船厂后，梁小雷对大洋造船进行了大刀阔斧的改革。投入 3 个多亿元，对大洋造船的设备进行技术改造，船台、船坞改造、新厂房建设均按照国际一流标准实施。从 2004 年开始，大洋造船的年产值以每年超过一倍的速度增长。2006 年 10 月，他又在扬州注册成立了太平洋重工集团有限公司。11 月，该公司首艘 53 500T 散货船顺利下水，创造了扬州船舶制造的新纪录。梁小雷任董事长的浙江造船有限公司，是浙江省造船行业规模最大企业。近 3 年来，不断加大技改力度，极大提高了造船能力。2010 年，“2010 中华财富领袖暨 2010 全球华商百业十大领军人物”颁奖会上，梁小雷获得“2010 全球华商百业十大领军人物”金属船舶制造业金榜。

五、政府支持

船舶工业是为航运业、海洋开发及国防建设提供技术装备的综合性产业，对钢铁、石化、轻工、纺织、装备制造、电子信息、原材料等重点产业发展和扩大出口具有较强的带动作用。

2006 年 12 月，浙江出台《浙江省船舶工业产业布局规划》，宣布投资百亿兴建十大造船基地。舟山、温州、台州、宁波都将造船业列为重点产业，争相推出一系列扶持政策。2008 年，浙江省政府“关于加快工业转型升级的实施意见”提出，到 2012 年高新技术产业、装备制造业、先进临港工业占工业增加值比重分别达 26%、32%和

10%以上。而造船业与这三大主导产业联系紧密，受各种优惠政策的刺激。

受金融危机影响，全球航运业受到沉重的打击，尽管2008年我国船舶行业保持快速增长，但从2008年下半年开始，船舶融资困难、新船订单大幅下滑、履约交船风险加大等问题不断增多，为支持船舶企业的正常经营和健康发展，支持大型船舶企业和航运企业按期履行合同，增强对船舶企业生产经营和出口信贷的支持，鼓励金融机构对船舶工业的融资方式创新，确保银行对船舶企业在建船舶和有效合同所需流动资金贷款能够按期到位，对船东推迟接船的，要适当给予船舶企业贷款展期支持；对信誉良好的船东和船舶企业及时开具付款和还款保函；对在建船舶实行抵押融资，支持船舶企业稳定生产；支持符合条件的船舶企业通过上市和发行债券进行融资；加快建立船舶产业投资基金；鼓励金融机构增加船舶出口买方信贷资金投放，帮助大型船舶企业集团和其他骨干造船企业稳定现有出口船舶订单。

“十二五”时期，我国将增加高技术船舶科研经费投入，支持高技术新型船舶、海洋工程装备及重点配套设备研发，支持关键共性技术和先进制造技术研究，加快船舶工业标准体系建设，支持开展船用配套设备、海洋工程装备以及特种船舶制造专业化设施设备等方面的技术改造，支持大型船舶企业兼并重组后进行信息化建设和流程再造，支持中小型造船企业符合相关产业政策要求的调整转型；支持船舶企业和科研机构研发条件建设。

六、展望

纵观世界造船业近百年来的发展史，第一个造船王国是英国，随着产业国际转移，世界造船中心从欧洲转移到亚洲，成就了日本和韩国的发达的造船业。2010年，在显示造船业竞争力的三大指标——接受订单量、未交付订货量、建造量方面，中国已经超过韩国成为世界第一造船大国，中国造船业面临着前所未有的发展机遇。浙江造船有限公司在中国成为世界造船大国和强国的发展环境中，将具有广阔的发展前景。

浙江工业大学浙商开放创新发展研究院　张　祎　程惠芳